U0944104

见证履职丛书 全国人大代表（卷）

走进人民大会堂的中国智囊

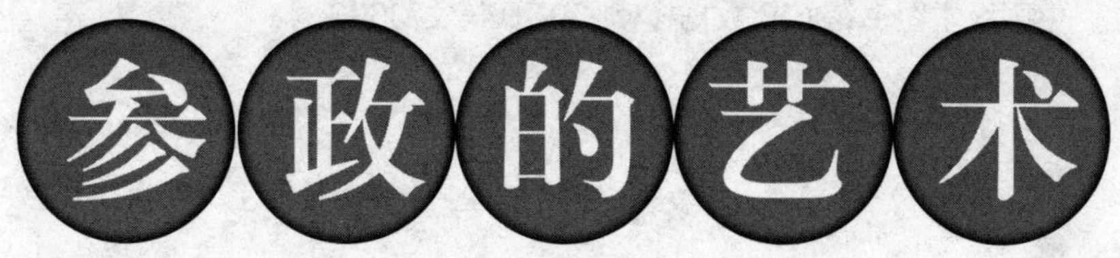

高层人物解密者、智囊传记专业户联袂披露政坛要人的成功秘笈

余 玮 吴志菲◎著

团结出版社

图书在版编目（CIP）数据

见证履职：参政的艺术 / 余玮，吴志菲著．-- 北京：团结出版社，2012.1

ISBN 978-7-5126-0747-7

Ⅰ．①见… Ⅱ．①余… ②吴… Ⅲ．①新闻报道－作品集－中国－当代 Ⅳ．① I253

中国版本图书馆 CIP 数据核字 (2011) 第 273636 号

出 版：团结出版社
（北京市东城区东皇城根南街84号 邮编：100006）
电 话：（010）65228880 65244790［出版社］
网 址：www.tjpress.com
E-mail：65244790@163.com
经 销：全国新华书店
印 刷：北京睿特印刷厂大兴一分厂

开 本：787×1092 1/16
印 张：24
字 数：220 千字
版 次：2012年3月 第1版
印 次：2012年3月 第1次印刷

书 号：ISBN 978-7-5126-0747-7/I.323
定 价：42.00 元

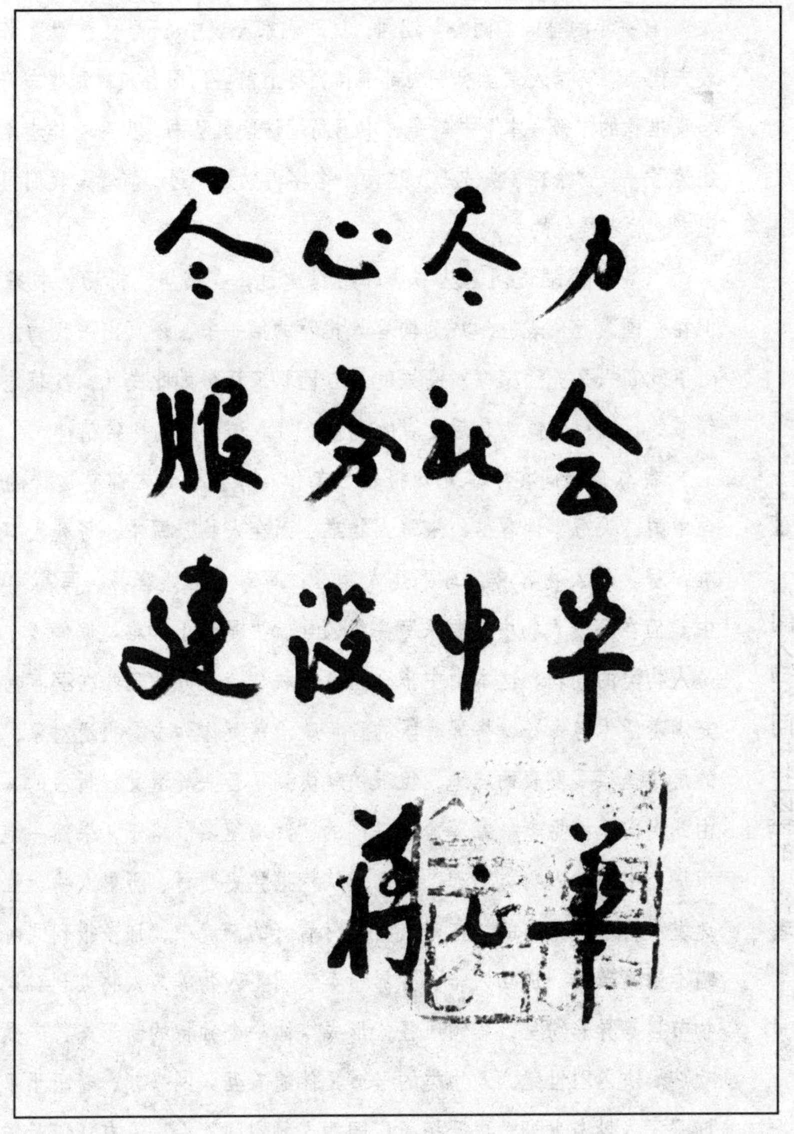

第九、十届全国人大常委会副委员长蒋正华题词

有一年的全国“两会”期间，我到北京会议中心5号楼看望著名经济学家林毅夫代表。宾馆大堂里有一内部书摊，我上前去问服务员，哪些书好看。服务员给我推荐的“第一本”书就是《中国高端访问》丛书，我一看作者名字，就忍不住笑了——“余玮、吴志菲”这两个名字再熟悉不过，前者是我们报刊社的首席记者，后者是他的夫人。

《中国高端访问》丛书余玮给我送过，在书店、机场、书摊我也见过，但在全国人大代表驻地成为向客人推荐的第一书，还真出乎我的意料。此时我心情既高兴又充满感慨：高兴的是自已职工获得如此成就，其著作已经进入畅销书的行列；感慨的是后生者的无畏、勇敢和坚韧的探索精神。

我与余玮同在中华儿女报刊社工作。办报刊的人都有这样的体会：在当今中国，采写事件容易，采写人物难。而在人物采写中，写死人容易，写活人难；写英雄人物容易，写平凡人物难；写草根百姓容易，写高端人物难媒体中。而在高端人物中，要采写高级领导就更是难上加难。偏偏《中华儿女》正是人物类的期刊。这本由中华全国青年联合会主办的刊物在24年前创刊之际，充满着活力与锋芒，将那时候的青年政治精英作为主要报道对象，为他们锐利的思想提供了发表的阵地，但很快就尝到了苦头。遭受挫折后的《中华儿女》由此走向了挖掘老一辈革命家轶闻的“红墙纪实”路子，果然一炮打响，走红市场。中国的人物类期刊，也正是从挖掘党史题材、历史人物、红色会议中迅速发展，形成集群的。在对人物题材看好的潮流中，许多报刊同时将报道视角瞄准财富英雄、成功人士、业界精英、明星人物等，人物期刊、人物版面、人物节目等异彩纷呈，各领风骚，形成媒体一个独特的新形态，广受读者观众的欢迎。进入21世纪，人物类的报道又伴随着互联网兴起，着眼于平民与草根，增强了人性与悲悯，更开拓了广阔的人物空间。人，没有任何时候能在中国媒体和出版物上当起如此鲜明的主角。

就在媒体和出版物掘金人物市场的战鼓擂得山响，人物的细分已具体到某一群体（如农民工、打工妹）的时候，却依然有一块巨大的阵地令人瞻前顾后、裹足不前，那就是高端人物、特别是高端政要人物的市场。在人物采写的领域里，这里的确称得是“特区”。目前除了中央电视台利用其独特资源优势开辟有

“高端访谈”节目外，还没有哪个媒体敢在这片阵地上举起自己的旗帜。即使央视这个节目，也主要做一些外国元首的当面访谈，很少有中央领导或政坛新秀作客期间。

这个领域之所以成为“特区”，首先是由独特的国情所决定的。在长期“官本位”的基本国情中，高端人物大部分也是官场人物。在世界各国，政坛人物是理所当然的风云人物。从政，本来也是一个正常的职业。每个国家领导人，都能以上美国《时代》周刊每年评选的封面人物为荣，我们国家的领导人也不例外。但在国内，从政者都强调一个“低调”。特别是年轻的领导人，更要处处内敛、稳重、少说。对官员，“盖官定论”是亘古不变的传统。尽管媒体每年都要推出不少领导干部的典型报道，但不是已经去世，就是身患绝症，鲜有正当身强力壮、事业如日中天者被推选为时代人物的。个别敢说话，有个性的官员，很容易被视为“另类”，公众喝彩，官场大忌。

其次是访问高端人物难。采访高端人物尤其是高级领导有多难，当记者的最知其中心酸。领导能否接受采访，第一关得看媒体的牌子。不管记者有多少才华本事，得看你是什么规格的媒体，级别越高越容易答应，否则一律用新华社通稿；第二关是难从领导嘴里掏到东西。一般领导接受采访前得要采访提纲，然后让秘书班子写好，采访时以念稿为主，能与记者拉几句家常算是特殊待遇了。准备好的稿子肯定是重点介绍分管的工作以及取得的成就，基本是“履历+工作+政绩”的套路，既无个性，也无感情，更不会把个人的因素捎进去；第三关是难审核。记者写好的稿件，必须送本人起码是委托的秘书审核。记者写稿时有些带个性、感情的话，此时也会被删得一干二净。

三是明规潜规难过。采写高端人物尤其是政坛人物，有着许多明文规定。如果要报道被采访者本人的事迹，规定就更为严格。所以，要取得采访领导人的一张“通行证”，首先就得“过五关斩六将”，否则即使你进得了门，别人也不敢接受你的采访。近年来，对一般领导的采写规定放开多了，但对高层人物的采写却越来越紧。2006年底国家有关部门出台一规定，对重大革命和重大历史题材以及涉及老一辈领导人、现任领导人的报道、出版，明确了十分严格的送审制度，使历史题材和高端人物题材的采写面临更大的约束。除了明文规定外，一些官场潜规则经常也难以逾越。如只要涉及个人，书记没宣传，市长就不敢接受采访；正职没出面，副职就只能先避让……否则不是给被宣传者增光，而是增加压力与风险。

正因为有那么多的难关，才会使媒体和书籍出版面对这样的“特区”望而却步。长期以来，对党和国家领导人个人经历的报道和传记出版，几乎成了港澳台的专利。内地读者要了解领导生平经历、思想性格、执政理念、喜怒哀乐，得通过各种渠道到港澳台去寻求读物，还得冒着被海关查缴的危险。在这种扭曲的市场格局中，《中华儿女》杂志也看到了其中蕴涵的机遇与商机，从2008年起明确举起主打“高端政要”的旗帜，并为此进行不懈的探索，但也更加充分体会到要闯进这个“特区”付出的艰辛和曲折。以致一段时间里还存在不同的意见，置疑这条路到底可否走得通，能坚持多久?

余玮、吴志菲这一对年青伉俪，以他们勇敢无畏而又富有创造性的精神，开通了一条向“特区”前行的道路，不仅为广大读者提供了丰盛的精神食粮，而且为媒体和出版从业者提供了非常有益的启示。自《中国高端访问（之一）——影响中国决策的18人》出版以来，我们就抱着观望和等待的态度，看投下湖面的这块石头，会激起什么样的波浪。出人意料的是，引发的正面效应很快打消了人们的顾虑。各媒体转载连篇累牍，各方读者好评如潮，有关图书专家认为，这是新中国成立后第一部反映当今重量级的、有着很高美誉度的省部高官的全纪录。在大家最担心的上层，也是积极的评价。自此，两位作者与出版社紧密合作，短短一年多时间里连续系列地推出，现在已经出版到第15部。他们将这部丛书的定位是“《中国高端访问》：600位社会名流解密”。余玮、吴志菲也被出版界给予“高层人物的解密者”、“智囊传记专业户”等一个个美称。

《中国高端访问》已经高跃年度畅销书的排行榜，新的系列还在源源不断问世。读者在赞誉著述成功的同时，十分惊叹两位作者的才华和效率。因为两年内出版15本著作，对任何高产作家来讲，都是一个创记录的奇迹。于是，有人研究起这两位作者著书的“诀窍”，想找到他们成功的“秘笈”。作为余玮的直接领导，我最清楚他们成功的“秘笈”所在，简言之就是坚韧毅力与把握能力。

“高端访问”，最偷不得懒的就是访问。访问首先得靠腿走出来，其二得靠嘴问出来，其三得靠手记下来。这两位作者分别供职的媒体虽说都是中央新闻单位，但并非强势媒体。要约这么多日理万机、德高望重的“高端”人物，让他们腾出大段时间接受访谈，是一件十分艰难的事情。联系到一个人物，可能不知要反复做多少工作。何况余玮还有一个作为记者不利的弱点——湖北赤壁的口音非常重，许多话得重复多遍对方才明白。可他就是凭着自己的韧劲与毅力，贴近一个一个“大人物”，让他们愉快地接受自己的采访，并成为好朋友。正像他自己所说：“访问时我们尽可能以平等的心态走近他们，从来没有‘见官矮三分’的意识，也没有以‘无冕之王’自居。”看到书中作者与那么多“高端”人物合影的照片，连许多权威媒体的资深记者都惊叹：他们到底是怎么钻进去的？

“600位社会名流解密”，解什么密？这是高端人物访问最关键的问题。如果把人物从事的职业和工作正面介绍一番，不仅读者不爱看，被报道的人物也不一定领情。反之，太多地着眼于主人公遭受的坎坷经历，蒙受冤屈，衬托社会的阴暗面，以体现文章的“深刻”，肯定就容易惹麻烦。如今，高端人物特别是政坛人物之所以越来越受公众关注，是因为随着我们国家民主化推进的步伐在加快，政治体制改革已到了呼之欲出的时候，以人为本的理念深入人心，人们对从政者的执政理念、人生际遇、仕途甘苦、铁腕柔情、生活情趣等方面有了更多的关注。因此，《中国高端访问》的问世，应该首先得益于中国民主政治前进的大背景。余玮、吴志菲的成功并非什么异军突起，而是敏锐地感受到了时代前进的脉搏，在认识人物“解密”的时代关系和公众的需求上体现了自己把握能力。

既然要把握时代进步的脉搏，当然就有个切合实际的“度”。在余玮、吴志菲访问的“高端”人物中，涉及数百位政界要人、中央智囊、两院院士、戎马将军、经济学家、理论大家、驻外大使、文化名流、企业领袖、奥运冠军等等，都极其注意把握人物成长的时代背景及其历史作用、人物的聪明才智与祖国人民的命运、人物的坎坷经历与历史的局限、人物的辉煌成就与国家的强盛等等方面的关系。这些“高端”人物无论从事什么样的职业，经受过什么样的风浪，都贯穿着这样的“红线”：具有爱国爱民的赤诚之心、满怀理想的成长历程、百折不挠的坚强意志、谦虚谨慎的求知态度、卓尔不群的思想品格、豁达乐观的生活态度、个性鲜明的人生情趣……总而言之，这些人物都比较“主旋律”，同时又是一曲曲积极向上、充满激情、内涵丰富、打动人心的旋律。所以它能雅俗共赏，不同凡响。

著名新闻理论家梅尔文·门彻说过：“一个负责任的写作者应懂得把事件放

在特定的社会背景中思考，来发现其原因和结果的重要性，这意味着写作的人不仅要不断发展采访报道的技巧，还要扩展对人的理解，对所处的文化和社会的理解。”读懂了余玮、吴志菲的《中国高端访问》，你就会突然发现，其实人物访问并无“特区”，而是我们能否真正理解了这个时代，理解了这个时代涌现出来的“高端”人物。

很高兴，注意到红色记者余玮、吴志菲伉俪又有新作《见证履职》姊妹篇《参政的艺术》、《议政的智慧》出版。每年一次的全国人民代表大会和政协全国委员会大会，是我国集中民智决定国家大政方针和发展走向的大会，是每年全国人民政治生活中的头等大事，备受国内外民众的高度重视和普遍关注。记者是社会的瞭望者、时代的参与者、历史的见证者。作为上会资深记者，作者带着中国民众的热门话题，站在新闻现场采访了许多全国人大代表与全国政协委员，就其人生经历、上会感受、如何履职、如何推动国家和社会进步等进行专访、对话，见证他们参政议政、履行职责的真实过程，反映民声，直击大会本质，还原代表、委员的履职人生。

“两会”是代表、委员建言献策的殿堂与平台，是汇民意、聚民智的大会，从这里可以听到许多声音，可以接触到来自不同方面的高层次的代表性人物。一个个重要国策出台的幕后，有一位位代表、委员不为人知的建言；一个个耳熟能详的名人代表、委员背后，有一个个鲜为人知的人生传奇。作家余玮、吴志菲以记者特有的身份见证、对话、纪录、还原…… 在此，我向全国“两会”代表、委员及地方“两会”代表、委员和一切关心中国时政新闻与时政人物的读者特别推荐《见证履职》丛书《参政的艺术》、《议政的智慧》。

中华全国青年联合会副秘书长、中华儿女报刊社社长兼总编辑

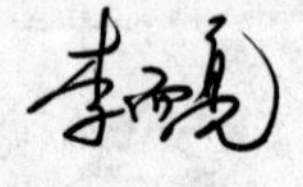

2012年1月6日

Contents 目 录

Contents 目 录

Contents 目录

Contents 目 录

Contents 目录

Contents 目 录

Contents 目录

Contents 目录

本书图片由作者及受访者提供

蒋正华

出入学界与红墙之间

·代表档案·

蒋正华，浙江富阳人，著名人口学家、系统工程和管理工程专家与政治活动家。1937年10月出生于浙江杭州，1958年毕业于在西安交通大学电机系。历任西安交通大学自动控制教研室、系统工程研究所助教、讲师、副主任，自动控制系讲师、系统工程研究所人口研究中心副主任、人口与经济研究所所长、教授、博士生导师，国家计划生育委员会副主任等职；系农工民主党第十一届、十二届中央副主席，**第九届、十届全国人大常委会副委员长**，第二十二届国际人口学会理事会成员。曾兼任中国人民大学公共管理学院顾问委员会主席，北京师范大学管理学院院长，西安交通大学公共管理学院院长，中国科学院、中国社会科学院教授、博士生导师，清华大学、复旦大学、华南理工大学兼职教授，美国斯坦福大学、法国巴黎政治学院客座教授。

蒋正华 出入学界与红墙之间

他曾是一位国家领导人，一项项法案诞生有他的鼎力建言，一个个重大工程背后有他的真知灼见。

他是一位学者，“天下第一难”的破解、人口科学研究新领域的开拓有他的心智。

他更是一位杂家，多学科、多领域都有他这位“万金油”的涉猎，且卓有成就。

随着采访的深入，我们的话题也渐渐深入，慢慢地我们感受到面对的不是一位国家领导人，而是一位学识渊博的学者或杂家、一位谦和有余的长者。

◎ “天下第一难”问题的权威专家

蒋正华是国际知名的人口学家，他跨越多个学科的研究领域，在自动化控制、计算机信息管理、人口学、经济学、社会学等多个学科和研究领域均有卓越的成就。特别是在人口学方面，他构建了中国区域模型生命表，他创造的JPOP-1算法得到了国际社会的广泛认同。在学术领域，他对我国人口与计划生育的研究，人口与经济社会发展关系规律的研究，可持续发展研究，社会保障支持决策系统研究等方面均有开创性的贡献。

他所创立的人口数学模型研发于1977年，通过定量分析对当时提出“创20世纪末实现中国人口零增长”的计划生育目标进行了评估，发现即使立即实现每对夫妇只生一个孩子也不能实现这个目标，从而提出了科学确定人口目标的意见。这一模型与宋健等建立的数学模型同时在1978年全国第一次人口科学大会上发表，被称为人口科学研究的奇葩。这两个数学模型结构不同，但结论相同，促使有关部门修改了计划生育目标。

人口预测模型根据工作发展不断修正。蒋正华调任国家计生委后，又将模型发展到与各种不同避孕方法的应用、各种计划生育、人口指标联系起来，在各地执行计划生育工作计划中发挥了重要作用。根据该模型，可以在确定当地目标后规划计划生育方法的要求，落实工作任务。该模型也可用于检查各地数据报告的准确性，发现各种报告数据、指标的矛盾，从而发现工作中的问题，有针对性地加强工作，对领导部门指导下级工作发挥了重要作用。蒋正华还通过培训各级计划生育部门领导学习使用数学模型，分析本地数据，熟悉各种指标关系，提高了干部业务素质，也使各地计划生育工作科学管理水平得到大幅度提高。

生命表是人口定量分析研究的基本工具，模型生命表可以使缺乏可靠统计数据地区的人口资料得以充分地发挥效用，也可用来对未来人口死亡结构的变化、引起死亡结构变化的因素等进行分析、预测。由于过去缺乏原始资料，国际已有的模型生命表都建立在西方人口及部分发展中国家的原始资料基础上，在中国应用的效果很差。蒋正华创立的中国区域（分类）模型生命表建立在1982年数千张可靠的原始生命表的基础上，第一次分析了中国各地区死亡结构的差别，在人口预测、死亡分析、人口规划等许多应用中有重要作用。该模型曾在联合国有关部门召开的海牙会议上报告，受到专家的重视，列入了世界人口软件目录。2000年人口普查后，受国家统计局的委托，利用这一成果对普查的死亡数据进行分析，已经取得良好效果。这一成果对人口普查数据的分析、研究与应用有重要作用。

改革开放以来，我国在人口、经济、社会发展方面取得了举世瞩目的伟大成就，创造了“经济快速发展”和“人口得到有效控制”的两大奇迹，被世界广泛认为是20世纪末最具有“震动全球意义”的事件。

人的问题是实现全面协调可持续发展的核心问题。面对国内、国际发展新形势和新问题，党中央、国务院高瞻远瞩，在十六届三中全会上提出了以人为本，全面协调可持续的科学发展观。在2004年中央人口资源环境工作座谈会上，中共中央总书记胡锦涛和国务院总理温家宝提出了要加强人口发展战略的要求。这一年，国家成立了人口发展战略研究课题组，国务院委托蒋正华担任课题组组长，并在人口计生委发展规划司设立课题组办公室。当年年初，课题组通过调查研究、与专家座谈，确立了“科学发展观”、“人口发展态势”和“人口与经济社会资源环境重大关系”三大课题和42个子课题。报请国务院批准后，组织了300多位专家学者对各个子课题进行了全面、深入的研究，80多个部门参与讨论，取得了丰硕成果。

许多科学家对中国资源能承载的人口数量进行了研究，结果不完全相同。“技术进步可能提高资源的承载能力，例如，调整作物结构及耕作技术可以使生产每吨粮食的用水量减少，工业生产技术的提高也可减少能源和水资源的消费量。但许多新技术要么价格太高，要么技术尚不成熟，离投入大面积应用还很遥远。我们的决策应当建立在安全可靠的基础上，不少科学家认为，根据淡水、能源、土地、就业、矿产资源、综合国力等诸因素综合分析，中国总人口若超过18亿将可能发生严重的危险。”蒋正华分析说：“我们曾经从各个角度来对中国的资源可以支持的人口数量来进行分析，分析的结果大体上比较多的人认为，中国资源能够支持中国人口数量最多是16亿人。如果超过了16亿，到17亿、18亿以后可能会对我们的经济发展产生严重的负面影响。”

由于人口是一个具有很大惯性的系统，过去长期高生育率时期出生的人群在今后会造成新的出生高峰，即使生育率已经降低，但是由于育龄人群十分庞大，出生人数仍然很多，蒋正华说这在人口学上称为人口的动量，即出生的高峰有维持在一段时间内形成新高出生的力量，正如一辆高速行驶的汽车不能立刻停止一样。因此，长期目标若设定为16亿人口，就决定了中期和近期的目标，即到2000年约为13亿人，到21世纪的20年代约为15亿人，只有这样，中国人口达到16亿后才会停止增长，过去我国在控制出生率方面已经取得了举世公认的成绩，但是我国的国情要求我们必须继续抓紧计划生育，从现在起的10年内是一个十分关键的时期，要求我们建立起有利于小规模家庭、提高生活水平的社会经济环境，使生育率稳定到更替水平左右，并在一段时间内略低于更替水平。这样，才能保证在21世纪内全国的人口与资源、环境相适应，与社会经济发展相适应，使千家万户真正实现享受长久安定、富裕生活的理想。

◆◆ 第九、十届全国人大常委会副委员长蒋正华（右）接受余玮（左）专访

人口增长与经济发展的关系多年来一直争论不休。人口问题本来是一个中性问题，近年来更为一些人别有用心地与人权和政治问题扯上了关系。蒋正华看到国外的一篇文章在分析了非洲一些国家受灾的情况时认为这些国家都是人口密度稀少，因而武断地作出结论，认为人口越密的地区越富，并且将最后的结论高度政治化，提出人类的发展需要一个先决的条件，那就是自由。还有另一篇文章则认为中国人口密度只有英国的一半，人口还可大大增加。这些文章蒋正华都曾看到过，他认为“这种情况充分说明小平同志关于有些人反对中国计划生育是有政治企图的分析确实是十分透彻的”。

在蒋正华看来，人口与资源的关系不能单纯只看每平方千米有多少人，还要看这些地区有多少资源。“根据不同地区的实际情况，可容纳的人口数量大不相同。以中国和英国而言，中国的人口密度确实低于英国，然而中国的人均耕地却也大大低于英国。中国耕地只占10%的国土面积，而许多国家却都在40%以上。”蒋正华还坦言，人口过少也对发展不利。城市经济分析发现，城市人口少于25万到30万时，市场狭小，没有回旋余地，发展受到影响。城市人口大于200万人时，交通、水源、垃圾处理等许多问题不好解决，因此，我国控制大城市规模，适当发展中等城市、积极发展小城市的城市政策是符合客观规律的。在农村，人口过少使水利设施不能充分发挥作用，对农业发展不利。但人口过多则使边际产出（即增加一名劳力所能增加的收入）下降，甚至边际产出为负数，同样不利经济发展。

2004年，受国务院委托，蒋正华主持“中国人口发展战略”重大课题项目研究，担任项目研究总负责人。人口和社会经济发展的关系是复杂的，各国有不同的具体条件，必须根据国情，具体分析。蒋正华说："目前中国出生率已降到较低水平，但各地区生育率还有较大差别，要稳定低生育率水平仍需作出很大的努力，放弃计划生育工作将使生育率迅速出现反弹。地区生育率的差别与社会经济发展、计划生育服务网络的建设等多种因素有关，这种差别还可能保持一段时间，经过努力可以缩小差距。"同时，他坦陈中国的老年人口数量将持续增长，这是过去高出生所造成的，而不是计划生育的结果。"计划生育使总人口增长变慢，因此老年人口比重上升，但没有改变老年人口的总量。不管采取什么人口政策，这部分老年人口已经存在，应当建立适当的社会保障制度解决老年人口增加所带来的社会问题。"他说，没有一项政策是只有优点没有缺点的，控制人口增长的政策也会产生社会、经济、人口学的负面影响，如出生婴儿性别比升高，老年人口比重增加、家庭结构变化等，应当加强研究，寻找对策，注意引导。"从总体而言，中国的计划生育对社会发展、经济增长、环境保护、资源利用都是有利的，这项基本国策应当毫不动摇地坚持下去。"

◎ "才子"型学者的平步青云路

1937年，以"七七"卢沟桥事变为导火线的一场惨绝人寰的战争由日本军国主义者发起，从此中华土地上遍燃战火，饱经沧桑的中华民族再一次伤痕累累。因而，这场战争成为中国亿万人民挥之不去的惨痛记忆。

这年10月4日，蒋正华出生在杭州。"正华"二字，父母意取"振（正）兴中华"。自小蒋正华就体会到在"国破山河在"的满目凄然。蒋正华五、六岁的时候，就在当教师的父亲的引导下，始读《离骚》、《四书五经》、《史记》、《资治通鉴》、《孙子兵法》、《三国》和《水浒传》等。由于蒋正华年龄太小，自己还读不太懂，父亲就把他抱在腿上，陪着他一起读，并耐心地讲解给他听。于是，他从小就受到中国优秀传统文化的熏陶，在文史知识方面打下了扎实的功底，且从中受到许多爱国思想和做人道理的熏陶。

蒋正华祖籍浙江富阳。富阳先后孕育了三国吴大帝孙权、现代文豪郁达夫，晚唐诗人罗隐、元代大画家黄公望，清代父子宰相董邦达、董诰等一大批杰出人物，李白、吴均、白居易、陆游、苏东坡、纪晓岚等文人墨客的足迹遍布全境。家乡底蕴深厚的人文历史，通过父辈的一次次讲述，为蒋正华的成长营造出浓厚的文化氛围。

学生时代，蒋正华成绩一直优秀。1954年参加高考后，蒋正华看到分数榜上，自己的考分远远高于清华等好些重点院校的录取分数线，十分高兴，心想，这些年来的努力没有白费。然而，他迟迟没有收到首批重点院校的录取通知书，不免有些纳闷。于是，托人四处打听，才得知原来自己的档案早已被（上海）交通大学电机系抢走了。

蒋正华入学不久，鉴于当时的国际形势，特别是支援西北建设的需要，国务院决定交通大学分批迁往西安。在校期间，蒋正华以思维敏捷、反应迅速、心性高洁闻名于校。当时，西安交大“四大才子”闻名全校，蒋正华便是其中一位。至今，仍有当年同学不禁感慨地说：“蒋正华的脑子呀，我们十人加在一起都不抵他一个。”

1958年，大学毕业的蒋正华留校任教。当年，他直接参与了自动控制、系统工程研究等新专业的创建。同时，他还参与过导弹研究，参与了美国响尾蛇导弹的仿制工作，参与过原子能反应堆自动控制部分的设计以及炼油、化工、电子器械、彩色显像管生产等一系列自动化控制项目。1978年起，他开始从事系统工程研究，并逐渐接触社会人口等领域的系统定量分析和电子计算机模型及仿真等研究。

他没有想到在西安交大一待就是30多个年头，历任西安交大自动控制教研室、系统工程研究所助教、讲师、副主任，人口研究中心副主任，人口与经济研究所所长、教授、博士生导师等职。1980年，蒋正华获得了我国改革开放后第一批公派赴美留学的名额，即将成行之际，接到学校的通知，让他竞争一个联合国有关机构的学习项目，这是新中国成立后联合国给我国的第一个资助项目，即去印度学习人口学与社会经济关系。蒋正华接受了学校的安排，结果在激烈的竞争中顺利通过，于是受国家派遣到印度孟买国际人口科学研究院开始为期两年的研究生学习。他十分珍惜在国外的学习机会，刻苦钻研为同学所称道，毕业那年还获得过国际人口科学研究院金质奖章。

回国后，蒋正华开始从事社会经济发展方面的研究，主持过深圳市社会发展规划、河南省人口与经济协调发展规划、云南省宜良县发展规划和中国社会保障决策支持系统等多项研究。其中，他所参与完成的“人口系统工程与定量分析”和“2000年的中国”的基础研究获国家科技进步一等奖，独立完成的“中国区域模型生命表”研究获国家教委科技进步一等奖，这一成果在人口学研究方面有开拓性意义。他还研制了中国劳动生命表，开拓了就业研究的新领域，开发了中国第一个老年保障数学模型和计算机仿真软件。以上两个项目均获国家科技进步奖。同时，他还先后出版了《中国经济发展模型》、《人口分析与规划》、《计划生育管理项目》和《区域发展规划与决策》等在人口学界颇有影响的专著。

1991年10月，一纸调令把正潜心书斋的蒋正华从一名学者变成了一位副部级领导干部，他被推到了国家计划生育委员会副主任的位置。原来，国务院有关领导看中了蒋正华在人口与经济研究领域的突出贡献，特别是他在运用定量分析方法和预测模型技术，利用科学的理论和方法对人口、社会、经济现象进行研究，揭示了人口与经济发展的内在规律，丰富了人口学理论。

“学而优则仕”在蒋正华身上得一验证，他由一位卓有成果的人口学家摇身一变成为国务院直属部委的高级领导干部。他走马上任后，即开始发挥个人在学术研究方面的特长，先后主持《以人口自身发展为中心的可持续发展研究》、人口与计划生育信息管理系统、国家计生委有关全国和地方人口发展目标规划、各次抽样调查及结果分析等研究。

“从事政府工作，我最大的收获是认识到什么叫讲政治。”蒋正华深感计划生育工作事关国家经济社会发展的大局，群众性、政策性很强。他十分重视调查研究，并要求调查过程发扬艰苦朴素的作风。在国家计生委时，他自带干粮深入基层进行实地调查，取得翔实丰富的第一手资料。在调查过程中，他一般都不惊扰地方政府，他认为这样可以了解到许多光听汇报无法发现的实际问题。

让蒋正华记忆犹新的是，当年主持了一次全国范围38万规模的人口抽样调查。方案设计、样本抽取、人员培训、现场调查到数据汇总处理、调查质量检查评比，每一个环节蒋正华都事事躬亲，四处奔波，全力指导，层层把关。此间，他还亲自设计了一种间接估计方法，通过分析影响出生率的直接因素估计各地的出生水平，指导计划生育工作。另外，他与同事们研究了历年计划生育药具发放、手术数字与生育率变化的关系，建立了评估报表的准确程度、计划生育技术工作情况的数学模型，并设计了特殊指标推动相应地区正确认识本地区计划生育状况，改进了工作。为了推动计划生育优质服务，他带领同志们通过研究使计划生育评估方法从结果评估逐步向管理和实施计划过程评估发展，以提高服务水平，改进工作方法，并讨论、设置了一整套相应的指标体系。

在国家计生委期间，蒋正华还把系统工程、自动控制理论和电子计算机应用技术用于计划生育工作的现代化之中。1996年，他在山东省组织了流动人口信息管理试点，采用IC卡技术存储流动人口有关信息，利用手持读卡机在基层流动验证、存储信息，与计算机信息管理系统结合起来实现验证、登记、查询，进行动态管理和服务，实现了多项目、跨地区的人口动态管理，减少了误差，加强了协调，方便了群众，提高了服务质量，效果显著。当年，国家计生委成为当时各部委中较早开始电子政务工作的部门之一。蒋正华主持计划生育系统内的人口与计划生育信息系统的建设工作，其内容包括办公自动化系统、育龄妇女服务系统、计算机信息网络系统、计算机仿真系统等等。这些系统在近年抗灾救灾工作中发挥了积极作用。

从事政府工作的同时，蒋正华继续进行着学术研究，他在北京大学、复旦大学兼职，在西安交大带博士研究生，还曾是美国斯坦福大学、法国巴黎政治学院、印度国际经济研究中心的客座教授、联合国专家。

鉴于蒋正华的研究与实践丰富了人口理论研究的内容，创新了应用技术，开创了人口科学研究的新领域，特别是在国际上首创了许多人口分析、预测模型，并引入国际生殖健康概念，提出了“以人为本、寓管理于服务之中”的管理思想，1993年国际人口学会推举他为理事会成员。

1997年10月，第23届国际人口科学大会在北京隆重举行，来自世界80多个国家和地区的1300多位专家学者参加了这一规模空前的人口科学盛会。作为大会国际组委会主席、中国组委会副主席蒋正华在主持这次中国首次承办的世界人口学界最高级别的大会开幕式时，心情十分复杂。3年前，即1994年，他在世界人口科学大会上代表中国人口学会提出由中国主办第23届人口科学大会，让他始料不及的是这项提议在理事会讨论时遇到很大阻力。有人用西方某些歪曲事实的宣传，攻击中国人权有问题，反对在中国召开人口科学大会。对此，蒋正华用流利的英语，以学者的身份，从人口学、经济学、社会学的角度阐述我国人口政策和实践，加深了国外学者对我国计划生育实际工作的了解。蒋正华用大量事实说明，中国是完全尊重人权的，他还从价值观念、道德准则、文化背景等影响因素，阐述不同国家制定政策的差异性，批驳以人权为借口干涉中国内政的做法。他的这一观点得到与会大多数理事的支持，最终申办以7：3获得通过。第23届世界人口科学大会在中国的举行，于他看来是中国向世界展示人口科研的丰硕成果和计划生育工作巨大成绩的最好平台。

◎ 走在学术与政坛之间

1992年底，蒋正华正式加入中国农工民主党。其实，蒋正华早年是梦想加入中国共产党。大学学习和工作期间，他曾任团支部书记、团总支书记等职务，并申请加入过中国共产党。“由于三年自然灾害，接连又是‘文化大革命’，我的申请就被搁置下来了。‘文革’后，学校党组织认为他留在党外工作更好，或许能做更多的事。于是，他开始关注民主党派。”

1997年，蒋正华当选为中国农工民主党中央主席。中国农工民主党是以医药卫生界高中级知识分子为主，由一部分社会主义劳动者、社会主义事业建设者和拥护社会主义的爱国者组成的政治联盟，是接受中国共产党领导、同中国共产党通力合作的亲密友党，是进步性与广泛性相统一、致力于中国特色社会主义事业的参政党。在新的领导职务上，蒋正华依然兢兢业业地工作，致力于与共产党亲密合作，积极发挥参政议政、民主监督的作用。

1998年3月，在第九届全国人大一次会议上蒋正华高票当选为全国人大常委会副委员长。5年后，他再次当选而连任。这位学者出身的高级领导干部没有想到自己有一天能在天安门广场西侧的人民大会堂内办公。

“人大是一个很特殊的工作领域，通过立法，对法律的执法进行监督，发挥了很独特的作用。我大部分的时间是搞自然科学，到国家计划生育委员会以后，我也是比较多地从技术的角度介入。到人大以后，我还是更多地从技术领域关心。”人大里人才济济，让蒋正华十分感慨：“我感到人大跟政府部门、学术机构最大的不同是，人大集中了各方面不同领域的人才，他们有各种不同的思维方式、工作模式，与我过去接触的一些人不同。他们在各个领域的某些方面已经有了成熟的经验，对于国家的发展有自己的一些看法。在人大，我通过和不同领域有非常成熟经验的人交流，从中受到很多启发，同时也学到很多东西。”

蒋正华很赞同周恩来总理讲过的一句话：“历史让你在前台就在前台，历史让你在后台就在后台。”他对记者说：“既然党和人民把我放在这位置上，我就要兢兢业业地做好自己的工作，如果你的记者工作干得很好，而我却不能胜任副委员长这份工作，那么，我这个副委员长就不如你这个当记者的。在这上面，看的不是权利大小，职位高低，看的只是工作有没有做好。”

蒋正华自言小时候“没有梦想，没有野心，少无大志”，“要说有梦想，只想上工科，当工程师”。他没有想到自己尽管上了工科，但是还是没有当上工程师，尽管没有“野心”，却还是被历史推到了前台，成为了一位国家领导人。

谈及自己的经历，蒋正华以“万金油”自喻。他对记者认真地说：“学术研究可以使我更多了解国际科技成果，及时把握科技发展动态，对从事全国人大常委会和农工民主党工作很有帮助。”蒋正华笑着说，我还是喜欢当教授，想干什么就干什么，比较自由。“从政，自由度就小多了。不过能为更多的人服务，取得的成果、效果可能更大些。”

2004年8月28日，第十届全国人民代表大会常务委员会第十一次会议通过《中华人民共和国电子签名法》。电子签名法是以规范作为电子商务（也包括电子政务）信息载体的数据电文和当事人在数据电文上以电子数据形式“签名”为主要内容的法律制度。蒋正华是我国最早推动电子业务立法的国家领导人之一。早在多年前，他就意识到以计算机网络和电子技术应用为依托的电子商务，具有远比传统商务更为便捷、高效、覆盖面广、交易费用低廉等明显的优势，更能适应信息时代和经济全球化的需要，但电子商务所带来的贸易方式革命性的变化，却遇到了传统法律的障碍，产生了一系列必须解决的法律问题。在九届人大期间，蒋正华曾向李鹏委员长建议过有关立法；2003年6月，他又向十届人大常委会吴邦国委员长提出推动电子业务立法工作的建议。在各相关部门的共同推动下，电子签名法自2005年4月1日起施行，蒋正华十分高兴。在他看来，这对于规范电子签名行为、确立电子签名的法律效力、维护有关各方的合法权益能起到重要的作用。

◆◆ 1997年，政绩与学术硕果累累的蒋正华（右）当选全国人大常委会副委员长后与卢嘉锡（左）亲切交谈

2003年8月，蒋正华就进一步加强人口信息系统建设相关问题曾致信国务院总理温家宝，温家宝作了专门批示，随后国务院信息办等有关部门向蒋正华作了专门汇报，听取了蒋正华的意见。在各相关部门的共同推动下，已将人口信息系统建设纳入国家信息系统建设总体规划。

谈及中国的经济形势，蒋正华表示，我国国民经济持续平稳快速的发展，呈现出了经济增长快，结构优化、效益提高、民生改善的良好态势，但也存在着经济增长速度偏快、价格上涨较多等新的问题。

针对经济运行出现的突出问题和新的形势，蒋正华指出，需要重点抓好五个方面的工作：第一，继续严把土地、信贷两个闸门，认真执行环保、安全节能的市场准入标准，下大力气控制新开工项目，坚决制止固定资产过快增长，防止经济全面过热；第二，实行从紧的货币政策，减少银行体系的流动性，加强信贷工作的引导，合理控制商业银行的信贷投放，进一步抑制信贷过快增长，同时要优化贷款的结构，做到有保有压，加强对农业、中小企业发展薄弱环节的信贷支持，加快产业结构的调整；第三，要抓住财政持续增收的大好时机，进一步加大公共服务领域的投入，积极支持三农、基础教育、社会保障、失业再就业、公共医疗卫生、住房保障等各项事业的发展，着力推进基本公共服务；第四，要加快转变对外贸易的增长方式，改进和完善加工贸易政策，引导加工贸易转型升级，减少进口行政审批，鼓励高新技术及国内急需商品的进口，引导外资更多地投向农业、服务业、节能减排等薄弱环节，投向中西部地区，提高利用外资的质量和水平；第五，进一步推进资本市场的制度建设，拓展投资融资渠道，防止股票市场产生大的波动，鼓励优质大企业在国内资本市场上市，通过并购重组包括资产注入等多种方式进行结构调整，积极推动多层次资本市场的建设，加快推进包括创业板公司债券市场在内的多层次的资本市场的建设。由于当前国际、国内不确定因素增加，需要我们更密切地注意形势发展，及时、小幅、有针对性地调整政策。

◎ 重大工程背后的真知灼见与赤子情怀

孙中山先生在《建国方略》中提出，拟在直隶湾中的“大沽口、秦皇岛两地之中途，清河滦河两口之间，沿大沽口秦皇岛海岸岬角上”建筑“与纽约等大”的北方大港。孙中山先生指出，“建筑不封冻之深水大港于直隶湾中”，“该地为直隶湾中最近深水之一点……使为深水不冻之大港，绝非至难之事……由营业上观察，此港筑成，立可获利”。孙中山先生论述的“深水大港”就是指河北省曹妃甸一带的水域。

从1993年开始，首钢总公司为解决进口秘鲁矿石接卸码头问题，选址在曹妃甸，进行了深水泊位勘察设计等前期准备工作。

按照国家钢铁工业中长期发展规划，到21世纪，华北地区的首钢、唐钢、天钢、包钢、宣钢、承钢六大钢铁企业进口矿石总量将达到1000万吨，如此庞大的进口量靠多港点、小泊位的分散接卸方式，非常不经济。因此，兴建深水矿石业主码头，尽快开发曹妃甸港，是多家钢铁企业降低原材料成本、改善经营状况的共同愿望和呼声。

1998年8月中旬，蒋正华率国家计委、交通部、铁道部、国家冶金局和首钢总公司负责同志组成的专家考察团，应邀就京唐港曹妃甸20万吨级进口矿石码头建设项目进行了考察。曹妃甸是一个面积约20平方千米的条状沙岛，平均标高为2米以上。岛南侧岸线陡峭，距岸600米处即为东西长5千米、南北宽4千米的渤海湾主潮流通道的深槽海域，水深达24至36米，是渤海湾内唯一不用开挖航道和港池就具备建设25万吨级深水泊位的天然港址。岛北距陆域海岸线只有几十千米，中间为面积约150平方千米的宽阔浅滩，水深标高为0.6至2.7米。只要围海造地，大型石油储备基地、石油化工、煤化工、盐化工、钢铁项目等项目，都有充裕的发展空间。

蒋正华与河北省唐山市领导座谈时指出，对一个项目能否立项，立项后能否实施，要看是否有需求和是否具备条件。从需求来看，我国随着经济的发展，越来越感到资源的压力，也越来越认识到怎样利用国际资源来发展自己的事业。蒋正华举了三组数字后说："我国发展迅速，成绩显著，但一定要解放思想，一定要打开眼界，进一步考虑下个世纪的格局。今后世界的发展，一个是政治上的多元化，再一个是经济上的全球化。我们必须树立全球经济的观念，在经济发展中充分利用世界的资源和市场。我国资源的贫乏，决定以后进口资源将是大量的，不仅是铁矿石，而且包括石油等资源。"随后，蒋正华从曹妃甸的自然条件、操作实施条件、技术手段等方面充分肯定了在曹妃甸建设深水港的可能性。他指出，当前我国经济加快发展，对资源要求迫切，现在又抓投资拉动、扩大内需，建港时机适当，可以说是天时、地利、人和都已具备。为使这一项目及早立项，蒋正华就如何完备方案、实施方案、及早考虑今后的多种用途等方面，提出了意见。

考察归来，蒋正华代表农工党中央向中共中央、国务院提交了《关于河北省京唐港曹妃甸20万吨级进口矿石码头建设项目尽早立项的建议》，得到了中共中央、国务院的高度重视，也得到了国家有关部委的大力支持。

2004年12月27日，国务院审议并原则通过了包括曹妃甸港区在内的《渤海湾地区港口建设规划》，同意"2010年前建设由京唐港、曹妃甸港区组成的深水、专业化进口铁矿石中转运输系统，重点新建曹妃甸港区20万吨至30万吨级专业化进口铁矿石中转码头；建设由京唐港、曹妃甸港区组成的原油中转运输系统"。次年2月，国家发改委正式批复首钢生产系统搬迁曹妃甸的方案。

如今，曹妃甸工程已成为"十一五"期间国家投资最大的产业项目集群。得知曹妃甸工业区将以大码头、大钢铁、大石化、大电能四大主导产业为核心，建成全国多种泊位并存、单体工程量最大的港口，国内最先进的1500万吨精品钢材生产基地、全国单机容量最大的电厂和国家首批确定的循环经济示范区时，蒋正华十分欣慰：没有想到当年率团考察曹妃甸，促成了曹妃甸工程上马。河北人也没有忘记农工党的努力，中国共产党河北省委、省政府向农工党中央所赠的铜匾上就写着“参政议政、情系河北、肝胆相照、再谱新篇”。

改革开放这些年来，沿海地区走在前列，西部地区也有很大发展。但由于自然条件、历史文化和政策体制等多方面原因，西部地区发展仍然相对滞后。1999年3月，时任中共中央总书记江泽民提出要研究实施西部大开发战略。2000年1月，中共中央、国务院对实施西部大开发战略提出了明确要求，国务院成立了西部地区开发领导小组，实施西部大开发战略拉开了帷幕。根据中共中央统战部的安排，2000年各民主党派中央围绕实施西部大开发战略开展考察调研活动。农工党中央主席蒋正华带队考察了西藏、甘肃、青海三个省区，并将考察情况向中共中央作了汇报，对西部地区的经济社会发展提出了意见和建议。

2000年6月，蒋正华率团对西藏进行考察。考察团的考察路线是：拉萨——林芝——米林——朗县——泽当——江孜——日喀则——那曲——拉萨，驱车3000多千米，多次翻越海拔5000米以上的雪山，深入农村、牧区、工厂、学校、医院实地考察。考察团所到之处，受到藏族同胞的发自内心的热烈欢迎。让蒋正华感动的是，老百姓听说是从北京来的代表团，自动聚集欢迎。在山南地区一个昔日的贵族庄园旁，一位农民向蒋正华一行讲述了生活的巨大变化。考察团在考察中，发现西藏地处祖国西南边陲，有着长达4000多千米边防线，西藏人口的80%是农牧民，他们绝大多数听不懂汉语。这时，蒋正华认识到，扩大和提高藏语广播、电视的覆盖率，对于维护西藏的社会稳定、维护民族团结、维护祖国统一，对于我国的改革开放和社会发展，对于我国的长治久安，具有极其重大的意义。

这年9月15日，中共中央在中南海召开党外人士座谈会，听取关于实施西部大开发战略的意见和建议。座谈会上，蒋正华向中共中央领导同志汇报了考察团在西藏的考察情况。在充分肯定西藏在各方面取得显著发展成果的同时，蒋正华就进一步落实好中共中央既定的方针政策，进一步促进西藏的发展和稳定提出了意见和建议，其中建议加强西部边远地区广播电视设施建设，在西藏建一座大功率中、短波发射台。蒋正华分析说，境外电台使用100多个频率长期以藏语为主对西藏进行针对性广播，最大覆盖率达95%以上，总功率超过1.8万千瓦，而西藏的广播总功率只有1200多千瓦，实际发射功率只有700千瓦左右，相当于境外电台发射总功率的1/25，不能适应反渗透反分裂斗争的需要。西藏农牧民群众大部分听不懂汉语，还需要加强广播电影电视节目的藏语翻译，扩大和提高语言覆盖。充分利用互联网在反渗透、反分裂斗争中的作用，支持建立藏语网站等。

蒋正华提出的这项建议，引起了会议主持者江泽民的极大关注和高度重视，他当即对加强西藏等边远省区广播电视工作发表了重要讲话，并于次日凌晨给中共中央有关领导同志写信，要求大力加强宣传舆论工作，要在资金、人员和技术上调集足够力量，加强广播电视的条件，让党和国家的声音进入千家万户。

3天后，即9月18日，中共中央、国务院有关领导同志召开专题会议，决定实施建国以来规模最大的广播电视覆盖工程——西藏、新疆等边远省区广播电视覆盖工程（简称“西新工程”）。

很快，根据中共中央的部署，中共中央宣传部、国家广电总局、国家计委、财政部等部委立即行动，调集全国广电部门的精兵强将，从2000年第四季度开始，投入大量资金，克服重重困难，在戈壁荒滩，在雪域高原，在崇山峻岭，在穷乡僻壤，风餐露宿，连续奋战，新建、扩建了一大批发射台。到2002年底顺利完成了“西新工程”第一、第二阶段的建设任务，大大增强了西藏、新疆、内蒙古、四川、青海、甘肃、云南等西部省区的广播电视覆盖能力，收到良好的社会效果。

2004年11月，蒋正华率农工党中央考察团到福建省就加快福建港口和交通发展，推进海峡西岸经济区建设等进行考察。蒋正华听取了中国共产党福建省委、省政府关于福建港口和交通建设方面的工作汇报，并实地考察了厦门东渡港区、漳州招银港区、泉州肖厝港区、大唐火电厂等。在12月14日中共中央召开的党外人士座谈会上，蒋正华提出，“应在福建建设一个全国综合交通枢纽，打通内地到福建沿海的大通道，此举对于促进祖国统一大业，推动福建经济发展、港口建设都大有好处”。提议得到了中共中央领导的认可，要求在“十一五”规划中予以研究。

6天后，农工党中央向国务院报送了《从祖国统一高度加快福建港口发展的建议》，建议从福建的对台区位优势、港口资源优势、台湾居民的寻根感情等角度，强调加快福建港口发展的重大经济、政治、社会意义，同时就加快福建港口发展，推进海峡西岸经济区建设提出了意见和建议。此建议同样得到国务院领导的高度重视，国务院总理温家宝、副总理曾培炎作了重要批示。

2005年2月4日，在党外人士迎春座谈会上，蒋正华在发言中再次强调，“在当前对台工作的新形势下，加快福建港口发展，繁荣以福建为主体的海峡西岸经济区，有利于充分发挥该地区的区位优势、人文优势和政策优势，实现加快经济发展与促进祖国统一的有机结合”，并建议将海峡西岸港口群列入国家沿海港口发展规划，将厦门湾、福州港、湄洲湾、三都澳港列为国家主要港口，逐步发展建设海峡西岸区域性航运中心，建议将三都澳港湾列入国家战略资源进口的重要港址，布点建设大型原油等国家级战略资源储备基地。

根据国务院领导的批示意见，2005年3月，国家发改委形成《国家发改委关于发展福建沿海港口和开发江阴半岛有关情况和意见的报告》报送国务院，对“关于给予福建省港口优先发展和重点支持；沿海港口规划；将福建有关港口列入国家主要港口；将三都澳港湾布点建设国家级战略资源储备基地；新建向塘至莆田铁路”等问题提出意见建议。此外，还就“关于将福州列入国家交通综合运输网重要枢纽城市”问题，明确提出“我委正在研究制定《综合交通网中长期发展规划》，鉴于福州在全国综合运输体系中处于重要位置，初步考虑将其列入综合运输大通道的重要节点，具体需进一步论证确定”的意见。听到这些消息，蒋正华长长地吁了一口气……

同年3月31日，国务院新闻办举行新闻发布会，时任黑龙江省长张左己介绍了“哈大齐”工业走廊的规划建设情况，这标志着经国务院批准的“‘哈大齐’工业走廊”战略正式启动实施。这一战略从形成到实施，同样离不开蒋正华的支持与关心。

2004年6月9日至17日，蒋正华率团赴黑龙江省伊春、鹤岗、大庆，就“资源型城市现状及转型对策研究”进行专题考察。从哈尔滨到大庆，望着公路两旁那些自古就被荒废的一望无际的盐碱地，蒋正华以敏锐的洞察力为大庆，乃至黑龙江勾画了一幅壮丽的战略规划蓝图。他指出，城市化发展分为几个阶段：第一阶段是一些单独的城市的发展；第二阶段是城市和城市之间逐步联合起来，成为一个城市带，城市带就有了比较强大的带动地区发展的功能；第三阶段是形成一个城市群，城市群内部不同层次、功能的相互支撑就有了更大的发展带动趋势，就能发挥更大的作用；现在正在城市化的第四阶段，就是要发展成为一个城市集团，从它的地域、功能以及产业结构，形成一个三维的城市结构。

在考察中，蒋正华指出，世界上任何一个经济发达的国家，都由几个城市群带动。从城市化发展的规律来看，黑龙江省的哈尔滨和大庆两个城市现在的GDP占全省的60%左右，已经具备了条件，应该以这两个城市作为核心，发展一个城市带。从哈尔滨到大庆沿线都是盐碱地，作其他用途经济效益很低，但这是一个发展工业园区的很好条件。应该沿着哈大这样一个带，逐步有计划地部署一些经济发展园区，然后带动园区附近的居民逐步发展小城镇，形成强大的带动作用。

考察结束后，农工党中央在呈报中共中央、国务院的考察报告中指出，哈尔滨、大庆两市，具有明显的土地、产业、原材料、能源、资金、人才、基础设施等比较优势，经济互补性强，带动辐射能力强。哈大经济带的辐射半径，可以大大超过哈尔滨和大庆在原来孤立状态下的辐射半径。建议国务院和黑龙江省政府通盘考虑，及早规划，并在政策、资金和项目投放上给予特殊政策和重点倾斜，促进两市的经济融合，打造对黑龙江省乃至对整个东北地区有重大影响的新发展极和经济增长点。在中共中央召开的党外人士座谈会上，蒋正华就这一问题向胡锦涛总书记、温家宝总理等领导作了专题汇报。

不久，黑龙江省委、省政府针对蒋正华的战略构想专门召开了专家研讨会、论证会。经过集思广益，该省领导和专家们在“哈大经济带”的基础上，又增加了重工业城市“齐齐哈尔”，最终形成了三点一线的“哈大齐工业走廊”发展战略。很快，“哈大齐”工业走廊得到批准立项。

2007年6月1日，刚刚开始伏季休渔的海南省谭门港渔民们迎来了一群远道而来的客人，他们是由农工党中央主席蒋正华、常务副主席李蒙率领的农工党中央“海洋经济”考察团。考察团冒着酷暑走遍了海南全岛，登鱼排、入海港，参观水产养殖基地、研讨旅游开发规划，为发展我国海洋经济深入调研。此后不久，一份凝聚着农工党全党智慧的报告呈交中共中央、国务院。报告认为，实现我国海洋经济又好又快发展已具备良好的经济基础和社会环境，我们应深入贯彻落实科学发展观，牢固树立“陆海统筹”的观念，促进海洋经济又好又快发展。蒋正华说，几年里，农工党动员全党力量，通过开展调研、组织专题论坛和研讨会等方式，为区域经济协调发展提出了很多有价值的意见建议。

这年10月，闭幕的中国共产党十七大把科学发展观作为发展中国特色社会主义必须坚持和贯彻的重大战略思想，写入了《中国共产党党章（修正案）》。消息传来，农工党上下感到无比欣慰。特别是蒋正华十分激动，回首近年来，农工党深入贯彻落实科学发展观，始终坚持把发展作为参政议政的第一要务，紧紧围绕全面建设小康社会目标，认真调查研究，积极建言献策，为党和政府科学决策、民主决策作出了重要的贡献。

访谈中，蒋正华多次强调，民族党派在“参与国家大政方针的制定”方面，要以参政为民为前提，以发展为参政议政的第一要务，拟定调研计划和调研课题都要及时了解和掌握中共中央、政府的中心工作和相关政策。从关系广大群众的切身利益出发，是参政议政工作能围绕中心，服务大局。蒋

◆◆ 2009年7月25日，蒋正华（右）向陈怀德（左）亲授“中国社区服务企业志愿联盟富迪志愿服务总队”的旗帜

正华说，群众利益无小事，民主党派的参政议政工作也要树立为老百姓办实事的参政观，力求智为民所用，利为民所谋。

2008年1月上旬，蒋正华在水利部有关负责人等陪同下到珠江沿线对水资源管理及利用工作进行专题考察研究。蒋正华亲临珠江沿岸，走访水利基础设施、视察水库泵站、听取专项汇报、细问民生大事，其关怀之情让珠江流域的广大水利职工倍感振奋。

陪同的同志记得，蒋正华一行饶有兴趣地登上大客轮，逆流而上，实地考察黔江大藤峡的水资源开发利用情况。沿途，看着碧绿澈亮的江水，蒋正华忍不住赞叹道：“看这水清清的，要好好保护！”

一路上，蒋正华向广西的同志详细了解黔江流域环境保护有关情况，并就大藤峡枢纽项目建设进行了深入地阐述，寄予了殷切的期盼。针对开发、建设大藤峡水利枢纽工程的具体工作，蒋正华高屋建瓴地提出了“政府主导、市场运作、联合开发、共同受益”的原则。他说，要结合招商引资、小城镇建设和劳动力就业转移等，创新工程建设机制，创新移民安置办法，使工程体现以人为本、和谐建设的理念，通过综合开发和建设，确保工程既能满足防洪要求，又能满足发电要求，充分让当地老百姓在工程建设过程中受益，为地方经济社会发展发挥其最大的效益。

珠江河口咸潮上溯威胁澳门、珠海等地供水安全，是蒋正华此次珠江之行的一个重要起因。为此，蒋正华一行沿西江经梧州，从广东肇庆、佛山而来，前往广州、珠海等毗邻澳门的城市进行重点考察。“保障珠澳两地饮水安全事关大局，中央对此非常关心，水是生命之源，也是发展之本，咸期供水更是关系民生的大事。目前开展的水量调度工作很好，各方面的认识能高度统一，把调度工作摆在很重要的位置。我们还要拿出长期的规划来，共同努力，采取措施，把这个问题解决好。”蒋正华的话语铿锵有力。在考察途中，蒋正华十分关心水资源开发利用给珠江流域群众生产生活带来的变化。

在座谈会上，蒋正华语重心长地说："水资源问题是关系到社稷民生的根本性问题，水的问题既是生活问题、社会问题，也是经济问题，水资源安全、水生态建设等问题，既制约着经济社会的进一步发展，也与人民生活质量有着密切联系。加强流域水资源统一管理是国际的成功经验，要加强珠江流域统一管理，使流域在保持经济社会快速发展的同时，保持青山绿水，力争使珠江流域成为流域管理的典范，这是对国家可持续发展战略和贯彻落实科学发展观的最好贡献。"

◎ 无法忘怀的平民领导人

2008年3月后，蒋正华正式退出领导岗位。接受访谈时，他笑着说："赞成吴仪所说，希望大家把我忘了。"但是，他的思想曾影响多少人？他的风范曾打动多少人？他的学术曾服务多少地方？他的举措或建议又曾解决多少实际问题？人们又怎么能忘记他。

许多人还记得，他曾在国家医药卫生体制改革研讨会上提出，按照我国国情，新的医药卫生体制，应该是"政府主导与市场机制相结合"的新体制。许多人还记得，他曾在向全国人大常委会汇报统计法执法检查情况时披露，现行统计体制抗干扰能力差，统计部门综合协调能力弱；统计法在贯彻实施中存在不少问题——主要是统计法制意识淡薄，统计作假比较严重。并建议进一步增强统计法制观念，切实采取有效措施，提高统计数据的准确性；尽快修改完善统计法。许多人还记得……

其实，蒋正华的确无法彻底地退下来，毕竟还有很多工作还等待他去做。

退出领导一线的蒋正华，还是十分关注人口、经济、资源、生态、环境、可持续发展等多学科交叉、复杂性学科的研究，继续为国家的发展、社会的进步建言献策。此外，他还出任多所大学的客座教授，指导博士生。同时做这么多工作，又涉及许多不同的领域，是否应付得过来，笔者不免质疑。蒋正华说，他与学生之间是教学相长。"正是因为带了那么多的博士生，可以在金融、经济、人口、可持续发展、计算机科学、信息技术等系统分析方面同时工作，才延长了自己的手、脑，扩展了思路。"

目前，全国人大常委会正在加紧审议的循环经济法草案就有蒋正华的心血，他曾为该法案的调研、立法作了大量的工作。该法案强调以循环发展模

式替代传统的线性增长模式，草案以“减量化、再利用、资源化”为主线，要求县级以上政府编制国民经济社会发展规划、区域规划以及城乡建设、科学技术发展等规划时应当明确发展循环经济的目标和要求。蒋正华说，进入20世纪80年代以来，中国经济快速增长，各项建设取得巨大成就，同时也付出了很大的资源和环境代价，经济发展与资源环境的矛盾日趋尖锐，这些问题与中国资源利用效率相对低下密切相关。据悉，早在2005年12月，十届全国人大常委会四十次委员长会议就决定将制定循环经济法补充列入立法计划。蒋正华认为，发展循环经济具有为经济发展开辟新的资源、有效减少污染物排放、提高经济效益等积极作用。

“何以解忧，唯有杜康”，这是三国时期曹操对杜康酒的有名评价。2006年11月7日，由“神舟六号”飞船所搭载的酒曲、窑泥培育研制的“白水杜康”酒，引得蒋正华连连称其“醇”正，蒋正华欣然提笔称赞道“美酒出白水，豪饮在杜康。一吸三百斗，犹呼换大杯”。

生活中，蒋正华不吸烟，也很少饮白酒，不过“米酒”、“冰葡萄酒”是他的最爱。工作之余，蒋正华常常或蘸墨运笔，或捧阅历史小说，或与老友玩桥牌，值得一提的是桥牌牌艺身手不凡。

走出农工党中央的办公大楼，蒋正华儒雅的谈吐、深刻的思想与平易的心态让我们无法走出崇敬的世界……

人生◎手记

说到学者参政的优势，蒋正华掐指而数：“第一，比较严谨，不会想当然。通过仔细的研究，之后提出一些切实可行的方针政策。第二，有一些理论基础，理论上讲得通，实践上做得通，学者习惯讲道理。第三，比较愿意接触实际，没有‘官本位’思想。当然学工程的缺点是比较机械。”

“不矜不伐，克尽我职；亦官亦民，永葆本色；荣辱不惊，贫富不移；直道从政，但求民安。”这是蒋正华的座右铭。寥寥32个字既表达了蒋正华的心志，也是对他治学与从政生涯的真实写照。

刘奇葆

在山崩地裂的『大考』面前

·代表档案·

刘奇葆，1953年1月出生于安徽宿松，1974年9月毕业于安徽师范大学历史系，1993年12月以硕士学位毕业于吉林大学经济学院。历任安徽省委宣传部理论研究室工作人员，安徽省委办公厅秘书处秘书，共青团安徽省委宣传部副部长，共青团安徽省委副书记、党组成员、兼宣传部部长，共青团安徽省委书记、党组书记，中国共产党安徽省委第四届委，宿州市委副书记、市长，共青团中央书记处书记兼机关党委书记，人民日报社副总编辑，国务院副秘书长、机关党组成员，广西壮族自治区党委副书记，广西壮族自治区党委副书记兼自治区党委党校校长，广西壮族自治区党委书记、自治区人大常委会主任、自治区党校校长等职；现为四川省委书记、省人大常委会主任、省“5·12”抗震救灾指挥部指挥长，是**十六届中央候补委员、十七届中央委员与全国人大代表**。

刘奇葆 在山崩地裂的“大考”面前

公元2008年5月12日，这注定是中国人刻骨铭心的一个日子。这一天，四川汶川发生大地震。顷刻间，无数建筑物轰然倒塌，数十万民众被埋在废墟之下。

党和国家领导人接踵而至四川灾区，走到废墟之上，走到灾民之中，让全中国、全世界感动。在一个个陪同中央领导同志慰问、调研、部署的镜头中，我们都看到了同一个神情凝重的身影，这就是当时履新不到半年的四川省委书记刘奇葆。

汶川大地震让四川处在了一个关键时刻，“面临着少有的困难，少有的处境，少有的任务和责任，少有的关切和关注”，作为四川省委书记、省人大常委会主任的刘奇葆率地方各级领导干部，面对困难、坚定信心，投身大局、攻坚克难，立足岗位、超常努力，以无畏的精神、坚韧的工作、出色的成绩向党和人民交出了一份无愧的答卷。

◎ 大灾难突然降临的第一时间

2008年5月12日14点28分，一个被凝固的黑色瞬间。

这次特大地震震级达到8级，烈度为11度，是新中国成立以来破坏性最强、波及范围最广、救灾难度最大的一次地震。据刘奇葆介绍，“地震灾害破坏极其严重。全省绝大部分市州受灾，重灾地区将近占全省县市区的一半、幅员面积超过全省1/5，人员伤亡极大。重灾区房屋大量倒塌，北川县城、汶川县映秀镇等部分城镇夷为平地。公路、电力、通信、供水等基础设施严重损毁。工矿企业、机关、学校、医院严重受损，部分农田和农业设施被毁，旅游景区和文物古迹受损严重。地震还导致很多次生灾害，特别是堰塞湖和震损水库隐患严重。生态环境等许多损失难以统计，实际受损情况更为严重”。

当日下午，刚刚从河南考察农业和粮食生产储备情况抵京的国务院总理温家宝坐在中南海的办公室里，突然感觉晃动，原来是北京有感应。温家宝后来对身边同志回忆说：“我起初还以为是我血压高了。但我很快看到了报告。我马上给刘奇葆同志打电话。他说他正赶往灾区。等我再给他打电话时，就打不通了。”

16时40分许，一架专机从北京西郊机场腾空而起，温家宝总理赶赴四川灾区。在飞往灾区的飞机上，温家宝主持召开紧急会议部署工作，表情十分沉重。国务院抗震救灾指挥部在飞机上宣布成立。温家宝向舷窗外看去。过了一会，他突然转过头来，对身边的新闻工作者说：“我要发表一个电视讲话，让大家不要恐慌。下了飞机，就要播出去。”

特大地震发生后，四川省召开短暂会议，进行紧急部署后，仅仅半小时，刘奇葆冒着余震中的飞石，与向成都转移的人潮逆向而行，沿着开裂的道路，乘越野车向汶川疾驰。在行进途中，刘奇葆坚决果断地就抗震救灾作出7条指示。其中前3条分别是“迅速抢救伤员”、“把灾区受灾群众转移到安全地带”、“保障受灾群众有饭吃、有衣穿、有住处”。对生命的爱护和对群众安全的重视，在刘奇葆的7条指示中得到有力体现。

随后四川省立即启动地震应急Ⅰ级响应预案，抢救伤员、转移群众、监测预警、发布信息、抢修基础设施……各项工作即刻展开。

与此同时，四川省省长蒋巨峰马上向各市州了解情况，报告国务院总值班室，在震后十几分钟即赶到该省地震局了解灾情，随后乘直升机赶赴汶川。

因通往汶川的地面和空中通道都已不能通行，两路人马被迫返回都江堰。当夜，在都江堰市公安局门口人行道上，在一张彩条布搭成的“帐篷”下，在震后的疾风骤雨中，由刘奇葆任指挥长，蒋巨峰等任副指挥长，四川省委常委、副省长和省人大、省政协有关领导任成员的四川省“5·12”抗震救灾指挥部成立。

根据刘奇葆的要求，四川省领导分三批行动：一批分赴6大重灾区；一批赶到设在都江堰的前线指挥部；一批坐镇成都指挥。11位省领导分别负责总值班室、医疗保障、交通保障、通信保障、水利监控、救灾物资、宣传报道、港澳台及国际救援协调8个工作组；7位省领导分别坐镇广元、阿坝、德阳、雅安、成都、绵阳6个重灾区前线指挥部。

刘奇葆在第一时间要求四川省公安厅对通往灾区的道路实行交通管制，保持救灾道路的畅通。事实证明，正是因为交通管制的措施及时，才使通往各个灾区的交通保持较好秩序，保证了大量救灾车辆顺利通行，有效地支持了抗震救灾工作。

当晚，在仅有一块塑料布防雨的前线指挥部里，刘奇葆向温家宝总理汇报了灾情，并随即按国务院抗震救灾指挥部会议精神部署抗震救灾工作。第一时间，四川21个市州分别成立由主要领导担任指挥长的指挥部；四川省省直部门分别成立由主要负责人任指挥长的指挥部。

震后数小时内，抢修队，行动！救援队，抵达！军警，出发！物资，上路！赢得了宝贵的第一时间。

总书记、总理的每一个重要指示，指挥部都马上领会贯彻，绝不过夜；党中央、国务院的每一项部署，都当即细化落实，夜以继日。迅速、高效的背后，是理念、责任和能力。抗击这场突如其来的巨大灾难，体现的是以人为本的理念，折射的是以人为本的责任。

当日19时10分，距地震发生还不到5小时，温家宝飞抵成都。23时45分，查看了都江堰市中医医院、聚源中学的灾情后，他回到在都江堰就地搭建的帐篷指挥部，再次召集会议，部署救灾工作。刘奇葆注意到，那天晚上，总理没有吃饭。

会议一直开到13日凌晨1点多，温家宝拒绝了刘奇葆等四川省同志让他回成都休息的建议，说他不会离开灾区，今晚就住在车上。于是，工作人员临时找来了两床军被。在中巴车的最后一排铺上一床，温家宝躺下了。过了一会，他又起身要了一片安眠药服下，睡了。

夜里雨下得很大，又发生了余震，温家宝所在的车子在剧烈地晃动。大概凌晨4点的时候，秘书拿了份特急件匆匆来到车上，批阅了文件后，温家宝下车又走到旁边的临时指挥部，站在滴着雨水的简易帐篷下，向值班人员询问道路打通的情况，询问医院和学校又救出了多少人。早晨6点多，他用湿纸巾擦了把脸，也没有刷牙，就到指挥部里坐下，又开始工作了。知道总理的这些细节后，刘奇葆十分感动。

地震发生后，来自重灾区北川县等地的上万名群众在绵阳九洲体育馆得到妥善安置。5月13日下午4时，温家宝在刘奇葆等的陪同下来到这里看望灾民。

一位工作人员引领着温家宝一行走进一个房间。贴着墙根，坐着十几个在灾难中失去父母的孩子，气氛悲怆而沉静。温家宝握住孩子们的手，一个一个地亲切询问情况。

此时，哭泣声从一旁传来。看见总理就像看到亲人，旁边身着黄色上衣的刘小桦，终于没有忍住失去亲人的痛苦，哭出声来……

温家宝哽咽着抓起她的手，用力地握着："我应该把你们照顾好。"并接连问："几年级？""爸爸妈妈还在吗？""还有什么亲人吗？"刘小桦的眼泪流了下来，一一作答："四年级。""爸爸妈妈不在了。""还有个姐姐，在北京读大学。"

"政府要管你们的生活，你们在这里就像在自己家里一样。"温家宝语气略微停顿，接着说，"这是一场灾难，你们幸存下来了，就要好好活下去。知道吗？"

听到这关切的问话和关爱的叮嘱，站在总理身旁的刘奇葆无法克制自己的感情，泪水漱漱地从脸颊上滑落。这时，温家宝接着进一步俯下身子对刘小桦说："有什么困难，将来政府都要管。"并转过身子对刘奇葆等随行同志说："孩子们心里的创伤很大。将来要专门研究，要派人好好做好安慰工作。"刘奇葆默默点头，双眼涌动着泪水……

发生在灾区的一个个自救、互救、援救的故事，让每一个中国人感动，让刘奇葆心颤。在大灾难突然降临的那一刻，爱，迸发出了最动人的力量——亲人之间，生死相依；朋友之间，相互激励；陌生人也挽起手臂。这些故事，让每一个中国人落泪，也让我们坚强，同样让刘奇葆激情满怀。只要我们咬牙挺住，只要我们不放弃、不抛弃，希望，就在前方。

5月13日，在向四川全省发表的题为"全体动员，众志成城，奋力夺取抗震救灾斗争的胜利"动员讲话中，刘奇葆动情地说："如此巨大的灾害，可以使山河改变、道路中断、房屋摧毁，但是摧毁不了我们抗震救灾的坚强决心，摧毁不了我们救助灾区群众的坚强决心，也摧毁不了我们在废墟上重建社会主义美好新家园的坚强决心。”

誓言如铁，挽起众志成城的臂膀。每一秒的时间流动，都可能是生命的流逝。与时间赛跑，四川省委、省政府、指挥部的紧急通知一个接一个，救人、安置、防疫、生活救助……每一个关键环节，都前瞻研究、及时部署、有序推进。

◎ 抗震救灾中挺起不屈的脊梁

“到灾情最重的地方去，到困难最大的地方去，成为群众的主心骨。”2008年5月12日以来，刘奇葆等四川省领导走遍此次大地震的所有重灾区。在灾区人民最困难的日子里，他们带去四川省委、省政府的惦念和深情慰问，现场指导抗震救灾工作。

5月19日，在都江堰市幸福社区荷花市场的施救工作现场，路旁两人多高的废墟旁边，几台挖掘机和吊车正在协助救援人员紧张作业。在这次特大地震中，荷花市场倒房260幢，有200多人被埋在倒塌的楼房下。

这天下午，踩过零乱的砖头瓦砾，刘奇葆走到施救人员身边，感谢他们辛苦工作，详细询问搜救情况。当得知已有12位群众被从废墟中抢救出来时，刘奇葆说，当前还是要全力抢救幸存者。只要有一线希望，就要尽最大努力，继续争分夺秒搜救被困群众。

都江堰市向峨乡是此次特大地震灾害中受灾较重的地方，全乡有430多人在地震中遇难。从都江堰市区通往向峨乡的路边随处可见倒塌的民居。而整个向峨乡场镇上，80%的房屋倒塌，所有的房屋都无法再住人。看到眼前的惨状，刘奇葆十分痛心。“被埋的学生都尽力搜救过了？”在该乡受灾最重的学校，刘奇葆关切地问。当乡干部告诉他，倒塌的废墟都清理过，救出的学生也得到安置时，刘奇葆叮嘱说，救人还是第一位的，要想方设法抢救伤员。

人民利益高于一切，群众生命重于一切。5月23日上午9时30分，刘奇葆和成都军区司令员李世明乘坐直升飞机，从成都飞汶川。一上飞机，刘奇葆就摊开地图，查看汶川、茂县的地形地貌，了解前阶段的抗震救灾工作，研究部署下一步工作。当飞机从都江堰、漩口、映秀等地上空飞过时，刘奇葆透过舷窗神情凝重地望着地面，并不时向身旁的阿坝州负责人询问这些受灾地区人员抢救、伤员救治以及灾民安置等情况。

飞机降落后，刘奇葆一行直奔距汶川县城3千米处的威州镇七盘沟村，该村特色产业发展过去在全县各乡镇中别具一格。而今，昔日欣欣向荣的美丽村镇已是瓦砾遍地。刚到村头，刘奇葆就急切地与村民付文灿、郭明蓉等交谈，询问灾情。听说村里伤员和大部分群众都已转移到安全地带，吃饭和临时住处都已基本解决，刘奇葆欣慰地点了点头。他握住村民的手，亲切地说，只要人在，就什么都会有，我们就一定能够渡过难关。

灾难就是考验，救援就是责任。烈日下，数十名部队官兵正帮助村民清理倒塌房屋的废墟。来自济南军区"铁军"部队的官兵在崇山峻岭中徒步行军5天赶到这里抗震救灾，来自九寨沟县的民兵已在此奋战了6天。刘奇葆踩着瓦砾走进去，与官兵们一道清理废墟。他向部队官兵和民兵表示衷心感谢，说："当前抗震救灾工作正处于关键时期，救援力量要进村入户，不留死角；要加大伤员救治力度，只要有一线希望就不能放弃。希望广大官兵和民兵预备役人员继续发扬不怕疲劳、连续作战的作风，帮助受灾群众渡过难关。"

临别，刘奇葆专门嘱咐七盘沟村村支部书记王修伦，一定要充分发挥基层党组织的战斗堡垒作用，发挥广大党员干部的模范带头作用，深入了解群众还有哪些具体困难，带领和帮助村民搞好抗灾自救和灾后重建工作。当前最重要的是把群众安置好，帮助群众尽快搭建起简易住房。简易房要防震、防雨，要尽快把电接通。此外还要特别关心和帮助特困群众以及因地震造成的孤儿、孤老和孤残，妥善安置好他们的生活。

来到七盘沟村村民安置点，刘奇葆一次次停下脚步，走进临时搭建的帐篷里，握住村民们的手，一遍遍地询问受灾情况、安置情况，问他们还有哪些困难，需要哪些帮助。村民们聚集在刘奇葆周围，你一言我一语地讲：虽然家被地震毁了，但党和政府及时帮助大家解决了基本的吃住问题，大家都十分感谢党和政府，感谢部队官兵，感谢所有关心、帮助灾区的好心人。

面对灾区群众一双双噙满热泪的眼睛，听着一句句朴实的话语，刘奇葆深情地说："乡亲们，大家受苦了。在这次特大灾害中，作为震中的汶川县受到了严重损失，人民群众的生命财产受到了严重损失。党中央、国务院非常关心大家，号召全党、全军、全国人民共同支持抗震救灾工作。当前，抗震救灾工作困难很大，但请大家放心，我们将在全国人民的支持下，举全省之力抗震救灾。有党中央、国务院的坚强领导，有全国人民的关心支持，有灾区人民的坚定信心，我们一定能够重建一个新汶川。"

一路上，刘奇葆还看望了从千里之外的河南、新疆、上海等省（区、市）赶赴灾区的医疗救治和卫生防疫人员，向他们表示衷心感谢。

中午，在匆忙吃了一碗方便面后，刘奇葆一行又赶往茂县凤仪镇，冒着不断滑落的沙石和随时可能塌方的危险，徒步爬上50多米高的山崖，来到壳壳村看望慰问村民和帮助抗震救灾的部队官兵、卫生防疫人员。刘奇葆对大家说，面对特大灾难，我们要坚定、坚强、坚韧，要有信心，精神不能垮。要大力弘扬“万众一心、不屈不挠、友爱互助、自强不息”的抗震救灾精神，只要军地团结、军民团结，我们就一定能够战胜一切困难，夺取抗震救灾工作的最后胜利。

茂县党政机关的办公楼在地震中都受到严重损坏，所有党政部门都集中到一个广场上办公，接受咨询，提供服务。刘奇葆来到基层干部中间，详细询问各项工作的运行情况。刘奇葆说，抗震救灾的战场也是检验干部的“考场”。实践证明，我们的基层干部队伍经受住了考验，在抗震救灾中作出了重要贡献。他希望灾区一线的基层干部继续发挥先锋模范作用，带领群众艰苦奋斗、抗灾自救、重建家园。

刘奇葆十分牵挂受灾地区孩子的读书问题。5月22日下午，他来到绵阳市九州体育馆，眼前是一排排整齐的帐篷，远远就听得见朗朗的读书声从帐篷中传出来。

轻轻走进帐篷，刘奇葆认真察看帐篷内的摆设，亲切地同老师和孩子们打招呼，了解学生们的学习情况。刘奇葆拉着孩子们的手说：“你们遇到这次大灾难，从不同的地方走到一起，党和政府都在关心大家，在抗震救灾最紧张的时刻还专门搭建帐篷学校让大家继续上学。同学们要在灾难中锻炼成长，在灾难中学会坚强，成为对社会有用的栋梁之材。”

6月1日，华西医院外科住院大楼二楼被五颜六色的卡通彩贴、丝带、鲜花装扮得活泼、温馨，洋溢着节日的气氛。孩子们的床前，悬挂着一串串写满祝福话语的千纸鹤，墙壁上贴着他们画的图画，笔法稚嫩，色彩鲜艳。

自“5·12”汶川特大地震发生以来，华西医院共收治地震灾区伤员数百名，当天尚有130多名14岁以下的孩子正在住院接受治疗。刘奇葆走进病房，微笑着对孩子们朗声说道：“小朋友们好！祝大家节日快乐！”话音刚落，房间里响起热烈的掌声。

12岁的郑浩和8岁的文浩宇都是从绵竹市重灾区抢救出来的伤员，经过医院的精心救治，他们已脱离危险，正在康复之中。刘奇葆分别走到他们床前，关切地问“现在还疼不疼”、“家里人怎么样”、“想不想上学”。刘奇葆拉着两个小朋友的手勉励他们：“你们在地震中受了伤，受了苦，全省、全国的哥哥姐姐、叔叔阿姨、爷爷奶奶都在关心你们，牵挂你们，支持和帮助你们，盼望你们早日康复。大家面对困难，一定要更加坚强，更加勇敢。现在首先是要安心养伤，让身体尽快好起来。然后努力学习，增加本领，把我们的家乡，我们的祖国建设得更加美好。”

汶川县映秀镇的马斯其和北川县的杨博都在地震中被砸伤右腿，造成多处骨折，做了手术后，正在接受康复治疗，他们都为“六一”儿童节画了一幅画。马斯其画的是“小动物们的儿童节”。10岁的她指着图画对刘奇葆说：“小鸟、蜜蜂、小兔在儿童节时又唱歌，又跳舞，多快乐啊！”5岁的杨博画的是“地震中哭泣的大熊猫”。刘奇葆看着小杨博坚定地说：“熊猫哭泣，杨博不哭！”他抚摸着两个孩子的肩膀深情地说：“要克服困难，看到希望。我们希望小朋友们能在全省、全国人民的关心下快快乐乐地过节，快快乐乐地生活。我们一定会为大家的学习和生活修建更好的学校，提供更好的条件，创造更优的环境。”听了刘奇葆的话，两个小朋友使劲地点了点头。他们还把自己的画作为礼物送给刘奇葆爷爷。

走到8岁男孩李怀林床前，刘奇葆俯身察看他的伤势。当刘奇葆问这个被人从绵竹市玉泉镇地震废墟中抢救出来的男孩现在最想做什么时，他回答说，在地震中我们一家人得到了很多人的帮助，他现在最想的就是怎么帮助别人。医护人员告诉刘奇葆，孩子们还专门为“六一”儿童节准备了一首歌来表达他们的心声，刘奇葆带头鼓掌，请孩子们唱起来。

童声合唱《感恩的心》在病房中回荡开来。刘奇葆合着歌声为孩子们打着节拍。歌声停住，掌声再次响起。刘奇葆对孩子们说：“在这次巨大灾难中，你们表现得很勇敢。经历了这次磨难，相信你们一定会更加坚定、更加坚强、更加坚韧。希望地震灾区的所有小朋友，珍惜美好的生活，进一步坚定远大的理想，自觉把今天的成长进步同祖国的未来联系在一起，为将来建设家乡、建设祖国而发奋学习。大家要养成优良的品德，在家做一个好孩子，在校做一名好学生，在社会上做一个优秀小公民，不辜负父母的养育之恩，不辜负党和人民的殷切希望！”

刘奇葆还向孩子们送上节日礼物和“手拉手、心连心”爱心卡。临别，他反复叮嘱医护人员，一定要千方百计把地震中受伤的少年儿童医治好，尽最大努力减少伤残和死亡。要特别重视和做好受伤少年儿童的心理疏导工作，不要在他们幼小的心灵中留下阴影。

◎ 废墟之上创造“重建”的奇迹

地震，能撼动高山，但撼不动中华民族的精神。地震，让13亿中国人紧紧地站在了一起。抗震救灾以来，中华民族的民族精神通过一点点细节体现无遗。

灾情面前，真情涌现。汶川人，成了全国人民的亲戚，潮水一般的牵系和关切在灾区摩肩接踵。灾情发生后，立即赶往灾区指挥抗震救灾工作的刘奇葆带头捐款，并率先向其所在的四川省委常委办党支部交纳两个月工资作为“特殊党费”。

大难有大爱，真情抵万金。面对大量的救灾物资和捐赠款物，如何确保它们能及时分发到最需要救助的受灾群众手中，社会各界十分关注。刘奇葆在深入灾区看望慰问受灾群众，指导群众安置救助工作时反复强调，一定要建立健全救灾物资的发放机制，避免发放过程中的混乱，确保把物资及时发放到所有需要救助的受灾群众手中，真正用于救灾和恢复重建。他强调，受灾群众安置下来后，最重要的事情就是要做好赈灾物资和资金的发放。“物资发放要以民政部门为主，资金发放以财政部门为主，民政和财政部门要各司其职，各负其责。救灾物资的发放，要按照先群众后干部、先基层后机关的原则，切实做到公开、公正、公平、透明，将救灾物资准确地发放到每一位受灾群众手中，确保受灾群众第一时间得到救助。对以权谋私，挪用、侵占救灾物资和资金的行为，要坚决予以查处。”

为了使救灾物资的发放过程更公开、更透明，刘奇葆在主持召开四川省“5·12”抗震救灾指挥部成员会议时进一步提出，健全和完善救灾物资发放过程的监督制度，除了纪检部门要加强监督力度外，还要整合各方面监督力量，征集、组建一支有代表性、公信度高的社会监督员队伍，加强对物资和资金发放全过程的监督，让灾区群众放心，让捐赠财物的社会各界放心。

从2008年5月底开始，四川省地震灾区气温持续升高，到6月2日，全省大部分地方白天温度已达32℃左右，灾区帐篷内最高气温可达36℃。气温攀升，使受灾群众的安置工作面临新的情况。

6月1日下午，刘奇葆陪同来川视察抗震救灾工作的中央领导同志深入到绵阳八一帐篷学校看望慰问受灾学生，了解受灾群众安置情况。刘奇葆仔细询问了帐篷学校学生数量、学生课程安排等情况，察看了帐篷学校的食堂、供水等设施。刘奇葆叮嘱当地干部，要看到气温不断升高给安置工作带来的新情况，及早考虑解决办法。对于受灾群众的安置，除了解决好他们的吃、住和饮水问题外，还要根据即将到来的高温暑热天气状况，早准备、早安排，切实解决好群众的降温防暑问题。要针对帐篷中温度高的情况，引导群众做好通风、散热、防暑工作。刘奇葆指出，气温持续升高，空气湿度增大，这种气候条件容易诱发多种疫病，受灾群众安置点要进一步加强卫生防疫工作，预防流行性疾病的传播与蔓延。要准备好防暑降温药物，健全疫病防控机制，不要让群众因天气酷热而中暑、生病。

6月2日上午，刘奇葆乘坐直升飞机赴平武县南坝镇察看受灾群众安置情况。山区群众的安置与在坝区有不同的特点，刘奇葆详细了解受灾群众安置点的选址、供水、防疫等工作安排情况。他指出，多雨天气很可能与高温天气相伴而来，由于地震造成山体松动或土质松软，即使较小的降雨也可能引发滑坡、泥石流等次生灾害。地处山区的重灾区，既要高度重视受灾群众安置点的选址工作，也要密切关注高温天气和降雨天气对滑坡、堰塞湖、病险水库安全带来的不利影响，要加强对地质灾害危险点的监测和防范，确保群众人身安全。

在罗江县金山镇、汶川县映秀镇视察灾情以及受灾群众安置情况时，刘奇葆走进一个个帐篷中，向受灾群众了解他们在安置点用水、用电等情况，询问各安置点配备消防设施的情况。刘奇葆指出，高温天气易引发火灾，灾区各临时安置点的帐篷区一定要加强用火、用电的安全管理，预防火灾发生。各安置点要加强巡逻和警戒，要向群众宣传安全用电、安全用火和紧急情况处置知识，要建立健全火灾应急机制，千方百计避免造成新的灾害和损失，让受灾群众安全、安心、安定地生活。

“5・12”汶川特大地震发生一个月了，灾区群众安置进展情况怎样？群众有哪些要求和建议？6月12日，刘奇葆带着这些问题深入重灾区彭州市，实地调研受灾群众安置和企业恢复生产情况。

彭州市通济镇姚家村位于该市北部山区，地震后全村446户人家的房屋全部倒塌或成为危房。如今，逐渐从伤痛中恢复过来的受灾群众已在倒塌房屋的废墟旁搭建起过渡性住房。刘奇葆走进村民刘述成花了6天时间搭建好的3间过渡房里，他用手摇了摇房屋的柱子，看稳不稳固；又拉开彩条布，看了看墙壁的厚度后对主人说，在山区，像这样薄的屋顶和墙壁，要过冬还是不行的。刘述成答道，还要在墙壁上加层层板，上面再盖一层玻纤瓦，冬天就不冷了。

在村民姚体江家的过渡房前，刘奇葆与村民围坐在一起，倾心交谈。刚落座，刘奇葆就问：“吃饭喝水有没有问题，补助的钱粮都领到手了吗？”村民们异口同声地答：“现在有吃有住，补助都领到了，大家都签了字的。”

刘奇葆说："从大地震发生到今天，正好一个月。在大地震中，姚家村遭受巨大损失，党和政府非常挂念大家，将全力支持大家灾后重建。农民群众自己动手搭建简易过渡住房，国家将给予一定补助，将来建永久性住房，还会给予补助支持。我们今天来，就是想听听大家对安置工作有什么意见和要求。"

"地震倒了那么多房屋，都要重修，水泥、钢筋、砖瓦肯定会涨价，我们希望政府能把价格管好"、"对建设永久性住房的补贴政策要从实际情况考虑，比如家庭人口的多少"……村民姚思敏、姚建等纷纷建议。

刘奇葆打开笔记本，将群众的意见一一记下，还不时插话同大家就房屋建筑成本、新建房屋选址等问题进行讨论。刘奇葆说："在这场大地震中，我们用生命、鲜血和汗水凝成了万众一心、不屈不挠、友爱互助、自强不息的抗震救灾精神。现在中央和全国各地都在支援我们，但我们不能等靠要，要自强、自立、自救，坚定、坚强、坚韧，自力更生、艰苦奋斗，亲帮亲，邻帮邻，在党和政府的帮助下，自己动手重建家园。"听了省委书记语重心长的话，村民罗先华、姚体江坚定地说："地震受灾的人那么多，到处都有困难，到处都需要帮助。我们自己有手有脚，凡是自己能干的，就不给党和政府、不给子弟兵添麻烦。我们有力量、有信心用自己的双手把房子重新盖起来，把家重新建起来。"

刘奇葆还对随行的干部讲，解决安置住房是当前最紧迫的任务和最基础、最核心的工作，要切实增强工作紧迫感，抓紧解决过渡性住所，确保受灾群众安全过冬。在农村，要引导和发动群众自力更生、自己动手搭建简易住房，有条件的地方可直接建设永久性住房。有关部门要尽快规划和设计、提供参考房型。要组织和保证建筑材料的供给，实行必要的价格干预，控制建设成本，减轻群众负担。他特别强调，安置房建设一定要抓好进度、抓好质量、抓好配套、抓好环境。进度要尽可能加快，要让群众早日住进新"家"，尽快恢复家庭生活。

为政之要在于安民。灾后重建需要的大量建筑材料如何保证生产和供应，刘奇葆对此十分关心，离开姚家村后又专程来到位于彭州市的四川亚东水泥有限公司，了解企业恢复生产情况。听说企业5月20日就恢复生产，年内另一条生产线投产后，年产量可由现在的200万吨增加到400万吨时，刘奇葆很高兴。他说，灾后重建是企业发展的重大机遇，企业扩大投资、扩大生产就是对抗震救灾和恢复重建的最大支持。他希望企业积极承担社会责任，控制好生产成本和产品价格，增加市场供应，全力支持灾后重建工作，并嘱咐相关部门切实帮助企业解决好原料和产品运输问题。

6月17日中午，经过4个多小时的长途颠簸，刘奇葆一行在车上匆匆吃了点面包后，就赶到汉源县老城区富林镇察看灾情。汉源老县城房屋连片倒塌，20多家单位的办公房成为危房，85%以上的房屋结构受到破坏。刘奇葆先后来到汉源县国税局、公安局、富林幼儿园和倒塌的民房，了解房屋受损和人员疏散、安置情况。他嘱咐当地干部，一定要做好受损房屋的监测和巡查，组织专业拆迁队伍对危及群众安全的危房进行及时拆除，防止发生次生灾害，保证人民群众生命安全。

刘奇葆十分关心受灾群众安置情况。来到老城区避险帐篷安置区，刘奇葆走进冉瑞珍老人的帐篷，握着她的手关切地询问："家中有没有人受伤，房屋有没有倒塌，政府补贴的粮、钱领到没有？"听说她家人员都安全，就是房屋成了危房，刘奇葆安慰她说："只要人在就好，你们在这里住一段时间，党和政府一定会帮助你们重建家园。"走进卢永福的帐篷，刘奇葆认真察看帐篷内的陈设布置，听说卢永福家人多，以前住了两顶帐篷，后来主动让出一顶时，刘奇葆称赞说："大灾面前，我们就是要发扬互助互爱的精神，大家亲帮亲、邻帮邻，共同渡过难关。"听了省委书记的话，卢永福激动地答道："我们不会只靠政府帮助，只等别人救济，汉源人民一定会发扬勤劳苦干传统，重建家园。请刘书记放心，3年后您再来，看到的一定是一座美丽的新汉源。"

在汉源新县城萝卜岗，湖北省援建的活动板房安置点正在紧张施工。刘奇葆走进新建成的板房内，仔细询问工程进展、设施配套等情况。在看望慰问湖北工人时，刘奇葆说："你们不远千里来到四川，冒着高温帮助汉源人民搭建挡风避雨的'家'，我代表四川省委、省政府和灾区群众向你们表示深深的谢意，并通过你们向湖北人民致以崇高的敬意！"

"地裂山崩转瞬间，震灾肆虐摧家园。千村倾覆垒危卵，万里峥嵘举步难。"当前，刘奇葆把解决安置住房作为紧迫任务。地震造成约450万户房屋毁损，其中近350万户在农村。"我们采取多策并举、多条腿走路的办法，分类制定详尽计划。对城镇居民和城乡学校、医院等公用事业单位，主要以活动板房解决过渡性住房。在农村，通过适当补助发动群众自己动手搭建简易住房。有条件的地方鼓励农民直接建设永久性住房。"

的确，汶川大地震造成巨大的人员伤亡，也造成受灾地区基础设施的巨大破坏和物质财富的巨大损失，使四川省经济社会发展遭遇了前所未有的严峻考验。刘奇葆强调，尽管这次特大地震造成了很大破坏，全省经济社会发展的困难和压力很大，但年初确定的经济发展目标仍然可望实现。在抓好抗

震救灾这项当前中心工作的同时，各级抓发展的责任不能松懈，各地抓发展的工作不能停顿。各级各部门要按照“两手抓”的要求，从领导力量、精力摆布、工作安排上进行统筹，抓好重大部署的落实，增添新的发展措施，做到“灾区尽力挽回损失，非灾区尽力多作贡献”，从总体上保持全省经济又好又快发展势头。

灾后谋重建，灾后思发展。大灾之年必须大干、苦干、实干。在刘奇葆看来，越是任务重，越要加强领导，越要拿出实实在在的行动，进一步推动已有部署的落实，进一步加强工作协调和服务指导。受灾，不是放慢速度的理由，而是加快发展的要求。对灾区而言，抓抗震救灾就是抓发展；对非灾区而言，抓发展就是支持抗震救灾。

“灾后重建必须科学务实，对灾区人民负责，对子孙后代负责，对历史发展负责。我们积极抓好灾害损失和影响的调查评估，为救灾和恢复重建提供科学依据。抓紧编制灾后重建总体规划、专项规划和具体实施方案，体现科学性、前瞻性和可操作性。”刘奇葆说，“加快重建美好新家园，是灾区人民的迫切愿望，是党委政府的政治责任。”

◎ 与共青团20多年的不解之缘

2007年12月24日，中国共产主义青年团四川省第十二次代表大会在蓉城隆重召开。刘奇葆出席大会开幕式，并作讲话，号召全省广大团员青年奉献青春力量，谱写时代壮歌，创造无愧于党、无愧于人民、无愧于青春的业绩。“我们的事业只有赢得青年，才能赢得未来。各级党委、政府要切实加强和改善对共青团工作的领导，支持共青团依照法律和章程开展工作。全省各级团组织要紧紧围绕党委中心工作，充分发挥组织青年、引导青年、服务青年、维护青年合法权益的职能作用，不断开创共青团工作新局面。”

看到一张张青春阳光的面孔，感受现场充满活力的氛围，刘奇葆的思绪回到自己早年与团工作的缘份。

1953年1月，刘奇葆出生在安徽省宿松县靠近长江北岸两三千米的洲头乡金坝村。宿松地处大别山南麓、皖江之首，钟灵毓秀，古称松兹侯国，建县于西汉高后年间，距今约2200余年历史。家乡灿烂的历史、丰富的物产、秀丽奇特的风光、清新浓郁的乡土气息、勤劳质朴的百姓，一向为刘奇葆所自豪。谈到家乡安徽，刘奇葆说：“安徽历史悠久，人才辈出，文化积淀深厚。作为一名安徽籍人，我为故乡而感到骄傲。”

刘家姐弟四人，刘奇葆排行老二。念中学的时候，“文革”爆发。中学毕业后的刘奇葆回乡务农，因为思想上进，热爱劳动，与群众打成一片，于1971年12月被吸收为中国共产党党员。在金坝村，他先后担任生产队指导员、大队党支部委员、团支部书记。作大队团支部书记，刘奇葆能够较好地团结带领农村基层团员和广大青年，使他们投入到科教兴农的实践当中，并不断增强农村团组织的活力。这是刘奇葆做共青团工作的起点，首次“试水”让他感受到了团工作的魅力。

“文革”一开始，高考就被取消。直到1971年，大学才重新开始招生。不过，大学新生是直接从工人、农民和士兵中推荐产生，而不是通过高考。1972年4月，刘奇葆因在基层表现突出而作为“工农兵学员”被推荐到安徽师范大学历史系读书。大学期间，刘奇葆再次与团工作结缘，当选过团支部书记。他的大学同学李运明曾回忆说：“上大学的时候，奇葆是很稳重的，处理事情有思想，有远见。”

1974年9月大学毕业后，刘奇葆进入安徽省委宣传部理论研究室工作。在金坝村党支部书记石卫东印象里，“因为常年在外，刘奇葆几年才能回一次家。每次回来，他都招呼邻居到他家去，十分随和，一点架子都没有”。

1977年7月，刘奇葆从安徽省委宣传部调入省委办公厅秘书处工作。这时，万里出任安徽省委第一书记。

当年，安徽凤阳县小岗村的18位农民在一张包产到户的字据上按下了他们鲜红的手印，也为中国农村按出了一条改革之路。在当时极其特殊的环境下，万里坚决顶住极“左”思想的压力，支持了安徽凤阳县小岗农民搞土地承包的壮举，从而拉开了波澜壮阔的中国农村改革的序幕。

◆◆ 四川省委书记刘奇葆（左）慰问四川剑阁援建者

万里的大胆改革给当时的安徽干部极大的触动，年轻的刘奇葆不仅身处风起云涌的安徽农村改革环境，而且还在这位改革家身边工作，深深为他大刀阔斧的改革精神和胆识所打动。这时，刘奇葆意识到，就像中国革命中的农村包围城市，改革之火也将在农村开始燎原。思绪翩翩，当年刘奇葆写过不少推动改革的文章，深得有关领导的赏识。

1980年6月，喜好舞文弄墨的刘奇葆调任共青团安徽省委宣传部副部长，两年后出任共青团安徽省委副书记兼宣传部部长，紧接着当选为共青团安徽省委书记。

1985年11月，一纸调令将刘奇葆自安徽调至北京前门东大街，任共青团中央书记处书记兼机关党委书记，时任团中央第一书记是宋德福。

党的十一届三中全会以后，以家庭联产承包责任制为先导的农村经济体制改革和继之而起的城市经济体制改革，使社会主义经济建设焕发出蓬勃生机，同时也给团的基层组织，尤其是广大农村基层团组织带来了许多崭新的课题。在生产方式变革的猛烈冲击下，基层原有的组织设置形式、团员管理方式、活动内容、工作方法等方面都不同程度地表现出不相适应，仅仅依靠传统的组织整顿已难以有效地解决广大基层团组织所面临的各种矛盾和问题，团的基层建设面临着严峻的挑战与考验。作为团中央主管组织工作的刘奇葆，积极同团中央书记处一班人研究了共青团基层建设如何适应经济体制改革和社会生活发展这一重大的理论和实践问题，及时提出了“投身经济改革，实现自身改革”的工作要求，参与制定了团的基层建设的一系列措施。很快，一个全团建设基层、指导基层、服务基层、发展基层的生动局面开始形成。

“希望工程”被公认为20世纪90年代中国最有影响的公益项目之一。鲜为人知的是，“希望工程”创意的源头其实源自广西。1986年3月，时任共青团中央书记处书记刘奇葆、团中央组织部部长徐永光率领团中央工作团，来到广西柳州地区的鹿寨县、三江侗族自治县和融水苗族自治县考察。

刘奇葆深入调研的两个民族自治县位于湖南、贵州、广西三省毗邻地带，属云贵高原的雪峰山、越城岭和苗岭山脉的延伸地带。当时的融水县和三江县，山区的老百姓生产生活封闭、落后，什么“市场经济”啊、“科学技术”啊，这些概念对于他们来说既陌生又新鲜。

工作团的到来，打破了大山的宁静。作为当时工作团成员之一的王松鹤回忆道：“我们到的那天就像节日一样。那时还没通电，往往是在大家最集中的场院一坐，就里三层外三层地围满了人，大家瞪大眼睛听我们讲北京的事情。”就是这样，刘奇葆带领着工作团的成员们，用嘴巴向当地的老百姓发布着来自山外的一切新观念。

那时候，他们走村串巷，走遍了三江、鹿寨的所有乡镇，和当地的老百姓朝夕相处，同吃同住，培养建立了深厚的感情。

当年秋末的一天，刘奇葆和一位地方同志步行到鹿寨县最偏远的拉沟乡古寒山。那里正在组织青年团员开辟一片万亩青年林场，条件非常艰苦，住的是临时搭建的工棚，床是拿树枝勉强支起来的，每天要到30多里外的地方去运水、拉米，200多名团员青年就这样吃住在山上。

面对着艰苦创业的场面，颇有诗兴的刘奇葆即兴作了一首《赠古寒山青年林场》：百十青年战古寒，垦荒造林不畏难。争得山山添新彩，火样青春更灿烂。

刘奇葆在这些地方考察工作时深深地意识到，落后的经济、贫穷的生活与落后的教育之间存在密切的联系，并形成恶性循环。

同行的徐永光对此也进行了深入思考，提出要通过外界支持解决经费问题，创造办学条件，发展农村基础教育，斩断落后经济、贫穷生活与落后教育这一恶性循环链条。

教育是立国之本。十年树木，百年树人。刘奇葆感到了落后地区农村脱贫的紧迫性，他考虑到可以从基础教育入手，举民间财力物力，帮助贫困地区数百万失学儿童重返校园，为国家分忧。

基于这些想法，1989年，团中央旗下的中国青少年发展基金会确立了自己的第一个发展方向——教育。他们将这一事业命名为“希望工程”。

在团中央的书记处会议上，兼任中国青基会常务副理事长的刘奇葆向全体书记介绍了“希望工程”的构想，提请书记处批准。没有异议，一致通过。团中央书记处批准：在全国实施“希望工程”。

很快，星星之火开始燎原，让人们看到了希望之光。到1991年，“希望工程”的资助方式也发生了变化，从让孩子们有钱上学，发展为捐资援建希望小学，使孩子们有校可上。1990年5月19日，由中国青基会援建的第一所“希望小学”在安徽省金寨县落成；1991年，资助优秀希望工程受助生继续深造的“希望工程特别奖学金”项目建立。

1992年4月15日，中国青基会常务副理事长刘奇葆宣布：向社会推出“希望工程——百万爱心行动”计划，通过中国青基会和全国各级希望工程实施机构的牵线搭桥，使捐赠人与贫困地区的失学少年结对挂钩，建立直接联系，实行定向资助直至小学毕业。

一时间，捐资助学的热潮迅速掀起。中央领导和许多老一辈无产阶级革命家江泽民、杨尚昆、李鹏、邓颖超、乔石、姚依林、宋平、李瑞环、丁关根、薄一波、宋任穷等纷纷带头捐款。

“百万爱心行动”的余波未尽，1994年，“1（家）+1助学行动”再掀热潮。截至1997年底，希望工程共接受海内外捐款12.97亿元人民币，资助失学儿童184余万名，资助建设希望小学5256多所。

“1（家）+1助学行动”、“志愿者劝募行动”……“希望工程”活动高潮迭起，刘奇葆高兴地看到，“希望工程”孜孜以求的目标正一步步实现，中华大地上将不再有因贫困而被迫辍学的孩子。

“希望是绿色的幼苗，希望是幼稚的小孩，希望是爱心的一片，希望就在明天……”在团中央工作期间，刘奇葆不仅积极参与、支持“希望工程”的工作，而且还亲自为“希望工程”填了题为《希望》的歌词。

中国青少年发展基金会副理事长徐永光回忆说，刘奇葆当年分管青基会工作，不是只停留在一般性地领导和指导，而是以他对事物的洞察力和政治上的敏锐性为青基会的发展指明方向和寻找正确的战略位置。比如提出希望工程“民办公助”的方针、确立中国青基会在整个共青团工作格局中的地位等。作为中国青基会和希望工程的奠基人，刘奇葆付出了巨大的心血，即使在离开团中央之后，仍然在力所能及的范围内支持希望工程和中国青基会事业的发展。

广西都安瑶族自治县虽是国家扶贫开发重点县，却有着重学的传统。一天，都安有位中学校长对时任广西区委书记的刘奇葆说：“如果说大学录取通知书是一朵美丽的花，把这朵花放在一个贫困的家庭里，就意味着它要浸泡在泪水里。”刘奇葆听后，心里不是滋味，说：“解决好贫困家庭学生上学问题，事关下一代成长，事关群众切身利益。千百万为祖国和自己的前途奋发读书的孩子们，既是他们各自家庭的希望，也是国家的希望。他们有上学的权利，只要他们具有升学的素质，党和政府就不能让他们失学。我们要树立这样一个理念，再穷再难，也要助贫困生一臂之力，绝不能让一个学生因贫困而失学，绝不能让孩子们失去希望！”

后来主政广西后，刘奇葆借取青基会经验实施贫困家庭子女上大学工程，仅1年多时间，各级财政累计投入3376.1万元，社会捐助8889.9万元，广西当年考上大学的5.89万名贫困生全部获得资助，先后顺利迈进大学校门。与此同时，刘奇葆加大自治区政府奖学金拨付，并新设国家励志奖学金，使得每年资助经费达10亿元，覆盖全广西30%以上的普通高校全日制在校生和90%的中职学校在校生，意味着贫困生支助在广西有了长效机制保障。

1993年5月，中国共产主义青年团第十三次全国代表大会在北京召开，李克强当选为书记处第一书记。不久，刘奇葆被调任人民日报社副总编辑，一年后又被调任国务院副秘书长，分管国务院中有关文化、意识形态方面的工作，且兼任过中央精神文明建设指导委员会办公室副主任、国务院信息化工作领导小组副组长。

刘奇葆对互联网一直都很重视。他在担任国务院副秘书长时，曾为发展国家主流网站给予大力扶持。他到广西工作期间，曾亲自出面约请人民网负责人到广西，与当地网站人员交流并给予辅导。2007年底，新华网收到了时任四川省委书记刘奇葆发给网民的一封信。在信中，刘奇葆说："网络拉近我们的距离，网络增进彼此的友谊。我刚到四川工作不久，就看到了网友们给我的很多留言。这些留言，情真意浓，言辞恳切……"在给人民网网友的新年贺辞中，他说："网络使我们近在咫尺，也使我成为你们中的一员。我由衷地感谢人民网给了一个难得的机会，给网友们拜年。""我们所处的这个世界丰富多彩，网络已是生活的一部分，此前我刚担任广西壮族自治区党委书记时，很多网友给我留言，提出了许多好的意见和建议，给了我压力和动力，网上'唠嗑'至今还记忆犹新。""最后，我要告诉各位朋友，我爱你，就像老鼠爱大米，祝网民朋友们新年快乐！"刘奇葆的结尾，幽默风趣，颇有人性语言风格，让网友们备感亲切。

当年，离开共青团系统时，刘奇葆的感情十分复杂。想到自己自20世纪70年代初就涉足共青团事业，离任团中央书记处书记岗位时，他激动不已，曾在一篇以《我不会忘记》为题的文章中动情地写道："这20余年，恰是我人生中最美好的时光，可以说我的青春岁月同共青团有不解之缘。现在，我虽然离开了共青团的工作岗位，但共青团仍常在心中萦迴。"

◆◆ 1990年，时任团中央书记处书记、中国青少年发展基金会副理事长刘奇葆（右）代表基金会接受有关捐赠

刘奇葆在文章中还写道，共青团是青春的群体，是面向未来的组织，

“培养了美好圣洁的憧憬和崇高奔放的热情，从此沿着这条精神轨迹走到今天，并将走向明天”。他认为，共青团让其终身受益主要有四方面：精神的陶冶、思维的训练、作风的砥砺、广泛适应性的锻炼。“共青团的工作面广，几乎涉及社会各个领域，在各条战线各个方面都有一试身手的舞台。在这些舞台上，你可以练做功，既可以唱小生，也可以唱花旦。”

◎ 新希望再一次升起在“希望工程”的策源地

广西是刘奇葆萌发“希望工程”构想的地方。2000年9月，刘奇葆再度来到这块“希望工程”的策源地——不过，这一次他的身份不是团中央书记处书记，而是被“空降”到这里担任广西壮族自治区党委副书记，分管组织人事工作。

忆及14年前，自己到广西少数民族地区调研时产生筹集资金帮助失学青少年重返课堂的构想，并由此开始组织实施“希望工程”的经历，刘奇葆感慨万千。这时候，他当年工作过的侗乡苗寨和林场，茶叶已经香飘千里，那片当年种下的小树苗已经长成繁茂的万亩林场。

再次踏上广西的热土，刘奇葆仿佛又回到了那个意气风发的年代，上任才半年，保持平民本色的刘奇葆就跑遍了全区几乎所有的贫困山区。刘奇葆说：“领导干部们每进一次农村，感情上就和当地群众贴近一分。干部要成为百姓的贴心人。”

平岭村是广西灵山县丰塘镇一个比较偏僻的小山村，总人口2466人，辖1个自然村，过去名不见经传。2001年1月6日，刘奇葆来到该村调研，住在一户农家，白天和农家的主人一起下地劳动，晚上到其他的农户家串门谈心。很快，他便与平岭村的干部群众结下了深厚的感情。

半年之后的6月3日，刘奇葆在时任钦州市委书记车荣福的陪同下，又一次来到平岭村检查指导工作。当刘奇葆看到村民刚修建的平坦整洁的环村水泥道路后，心里十分高兴，欣然提笔，给小村子留下了“努力建设社会主义新农村”的嘱咐。

努力建设社会主义新农村!这是一个历史的课题，更是一个时代的呼唤。它仿佛一缕春风，给平岭村人极大的鼓舞。然而，如何建设社会主义新农村？社会主义新农村建设该如何破题？全村的群众开始了新的探索。他们多次讨论，七嘴八舌，各抒己见。“新农村首先要让我们的农民新起来”。

于是，“培育有文化、有技术、善管理的新型农民”成了村民们的共识。

短短几年间，平岭村实施以培育新农民、塑造新风貌、发展新产业为主要内容的“三新”工程，全力打造文明富裕、和谐优美的新农村，变化令人刮目相看，昭示着新农村建设的无限希望。

2002年11月29日下午，忙完一周工作的刘奇葆再一次轻车简从，悄悄来到了联系点平岭村。晚上8点，平岭村村委会的会议室灯火通明，刘奇葆以“十六大”代表的身份，专门为村里的100多名党员干部群众传达讲解十六大精神。

无论在平岭村委会的座谈上，还是在住户黄志标家里的饭桌上，刘奇葆都掰着手指，与干部群众一道算账，通过调整农村产业结构能增加多少收入，发展种植业、养殖业能增加多少收入，发挥电子信息馆作用、加强科技培训能增加多少收入，适当发展农产品加工业能增加多少收入。越算账干部群众越兴奋，越算账干部群众精神越振奋。在这个偏僻的山村，听着村民们“人无我有，人有我优”、“走出去、引近来”的发展策略，刘奇葆露出了会心的微笑。

平岭村是典型的山区农村，以前村民们的收入仅靠耕种人均几分的水田、在山上种一些经济效益很低的木薯，没有其他致富项目，生活比较贫困。刘奇葆把农民增收时常挂在心上，围绕着富民这一目标，要求村党支部、村委会引导农民从种植、养殖和加工方面入手，把发展目光投向山上，按照“水田不够坡地补，坡地不够山地补”的思路，唱好“山歌”、走好“山路”，大做山上文章，大搞产业山上转移。

很快，全村种植上经济效益高、见效快的经济作物，形成了“山上经济”的格局。选准了项目，走对了路子，平岭村经济发展走上了快车道。对此，村民感触多多：平岭村的变化和发展，是刘书记用心血浇灌出来的。

保持共产党员先进性教育在农村开展之后，刘奇葆又像当年宣讲“十六大”精神那样，和村里的党员群众一起重温入党宣誓，勉励村子里的共产党员要保持先进性，为群众造福。

党组织的凝聚力在平岭村得到了越来越大的增强，不少群众把入党作为人生追求的重大目标，积极向党组织提出入党申请。2006年春节期间，平岭村的村民们高兴地给他们的亲人——刘奇葆写了一封“家”书，报告了村子里的新变化。2月15日，刘奇葆在给乡亲们的回信中说：“又有新的进步，我十分高兴。祝你们在新的一年里取得更大的成绩。”

刘奇葆在广西任区委副书记的6年间，主抓干部人事制度改革，着力人才“小高地”建设，有效实施“百企入桂”工程，发展广西非公有制经济，深受群众好评。

2006年6月29日上午，广西区委在南宁召开全区领导干部会议，中央组织部副部长李智勇受中央委派，宣布了中央关于广西壮族自治区党委主要领导同志职务调整的决定——刘奇葆出任广西壮族自治区党委书记。

在刘奇葆履新的就职讲话中，他坦言：中央把这份重担放在我的肩上，唯有以勤补拙，尽心尽力，依靠集体，尽职尽责，不辜负中央的重托，不辜负人民的期望。他说，这些年来，经过广大干部群众的努力，广西在各方面都取得了巨大进步。但同时也要清醒地看到，广西当前发展的任务仍然很重，发展的压力仍然很大。我们需要继续艰难爬坡，打好基础，加快发展。他还深情地表示：将一如既往地把自己的热情、才智奉献给广西人民。他号召全区领导干部埋头苦干，团结奋进，为建设一个富裕文明和谐的新广西继续付出艰苦的努力。

建设富裕文明和谐新广西，正是刘奇葆“掌舵”广西的施政宣言。

2006年7月20日，在“环北部湾经济合作论坛”上，刘奇葆提出了构建由泛北部湾经济合作区、大湄公河次区域两个板块和南宁——新加坡经济走廊一个中轴组成的“一轴两翼”区域经济合作大格局的新构想。这个形似英文字母“M”的大格局，其中蕴含了海上经济合作（Marine economicco-operation）、陆地经济合作（Mainland economicco-operation）和湄公河流域合作（MEKONG sabregionco-operation），取第一个字母“M”简称为中国—东盟“M”型区域经济合作战略。这个构想提出来以后，得到了中央高层支持和东盟诸国的呼应，使广西以经济弱省（区）地位，一跃成为中国—东盟区域合作的战略性平台。舆论普遍认为，实施中国—东盟“M”型战略，实现了中国—东盟合作的海陆结合，有望促进泛北部湾地区发展成为太平洋西岸新兴的经济增长带。

“北部湾经济区将有可能成为中国沿海继珠三角、长三角、环渤海湾之后的第四增长极。”在论坛上，刘奇葆显露出了他的“雄心”。

为打造中国—东盟自由贸易区广西平台，刘奇葆用心颇多。早在2004年，中央把中国—东盟博览会永久会址选定在广西南宁时，背后就有刘奇葆所起的关键作用。任广西区委书记后，刘奇葆力促东盟10国领馆落户南宁，并全面展开与东盟海陆区域的交通对接；并力促广西与相关中央部委达成协议，3年内开通至全部东盟国家的国际航线，5年内投资1000亿元人民币改造和新建2500千米铁路，并全面启动广西北部湾防城、钦州、北海三港组合。

由此，广西凭借不可替代的区位优势，将其地方发展目标，纳入国家对东盟的全局战略考量。

为了推动“一轴两翼”战略的实施，刘奇葆提出，广西要着力推进工业化、城镇化进程，把工业化、城镇化作为广西加快发展的主导方向和核心战略，加快形成“干”字型工业布局，突出发展大中城市，集约发展小城镇，努力实现工业化、城镇化发展的新突破。

如果说“一轴两翼”概念的提出，显示出刘奇葆雄才大略施政风格的一面，那么，“城乡清洁工程”这一小项目，却让人领略到他细致入微、亲民务实的工作作风。

上任不久，刘奇葆便轻车简从，深入走访农贸市场、超市、道路等公众场合。他发现，广西的很多大中城市和县城、小城镇，脏乱差的现象相当严重，违章建筑屡禁不止，很多城市的人行道常被小摊点占满，市民到了“无路可走”的地步。针对这一情况，刘奇葆提出：建设和谐社会就要从改善群众的生产和生活做起，从关心最困难的人、解决最急迫的事做起，从解决群众最关心、最直接、最现实的利益问题做起。

天下大事必作于细，古今事业必成于实。在广西推进工业化城镇化工作会议上，刘奇葆倡导在全区开展“城乡清洁工程”。他说，城乡环境卫生问题，这事看起来不大，实际上却事关发展环境和群众利益，也集中反映了我们的工作作风。“一庭不扫何以扫天下”，“一个市长如果抓不好城市卫生，你怎么指望他抓好发展”。他要求广大干部群众“要像打扫家庭卫生一样美化我们的城市”，为加快广西发展创造良好的环境。

轰轰烈烈的广西“城乡清洁工程”开展后，群众称之为“了不起的事”、“为民造福的事”、“大快人心的事”、“共产党做的好事”。不少群众说：一把扫把，扫净了城市，也扫出了干部的好作风。综合群众的反映和评价，刘奇葆把广受称赞的“城乡清洁工程”，概括为“对群众是民心工程，对企业是信心工程，对城市是管理工程，对发展是环境工程，对干部是作风工程”。

◎ 誓将天府之国建成西部经济发展高地

2007年11月30日下午，广西全区领导干部会议上，正式宣布刘奇葆的职务变动。中央对其评价为：刘奇葆在广西任职期间，致力于打基础、谋发展，抢抓中国—东盟合作机遇，“对广西的改革、开放、稳定作出重要贡献”。

在广西工作了7个多年头的刘奇葆，就要离开他在广西的岗位，离开他已十分熟悉的这片土地，他有些恋恋不舍。在这期间，他“亲身感受到广西人民的勤劳、淳朴和善良，亲自参与了广西改革开放各项事业的开拓奋进，亲眼目睹了八桂大地发生的巨大变化”。

为表惜别之情，刘奇葆在讲话中一连用了9个“衷心感谢”，对这些年特别是在他担任广西自治区党委书记以来，各界给予他的支持帮助深表谢忱，他表示：“（在广西的经历）是我人生道路中非常愉快的一段历程，是我工作中永远难忘的一段岁月，也将是我一生中永远值得回味的一段历史。”回首往事，他连用了3个“倍加珍惜并永远铭记”，并这样坦露心声：“今后无论走到哪里，我都会珍藏一份广西情结，永远感念广西，热爱广西，情系广西。广西各族干部群众的优秀品质和深情厚谊，将永远激励我不懈努力，开拓前进。”

第二天，四川省召开领导干部会议，宣布刘奇葆调任四川省委委员、常委、书记，接替出任中央统战部部长的杜青林。

这年12月12日，新到任四川不久的刘奇葆带着对革命老区的深切关怀，踏上了南充这一方红色的土地。

一路风尘，一路嘱托，一路关怀。刘奇葆深入展销市场、工厂企业、帅乡仪陇，与南充基层干部群众亲切交谈，围绕做强传统优势产业、构建川东北交通枢纽、保护开发红色旅游资源等话题深入听取各方面的意见与建议，对南充经济社会发展殷切寄语：“把南充建设得更加富裕、文明、和谐！”

看着气势恢宏的光彩大市场，看着车水马龙的通衢大道，刘奇葆将关注话题转移到南充的商贸、物流、交通等方面。“南充历来是川东北重要的商贸、物流重镇，近年来交通条件得到明显改善，高速公路、铁路、航运便利发达，把南充建设成为川东北区域中心城市是南充的奋斗目标！”听到南充市委刘宏建的介绍，刘奇葆高兴地说：“南充的区位很重要，就是要大力发展交通，把南充作为一个区位的交通中心。”

在朱德故居纪念馆广场，刘奇葆向朱德汉白玉塑像三鞠躬，并敬献了花篮。步入朱德故居纪念馆，一帧帧照片、一件件实物，刘奇葆看得十分认真。在朱德旧居、朱德家世陈列馆，刘奇葆询问了当地红色旅游资源的开发、收入等情况，嘱咐要将朱德故居保护好、管理好。“南充是革命老区和典型的丘陵地区，也是欠发达地区。推进跨越发展，要重视和依托特色资源优势，做好资源就地转化文章，走出一条产品深加工、延长产业链、提高附加值的发展路子。”他深情地说，我们今天对邓小平、朱德等无产阶级革命家的最好纪念，就是要高举中国特色社会主义伟大旗帜，坚定不移地推进改革开放，扎扎实实做好各项工作，为推进富民强省全面小康作出新的贡献，创造新的业绩。

在调研中，刘奇葆很快摸清了四川的家底，认识到“改革开放特别是西部大开发以来，四川经济社会发展取得了巨大成就，但‘人口多、底子薄、不平衡、欠发达’仍然是最大的省情，发展不足、发展水平不高仍然是最大的问题”。他心想，四川虽然地处内陆，但有着独特的区位优势。从区域联系看，四川是西南、西北和中部地区的重要结合部。从市场联结看，四川是西部特别是西南地区各种要素和商品的重要集散地。从交通联结看，四川是承接华南华中、连接西南西北、沟通中亚东南亚的重要交汇点和交通走廊。想到这些，刘奇葆的思路豁然开朗。

在四川省委九届四次全会上，正式确立加快发展、科学发展、又好又快发展的总体取向，提出建设西部经济发展高地的战略定位。刘奇葆对记者说，我们提出建设西部经济发展高地，正是对省情进行再思考再认识，从创造和发挥区位优势出发确立的发展新定位。

建设西部经济发展高地，从哪些方面入手呢？刘奇葆说：我们提出打造“一枢纽、三中心、四基地”，以显著提升四川产业聚集力、要素转化力、市场竞争力和区域带动力。“枢纽”凸显和提升区位优势。“一枢纽”，就是要建设贯通南北、连接东西、通江达海的西部综合交通枢纽，优先安排各类出川大通道。“中心”巩固和强化区域功能。从历史沿革、现实条件和发展需要来看，四川最具基础、最有必要、最为急迫的是建设西部物流、商贸、金融三大区域性中心。“基地”支撑和增强高地实力。经济发展高地，必须以产业作支撑。我们依据资源优势、产业基础、市场前景，着力建设重要战略资源开发基地、现代加工制造业基地、科技创新产业化基地、农产品深加工基地等四大基地。

“蜀道难，难于上青天！”李白的一句千古绝唱，把四川山高地险、交通困难的印象定格在世人心中。改变行路难的状况，是一代代四川人的夙愿。

十一届全国人大一次会议期间，刘奇葆在北京告诉记者，围绕建设西部经济发展高地这一发展定位，四川已经绘就一幅打造西部综合交通枢纽、变“蜀道难”为“蜀道通”的壮丽蓝图：出川铁路由4条增至10条，与周边省会城市兰州、西安、贵阳、昆明、武汉形成4小时交通圈，成都至京津冀、珠三角、长三

角地区形成8小时交通圈；高速公路出川通道由6条增至14条；开工建设的成都双流机场二跑道，将进一步提升成都的西部最大航空枢纽地位。

新中国成立以来，经过几代建设者的艰辛努力，四川交通初步改变了极其落后的状况。但随着社会发展和时代进步，现有交通状况已难以满足加快发展的需求。刘奇葆说，出川通道少、密度低是四川交通的最大问题。虽然四川GDP已过万亿元，但高速公路的密度仅居全国第24位，铁路密度甚至居全国第27位。铁路人均乘车次数不到全国平均水平的一半，全省6条铁路的运量还不及大秦线的三分之一。"着力打造西部综合交通枢纽，变'蜀道难'为'蜀道通'，是关系四川发展全局的重要战略之举。"据介绍，四川省与铁道部签署了加快铁路建设的部省会谈纪要，拟将成都至江油延伸至西安、成渝城际、川藏铁路等6条铁路纳入全国铁路网中长期规划调整方案，并抓紧开展前期工作，适时开工建设。这一规划将打通东、南、西、北四个方向的铁路出川大通道。刘奇葆说，灾后恢复重建，铁路交通等基础设施要先行，这既是重建灾区基础设施的迫切需要，也是整个重建工作的前提和基础。

当前，新一轮产业转移层次越来越高、规模越来越大、来源地越来越集中，国内外资本看好西部、也看好四川。刘奇葆曾向四川的领导干部提出，要顺势而为，主动作为，以承接产业转移的突破推进发展的跨越。"有效承接产业转移，改善投资环境是关键。要打造工业园区载体，明确园区产业定位，完善园区承载功能，创新园区建管机制，使园区成为承接产业转移、促进产业聚集、带动工业经济加快发展的龙头。要搞好项目包装推介，建立招商引资项目库，创新招商引资方式，拓宽交流合作渠道，及时掌握发达地区产业转移的最新动态，全方位实现对接。要用好开放合作平台，办好中国西部国际博览会，突出开放性，突出西部共办，突出虚实结合，突出招商引资与商品交易相结合，办出特色，办出水平，办出实效，办出影响，常办常新。要加快交通物流建设，大力破解交通制约，大力发展现代物流，大力改善通关条件。要在财政扶持、税收扶持、金融促进、要素支持、减轻企业负担等方面，努力推动政策创新，增强承接产业转移的竞争力。要加快转变政府职能，推进机关行政效能建设，推行行政综合审批，积极营造公平竞争的市场环境、公正安全的法制环境、文明卫生的城乡环境、亲商重商的社会环境，形成客商近悦远来、产业蓬勃发展的良好氛围。"

在刘奇葆看来，四川所要的西部经济发展高地是辐射西部、面向全国、融入世界的经济发展高地。"这本身就是一个开放性定位，也必须通过改革开放的办法来推进、来实现。我们要发扬敢闯敢试、敢于率先的传统，继续解放思想，努力走在西部改革开放的最前沿。要建立健全促进科学发展的体制机制，特别是抓好成都全国统筹城乡综合配套改革试验区建设。”他强调，建设西部经济发展高地，出路在充分开放合作。“我们要抓住多区域合作的新机遇，加强与周边省市区的合作，共同建设成渝经济区，扩大与东部、中部特别是长三角、珠三角及环渤海地区的合作，在合作共赢中推进跨越发展。”

◎ 不怕“投诉”的书记力倡“干实事、真爬坡”

对群众投诉，有人担忧，有人害怕，有人回避或想尽办法阻扰。但刘奇葆不但不怕群众投诉，还公开表示欢迎群众投诉。刘奇葆这样阐述：“有的地方对群众投诉处理不及时，落实不到位。这是个非常重要的问题……如果群众一天到晚愿意打电话投诉，说明你这个地方风气正；否则群众对你没信心，不愿意打电话，不愿意投诉。”的确，如何对待群众的投诉，拷问着政府也检验着干部。

“群众投诉是好事，群众向你投诉是对你有信心。要把群众投诉看做是向群众学习的过程、问计于民的过程、改进工作的过程、提高自身素质的过程，欢迎群众投诉，鼓励群众投诉，解决好群众投诉，进而化解怨气、凝聚民心、推动工作。我们党和政府做的每一件事情，都是为了群众，都要依靠群众。群众的事情群众有权监督。”他进而分析，“现在，有的地方和同志不习惯群众监督、怕群众投诉，碰上群众投诉，往往是‘拖、躲、压’一起上。这样有什么用？就能解决问题？我看不是。你那个地方有问题，你的工作做不到位，群众就有权投诉你。如果群众有意见有想法不向你投诉，把情绪积在心里，或者投诉了一、二、三次，你都无动于衷，他就不会投诉第四、第五次，就会对你丧失信心。我们有少数人，对‘七大姑八大姨’的想法很在意，但对群众的合理要求，对群众的投诉，置之不理，麻木不仁。这样的人，你还坐在主席台上部署工作，提要求，讲为群众谋利益，群众还懒得用投诉支持你，可能还会骂你！”他表示，对群众的投诉无动于衷，就得“动”人了（调离工作岗位或免职）。

谈及媒体曝光，有媒体从业经历的刘奇葆说：“媒体批评党委、政府，效果是非常积极的。有的同志一开始不习惯，我说没问题，我都不怕曝光，你们怕什么？不要怕！敢于曝光，群众才会拥护你。对存在的问题你瞒得住吗？你遮得住吗？大家愿意、敢于在媒体上‘揭自己的短’，这在思想上是个很大的进步，是我们转变作风的实际成果。我们要为群众谋利益，就要敢于和善于利用媒体进行批评。”

中央曾提出，要形成全民学习、终身学习的学习型社会，促进人的全面发展，每一名领导干部都要做勤于学习、善于学习的典范，通过不懈努力，使自己的精神境界、个性气质、思维方式和工作水平都有一个新的提高，不断开创工作新局面。在刘奇葆看来，学习既是个人成长的基础，也是地方发展的基础，更是国家推进创新的基础。“不学习或不善于学习，知识就会老化，思想就会僵化，能力就会退化，就会无所创新、停滞不前，就会耽误自己、贻误发展，损害党和人民的事业。在飞速发展的时代面前，我们要时刻感到‘知识恐慌’。”

学风体现作风，反映党风。刘奇葆说：“我们的干部特别是领导干部，首先要成为真学善学勤学的模范。现在，确实有那么一些干部，不愿学习，不会学习或把学习当门面，对学习缺乏应有的挤劲、钻劲、韧劲，粗枝大叶、浅尝辄止。这种现象任其发展下去，我们的一些干部就会患上‘营养不良’症，就会‘头重脚轻根底浅，嘴尖皮厚腹中空’，成为干巴巴的‘空心笋’。”他直言不讳地说，工作忙、应酬多，不能成为没有时间学习的借口。“学贵有恒，业精于勤。一曝十寒不是学习，‘三天打鱼两天晒网’也不算学习，附庸风雅、装点门面是假学习，锲而不舍、滴水穿石才是真学习。在我们事业发展和干部成长的整个过程中，必须一以贯之地强调学习、推动学习、坚持学习。”

我们所处的时代是一个网络时代。知识爆炸，信息海量，人们获取知识的渠道和方式日趋多样化，工作和生活节奏也在日益加快。刘奇葆认为，只有创新学习，善于学习，才能跟得上时代前进的步伐。“要坚持向书本学，向实践学，向群众学，以推进工作、推动发展为中心，以正在做的事情为课题，着眼于科学理论的运用，着眼于现实问题的思考，着眼于研究和解决问题，切实做到学以致用、用有所成，不断取得新成就，实现新发展。”互联网已渗透到社会生活的各个领域，几乎是“一网网尽全世界”，已成为获取信息和学习知识的重要手段。刘奇葆说，各级领导干部应该掌握这种学习手段，努力使自己成为网络学习的行家里手。

刘奇葆称，为政千头百绪，一个干部必须懂得留下一些思想空间，“既能走正步，也会踱方步”。所谓正步，就是要脚踏实地，真抓实干，有板有眼，不折不扣贯彻各项政策，走好正步的前提是心正、身正、行正；所谓方步，就是要勤于思考，勤于总结，善于跳出具体事务把握大局，善于把上级精神与本地实际结合起来，站在自己的位置上，看宏观，议大事，管本行。

这些年来，刘奇葆十些重视机关行政效能建设，在转变政府职能、推进依法行政、改进政风行风等方面做了大量工作，行政效能得到增强。主政广西时，他曾在南宁举行的全区电视电话会议上痛斥机关行政效能方面存在的“六大病”：一是缺乏干事创业激情。一些干部满足于当“太平官”、做“太平事”，不求有功、但求无过，缺乏进取之心、缺少发展冲劲。二是行政审批繁多。有些事说是不用审批，但明放暗不放；有的虽已下放，但都是一些无关痛痒的事项；保留下来的项目，审批环节多，一个项目要盖几十个、上百个公章，少则十天半月，多则一年半载，有的直到把项目审跑为止。三是“三乱”屡禁不止。有的部门执法随意性较大，不给好处不办事、给了好处乱办事，“乱收费、乱罚款、乱摊派”和“乱检查、乱评比、乱培训”屡禁不止。特别是有些部门和干部利用手中权力刁难投资者，向投资者“割唐僧肉”，用群众的话讲就是“开门欢迎你，关门收拾你”，把外商整成“内伤”，影响恶劣。四是政令不够畅通。部门之间不沟通、不配合，画地为牢，以邻为壑，推诿扯皮。一些部门本位主义严重、部门利益至上，对上搞“上有政策、下有对策”；对群众敷衍塞责，导致一些很好的政策和工作部署落空，甚至南辕北辙，把本来可以办成的好事办坏。五是创新能力不强。有些部门和干部思想保守、观念陈旧，习惯于轻车熟路办事情，不注重调查研究，不善于调查研究，不与时俱进，不了解新情况，不解决新问题，办事僵化，扼杀生机。六是诚信意识淡薄。有的地方和部门言而无信，说一套，做一套，特别是对外来投资者承诺的政策、条件和服务，打折扣、不兑现。

刘奇葆说：“这些问题虽然只是发生在一些部门和干部身上，但影响很坏，降低了行政效能，损害了政府形象，影响了投资环境。”他表示，要以建立完善首问责任制、限时办结制和责任追究制等三项制度为突破口，推进行政效能建设。机关干部要面向群众转变作风，增强公仆意识、大局意识、服务意识、务实意识。

2006年8月，广西合浦县因受几次台风的影响，灾情较严重。该县妇联向自治区有关部门争取到了一定数额的慰问金，用于慰问几个受灾乡镇的困难妇女及单亲儿童。慰问活动计划分别由有关领导带队进行，8月18日该县政府领导委托县政府办公室副主任黄某作为代表，参加县妇联组织的慰问活动。在慰问过程中，由于黄某对当地接待不满意，忿忿拂袖乘车而去。

一向温文尔雅的刘奇葆听说这件事后勃然大怒，立即作出批示：“对那些面对人民疾苦无动于衷的干部，对那些在群众面前‘摆谱’的干部，应当严肃处理。”他强调，我们所有的干部都是为人民群众设置的，都要无条件为群众服务。“做不到这一点就做不到执政为民，就不是合格的干部。我们的干部要面向群众转变作风，真正做到清简务本，行必责实，处处为民。”显然，这位在灾区群众面前“摆谱”要威的干部丢了“乌纱帽”。

在广西的一次领导干部工作汇报会上，刘奇葆曾提出，要多干多数人受益的事，多干群众最急需的事，多干打基础的事，多干有利于发展的事。他说，要为政“清简”，做到政治清明，作风清新，为官清廉，不搞繁文缛节，不搞文山会海，不搞形式主义，真正把精力和心思用在解决当前改革发展中的重大问题和突出问题上，用在解决人民群众最关心、最直接、最现实的切身利益问题上，使地方经济社会发展取得实实在在的成效，使人民群众得到实实在在的利益。“现在，我们一些地方、一些部门的领导干部或多或少存在一种毛病，就是作风不扎实、思想不艰苦，习惯于凌空驾虚、高谈阔论，满足于‘大概’、‘也许’、‘差不多’、‘说不好’、‘过去就是这样’之类的说法。这些作风，涣散斗志，污染空气，误人误事，必须坚决清除。只有实干，才有实效。”

他曾说，我们就是要用那些“有激情、干实事”的干部。“对那些踏踏实实、勤勤恳恳、默默无闻，一心做事的‘老黄牛’，组织部门要主动留意，格外看重。对那些左顾右盼，不集中精力做事，搞形式主义，虚报浮夸，哗众取宠，对群众和事业不负责任的，要坚决纠正，不予任用。有了这样一种事事责实的风气，弄虚作假的就会少起来，真抓实干的就会多起来，我们的各项事业就会更好起来。”

选什么人、怎样选人，关乎党风民意，关系事业发展。在四川全省组织工作会议上，刘奇葆说：现在，关键是用人，关键是实干。“空谈误国，实干兴邦。要旗帜鲜明地树立崇尚实干的导向，大胆选拔和任用那些人品正、干实事、真爬坡、敢破难的干部。要把那些善于领导科学发展、实绩突出、群众公认的干部选配到各级领导岗位上来。特别是对事关重大部署落实的关键岗位，一定要使用魄力大、有办法、能打开局面的干部，这样才能保证各项工作真正有人去狠抓落实，去雷厉风行地干。考察干部不能只看他说了什么，更要看他干了什么、干出了什么。对那些只会耍嘴皮不干事、拉关系搞勾兑的干部，坚决不能用。”

现在，四川跨越式发展正处于爬坡上坎的关键时期，刘奇葆强调：“要大胆选拔和任用那些敢闯敢试、勇于突破的干部。要把那些敢于直面困难、正视矛盾，能够将中央精神与本地区、本部门实际相结合，创造性地开展工作的干部选配到各级领导岗位上来。要大力营造鼓励探索、支持创新、宽容失误的环境和氛围，做得对的热情支持，做得不够的积极引导，做得不对的及时纠正，最大限度地激发广大干部开拓创新的活力。”

他提出，要在实践中考察干部，凭实绩选拔干部。“在基层一线历练过的干部，直接接触群众，直接面对各种矛盾和问题，做群众工作的能力、处理实际问题的能力、应对复杂局面的能力都比较强。要注意从基层选拔政治和业务素养较高、工作实绩突出、实践经验丰富的优秀干部，充实到省、市州党政机关，同时要加大干部下派的力度，增强干部队伍的活力。尤其要注意选拔那些长期在条件艰苦、工作困难的地方努力工作的干部，决不让老实人吃亏，决不让投机钻营者得利。”

据了解，汶川特大地震导致700多名领导干部遇难，其中500多位是乡镇和县级系统干部。地震发生后的第二天，中组部就发出过相关通知，提出各级党委组织部门要在抗震救灾的第一线考验考察干部，把领导干部在这次抗震救灾和灾后重建中的表现，作为干部任用奖惩的重要依据。随后，成都、德阳、绵阳、广元、雅安、阿坝等6个重灾区先后从抗震救灾一线提拔任用干部50人，破格提拔干部19人，及时处置了“不作为”干部28人，其中免职15人。

国难当头、抗震救灾的关键时期，干部成为决定的因素。无论是组织自救，重建家园，还是宣讲政策，安抚民心，他们都是一支不可或缺的重要力量。据了解，北川全县党政系统，死亡、失踪县级干部5人、科级干部70余人。个别单位，例如妇联、统战部，工作人员无一生还。

根据中央和四川省委安排，300多名绵阳干部来到北川。其中200余人在完成抢险、搜救等阶段性任务后离去。另外100多人留下来，充实到乡镇和县级部门领导班子。他们多为平级调动，绝大部分仅仅出任副职。这种安排被明确为“挂职”，时间暂定为1年。当地一位官员称，“留住人才的压力一直存在”。

距离绵阳城区20多千米的黄土救助站，安置了2400名北川受灾群众。这里成立了临时党委会，由4名干部组成，他们是黄土安置点指挥部从78名党员中选拔的。选拔程序被简化为一次谈话和两个问题：“请简要介绍个人情况”，“5月12日地震后你都做了什么”。

有人认为，提拔不仅是对他们的褒奖、激励、肯定，更是赋予了他们在抗震救灾和以后的工作中更大的责任。当然，也有评论对“火线提拔”的做法提出了质疑，认为抗震一线是检验和考验党员干部的重要战场，但不是突击提拔干部的战场和标准。同时，事实证明：火线提拔的干部在基层一线深入工作，积极投身灾后重建、百姓安置、生产自救等工作中，在当地党委政府和人民群众中得到好评。

多年来，人们在选拔官员的视角中，总是盯住从高等学府、盯住机关部门，盯住现有官员，而忽视了在特殊情况下，尤其是在“火线”的卒伍中考察选拔官员。其实，很多有本事有素质的官员都是在“火线”中出现。比如，在抗日战争和解放战争时期，军队不少将领都是在战斗中被发现、被提拔而走上领导岗位。及时选拔“良驹”，淘汰“劣马”，既是开拓新局面的需要，也是公众的期望。四川灾区“火线”考察任免官员就体现了一种求实的精神。对灾区官员“火线考察任免”也势在必行。而今，四川地震重灾区在“火线”考察任免官员，为在特殊情况下管理官员作出有益的尝试。

苍生泣血书青史，众志成城克时艰。在天府之国山崩地裂之时，刘奇葆等四川党政一班人带领群众奋起自救、共渡时艰，成为危难时刻群众的贴心人和主心骨。在刘奇葆的身上，国人看到英勇的四川人民在抗震救灾中所显示出的“大灾面前压不垮、大难面前不低头”的气概。

人生◎手记

当年，离开共青团系统时，刘奇葆的感情十分复杂。想到自己自20世纪70年代初就涉足共青团事业，离任团中央书记处书记岗位时，他激动不已，曾在一篇以《我不会忘记》为题的文章中动情地写道：“这20余年，恰是我人生中最美好的时光，可以说我的青春岁月同共青团有不解不缘。现在，我虽然离开了共青团的工作岗位，但共青团仍常在心中萦迴。”

汶川大地震让四川一时间处在一个关键时刻，“面临着少有的困难，少有的处境，少有的任务和责任，少有的关切和关注”，作为四川省委书记的刘奇葆率地方各级领导干部，面对困难、坚定信心，投身大局、攻坚克难，立足岗位、超常努力，以无畏的精神、坚韧的工作、出色的成绩向党和人民交出了一份无愧的答卷。

周洪宇

当面给总理递材料的『周大炮』

·代表档案·

周洪宇，湖南衡阳人，有“周大炮”与“周免费”之称。1958年1月出生于湖北武汉，1982年1月毕业于华中师范大学历史系。曾任华中师范大学教育科学研究所助教、讲师、副教授、教授，华中师范大学教育学院副院长，武汉市江岸区副区长，武汉市教育局副局长，湖北省教育厅副厅长等职，出任过民进武汉市副主委、武汉市政协常委兼副秘书长、湖北省政协常委等；现为湖北省人大常委会副主任、民进中央常委、民进湖北省主委，华中师范大学教育学院教授、博士生导师；**系十届、十一届全国人大代表。**

周洪宇 | 当面给总理递材料的“周大炮”

他是呼吁农村义务教育全免费的“第一人”。

他是最早把互联网这个工具和人民代表身份联系在一起的人。

他就是有“周大炮”与“周免费”之称的周洪宇。2003年以来的每年3月，周洪宇都特别抢眼。在每年的全国“两会”期间，“周大炮”“炮声隆隆”。

◎ 法律“外行”力促“反分法”诞生

记者原本不认识周洪宇，只是在“反国家分裂法”审议前后通过媒体报道而知道他的。当时让记者好奇的是，周洪宇不是法学教授，不是法律界人士，这么一个法律上的“外行”究竟是哪些因素促使他提出“国家统一法”的立法建议的呢？后来，又多次在每年的全国“两会”期间见到他匆匆的身影，终于有一天记者走近了他，能同他面对面。

以法律的形式推动国家统一的想法，在周洪宇心中酝酿已久。1995年，由他倡议，华中师范大学专门腾出一间办公室，成立了由哲学系台湾政治研究专家、台湾历史及文学研究专家参加的“台港澳研究中心”，香港汉荣书局老板石景宜先生利用在台书店，用私人资金，热心为他们买来数千册有关台湾政治经济历史民情的书籍，打包发至华中师大，对他们给予资料支持。

1998年10月，受台湾比较教育学会邀请，周洪宇和大陆另外9位中青年教育学专家赴台进行学术交流。那次台湾之行，周洪宇经历了两件记忆深刻的事情。一是在学术交流会开幕式上，悬挂国民党党旗和所谓的“中华民国国徽”。周洪宇和同行大陆学者当即对此提出异议。当时，台湾主办者表示“很惊讶”，认为这是会场布置“惯例”，并觉得大陆学者“多事”，“节外生枝”。为此，周洪宇和同行学者再次立场鲜明地严词抗议，表示如果这样布置会场，便不再参加会议。在他们的坚持下，对方只得将所谓的“党旗”、“国徽”全部撤去。

在台南市有名的“台湾第一街”，周洪宇看到了许多像线绣老虎鞋、书艺折扇等和大陆古街店铺常见的传统物件。在台南夫子庙、西周祠，他进一步深深感受到了台湾与大陆同宗同族、同种同源的文化同质性。初到台湾时的异乡感荡然无存，他分明感受到台湾有史以来就是中国的一部分，无论任何人都没有任何理由把它分割出去。

2000年初，周洪宇带着第一次访问台湾留下的深刻印象，再次应邀赴台进行以大学通识教育为主题的学术交流。当时正赶上台湾国民党与民进党启动竞选宣传。在有关方面送来的资料中，一份1991年由台湾国民党当局制定的《国家统一纲领》让他感到了震撼。“客观地看，那个纲领明确表示了坚持‘一个中国’的原则，国民党还是立足于统一的。”周洪宇说。

当时台湾国民党与民进党之争已非常激烈。当时，周洪宇认为“国民党内部不团结，李登辉容忍不了对他有威胁的人，国民党的分裂最终将导致其垮台。这样他们制定的统一纲领就会被废弃，台独势力也会越来越嚣张”。台湾政局

◆◆ 1997年9月，周洪宇（左）在香港参加中国学术节与美籍华裔物理学家杨振宁（右）合影

的发展印证了周洪宇的判断，民进党最后赢得了大选。陈水扁上台后，便将“统一纲领”彻底弃之一边，从“渐进式台独”到“急进式台独”，从“公投制宪”到“实行新宪法”，“台独”势力在岛内的叫嚣越来越明目张胆。

2003年下半年，“台独”势力在“立法”上作文章，图谋把“公投”和“选举”捆绑在一起，通过“法律”手段加速分裂步伐。当时已当选全国人大代表的周洪宇感到“时不我待”，开始构思起草议案，希望国家尽快制定国家统一法，若相关法律短时间内难以出台，可先制定一个统一纲领，表明国家反分裂意志。

2004年2月初，周洪宇在构思基础上，通过咨询法律专家，由政策思路到法律思路，完成了《关于尽快制定〈国家统一法〉，遏制台独势力分裂中国企图的建议》初稿。2月28日，周洪宇把这个初稿“挂”在了人民网上，征询全国有志之士的意见和建议。一周之内，网上便跟进了数百个帖子，全国各地网友纷纷呼应。周洪宇自认，从法理条文上讲，他的初稿并不完备，但通过与各地网友网上广泛交流，他更加意识到了通过立法反对分裂、维护国家统一的意义。

这年3月6日，第十届全国人民代表大会第二次会议召开的第二天，周洪宇将之作为一项建议提交给全国人大。建议中，除了历数台湾岛内和国际大环境“均已发生了重大变化”的背景外，还明确提出1993年发布的《台湾问题与中国统一白皮书》中表达的政策方针“应与时俱进，适应新的形势”。他分4个部分详细阐述了自己的构想：国家尚未完全统一的现状成因及责任、国家实现完全统一路线图（含和平方式、非和平方式）、国家对阻挠破坏实现统一路线图的回击措施、实现国家统一路线图中的国际问题等。他认为“统一法”一旦展开立法行动，就意味着过去停留在民族感情层面的反独促统诉求，变成了“具有明确定义和法律效力的政府行动”，这同时具有抗衡美国《与台湾关系法》的实质意义。很快，全国人大通过相关程序，递交给了国务院台湾事务办公室。

6月22日，周洪宇收到了国台办发来的回复函件，即《国务院台湾事务办公室国台提案字2004-13号，对十届全国人大二次会议第5772号建议的答复》。

而在收到该函件之前，周洪宇已从媒体报道中了解到，2004年5月，温家宝总理出访欧洲行至英国时，伦敦华人华侨社团曾向温总理提出尽快制定国家统一法、通过立法维护统一的建议。温家宝表示：中央对海外华人华侨的意见非常重视，并将予以认真考虑。这些信息使周洪宇非常高兴，最初“心里没底”的唐突感被自己“和党中央想到一块去了”的想法所代替。

2004年12月17日，官方媒体报道，周洪宇所提的有关台海问题的法案进入了审议过程，不过周洪宇的建议名称是“国家统一法”，审议的则是“反分裂国家法”。对于这个名称上的变化，周洪宇似乎并不介意，“我认为这是一体两面，也就是一而二、二而一的关系，国家统一法是主动的提法，反分裂国家法相对来说被动一些，两者实质是一样的。但是我个人认为还是前者好一些，因为在台湾问题上，我们还是采取主动，才能取得先机。不过现在草案能够进入审议还是好的。总之，提了比不提好，早提比晚提好。”

在全国人大常委会审议“反分裂国家法”的消息传开后，台湾方面和国际社会都立即作出了反应，美国方面只是言辞含糊的表示不希望看到台海任何一方做出破坏现状的举动。

而台湾方面的反弹就要激烈的多，台湾陆委会主委吴钊燮表示，反分裂法是“企图采取片面立法，为日后以武力侵犯台湾，片面改变台湾现状找寻合法化借口”。他呼吁中国当局三思而行，不要一再“错估台湾人民爱好和平、反对军事威胁的坚定意志。”台湾行政院陆委会所进行的民意调查显示，73%的台湾民众无法接受中国共产党制定“反分裂法”。对于这些民调数据，周洪宇当时认为对于这样的民调结果需要认真检视，“这样一个结果，是谁去做的民调，这个我想是可以讨论的。因为不同的人去做的民调，他民调的范围有多大，是不是认为是打压（台湾），这个我想本身就是值得讨论的。从我有限的经验和接触来说，倒不是说打压，台湾绝大多数人是希望维持现状。维持现状也不是要分裂，也不是说强烈要求统一。强烈要求统一的，和强烈要求独立的、要求分裂的人，都不是最多数。比较多数的人是主张维持现状的。现在大陆提出反‘反分裂国家法’，它针对的对象并不是主张维持现状的人。因此主张维持现状的人没有什么担心的必要。”

2005年3月全国人大三次会议上，在全国人大常委会副委员长王兆国做完关于《反分裂国家法（草案）》的说明后，近3000名全国人大代表开始对草案进行分组审议。周洪宇再次本着自身的责任感，在向大会提交的相关议案中又提出了“几点个人建议”：一、建议进一步明确一个前提性的问题：即什么是“中国”，其内涵和外延、其法律的含义、政治的含义、经济的含义、文化的含义分别是什么，宜通过界定使其具有严谨性。二、要进一步明确“分裂”、“台独”等重要概念的内涵与外延，对于什么是“分裂”、“台独”以及什么是“分裂行为”、“台独分子”，什么不是“分裂行为”、“台独分子”，要有明确的界定，以便“反分裂”、“反台独”更有针对性。三、要进一步明确《反分裂国家法》的适用范围，标明该法不适用于香港和澳门地区，主要是针对“台独”的，同时必须明确对其他分裂分子的分裂行为，如“疆独”、“藏独”等如何处理，如何兼顾眼前与长远，兼顾当务之急与长久之虑。此外，他还提出，中央政府不仅需要制定实施反分裂的有关法律，还需要具有虽相对稳定又能灵活选择的对台政策。“法律和政策双管齐下，相辅相成，对反对分裂、促进国家完全统一，其价值或功效都将不可估量。”这份议案再度引起媒体及相关人士的重视。法律委员会经研究发布的报告中提出了五条修改意见，其中“修改意见一”等项体现了对周洪宇部分建议的采纳。

这年3月14日，万众瞩目的《反分裂国家法》在十届全国人大三次会议高票通过。看到自己的建议如此快地成为了现实，周洪宇感到非常高兴和欣慰。

◎ “十大议（提）案”之首主人公“周免费”

2003年2月，周洪宇随湖北省全国人大代表团去孝感市考察。到了一个镇上的一所小学，发现有几张课桌只有3条腿，第4条腿是垒起来的砖头；而另一个镇的一所小学，语文老师只能用粉笔头给学生上课。农村教育的困境让周洪宇心里很不是滋味。

当年3月2日，周洪宇来到某网站与网友交流，一个网民的帖子深深地刺激了他：代表大人，您知道农村义务教育有多苦吗？

当晚，他按捺不住心中涌动的忧思写就《完全免费制应从农村始》，提出农村义务教育的必要性、重要性和普遍性。明确指出：义务教育属于公共产品，应当由政府提供，公民有义务把学龄子女送到学校去接受教育，政府更有义务担负义务教育的全部费用。随着中国经济的快速发展，国家应该而且也完全有可能实行九年义务教育完全免费制，即不仅完全免收学生的学费和杂费，而且还免费给学生提供教科书、伙食等。各级政府应树立公共财政理念，调整财政支出，加大财政性教育经费投入，向农村义务教育倾斜。尽快建立规范的义务教育的财政转移支付制度，明确中央、省、地（市）、县各级政府对义务教育的财政承担责任和比例，使义务教育经费投入规范化、制度化、法律化，确保义务教育经费投入有稳定来源。

3月4日，此文在《中国教育报》发表，引起诸多“两会”代表、委员的关注，很多人纷纷打电话到报社表示赞同。

于是，周洪宇将此事向湖北代表团同一小组的全国人大教科文卫委员会副主任蒋祝平、湖北省人大副主任朱纯宣等作了汇报，得到了他们的大力支持，鼓励他积极向上面反映情况，推动我国农村尽快实行九年义务教育完全免费制。蒋祝平对周洪宇说：“这是一项民心工程、德政工程，一件具有里程碑意义的事，值得为之努力。”

2003年3月6日下午，时任中共中央政治局委员温家宝来湖北代表团与大家一起审议《政府工作报告》。讨论时他多次提到“三农”问题，并且深切地指出，全面建设小康社会，重点和难点都在农村。我国目前达到的小康水平低，不全面、不平衡，差距主要在农村。他还说，共产党人是彻底为人民群众谋利益的。温家宝的这番恳切的话引起了湖北代表团代表强烈的共鸣。这时，在讨论中没有获得发言机会的周洪宇萌发了直接向温家宝建言的愿望。

讨论一结束，代表们纷纷涌出大厅到门外排队等候合影。周洪宇看到中国地质大学教授王亨君正代表校友向温家宝问好，便趁机“挤”到温家宝面前，挤上一摞材料，说：“我在这次来京参加人代会之前，与一批人大代表参加了湖北孝感地区农村义务教育问题的调查研究，调查的情况与您说得一致，现在农村义务教育确实处在一个非常关键的时期。”温家宝接过材料，认真地看了题目，微笑着说，“哦，人大代表的建议呀，农村义务教育有几个问题确实很重要，你提得很好、很及时。这个材料是给我的吗？”接着补充说，“谢谢您。好，我会带回去研究处理的。”

3月9日，在给温家宝送的这份关于农村义务教育实行完全免费制的建议作了进一步修改和补充之后，周洪宇向全国人大提交建议案。

不久，人民政协报、中国教育报等众多媒体对这个问题给予了极大的关注，周洪宇也一场一场地参与了各种讨论会。全国人大办公厅驻会工作人员将周洪宇的看法报送了中央政治局，监察部驻会工作人员嘱教育部财务司和基础教育司有关负责人予以说明，时任教育部部长陈至立在3月15日表示今后国家在教育投资上要逐步向农村倾斜，提高农村教育水平，逐步缩小差距。

当时，中青网网民推选周洪宇的《关于实行农村九年义务教育完全免费制的建议》为“最受关注的十大议（提）案”之首。一个建议激起了这样的波澜，引起了如此的关注，周洪宇始料不及，他感到欣慰。他说，问题的根本在于农村义务教育这个问题太让人们牵挂，而在十六大提出全面建设小康社会的今天，我们没有理由一任农村教育问题的现状继续。

这年6月17日，周洪宇收到财政部办公厅就建议的答复。其中说，我国目前仍然是发展中国家，人口众多，财力相对薄弱，虽然对各级财政部门积极按照《教育法》、《义务教育法》等有关法律和国务院有关文件精神不断加大对教育的投入，但困挠我国基础教育事业发展的诸多问题依然存在，尤其是保证农村义务教育运行的最低条件，即保教师工资、保校舍安全和保学校正常运转的经费在部分贫困地区依然存在许多困难。“在这种情况下，实行免费义务教育条件尚不成熟。”

2003年9月19日，国务院第一次就加强农村教育召开了全国工作会议，并出台了有关决定，在全国农村开始推行“二免一补”新政策，即免杂费、书本费和对寄宿生补贴生活费，力争2007年前在全国所有地方实行“二免一补”。

不久，周洪宇注意到《光明日报》刊发了新疆205万贫困生享受免费义务教育的消息。于是，他撰写了《关于我国农村义务教育工作的十点建议》，提出重新定位农村教育的发展目标和办学方向、尽快实行农村义务教育免费制、加快发展农村远程教育等建议，并寄给温家宝总理。

这年11月，周洪宇率湖北民进教育调研组到湖北十堰地区调研考察了多所农村学校，并在《人民日报》、《中国教育报》等报刊宣传农村九年义务教育免费的观点，争取得到社会各界的认同和支持。

◆◆ 因执着呼吁义务教育全免费，大家送给周洪宇（右二）一个雅号——“周免费”

2004年3月，在十届全国人大二次会议上，周洪宇再次提出“关于农村九年义务教育免费制的再建议”。同时，提出“关于治理教育乱收费的建议”等关乎教育的建议。

鼓舞周洪宇坚持为农村义务教育建言献策的，是政府在不断地为农村教育做出大动作。他注意到，2004年，中央财政安排用于农村义务教育的各类专项资金达到100亿元，比2003年的58亿元增长了72%。

2005年，政府工作报告提出要免除一部分贫困地区孩子的书本费和杂费；2007年，向全国全面推开。

“我不过就是时代浪潮中的一滴水，顺势而行，恰好在社会走到这个阶段时，提出了建议，推了一把。”作为呼吁农村义务教育免费的“第一人”，周洪宇这样评价自己在其中的作用。当无数农村孩子的命运因教育而改变时，他们或许并不知道周洪宇是谁，但是，周洪宇知道，自己切实履行了人大代表的职责。

因执着呼吁义务教育全免费，大家送给周洪宇一个雅号——“周免费”。“在我之前有不少代表委员呼吁过这个问题，但为什么一直没有得到实质性的推进？”回忆起这些，周洪宇认为，“作为代表来说，不能简单地做呼吁的工作，呼吁是必要的，但更重要的是要有一个建设性的方案，在这套方案里你要讲清楚，为什么要这样做，可不可以这样做，以及怎样做，特别是后面这一步，怎样做”。周洪宇说：“在整个过程中，从代表工作的角度来说，困难是调研，这个工作要对国家的有关情况进行了解，要了解国家现行的政策，比如各地义务教育阶段发展的实际情况，同时也要做深入研究，义务教育免费要研究它在具体实施过程中存在哪些问题，比如财政分担机制怎么建立，凡涉及到钱的，中央出多少钱，地方出多少钱，中央和地方有没有这个财力，都要做深入研究。有了财力之后，怎么分担，比例如何确定，这要做研究，就不是简单地喊一喊义务教育免费。”

周洪宇说：“一项议案被采纳需要各种条件的合力，社会共识、政府重视、时机合适，也就是‘天时地利人和’，而不能说就是某位代表的功劳，不是说你就了不起，比政府高明了。只是在某个问题上你可能看得比较深一点，或者注意得比较早。”

◎ 关注义务教育全免费的最后一步

作为一名全国人大代表，这些年来周洪宇一直在呼吁国家尽快实施与政府公共职能相符、与世界普遍做法相同、与我国现实财力相称、与社会大众愿望相合的真正的全免费义务教育（即免学费、免杂费、免教科书费，补助贫困生伙食费，简称“三免一补”），得到了中央的高度重视和社会各界的普遍支持。

在接受采访时，周洪宇说，现在，我国农村免费义务教育已基本全面实现，城市义务教育阶段学杂费已经免除，下一步应该是免除城市义务教育阶段学生教科书费的时候了。他认为，当前免除城市义务教育阶段学生教科书费是大势所趋，且时机已经成熟。

在他看来，继续收取城市义务教育阶段学生教科书费则是弊大于利，其弊端表现为不利于推进社会公平，也不利于教育的均衡发展。义务教育是一项典型的纯公共产品，因此政府理应担负其公共职责。而政府免费提供教科书，则是政府必须承担的公共职责之一。由于过去国家长期实行“重城市、轻农村”的逆向倾斜政策，农村教育在教育经费的投入上长期处在不利的位置，相比城市教育的发展则是严重滞后，造成我国城乡教育发展严重失衡。为了推进教育公平，推动教育均衡发展，近年来政府明显改变政策导向，高度重视农村义务教育，并在经费投入上向农村教育倾斜。在农村推行全免费义务教育是在这一新的指导思想下带有战略性的重要举措。这自然十分英明，社会各界积极拥护和赞成。但问题是，既然义务教育是一项典型的纯公共产品，为什么政府只对农村而不对城市的义务教育阶段学生的教科书费买单呢？须知现在城市还有相当数量的下岗职工和贫民，而且大城市中为数不少的义务教育阶段学生家长本身就是农村人口，是由农村流动到城市务工谋生的，他们的经济条件普遍很差，即使是并非昂贵的教科书费，对他们而言仍是一笔难以承受的负担。因此，仅在城市征收义务教育阶段学生的教科书费，难免会让城市义务教育阶段学生家长特别是这些由农村流动到城市务工来的学生家长产生不公平的感觉。尽管这些教科书费并不算高，一般城市居民能够承担得起，但为义务教育阶段所有学生（包括城市学生）免费提供学费、杂费、教科书费等，是政府的公共职能所在，是政府应尽的责任。

与此同时，周洪宇还认为继续在城市征收教科书费会给教育乱收费预留口子，难以真正有效地遏止教育乱收费。“继续收教科书费客观上为某些办学行为不规范的学校搭车收费留下了空间，哪些属于教科书范围而不是教辅资料，学生和家长并不十分清楚，也没有多大发言权。特别是那些教辅资料在目前社会还很看重考试分数的情况下又显得不可或缺；如果某些办学行为不规范的学校打政策的擦边球，把教科书与教辅资料混为一谈，强行要求学生家长购买，学生家长将不得不买单。即使学校明言集体购买教辅资料，学校在没有该经费来源的情况下，最后必然又会以收教材费的名义转嫁到学生家长身上，最终教育乱收费必然泛滥而难以遏止。”

免除城市义务教育阶段学生教科书费到底需要多少钱？中央和地方政府有财力承受吗？应该怎样实施？周洪宇在提出有关建议的同时，十分关注免除城市义务教育阶段学生教科书费的可行性。他通过各种相关数据的分析得出结论：按国际上通行的教科书循环使用5年的惯例，国家财政每年仅需要拿出12.99亿负担城市义务教育阶段学生的教科书费，占2006年国家财政性教育经费（包括各级财政对教育的拨款、教育费附加、企业办学中的企业拨款以及校办产业减免税等项）6348.36亿元的0.2%，占同年中央财政教育支出538.33亿元的2.41%。他认为，免除城市义务教育教科书费数额不大，国家财政是完全有能力承担的。

说到实施，周洪宇认为，应该按照“分类承担，分步实施”的原则来推行。何谓“分类承担”？具体来说，就是由中央政府和地方各级政府（以省级政府为主）共同负担城市义务教育教科书免费所需费用。考虑到各地经济发展水平不平衡的实际，在中央和地方承担免除城市义务教育阶段教科书费的比例上，实行“分类承担”政策，即将全国依经济发展水平划分为三类地区来分别对待：北京、上海、广东、江苏、浙江等经济发达的地区，由于这些地区政府财力雄厚，建议由其自己来解决城市教科书免费所需的经费问题。对于湖北、湖南、江西、河南、安徽、山西等中部经济一般发达省份，由于这些地区的财力相对还有限，建议由中央政府通过财政转移支付提供50%，地方政府承担50%的经费来解决。对于西藏、新疆、青海、宁夏、贵州等西部经济欠发达省份，由于这些地区经济发展水平低，建议中央政府加大财政转移支付力度，由中央通过财政转移支付提供70%，地方政府承担30%的经费来解决。何谓“分步实施”？就是在城市义务教育阶段学生教科书免费的实施步骤上，可以先县镇后城市；在实施学段上，应该是先小学后初中；在实施时间上，最迟在2009年春季学期开始推行免除县镇义务教育阶段学生的教科书费；在2010年内开始推行免除城市义务教育阶段学生的教科书费，并实现整个义务教育阶段学生的教科书免费，最终在2010年前在全国范围内实现全面、彻底的免费义务教育。他说：“这是义务教育全免费的最后一步”。

◎ 改革高考录取名额之争

改革高考制度，力求教育公平，是当今社会各界都十分关心的问题。上至高层人士，下至平民百姓，无不关心之，议论之。恶之者，恨不得它马上被废除，爱之者，觉得它是目前其他制度尚不能取代的一种较好的制度。可惜的是，宣泄情感者多，认真研究者少。人云亦云者多，独立思考者少。真正既有理论深度又有可操作性的方案极为少见。

周洪宇认为，中国的考选制度由来已久，涉及千家万户切身利益。现实的高考制度改革，不能感情用事，必须理性分析。要以公平为宗旨、以现实为前提，以历史为借鉴，以研究为依据，谋定而后动。

考试是一种甄别人才，选拔人才，以考促学的主要手段，也是维护社会公平，保障社会稳定，促进人才流动的重要渠道。周洪宇说，古代统治者为了扩大统治基础、选拔优秀人才、稳定社会秩序，维护政治统治，很早以前就发明了考试，并十分注重按区域人口多寡来分配名额。最早的考试应远溯到尧舜禹时期，为了选贤举能，“尧试舜”，“舜试禹”，开启了中国考选历史的先河。

周洪宇是学历史出身的，并且是著名历史学家、教育家章开沅的博士生。谈及中国的考选制度渊源，周洪宇滔滔不绝：西周时期已实行按地区分配名额制度，“大国三人，次国二人，小国一人”。而正式的制度化考选始于西汉，“西汉文帝前元十年（公元前165年）举行的贤良方正科考试，既是我国不定期举行的特科考试的开端，又是我国取士考试的开端”，从此开始了察举孝廉、选贤良方正的人才选拔制度，这是最早的制度化考选。“科举考试诞生于隋朝，以其制度优越、方法公平、程序公正而得到世人的认可和拥护。然而‘法久终弊’，在长达1300多年的运作过程中，科举制逐步走向刻板僵化和形式主义，最终在西学浪潮冲击之下和开明国人的抨击声中，于1905走向解体。”周洪宇说，在旧教育向新教育转型时期，新式学堂的招生主要采取自主录取的办法，但仍注重地区平衡，实行分省配额制。

如果说科举考试因涉及到学者士子的前途命运，其公平性深受全社会关注的话，那么高校招生考试亦因关乎考生能否接受高等教育、享受均等的教育资源，其平等公正原则同样令世人瞩目。周洪宇分析说：“从民国成立一直到1938年，我国高校大都采取自主单独招生的办法，各高校实行自主命题、自行阅卷、自定录取标准。其优点是操作灵活、方法多样；其缺点尤为明显：考试标准不一，公平原则难以得到保障。中央不能有效地对高校招生进行管理，造成招考区域失衡。为了克服自主招生的弊端，最早尝试联合招生的是1918年全国六大高师，决定实行“招考划一”的方法，规定各高师将75%的招生名额投放到各省，分配名额时依据该省的人口数、距离学校的远近和该省有无高师等标准；将25%的名额留在本校，由该校直接招考。”

20世纪20年代教育部要求各高校在自主招生过程中，应按比例向各省分配名额，照顾到各省的经济发展、人口数量、教育质量、文化水平等诸因素。但是由于在录取过程中仍实行全国统一分数线，结果出现了升学率的不平衡。1938年6月，教育部成立统一招生委员会，规划并执行统一招生事宜，当年有22所国立大学参加统一招考。到1940年已有了统一招生委员会，参加统考的大学已达41所，确定分组录取标准和名额，在一定程度上维护了考选的区域公平。1946年又颁布了专科以上公、私立学校采用联合招生、单独招生、委托招生相结合的办法，各校的录取名额由本校协同教育部商定。1947年又将高校招生委员会改为由该省教育厅与各大学及独立学院与专科学校组织招生委员会。周洪宇说，此招生办法一直沿用到1949年。“中国现代高考制度是在长达数千年的考试发展历程中逐步演变而来的。在学习借鉴中外古今考选经验的基础上，1952年我国建立了现代高考制度，实行全国统一招生考试，有效地保证了所选拔人才的质量，为建国初国民经济的恢复与发展，提供了有效的人才保障。”

由于受左倾思想的影响，1966–1977年我国的统一高考制度被取消长达12年之久，实行推荐工农兵上大学的招生制度，招生权实际上被操纵在一些政治帮派手里。1977年冬，我国恢复了高考制度。坚持“统一考试，择优录取”的原则，力求公平、公正，从此我国的人才选拔考试又步入了健康发展轨道。

然而，由于种种原因，尽管高考制度在一步步进行改革，然而仍然存在着不少违背公平原则的现实问题。曾经长期处于教学第一线的周洪宇在调研中发现：一、高考录取分数线严重倾斜。连续几年北京、上海的重点大学最低录取分数线比大部分省低几十分甚至上百分，即使西部大部分地区的录取线都比北京、上海高。这种分数线的倾斜以及由此带来的各地高等教育入学机会不均问题，已引起社会各界的广泛关注。“分数线是可以倾斜的，但要向少数民族、国家级贫困县、西部等地区倾斜，这样才有利于推动社会的和谐发展。而目前的分数线倾斜却是倒向了大城市、文化发达地区等，这是一种极不合理的‘逆倾斜’。”二、重点高校录取名额投放不均。近年来，随着高校招生自主权的扩大，各重点大学可以自行决定在各省的招生名额，这样做有利于调动高校积极性，然而带来的弊端是各高校择优性指标投放的过度，破坏了考选制度固有的公平性，造成了城乡差距拉大、东西悬殊加剧的局面。重点高校在所在地投放的名额比例太高，给没有重点院校省份的考生造成了激烈的竞争，这种竞争导致了应试之风日盛，直接影响着素质教育的实施。“固然重点高校所在省市为该大学做出了较大贡献，但也不能以此来作为投放更多指标的依据，从而违背公平原则去实现高招的‘本地化’，长期如此就会使国家重点大学‘地方化'。"三、保送生制度弊病重重。实行保送生制度的目的是为了克服单一笔试模式的弊端，以利于选拔综合素质较高的优秀毕业生，为拔尖人才脱颖而出建立良好的选拔机制。然而，由于实际操作中具有报送资格的少数重点中学出于升学率的考虑，往往将最优秀的拔尖学生留下准备冲刺清华、北大，将二流学生作为保送名额，结果是"送良不送优"，在推荐的学生中有较好的，也不排除一般的，少数有权有势者也借此以权谋私。"保送生制度没有达到选优的目的，反而使得本来就紧张的重点高校的招生指标更加紧张。"

针对目前我国高考录取名额投放严重不均问题，周洪宇在出席十届全国人大四次会议期间提出了合理投放录取名额的基本思路：第一，各重点高校可留下5%的名额作为自主招生名额，利用这些名额在所在地、全国甚至全球去自主招收高素质的、有特长的优秀学生；第二，录取名额投放可以参考该省（市、区）的总人口数和总考生数、该省拥有的"985"工程高校数减去全国各省平均数、上年在该省（市、区）投放或实际录取数等指标。周洪宇还根据这基本思路初步设计了投放录取名额的计算方法，"这样既杜绝了在招收保送生、特招生中的不正之风，又有效地实现了高考招生中录取名额投放存在地区间不公平现象。至于少数民族考生可享受加分优惠政策，就不再单独投放录取名额"。

在周洪宇看来，高考录取名额投放应遵循三个原则：一是公正平衡原则。我国自有科举制以来，历代统治者大多实行分区配额制。现在重点高校录取名额投放不可不注意东西平衡、城乡平衡。二是差别原则。世界著名伦理学家罗尔斯在其《正义论》中强调，坚持平等原则和差异原则是正义的必然要求，平等是正义的第一位要素，而合理的差异亦是正义的重要构成，但这里的差异应该是由城市向农村倾斜、由东部向西部倾斜、由发达地区向落后地区倾斜、由富裕人群向贫困人口倾斜。然而，当今高考录取中招生名额和分数线不是这种正义的倾斜，而是向发达地区、大城市倾斜，这就违背了正义的合理差异原则。三是渐进实施原则。改革录取名额投放办法应稳步推进，分步实施。第一步，先从北大、清华、复旦、浙大等重点大学开始，新录取名额按新计算办法去投放，并以此为相对固定的数据，以后可视需要再作微调。第二步，其他"985"重点大学也实行该种计算方法，经过一两年实践之后，将名额相对固定下来。

周洪宇认为，实施有关高考录取名额投放方法的改革，这一方面需要充分发挥教育部的宏观调控职能。教育部在指导教育特别是高校发展方面有四大职能：宏观调控，经费资助，立法建制，评估督导。政府的职能不能越位，也不能缺位。

"对于当前高考招生中重点大学名额投放不公问题，教育部应该充分发挥宏观调控职能，去依照一定的计算标准去核定各重点高校在各省（市、区）的投放名额。而不能完全将此权下放各重点高校，因为各重点高校毕竟不会像教育部那样站到全国的高度去看问题，他们考虑比较多的是学校的利益。"周洪宇说，其实，教育部的宏观调控与高校办学自主权的扩大并不矛盾。宏观调控是为了有效地保证全国教育事业的发展，高校办学自主权的扩大也是为了促进我国高等教育事业的健康发展，二者是殊途同归，并不冲突。只要在认识上达成共识，就可形成合力，共同推动我国教育的发展。其次，应尽快建立"全国教育政策咨询委员会"。其成员可由教育部长、副部长和司长，国家发改委和财政部等相关部委的若干负责人，国家教育发展中心和中央教育科学研究所的若干专家，全国人大代表、政协委员中的若干教育专家，若干有代表性的大学、中学和小学校长，企业界和社会关心教育的若干代表，关心教育的若干家长和学生代表等人组成。这个委员会主要研究重大教育政策的出台依据，为教育部提供咨询服务，参与主持听证会。关于重点大学在各省（市、区）的名额投放办法的出台也可考虑通过这个委员会的研究和论证，最后由教育部协同各重点高校去组织实施，由社会各界监督。

◎ 情牵"移民二代"就地高考

2007年，中央和地方政府优先发展教育，教育外部环境和硬件条件明显改善。周洪宇2008年开始将关注重点投向城市中的一个特殊群体——进城务工人员子女，为他们的高中教育及高考问题操起心来。

进城务工人员是我国劳动力市场中的不可或缺的特殊群体，他们用自己的辛勤劳动奉献着自己的青春和汗水，为当地的经济建设做出了不可磨灭的贡献。对于进城务工人员子女接受义务教育的问题，中央政府颁行了"以流入地为主，以公立学校为主"的"两为主"政策，即进城务工人员子女以流入地政府解决为主，以流入地的公办学校接纳为主。各地贯彻执行这一政策的情况较好，政策实施也取得了实效，基本上解决了前几年饱受困扰的进城务工人员子女接受义务教育的问题。

然而，对进城务工人员子女接受义务教育之后的教育即高中教育、高等教育，中央并未制定相应的政策和规定。根据教育部普通高等学校招生工作规定，学生必须在户籍所在省市区参加高考报名、考试及录取。针对有关省市区日益严重的"高考移民"现象，前几年教育部与公安部联合发出《教育部办公厅公安部办公厅关于做好普通高校招生全国统一考试考生报名资格审查工作的通知》，要求各省市招生考试机构和公安部门共同制定具体管理办法，严把高考报名资格关，杜绝“高考移民”现象出现。规定没有取得当地公安局签发的当地常住人口户籍，均须回原籍参加高考报名、考试及录取。

周洪宇注意到，由于中央对进城务工人员子女接受义务教育后的教育即高中教育并未制定相应的政策和规定，使得进城务工人员子女的义务教育和高中教育，特别是高考缺乏有机连接。“随着这批学生初中毕业，他们接受高中教育以及高中毕业后参加高考的问题就凸现出来。由于没有相关的政策规定，这批学生绝大部分接受高中教育的途径是返回户籍地就读，而返回户籍地就读面临很多家庭和体制上的困难。对于家庭来说，由于父母在城里打工，孩子返回户籍地就读意味着进入青春期的他们将得不到父母的监护，对孩子的成长极为不利。其次，逐渐适应了城市生活的他们又要返回‘陌生’的故乡独立学习和生活，他们还面临着一个重新适应和调适问题。”

周洪宇分析说，从教育体制上看，目前，我国各地之间，特别是城乡之间的义务教育尤其是初中教育差异很大，返回户籍地就读还面临着教育内容的衔接问题；此外，各地高中特别是普通高中入学，中考成绩是一个重要的参考指标。由于各地中考试题及录取分数线差异很大因而没有可比性，没有参加当地中考的学生想进入普通高中是相当困难的。而想参加当地的中考势必牵涉到转学籍的问题，因而也面临不少困难。况且，即使可以参加中考，但由于没有在当地学习，在当前的考试形势下，要考出好成绩是相当困难的。有些学生通过缴纳高昂的赞助费到高中就读，但高昂的赞助费对于绝大多数在城里打工的家庭来说，绝对是一笔天文数字。因此，进城务工人员子女返回户籍地就读并不是一个理想的、操作性很强的解决问题的办法，必须探索以流入地政府和学校解决进城务工人员子女高中入学及参加高考的问题。

受教育是每个公民享有的基本权利之一，政府应该保障每一个公民在高中读书的权利。为此，周洪宇在十一届全国人大一次会议上建议借鉴进城务工人员子女在流入地城市公办学校接受义务教育的办法来保障其子女高中阶段教育权利。但考虑到进城务工人员子女学生人数增加过多会给当地政府和学校造成了极大的压力，同时我国各地受高等教育机会差异很大的现状，为了防止新一轮的“高考移民”现象的出现，必须制定相应的政策，对在流入地高中就读及参加高考的资格做出规定。具体而言，周洪宇建议：凡非流入地城镇户口，而在居住地派出所办理了暂住证，同时在居住地社区居委会办理了就业证的外来务工、经商人员的子女，要在流入地读高中的，必须在当地读完初中并参加中考，各批次高中录取分数线与当地考生相同。对于参加高考，必须在当地读完高中，并且在高考录取时暂不享受当地考生所享受的有关优惠政策（今后条件成熟时可以享受）。每学期开学前，可以由学生家长或其他监护人在规定时间内，持暂住证、就业证和相关证明材料直接到暂住地教育部门或其指定的对口服务学校办理入学手续。

◆◆ 余玮（左）采访全国人大代表、湖北省人大常委会副主任周洪宇（右）

现行移民二代的子女无法就地读高中和就地高考，已经造成相当严重的社会问题。全国妇联日前公布的调查显示，全国平均每4个农村儿童中就有1个留守儿童，目前17周岁以下农村留守孩子人数已达5800万。他们亲情和多种身心安全保障因离开父母而丧失。此外，还有数千万流动孩子在城市，亲情虽在，然而受教育的权利尤其是高考权缺失，前途渺茫而悲观。而流动孩子平等受高中教育权利和高考权利的丧失，正是造成留守儿童大量存在的原因。有人甚至说，这类孩子是中国城市化现代化的一大陷阱，是悬在中国上空的一柄达摩克利斯剑，是中国前进路上暗埋着的一枚枚“定时炸弹”。有人还说，那些仍在极力为后代维护高考特权的人，应该清醒地认识到，这不是在为后代谋福利，而是在为后代制造敌视和仇恨的不和谐的种子。

进城务工人员子女接受高中教育以及高中毕业后参加高考的问题已经凸现，而且这一群体不在少数，周洪宇认为，政府必须以高度的责任感，尽快出台相关政策，及时解决这一问题，保障进城务工人员子女接受高中教育的权利。否则，这些学生就面临失学的危险，这必将是我们国家和民族的巨大损失。在周洪宇看来，我国户籍管理改革必要而紧迫，但只能循序渐进，从核心大城市开始，将原来负载于户籍上的教育、医疗和住房的福利逐步剥离出来，逐步实现城乡居民各项权利的平等。

◎ 自网民中找线索的“周大炮”不爱“挂耳科眼科”

2005年春天，国务院总理温家宝首次在人民大会堂这样的庄严场合，公开对网民议政表示鼓励，这被看作是中国政府走向亲民、开放和透明的一个颇具象征意义的事件。

“两会期间我一直在上网”，2008年3月18日，再次当选为国务院总理的温家宝在十一届全国人大一次会议记者招待会上，回答记者提问时如是说。这也是温总理连续4年在记者招待会上谈到互联网。

从普通公民到党和国家的各级领导人，通过网络搭建了一条新的互动渠道；网络也正成为扩大公民有序政治参与的一种形式。周洪宇是全国较早触网的官员之一。“记得第一次上网，和网友交流一个小时，有6000多个网友提出了各种各样的问题，让我为之一振，没有想到我写了那么多书，那么多文章，好像也没有那么多人来读，来关注，可是我一些关于教育问题的看法，很多人马上就能反馈过来。”

“当今人类社会已进入数字化时代，而将人类带进这个时代的就是互联网。互联网是现代社会获取信息的重要手段，也是联系大众的重要途径。随着网民数量呈几何级数的增长和网民素质的提高，网民在中国社会政治生活中的影响力正日益突出。”在周洪宇看来，网络具有其他任何媒体都不具备的透明、开放、平等、互动、便捷等特点和优势，对于人大代表、政协委员了解民情、参政议政，具有重大的现实意义和实用价值。“它的开放性、平等性大大缩短了人大代表、政协委员与人民群众的距离；它的直接性、广泛性、便捷性大大强化了人大代表、政协委员参政议政的能力；它的互动性、透明性也为民众监督人大代表、政协委员的工作表现提供了有效的手段。网络这个虚拟的空间，可以把不同地域、不同行业、不同层面的人们无障碍地联系在一起，让持不同意见的人们畅所欲言，是一个收集民情、反映民意的好渠道。”周洪宇说，通过这个渠道，通过互动的方式，人大代表、政协委员可以在亲力亲为、深入基层的同时，扩展视野，把网络的无限信息资源和大家的智慧集中、提炼出来，融汇到一个个建议、议案和提案中去。

2003年9月，周洪宇在友人的支持和协助下，正式创办了个人网站——洪宇在线（http://www.Hongyu-online.com）。有人称之为“中国第一个全国人大代表的议政性网站”。当时周洪宇为网站确立的宗旨是“倾听民声、反映民情、传达民意”。也就是将网站定位为通过网络让更多的人民群众“知政、议政、参政、督政”。

让周洪宇十分欣慰的是，他的个人网站开通至今，几乎每天都可收到来自各地的网友发来的电子邮件，内容涉及政治、经济、社会、文化、教育、科技、卫生和法制等各个方面。“网友给我提供了丰富多彩的观点和事例，其中不乏充满智慧的好点子。在与网友的交流过程中，我常被网友们那种对国家的深沉的历史使命感和责任感所感动，同时也为他们建言献策的能力和创意所惊讶。”

其实，周洪宇的一些建议、议案和提案就是受他们的启发而产生的。“当然，对于网友的意见，我并非照单全收。由于网络的虚拟性，人大代表、政协委员必须对网友的言论进行严肃、慎重的甄别、过滤、提炼和升华，剔除其中不科学、不准确的东西，吸取其精华。”

据悉，近几年周洪宇提交给全国人大的百余件建议和议案中，便有近一半来自网友的建议或启发，如“关于制定《反就业歧视法》的建议”、“关于尽快制定《国家统一法》，遏制台独势力分裂祖国企图的建议”、“关于改‘计划生育’为‘科学生育’的建议”、“关于制定《乙肝病毒携带者合法权益保护法》的建议”等等，都来自于网友的建议或启发，并得到了有关部门的高度重视和积极回应，产生了良好的效果。

2006年3月，周洪宇又开始设立自己的“两会代表博客”，以期改变过去通过个人网站信箱一对一的方式，以一种新的一对多的方式，找到一条与网友交流更直接、更方便、更经济、更有互动性的方式，了解到更多、更新的民情民意。

自己提出的议案、建议频频“中的”，让周洪宇悟出不少“代表之道”。要做一名合格的人大代表，周洪宇认为“需要热情、勇气、理性和智慧”，“做一件事，你没热情怎么行呢？缺了勇气，你就不敢走上前去；没有理性，就成了感情用事；不运用智慧，议案和建议想上升为国家政策、法律的难度就会加大”；“你不能只想到应该怎么做，而要考虑到可操作性，在理想和现实之间找到一个平衡点。”

这些年来，周洪宇一直要求自己参政议政要有“民众的立场、建设的态度、专家的观点”。所谓民众的立场，即是以人民群众（尤其是社会弱势群体）的利益，而不是以某些特殊利益集团和强势群体的利益作为对待和处理问题的出发点；所谓建设的态度，就是以合作的姿态、合适的方式提出解决问题的办法和对策，而不是以对立的姿态、生硬的方式来要求政府必须做什么或不能做什么，注意工作的策略和方法；所谓专家的观点，即是分析问题或提出对策，都要以专业的理论和知识作背景，都要有大量的事实和资料作依据，而不是信口雌黄，乱开药方。

1998年，周洪宇成为武汉市政协委员，和许多新代表委员一样，也写过一些幼稚的提案。“我因为不了解情况，曾经向大会提交过《关于制定武汉教育发展规划》的建议，其实每个机关都有自己的5年规划。”后来，他常常奔走于乡间、学校、厂矿企业、科研机构之间，进行深入调研，建议力求写得深入、实际而又富有建设性。

欲做好代表，必练基本功。他说，代表的基本功包括德、识、学、才四大要素，以及腿、耳、脑、手、嘴五种功夫。“腿功”即多到基层调研，多到民众中问计；“耳功”即多参加各种座谈会、研讨会、汇报会，听取各方面意见；“脑功”即乐于思考，勤于思考，善于思考；“手功”即爱写、会写、常写，做到人大议案、建议、批评等有情况、有分析、有具体意见；“嘴功”即踊跃发表自己的意见和观点，贡献自己的一得之见。练好基本功，定成好代表。

“只有充分发挥自己在专业上的比较优势，在自己熟悉的领域内做研究，提议案和建议才能‘议在点子上，参在关键处’。”周洪宇本科和博士学的是历史学，硕士学的是教育学，他在高校研究教育近30年，又在教育行政部门从事管理工作六七年，为此他特别关注教育方面的问题，对于这方面的议案和建议提得最多。这些年来，以勤奋和理性著称的周洪宇共提出建议和议案100多个，其中大部分是关于教育方面的。用他自己的话说“因为教育是我的‘根据地’”。“毕竟代表不是全才，有时候没有集体的智慧难以办到。所以，我一直比较注重借助专家的力量。”

周洪宇提议案、建议喜欢“死缠烂打”。对于他认为重要而没有得到彻底解决的问题，他会每年不断地提。比如，有关义务教育免费的建议，他自2003年来年年提，不到“长城”不罢休。又如，2004年“两会”前，周洪宇了解到社会上强烈呼吁反对乙肝病原携带者入学、就业歧视。通过进一步调研和思考，他发现就业歧视还广泛体现在地域、户籍、性别、容貌等方面。因此，这一年全国人代会上，他领衔提出了制定反入学、就业歧视法的议案。2005年3月，在十届全国人大三次会议上再次提交了制定乙肝病毒携带者权益保护法和制定反就业歧视法的立法建议。2006年3月，在十届全国人大四次会议上，他又提出关于规范乙肝标志物检测、保护乙肝携带者权益的建议和制定乙肝病原携带者权益保护条例、反就业与职业歧视法的议案。

同年8月9日，卫生部与最高人民法院、劳动和社会保障部等部委协调后，对关于制定乙肝病原携带者权益保护条例的建议给予了答复，并表示要加强乙肝防治宣传，重视对乙肝病毒携带者各项权利的保护。2007年3月，在十届全国人大五次会议上，周洪宇进一步提出了“关于在就业促进法中加入体现对乙肝病原携带者平等就业权保护内容”的建议和制定反就业与职业歧视法的议案。在不断提出这个问题的过程中，他也在不断完善议案，使其更具科学性和建设性。2007年8月30日，十届全国人大常委会第二十九次会议第三次审议通过的就业促进法，就把“用人单位招用人员，不得以传染病原携带者为由拒绝录用”写进了法律。通过4年的努力，终于看到了初步成果。不过，周洪宇说他会继续呼吁，直至专门的反就业歧视法问世。

周洪宇第一次当选为全国人大代表那年，这位政坛新兵竟然在全国人大会议上一口气提了19项议案，成为了当时的一大新闻，于是他得到了“周大炮”的称号。周洪宇说自己虽然被戏称“周大炮”，但从来不“乱放炮”“放乱炮”。“我也不追求语不惊人死不休。有些建议或议案听起来挺耸人听闻，但不一定经得起历史检验。”

谈及一些代表在会上不够活跃，周洪宇说这里面原因很多、很复杂。“代表中有官员，他们有些忌讳，觉得讲太多不合适，有的代表不想讲，还有些不太会讲或担心自己讲不好，这以基层代表居多。有些代表是地地道道的农民，他可能对法律法规确实知道的不太多。有的体育运动员，他在运动场上可以得冠军，又要求他很会讲，这个要求也太高了。因此对代表要宽容。当然，不能因此而放松对代表的要求，在会上一直就是挂耳科眼科就没有意义了。”

周洪宇是一位人大代表——十届、十一届全国人大代表；他是学者——华中师范大学教育学院教授、博士生导师；他是官员——湖北省人大常委会副主任；他是民主党派人士——民进中央常委、民进湖北省主委；他是社会活动家——海峡两岸关系与国共两党关系史研究会副秘书长、中国教育学会教育史专业委员会常务理事、中国陶行知研究会常务理事、全国地方教育史志研究会副会长。周洪宇戏说，自己被“五马分尸了”，丝毫不敢懈怠。要开会、要上课、要调研、要出差……他每天至少要过两次长江，汉口武昌两头跑。路过家门，夫人会在楼下等着给他送水和面包，他忙得连爬上六楼进家门的工夫都没有，几乎天天晚上两点才睡觉。

人生◎手记

前段时间，网络上疯传由20多位常住北京的家长共同起草的《随迁子女输入地高考方案》，主要建议是高考报名资格依据学籍和父母常住地等标准，而不是户籍来认定。与此同时，北京大学法学院教授张千帆、法学专家郭道晖等15名学者及社会人士联名向国务院递交建议书，呼吁取消高考和招生中的考生户籍限制，提出将高考报名条件改为考生的学籍所在地，并通过全国统一高考，促使部属高校降低所在地的考生录取比例，从而最终消除现有的高考地域歧视。“民间方案”与“学者上书”在诉求上基本一致，都是试图将高考与户籍制度脱钩，绕开短期内难以改变的户籍制度，以实现“异地高考”的曲线突破。

作为全国人大代表的周洪宇长期在关注教育，言及异地高考，他认为，异地高考门槛设置应该会把下列因素作最重要考量：流动人口在输入地的居住时间长短、纳税情况以及随迁子女在输入地的教育完整性。并指出，各地的情况差别很大，有些地区人口输入多，有些输出多，地方政府会考虑当地资源的总量以制定应对方案。

“我建议可以推行‘评分制’”，周洪宇说，由于城市教育资源有限，用一套指标来给异地高考的家庭制定一个评分体系，包括父母到城市工作时间长短、子女在城市读书时间长短、农民工对城市的贡献（如纳税额、荣誉），还可包括是否有固定的住所、是否符合计划生育政策等，获得一个总体评分。周洪宇说，建立一个合理的积分体制，并对所在地教育资源进行统计分析，每年可以拿出多少入学名额，采取行政公示的方式提前告知。

周洪宇长期从事教育现实问题的研究，近年来对基础教育，特别是农村义务教育和城市薄弱学校以及高等教育改革做了不少探索，还有政策性建议，如关于农村义务教育全免费、高等教育助学贷款改革等等，他凭借全国人大代表的身份，通过全国人大反映到国务院和教育部、财政部等部门，积极促成了有关政策的出台。他的成功在于，立足于教育岗位或教师职位或民进会员、全国人大代表的身份，长时间非常关注教育改革问题，从教师队伍建设、高等教育人才培养、高考制度改革到农村义务教育问题再到推动民办教育的发展，不遗余力地关注和呼吁，直至问题的解决。

罗崇敏

追求政绩的『改革官员』

·代表档案·

罗崇敏，“普十三”的主倡者、“三生教育”首倡者。1954年2月出生于云南江川。历任云南省江川县雄关乡知青、乡村卫生员，江川县化肥厂工段长、团支部书记，江川县中学教工、工会委员，江川县办公室副主任、副县长、县委副书记，新平县委书记、玉溪市委副书记、云南民族大学党委书记、红河哈尼族彝族自治州州委书记兼蒙自军分区第一书记等职，现为云南省委高校工委书记、省教育厅党组书记、厅长，**系中国共产党十七大代表、十一届全国人大代表**与中国作家协会、云南省哲学学会、云南省书法家协会会员。

罗崇敏 追求政绩的“改革官员”

他每次就职，都会引发一个地方或一个系统的“大地震”，许多举措曾遭到多方质疑。

尽管职务一直在变，但不甘平庸的他从未停止过改革，而且每次改革都带有其鲜明的理念和独特的风格。面对质疑和误解，他有自己的孤独观：“豪饮孤独，使信念在空灵的行囊中练达；享受孤独，让生命在独僻的境界中升华。”

面前的他温文尔雅，很难将很多雷厉风行的改革与他联系在一起。

当问到罗崇敏所做的一切是不是为了追求政绩，他直言不讳，铿锵作答：“一定要政绩，领导如果不要政绩是对组织的不负责，对人民的不负责，也是对自己的不负责，必须要政绩，但是这个政绩一定是要为人民群众谋利的政绩，而不是为个人牟利的所谓‘政绩’。”他说，做官就得做出样子，做出政绩，决不能做昏官，也不能做庸官。

◎ “接生婆”的教育情怀

“各位同事、朋友们，我和大家共同肩负的全面推进红河发展的使命和励精图治的成果已成为历史记忆，我们共同缔结的纯洁而深厚的情谊已成为美好回忆，我为有红河州履职的经历而自豪和骄傲。任何一位领导、任何一个领导集体在一个岗位的履职时间总是有限的，但事业的发展是无限的。红河的历史，今天下午又翻开了新的一页。让我们共同祝愿红河的明天更美好。我只带着一颗心来到红河，却带着满腔的情离开红河。我在红河虽然没有一个亲戚，但有430多万亲人，是你们给予我履职爱心、信心、毅力和智慧，我永远不会忘记你们。”2007年12月21日下午3时，300余名干部整整齐齐坐在红河州委会议室，气氛有些庄重。当云南省委组织部负责人宣布省委关于罗崇敏的调任决定后，罗崇敏如此深情地向红河告别。

离开红河，罗崇敏来到了云南省府，出任云南省委高校工委书记、省教育厅党组书记、厅长，开始新的人生历程。

“能和大家共同肩负起全面发展云南教育事业的使命和责任，感到光荣和自豪。‘君子不器’，我将‘临事而惧’，虚心学习，不断探索，勇于实践，全面履行职责……”这是罗崇敏在就任云南省教育厅厅长之时在厅机关干部大会上的感言。

一般人不知道，罗崇敏对教育事业有着挥之不去的感情。早年任江川县副县长时曾分管教育，后曾任云南民族大学党委书记。一路走来，他与教育有着不解之缘，并曾经是一名乡村代课教师。

1954年2月，罗崇敏出生在云南省江川县龙街大渔村，在家排行老二，有1个姐姐和1个妹妹。上小学时，家境比较困难，妈妈每年只能给罗崇敏做一双布鞋。然而，就是这屈指可数的几双布鞋，伴随罗崇敏走过了许多个春夏秋冬。尽管生活条件艰苦，他的学习成绩始终名列前茅。

1965年，罗崇敏考进位于江川县城南约1千米的福德山下、龙潭旁的江川县中学（现江川一中）读初中。新学期开始，即将住校的罗崇敏却发愁了，因为家里连一床能够带到学校的被子都没有。无奈之下，他约上同村的一个兄弟，自己拿着家里唯一的凉席，加上对方带的一床被子，两人便“搭伙住校”开始了初中生活。这里依山傍水，清泉长流，环境清静，景致雅人，是求知育才的好地方，罗崇敏把握这难得的学习环境与学习机会，勤奋读书。

1968年12月，毛泽东下达了“知识青年上山下乡去，接受贫下中农的再

教育”的号召，“上山下乡”运动大规模展开。罗崇敏被迫中断了初中学业，“满怀热血”地投入到这场运动中，“紧跟统帅毛主席，广阔天地炼忠心”，来到了江川县当时最偏远、最贫困的雄关公社当知青。当年，知青们普遍感觉在农村生活很艰苦，但是罗崇敏作为农家子弟很平和地接受了这里的生活和劳动，和当地农民群众相处得非常融洽。

知青岁月里，更多的时候是在地里干农活，成为一个面朝黄土背朝天的农民。期间，他先后当过宣传员、代课教师、赤脚医生等。

“放松！用力！再用力！”一名额头布满细密汗珠的年轻男子，一边用手轻压着躺在床上的孕妇，一边柔声地安慰着她。孕妇在大声地呻吟、翻滚，声音在寂静的山野里传得很远。年轻男子突然神色紧张起来，他看到的不是婴儿的头，而是一只脚。“胎儿移位了，难产！”年轻男子脑中闪过这一念头。

年轻男子毫不迟疑地伸出两只手，轻柔地顶住婴儿的脚，慢慢地往回缩，直到婴儿的两只脚平了，他才松了手。这一过程，虽然只有短短的一两分钟，可年轻男子感觉是那样的漫长。此时，他才发觉，自己的两臂有些酸痛，全身都汗湿了。

产妇痛苦地大叫了几次，一股羊水涌了出来，婴儿的头慢慢地滑了出来。这时，年轻男子熟练地用那黑亮的剪刀在开水里烫过后，“咔嚓”一声

◆◆ 罗崇敏（左一）陪同父母在云华洞游览

剪断婴儿脐带，利索地用温水洗好婴儿，并包扎好。

“哇！哇！”婴儿大哭着，是个男孩。产妇满脸大汗，斜斜地歪着头看着新生的孩子，汗水、泪花和疲乏的微笑一齐涌现在她显得有些苍白的脸上。这时，年轻男子的眼睛笑成了一条缝。

这年轻男子就是赤脚医生罗崇敏。这是他当年接生时一个场景。

当时，中国农村受落后生育观影响及医疗卫生条件限制，绝大多数产妇选择在家里生产，请村里的接生婆帮助接生。罗崇敏就曾充当过“接生婆”的角色。罗崇敏现在还记得，当年接生的用具很简单：一条毛巾、一把剪刀、一个洗脸盆——毛巾旧而干净，好像几年里都没有换过；剪刀是农村家里平常用的裁剪剪刀，黑亮黑亮的。接受采访时，罗崇敏说：“当时我就开始学医，中医、西医都自学过，《本草纲目》和《黄帝内经》等好些中医宝典我都读了，西医里的基本医学知识我也学了一些。我当时就拿着书在那，怎么用酒精进行消毒，怎么来剪那个脐带，怎么来配合产妇使孩子顺利出生。”他自豪地告诉记者，庆幸自己接生时未发生意外。同时让他欣慰的是，随着医疗卫生条件的不断改善和卫生意识的提高，接生婆在农村早就“失去了市场”。

随着知青慢慢开始回城，罗崇敏考虑到家里负担重，想早点参加工作，于是到知青办公室申请进工厂。想到18岁方可参加工作，于是罗崇敏擅自将个人的出生年月改为1952年12月，这才得以通过申请。为此，他的档案年龄一直比实际年龄大了1岁多。

1972年6月30日，罗崇敏如愿进入江川县化肥厂当工人。期间，当过化工、钳工、宣传员。1981年4月，江川县化肥厂倒闭，罗崇敏又被调到江川中学工作，先是当缮写员，主要负责刻蜡版，其次是顶班炊事员和教务工作。其中，拥有扎实知识基础的罗崇敏还当了1年的代课教师，负责初中和高一的语文、政治、历史等课程的教学。

当代课老师的那一年，使罗崇敏亲身体验到教师这个职业：“这是一个受人尊重、令人羡慕的崇高职业，是太阳底下最光辉的事业，所以，从那时起，我下定决心要通过继续学习来改变自己。”对教育教学工作拥有高度热情的罗崇敏，经过一段时间的刻苦钻研和学习后，以代课教师的身份被评为全地区和全省的先进教育工作者。

1982年，28岁的罗崇敏开始再次捧起初中课本，通过一年半的时间，他以惊人的毅力自学完成了初中、高中和大专部分课程的学习，并于1984年参加玉溪地委党校和云南大学等院校的大专自考。“报考地委党校时，一考，

还考了个第二名。”

在玉溪地委党校脱产学习的两年时光，让罗崇敏一直记忆犹新。为了节约时间学习，罗崇敏从不排队打饭，每天，他都会等到所有同学都打完饭之后才走进食堂。“后来食堂炊事员对我说，只要看到我来打饭了，他们就可以关门了！”

仅仅两年时间，在繁忙工作之余，罗崇敏通过努力获得了云南大学党政管理等3个大专文凭。

◎ 学者官员倾情打造“三明治”政府

1987年的一天，一辆车子开到学校，找到罗崇敏说：“你是不是罗崇敏老师，我们来接你的，调你到县政府办公室工作。”罗崇敏一听，有些惊奇和意外。

于是，罗崇敏由工人身份转干，摇身一变成了江川县政府办公室秘书。“当了秘书后，感到学习任务就更重了。”工作之余，罗崇敏仍十分好学。每天从早上7点半到晚上12点，来得最早、走得最晚的那个人永远是他。事实上，直到现在，历任多个领导职务之后，罗崇敏每天的休息时间仍不超过6小时。

8个月后，罗崇敏升为江川县政府办公室副主任。政府办公室作为地方政府的首脑机关和枢纽机关，是政府所有部门中最为要害的部门，对于保证整个政府系统的协调、高效运转起着至关重要的作用。办公室工作点多面广，事无巨细，非常繁杂，也非常重要，简单地说就是“办公室无小事”。由于政府办工作很重要、很辛苦，更显得这个岗位很光荣，也很容易出人才，也应该成为人才的摇篮。罗崇敏在领导身边工作，看问题、想问题、处理问题一般都会站在领导的角度、站在全局的高度来考虑，这确实是个很好的锻炼机会，学到了不少的东西。

1990年2月，江川县政府换届，罗崇敏因为工作突出、深得大家的信赖，被推荐为副县长候选人。结果，得票比较高，罗崇敏顺利当选为江川县副县长。随后几年里，罗崇敏在仕途上一步一个脚印：1993年，任江川县县委副书记；1995年9月，任新平县县委书记；1998年6月，任玉溪市委常委、市委秘书长；2000年，任玉溪市委副书记；2001年，任云南民族大学党委书记……每一步他走得那么踏实，每两三年得到一次升迁。

这期间，罗崇敏先后取得中央党校经济管理（本科）、中国社科院研究生院应用社会学（硕士）、中央民族大学经济学（博士）等学历，并先后担任昆明理工大学经济学博士生导师和重庆医科大学公共卫生管理硕士生导师等。很难想像，一个初中文凭都没有的人，后来经过自学拿了很多不同专业的文凭，有了完整的学历。他说："读书于我是一种乐趣，是生活的一个组成部分。"

◆◆ 家人的理解与支持是他的坚强后台。图为罗崇敏（右三）和家人在一起

他说，人的一生不能完美，但可追求完整，包括人生经历方面的完整。"我的遗憾是缺少部队生活的磨炼，只是早年当过红卫兵、红小兵，连民兵都没有当过。"不过，罗崇敏的办事风格俨然一个军人。一次，他给部队讲军事战争、讲孙子兵法，报告后有些战士还问他是哪个部队的。"孙子兵法同于执政。孙子兵法很讲战略、战术，为政、履职过程中必须有战略思想、战术举措，为政者首先是一个思想者，然后是一个实践者，再提升为一个探索者。执政时要从战略上进行谋划，提出地方的发展思路。真正的领导是发现人和事物本质并用合理方法适时解决问题的思维和行为过程。具体到工作方法、思想方法，根据不同的实际情况就要提出不同的思想，变成行动，这就是战术。把国家的大政方针与地方的具体发展如何很好地结合起来，这是很难的，需要知识积累等。"

他提出，领导干部的"四唯"信仰品格直接决定着领导干部的履职能力、履职水平、履职成效和履职形象。对于从政，罗崇敏始终坚持唯真、唯勤、唯和、唯廉。在他看来，唯真是履职之本，执政履职只有把握规律性、发挥能动性、富于创造性，才能做到真实履职、科学履职、效能履职；唯勤是履职之基，领导干部要把勤政为民作为一种品格、一种境界、一种美德，勤于学习，勤于思考，勤于实践；唯和是履职之道，领导干部要劳谦谨和，和合履职，和谐共振，和人、和事、和天、和地，优化履职环境，增强履职合力；唯廉是履职之要，领导干部要崇尚廉政、廉洁自律、秉公履职，一旦丧失清正廉洁这个必要条件，也就失去了履职的资格和空间。

作为一名党的领导干部，罗崇敏崇尚勤政为民和以人为本，提出要有"三明治"的意识。"三明"，是指明智、明快、明净。明智，就是要富有理智，富有智慧地认识自己的岗位，认识周围的人和事，富有意志力来团结、依靠大家做事；明快，就是要提高工作效率，培养干练简洁的行事行为和快捷高效的行事风格；明净，就是要让整个工作在阳光下进行，接受各方面的监督，严格履职行为，干干净净做官，明明白白做事，塑造清政廉洁的形象。“治”，就是人文之治。他说，科学发展观最大的特点就是要落实人文之治，即以人为本，团结和谐，合作做事，共同推动各项事业向前发展。

外界曾一度对于他改革的争论达到了一个高潮。很多人认为他这是“人治”，而罗崇敏自己却从不避讳“人治”。“改革应该是法治、人治、文治兼有。人治是基础，法治是根本，文治是核心。这里说的人治不是专制，说的是以人为本、发挥改革者和领导集体的主观能动性；法治，指的是改革者的思想和理念依法推行；文治，必须具有改革的人文精神。”罗崇敏主张打造“三明治”政府。

◎ “改革官员”的“三严”

“为人，特别是为官，要勇于去做有争议的大事，做有争议的‘大人’，不能平庸，更不能尸位素餐，不能做八面玲珑的好好先生。”罗崇敏“为官”崇尚改革。

1991年，罗崇敏升任江川县委副书记后，便开始了他的改革生涯，在全县范围内推行国有中小型企业民营化。

1995年，罗崇敏调任新平县委书记。上任之初，他就将该县国有企业进行改革，对全县矿山进行整顿，使优良资源向优势企业集中。同时，大力引进一批人才和一些国内外企业。

2002年11月，年近50的他成为正厅级的“一方诸侯”，主政红河哈尼族彝族自治州。自当选为红河州委书记，他的改革抱负和改革逻辑也有了更大的施展空间。他认为：“当官和做事并不矛盾，官大一些可以多做一些事，还可以多做大事。”

罗崇敏到红河上任的当天，就去了当地两个最贫困的县调研。调研回来后在一次会议上，对着全市的干部痛批，“干部是人民的公仆，不是解放前的土司、头人！”他一字一顿的讲话让许多在场干部头皮发麻。

接下来的作风整顿，让当地官员们感受到了前所未有的压力。看到牛羊横行街道，罗崇敏立即叫来县委书记指挥赶牛；下乡调研发现村民卫生落后，他就下令给每个农民发牙刷、香皂、毛巾；顶着“乱摊派”的骂名，他硬是向全州各部门分摊建村卫生所、村厕所的任务；他在《红河日报》头版开辟曝光栏，曝光卫生改革推行不力的官员名单。

◆◆ 强力推行改革的罗崇敏

在他看来，“改革者要用心去实践，要有耐心和决心，同时，要有激情，更要有理性和意志力，这是改革者必须具备的素质。选择什么样的时机推行改革，是很讲究艺术的”。

2004年3月，长期关注基层直选的罗崇敏决定，把乡镇直选作为他在红河推进整体改革的重要内容。调研、论证数月后，试验点定在石屏县。

策划直选方案时，有干部提出，先在一两个乡试验，好操控。罗崇敏坚决反对：“要推就推一个县，更有说服力。”

改革前，有人提醒他要不要先跟上面汇报。“一汇报估计就弄不成了，先干再说！”罗崇敏回答。

于是，石屏直选悄然启动。参与者在获得20人以上联名举荐后即可获得候选人资格，随即要到各村演讲。大桥乡候选人张鹏和竞争对手很快发现，事前准备好的讲稿根本用不上，村民蜂拥追问最实在的问题：通村的水泥路啥时能修好？缺水问题怎么解决……表现不佳或企图贿选被揭发的候选人相继出局，到正式投票时，只剩下张鹏和另一名竞争者。

选举彻夜唱票，当场宣布张鹏与其他8个候选人当选。在村民自发发起的联欢会中，新乡长们没有露面，更没人发表“就职演说”。原来，为了降低政治风险，罗崇敏对于改革的每个细节都俱无遗漏。石屏县乡镇直选试点刚开始，罗崇敏就跟各相关部门打招呼，试点内容一律不得对外透露；选举结束后，试点乡镇的相关文字材料被收走；为了规范选举程序，罗崇敏制定了25个文件；选举的规则和程序由人代会表决通过，选举结果也须由人代会确认。

罗崇敏设想，推行全州乡镇长直选，最终推行正副县长直选。然而，在直选后两个月，正在乡下调研的罗崇敏接到州委组织部电话，让他“最好回来一下，中央有关领导来人调研了”。来者仔细向罗询问了石屏直选的具体过程和对基层民主的看法，罗崇敏实话实说：“我认为石屏直选是成功的，扩大基层民主是可行的。”

这次中组部所派3名官员到红河州调研后，没有明确表态。直到半年后，这场在边疆落后地区进行的全国最大规模的乡镇直选，才被外界所知晓。

乡镇直选的成功推行让罗崇敏轰动一时，但对于从小熟读彼得大帝、拿破仑、华盛顿传记的罗崇敏而言，此次改革只是小试牛刀，他的“野心”是“全盘地改、系统地改”。

2003年，红河州政府决定搬迁到蒙自后，罗崇敏在这个边陲小镇建起了一片罗马古城般精致壮观的文化广场建筑群，其中包括一座歌剧院，以及备受质疑的“小白宫”式的政府大楼，还修了一条长30千米、宽80米、双向八车道的红河大道。

红河大道须投入8.5亿元，有人认为没必要，有人提议先修一半。罗崇敏认为这些都是“小农意识”，“红河大道、文化广场是要花很多钱，但可以用50年、100年，比以后修修补补、拆了又建要划算得多”。

2005年，红河大道如期动工。2006年除夕，建设局局长打电话告诉罗崇敏，大道只差没亮灯了。罗崇敏说：“大年初一必须亮灯，否则，我到工地上陪你过除夕。”当天晚6时，这条超级大道灯火辉煌。

为了提升州政府所在地的人气，加快城市化进程，2006年，红河推行户籍制度改革，实行城乡居民自由迁徙。改革前，州委政策研究室开会讨论认为，户籍改革涉及的社保、医保、低保、计划生育政策等配套措施，若一并跟进，每年需要投入20亿元。但当年，红河州财政年收入96亿元，可由地方自由支配的金额不及20亿元。“我不同意静态地算账，怎么会需要20亿呢?关键在于机制设计，不能光是政府掏钱。后来政府基本没有拿钱。”

在红河的5年里，罗崇敏在经济、政治、社会、文化各个领域全面动刀，其中包括推动国企市场化；改革干部人事制度，在全州13个县推行乡党委班子直选；改革医疗卫生体制，将一些医院整体转制，全州医疗卫生系统全员社会化；改革教育体制，除增加校舍资金投入外，还以5万至15万年薪公选招聘蒙自县33所中小学校长；将《红河日报》、红河电视台、红河电台合并为红河传媒集团，集团所有员工的身份都置换为“社会人”，完全采用公司化运作。

“也许其他人都尝试过其中的一项或几项，但像他那样把如此众多的改革集于一身，几乎没有。”当地的一位官员说。罗崇敏也多次强调自己与其他改革官员不同：“我是全盘地改、系统地改。我喜欢做挑战性的工作，哪怕是扫厕所，也要扫得干净。”罗崇敏认为这就是他的个性。

在罗崇敏看来，领导干部到一个地方改革都须经过尊严、威严、戒严这3个阶段。尊严是指初到地方，你要用你的能力、人品来赢取大家的信任；威严是通过一段时间的工作，你开始能够驾驭全局，进入威信阶段再来推进改革，这个时候，大家会来拥护支持你；戒严是指改革之后，你要保证在你任期内，将改革付诸实施。“到第三阶段，最需要严格要求自己，甚至封闭自己，并对改革对象负责任。不要自己乱自己，既然提出，就要坚韧不拔推进改革。”罗崇敏认为他的改革不是一帆风顺的，但他十分坚定，从不半途而废。

罗崇敏的这些“折腾”中，医改是争议最大的改革之一。“接生婆”出身的罗崇敏十分清楚医疗卫生制度改革的重要性，自己的母亲就是由于在县医院误诊而做手术离世的。“我十分后悔，没有尽到孝道。凭我的位置，我完全有能力为母亲找一个好的医院，没有想到她老人家因为一个原本普通的病而误诊，造成我终生的悔歉。当时，我因为工作太忙，没有顾及到，也没有意识到。”罗崇敏说，母亲是他喜欢读的一本书，母亲对他一生影响很大。

在医疗卫生体制改革方面，罗崇敏的思路方向很明确：官退民进，让市场运作逻辑刺激资源整合，效益盘活。作为全州改革的试点，弥勒县人民医院改称“弥勒县有限责任医院”，院长改称董事长，由全员职工持股。1年后，全州23所县级以上医院只有4所保持国有独资，其他全部转制成功。

罗崇敏特有的温情，使被改革者们颇受感动。医院改制时，罗崇敏就曾保证，“不叫一个人下岗，不减少职工总收入，不留社会保障方面的后顾之忧。”人本化操作也是他改革成功的秘诀，“之所以要人本化改革，就是要研究人，要研究人心，要合情合理，改革才能顺利”。

事实证明，罗崇敏在红河推行的“医改”方略，完全暗合2009年4月国务院出台的“新医改”方案，其理政的前瞻性由此可见一斑。

在主政红河期间，罗崇敏在各个领域进行的多项极具争议的改革，让偏居滇南的红河一时间声名鹊起，也让他自己成为了争论的焦点。罗崇敏看似杂乱无章的改革，一时难以被外界理解，有人甚至认为他是在建“乌托邦”。然而细观其改革，其中的理念却很简单。“我改革一直坚持3个取向：一是市场取向，发展至上；二是民主取向，人心至上；三是和谐取向，稳定至上。改革要有利于人的发展和社会的稳定，这样才能得民心。”罗崇敏所有的改革，无不是围绕民主化和市场化的基本思路展开，这一点从未改变过。

在红河州委常委班子专题民主生活会上，他要求大家坦诚相见，开展批评和自我批评，并针对干部群众提出的意见和建议制定整改方案。他说，空谈误国，实干兴州。“各级领导班子要大力弘扬求真务实精神，大兴求真务实之风。我州是一个基础型、资源型、成长型的边疆少数民族自治州，还处在全方位打基础的阶段。各级领导干部要树立励精图治、埋头苦干的作风，实实在在地履行好各自的职责。要教育领导干部珍惜领导岗位，充分利用人民赋予的权力，实实在在地做加快红河发展、实惠人民群众的实事。”

罗崇敏是一位备受关注的人物，他在红河州推行的一系列改革，在全国引起了“红河现象”的讨论，他自己也被称为“改革书记”。人们发现，罗崇敏离开当年主政的地方后，一些改革举措未能延续。对此，罗崇敏在接受记者采访时这样解释：“我尽量想做前无古人的事，但我绝对做不了后无来者的事。中国的历史基本上是一部‘断代史’，人们不喜欢传承，而喜欢否定别人来证明自己。作为一个领导人，应该有被否定的胸怀，辩证的否定是事物前进的动力。‘担当身前事，何计身后评’，不要怕后者的否定，把自己能做的事情做了就行了。”

◎ 从“三生教育”到“普十三”试点

2008年1月25日，云南省十一届人大常委会第一次会议通过决定，任命罗崇敏为云南省教育厅厅长。

从州委书记到教育厅厅长，罗崇敏希望自己在极短的时间内适应新工作，以极快的速度完成角色转变，一上任便提出了发展云南现代教育的理念，构建出以“生命教育、生存教育、生活教育”为核心的教育价值体系，揭示了“教真育爱”的教育本质。

“雷厉风行”是罗崇敏给云南省教育厅工作人员最深的印象，从上班第一天开始，罗崇敏就不断地和各部门领导谈话、了解情况，可以说是不分昼夜。教育厅的改变也从一些细微之处体现出来，比如，文稿缩短了，每次开会的会场都有一个立式话筒，“我要站着讲话”，这是罗崇敏对办公室提的要求。

罗崇敏对形象很注重，正式场合着西装、打领带，开会讲话从不喝水。有人好奇地问他为什么这样做，他脱口而出“尊重”，不能忽视他人的存在。不仅如此，他要求厅机关工作人员注重自身形象，进而提升教育厅的整体形象，“统一的形象是我们机关建设的一项内容。在对各处室的走访中，我发现我们厅里有18种不同的门，有的材料不同、有的款式不同，给人的感觉就不一样。”于是，他就把这些材料和款式各异的门换成了统一的枣红木门，并将墙壁粉刷一新。

履新的第一天起，罗崇敏便开始抓机关作风建设，这是他改革之前树立“尊严”和“威严”的必备步骤。在调任云南省教育厅厅长仅仅半年后，他沿袭一贯的改革作风，很快带动教育厅的工作作风发生了变化，开始了他新一轮的改革。罗崇敏在教育厅的改革，其中包括让55岁以上处级干部一律卸任。改革后，他请教育厅的老干部们吃了一餐饭，饭桌上数十位55岁以上的处级官员拿到专门为他们量身定制的西服。这是他铁腕之中的温情。

2008年5月，四川汶川大地震造成罕见惨烈的悲剧，受灾者众多，其中又以学生居多，教学楼倒塌竟成普遍现象，一时民众对豆腐渣工程议论纷纷。作为与四川近邻的云南省教育厅长罗崇敏在震后第一时间表示：四川的地震给我们敲了警钟，无论是新建校舍还是改建校舍，都要加强抗震设防管理，处于地震带上的校舍抗震设防标准，至少要按8度设防。随即，罗崇敏要求云南中小学校舍中的近600万平方米的D级危房必须拆除，不得再安排师生使用。罗崇敏视生命为至高无上，强调灾难面前必须学会敬畏和反思，大自然的力量不可抗拒，但人为的祸患是可以免除的。

随后，罗崇敏创新性地提出“三生教育”理念，受到社会、家长、学生的广泛欢迎，得到国家教育部、云南省委省政府主要领导的充分肯定。在罗崇敏眼里，“三生教育”是一个以“生命教育、生活教育、生存教育”为切入点的素质教育基础工程。他说：“‘三生教育’着眼于学生的健康成长、成人、成才。通过生命教育，帮助学生认识生命、尊重生命、珍爱生命，促进生命的和谐发展；通过生存教育，帮助学生学习生存知识，掌握生存技能，保护生存环境，强化生存意志，提高生存的适应能力和创造能力；通过生活教育，帮助学生了解生活常识，掌握生活技能，养成良好生活习惯，树立正确的生活目标。”他强调，该项工程注重培养学生的创新精神和实践能力，从而提高自身综合素质。

为此，云南省教育厅组织编写出版了《生命、生存、生活》系列教材，在开展师资培训的基础上，整合学校、家庭、社会三方面的力量，使“三生教育”形成了认知教育、体验教育、主体教育的全新特色，并融入校园文化建设中。

节日里的昆明市区，大街小巷一派喜庆和繁荣的景象。在昆明图书城里，更是人流如织。在熙熙攘攘的人流中，罗崇敏来到3楼教育用书专卖区。他拿起书架上的图书认真翻阅，并向图书城经理详细了解教育类图书的销售情况。当来到学生用书区时，映入眼帘的几乎全是教学辅导书。最引人注目的是高考辅导书《2009年高考预测题全集》、《高考各科解读2009全攻

◆◆ 罗崇敏（左二）陪同时任云南省委书记白恩培考察个旧市金湖文化广场

略》等。其中以考霸、学王、秘笈、密卷等名字命名的考题教辅书多达数十种。除此之外，诸如强化手册、同步题库、历年真题、每日一练等教辅书更是让人眼花缭乱，无所适从。

看到这些形形色色的教辅书，罗崇敏的脚步放慢了，看得更加仔细了。他边看边向书城经理询问教辅书的发行、流通、销售情况。当得知仅通过新华书店渠道发行销售的教辅书就有200多种时，罗崇敏神情开始变得十分严肃。

对于教辅书与素质教育的关系，罗崇敏一直有着非常理性的认知。早在2008年"两会"期间，身为全国人大代表的他在接受媒体采访时就呼吁："不要让教辅压垮学生！"罗崇敏认为，过多的教辅书，一方面给学生造成沉重的课业负担，导致学生书包越来越重；另一方面，也给贫困学生家庭带来新的经济负担。

罗崇敏在深度调研中发现，中小学生负担过重，不仅是学习负担，还有心理负担和精神负担。他看到，有些学校口口声声喊素质教育，其实是扎扎实实搞应试教育；口口声声说要减轻学生的负担，其实学生的负担越来越重。"这就不能不引起我们的教育观念，教育思想，教育管理体制方面的反思。学生负担过重，根源在教育，表现在社会。因为现在社会有这个需求，家长总觉得不能让孩子玩，天天就是要上课、补课，不补课就要落后。可是，好成绩不是补出来的，好学生不是压出来的。靠补靠压，只会使学生变形，只会使学生畸形成长。我见过这样一个孩子，上小学一年级才两个月，中午老师布置了120道数学题，孩子做，父亲帮着做，母亲也帮着做，因为他下午就要交啊，3个人做都没有做完。你说这个孩子负担重不重？作业的负担，心理的负担……他刚刚入学两个月，就受到这样的心理摧残。我们很多家长下班后，马上吃饭，然后陪着孩子做作业，陪着孩子去老师那里补课，一补补到晚上10点钟。你说家长辛苦不辛苦，家长负担重不重？有的老师课后带着七八个学生，多的甚至十多个。每个学生一个礼拜要补两节课，意味着这个老师每星期要上30节课，少的也要上十几节课，可是一个老师的正课时间也就是12节。你在业余时间再加上那么几十节课，我就不相信老师的精力那么充沛，他正课45分钟的质量到底如何？你说老师的负担重不重？”罗崇敏呼吁，解决中小学生负担过重这个老问题必须下新药、下猛药，好成绩不是补课补出来的。

在昆明图书城小学生书柜前，罗崇敏与一位正在为上小学五年级的孩子选购教辅书的母亲攀谈起来：“经常来给孩子买参考书吗？你以什么标准来选书呢？”这位母亲一脸茫然地说：“买什么书给小娃练习，我心里也没谱。这辅导书太多，真不知道该挑哪本。你看，光作文书就有《作文宝典》、《百佳作文》、《满分作文》、《作文妙评》、《作文一点通》……这好几十种，买哪一本好呢？”这位母亲很为难。

“不知道买哪种，就不买了嘛……”

“那怎么行？！”没等罗崇敏说完，这位母亲便抢过话说，“其他小娃都有了，你不买，你小娃不吃亏了？”她埋怨有的教师布置作业都是从一些教辅书上原封不动摘抄下来的，有的甚至用某一本“真题练习册”作为学生的课外作业，考试题目大都从各种练习册和模拟试题上“复制”而来。

罗崇敏听后认真地对这位母亲说：“放心吧，这种状况肯定会改变。省教育厅正研究在全省范围内开展减轻学生负担的行动，治理过多过滥的教辅书和学校乱补课是这次减负的重要内容，以后家长们就不会为给孩子买教辅书犯愁了。”

罗崇敏说，“减负”，不能简单地理解为量的减少。可以说，“减负”是基础教育重大改革的一个切入点和突破口，因为真正意义的“减负”，必将触及教育思想、人才观念、课程教材、考试制度和教育评价等一系列根本性变革，从而达到由表及里、标本兼治的目的。他认为，“减负”是手段，不是目的，“减负”的真正目的是全面提高教育教学质量和教师的自身素质，全面推进素质教育，让每一个学生都有一份快乐的心情，让学生变苦学为乐学。针对教辅书过多过滥的问题，罗崇敏强调，学校要慎重推荐教辅书，老师严禁推销教辅书，家长不能盲目购买教辅书，学生不能迷信教辅书。他真诚地对前来买教辅资料的家长和学生们说："好成绩不是靠补出来的！不是靠教辅书练出来的，好学生更不是靠压出来的。靠补课、靠教辅来提高教育教学质量，是最愚蠢的办法。以前有个说法是'人生有三苦——读书、打柴、磨豆腐'，现在这个观念要改变，要通过科学的教育理念和方法，使学生成为学习的主体，启发学习兴趣，激发主动性，最终快乐学习，健康成长。"

很快，他提出了一系列有关"减负"的新药方：严禁中小学校以任何形式按考试分数分班，给班组和学生排名次；严格控制中小学生课外作业量；除周六可组织初中、高中毕业班补课以外，严禁中小学校及教师在任何双休日、节假日和寒暑假补课；一到八年级学生，不再统一征订和使用教辅……在广泛听取各方面的意见后，云南省教育厅党组作出了切实减轻中小学生负担的决定，还聘请了102名监察员，如果发现中小学校违规，将解除校长职务、解聘相关教师。

与此同时，从2009年11月1日起，云南全省禁止开展中小学所有学科竞赛活动。从2010年起，全省统一取消大中小学校招生中的"奥赛"、其他所有学科竞赛活动、青少年科技创新大赛3方面成绩的加分政策。言及取消"奥赛"加分制度的重磅改革，罗崇敏说："叫停全民'奥数'，我会伤感，但为的是不让孩子和家长伤心，不让国家和民族伤脑。'奥数'本身无错，是我们的教育把它搞错了。教育使中国的孩子，乃至一个民族与'奥数'结下无情之缘，我们能不伤感吗？教育厅长有责任，教育厅更有能力在全省纠正这个错误。"

2009年1月1日起，云南省在33个县市区开展实施基本普及13年教育试点工作。这在国内尚属首次。

实施"普十三"试点工作的主要目标是，在6至18岁适龄儿童、少年、青年中，实施学前教育1年、小学6年、初中3年、高中阶段3年的义务教育试点工作。罗崇敏表示，通过3至5年的努力，使试点地区基本普及13年教育，并努力逐步实施免除学费和杂费的免费教育。到2020年，努力实现全省基本普及13年教育。目的在于，延伸义务教育的实施范围，促进教育公平，加快现代教育进程，提高全民族素质。

据悉，此时云南还有3个县没有完成"普九"。一时间，"普十三"试点工作这个创造性的举措受到质疑。对此，罗崇敏是这样解释的："目前，我们的高中毛入学率只达到了52%，在全国是倒数第2位。只有高中阶段的毛入学率提高了，我们普九的成果才能巩固。道理很简单，孩子读了初中之后，要有出路，我们就要给孩子创造到更高一级的学校深造的机会，我们就必须大力发展普通高中和职业高中，努力提高普通高中的入学率，又为加快大学的大众化进程创造条件。教育是个系统工程，是一个链条，一环都不能少。”他强调，“普十三”有个过程，目前是“实施”，而不是“实现”，从“实施”到“实现”还要近10年时间。“另外，‘基本’不等于‘完全’，基本普及13年教育，我们的指标相对定的比较低，高中阶段的毛入学率我们定的是90%，完全普及是95%以上。另外学前教育1年，我们定的也是90%。此外，目前也不是全免费教育。随着经济的发展，我相信若干年后逐渐可以减免费用。”

机关党委班子和处级干部公推直选、10个院校党委书记、校长的公选、“三生教育”的推行、学生“减负”的动真格、“基本普及13年教育”的试点……罗崇敏从未停止过自己的改革，而且每次改革都带有其鲜明的理念和独特的风格。

他认为，历史上的改革悲剧人物，是在不适宜的时间和空间，做了不适宜的事。他还强调，我们要对改革者宽容，即使他失败了。如果不宽容，那是民族的悲哀。“改革风险大，尤其是政治改革，但是，只要思想上、政治上和中央保持高度一致，只要有责任心，事业感，任何风险都能抗击，任何打击都能承受。”

罗崇敏把一天的时间分为3个1/3：1/3的时间用来学习和写作，1/3的时间用来工作，剩余1/3的时间用于睡觉等生活安排。这就是他多年来的生活习惯。此外，他还出版18部著作。的兴趣爱好十分广泛，包括游泳、武术、击剑、滑冰、网球、书法、绘画、文学、乐器等。

在央视播出的39集电视连续剧《天下一碗》，以名震一方的云南小吃“过桥米线”的发展史为主线，以“中法战争”之后“滇越铁路”的兴建为衬托，以中外文化的碰撞、冲突、交汇、融合为大时代背景，描写了一位晚清举人程华强，弃官改卖米线，并把过桥米线做成“天下一碗”，演绎了纯正的“滇味”。同时，同名小说《天下一碗》由人民文学出版社出版，并畅销书市。

◆◆ 余玮（左）在全国政协十一届二次会议期间采访云南省教育厅厅长罗崇敏（右）

许多人并不太清楚，这部电视剧剧本就是罗崇敏主创的。“有一次吃小锅米线时，突然有了一些灵感，于是马上构思，并写下了提纲。”罗崇敏这样说道。他常常在饭桌上、车上，甚至在卫生间里都在思考。“要勤于思考，并养成良好的思考、研究习惯。”正因为这样，反映罗崇敏——一个思想者、实践者和创新者的新作《天鉴》，又由人民出版社出版发行了。

罗崇敏走路很快，在他下基层调研的很多张照片中，他多是一个人孤零零地走在最前面。在罗崇敏看来，已经“奔六”的他，改革的机会已经不多了，必须把握“速度”。他急于将自己的满腔抱负付诸实施，从不避讳向改革要“政绩”。

他的政绩观的基本内涵就是为民、发展、求实。为民，就是把实现好、维护好、发展好最大多数人民群众的根本利益作为一切工作的出发点和落脚点，始终坚持立党为公、执政为民，真正做到权为民所用、情为民所系、利为民所谋；发展，就是坚持发展是硬道理，以人为本，科学发展；求实，就是一切按客观规律办事，尊重实践，尊重科学，尊重群众，讲实话、务实事、求实效。

追求政绩的罗崇敏，蔑视政治作秀，反对搞形式主义，急功近利，瞎“折腾”。他说，要忠实履行全心全意为人民服务的宗旨，把实现人民群众的利益作为追求政绩的根本出发点和归宿。正是这样，他主政过的地方，在他离任时呈现在民众面前的是经济发展，文化繁荣和社会和谐的景象。

人生◎手记

本文的标题记者折腾了几次，曾先后改为《在争议声中不断升迁的“改革官员”》、《争议声中不断“折腾”的“改革官员”》、《争议声中升迁背后的“铁腕新政”》，最后拟定为《追求政绩的“改革官员”》。罗崇敏在接受采访时，高调表示自己追求政绩，把实现人民群众的利益作为追求政绩的根本出发点和归宿，尽管有人说他爱作秀、爱折腾。就是这么一位在争议声中不断升迁的“改革官员”在全国人大代表会议期间一次次成为新闻人物。

顾海良

用学者智慧求解教育方程

·代表档案·

顾海良，著名经济学家、马克思主义理论家和教育思想家，中央马克思主义理论研究和建设工程首席专家。1951年1月出生于上海，1982年毕业于安徽大学经济系。历任中国人民大学马列所所长、国务院学位委员会办公室副主任、国家教委研究生工作办公室副主任、教育部社会科学研究与思想政治工作司司长、武汉大学党委书记、武汉大学校长等职；现为教育部党组成员、国家教育行政学院院长，**系中国共产党十七大代表和十届、十一届全国人大代表**，并出任国务院学位委员会学科评议组理论经济学组成员、教育部社会科学委员会副主任委员、全国马克思主义经济学说史学会会长、全国科学社会主义学会副会长、中国《资本论》研究会副会长、中国学位与研究生教育学会副会长等。

顾海良 用学者智慧求解教育方程

1996年初，顾海良被调到国家教委工作。时任国家教委主任朱开轩问："你的特长主要是哪方面？"顾海良笑着作答："我没有什么特长，不过值得骄傲的是我有着特殊的经历，小学生、中学生、大学生、硕士生、博士生，我都教过。在中国，我只知道吕叔湘先生有我这样的经历。这是我一辈子的荣耀。"朱开轩含笑称赞他的传奇经历。

2001年底，顾海良被调任武汉大学。临行时，时任教育部部长陈至立对他说："武大不缺教授，你不是作为学者去的，你是作为一个学校的管理者去的。"顾海良默默点头。

◎ 与总书记直面“大学生就业”困局

1996年初，顾海良被调到国家教委工作。时任国家教委主任朱开轩问：“你的特长主要是哪方面？”顾海良笑着作答：“我没有什么特长，不过值得骄傲的是我有着特殊的经历，小学生、中学生、大学生、硕士生、博士生，我都教过。在中国，我只知道吕叔湘先生有我这样的经历。这是我一辈子的荣耀。”朱开轩含笑称赞他的传奇经历。

2001年底，顾海良被调任武汉大学。临行时，时任教育部部长陈至立对他说：“武大不缺教授，你不是作为学者去的，你是作为一个学校的管理者去的。”顾海良默默点头。

尽管顾海良认为“最令人神往的职业是当大学教员”，尽管自己在学术研究方面曾经卓有成果，但是如今的他清楚“自己首先应该是一个学校的管理者，其次才是一位大学教员、一位经济学理论研究者，为了学校的发展，我必须放弃许多学术上的发展机会”。

顾海良到武汉大学不久，一位知名教授就直率地问他是“飞鸽牌”还是“永久牌”。时任校党委书记的他笑了笑，说：“我到武大来是自愿的，能不能当书记权利在你们而不在我，就算不当书记，我至少还是个好教授、好老师，仍然能够为武大的发展做贡献。”

顾海良记得自己到武汉的第一个雨季，“有一位快毕业的署名‘珞珈过客’的同学寄来一封信，谈了学校的不足，结尾四句我称之为‘朦胧小诗’：江南的雨季提早到了，可是梅子还没有成熟；怕酸的脸，用雨雾洗刷性情。这位同学让我感动，我深深理解他对学校发展的焦虑和期盼，这学生自称‘过客’，那么我们这些教师、干部、职工就应该是‘常客’。‘过客’尚如此关心学校的发展，‘常客’就没理由不为武大的腾飞作出贡献”。如今，武大在他心里已经是一个家、一个归所。

在到武汉大学不久的就职仪式上，顾海良说“要以最快的速度读懂武汉大学”这所百年名校。于是，从“读懂武大”开始，他一头扎进了学校的工作之中。

一个夏日，记者走进珞珈山，专访了时任武汉大学校长的顾海良。与这位有着经济学家、马克思主义理论家和教育思想家等多种身份的校长面对面，解读这位学者的智慧人生、这位教育大家解“教育”难题的独特思路。

“武汉大学现有的本科生有多少？研究生又有多少？”2004年3月9日上

午，中共中央总书记、国家主席胡锦涛来到十届全国人大二次会议湖北代表团参加政府工作报告的审议时，侧过头来亲切地向时任武汉大学党委书记顾海良询问。

顾海良一阵激动。早在几天前，他就听说总书记要来参加讨论，特意作了认真而充分的准备。武汉大学地处我国中部，大学生就业问题相对沿海地区要困难一些，作为高校代表的顾海良觉得很有必要当面向总书记谈一谈听了温总理《政府工作报告》的体会，同时也汇报一下自己对这一问题的看法和思考。

余玮：2004年3月9日，也就是全国“两会”期间，您作为湖北团的全国人大代表就大学生就业的情况与到湖北团参与讨论的胡锦涛总书记进行了面对面的交流。您能否回忆一下当时的情景？

顾海良：2004年3月9日上午，胡锦涛总书记来到湖北团听取代表意见。我作为湖北团的全国人大代表，同时也作为武汉大学的主要领导之一，有幸跟锦涛同志谈了一下大学生的就业问题。这也是党中央、国务院非常关心的一个话题。所以锦涛同志自始至终一边记着笔记，一边询问有关情况。我觉得总书记对这件事是非常关心的。由于规定了发言时间，不得超过10分钟，我超出了一些（时间），还是把自己想说的话、想表达的观点作了表达。

余玮：当时您怎么想到提出这个话题？

顾海良：当时我提出这个话题，是因为来之前，大学生的就业问题已经成为学校关注的重要问题。参加“两会”，第一天就听了温家宝总理的报告，更感受到这件事情的重要。不仅学校领导很重视这件事情，政府也非常重视。温家宝总理报告里两次提到大学生就业问题，这是以往历次人代会上所没有的，（以前）政府工作报告上也没有的。1999年，是高校扩招第一年，到2003年7月正好本科毕业。于是，大学生就业压力增大的问题凸现。由于全国高校大幅度扩招，而出口不畅，本科生就业形势日益严峻。作为教育工作者，我自然十分关注，于是在发言中提出这个问题。我对锦涛总书记说，“大学生就业问题是市场经济发展必然出现的问题。去年是历届大学生毕业人数最多的一年，总数达到212万人，而国家整个就业形势并没有发生根本性的变化。随着市场经济的发展，失业人口总是存在的，其中肯定会包括一部分大学生”。

余玮：总书记的反应如何？

顾海良：当着胡锦涛总书记的面，我提出了自己的建议：一是站在全局和战略的高度，把大学生就业问题作为高校转变办学理念的长期工作来抓；二是树立新的质量观，以市场为导向，以人才质量为标准，培养服务社会各级各类需要的多种人才；三是转变观念，把评估和考核高等学校的单一指标转为多元指标，尤其是要把就业率和就业质量作为衡量大学办得好不好的重要指标；四是政府要发挥指导和服务的作用，尽快建立发布中长期人才需求变化的信息平台，教育主管部门也要对现有教育资源进行合理布局，避免重复建设和浪费。

总书记认真听取了我的发言，并作了讲话。他十分关心农村贫困家庭的大学生就业，关心学校学科专业的设置如何适应国家社会的发展。他强调要研究大学生如何适应国家经济社会发展就业，高校如何调整专业等等。

余玮：近年来，大学生就业问题一直以来是社会上关注的焦点问题。特别是2008年下半年开始的金融危机席卷全球，在世界经济一体化格局下，企业招聘需求大幅减少，这使得中国的职场压力异常巨大，特别是大学生就业问题异常突出。您预见到了当前大学生就业的特殊形势吗？

顾海良：在2004年的时候，我经过大量调研，就提出过高校毕业生就业工作的“三全”理念，即大学生就业工作，要提到学校全局工作的高度、要作出全面的部署、要使之贯穿于学校各项工作的全过程。“三全”的就业指导思想，既强调就业率的提升，更注重就业质量的提高。如果要说预见性，

◆◆ 顾海良（右一）与武大珠海校友亲切交谈

也许我作为一名研究经济学的高校领导，对于扩招与大学生就业、劳动力市场结构以及供需关系等关联性问题，感觉敏锐一些，考虑得也比较早一些吧。金融危机的确加剧了大学毕业生的就业困难，但是作为高校应当发挥职业规划方面的经验，提供就业辅导。

余玮：您还同其他中央主要领导同志交流过教育等方面的情况吗？

顾海良：2003年3月12日上午，时任国家主席的江泽民同志在参加十届全国人大一次会议湖北代表团全体会议讨论时，我作典型发言。当时，我力陈“中国应高度重视民族精神的弘扬和培育”。我谈到，弘扬和培育民族精神，是进一步加强社会主义现代化建设、实现中华民族伟大复兴的重要工作，一要有实际的落实措施和必要的工作环节，要与学校的德智体美劳教育结合起来，要融入其全过程。其次，要因应不同的学生，实行有针对性的、有实效性教育的内容、形式和方法。第三，充分利用历史的、文化的资源，丰富和发展有利弘扬民族精神的有效手段。第四，各种媒体、各种文化场所要形成良好氛围和环境，要有必要的物质条件和有力的政策措施；人文社会科学工作者要注重对理论和学术的研究。我注意到，江主席在认真听，并不时地点头。

当年，武汉大学正筹备110周年校庆。我当面向江主席提出邀请他出席武大的校庆活动。他高兴地说，“（20世纪）60年代，我任一机部武汉热工机械研究所所长、代理党委书记期间，经常到东湖游泳，穿越武大校园去东湖。武大很美的，依山傍水。校庆，我在这里表示祝贺，到时争取去”。尽管江主席最终没有成行，没能出席武大的校庆活动，但是他没有忘记武大人——今年，著名法学家、武大资深教授韩德培先生病逝后，他就托人送来花圈。

余玮：听说，您不论是在北京开会，还是到其他地方出席活动，每见到武大校友，总会推销武大毕业生，请他们在招聘时“多招三五个武大的学生”。武汉大学在大学毕业生就业方面作过一些有特色的探索吗？

顾海良：近年来，我们同中广核联合培养高层次人员，效果比较好。这种“订单式”定向培养作为校企合作培养高层次人才的新尝试值得推广，毕竟它是瞄准了企业或人才市场需求而确立培养目标的，提前解决了大学生的出口问题，也就是就业问题，也保证了贫困家庭大学生的就学困难问题，并有利于课堂教学与实践活动的结合。

余玮：有人说，目前就业困难都是大学扩招惹的祸。您怎么看？

顾海良：我觉得大学生就业难和扩招没有必然关系。就业本身就是劳动力的需求和供给关系。大学生就业作为劳动力供给方，不管扩招还是不扩招，供给总量没有变。大学生多念了几年书，没增加也没有减少劳动力总量。就这一点来讲，与就业压力没有什么直接关系。18岁就业和22岁就业，发生的变化就是劳动力自身素质有了提高，所以说是改变了劳动力的结构，即整个劳动力供给的结构发生了变化。这种变化还是有利于劳动力的就业的，而不是不利于。我们现在高层次的劳动力是缺少的，受到高等教育以后，高层次劳动力人数的增加，优化了劳动力结构。这样看来，扩招和就业压力没有什么直接关系，反而优化了整个劳动力的结构。现在我们把大学生的就业作为一个重点问题提出来，只是出自于对整个劳动力供给中的优质劳动力特殊的关注。对国家来讲，无论是人才发挥作用，还是从教育成本投入，以及整个社会稳定，都希望这部分毕业大学生的劳动力能够得到稳定的就业。

所以，大学生就业难主要还是个经济结构和教育结构问题，并不是整体上供大于求的问题。尽管扩招不影响大学生就业，但能否使大学生的人才结构符合社会对人才的需要结构是一个问题。这两个结构假如吻合了，大学生的就业问题就会比较顺利解决；这两个结构如果反差太大，那大学生就业就会出现矛盾。就此而言，社会对人才需求的结构是不可能变化的，所要改变的是培养的人才结构如何适应社会对人才的需求结构。这是办学理念、办学观念的变化，不能以我有什么学科、我有什么专业来培养人，而要按照社会对人才的需要来培养。

余玮：受国际金融危机影响，武汉大学对大学生自主创业做过那些服务或指导工作？效果如何？

顾海良：目前大学生就业困难应该说主要是金融危机的影响，也还有一些其他方面的原因。比如说我们现在经常说的大学专业设置和社会需求之间的矛盾也存在一些问题，还有大学生的实践和动手的能力，和企业所需要的熟练的技术人员之间存在着问题。当然还有一些历年就业留下的问题，即我们大学生就业的期望和社会实际需求之间等等这些方面的因素，有一些因素在以往可能处在主要的位置，但是现在，由于金融危机的出现，这些都退居次要，使金融危机变成一种主要的问题。

自主创业是大学生就业的一个重要增长点。现在政府要加强政策扶持和服务的力度，比如建设完善一批大学生创业园和创业孵化基地，并给予相关的政策扶持积极鼓励大学生自主择业。高校也要开展一些创业教育和实践活动。武汉大学鼓励有能力的学生进行自主创业。尽管这些人的数量并不是很多，但是还是起到一些垂范的作用和积极的引导作用。我曾经讲过，大学

生不能做书呆子。这就是说大学生在大学学习不仅仅是一个知识的积累，更应该是能力和各种素质的培养过程。武汉大学素来以实施创造教育、创新教育和创业教育为价值取向和办学特色。“创造”表示一个从无到有的发生过程，“创新”体现对现有事物的更新和改造过程，而“创业”则是开创某种事业的活动。创造强调原创性，创新力主推陈出新，创业注重把创造与创新的东西变成现实，开创出新事业。学校对“三创”教育进行全面规划，积极探索创造、创新与创业相结合的多样化人才培养模式，特别强调要培养学生的创造、创新、创业精神与能力。所以我们除了课堂开设比较多专业课程外，加强了通识教育，还开辟了“第二课堂”，以加强大学生的社会实践，比如给新闻传播学院的学生提供更多的到新闻传播行业进行实习的机会，让社会学系的同学更多地参与社区建设和社会的调查等等。

武汉大学有学生在校期间能创业，我们是非常赞成的，肯定会给予支持，也会提出比较好的建议，对他们创业的项目和创业上遇到的问题会给予必要的指导。创业期间，学校也会保留他的学籍，他还可以根据创业的实际情况，再回学校来读书。实际上，武汉大学已经有个别学生在这样做了，而且也取得了突出的成绩，我们在多种场合，也给予彰显，对这种行为是持赞赏和赞成的态度。大学生就业和创业经验不足是肯定的，所以武汉大学开设了创业和就业的课程，把它作为学生的选修课程，使他们在学校期间能够学到一些基本的就职和就业的经验，同时我们也请武汉大学校友的成功人士，比如说一些成功的企业家，到学校给学生演讲，和学生进行交流，讲述他们就业的一些经验和心得，这样是会有好处的。

◆◆ 年轻时的顾海良

余玮：好多年前，我在看报道时注意到您曾说过“中国将来也会出现高校破产的现象”。您提出这个观点有什么根据？

顾海良：是的，我曾经讲过这

么一个观点。大家都知道，质量永远是学校的生命线。假如一所学校就业率降到20%以下，就不会有学生愿意去了，学校招不到学生，自然就会破产。现在有些民办高校为了多挣钱，到处拉生源，把新生入学的门槛降得很低，学校教育、教学管理又跟不上，教学质量上不去。如此下去，校舍再好，总有一天会走向破产。学校关闭和企业关闭相比，更严酷之处在于，学校不能转产，不能讲新闻专业办不下去了，转办中文，这是做不到的。高等教育抓质量是切中要害的，既有现实的针对性，也是对于高等教育的可持续发展是一个最根本的措施。现在，大学书记、校长们对此都有共识。

◎ 打特色牌以突破“千校一面”

2001年12月13日，顾海良从北京到武汉就任武汉大学党委副书记（主持工作）。次年8月，任武汉大学党委书记。

作为党委书记的顾海良做思想政治工作细致入微。“做学生思想政治工作需要采取交互式、讨论式的对话，要让他们从你的表达中感受到他们自我成长、成才所需要的东西，把你的需要变成大学生‘我的需要’。”如今，作为校长的顾海良有着深邃而长远的战略眼光，瞄准世界一流名校而努力着。

一所大学之所以称为“大”，就是因为有大学者、大学术。顾海良在武汉大学首倡开设“珞珈讲坛”，为的不仅是给学生留下科学的知识和科学的真理，更是科学的精神和科学的风范。

大学特色，是大学的制度文化、组织文化、行为文化的综合表现，是全体师生共同认可的、并能够表现为师生基本行为的、以区别于其他所有大学的特质。在我国高等教育的发展中，现已出现了明显的同一化、同构化和同质化倾向，顾海良作为武汉大学的主帅在大学特色建设中作了哪些努力、是如何不断提升大学核心竞争力的呢？

余玮：现在，中国民众很多人对当前的高等教育不是很满意，特别是不少人认为高校教育的质量在下滑。作为武汉大学的校长，您在提高教育质量方面作了哪些努力？

顾海良：显然，在适度拓展办学规模的同时，注重发展内涵、提升办学层次、提高发展质量和效益成为重中之重。近年来，我们通过探索实践，对武汉大学发展的规模有了一个比较明确的答案，对于发展规模中的结构也有了一

个比较清晰的认识，即根据学校现有的教育教学资源和办学条件，优化学科结构，大力提升学科建设水平、学科质量和学科建设效益。同时，我们注重合理配置教育教学资源，注重现有的教育教学资源的使用效率。从加强教师队伍建设和教育教学设施建设（特别是基础学科、基础工程和实验室的建设），加强管理、督导、评估，提高管理干部的素质、能力和水平等方面入手，着力提高高等教育质量。

此外，作为校长，我高度重视本科教学，坚持把本科教学工作放在首位，并列为学校年度工作要点第一条。我曾提出一个观点，就是在质量观上，只要培养出社会需要的合格人才，就是高水平大学。我们的一切工作要从学生成长出发，把育人以学生为本放在民族振兴和社会进步的高度，以对学生和国家高度负责的态度办好学校，扎扎实实作好本科教育教学工作，以深厚的人文情怀和丰富的科学知识去陶冶我们的学生，并高度注重学生健全人格和创新实践能力的培养。我们召开校长办公会定期或不定期地专题研究教学工作，涉及教学条件改善、教学资源配置、骨干教师引进、本科专业设置、人才培养模式改革、教学奖惩制度等重要事项，都会得到及时解决。今年学校获教育部优秀教学成果奖位居全国高校前列，即是一个体现。

余玮：2008年11月，您由武汉大学党委书记改任为武汉大学校长。作为书记和校长，您感受到具体工作中最大的不同是哪些方面？

顾海良：根据《高等教育法》等规定，高校的党委书记和校长在职责权限方面有区分。具体而言，高校党委研究决定教学、科研、行政管理工作的指导思想和重大问题。党委领导是指党委的集体领导，党委书记的职责是指党委书记对学校党委的职责；校长的行政职权是对学校整个教学行政过程的贯彻，其中包含学校党委决定的重大举措，具体就是全面负责本学校的教学、科研和其他行政管理工作。角色的转换，感受自然有些不同。当上校长后可能会更加务实一点，可以为武大做的实事也会更多。

余玮：出任校长后，您所做的第一件事是什么？

顾海良：宣布我出任校长的大会一结束，我做的第一件事是就是到了艺术学系，去看望正在那里进行紧张排练话剧《西望乐山》的剧组人员，并与话剧编导进行了深入的交流。当时，我们举办115周年校庆所秉持的理念，就是力避铺陈奢华等俗套，适时推出了一台学术大戏和一台文化大戏。学术大戏就是定位于高端讲坛的“珞珈讲坛”，在珞珈山最具标志性的建筑老图书馆开讲；文化大戏就是由武汉大学师生自编自演的大型校园话剧《西望乐山》的公演。我们用排演话剧的形式来纪念武大西迁和校庆，改变了传统的纪念活动模式，开创了国内高校校庆形式的先河。话剧折射出武大优良的学风校风，展现出武大人在那个艰苦卓绝时期的精神面貌。我们希望通过总结、凝炼、弘扬乐山时期的办学传统和大学精神，将这份精神遗产内化为凝聚全校师生员工和促进学校科学发展的精神动力，以提升学校的办学实力和核心竞争力。

记得我调任武大时，时任教育部部长陈至立在我临行前对我说："武大不缺教授，你不是作为学者去的，你是作为一个学校的管理者去的。"我清楚自己首先应该是一个学校的管理者，其次才是一位大学教员、一位经济学理论研究者，为了学校的发展，我必须放弃许多在学术上的发展机会。

作为校长，我不想管得过严，希望自己能把更多的思考放在学校的战略发展上。教育部很支持我的工作，给我配了两位常务副校长，让我腾出更多的时间和精力来放在一些大的事情上，我尽可能不把眼光放在一些琐碎的事上。比如，人才问题，很多人首先想到的是人才的引进，其实还有一个人才退出的问题。现在，人才引进基本上是畅通的，但是退出不畅通，这就要思考出口问题，不然就可能面临"两难"——出口解决不好，如何引进？

余玮：我认为，大学特色是大学的个性特点，是一所大学的理念和精神由内而外的自然呈现和自然生成，称得上是一所大学的标志性符号。您在大学特色的建设和发展方面作了哪些具体的努力？

顾海良：中国的大学不能"千校一面"，每一所有些历史的大学都应保持其固有的个性特点。我认为，一所大学的办学特色、学术传承、精神气质乃至流风遗韵，应植根于其长期办学实践中形成的历史积淀，是逐渐生成的。我理解的大学精神，主要应该是体现着对于大学的本质、功能与办学规律的理解和价值追求，它的确是长期办学实践的探索与积淀，并随着时代变迁而不断充实发展的关乎办学理念的集成。那么武汉大学呢？116年前，自强学堂的办学宗旨是"讲求时务，融贯中西，研精器数，以期教育成材，上备国家任使"。后来的武昌高师以"朴诚勇"为校训，到了西迁乐山时期"明诚弘毅"，武大文化百年之旅究竟传承了什么？有哪些值得我们挖掘、凝练和汲取呢？这些是值得我们着手探究的。大学精神既蕴涵于大学之中，又神游于大学之外，它给大学注入了生命活力，使大学不仅仅是钟灵毓秀的世外桃园，也不仅仅是各类人才的集散地，更是聚集了人文、思想、创新、智慧的大学生命力的源泉。

在强化武汉大学办学特色方面，我想主要在三个方面作出努力，一是立

足实际，发展特色，根据学校在中国高等教育格局中所处的方位，立足于现有办学资源和特点等实际，真正做到有所为、有所不为，有选择地追求卓越。这就要求我们强化“三创”、“三优”这一武大百年历史中积淀而成的办学风格、办学品质和办学特色；二是强化学科特色，体现学科优势，以学科建设为龙头谋求学校的科学发展。我们适时提出“大学科”概念，即不仅是严格按照学科目录设定的博士点、硕士点意义上的学科，而是全面地理解为教学、科研、人才培养、社会服务以及重点基地、实验室建设总和意义上的学科，这是按照国家社会发展需要设置的学科。三是强化体制机制特色，完善我校在长期办学实践中探索形成的主辅修制、第二学位制、硕士生“1+4”制等一系列行之有效的体制和机制。此外，强化体制机制特色，优化大学育人的制度环境，还需要进一步坚持和完善党委领导下的校长负责制。这一制度是中国特色社会主义大学制度的核心内容，可以分解为五个基本构件：党委领导，校长负责，教授治学，学术自由和制度保障。作为社会主义大学来讲，党委的政治资源、校长的行政资源和教授的学术资源能否达到最优配置，是学校建设好坏的根本。学术自由是三项资源配置的目标，制度保障是实现资源有效配置的条件。所以我任校长后的第一天，主持召开的第一次重要会议，就是武汉大学教授委员会工作座谈会。我提出，武汉大学施行和完善教授委员会制度，一是建立现代大学制度的必然趋势，有利于真正实现“教授治学”；二是武汉大学发展的实际需要，有利于实现政治资源、行政资源和学术资源的有效整合和科学配置；三是学校学科建设、学术科研发展的内在要求，有利于推进学者、学科、学术、学风的建设。此举可视为推进大学特色建设的一个举措吧。

余玮：作为校长，您认为自己最大的挑战来自哪方面？为什么？您的办学理念是什么？

顾海良：挑战那就多了，作为一所大学的当家人不容易，治理百年名校是需要花费极大心血的。对于治校理念，我把它概括为“五学”，即学者、学科、学术、学风和学生。

我认为，创建一流大学必须紧紧抓住“五学”。大学之大，首先在于大学者、大学术。尊重学者、崇尚学术，自然就成为大学生存和发展的精神根基，也自然成为大学不懈的价值追求。没有优秀学者的学校是没有灵魂的学校，没有优秀学者的学校也是一个没有地位的学校，所以对于学校来讲，悠悠万事，学者为大、学者为先。学者的声望和影响又总是以一定的学科为基础的，任何一个学校，不管是大校还是名校，都要有自己的优势学科，即使没有优势学科，也应有学科优势。

自来到武汉大学工作起，我就一直怀有一个梦，就是把珞珈山上最具标志性的建筑——老图书馆的大厅辟为“珞珈讲坛”，一流的学术大师能以在这里讲学为荣耀，让这座巍峨建筑成为令人神往的学术殿堂，让珞珈山遍撒学术的种子，成为一片锻造学术、淬炼大师的沃土。在武汉大学建校115周年之时，这个梦终于圆了。

学术是提高高校教育质量的重要标志。尊重学术就是尊重知识、尊重学者。尊重学术是和形成良好的学风联系在一起的。一个学校有没有良好的学风，有没有历史积淀下来的值得人们称颂的学风、富有特色的学风，是它能否跻身名校——中国名校或世界名校的根本。学风是学者风范的写真，也是学科和学术水平的体现。在“五学”中，最重要的是学生。高校的以人为本，在根本上就是以学生为本。十年树木，百年树人。高等教育的质量最根本的就体现在所培养的大学生的质量上。武汉大学的学生是武汉大学的产品，武汉大学要教给他们的不仅是学习的方法、探索的精神，还要教给他们理解复杂世界的能力；武汉大学的学生应该是人格与心智都完善的学生，是知识、能力、责任感三者相统一的学生。

余玮：大学给人最初的感觉，其职能就是传道、授业，事实上如今大学十分重视服务社会的职能。请问武汉大学科研成果转化的情况如何？

顾海良：学校积极利用自身的科技、智力资源优势，通过科技成果转化与产业化的方式，与企业和科研机构开展多层次、多领域的合作，共同建设高新技术产业发展的平台，联合创办了70多家高新技术企业，取得了良好的社会效益和经济效益，同时也促进了学校的发展。我举两个例子，一是武汉大学连续10次荣获深圳国际高新技术成果交易会优秀产品奖（成交奖）和优秀组织奖；二是武汉大学有机硅科学产业发展50年来，在有机硅领域科研的群峰上一次又一次豪迈地攀登，谱写出一个又一个的全国第一，如今已经从一个校办工厂发展成为四家子公司、净资产过亿元的现代化股份制企业。此外，学校参与了三峡工程、南水北调、西电东输等国家重点工程项目的科学研究和工程建设，在南北极科学考察、重大传染性疾病防治等科技攻关中不断取得新的突破，马协型、红莲型杂交稻、高频地波监测雷达、GPS全球卫星定位与导航、高性能混合动力电池等应用型科技成果不仅具有重大的科学理论价值，还产生了巨大的社会经济效益。

余玮：在推动科研成果的转化方面，您主持出台了哪些好的激励机制？

顾海良：为了鼓励科技创新，加速科技成果转化、转让和产业化的进程，规范科技成果转化、转让和产业化工作，保护学校的知识产权，我们根据国家有关法律、法规和学校发展实际，出台了支持高新技术成果的转化、转让和产业化的一系列政策措施，其中就包括一些激励机制，如产业发展部根据成果的类别、技术性和时效性等组织论证和分析，以成果发布会、成果交易会、洽谈会或向企业重点介绍等多种形式组织成果推广和转让工作。学校鼓励成果完成人和有关部门、单位主动参与科技成果转化、转让和产业化工作，并将科技成果转让所得按《武汉大学对外服务收入分配实施办法》执行。学校还出台了技术股份收益权的奖励办法，具体比例由学校与成果完成人依据技术水平难度及技术创新程度、生产规模和所取得的经济效益、创造性贡献大小、对技术受让方的生产与发展所起的作用等因素来决定。此外，我们还设立科技成果转化基金，支持高新技术成果的转化、转让和产业化。设立“科技成果转化、转让和产业化特殊贡献奖”，对从事科技成果转化、转让和产业化工作作出突出贡献的有关人员和单位给予奖励。学校建立有科技成果孵化中心，为学校科技成果的转化和师生员工创办科技企业提供相应的条件。

◎ 会“玩”的教育家矢志“读懂武大”

任何一种职业都有其特殊的、区别于其他职业的角色定位。校长的职业角色不同于教师，校长既是教育者，又是领导者和管理者。顾海良反对大学校长角色行政官员化，反对表现出一些与其本质不相符的角色特征而扮演远离校长教育使命的角色。

整个采访，让记者感受到眼前的这位教育家将自己对教育的思想、理想、感情、精神全部融入到学校的创新实践中，又在创新实践中不断生成新的智慧，形成新的创新实践的基础。顾海良用朴素、亲切、通俗的风格和真情实意表达着自己对真实的教育生活的理解与感悟，让记者分享着他为教育事业奋斗终身的理想。他把自己的理想变成每一天的努力，把日常的繁杂工作与理想追求融为一体，没有因为困难、挫折、寂寞、不被理解，甚至担心影响自己的名利而动摇自己的信念。

余玮：您现在还教书吗？课时多不多？如果由于行政事务缠身而耽搁教

学，如何弥补？

顾海良：我现在还带博士生，主要是经济思想史、马克思主义发展史两个专业的博士生。既要“办好事”，也要“讲好学”，事务繁多，确实分身乏术，所以我只有少带几个。不过，每个学期的教学任务，我都是保质保量完成的，这主要是靠灵活机动地分解教学任务和课时，并尽可能利用上一些节假日来上课。

余玮：您对自己所带的研究生有什么样的要求？

顾海良：我对于自己指导的研究生，希望他们有博采会通的学术方法、严谨求实的学术品质、奋发有为的人生态度。

余玮：您可以说是一位老“珞珈山人”。自2001年底您就来到了武汉大学，从教育部社会科学研究与思想政治工作司司长的岗位上调任武大党委书记，您对这个身份的切换能很快适应吗？当时是否有思想准备？

顾海良：1996年，我辞去中国人民大学马列所所长，来到国务院学位委员会办公室、国家教委研究生工作办公室担任副主任。1998年，在教育部机构调整中，又来到社会科学研究与思想政治工作司当司长。我不像别人一步步地由科长、处长，再到司长。我是个没当过处长的司长，没当过媳妇，直接当了婆婆。

可以说，这些经历为我到素以人文社科实力雄厚而著称的武汉大学工作，奠定了很好的基础。在教育部工作期间，我把对全国高校人文社会科学的管理工作实际与人文社会科学理论结合起来，对拓展高校人文社会科学研究新境界问题作了新的思考。来到武汉大学做党委书记工作，又通过具体地去管理一个高校的经历，加深了对拓展高校学科建设、人才培养、社会服务等新境界问题的认识。应该说，我对这个身份的切换适应得比较快。

余玮：在上世纪80年代末的时候，我就知道武汉高校流行这么一句顺口溜，“学在华工，玩在武大，吃在武水，爱在华师”。对“玩在武大”这种说法，您是如何理解的？您在大学的时候会玩吗？

顾海良：其实，这种“学、玩、吃、爱”的说法，在北京、上海等高校集中的地方都有类似套用的说法。综合性大学一般被配套上“玩”、工科为主的高校一般被套用上“学”等等。我不赞成这种简单套用的说法，但细想一下，这个“玩”字可能也反映了综合性大学宽松的人文氛围，大学生应当学会玩，在玩中受到特有的人文素养的熏陶、吸收与滋养。大学不仅要给学生多少知识，更要给他一种人文的素养、一种善于获取新知识的本领。在宽松的环境

下，学习更有效率，学得更有劲头。我喜欢一边看书一边听音乐，其实音乐并没有全部听进去，但它却营造了一种氛围，使我读书更有效率。

余玮：2005年11月19日，赵启正卸任国务院新闻办主任，从正部级“降级”接任中国人民大学新闻学院院长，其间他提到：“院长是什么级别，（被聘任）之前我根本没想过。他们（人大新闻学院）给我的聘书上在院长后面有个括弧，写着正处级。”这个充满趣味的细节里微妙地折射出高校“官本位”现象的存在。有人说，国内高校俨然是一个等级分明的官场，有“副部级大学”、“正厅级大学”等等。也有人说，“官本位”给高校学风造成极大的破坏，是中国高校难以成为世界一流大学的最大障碍。您对此如何评价？

顾海良：2006年3月5日，温家宝总理所宣读的《政府工作报告》中提到，“要培养一支德才兼备的教师队伍，造就一批杰出的教育家”。当时，我作为全国人大代表在下面听，精神为之一振。这是一个很新的提法，在以往的《政府工作报告》中还从来没有这样的表述。我的理解是，现在应该是提出校长职业化的时候了！

时代呼唤杰出的教育家。我认为，这与改革开放以来中国教育发展的急剧变化有关。学校在社会活动中，渐渐摆脱行政附属的地位，相对独立性在日益增强，社会对教育服务产品的需求也在发生巨大的变化。一个学校是否成功、是否出色的重要标志，就在于其人才的培养是不是符合社会的需求，得到社会的赞誉。同时，高等教育正在成为社会变革的中心，它承担着以先进的文化引领社会前进的重任。而这一切，都与学校领导者的办学理念直接相关。环顾古今中外，一个杰出的教育家，首先是教育思想家，同时又是一个教育实践家，能够把先进的教育理念付诸实践，并有创造性的成果。

中国学校的校长一直没有被看成专门的职业，虽然大学校长一般都是由专家、院士转型而来，由于没有经过专业培训，他们在政治学、经济学、管理学方面的知识基本是空白，常常习惯性地以一种学术的思维、实验室的思维来管理学校。不仅如此，“官本位”的文化和意识也严重影响和阻碍了杰出教育家的出现和成长。有些人虽然当上了大学校长，却是一副苦行僧的样子，一退休就感觉“浑身轻松”，对教育没有一种发自内心的热爱和冲动，自然也不会感受到创造的快乐。还有一些大学校长随着行政职务的升迁，其学术职称越来越高，其原因是以行政权力谋求学术权力，将公共的行政资源转化为个人的学术资源。

在高等教育由精英型向大众化转变的时期，教育的世俗化、市场化倾向，使得一些教育管理者、教师缺乏教育学的基本修养，缺乏对现代教育的正确理解，不能自觉地把教育当成一个职业来对待。

时代已经发展到了现代教育的阶段，应该承认教育管理是一门专门的学问。纵观世界，各个大学校长的起点都相当高，他们多数是非常职业化的。校董会对大学管理者的选拔和考察，对其管理经验的重视甚于专业知识。一些大学校长，他的背景可能是一个银行家，或者是一个企业家，而不是某个专业学者。美国耶鲁大学校长雷文先生就认为，大学校长是需要全神贯注的事业，在12年的任职期间，他只写过一本书，名为《大学工作》。

要成为杰出的教育家，没有先进的教育理念，没有科学理论的武装肯定不行。我常常号召学校的领导，每月读一本反映高等教育发展趋势的书行不行？一个月的时间不够，一个学期行不行？不了解世界高等教育发展的趋势就没有前进的参照系。美国的高校就没有统一的模式，要善于把国外的经验与中国的国情、学校的实际情况结合，不能囫囵吞枣、食洋不化。

我不赞成把教育估计得过于悲观。利用现在的平台、机制，我们在人才培养、提高学校声誉、转变办学思路等方面实际可以做很多的事情。不能永远期望等待环境改变后再来做事情，消极的心态永远进步不了，应该通过自己主观的努力，创造良好的环境。社会舆论对教育改革家也应该有一种宽容的心态，应该允许探索，允许失败。整个社会，包括教育行政部门应该提供一个有利于教育家成长的环境。

我反对高校“官本位”。其实，当什么官职、是什么头衔并不重要，我更看重做事的时候要认真做好。

余玮：我在最近的《中国社会科学报》上看到您说自己刚到武汉大学赴任时说过要“读懂武大”。现在，这么些年过去了，您读懂武大了吗？武大精神与武大文化的真谛又分别是什么？

顾海良：赴任武汉大学时，我的确是说过要力求尽快读懂底蕴深湛、积淀深厚的武汉大学。8年的时间，一个人足够读完本科和硕士，但对百年武大的理解，有时觉得还很肤浅。理解一所历史底蕴深厚的大学确实不容易，理解一所历史底蕴深厚且在迅速发展变化的大学更不容易。

余玮：您心目中的武大是一所什么样的大学？

顾海良：珞珈山高，东湖水长。我心目中的武大，不仅是一所校园最为优美的大学，还应该是一座引领社会的灯塔，是尊重学者、崇尚学术，恪守思想自由、探究高深学问等大学精神的学府，还应该成为资源配置更为合理、办学特色更为鲜明、核心竞争力更强的国内外知名的高水平的大学。我很高兴，看到了一个发展的武大、一个有着极其美好前景的武大。

余玮：如果有一天，您离开武汉大学，您希望武大人如何评价您？

顾海良：一直以来，我希望自己能读懂武大。武大有100多年的历史，是一幅长长的画卷。我希望自己能以尊重同学、了解同学、爱护同学、帮助同学作为读懂武大的开篇和结论。如果有一天我退休了，武大人谈到我时，认为我为武汉大学的发展还是做了几件实事的，那么我就很欣慰了。

◎ 抱着一摞读书笔记的“知青”报名高考

熟悉顾海良的人都认为，他有着丰富的阅历，同时还拥有年轻的心态与新锐的思想。

顾海良出生在上海的一个工人家庭，从小到大学习成绩一直优秀。18岁那年，他怀着一腔热血从上海到安徽和县农村插队落户。靠着聪明和勤奋，他很快当上了生产队会计、生产队长。接着，他又当上了民办教师、县中等师范代课老师、小学校长，直到1977年恢复高考考上安徽大学经济系，后来到中国社会科学院研究生院学习。顾海良的教坛履历十分完整也富有传奇色彩，小学生、中学生、中师生、大学生、硕士生、博士生，他都教过，且还做过教育系统的行政官员。接受采访时，他对记者说，丰富的人生经历是自己一辈子享之不尽的财富。

余玮：您是上海人，当年是在什么情况下离开学校到安徽农村当“知青”的？

顾海良：不错，我是上海人。我在1964年考入上海中学，由于文化大革命的原因，1967年初中没有按期毕业，在学校多留了1年半。1969年1月，我在上海中学只读到初中二年级，就在“上山下乡”运动中赴安徽省和县毛巷公社插队当“知青”去了。

余玮：上海中学是中国近现代教育史上最有影响的中学之一。您在这所学校里感受到最深的是什么？

顾海良：记得拿到初中录取通知书后，学校就要求我们填写一份个人自我评价、兴趣爱好和生活习惯的详细问卷。这些信息成了我们进校后分班级、分宿舍的重要根据。现在想来，我们当年班里同学性格、兴趣相得益彰，有着极大的互补性，就出于这一重要的问卷信息。最令我们惊异的是，入学后刚见到我们年级的教导主任方启敖老师，他居然能把我们的名字几近无误地一一叫出，于细微处体现了对新生的尊重和关爱。能够想像，老师们在我们进校前花费了多大的工夫来了解学生。入学后，学校的一代名师，如唐秀颖、顾巧英老师等都给我们初一的学生作启蒙教育，谈的不是升学之道，而多是为学首先要为人、为事之道。经师易遇，人师难遭。这些，对我日后成为教师，锤炼自己教师的责任，一直起着震撼心灵的激励作用。

余玮：看得出，您对这所中学有着别样的情怀。

顾海良：我们这些校友都认为，上海中学是一代代学子永远的精神家园！

余玮：当年上海中学在教学方面是不是有些特别的革新？

顾海良：学校重视因材施教，厉行教学变革。记得初一的《数学》实验教材就是专门为我们编写的。从提高学生学习能力上，把当时分列的《代数》、《几何》融于一体，对教学内容作了极大变革。经过不到两年的学习，就能达到当时初三的数学水平和能力。教材的主编是苏步青教授和唐秀颖老师。现在想来，大数学家和中学数学教师合编教材，不仅开启教材改革的优良风气，而且对我们这些学生学习的兴趣也有极大刺激。我们真的感到大数学家就在我们身边注视着我们、关心着我们，每个同学都奋发学习，不敢懈怠。这些，对我们实在是热爱科学、崇尚科学的最好的熏陶。今天，当我们呼唤深化中学教材改革时，希望能有更多的大科学家和中学优秀教师共同担纲教材编写，好的教材不只是知识的读本，更是学生成长的阶梯。

学校当时经常请名师大家和各行各业的精英给师生们举办讲座。记得当年我听过一次华罗庚教授的讲座，题目是关于"优选法"的创立与运用问题。40多年过去了，那场讲座的具体情景、华罗庚教授讲的具体内容尽管记得不很清楚了，我们那些初中生也确实难以听懂他所讲的全部内容，但是他所给我留下的是一种优良的学术精神、深邃的学术眼光、深刻的学术思考和大师的学术风范，40多年来一直在影响着我、激励着我，至今对我从事科学研究和教育管理都有深刻的影响。

余玮：您后来当了知青，在您看来知青岁月给您最大的历练是什么？后来是否回到过那个地方看看当地的老乡？

顾海良：知青岁月里的苦乐年华，磨砺了人的意志、品质。农村的物质条件是艰苦的，精神生活更是贫乏，所以只有尽力丰富自己的精神世界。后

来我再遇到困难，想起那个时候，所有困难对我来说就不算什么了。

后来，我回去过，不过不是当年插队的那个地方。有机会，一定回去看望当年的老乡。

余玮：我注意到，您是在1977年恢复高考后参加高考的，可是您当时只有初中文化水平，怎么能有资格报考?

顾海良：虽然我在上海中学念初中没有毕业就下乡了，务了两年农后被选到当地小学当老师。寂寞无聊、日子难以打发的时候，我便四处找书看，并开始自学高中课程。1973年，我也参加过一次"高考"，成绩考得不错，但仍然没有机会上大学，因为那时的逻辑是"你考得好，证明你劳动不好，主要精力都用去学习了"。1977年恢复高考的消息传来，当年我既不是"老三届"高中生，年龄又超过了25岁，于是我拿着数十万字的《资本论》读书笔记去报名，证明我已达到了高中水平，这才获得了考试资格。

余玮：高考成绩如何?

顾海良：记得当时有一道填空题是"三大纪律八项注意"，因为紧张一时想不起来，于是一边默唱一边书写。我还记得当年的作文题是《一件印象深刻的小事》，我便模仿鲁迅的风格，写贫下中农如何帮助自己的事。那年高考，我的数学考了满分，题目很简单，难度大一点的是复数。考完之后，监考老师笑眯眯地拍了拍我的肩膀，说我肯定能上。

余玮：接到录取通知书时，您的第一反应是什么?

顾海良：接到录取通知书那一刻，确实是一个激动人心的时刻。二战胜利后，美国政府作出一个重要决定，即给那些经过枪林弹雨的军人提供上大学进修的机会。在和平的阳光下，那些把肩章统统撤掉的上校和下等兵不分彼此地同坐在一间教室里读书学习，这一情景让人不由生出无限感慨和激动。恢复高考后的景象与这比较相似。当时，我们同一个班的同学，年龄相差最大的近20岁。10年动乱结束了，大家不分长幼坐在一起如饥似渴地学习，要把宝贵的光阴夺回来，那的确是一个激动人心的时刻。

余玮：为什么报考的是安徽大学经济学专业?

顾海良：有《资本论》的底子，喜欢思考中国的经济社会问题，数学基础也不错，就报了经济系。大学毕业后，我就考入了中国社会科学院研究生院经济系，师从著名的《资本论》研究学者田光教授，继续经济学的学习和研究。田光教授深厚的学术底蕴、严谨的治学态度和优良的学术品质，给我极其深刻的影响，也成为我经济学研究所追求的境界、风格和品质。我这一辈子很幸运，后来在中国人民大学教书时，又得到宋涛、卫兴华等著名学者的指导。他们在为人、为事、为学方面给我帮助不少。

余玮：您长期在教育系统工作，直接经历了中国高等教育发展的一件件大事，比如恢复高考制度、建立从本科到硕士再到博士这一套完整的学位体系、高等教育实现从精英教育向大众化教育的转等等。您如何看待当前的中国高等教育？

顾海良：我认为，恢复高考30多年来，是中国高等教育发展最快、变化最大的一个阶段，现已基本形成了完备的体系，总体发展是健康的，符合教育发展的规律。当然，中国高等教育的发展阶段与发达国家存在错位现象，但是我们不能脱离中国现实的发展阶段来作跨越式的国际比较，也不应该把精英教育的标准作为衡量大众化教育的标准。我们应当努力探索有中国特色的高等教育之路，而不是简单移植或照搬外国普及化高等教育的经验。

精英教育是象牙塔，一旦进入大众化教育，民众的参与将变得很重要。大学的治理结构必须随之改变。大众化教育的特点一方面表现在它的开放性，大学不能再办成封闭的象牙塔，大学的研究应该与整个国家的经济建设和社会发展紧密结合起来，其学术成果应该走出书斋，为社会服务。另一方面表现在社会的参与程度也在加强，大学管理要顺应时代的变化自觉进行自我调整，从主要依靠专家、教授的旧模式中转变出来，建立学生参与、专门的教育管理专家参与、校友参与、社会人士参与的新模式。

◆◆ 幸福美满而事业有成的一家三口，图为顾海良全家福

余玮：从您的履历看，您的经历非常丰富，当过农村会计、生产队长、乡村老师、所长、教授、司长、党委书记、校长等等，您认为哪一个阶段对您后面的路影响比较大？

顾海良：我在农村教过复式班，不同年龄、不同文化程度的孩子们在一个班上课，我要把他们安排得井井有条、各学所需而又互不干扰。这种经历为我今后的教学积累了丰富的经验，使我学会因人施教，能让学生得到最大的收益。后来我又在中国人民大学教书，像我这样教过小学生、中学生、大学生、硕士生、博士生的教授，全中国恐怕都不多见，我知道吕叔湘先生有过这样的经历。

回望来路，感慨良多，每一步其实都在选择。总体而言，还是当知青那个阶段对我后面的路影响比较大。

◎ “丰收”二字写在事业和家庭的“封面”上

作为校长的他爱同学生在一起，经常与学生对话。他认为，校长对学校的领导，首先是思想的领导，然后才是行政的领导。作为家庭成员的他，有着独特的“教女经”，生活中的他有着诗意的浪漫和运动的快乐。10个字的人生哲学简单而丰富。作为学者的他，曾主持过多项国家社科基金重大项目，并担任中央马克思主义理论研究和建设工程项目“‘三个代表’重要思想的科学内涵和精神实质”首席专家、“马克思主义经典著作基本观点研究”课题组首席专家、“马克思主义经济学说史”首席专家，是中央和教育部多个社会科学研究重点项目负责人。在顾海良看来，“躺在马克思主义的身上”和“站在马克思主义的身边”的区别就是，前者倾向于把马克思主义教条化，后者立足于马克思主义的发展和创新。

◆◆ 1982年，顾海良与张雷声因共同的事业走到一起

余玮：这一路走来，您认为对自己影响最大的人是谁？

顾海良：父亲对我影响最大。我的父亲曾是上海纺织机械厂厂长，是搞技术出身的，母亲是普通的纺织工人。父亲为人坦荡、为事坚韧不拔，这方面对我影响很大。

余玮：对您影响最大的事又是什么呢？

顾海良：对我影响最大的事，应该是从上海去安徽和县农村，当了9年的知青。

余玮：您小时候的梦望是什么？如果儿时的梦望没有成真是否遗憾？

小时侯我的梦想是做一个自然科学家，因为我数学基础很好。上海中学历史悠久，是全上海最有名气的中学，我是尖子生。如果不是“文革”，也许我儿时的愿望会实现的。

余玮：能否透露一下，您的孩子是学什么专业的？受您的影响大吗？

顾海良：我的女儿读的是国际贸易专业，目前在法国攻读这个方向的硕士。应该说，她受我和她妈妈的影响都大。我和我夫人的学术历程相同，都是从事经济学和马克思主义理论教学与科研工作的。

余玮：您作为一位教育家，您的家庭教育经能否介绍一下？

顾海良：成功的“教育经”谈不上。我的家庭“教育经”说来也很简单，就是让孩子全面发展、自由选择，不注重分数排位。女儿在人大附中读高中时，全班40多人，我们希望她能够保持在第15名左右就行，不要求她一定名列前茅，成绩能在中等偏上就够了。这种宽松的环境，有助于养成她爱好广泛、知识面宽、自学能力和适应能力较强等特点。

余玮：我看，其实您给予学生、老师的空间也是很宽松的。

顾海良：应当给他们更多的自由发挥空间。尤其是学术研究，环境更要好一些，应允许探索，允许失败，以理解、宽容、保护的心态对待大家。

余玮：听武大党委宣传部的同志讲，您的夫人是中国人民大学马克思主义学院党委书记兼副院长？你们是老乡加同学吗？

顾海良：我夫人张雷声是在人民大学马克思主义学院工作，我们是大学同学，不是老乡，她是安徽芜湖人，小我3岁。我们当年谈恋爱有些意思。在安徽读大学的时候，我学习成绩比较好，特别是外语老师知道我英语成绩比较好，就干脆主动劝我不用上英语课了，但每次考试我都是100分。当时，我经常不上课，选修了不少哲学方面的课程，包括黑格尔的《逻辑学》等。课尽管可以不上，但试是要考的。每到考试之前，我都必须找同学借笔记，慢慢地就逐渐固定在张雷声身上。时间长了，她就会主动帮我抄一份，或提炼出一些要点，以方便我在短时间内迅速掌握，应付考试。就这样，一来二去，不知不觉之中我们便谈起了恋爱。这应该是“学为媒”吧！我们那个时候谈恋爱是“地下”的，不像现在的大学生这么自由、公开。哈哈！

余玮：您的人生格言或座右铭能否向我们的读者透露一下？

顾海良：我信奉的人生哲学很简单，那就是求真、求实、求新、求善、求美。

余玮：在生活中或工作中，您最不能容忍的是什么？

顾海良：我最不能容忍的是两种人，不学无术的人和文过饰非的人。

余玮：您能否介绍一下生活中有哪些情趣和爱好？最喜爱的运动项目是什么？

顾海良：由于工作繁忙，许多情趣和爱好都无从发展，渐渐地也少了些锻炼的机会。从审美情趣的角度看，我对于文学、戏剧（如话剧、歌剧）比较感兴趣。抽空也喜欢打打保龄球，与同事或学生唱唱卡拉OK。

余玮：早年是否也是文学青年出身？

顾海良：年轻人都爱文学，特别是诗歌，我也不例外。1966年5月，我还在念初二，在《萌芽》发过了一首短诗，歌颂英雄主义的，可以说是我的处女作。

余玮：现在您最爱阅读哪方面的书？

顾海良：平时我看得比较多的书是理论经济学方面的。作为大学管理者，需要潜下心来做些研究。我也看一些国内外关于高等教育、大学治理等方面的书。

我经常翻阅的两本书是马克思的《资本论》和罗曼·罗兰的《约翰·克里斯朵夫》。当我在学术上有疑虑时，我就查看《资本论》；当我生活和工作上有苦恼时，我就翻《约翰·克里斯朵夫》。

余玮：您平时上网多吗？

顾海良：经常上网，了解时政信息和教育动态，我乐于在线回答师生的问题。学校有BBS，我经常上，看看学生、老师们在关注些什么、有什么反响。网上有指名道姓地批评、甚至责骂我的，我要求网管全部保留，我要了解真实的情况。网上有我的网址，师生的提问我自己看，自己答复。我一直都在想，用什么样的方式跟学生交流才能让学生们产生真实感。

余玮：人民网“强国博客”的负责人知道我要采访您，希望您能在他们那里开博客。您能否接受他们的邀请？

顾海良：很好的，在人民网开博客。这个网站权威、主流，记得总书记也在这个网与网友互动过。不过，我开博后，可能没有更多的时间打理。

余玮：感谢您欣然接受在人民网开博。从公开的简历上，我看到您是中国《资本论》研究会副会长。请问，您是什么时候开始接触《资本论》的？

顾海良：《资本论》是马克思花费毕生精力和心血写成的马克思主义经典著作，也是马克思一生从事经济学科学研究的主要著作。在安徽和县插队时，为了丰富自己的精神世界，培养自己的理论思维能力，也为了深刻地理解那一时代的各种经济、社会现象，17岁的我开始读起《资本论》来。对于一个初中还没毕业的学生来讲，读《资本论》确是一件不容易的事。冬去春来，我凭着坚强的毅力，克服了各种困难，写下了一本本读书笔记。在农村生活的9个年头，我不仅数十遍地通读了《资本论》原著，写了近40万字的笔记，而且还读了大量的经济学、哲学、历史学和文学著作。

余玮：您认为，马克思主义学说创立100多年以来，特别是新世纪以来，这个理论遇到过什么样的新情况、新问题？应当如何解释？

顾海良：近年来，有人说马克思主义学说已经“过时”，说关于《资本论》的理论已不能解决现实问题，这些说法不科学，甚至可以说无知。其实，马克思主义学说、《资本论》阐述的一系列理论结论，在现代仍然是科学的，依然闪耀着真理的光芒。不过，我们要站在马克思主义的身边，而不是躺在马克思主义的身上。马克思主义从创立以来，已经有100多年，它遇到了许多100多年前所没有见到甚至不能想像的新情况、新问题。面对这种现实，我们不能躺在马克思主义的现成结论上，把它当作一成不变的绝对真理，而是要随着实践的发展而不断发展。但是，这决不意味着马克思主义的基本原理已经过时。

马克思不赞成俄国革命者把《资本论》变成一种“历史哲学”，认为不同的历史环境得出的应该是不同的社会发展理论。要把社会演变中的特殊现象一个一个加以研究，就会找到理解这些不同的历史环境的事变的“钥匙”。这就是说，我们要把马克思主义的科学原理同它的科学精神联系起来，注重历史、理论和现实的结合，形成理解和把握《资本论》的多维视角。新世纪以来，经济社会的发展，特别是经济关系和经济过程的发展，不断丰富和创新着马克思经济学已有的理论结论和基本科学原理。所以，我们应该从新的历史起点上从社会经济关系新的实际出发，破除对马克思经济学的“教条式”理解，并澄清附加在马克思经济学名下的各种偏颇理解和错误观点。

余玮：这些年来，您曾获过大量的奖项。在所有的奖项中，您最看重的是哪个奖？为什么？

顾海良：我尽管曾经获过“五个一工程”奖、中国图书奖、国家教委“国家级教学成果奖”等一些奖项，但是我比较看重的是与夫人合著的《马克思劳动价值论的历史与现实》这部学术著作所获得的第四届普通高校人文社科研究优秀成果一等奖和第五届吴玉章人文社会科学奖一等奖，毕竟这部书自己投入的精力太多太多。马克思留下了很多需要我们探讨的理论问题，为我们当代的马克思主义理论研究者展示自己的理论才华留下了很大的空间，我们需要花大力气进行研究。

（陪同采访的武汉大学党委宣传部负责人插言：顾校长早年作为第一主编和最终审稿人完成的《世界市场全书》，以市场和市场体系为切入点，多视角地展示了世界各国和地区市场经济体制发展的全貌，曾被誉为展示世界市场的“清明上河图”，曾获“中国图书奖”。）

余玮：听学校的师生讲，每年学生毕业离校您都要与他们谈谈心、讲讲话？

顾海良：学生离校，应该说几句话。在毕业典礼上，和同学们分享桃李的芬芳，共话别离的眷恋。在临别之际，我作为师长，也作为他们的朋友，应当提出一些寄语和期望。

余玮：一般具体谈哪些方面的话？

顾海良：“吾生也有涯，而知也无涯。”毕业不是学习的终结，而应该是新的学习阶段的开始。我总是希望他们能够永远保持一颗进取之心，脚踏实地，追求卓越。同时，希望毕业生走出去后能够时刻坚守一份责任之心，甘于奉献，勇于担当，能够以豁达的心态直面人生的高潮与低谷，以宽容的性情对待人生的失落与坎坷，始终自信地去成就有意义、有价值、有创造的未来。我想，珞珈山是每一个武大人永远的精神家园！希望武大走出的同学能常回来看看！母校会永远关注他们、支持他们、欢迎他们！

余玮：请您对具有鲜明历史特点的七九级学生作些简要的评价。

顾海良：这是与七七级、七八级有所不同的一届。从七九级开始，应届高中生开始居多，老三届等大龄学生成为少数，大都有着丰富的阅历和比较成熟的思想，无形中对应届生产生一些潜移默化的影响。总体而言，这个群体具有一种被选择的精英意识、使命感和责任感，关切国家、民族的未来，也有理想主义的一面，还比前两届更具活力，多了几分年轻人的朝气蓬勃和开放进取意识。

校长是学校的组织者、管理者、服务者，是学校的引领者、决策者和设计师。这位经济学教育背景出身的大学校长，有着人文知识分子典型的治校思路。“教育家办学”是顾海良的追求，他前瞻着、实践着。武汉大学这所百年名校正在他的执掌下悄悄地发生着变化，开始焕发新的风采……

人生◎手记

顾海良主政武大时，对网络言论十分开放。“只要不是人身攻击，不是造谣生事，都不允许删帖，哪怕言语有点过火。”顾海良说，“其实，作为学校的主要领导，特别是在网络时代，要有良好的心态和心理素质，好话坏话都得听。”

2010年12月，顾海良被调任教育部党组成员（副部长级）；2011年1月6日教育部党组任命顾海良为国家教育行政学院院长。这位有经济学背景的马克思主义理论家、中央马克思主义理论研究和建设工程首席专家开始在新的岗位挑战新的人生高度。

一头花发，两袖清风。中共中央组织部在他离任武汉大学校长一职时对他如此评价：“顾海良同志由于一心工作，长期劳累和缺少家人照顾，身体健康受到影响，组织上从关心爱护干部出发，决定调他回京工作。”

教育要培养创新型人才，就是让学生的天性自由地成长，创造性地发挥，张扬个性，减少共性。顾海良认为，“官本位”的文化和意识会严重影响和阻碍杰出教育家的出现和成长。在他眼里，政府强调政令畅通，上行下效，这和学校的文化价值正好背道而驰。学校教育一旦“官僚化”，无论对内对外，学校必然成为行政系统的附属组织，以官为本的观念占领校园，学术批判、理性精神缺失，行政权力代替学术影响，严重影响学术研究和创新能力。反对“官本位”的顾海良将自己对教育的思想、理想、感情、精神融入到学校的创新实践中，又在创新实践中不断生成新的智慧，形成新的创新实践的基础。

王利明

跋涉在为“民”鼓与呼的路上

·代表档案·

王利明，著名民商法专家。1960年2月出生于湖北仙桃，1981年12月毕业于湖北财经学院法律系。历任中国人民大学法律系副主任，法学院副院长、院长；现为中国人民大学党委副书记兼副校长、教授、博士生导师，**系第九、十、十一届全国人大代表**，第九届全国人大财经委员会委员，第十届、十一届全国人大法律委员会委员；兼任国务院学位委员会法学学科评议组召集人、教育部全国高等学校法学学科教学指导委员会副主任委员、最高人民法院特邀咨询员、最高人民检察院专家咨询委员会委员、中国国际经济贸易仲裁委员会副主任、中国法学会法学教育研究会副会长、中国法学会审判理论研究会副会长、中国法学会民法学研究会会长等职务，《中华人民共和国民法典》起草小组成员；是“长江学者奖励计划”特聘教授，“新世纪百千万人才工程”国家级人选，享受国务院政府特殊津贴。

王利明 跋涉在为“民”鼓与呼的路上

合同法、专利法、产品质量法、物权法、侵权责任法……一部部重要法律的起草或修订工作，都凝聚有王利明和法律界同仁的心智。在每一部重要法律的制定过程中，针对重大的、根本性的理论问题，如果立法上的认识有偏差，王利明总是秉持学术良心，顶住压力、据理力争。

中共中央政治局集体学习、全国人大常委会法制讲座、最高人民法院专题讲座……王利明曾经多次走上共和国的最高讲坛，以自己的学术思想为国家的决策层提供法治建议。

王利明的学术历程，浓缩改革开放以来中国民商事立法的历程。爱好登山的他，一直跋涉在为“民”鼓与呼的路上，他无愧中国民法典的“助产士”！

◎ 亲历物权法的艰难诞生

2799票赞成，52票反对，37票弃权。2007年3月16日，十届全国人大五次会议高票通过《中华人民共和国物权法》。这部历经14年立法、8次审议的法律，凝结着王利明和众多法律学界人士的心血。物权法立法以其历时之久、社会参与度之高、争议之激烈在中国立法史上是空前的。

这部法律为什么会受到如此大的关注？作为物权法主要起草者之一，王利明说："人与人之间的社会关系，最根本的就是财产归属和利用关系。物权法是一部关乎国计民生的基础性法律，涉及广大人民群众的切身利益，触动了社会的每个神经。可以说，大到一所房子，小到一针一线，都是物权法调整的对象。所以，在起草过程中出现了各种争议，这是非常正常的。"

物权法是王利明始终关注的领域。1997年，王利明被通知着手组织起草物权法草案专家建议稿。此前，中国社会科学院法学所已受托起草物权法草案专家建议稿。在全国人大常委会法工委组织的第一次专家讨论会上，王利明对社科院专家建议稿中"将所有权分为动产所有权和不动产所有权"的分类方法提出不同意见，由此另外成立课题组，并于2000年底拿出第二份专家建议稿。这份建议稿按"国家、集体和私人"划分所有权，即"三分法"。"三分法"的提出，在学界掀起讨论。

"讨论很激烈，但最终学者们基本达成共识，认为动产与不动产的划分，更多考虑的是物权法本身作为法律规则独立发挥作用；而三分法源于现有3种所有制形态，重视意识形态和现行政策，比较接近中国法律特点。"王利明回忆说。2001年底，全国人大常委会法工委在两份专家建议稿的基础上形成了物权法草案（征求意见稿），体例以社科院专家建议稿为主，所有权设计吸收了"三分法"。

在长期对物权法的基本理论问题进行系统研究的基础上，1998年他出版了《物权法论》。此后，王利明又对我国物权法起草过程中的一些重大疑难问题进行了深入探讨，出版了《物权法研究》一书。在全国上下都在讨论物权法的热潮中，作为民商法专家的王利明更是分身乏术，立法机构、媒体、院校、行政机关纷纷邀请他们去讲学、解惑。

物权法首次规定土地承包经营权是物权，同时也规定任何单位在征收土地时，要对承包经营权人进行补偿。王利明认为，土地承包经营权明确为物权之后，有利于保护农民对土地的长期投资与改良，促进农业经济的持续发展。农民可以在法律规定的范围内，对所承包的土地行使充分的占有、使用、收益以及依法处分的权利，对承包权进行转包、出租、互换、转让等，从而促进土地流转，提高农地经营效率。

现在农民工大量进城，农村宅基地长期闲置；与此同时，一些城镇居民希望到乡下居住、种地。但目前物权法并没有放开农村宅基地使用权，王利明说物权法之所以这样考虑，主要有两个原因，一是严格保护耕地，我国地少人多，应当实行最严格的土地管理制度。一旦宅基地市场放开，有可能会导致村干部利用职权多占宅基地，从而导致耕地的大量流失。二是保护广大农民的安身立命之本，实际上是保护农民的长远利益。目前，我国农村社会保障体系尚未全面建立，农村居民在失去宅基地和住房，大量涌入城市之后，城市确实无力提供足够的社会保障，因而会给城市带来一系列的社会问题。物权法的规定既维护了现行法律和现阶段国家有关农村土地政策，也为将来条件成熟后，修改法律和调整政策留有余地。

中国的不动产权利比较特殊，从法律上看，房子的所有权是没有期限的，但土地使用权却是有期限限制。土地使用权的期限性与所有权的永久性，是财产法律制度中的一对矛盾。王利明说，为了解决这一矛盾，物权法规定，“住宅建设用地使用权期间届满的，自动续期”。至于住宅建设用地续期后，是否支付土地使用费，王利明说该问题关系到广大群众切身利益，需要慎重对待，物权法对此未作规定，届时可以根据实际情况再作慎重考虑。

曾有舆论认为，物权法保障了富人的财产和富人阶层的利益。王利明说，这种说法有一定片面性。“物权法平等保护国家、集体、私人的财产，不只保护私有财产，它平等地保护所有的人，不只是富人，也包括了对穷人的保护。它鼓励人们通过合法途径取得财产，树立了一个鼓励人们创造财富爱护财富的理念。”他说，物权法第一次在法律上采用了“私人所有权”的概念，所谓私人所有权，就是指公民个人依法对其所有的动产或者不动产享有的权利，以及私人投资到各类企业中所依法享有的出资人的权益。私人所有权是私人所有制在法律上的反映。我国物权法关于私人所有权的概念，实际上已经突破了当时宪法的表述，扩张了对个人所有权保护的范围。当然，物权法对私人所有权的保护，主要还是侧重于公民个人房屋、存款、有价证券等财产的保护，而且在平等保护原则之下，体现了对生存利益的特别保护。

在世人所广泛关注的物权法起草过程中，关于国家所有权和个人所有权是否应当平等保护问题曾引起过社会的广泛争议。王利明在这场事关物权法命运的争论中挺身而出，在各种场合大声呼吁物权的平等保护，主张平等保护原则是物权法的基本原则，他的主张代表了学界的主流观点，也代表了大部分民众和立法者的观点。

言及物权法对私人所有权保护的特点，王利明掐指而数：第一，完善了预告登记制度，强化了对业主权利的保护。第二，第一次规定了建筑物区分所有制度，强化了对公民房屋所有权的保护。第三，完善了征收征用制度，强化了对被征收人利益的保护。物权法对于征收、征用的条件程序以及补偿都作出了相应的规定，这就有效地避免了政府滥用公权随意侵害人民群众的合法权益。第四，物权法的占有制度，也对公民的私人所有权形成了周密的保护。

“物权法的艰难诞生是立法民主的最生动体现。”王利明难忘起草物权法的过程。一波三折之后，广为关注的物权法终于经第十届全国人大第五次会议通过，并于2007年10月1日起施行。作为物权法专家建议稿的主要起草人之一，王利明在物权法的起草和制定中发挥了重要的作用，见证并推动了物权法的立法进程，因此他被获选“2007年十大年度法治人物”和“2007年度法制新闻人物”。

◎ 最高讲坛上向最高决策者献言立法

王利明曾经多次走上共和国的最高讲坛，为中共中央政治局和全国人大常委会作法制讲座，以自己的学术思想为国家的决策层提供法治建议。

◆◆ 王利明（左一）出席全国人民代表大会

1998年3月6日，九届全国人大一次会议第二次全体会议在北京人民大会堂举行。代表们表决通过关于设立九届全国人大专门委员会的决定，王利明当选为第九届全国人大财经委员会委员。一个月后，即1998年4月7日上午，李鹏委员长在听取全国人大财经委的汇报时，王利明的发言给他留下了深刻印象，《李鹏人大日记》中记述："中国人民大学法学院副院长王利明主张修改法律、进行立法解释与制定新法同等重要。"

2002年8月31日，王利明向九届全国人大常委会做了《物权法律制度》的报告，提出了有关物权立法的建议。2004年4月6日，王利明应邀为第十届全国人大常委会讲授《企业破产法律制度》。两个月之后，备受关注的企业破产法草案首次提交审议，这部历经10年起草的重要法律正式进入了立法程序。

2004年4月26日下午，十六届中共中央政治局在中南海怀仁堂进行第12次集体学习。集体学习的"教室"设在怀仁堂的一个不算大的会议室，参加学习的领导按由外向里、由后到前顺序，依次是各部委领导、中央政治局委员、中央政治局常委围坐在同心椭圆型的圆桌四周。

王利明和北京大学教授吴志攀作为主讲人就法制建设与完善社会主义市场经济体制的有关问题进行了讲解，并谈了自己对这个问题的研究体会。中共中央总书记胡锦涛坐在椭圆桌最内的前头，讲课专家正好在对面的另一头。

胡锦涛在主持集体学习时强调，改革发展稳定的任务越是繁重，越要增强依法治国、依法执政的自觉性和坚定性，越要注重维护法制的统一和尊严，依法处理和解决各种矛盾和问题，引导和规范各种社会行为，为全面建设小康社会、不断开创中国特色社会主义事业新局面提供有力的法制保证。

"要适应社会主义市场经济发展、社会全面进步的需要和我国加入世贸组织后的新形势，大力加强立法工作，提高立法质量，特别是要进一步建立健全市场主体和中介组织法律制度、产权法律制度、市场交易法律制度、信用法律制度，以及有关劳动、就业和社会保障等法律制度，加快形成中国特色社会主义法律体系。要坚持以人为本、全面、协调、可持续的发展观，在立法工作中体现统筹城乡发展、统筹区域发展、统筹经济社会发展、统筹人与自然和谐发展、统筹国内发展和对外开放的要求。要积极推进司法体制改革，强化司法监督，维护司法公正，提高执法水平，确保法律的严格实施，保障在全社会实现公平和正义。要进一步加强各项监督制度建设，把党内监督、专门机关监督、群众监督和舆论监督紧密结合起来，保证把人民赋予的权力真正用来为人民谋利益。"胡锦涛总书记在集体学习上的讲话至今回响在王利明的耳畔，他矢志学术报国，不断加强学习和研究，与法界同仁不断解决依法治国实践中的新情况新问题，全力推进依法治国的步伐，为和谐社会的构建贡献自己的聪明才智。

王利明在讲解中，注意到中央领导同志对有关法律问题十分感兴趣，对不少问题有深入的研究。原定讨论和提问时间只有30分钟，结果远远超时，花了近1个小时。让王利明感动的是，他们对社会主义法治建设十分关注，提问有深度。

2007年3月23日下午，十六届中共中央政治局进行第40次集体学习。王利明作为物权法的主要起草人以主讲人的身份站在怀仁堂的讲台上，就关于制定和实施物权法的若干问题进行了讲解，并谈了实施好物权法的意见和建议。

作为民商法律制度的核心内容，物权法对于我国社会主义市场经济的基础作用表现在：一是物权法构建了产权制度的基本框架。市场是交易关系的总和，社会主义市场经济体制的构建首先要求产权清晰、权责明确，这样市场交易才有可能顺利进行。物权是最重要的产权类型，物权法确认了各类物权，就为市场交易确立了法律前提，为市场的正常运行奠定了法律基础。二是物权法确定了平等保护原则，以维护市场主体的平等地位和基本财产权利。根据该原则，各类市场主体在享有、行使物权以及权利遭受侵害的情况下都要遵循共同的规则，这也是市场经济的内在要求。三是物权法着重维护市场秩序和交易安全。当前，市场交易中存在的一些混乱现象，与物权方面的法律制度不完善是相关的。物权法规定的公示原则、所有权移转规则、善意取得制度等，对于维护交易安全、整治市场秩序具有重要作用。王利明在讲解中认为，颁行物权法是社会主义市场经济体制的基本要求；有利于鼓励人民创造财富，实现民富国强；有利于为社会主义市场经济发展构建良好的社会环境；是完善社会主义市场经济法律体系的重要步骤。物权法颁行之后，如何将“纸面上的法律”转为“现实中的法律”，王利明也谈了自己的看法。

中共中央总书记胡锦涛在主持中强调，实施物权法，最根本的是要从我国社会主义初级阶段的国情和实际出发，全面准确地把握并坚持和完善国家基本经济制度，重点针对现实生活中迫切需要规范的问题统筹协调各种利益关系，切实维护好最广大人民的根本利益，促进社会和谐。

物权法通过1个星期后即举行集体学习，足见中央领导对这部法律的宣传与实施之重视程度。“中央领导专门就对一部法律进行专门的学习，这还是第一次。我感受特别深切的是，他们对百姓利益十分重视，对民生高度关注。”王利明认为，中央集体学习本身就是科学执政、依法执政的一种体现。

在最高人民法院举行的专题讲座上，王利明就物权法生效后可能出现的新类型案件、人民法院如何适用平等保护原则、物权法的公示公信原则等问题作了精彩的讲演。

◎ 助推中国民法典的问世

物权法的问世，使得关系到公有和私有财产的地位权衡，关系到非公经济的发展、国有资产的保护、土地政策的延续与突破等等一系列至关重要的问题之破解。面对错综复杂的利益和公有制经济下形成的诸多传统观念，这部被誉为“社会主义市场经济的基石”的法律能够出台，本身就是一种突破，但物权法所涉及的一系列问题，也有待民商法律制度体系的进一步建设，有待民法典的尽快推出。

1993年3月，王汉斌任第八届全国人大常委会副委员长。一天，王汉斌召集王利明和著名法学家江平、王家福、梁慧星及几位法院工作的同志开会，说：“这十几年来我一直跟着彭真抓立法工作，现在最不放心的就是民事法的立法工作。”

新中国成立后，共有过几次民法典立法活动。20世纪50年代初和60年代初的两次，均因政治运动而中断。1979年，彭真恢复工作后，被补选为全国人大常委会副委员长，并兼任全国人大常委会法制委员会主任，再次主管立法工作。当时，王汉斌任法制委员会副秘书长，是彭真的重要助手。是年11月，全国人大常委会法制委员会之下成立民法起草小组，开始了第3次的民法典立法活动，共有五六十位民法学家参与，至1982年5月起草了民法典草案1至4稿。由于当时经济体制改革刚刚起步，社会生活处在变动之中，关于民法典的立法，各方面迟迟未能达成大致的意见，民法典的立法活动只好暂停。彭真因此提议：民事立法由“批发”改“零售”；在一时难以制定一部完善的法典的情况下，先分别制定民事单行法，待条件具备后再制定民法典。

王汉斌找王利明等开会之时，城市改革的方向已经明晰，国有企业的自主经营权也已确立，民事立法面临一个比较好的时机。当时决定成立一个民间机构“民事立法研究组”，挂靠在人大法工委民法室。“民事立法研究组”成立之后，就坐下来讨论该怎样开展工作。在民事法体系中，已经有民法通则、继承法、婚姻法、收养法，还有3个合同法。接下来要起草哪一部法？大家认为，最主要的有两个，一个是债权，另一个是物权。从难易程度看，确立物权在当时还难一些，之前的民法典草案尚没有“物权”的字眼，均用“与所有权有关的财产权”来代替。草拟合同法比较简单，1981年、1985年和1987年我国相继颁布了经济合同法、涉外经济合同法和技术合同法，这3个合同法统一一下就行。于是，研究组就决定首先起草统一的合同法。

从某种程度上说，王利明的学术历程，是改革开放以来中国民商事立法历程的缩影。他先后参与了《经济合同法》、《合同法》、《专利法》、《产品质量法》、《物权法》等大量重要法律的起草和修订工作，向全国人大提交了《审判方式改革中的民事证据立法问题探讨》、《加入世贸组织与我国法制建设》、《论社会保障立法》、《物权立法：采纳物权还是财产权》、《关于产品质量法修正案（草案）的几点意见》等咨询报告，为完善我国的民商事立法提出了众多建议。作为最高人民法院、最高人民检察院等司法机关的专家顾问，王利明长期为最高人民法院等司法机关的司法改革、重大疑难案例提供咨询，承担了大量的司法解释的论证、起草等工作。

“自古以来，中国不缺少刑法的传统，不缺少国家管制的传统，缺少的是民法的传统。”在王利明的心中，民法的核心精神就是平等、自由和对权利的尊重。

1998年1月，主持立法工作的全国人大副委员长王汉斌组织成立了由6位专家、两位退休法工委干部和1位法官组成的民法典起草小组。他们的任务是起草民法典和物权法。这是王汉斌卸任前做的最后一件大事。

从合同法问世后，王利明就着手中国民法典的制订工作。“1998年年初成立了一个起草班子，我也参加了这方面的工作。改革开放的深入和市场经济的发展，迫切需要有一部能全面调整市场经济条件下平等主体之间的财产关系、人身关系的民法典。这是我国经济和社会发展的迫切需要。”

早在1984年，王利明留校中国人民大学任教之时，适逢我国酝酿、起草《民法通则》，其主要起草者就是王利明的博士导师佟柔教授。王利明协助导师就《民法通则》中涉及的问题作了大量研究，开始形成自己对民法体系的看法和认识。1986年，他和郭明瑞等合撰的《民法新论》在法学界产生广泛影响，成为民法研究生的必读书目。

王利明说：“《民法通则》的制订尽管也解决了一些基本规则问题，但毕竟内容过于简略，仅仅156条，而国外的民法典通常都是数千条。由于我们在立法方面历来主张宜粗不宜细，所以许多规定都非常原则，不便于实际操作。这样给法官的自由裁量权太大，同一个案子不同的法官会有不同的裁判。这固然有法官素质的问题，但是立法过于原则、简略也是一个重要原因。通过制订民法典，有助于减少、克服司法腐败、裁判不出的问题。使法官裁判的正与否有了一个判定的依据和标准。另外，我们现在有不少单行的民法和经济法律、法规，还有大量的司法解释、国务院各部委的规章、地方政府颁布的地方性规章等。这些司法解释与行政规章有的还极冲突。通过制订民法典，可以使民法体系化，有效地解决单行民事和经济法律、法规彼此间的冲突和协调。”

对于如何构建中国民法典的体系问题，民法学界存在广泛而热烈的争论。作为《中华人民共和国民法典》起草小组成员，王利明认为，中国民法典的体系应当由民法总则、人格权法、亲属法、继承法、物权法、债权总则、合同法、知识产权法的一般规定、侵权行为法构成。

王利明主持起草的《中国民法典草案学者建议稿》，因其贴合中国的实际国情，与现行经济制度、宪法规定等衔接较好而受到学界和立法机关的重视，“体现作者根基于中国现实之社会需要及当代社会发展之实际，谋求在理论上和制度上深入创新的学术品格”。

“民法的基本原则是平等、自愿、公平、诚实、信用，民法强调民事主体的平等和多元，强调民事活动的自愿和自负责任，强调权利义务的统一以及个人利益和社会利益的协调。在计划经济条件下，民法生不逢时，只有改革开放，才迎来了民法的春天。”创建中国自己的民法学体系，始终是王利明孜孜以求的理想。王利明始终认为，我国的民法学应当创建自己的体系，具有将辉煌的中华法系发扬光大的历史责任。我国的民法学需要大量借鉴两大法系的先进经验，但不能完全照搬照抄。人贵在自立，国家和民族尤其贵在自强。我国的民法，也应当在世界民法之林中有自己的重要地位。

◎ 侵权责任法“呱呱坠地”的幕后

2009年12月26日，备受关注的《侵权责任法》经十一届全国人大常委会第十二次会议审议通过，于2010年7月1日起实施。这部与物权法一样核心在于保障私权、在社会主义法律体系中起支架作用的法律，跨两届人大、历经4次审议后终于面世。它对包括生命权、健康权、隐私权、专利权、继承权等一系列公民的人身、财产权利提供全方位保护，其中许多内容是法律上第一次作出明确规定。

一般民众可能不知道，在侵权法草案制定之初，首先遇到的就是名称问题。到底称为“侵权责任法”还是“侵权行为法”，学理上对此存在不同的观点。王利明倾向于使用“侵权责任法”。

他分析说，首先，侵权行为法更多地强调为自己行为负责，而现代社会，人们越来越多地要为他人行为负责，采用“侵权责任法”的提法就可以将这些为他人行为负责的情形包含进来。例如，雇主责任、监护人责任、违反安全保障义务的责任等都不是由行为人承担责任，而是由其他人承担责任。仅仅根据为自己行为负责的理论是无法解释的。其次，侵权行为法更多地强调过错，而时至今日，公平责任、危险责任等日益增加，采取“侵权责任法”的提法就可以很好地包含这些不以过错为要件的责任形态。第三，侵权行为的类型化，是对责任类型的规定，而不是责任构成要件的规定。行为是引发责任的要件之一，除了行为之外，还有其他的责任要件。因此，特殊侵权形态，是特殊侵权责任，而不是特殊侵权行为。

对于侵权责任法如何定位，王利明的理解是：侵权责任法在当代重要的发展趋势就是以受害人为中心，强化对受害人的救济。由此，侵权责任法的整个制度构建、设计都要从受害人出发。“在侵害物权的情况下，物权法可以规定物权请求权。而侵权责任法同样可以规定侵害物权的各种责任形式；在侵害知识产权的情况下，知识产权法中可以规定知识产权的请求权，比如说停止侵害，侵权责任法也可以规定各种责任形式。对受害人提供全面的救济和保护是必要的。”

自1988年以来，王利明就开始撰写有关侵权行为法的论著，为我国侵权法内容和体系的构建奠定了基础。其《侵权行为法归责原则研究》、《民法·侵权行为法》曾获得教育部优秀成果和优秀教材奖。近年来，王利明还先后主编出版了《民法典·侵权责任法研究》、《人身损害赔偿疑难问题》，对我国民法典侵权行为法以及相关司法解释的起草具有重大的推动作用。

侵权责任法最早作为“民法典”草案的一编，于2002年进入立法程序。当时，王利明提交了侵权责任法草案的第一稿，草案多达233条，涉及面很宽。同年12月，首次提请九届全国人大常委会会议审议。随后，王利明组织人大法学院就相关问题进行了大量调研，还与国外合作进行研讨。

2008年12月，《侵权责任法》二审稿才进入了立法机关的视野，在十一届全国人大常委会第六次会议进行了审议。第二次审议之后，进入了起草的第三阶段，对《侵权责任法》草案进行了反复研究，召开了一系列的国际、国内研讨会，充分进行论证，在2009年10月进行了第三次审议。

在审议阶段，法律专家和社会公众围绕侵权责任法草案展开了很多讨论和交锋。作为起草人之一，王利明认为，侵权责任法简单地讲就是保障私权利的法律，涉及各界利益的平衡，争论当然会比较大。

对于交锋比较激烈的医疗损害责任问题，王利明的看法是，从草案相关规定看，对原告患方而言，减轻了举证困难，但其仍然要证明被告即院方有过错；对被告院方而言，则因为实行过错责任原则，与原来相比其责任得到缓冲。过错与因果关系的举证责任由医患双方分担，既要保护患者，也要保护医院、医生。比起现行的举证责任倒置等规定，草案的选择更加平和。

从近年热点侵权案件中，每一个权利人都在通过不同的途径，寻求不同的方法，积极维护自己的权利，但维权结果不尽如人意。这与现有法律中有关侵权责任的规定较为分散、司法机关在法律适用上不一致有一定关系。侵权责任法的出台将改变这种局面。

尽管侵权责任法并未涵盖社会生活中的全部损害类型，只是列举了11种侵权行为类型和准侵权行为类型，但这并不影响侵权责任法在颁布后的强大规范调整功能。王利明表示，继物权法之后，侵权责任法是民法典中另一部重要的支架性法律，对保护公民、法人的合法权益，明确侵权责任，预防并制裁侵权行为，化解社会矛盾，减少民事纠纷，促进社会公平正义具有重要意义。

侵权责任法是继合同法、物权法之后，我国民事领域的又一部重要法律，也是构建法治社会的基础。侵权责任法的成功制定，成为我国社会主义法律体系中最为重要的民事法律规范框架基本构建的形成标志。至此，我国民法典的主体部分就完成了。

◎ 突破世界民法典体系

2002年12月23日在九届全国人大常委会第三十一次会议上，《人格权法》作为独立的一编被列入当日首次提请大会审议的新中国首部民法典草案。王利明参与了整个民法典草案人格权法编的起草工作。

“在民法中设置独立的人格权法编，这在世界民法典中尚无先例，是个了不起的突破。”谈到独立设编的意义，王利明说，此举将使新中国的人身权利司法保护制度得以基本完备，对中国民主与法制建设必将产生积极而重要的影响。

1986年，我国在制定《民法通则》时，首次明确公民的人身权受法律保护，而且确立了侵害人格权的精神损害赔偿制度。《民法通则》第一百二十条规定，“公民的姓名权、肖像权、名誉权、荣誉权受到侵害的，有权要求停止侵害，恢复名誉，消除影响，赔礼道歉，并可以要求赔偿损失”。王利明说，学界一般认为，此处所说的“赔偿损失”包括精神损害赔偿。《民法通则》关于人格权的规定第一次使社会成员意识到自己对名誉、肖像等享有权利，并且在这些权利受到侵害时，可以请求精神损害赔偿。正是因为《民法通则》有这样的规定，才有了第一例精神损害赔偿案件进入法院。《民法通则》也因此在海外赢得了“中国的人权宣言”的美誉。然而，由于审判实践中对什么是精神损害、哪些民事权益受到侵害可以请求精神损害赔偿、精神损害抚慰金的数额应当如何确定等问题，存在理解不一致、适用法律不统一的现象，影响了司法的公正性、严肃性和权威性，导致对当事人利益的司法保护不够统一和均衡。

为加强对以人格权利为核心的有关民事权益的司法保护，2001年3月，最高人民法院通过《关于确定民事侵权精神损害赔偿责任的若干问题的解释》。该司法解释从总体上解决了《民法通则》实施中所遇到的问题，被业内人士称为新中国人身权司法保护的又一个里程碑。

王利明非常关注民法学中的人格权问题。他极力主张人格权法应与侵权行为法一样作为民法中独立的制度对待，从而改变了传统民法历来沿袭的重物轻人的状况，构建了新的民法体系。

西方传说中的人类先祖亚当和夏娃偷食禁果，从此萌生了羞耻之心。从一定意义上讲，人类文明就滥觞于积淀于人性幽深之处的羞耻心，正是有了羞耻之心，“隐私”作为文明人的精神特质才凸显出来。远古时代人类祖先用兽皮和树叶遮蔽身体，就是人类隐私意识最原始的流露。在西方谚语中，被称作“柜中骷髅”的隐私，指的就是个人不愿公开的私生活秘密或私人信息，“难言之隐”、“不可告人”的隐秘性是隐私最突出的表征。与此相对应，所谓隐私权就是指公民个人私生活不受侵扰及私人信息资料不予公开的权利。

◆◆ 2005年9月22日下午，王利明（右一）接见英国邓迪大学能源法中心主任Philip Andrew-Speed博士和中心成员Melaku Desta博士

王利明认为，鉴于现代化工业社会的快速发展、传媒的发展、高科技的发展和

互联网的发展，隐私权在现代社会中已成为一项越来越重要的权利，并出现5个方面的新发展：一是隐私权的内容不断扩张。隐私权的内容从以前单一的私人生活的安宁权，逐渐发展至现在的私人生活安宁权、私人生活秘密权、私人通信自由和自主决定权等方面。二是空间隐私权的发展。自然人的住宅不受打扰的权利；空间隐私突破私人住宅，扩大到公共空间；空间隐私从有形的物理空间转向无形的虚拟空间。三是个人资料隐私权带来了4方面的挑战。权利的内容、效力发生变化，个人资料隐私权的行使方式从传统的消极防御转向积极防护；对个人资料控制的自由与公共利益协调的问题更突出；侵害个人资料隐私权通常导致财产的损害赔偿；个人资料的侵害可能导致惩罚性赔偿。四是网络增加了隐私权的种类。网络隐私权的发展使侵权主体发生变化；网络隐私权的性质导致侵权行为的发生和再次传播更为容易；网络经营者在许多情况下成为责任主体；网络侵权的责任承担方式主要是停止侵害和消除影响。五是隐私权不断受限制的趋势。隐私权在不断扩张的同时，对它的限制也在强化。这对矛盾处于博弈的状态。“私”和“公”的矛盾体现在秘密和公开的矛盾、私人利益和公共利益的矛盾。

在吸收了过去积累的人身权司法保护的经验和最高人民法院关于人身权司法保护的司法解释的精华的同时，民法典草案首次明确提出了公民隐私权受法律保护。草案规定：自然人享有隐私权。隐私权的范围包括私人信息、私人活动和私人空间。禁止以窥视、窃听、刺探、披露等方式侵害他人的隐私。

“将保护个人隐私权规定到法律中，是中国法制建设的一大进步，也是中国社会进步和经济发展的缩影，”王利明说，如果说现代社会的特征是对政府越来越要求公开透明，那么个人也越来越要求对他们的隐私进行保护，这可以说是现代社会的重要特征。除隐私权外，草案还首次规定“自然人、法人享有信用权”。“自然人、法人有权查阅、抄录或者复制征信机构涉及自身的信用资料，有权要求修改、更正与事实不符的信用资料。”

“随着中国社会的发展，将不断涌现各种新类型的人格利益保护的需求。”王利明认为，人格权法的单独成编，将为保护新型人格利益提供充分的空间，有利于不断扩大人格权保障的范围。

◎ 一本油印的“小薄本”带入民法的殿堂

王利明是湖北仙桃市沔城回族镇人，出生在一个普通的农民家庭里。事业有成的王利明情系故土，一直惦记着母校沔城高中的发展，曾多次向母校捐赠图书和电脑，并出资设立“王利明扶贫助学基金会”。

17岁那年，王利明作为一名插队知青，在湖北江汉平原一所村办小学任代课老师。在下放农村的这段日子，王利明经历了特殊的人生体验：隆冬大雪，赤脚到结满冰凌的河里挖泥；盛夏酷暑，起早摸黑抢收粮食、挑土筑堤……有一点与人不同的是，他无论走到哪里，兜里总揣着一本书。不管劳作多么累，王利明都不会放弃学习，往往在一天的劳累之后，他依然拿起书本认真研读。

10年浩劫，给少年王利明留下了灰色的记忆：学习班、批斗会、打砸抢……“我懵懵懂懂地感觉到，‘无法无天’的状态带来的是灾难，国家需要搞法治。法律领域，日后会是一个大有作为的舞台。”

就在人们普遍陷入怀疑和迷茫之中，邓小平复出了。1977年8月6日，邓小平在科学和教育工作座谈会上当场拍板恢复由于“文化大革命”的冲击而中断了10年之久的高考制度。这是改变许多人命运的一项重要决策！

“由于高考制度的改革，我个人的生活由此发生了重大转折，我从农村走进城市，从一个插队青年走进了做梦都没想到的大学，从此与法学和法律结下了不解之缘。”在农村插队两年之后，王利明参加了这次高考并顺利通过，考入湖北财经学院（今中南财经政法大学）法律系，跻身全国恢复高考后第一批大学生之列。

可是那时的法学教育可谓是一片荒芜，王利明在回忆这段经历时说：“那年，全国只有3个院校的法律系招生，名额也不多，我们那个班也就50人。”

说是法律系的学生，上课却根本没有教材，老师教的就是民事政策、刑事政策和审判经验。“我开始接触法律的时候，中国除了宪法、婚姻法之外几乎没有什么法律。我们在当时学习的主要内容还是政策，原本就不健全的公、检、法系统在‘文革’期间又被彻底砸烂，律师也是当时十分陌生的一个职业群体。直到学完诉讼法，我还没有见过公开审判，也不知道什么是律师辩护。至于今天的民法，在当时更是一个鲜为人知的词汇。在我学习期间几乎没有见到一本民法教材，全国能够讲授民法的教师屈指可数。”王利明回忆说，当时很多人根本不知民法为何物，课堂上所学的民法，实际上不过是一些有关婚姻、财产继承、损害赔偿的政策规定。

因为难得一见法律课外书，王利明爱上了文学。他经常去借大部头的小说看，还有文学评论、戏剧理论，看多了之后他也动笔写小说、散文和话剧。每天夜里，宿舍楼里总能听到他在和别人讨论文学——周围同学的鼓励

一度让他想当个作家。

直到毕业实习，王利明才又拾起了几近模糊的法治理想。他到基层检察院和法院分别实习了半年，每天接触大量案件，给检察官、法官当助手，参与案情讨论，真正对法学产生了兴趣。这时，他的个人理想从“作家”转向了“法律工作者”。

大学毕业那年，一个偶然的机会，王利明在本校一位老师手中看到一本油印的《民法概论》。这本书体系清晰，内容简洁而理论深入，让王利明感到耳目一新，爱不释手，愈看愈觉得此书实在珍贵。当时也没有复印机之类的设备，于是，他干脆卷起袖子奋笔抄写，从早到晚，废寝忘食，抄了整整3天3夜，硬是将约10万字的“小薄本”从头至尾齐齐抄了下来。这位老师曾是中国人民大学教授佟柔的学生，刚刚收到寄自北京的这本小册子就是佟教授主撰并寄给这位老师的。

“就是那本小薄本引导我进入民法领域，当时读完我就对民法产生了浓厚的兴趣，并决定考佟老师的研究生。”1982年2月，他顺利考入中国人民大学法律系，开始攻读民法，师从被学界誉为“中国民法之父”、“中国民法先生”的佟柔教授。

这一年，一部面向新时期人民需求的新宪法经过向社会公开，由出席五届全国人大五次会议的全国人大代表表决通过。王利明说：“这部新宪法引发了全民大讨论，也让我对学习法律的意义有了新的认识。”

王利明记得，到人民大学上学后，佟教授当时只带了两三个学生，佟教授对他比较器重。尽管当时生活条件很简陋，但师生关系很密切。那时没有普及电话，佟柔常去宿舍找王利明，或托人带话要王利明去他家，他们几乎一两天就要见面谈论法律。佟柔指导他写论文，指导他缜密地思考法学理论的前沿问题。

佟柔参与了《民法通则》的起草工作，他曾就其间遇到的许多问题让王利明共同探讨，要他琢磨怎么提出意见，布置了不少任务，使王利明对起草过程有所了解。不久之后，王利明在佟柔的指导下与其他几个老师撰写了《民法新论》。

“我1984年硕士毕业后留校任教，开始给本科生、研究生讲授民法课程。在此过程中形成了自己对民法体系及各项制度的看法和认识。那时法律系只有两间屋子，一间是办公室，另一间是资料室。老师的待遇也差，我分到的是间危房，但很知足，我们系一个副主任住的还是防震棚。”王利明说，我也曾因条件艰苦而在治学的道路上彷徨过，每次总是得到佟柔教授的教诲和鼓励。

1987年，在佟柔指导下，王利明开始攻读民法博士。次年，王利明赴美国密歇根大学学习，参加中美联合培养法学博士项目，在美国著名的财产法教授欧林·布劳德指导下，专攻英美财产法和侵权行为法。王利明一边如饥似渴地学习，一边思考构建中国合同法和侵权行为法的体系和框架，并将英美合同法中的若干制度，如根本违约制度、预期违约制度等介绍到国内。

1990年1月学习期满后，王利明谢绝了一些美国朋友的挽留和劝告，按期回国。回国前，他做了两件事情：一是利用积攒的生活费买了3箱英文书籍回国后送给系资料室；二是在密歇根大学法学院用英文作了一次报告，介绍了中国改革开放以来在法制建设、法学教育和研究方面的巨大成绩，增进了参加会议的美国学者和学生对中国的了解。

这年6月，身患肺癌的佟柔教授支撑着日益病重的身体，听完了王利明的博士答辩，在这个倾注了巨大精力和情感的学生论文答辩上郑重签下了自己的名字。为此，王利明成为中国大陆首位民法学博士。

"佟柔老师严谨治学、追求真理的品质，坚持理论联系实际、心系国家、关注民生的襟怀，对工作勤勤恳恳、兢兢业业的态度，对学生严格要求、悉心培养和无限关怀的情怀，让我记忆终生，永远值得我们学习，是我为人为学、做人做事的好榜样。我跟佟老师亲如父子。"多年以后，王利明依然毫不掩饰对佟柔教授的敬仰。

1995年，年仅35岁的王利明入选首届"十大杰出青年法学家"。1998年8月，王利明受教育部的委派，以富布赖特高级访问学者的身份，再次前往美国，在哈佛大学法学院访问、进修。这时的王利明不再是10年前那个初出茅庐的青年，已经成为国内法学界公认的民法学研究的专家。

◎ 不同的角色同一个梦想

有言道，"学而优则仕"。2005年5月，王利明接任中国人民大学法学院院长。他大力提倡民主治院的现代理念。在担任法学院院长时，王利明每有重大事情，他都会召集几位副院长、书记、各学科带头人、教研室主任一起讨论。他喜欢营造一种民主氛围、家庭氛围，让大家感到畅快、受尊重。

2008年9月上旬，经教育部批准，中国人民大学开始在校内通过公开竞聘的方式选拔两名副校长。经过组织推荐、群众推荐，资格审查，述聘报告，现场答辩，校党委常委会讨论，不记名方式投票表决，公示拟任等环节，至当年12月初，王利明被任命为该校党委副书记兼副校长，成为中国人民大学建立71年来首次从校内公开竞聘产生的副校长，主要负责学生事务管理、本科教学等相关工作。

12月19日，中国人民大学党委宣传部（新闻中心）主办2008年新闻宣传工作研讨会。王利明首次以人大副校长身份出现在公众场合，与新华社、人民日报、光明日报、香港文汇报、中国教育电视台、中国国际广播电台以及人民网等20余家媒体的科教文卫部门负责人和记者代表一起就如何提升和改进人民大学新闻宣传工作展开讨论，并向与会者介绍了人民大学近些年来在人才培养、科学研究、学科建设、校园建设等方面取得的成绩，肯定了媒体在提升人民大学的社会知名度、增强国内外影响力等方面的重要作用。

走马上任中国人民大学副校长之后，王利明更加忙碌。他是全国人大代表，还兼任国务院学位委员会法学学科评议组召集人、教育部全国高等学校法学学科教学指导委员会副主任委员、最高人民法院特邀咨询员、最高人民检察院专家咨询委员会委员、中国国际经济贸易仲裁委员会副主任、中国法学会法学教育研究会副会长、中国法学会审判理论研究会副会长、中国法学会民法学研究会会长等职务，同时也是《中华人民共和国民法典》起草小组成员，还是“长江学者奖励计划”特聘教授……尽管校内外身兼数职，但是他分身有术，做学问、处理事务，井然有序。

1998年，王利明当选九届全国人大代表、全国人大财经委员会委员。2003年与2008年，又分别当选为十届、十一届全国人大代表，并是全国人大法律委员会委员。他说，我自当选为人大代表以来，参与了一些法律的制定、讨论工作，使自己有幸能够为国家的立法献计献策，也从中学到了很多东西，可以说是我人生中重要的经历。“一方面，参与立法促进了自己的理论研究与立法、司法实践的进一步结合。另一方面，开拓了自己的研究视野，能够掌握立法中的实际问题和第一手资料，我经常带着这些问题进行研究，使自己的研究更具有针对性。”

每年在全国“两会”上，王利明积极建言献策，踊跃参加人大会议小组讨论。他曾以全国人大代表的身份建议立法起草应“去部门化”。在谈到对于立法工作的建议时，王利明表示，虽然现在部门立法的色彩越来越少，但还有一些立法草案仍然是由部门负责起草。这样的立法，部门可能熟悉了解情况，但会往往带有浓厚的部门色彩，受部门利益影响较大。因此，重要的立法应当由全国人大常委会负责起草、审议，以保持立法的质量。“现在利益诉求多元化，任何变化都会出现不同的声音，立法要在不同的声音反映上来后勇敢地做出决策。立法工作要防止争来争去，最后在特别需要解决的问题上都回避了，棱角磨光了。”王利明还建议，立法工作要将事前的调研与事后的评估相结合。不要立法结束就大功告成，而是要注重进行法律评估，看其是不是发挥了作用，发挥了多大作用，还有哪些地方需要配套。

如今，物权法现在已深入人心。不论是拆迁户还是小区业主，越来越多的人正在学习运用这部法律来维护权益。然而，过去从未如此尖锐的拆迁问题，也投射出利益多元化的社会变迁，考验着立法的速度和水平。王利明说：“每一部法律的诞生和修改，都反映着社会思想的解放，推动社会观念的重要转变。要把握市场经济发展的客观规律，尽快地建立健全的法律制度。”

拆迁，本是为了让城市建设更美好，却屡屡成为一个浸透了血泪抗争的词语。结局或喜或悲，但最终房子都会被拆。王利明通过新闻报道或调研看到，在上海，被拆迁女住户潘蓉手持自制燃烧瓶阻挡掘进的挖土机；在贵阳，无奈的被拆迁居民用40多个液化气罐堵路讨要说法；在昆明，因为拆迁一个大型集贸市场，上千商户上街抗议……在拆与被拆的对峙中，双方手中所持法律文本也在对峙。拆迁方所依据的是《城市房屋拆迁管理条例》，而苦苦支撑的“钉子户”，则拿着物权法与政府官员争辩论理。王利明知道，拆迁方在巨大利益驱动下有恃无恐，他们所依据的正是《城市房屋拆迁管理条例》。王利明说：“拆迁条例和物权法相抵触的地方，就在于没有区分征收拆迁和协议拆迁。”

在实践中频繁出现的拆迁争议和纠纷，使王利明感到忧虑。据王利明透露：“目前，国务院正在修改《城市房屋拆迁管理条例》。草稿已经出来，国务院法制办正在广泛征求专家学者、被拆迁人的意见。草案有很多重大的改进，最重要的一个是理念上的变化，就是要以政府为拆迁主体来进行制度设计。”王利明说，一般来说，政府决定开发后往往交由开发商实施具体拆迁行为，并由其与被拆迁人协商补偿标准，政府作为仲裁者。开发商的效率可能高一些，但部分开发商为了追求经济利益，往往会做出一些不恰当的行为，甚至是野蛮拆迁，严重损害了老百姓的利益。

国务院拟修改拆迁条例的消息让人们重新燃起了希望。王利明称，新拆迁条例，主要是对拆迁程序和补救规则做了规范。新拆迁条例，亦将对公共利益的概念进行细化，对于不符合公共利益的拆迁行为，被拆迁人可以按照规定的程序提出异议，并有可能获得补救。据悉，草稿建议，拆迁属国家征收行为，由政府来主导完成。

随着20世纪80年代末民事审判方式改革的推行以及人民法院“审执分立”的贯彻落实，生效法律文书的强制执行逐步成为人民法院工作的重心之一。每年执行的民事案件约占人民法院处理案件数量的三分之一。与此同时，也随之产生了一个新名词——“执行难”。对“执行难”，王利明如此解释：被执行人难找、被执行人财产难寻、协助执行人难求、执行标的物难动。

实践中，不少有履行能力的被执行人采取拖、赖、躲、逃等手段违法阻碍、抗拒执行。“有些被执行人总是喜欢玩‘躲猫猫’，总觉得把自己的财产藏匿起来，就能躲过经济损失，认为躲一天就是赚一天。”王利明形象地比喻，“还有一种是一些手中握有‘权力’的人，采取‘打招呼’、‘批条子’等方式非法干预、阻碍人民法院依法执行案件。”

他认为，实践中存在的一些问题。“法律没有明确规定执行中哪些权利人具备优先权、各种优先权在效力上能否优先于一般债权。所以这就给执行人员带来很大困惑。再如，根据有关司法解释，执行人员有权追加被执行人，这就赋予了执行人员很大的自由裁量权，导致许多执行行为极不规范，需要在法律上进一步加以规范和约束。”

司法实践中的民事执行难究竟是什么原因造成的呢？王利明分析说，立法供给不足是当前民事执行最大的问题。他说，我国现行的民事诉讼法关于执行程序的规定只有34条，其余的条文基本上属于审判程序的范畴，所占比例为12%。“由于民事执行和民事审判具有不同的特点，因此，执行机构不能简单地援引民事诉讼法中关于审判程序的规定来办理执

◆◆ 2010年2月6日下午，余玮（右）采访著名法学家、中国人民大学副校长王利明（左）

行案件。同时，由于强制执行关涉被执行人财产权和自由权的剥夺和限制，也关涉到其他利害关系人的合法权益，仅仅由最高人民法院通过司法解释来规范执行活动，也不能完全实现执行畅通的局面。”

据王利明介绍，自2001年起，最高人民法院受全国人大常委会法工委的委托，开始起草民事强制执行法。在起草过程中，最高人民法院做了大量的实证调研工作，并多次召开民事强制执行法国际研讨会。“民事强制执行法是与民事实体法相配套的民事程序法，是实现债权人的民事权利的动态法。同时，社会各界对人民法院民事执行环境的改善也寄予了很高的期望。”

◎ 跋涉在通向学术之巅的路上

在王利明上大学的时候，法学研究可谓一片荒芜，甚至可以说是从零开始，但是今天法学研究从理论法学到部门法学、从国内法到比较法都获得了蓬勃发展。王利明十分欣慰，法学正在成为一门显学，受到社会各界的普遍关注。同时，王利明清醒地看到，几千年封建历史传统中的消极因素以及社会在转型中出现的无序现象，仍然是当前法制建设继续向前推进必须着力破解的难题，作为民法学学者的他脚下的探求之路任重而道远！他说：“我们迎来了法制建设的最好时期和最好机遇，我们亲身经历了中国法学研究繁荣发展的历程。我们应当勇敢肩负起自己的责任和使命，顺应时代的潮流，回应人民的期待，争取在自己的工作岗位上为国家的民主法制建设不断作出贡献！”

王利明十分重视学科建设和教材的匹配，他先后获得过国家级精品课程、国家级优秀教学成果二等奖、中国高校人文社会科学研究优秀成果奖法学类一等奖、全国普通高等学校优秀法学教材一等奖、第六届国家图书奖、第九届中国图书奖、第十四届国家图书奖、第四届吴玉章人文社会科学研究优秀奖、北京市第七届哲学社会科学优秀成果二等奖、第四届教育部“高校青年教师奖”等10余个国家级、省部级重要奖项。

法学是应用性非常强的学科，必须跟社会实践结合才具有生命力。作为一名法学家，必须投身于社会实践。法学家绝不能躲在书斋里做学问，要走出去，为社会的法治进步尽一份力。当年那个怀揣着法治理想的年轻人，已经由三尺讲台踏上了更宽广的人生舞台。研究和立法工作相互促进，更使王利明如鱼得水。

针对目前学术界以单纯著作、论文数量衡量学术水平的现象，王利明认为，应当看到，学界的确存在着一些浮躁现象，我国法学研究成果的质量有待提高，具有标志性的成果不多，普遍存在着原创性不足的问题。他强调，必须倡导严谨求实的学风。一个法学家，如果不进行艰苦、深入、理性、客观的学术研究，不能发表有价值的、原创性的学术研究成果，而仅是注重一些形式的东西，或者整天忙于出席各种会议、提出一些大而空的口号，显然是没有任何意义的。在许多时候，学术研究成果的质量取决于很多因素，也不能要求所有的人都能经常发表有重大价值的学术研究成果，但没有耕耘一定没有收获。法学家的责任，首先应当是通过严谨治学为社会提供创造性的学术成果。

“独学而无友，则孤陋而寡闻。”王利明深感一个学科要想健康发展，必须保持开放的心怀，听取不同的观点，学习不同的思想。2000年，王利明创办了一个持续性的学术论坛——“民商法前沿”论坛。他把论坛定位为“其一，学术乃天下之公器，学术研究需要的是信息沟通、思想碰撞与学术批评；其二，学者到论坛畅谈自己的最新观点，并通过录音整理上载到网络，可以利用现代化的信息技术，将我国民商法领域最新的成果在最短时间内，以最深入浅出的方式传播出去，引起国内民商法理论界和实务界乃至全世界的关注；其三，先哲孔子曾言，‘见贤思齐焉’。人大学子能籍此亲耳聆听各地学者的前沿见解，当面请教乃至质疑，从而开拓视野、博采众长。”“民商法前沿”论坛自创始以来，平均每月举办5次，中国海峡两岸、日本、美国等各地的著名学者都曾应邀做客论坛做过学术讲座，论坛已成为中国人民大学民商事法律科学研究中心的品牌性学术活动，在学术界、实务界享有盛誉，并成为国外了解中国民事法学的一个窗口。

登山、打乒乓球，都是王利明的暇余生活。“登山是一项非常好的运动，既可以锻炼身体，又能呼吸新鲜空气。登山尤其是登高山、险山、大山，比较累人，常常要出一身大汗，但是出过汗后，整个人却感到无比的轻松与愉悦。尤其在经过一番艰苦的跋涉，终于登上山顶，饱览眼前的美景，更是令人心旷神怡。”只要有空闲，王利明就会带着学生去爬山。“登山的次数越多，我就越发感到登山与治学两个似乎毫不相干的事情，实际上存在很多共通之处。”

是的，春之生机、夏之热烈、秋之成熟与冬之冷竣，皆能在山水的流连忘返中一一体味。久居城市喧嚣的人，在静谧与雄阔的大自然中往往能够体会到人生的另一种意境。“无论是登山还是治学都是一种有目标的活动。登山不同于散步，散步常常是没有目的的，兴之所至，随心所欲，但是登山总是与追求联系在一起的。登山是要沿着山路向峰顶前进，而山顶就是目标。治学虽需要激情，但不同于吟诗作画，趣之所至，性之使然，甚至是自娱自乐，治学需要的是严谨、求实，是要对现实与理论问题的解决，治学的目标就是探索真善美，寻求真理。”他说，尽管治学需要兴趣，甚至很多时候兴趣本身就是一个强大的动力，但满足个人的兴趣绝不是做学问的终极目的。学者应该常怀报国之心，治学应以国家民族的利益追求以及学术的发展为己任，这样的治学才具有持久性与永恒性。

无限风光在险峰！当人们登上一座山的峰顶之后，他常常会发现还有更高、更险峻的山在等着他，于是又要向新的目标前进。一个真正的登山爱好者决不会满足于登上一个山峰，他会不断的挑战自我，去征服那些更高、更陡峭的山。王利明说，做学问也是如此，任何有志于学术之人都决不会满足于一孔之得，而沾沾自喜，他总是会不断地追求、不断挑战自我、超越自我，也正是在这样一个永无止境的过程中不断实现自我价值，他的学问也在不断升华。“无论是登山还是做学问，都需要脚踏实地，一步一个脚印，没有终南捷径。”

登山有上坡也有下坡，有平坦的大路也有陡峭的悬崖，而人生不是同样既有一帆风顺，也有坎坷曲折吗？爱好登山的王利明在登山的过程中，也领悟到了许多做人的道理。“登山时即便已经登上一座山顶，也会看到山外有山；做人也一样，要谦虚谨慎，戒骄戒躁。”

在登山之中领悟出许多人生真谛的王利明把创建中国特色的民法学体系视为矢志追求的学术巅峰，他始终认为将中华法系发扬光大责无旁贷。因此，他一直在路上，扎实地跋涉在通向学术之巅的路上！

人生◎手记

众多的社会职务带来繁多的会议和公务，占去了王利明很多的时间。即便如此，王利明也从未放弃过学术研究。在他眼中，时间就像挤海绵，总能够挤出来。有人说，他停不下来，总是高负荷地运转，他身上始终有一种一往无前的韧性。

“我现在大概要用一半多的时间做管理，有三分之一的时间做学术，哪怕有点滴的时间我都要把它利用起来，利用参加会议的空隙看看书、写东西，再就是利用晚上的时间，还有一部分时间在全国人大参与国家立法工作。我还要抽出时间讲课。”王利明表示，自己要设法尽量多给本科生讲课，“我喜爱教师这个工作，并始终认为这是我真正的本职工作。不管我挂了什么头衔，首先我是一名教师，不能丢了自己的本色”。

从一定意义上说，王利明的学术历程，是改革开放以来中国民商事立法历程的缩影。一部部重要法律的起草或修订工作，都凝聚有王利明和法律界同仁的心智。在每一部重要法律的制定过程中，针对重大的、根本性的理论问题，如果立法上的认识有偏差，王利明总是秉持学术良心，顶住压力、据理力争。爱好登山的他，一直跋涉在为“民”鼓与呼的路上，他无愧中国民法典的“助产士”！

方志远

走在历史与现实之间

·代表档案·

方志远，安徽休宁人，著名明史学家。1950年2月出生于江西吉安。现为江西师范大学历史文化与旅游学院院长、历史学教授，江西广播电视大学副校长、民进江西省委副主委、**十一届全国人大代表**，中国史学会理事、中国明史学会副会长、江西历史学会会长、国家社科基金学科评审组专家，享受国务院和江西省政府特殊津贴。

方志远 走在历史与现实之间

角色A：大学公开教室，座无虚席。一位明星级的教授、明史专家左手一杯茶水，右手插在口袋，游走在学生当中，引经据典，信手拈来。历史上的帝王将相、贩夫走卒在他的叙述中鲜活起来，古人的生产生活、政治文化在他的讲解中真实再现。学生们在他的引领下徜徉在历史的长河、陶醉在知识的海洋。

角色B：人民大会堂，神情凝重。作为全国人大代表的他带着沉甸甸的责任，一次次步入最高议事殿堂，不负重托，认真履职，共商国是，说真话陈实情，议大计谋发展。

A=B=方志远。与方志远对话，是一种享受，记者一次次被他的坦荡、真诚、仗义直言所打动。方志远的“口技”十分精彩，极有感染力与思想性，他在娓娓道来中展现出一位学者的良知、深邃和一位仕者的赤子情、报国志。

◎ 力挺学历教育向终身教育过渡

作为中国广播电视教育系统的一个重要组成部分，江西电大与其他地方的电大一样，经历初创期的激情与开拓、转型期的迷茫与困惑、发展期的创新与探索，江西电大的发展路径可以看作是中国现代远程教育发展轨迹的一个代表。

21世纪的“教育”正在变为“学习”。经济全球化进程不断加快，知识经济迅速崛起，“终身教育”成为人们关注的新焦点。方志远认为，网络教育形式为开放的终身教育体系提供了切实可行的信息技术支持。可喜的是，各级电大正抢抓国家大力发展现代远程教育这一千载难逢的历史机遇，实施人才培养模式改革和开放教育试点，用远程教育缩小城乡的差距，也使自身实现了从传统远程教育到现代远程教育的新跨越。

余玮：作为江西广播电视大学副校长，您分管哪些方面？能否简要谈一谈您的工作体会？

方志远：我主要分管继续教育、中专教育、基建、总务这几个方面，以前管理过图书馆、科研、网络等。在工作实践中，我认为教育部门，特别是教育部应当加快推进由身份性教育向职业技术性教育的转变。

余玮：为什么这么说？

方志远：也就是说，我们应当由学历教育向终身教育过渡，要社会承认能力而不是承认学历。这是一个战略性的思路，需要全社会的认同和国家决策部门的引领。由于历史的原因，很多父母把孩子送进大学的首要目标是希望他们拿到文凭后得到一个干部身份，进入一个稳定的、有国家编制的单位，而不是鼓励孩子认真学习一种能够生存的本事。这是我们教育缺失的地方，也是严重的社会误导。

余玮：要在短时间更新全社会的教育理念可能有难度？

方志远：如果高校扩招学生越来越多，而教育理念不变，10年之后将产生重大的社会问题。我是研究历史的，明朝后期的五十万“生员”也就是人们通常所说的“秀才”，坐等“国家分配”，成为社会的巨大负担，被顾炎武称为当时称时的“五蠹”之一。有鉴于此，一些有头脑的家族在他们的家训中要求全家族的俊秀子弟，必须从事“举业”，就是必须去参加科举考试，用我们的话来说就是必须参加高考。但与此同时还必须学一门“手艺”，而且这门本事要学到“方圆百里第一”。因为绝大部分人是不可能做官的，但你必须谋生。

我觉得我们的高校不仅应该教学生谋生手段，而且要灌输劳动的理念，培养他们成为一个普通劳动者、一个高水准的普通劳动者，而不是其他的这个“人才”那个“人才”。如果提倡成为“人才”，那就必须改变所谓“人才”的含义，即在任何岗位、任何行业中能很好地胜任自己的工作，就是“人才”。所以近年来我一直提倡“即时就业”的观念，在小学、中学就要形成就业理念，鼓励初中毕业后经过技校或中专的培训，随时就业。打破“读完书再就业”的理念，建立终身学习的理念。这才是解决大学生就业难的根本出路。

余玮：江西电大的发展状况如何？有没有一些改革措施值得全国电大系统借鉴的？

方志远：江西广播电视大学以“开放教育”的模式，进行本科和专科教育，同时开展中专教育、高职高专教育，以及各种在岗技能培训，提供远程教育公共服务，形成了覆盖全省城乡的现代远程教育网络。这几年，江西全面推进“一村一名大学生计划”项目，江西电大在整个实施过程中取得了显著的成果，为当地培养了一大批“留得住、懂管理、懂技术、敢创业”的新型农业人才。

江西是一个农业大省，农村人口约占总人口的60%，同时，江西也是福建、浙江、广东等东部沿海地区劳动力输出的主要省份。低素质、低成本的劳动力输出不仅难以支持农民收入的持续增长，也不符合农村全面建设小康社会的要求。同时，江西省农村劳动力整体素质相对较低的情况也制约了剩余劳动力的转移领域。随着东部发达地区劳动力市场竞争加剧，江西农村劳动力转移面临新挑战。近年来，以民办高等教育、劳动就业培训基地、职业技术教育中心、农业技术推广中心等为代表，使江西省农村劳动力教育培训体系取得了较大发展，但相对广大农民的实际情况，教育培训覆盖面小、教育资源缺乏、实训不规范的问题仍然很突出，成为全面提高农村劳动力素质和增强转移就业竞争力的重大障碍。而电大开放教育以其独特的优势弥补其他教育机构不可替代的功能。强大的系统既是电大发展的根基，也是开放教育的依托，既是电大的特色，也是电大的优势所在。为了加强系统建设，江西电大成立了系统建设办公室，学校开展电大系统内的各项业务培训及文化活动来增强系统的凝聚力。

服务地方经济建设是县级电大发展的根本所在，服务“三农”是县级电大新的使命。县级电大在整个电大系统中基础性、战略性的地位毋庸置疑。加强县级电大建设是电大系统建设的重要组成部分，是把开放教育向下延伸的战略举措。今后一个时期，我们江西电大系统建设的重点就是开展示范性县级电大创建活动，努力用几年时间，在我省创建一批示范性县级电大，使大多数县级教学点都成为合格型教学点。

余玮：您认为电大教育在现行教育中有哪些优势或特色？电大教育的发展前景能否描绘一下？

方志远：电大是在中国社会政治、经济发展到一个特殊时期的产物。1966年开始“文化大革命”，一直到1977年才恢复高考，都等不到夏季，冬季就考试了。积压了那么多有实践工作经验的人才，而当时的招生名额非常有限，高校还是那些高校，一些停办的高校还来不及恢复招生。在这种国家急需高端人才的情况下，电大应运而生。所以说电大的出现有其必然性，它对中国的教育事业，对中国国民整体素质的提高，意义是非常重大的。这是电大辉煌的过去。

随着普通高校的扩招、中专大专的“升格”，我国的高等教育进入到大众化阶段，电大过去办学模式的空间已经被挤压得非常狭小。因此，电大要想生存发展，只有走成人教育、继续教育、终身教育的道路，这也是我们电大正在走的一条路，像开放教育。

余玮：我记得您曾说过电大教育要积极培育“四条腿走路”。

方志远：“四条腿”就是开放教育、高职教育、继续教育、中专教育。多种教育类型、多种办学方式并存正是电大适应社会发展的表现。电大的历史决定了电大不具备单线发展的条件和基础，至少在现阶段是这样。对电大来说，在教育领域，别人能做的我们要去做，别人没做的或不愿做的，我们也要插缝去做。如果这些不被别人关注的角落，我们去做了，并且做好了，我们就是对社会有贡献。

余玮：这次《国家中长期教育改革和发展规划纲要》公开征求意见稿中提出“构建灵活开放的终身教育体系”，对此您是如何理解的？

方志远：前不久，教育部向社会公布了《教育改革与规划纲要》征询意见稿，这从某种意义上表明，我国教育改革正朝着更加规范、科学与合理的方向发展。这个理念的提出，与胡锦涛总书记提出的建设一个学习型社会相契合，也顺应了终身教育的理念。中国教育应当由学历教育过度到能力教育，不宜以学历作为社会身份。改革和发展规划纲要里提到这一条，具有战略性的眼光。但是这里需要一个社会匹配，要社会承认能力而不仅仅是承认学历。学历代表学习的过程，十分重要，但是能力更重要；既需要在获取学历的过程中获取能力，更需要在实际工作中强化能力。我们电大的教育与国家提出的终身教育、提高人的能力特别相关。随着社会的发展、社会多元化的形成，人们的知识结构是需要不断更新的。世界信息发展那么快，我们需要不断地更新我们已有的知识存量，捕捉世界经济发展和文化发展的方向，这方面电大教育相对普通高校而言具有更大的灵活性。普通高校严格来讲，是以基础理论教育、基础研究为主，而电大教育或者说终身教育应该是以专业技能、专业技术教育为主，两者的情况不一样。普通高校就好像一个小孩打好基础，打好基础以后，我们要继续生活、继续奋斗，就要不断地捕捉新信息、新知识，这在电大教育、在终身教育中可以得以实现——普通教育打基础，电大教育管终身，这适合世界教育的总体趋势。这就需要我们这个社会的认同，特别是国家制度层面的认同，不要过度的看重基础教育或者学历教育，更要看一个人能力的体现。

全国电大系统拥有天网、地网、人网这么大的一个教育系统，国家应该高度重视，进行大量投入，重点扶持与支持。中国的广播电视大学系统应该在中国的终身教育中发挥更重要的作用。

余玮：电大的局限性主要表现在哪些方面?

方志远：电大局限性的表现也恰恰反映出当代中国教育发展的一大问题。一方面，现代教育既包括基础教育，又包括继续教育或终身教育，既包括学历教育，又包括职业技术教育，但我们的教育资源由教育行政部门统一管理，主要投在普通高等教育、义务教育方面，这固然十分必要，但是，有多少比重投在继续教育和职业技术教育，比如说广播电视大学从事的过程教育开放教育这一块严重不足，于是电大教育的缺陷就凸现出来。因为在整个国民教育体系中，非常重视的是全日制的本科教育、硕士研究生教育、博士研究生教育，电大以及与电大相类似的开放教育几乎没有体现出来。当然，从电大自身来说，应当加大对师资力量的培养，与普通高校联合起来，提高我们的办学能力。有威才有位，只有你把事情做出来了，打出了自己的威风，占有了一定的份额，你才能确定自己的位置。电大目前在发展继续教育、终身教育、开放教育这一块的同时，应该借助普通高校的力量壮大自己，发展我们的高端教育，培养高端人才，电大的地位才能进一步提高。另一个方面，我们要继续保持和凸现我们的特色——专业技术培训这个特色。

余玮：我插一句，您作为江西电大副校长，还是江西师大历史学院院长，在双方对接、进行优势互补方面是否作过一些尝试?

方志远：我们基本上没有进行合作，既没有把江西师大的优质资源嫁接到电大，也没有把电大的天网、地网、人网这个庞大的教育网络嫁接到师大，这是我的责任。我们正设想通过广播电视系统与师大合作，推动人文教育（接电话打断这个话题）。

余玮：广播电视大学好像应当改名，所进行的远程教育现在并不是依赖传统的广播、电视系统，而主要通过新媒体——网络，校名显得有些名实不符，应当与时俱进，改名为远程教育大学或开放大学。

方志远：你所说的是事实，我们依靠的媒体不再是以前的收音机和电视机，主要还是通过网络。不过，电大的成立有着特别的历史条件，当时最快捷的远程教育工具就是收音机和电视机，到了新媒体技术突飞猛进的今天，我们渐渐通过网络为教育手段。改名字是另外一回事，电大的品牌有这么多年了，不能因为现在网络发展快，就更名为“中国网络大学”，如果若干年后出现一个新的媒体作为教育传播工具更迅捷那又得改名。当然，更名为“远程教育大学”倒不失可以考虑，我很赞成你取的校名，不以某种具体的媒体工具作为校名的关键词，而以我们的办学特征作为校名关键用词，这个名字我认为非常好，希望能取得有关领导的共识，采用你所提的这个校名，也可以避免社会上对电大的误解。

◎ 主倡身份性教育到职业技术教育的转变

大学生就业是目前严峻的现实问题，引起了全社会的普遍关注。方志远认为，只要不是十分挑剔的学生，多数能找到比较合适的工作，整体情况好于研究生的就业现实。“我不赞成搞什么通才教育，没有专业就没有就业，就业的关键是专业。教育部应该在大学培养专业人才而不是‘通才’，没有专业的所谓‘通才’，其实就是‘废才’。”

方志远是研究历史的，尤其对明代的国家制度及经济社会的运行有着独特的见解，《明代国家权力结构及运行机制》、《明清湘鄂赣地区的人口流动与城乡商品经济》、《明清江右商帮》、《“传奉官”与明成化时代》、《“山人”与晚明政局》等是他的代表作。每年参加全国“两会”，亲身感受国家最高权力机构是如何运行和行使职权的，令他十分兴奋。

作为来自高校的全国人大代表，方志远最关注的还是高等教育，会议期间他曾建议教育部认真研究高校的专业设置、专业结构的问题，继续深化高校专业结构的改革，加速推进由身份性教育向职业技术性教育的转变，把大学打造成培养各类有创新思想的劳动者的摇篮，让大学毕业生能够放下身份的包袱，坦然面对各类岗位，勇于自主创新创业；让读大学成为年轻人走向社会、实现就业的重要的知识和能力准备。

余玮：有人认为，中国学生出国留学或到国外读博士容易，在国内考大学难。对于这种上学怪现象您如何看待？

方志远：你所说的这种情况，的确存在。教育是个长远而系统的工程，关系到千家万户的利益，因此有关部门对教育改革一直非常谨慎，一些地方在中考、高考的改革都是小步试探，并没有触及实质性问题。由于户籍制度的障碍，外地学生借读、借考问题极为烦琐，一些外地家长为此操尽了心。虽呼声四起，但多年来仍悬而未决。能否让优质教育资源达到共享，实现均衡，这就触及教育体制的实质性改革问题。

我认为高校改革不容忽视。造成目前出国留学热的原因，并非国内大学紧缺，供不应求，而是人们对国内现行教育体制普遍缺乏信心，有经济能力的家长希望通过对国际优质教育资源的索求，实现望子成龙的目标。这种现象至少说明了一点，我国高校教育还存在许多弊端，必须进一步完善。

余玮：近年来，大学生就业压力愈来愈大，严峻的就业形势不容乐观。国家相关部委先后密集出台各种政策措施，力求增加大学生就业率，其中“创业”就是屡被提及的一种就业方法，相关条款还对大学生创业提出了优惠政策。很多专家学者也对大学生创业积极提倡，也有人对此质疑，认为大学创业不具备资金条件、缺乏创业的知识储备、不具备创业的实践能力。您的看法呢？

方志远：我不赞成动不动就提大学生创业，首先解决的是专业、是就业。大学生就业成为需要解决的理念，这与我们教育的指导思想有着直接的关系，与我们这个社会的浮躁有关。大学合并和扩招基本上是一场闹剧，是一场发生在教育界的“大跃进”。国民的初始学历构成应该是金字塔型的，国家更需要的是普通劳动者。现在我们大家都有一种想法，等把所有的学历读完后再就业，这样就积压了大量高学历的青年，而他们都认为自己读了高学历以后就有一个自己所期待的较高的就业岗位，但是事实恰恰不是如此。

如果我们教育的基本理念不解决，那么就业的问题永远得不到解决。我一直认为，应该从小就培养一个人的就业理念、普通劳动者的理念，每个学生、包括小学生他的最初理想是普通劳动者，而不是什么科学家等等，那是下一步的事。应该从小学、初中开始就培养学生的就业理念、普通劳动者理念。初中毕业后，只要到国家法令的用工年龄，就可以鼓励他参加工作，不必要等到大学毕业，更不必等到博士毕业，这样就有大量的青年进入普通劳动者的行列，自然减轻了高校毕业的就业负担。

现在我们的教育搞反了，博士、硕士、本科生大量扩招，反而大专生、中专生少了，即使有，大家不屑一顾，教学质量也极其的差。因此，是我们的教育导向出了问题，导致大学就业难。大学生都希望自己有一个身份，没有一个身份的岗位他就宁可不去就业。

为什么公务员考试那么火热？这是“官本位”加强的一个问题，大家都认为考上了公务员后衣食有保障，可能还有一个比较好的前程。而且事实上也确实如此，所谓存在决定意识。我认为，国家应该让最优秀的人才进入企业，进入经济主战场。最优秀的人才，流向应是1：1：8，行政十分之一，学术十分之一，企业十分之八。优秀的人才应当到企业去，中国的经济才能持续发展。

很多事不能埋怨大学生，不能埋怨我们的教授，是我们的国家教育导向有问题。高校首先应该教学生谋生，让他们首先成为一个高素质的普通劳动者，而不是培养有身份有编制的干部什么的。

当然，一些特别优秀的大学生是可以在校期间就创业的，但是不宜要求每一个人都去进行所谓的创业，人的能力与人的条件都是有差别的。这就关系到我们中国的文化问题，中国的文化有两大要素，一是稳定，二是创新。我们现在过多的强调创新，忽略稳定，于是就浮躁，就提出一系列不切实际的口号。

余玮：不想做元帅的士兵不是好士兵，而做不了好士兵的士兵绝对做不了元帅。先做员工，先就业也可成就人才，打好基础，积累知识和经验，提高实践能力。我认为，做企业其实并不容易，是有风险的，有些人可能认为反正还年轻，就算失败了也有经验。如果鼓励大学生创业，最主要的我看还是要改善整个社会的创业环境。

方志远：你说得很对。一段时间以来，我们过多地宣扬“不想做元帅的士兵不是好士兵”，却忽略了“做不了好士兵的士兵绝对成不了元帅”，拿破仑如果知道了我们曲解他的意思一定会很悲哀的。不是“鼓吹”大学生创业就能解决创业问题，要从小培养他们的就业观念，学习就业的技能，再就是我们的学校由身份性教育转变为职业技术教育。

余玮：作为地方电大的副校长和全国人大代表，您是否充分利用了“两会”这个平台，宣传电大利用自身优势，反映电大心声，提高国家和社会对电大的关注度？

方志远：这些年来，我一直十分关注教育，努力推动电大在实现我国教育公平和教育大众化过程中发挥更重要的作用。

余玮：每到幼儿园入园的季节，不少幼儿家长为选择合适的幼儿园发愁。由于幼儿园教育不属于义务教育范畴，目前私立幼儿园贵族化了，成为管理盲区。不少"望子成龙"的家长对这类幼儿园趋之若鹜，甚至托各方关系希望挤进"贵族幼儿园"。作为一位教育工作者，您在关注高校教育的同时，是否关注过幼儿教育问题？

方志远：这正是我要说的一个问题。2009年全国"两会"期间，我曾经就此问题提出过建议，2010年"两会"期间我再次递交了建议，呼吁把幼儿教育纳入国民教育的体系之中。国家应该就幼儿教育进行立法，增加经费投入，扶持幼儿教育事业健康发展。中华民族整体素质的提高必须从幼儿乃至婴儿抓起，应该"有教无类"所有的适龄儿童，不管其父母从事何种职业，不管其户籍所在，全部就地入托入园。现在的公立幼儿园极少，而且都是作为一些单位的福利来做。但中华民族的复兴不是靠部分公民的子弟而是靠全体公民的子弟共同努力才可能实现的。我们国家应该让所有的幼儿享受无条件上幼儿园的权力，义务教育应该提前到幼儿教育。与此同时，必须有制度保障，让一大批高素质的青年从事幼儿教育。如果能够这样，不久的将来，中华民族将会以全新的面貌出现在世界竞争的舞台之上。

余玮：农民工的职业能力培训、教育，好像社会关注度不高。其实，只有培养造就一支庞大的实现农业和农村现代化的人才队伍，才能极大地促进城乡稳定和发展。

方志远：完全正确。绝大多数农民工都没有经过培训，随着社会的发展，很难适应下一步改革和经济发展的需要，也不能满足当前农民工创业的需要。他们普遍存在知识结构和生产技能欠缺问题，实际上这也是个终身教育问题，他们都有不断学习增加自己技能的需要，我们国家有这个义务，也有这个能力来提升他们的生产技能和整体素质。

◎ 本色学者对"官本位"的另类解析

何谓"官本位"？顾名思义，即以官为本，以官的利益需要、官的价值诉求为行为取向，唯官是重，唯官是大。而今，"官本位"已成为中国高校发展的最大障碍，并导致学术精神的沦丧。

方志远虽然没有想过以后在"官场"是否有进步，但毕竟入了"官场"。他说，既然担任了职务，就得承担责任，否则就是尸位素餐。作为江西师范大学历史文化与旅游学院院长，他的主要工作是领导和协调全院历史、旅游、文博3个专业的发展以及本科和研究生教育及学科建设。作为江西广播电视大学副校长，他分管继续教育等多个部门，需要协调和推动各部门的工作。作为民进江西省委副主委和全国人大代表，他有参政议政的责任。然而，这一切他都做得有声有色。方志远认为，研究历史给予自己参政议政极大的帮助。事实也如此，他对于现实问题的观察和分析，几乎和研究历史问题一样得心应手，总是具有极强的洞察力。

◆◆ 余玮（左二）在南昌采访方志远教授（右二）

余玮：近年来，国内高校行政化倾向越来越严重，学校的各种重大决策，即便如学科设置、确定重点发展学科方面的话语权，也基本集中于高校行政权力部门。可以说，“官本位”的膨胀，正成为中国高等教育不能承受之重。在这里请您谈一谈有关看法。

方志远：教育的“行政化”、教育的“官本位”不仅仅是事实，而且有越来越严重的趋势。这个事实和趋势对于中国教育的发展极端不利，它必然冲击教育的发展和学术的进步、必然而且已经在违背教育规律。教育应该是“学术本位”、“教育本位”，“官本位”的出现必然对这两个本位进行强大的压制，甚至扭曲学术和教育的发展。教育部集中了国家的很多资源，希望所有的学校听从教育部的指挥棒，这就强化了他的“官本位”。这种“官本位”不顾中国的国情，以“与国际接轨”为由头，已经给中国教育的发展乃至给中国社会带来巨大的灾难，高校的合并、高校的圈地、高校的扩招、高校的评估，无一不是这种灾难的实现。

但是，教育的“官本位”不仅仅是中国现阶段“官本位”的一种反映，教育界“官本位”也不是教育界本身的事，但是对教育界产生极大的恶劣影响。

余玮：大学精神一旦流失过度，大学教育也必将变味。“官本位”不但使高校的学术尊严受到极大挑战，导致学术精神的沦丧，而且还会直接危及学生正确人生观的树立。您作为作一位史学家，“官本位”的历史渊源能否介绍一下？

方志远：“官本位”不仅仅是中国的问题，而是一个世界范围的问题。只要有国家政权存在，只要人们通过官位能够获得经济财富、社会名誉和地位，“官本位”现象就永远不会消除。但相对来说，西方发达国家的官本位意识比中国淡薄一些，中国东部发达地区比中西部又要淡薄一些，这就需要从历史传统和地理环境来思考这个问题。中国的“官本位”更多地带有中国长期的封建专制社会的价值观念、政治色彩。对“官本位”最大的冲击就是资本竞争、经济多元化，与此相反，历史上只要是经济、政治一统化，则必然导致“官本位”现象。甚至可以这样看，只要哪个地方的“官本位”现象严重，这个地方的经济、政治一定是一统化，改革开放一定是出了一些问题。

余玮：好多人认为，我国教授的整体学术水平并不高。造成教授学术水平不高的原因是心理浮躁，而教授心理浮躁的根本原因是如何造成的呢？

方志远：这种情况也是事实。造成这种情况，我认为主要是，一方面中国是一个人性化的国家，过于人性化，西方国家是主张竞争的。正因为人性化，于是一个单位你混上20年、30年，似乎必须给你一个教授职称，并且把工资待遇与其职称联系起来。另一个就是制度上的考核问题，考核创造了一批垃圾论文，直接导致教授整体学术水平不高，这与我国的评价体系有着直接的关系——你一年要发表多少论文，你的论文必须发表在什么核心期刊上，而不少“狗屁”核心期刊交钱就可以发表。

余玮：的确，这些做法违背了学术发展的内在规律，只重视量的指标忽视了质的标准，形成了恶劣的学术学态。

方志远：教授心理浮躁与整个社会的浮躁直接相关。政府爱搞“形象工程”、“政绩工程”，许多高校也很注重自己的“脸面”，搞学术方面的“形象工程”、“政绩工程”，这就导致学术界的浮躁。如果我们脱离当代的一些社会问题来谈教育界学术界的浮躁，那我们只是看到了一些表面，高校的问题只是中国社会问题的冰山一角，教授的浮躁体现社会的浮躁，高校的行政化体现国家的“官本位”。

把高学历的人，把有博士学位的人、有博士后经历的人或在本领域有突出贡献的学者安排去担任行政领导职务，我不完全反对，但是或许会毁掉一个人才，更严重的是对事业造成巨大的损失。

余玮：您作为一位学者治校不是干得很出色吗？

方志远：谢谢你的表扬，但谈不上“很出色”。如果说做了一些份内的事情，那是因为两个因素。第一、在我供职的江西广播电视大学和江西师范大学，主要领导和同事都对我给予了充分的理解和支持；第二、我自己在任何時候处理任何事情总是尽可能地和他们交流意见。

在这里，性格很重要，一些人喜欢标新立异，自我感觉很好，其实别人并不这样看，你那两下子大家都会，不说而已；一些人喜欢标榜自己有个性，你那点个性谁没有，但影响团结的个性还是越少越好。

我在电大管基建，如果我手上有大规模的基建，我想我会管好，我会用自己写论文、收集资料的方式用来作基建……

余玮：您的官做大了、做好了，那学界就少了一位明史专家了。（哄堂大笑）您既是明史专家和大学教授，还是全国人大代表、民进江西省委副主委，在学校还担任了行政领导职务，角色这么多，您应付得过来吗？

方志远：我在48岁之前没有担任任何职务，是一个纯粹的历史学老师，一直在安心地进行自己的教学和研究。之后，开始陆续担任各种职务，但主业仍是教学和科研。我有幸得到所在单位领导的支持和同事的谅解，没有让我陷于繁琐的行政性事务。同时，自己有明确的学者定位，也能比较好地协调各种关系。其实，所有的职务、各种头衔都是终究要退出的，唯独学术是终身的。

余玮：虽说从政是一时的，唯有学术研究是一世的，但是您能处理好为政与为学的关系还是不容易的。

方志远：既然做了民进省委副主委、全国人大代表，你就要不负大家的厚望，理所当然要履行好相应的职责，要在参政议政上有所主张、有所作为。多年历史研究的积淀和洞察力，对我的参政议政有重要的帮助，因为今日的中国即是昨日的中国发展而来。另一方面，作为民主党派党员和全国人大代表需要对当今社会进行考察和调研，能够接触一些纯学者触及不到的深层问题，这无疑促进了我对历史的理解和领悟，因为历史即是走向当代的一路足迹。其实，作为一个好的历史学者，并不是仅仅和历史文献、历史遗迹、历史理论和方法打交道就够了，还需要乃至更需要有丰富的社会阅历和对当今社会的深刻认识，否则无法理解古人，无法进入历史场景。

余玮：我想，为政与为学还是有打架、有矛盾的时候。

方志远：确实是这样，当了学校的行政领导，当选为全国人大代表、民进省委副主委，肯定要挤占一些搞学术研究的时间，从数量上少写了一些论文，但认识社会的深度和对历史的感悟却有质的飞跃。正是这种飞跃，才有了一些自己认为更满意的作品，因为它们多得自现实和历史互动的感悟，如国家社科基金的结题成果《明清湘鄂赣地区的人口流动与城乡商品经济》、华夏英才基金的结题成果《明代国家权力结构及运行机制》，以及《明清湘

鄂赣地区的食盐输入与运销》、《明清湘鄂赣地区的“讼风”与地域文化的转移》、《“山人”与晚明政局》、《“传奉官”与明成化时代》、《明代苏松江浙人“毋得论户部”考》、《历史方法论二题》、《马克思主义历史学与海外中国学》等论文，都是在担任了江西省人大常委和全国人大代表后完成的。

话虽这样说，但学术和职务也并不总是两相促进，也会发生诸多的矛盾，弄得不好可能是两头都受损，误人误己。社会已经多元化，认识社会的途径也可以多元化，一些没有担任任何职务的学者同样对现实有深刻的认识并且做出了杰出的成果，而担任了职务也未必就能加深对历史的理解，一切因人而异。当今社会，可以走的路有多条，感悟历史也有多条途径，不必只认准一条。

余玮：您是什么时候加入民进的？当年申请加入过中国共产党吗？

方志远：我是1994年加入民进的，不过我在大学期间写过加入中国共产党的申请书。1978年进大学时，正值改革开放，入党前搞民众评议，有几个组推荐我，认为各方面条件不错，于是班上的支部书记找我，问我为什么不申请入党。我说，我对党（中国共产党）是有感情的，但是因为家里成份有点“高”，所以没敢写申请，怕搞外调，一外调就把家里的一点点“丑事”揭露出来了，家家有本难念的经嘛！在支书做通思想工作后，我认真写了入党申请书。不久就考上了研究生，毕业后留校，有关负责人找我，说要再写一份申请书，还要不断写思想汇报等等，于是我就放弃了。因为我认为写申请应该只能一次，除非思想发生了变化，还有思想汇报，又有多少是真的东西？到了（20世纪）80年代末90年代初，不断地有民主党派找我，我表示除非中国共产党，其他的党派全部不加入。

但是后来“晚节未保”。一次聚会，大学班主任在酒席上让我到他的党派去，我答应了，但不知他是哪个党派，反正都是共产党领导下的，哪个都没有问题。后来知道是民进。我知道民进里有一些德高望重的同志，比如赵朴初、雷洁琼等。加入不久，有朋友问我，他们给了你什么许诺没有？我大吃一惊，又不是做政治交易，要什么许诺？但实际上，也确实有些人是想通过加入民主党派来达到曲线做官的梦想。

余玮：看来，您当年虽然想加入中国共产党没有梦想成真，但是最终成了中国共产党的同舟诤友。

方志远：我虽然不是党员干部，却是党的干部，必须时时处处维护共产党的领导地位，同时又要做共产党的诤友和益友。既是党的统战对象，更应该是党的统战工作者。同时我也认为，我们党（中国共产党）在使用干部时，完全没有必要因为某人是民主党派成员而优先考虑，也不应该因为某人不是共产党员而不予考虑，一切应该根据个人的政治素质和工作能力而定。我也不赞成一些民主党派的领导人为了给自己的党派争“职数”而对本党派一些政治素质较低、工作能力较差的人进行反复推荐而给组织部门造成难堪。

◎ “私塾弟子”与自己不见面的思想导师

1966年“文化大革命”开始时，方志远初中毕业。由于“家庭成份”问题，离开了学校，并开始了谋生的历程。“细算起来，事情也做过不少，耕田修渠、开山植树、伐木放排、炼铁出炉、管道安装、机床喷漆等等。虽然每件事情都认真去做，但最终发现，自己最大的喜好仍然莫过于读书。”高考制度的恢复，使方志远有了重新进入校门的机会，师从著名明史专家欧阳琛教授，从此开始明史研究与随后的历史教育生涯。

方志远的专业是历史学，主要研究中国古代历史。然而，他并不是不关注改革开放带来的我国经济的巨大发展，也并不是不关注中国政治体制改革的民主进程，他是作为一名教授、学者，去实现另一种投入，另一种报效。

余玮：采访您，感觉时间过得很快。

方志远：为什么？（质疑着对视）

余玮：采访您，分明是在听一堂津津有味的学术课。难怪您的学生说，听您的课犹如漫游在知识的海洋，读您的论文、听您的演讲，便感受到磅礴的气势和缜密的推理。

方志远：过誉了。读大学前，我于书无不读，倒不是说什么书都读过，而是说没有什么书被认为不必读。下放3年，伴随我的是《十万个为什么》（残本）、《唐宋名家词选》和《中国文学发展史》。在工厂6年，我同时订阅了《航空知识》、《地理知识》和《历史研究》，通读了马克思、恩格斯、列宁的一些重要著作和《毛选》5卷，又在旧书店里买了线装本的《御批资治通鉴》、前后《汉书》、《春秋左氏传》，一面标点、一面阅读。这些阅读都成为了我教学和科研的“根柢”。另外，小学和中学时代我一直酷爱数学，进了大学曾想从中文专业转到数学专业。

余玮：近几年来，“历史热”、“国学热”似乎开始席卷中国。不论坊间如何评论、学者如何争鸣，这种现象毕竟体现了一种社会的需求，说明了历史、国学当中的确蕴含着对现代社会具有积极意义和价值的内容。如果让您推荐几本历史、国学方面的书，您首推哪些书？您早期主要看过哪些方面的书？

方志远：读史可以获得知识和信仰。对于学历史的来说，我觉得“四书”是需要读的；“五经”难懂，有条件还是要读。这是中国几千年思想的源头。《道德经》、《庄子》、《孙子兵法》、《史记》、《资治通鉴》也是应该读的，否则，就不能叫“学有根柢”。但这里仅仅指历史研究者。至于其他的书，视研究领域而定，但基本的理论和方法，以及自然科学的常识也应该具备。以我之偏见，历史研究者最好得具备一定的数学头脑和抽象思维能力。

余玮：历史学是一门古老的学问。古人有“以史为鉴，可以知兴替”之说。您是中国史学会理事、中国明史学会副会长，作为一位历史学者，您是如何通过您的研究服务现实社会的？

方志远：作为从事历史专业的学者，我认为要善于从历史的高度认识和分析形势，我一直尽可能以学术的力量、人格的力量，去为经济和政治体制改革推波助澜，为当今改革开放服务。比如，我曾分析过地域经济发展对国家政治的影响。地域经济的发展，本来是社会的底层运动，并不为政治家们所重视。但国家的经济大局，恰恰是无数个地域经济的组合。当星星点点的地域经济现象组合成浩浩荡荡的经济大潮时，便开始影响乃至决定着国家经济政策的走向。马克思主义关于经济基础决定上层建筑的基本理论，也在地域经济与中央集权之间的关系中得到验证。

余玮：您这些年来一直在研修明史，而明代的知识分子是我国历史上最敢言的一群人，这些非常有个性的知识分子对您的影响是不言而喻的。

方志远：学历史，我学到了历史上的一些智慧。明朝有一位文化人陈继儒，他说过这么一句话叫“富贵家宜学宽，聪明人宜学厚。”意思是说富贵人你什么都占有了，何必和别人斤斤计较，你吃点亏不就是帮助了别人吗？聪明人往往因为聪明而从“灵魂深处”去看别人的毛病，这样就不免过于刻薄，要用厚道的眼光去看别人的缺点。这样，就容易形成一种和谐的环境，自己也省去了无数的烦恼。尽管我不富贵、也不怎么聪明，但由于向这方面努力，所以天天开心。你不算计别人，别人也不计较你。如果有人硬是计较你，说明他忌妒你，这不能怪别人，也只能怪自己。因为你还做得不够，所

以你要努力奋斗。（众笑）

余玮：对您学术研究影响最大的人是谁？主要是哪方面的影响？

方志远：王阳明，也就是王守仁。（旁言：全才，明代著名的思想家、哲学家、教育家、文学家和军事家。）

余玮：他是中国历史上罕见的全能大儒，是您不见面的思想导师！

方志远：我是他的“私塾弟子”，他有几个理念我很敬佩。一个是“事功即学问”，也就是说，在任何岗位上都能做出成就来，学问无处不在。另一个，“问道德者不计功名，问功名者不计利禄”。我的理解是，搞学术的你不要削尖脑袋想去做官，做官的你不要千方百计想去捞钱。这就像高速公路有各种车辆，各行其道，如果错位，一定出交通事故。社会也是这样，学者、官员、商人如果交叉，如果错位，社会就一定出问题。第三，不以不得功名为耻，比较潇脱。王阳明第一次参加进士考试失败之时，别人都为他可惜，但是王阳明却认为“别人以不得第为耻，吾以不得第动心为耻”。这也是君子与小子的区别所在，小人想要得到什么就不顾一切，所以“常戚戚”；君子可以舍弃名利，所以“坦荡荡”。第四，有一种包容的学术胸怀、一种独立的个人见解。我们常常说，中国文化有糟粕有精华，要剔去糟粕取其精华，去得了吗？它不是附着在一个整体上的，如果我们能够因势利导的话，糟粕也能变成精华，腐朽也可化为神奇；当我们利用不好的时候，精华也会变成糟粕。

“教授上好一堂课、写好一篇论文，就像木工打造一件精细的家具、泥瓦匠构建了一座适用的住房，都是尽自己的本份。”方志远经常给学生有一个“六字诀”的要求：吃苦，用心，诚实。他认为，其中用心很重要。

方志远爱看足球赛，特别是欧洲甲级联赛。足球赛如火如荼地激战着，激情的疯狂让每一个球员、每一个球迷享受着足球的快乐。方志远于足球有着痴迷的热情，常常痴痴地守侯在电视前，眼睛熬红了，无怨无悔。在一场球赛中，他随着球而紧张，而激动，而失望，而兴奋。他觉得，足球永恒的魅力永远是拼博的精神和团队作战的战术！

每个搞学术的人都应该老老实实读几本书，以便“学有根柢”。作为学界著名的明史专家，方志远有着扎实的史料功夫和深厚的理论素养。读研究生期间，他将标点本的《明史》、《清史稿》、《明通鉴》、《资治通鉴》通读了一遍，并作了大量的笔记和卡片。他说，既要“读书得间”，认真体会书中的微言大义，又要“不尽信书”，敢于提出质疑。

作为学者，方志远是勤奋的，作为仕者，他又是轻松的，大家都说他很会安排自己的学习、工作和生活。他的主要时间用于科研和教学，处理学院各种事务，一切井井有条、干净利落。但他又认为自己是“一塌糊涂”、“丢三落四”，要找的东西找不找，不要的东西全在那里。

这就是本色学者方志远！这就是个性仕者方志远！他以学者的良知担仕者之责任。

人生◎手记

身边的人告诉笔者，方志远余暇时间爱翻阅金庸和古龙的武侠小说，还曾写过一本30万字的《港派新武侠小说面面观》以及论文《武林世界与历史真实》，以至于朋友称他为“方大侠”。金庸《射雕英雄传》里“郭靖”的师傅教“郭靖”打拳，告诉“郭靖”这一拳打出去不仅要用力气打，更重要的是用心去打，用脑子去打。方志远说，不是所有的用心都能有成就，但不用心的事一定不成功。如果你全心全意，那离成功也不远了。

每年参加全国“两会”，亲身感受国家最高权力机构是如何运行和行使职权的，令他十分兴奋。作为来自高校的全国人大代表，方志远最关注的还是高等教育，会议期间他曾建议教育部认真研究高校的专业设置、专业结构的问题，继续深化高校专业结构的改革，加速推进由身份性教育向职业技术性教育的转变，把大学打造成培养各类有创新思想的劳动者的摇篮，让大学毕业生能够放下身份的包袱，坦然面对各类岗位，勇于自主创新创业；让读大学成为年轻人走向社会、实现就业的重要的知识和能力准备。

方志远是研究历史的，尤其对明代的国家制度及经济社会的运行有着独特的见解。方志远认为，研究历史给予自己参政议政极大的帮助。事实也如此，他对于现实问题的观察和分析，几乎和研究历史问题一样得心应手，总是具有极强的洞察力。

孙大业

扎根植物细胞学领域的『拓荒牛』

·代表档案·

孙大业，浙江温州人，著名细胞生物学家。1937年7月出生于浙江杭州，1959年7月毕业于北京农业大学农学系。历任河北师范大学生物系助教和讲师，美国Texas大学植物系访问学者、Baylor医学院细胞生物系访问学者，河北师范大学细胞生物学研究室主任、教授、博士生导师等；并出任过国家自然科学基金委员会学科评议组成员，中国细胞生物学学会副理事长、细胞信号转导专委会召集人、细胞化学专业委员会副主任，中国植物学会植物细胞专业委员会副主任，中国农业大学植物生化开放实验室学术委员会主任等。系中国科学院院士、**第十届全国人大代表**。

孙大业 扎根植物细胞学领域的“拓荒牛”

清晨的朦胧中，总有它辛勤劳作的背影；烈日里，低着头往前使劲地拉着犁铧；夕阳的晚霞下，依旧是它忙碌的坚持。深深的足迹，踏实而稳健，这就是牛的记忆。

孙大业的生肖是牛。

牛，是忠心的。为了祖国的科研事业，孙大业总是默默无闻地耕种着。

牛，是无所苛求的。不忘使命的孙大业不向往荣华富贵，为了希望田野上的丰收任劳任怨。

著名细胞生物学家孙大业不只是“老黄牛”，更是“拓荒牛”，毕生在植物细胞信号研究领域拉车爬坡，壮心不已，倾注了全部心血。

◎ 矢志报国的科研勇士闯“地狱”

机会总是青睐有准备的人，做科学研究尤其如此。孙大业说，他习惯凡事做在前头。“机会来敲门，你得会开门才行。没有准备的人只会眼睁睁看着机会从身边溜走。”

1959年，孙大业从北京大学农学系毕业后被分配到河北师范大学任教。当年作为年轻教师，他勇挑重担，先后讲授农业基础课、遗传学、植物学、植物生理学、细胞生物学等多门课程。他对科学研究有着浓厚兴趣，可是繁重的教学任务几乎占去了他所有的时间，于是他像挤海绵里的水一样，利用一切空闲收集农业生产中的研究课题，查阅资料，准备将来开展他喜爱的生命科学研究。渐渐地，科学研究的种子在他的心中萌芽。

“文革”开始后，孙大业被下派到农村进行蹲点劳动，这一待就是八九年的时间，属牛的他成了“牛棚”里的人。但孙大业并没有抱怨，他以既来之则安之的平和之心，以生物化学专业的背景，发挥所学，开始扎根农村。他每天与农民在一起，不断向农民学习，总结农民的生产经验，并在极其简陋、艰苦的条件下进行科学实验。孙大业回味地说：“在农村，有很多东西可以学，大自然就是一部百科全书，会不断激发你学习和探究的劲头。这段时期初步训练了我怎样统计资料，怎样做论文，为后来的科研之路奠定了基础。”从1974年开始，他陆续在《遗传》、《中国农业科学》等杂志上发表文章。

党的改革开放和1978年的全国科学大会好似一股春风，迎来了我国科技事业发展的春天。孙大业回忆，自己真正开始做科研是在改革开放后，当时河北省出台了一个通过考试选派人才出国访学的通知，他过五关斩六将，以考试第一名的成绩被作为访问学者送出国。“这次考试就将我在农村积累的知识和经验派上用场了，在那样艰苦的年代，为了这个机会，我们等了整整20年，但到了美国，就为我们的进一步学习和求索打开了另一片天地。”其实，机会给任何人都是平等的，只有脚踏实地，刻苦努力，才有可能抓住机遇。

孙大业作为访问学者到美国德克萨斯大学植物系进修期间的合作教授斯坦利·茹（S.Roux）是世界植物光敏色素领域的权威。斯坦利·茹给了他4个题目，供他选择——其中两个是斯坦利·茹研究方向的光敏色素，另外两个分别是向重力性和钙调素。面对这4个题目，孙大业陷入了深深的沉思之中，前两个题目是斯坦利·茹希望他选择的题目，因为斯坦利·茹是这个研究领域的权威，在他的指导下出成果很快，也会很容易，向重力性的课题需要先进的仪器设备和实验条件，钙调素是刚刚出现的研究方向，该怎么办？选择哪个课题？

斯坦利·茹在焦急地催促和等待。在这种情况下，孙大业没有立即选题，因为当时我国的科学研究水平与国外的差距很大，对国际上植物科学各领域的研究状况缺乏了解。为了弄清楚这4个课题的研究背景、研究状况及进展程度，在长达4个月的时间里，孙大业没有开始做实验，而是详细查阅有关文献，听有关的课程和讲座。4个月后，他了解到我们国家的生物科学研究与国外差的太远了，许多研究领域都是空白。作为一名中国学者，他心里有了自己明确的目标，国家出钱送自己到国外进修培训，他必须要学有所成，他要填补国内这些研究领域的空白，他要回报自己的祖国和学校，他要知道自己的选题回国后是否具有继续开展实验室的条件、自己从事的科研课题能否赶上外国人、能否在国际上占有一席之地。

经过认真思考和反复比较，并向河北师范大学领导及专家征求意见，最后，为了国家在科学研究前沿领域能够有长远发展，孙大业毅然选择了当时在国际上刚刚开始研究的颇具前沿性的崭新的研究领域——“植物钙调素”课题。知道了他的这一选题后，他的美国同事向他投来了蔑视的目光，并嘲讽他说：“国外的博士后都不行，你能行吗？”面对冷嘲热讽，生性要强的孙大业坚定地说：“为什么我就做不成？我一定要做成！”

孙大业深知，自己选择的这个课题是国际上刚刚开始的，是冒险的难题，要靠

◆◆ 2008年12月4日，植物分子遗传国家重点实验室20周年庆典在中国科学院上海生命科学研究院植物生理生态研究所举行（前左三为孙大业）

自己摸索，但是这个课题回国后能做，而且通过自己的努力，一定能为我们国家的生物学研究在国际上赢得一席之地，也只有这个课题才有可能为培养自己的祖国献出最好的报答。“我不能让外国人瞧不起，我要证明中国人不比他们差！”

科研是一条艰辛之路，从来都不是一帆风顺的。这一点，孙大业比谁都清楚。选择高难的“植物钙调素”课题，无异于进入地狱的大门。但是他相信：谁最能吃苦，谁最能坚持，谁就能寻找到一条走出地狱的道路。

◎ 瓯越大地走出的细胞生物学家

凭着坚韧的毅力和刻苦的攻关，在国外的短短两年时间，孙大业完成了3项开拓性的科研任务，取得了丰硕的研究成果。在地面微重力条件下，证明了植物向重力性反应与$Ca2^+$离子再分布有关，因对原由向重力性理论有所发展而受到同行高度重视；在国际上率先发表了植物钙调素免疫组织化学定位论文，发现根冠富含钙调素且与向重力性有关；与他人合作发表在《植物生理学》上的论文，因首次报道了钙调素的亚细胞分布而被SCI引用47次之多，获得专家们的高度评价。斯坦利·茹称：“孙先生有关重力性研究的论文，对这个领域产生了较大的震动和影响。”这时，同事不得不向孙大业翘起了大拇指。

在国外做植物钙调素亚细胞定位研究时，孙大业意外地发现钙调素不仅存在于细胞内，而且还存在于细胞以外的细胞壁中。钙调素存在于细胞外这在当时看来是一件不可思议的事情。为此，对这一意想不到的结果，许多专家不以为然。科学要去伪存真，孙大业坚持认为在细胞外发现的钙调素不是假象，为了把这个事情搞清楚，他带着这个课题回国，继续研究探索。

孙大业的哥哥早年就定居美国。哥哥多次提出把他的妻子和孩子接过去，要他也留在美国。但他抱着对祖国的挚爱，1983年如期回到了河北师范大学。在一无实验室，二无实验设备，三无科研经费的情况下，他和系领导商量，把一间闲置的储藏室作为实验室。

回到河北师范大学，除了讲台，孙大业把大量的精力投到实验室，继续专心生物学前沿热点研究。他最初带的几个研究生用不同的材料、不同的手段证明了植物细胞外的确存在钙调素。为证实钙调素存在于细胞外是有意义的，而不是排泄物，孙大业又立即带领研究小组开展胞外钙调素功能研究，随即研究发现胞外钙调素能够促进细胞分裂和原生质体再生细胞壁。“回到国内，条件很艰苦，学校的实验室没有冷冻离心机，我们千辛万苦用尽办法来保存细胞，继续着实验研究。有次省里领导来视察看到这个情景很感动，才拨款资助我们买了一台冷冻离心机，一直沿用至今。”孙大业一手创办了河北师范大学细胞生物研究室。

随着连续得到国家自然科学基金和河北省自然科学基金的资助，研究条件逐渐好转，孙大业的研究工作在随后的几年里进展很快。尤其是在申请到国家和省自然科学基金重点项目后，他及其学生通过一系列具有说服力的实验，发现了胞外钙调素通过花粉质膜的信号转换器——G蛋白来传递信号，从而影响花粉的萌发和花粉管的生长。

20世纪90年代初，孙大业主持编写了《细胞信号转导》一书——由于出版社对此一无所知，出版工作也颇费一番周折。书最后是他自己出资3万多元出版的，但如今《细胞信号转导》一书已经出了3版，印刷了5次——许多深入的研究都会涉及“细胞信号转导”理论。凭着这股犟劲，孙大业走在成功的路上……

孙大业于1937年出生于杭州。他出生前18天，日寇在中国制造卢沟桥事变。那是一个烽火连天的年代，因为战争，年幼的他也不得不随同父母流离失所，辗转到了贵阳。1945年，抗战胜利，全家迁至江西；1948年秋，孙大业与家人一起回到温州永强老家。

在孙大业的记忆中，父亲是中国旧社会的知识分子，满腹忧国忧民之情，渴望民族自强自立。“父亲不大管我们学业，但平日里经常给我们几个孩子讲述文天祥、岳飞、孙中山等古今名人的故事，循循善诱我们从小树立远大志向，长大报效祖国。”父亲早年的教诲，对年幼的孙大业触动很大。

1949年，父亲因病离世。这时，孙大业和他的5个兄妹尚年幼。家里没有多余的劳动力下田耕种，母亲带着6个孩子，靠着亲戚的接济，艰难拉扯着孩子长大成人。

回到温州后，孙大业插班进入永昌小学。据资料介绍：“永昌学校创办于清光绪三十年（1904），始名‘崇实学堂’，续之沿革‘新城小学’、‘白水中心小学’、‘永昌中心小学’、‘永昌一小’。饮水思源，当记创办者王公子雅、景甫先生之功。历代校长，以身作则，数代名师，诲人不倦。教育之旨，倡导科学，志在报国；教学风尚，鼎新革故，名闻东瓯。”

百年名校永昌小学植根深厚，依堡葱绿，临水清雅。孙大业在这里念完了小学最后两年。学校生活丰富多彩，孙大业至今印象深刻，那时学校里经常会举办墙报比赛，在学校的大礼堂组织戏曲表演，还有辩论赛等活动。“我曾代表班级参加了辩论赛，记得当时的论题是‘上海好，还是南京好’——乍一听起来好像是地理知识辩论，实则讨论的是国民党腐败问题。”

小学毕业后，孙大业考入温州二中。温州二中同样是百年名校，创办于1897年。学校人文沉淀深厚，第二课堂生活丰富多彩。在老师的引导下，孙大业对生物课尤感兴趣，“生物老师经常带我们在学校附近的海坛山山边种植物、农作物，做些生物的小实验，真的很有意思。”

家境虽困苦，可孙大业一直在坚持着对知识的渴求，从初中到大学毕业，没向家里拿一分钱。他对于学业孜孜不倦的追求，对兄妹们产生了深远的影响。中学毕业，孙大业以第一志愿考入北京农业大学（现中国农业大学）农学系。

◎ 全国劳模的“自奋蹄”精神

理想是心中的航标、前进的动力。因为有了理想，生命就有意义和盼头。小草，因为有了理想破土而出；溪流，因为有了理想勇往直前；雄鹰，因为有了理想划破长空。孙大业强调：“一个人一定要有自己的目标、理想。科学研究目标的确立阶段应该在大学，一旦决定了走这条路，就要坚持下去，不要因为贫困而气馁，也不要因为挫折而退缩。学者想当科学家，就像士兵想当元帅一样，出生在这样优越条件的时代，只要有目标并坚持住，想做研究一定能成功。”

师道称楷模，桃李满天下。孙大业为教严谨认真，他那一丝不苟、诲人不倦、循循善诱的师风为他的弟子所敬佩。这些年来，他全身心投入教学和科研活动之中，有着高度的责任心与使命感，在教学上视学生如子女，对他们言传身教、悉心指导，科研上致力于学科的建设与发展，力求出成果、出人才，为学科的发展壮大付出了极大的心血。他总是从国家和实验室长远发展利益出发，把培养年轻一代的工作放在重要位置。他说，到了这个年纪，如果没有学生超越我们，那么这个老师将是失败的。伏枥不言老的他笃信这点，孜孜不倦，追求“教学相长，学术相促”。“名声是身外之物，而科学研究是实实在在的东西，要想取得更大突破和发展，必须让更多的年轻人挑起大梁。”

作为十届全国人大代表，孙大业不断强化人民代表为人民的意识，认真履行代表职责，平时注意听取群众对国计民生的意见、建议和要求，会议期间积极同与会其他代表就群众直接利益和关心、关注的热点问题进行探讨和交流。“每年全国‘两会’前，一些人得知我要到北京参加人民代表大会，纷纷给我写信反映问题，希望我能够把问题反应给中央，我自己也是满怀热情的阅读了大量的信件，并挑选出其中具有代表性的信件带到北京。”在孙大业眼里，人大代表的称谓“很神圣”，如果“手中沉甸甸的民意没有及时地反映出来，这会让我自责很久”。

◆◆ 植物生理学与生物化学国家重点实验室2008年学术委员会会议合影（前右三为孙大业）

同时，孙大业曾当选过第七至九届河北省政协委员，并出任过河北省政协常委。他以人民政协为平台，围绕经济社会发展中的重大科技发展和政策问题积极建言献策。

改革开放以来，中国科技取得了举世瞩目的成就。但是，伴随着科技进步和科技热潮，科技界却出现了可怕的流行瘟疫——浮躁。孙大业说，近些年来，我国科技事业进步非常快，国家重视，经费增加，“眼下科技界最大的问题是‘浮躁’，急于求成，研究人员忙着出论文，一些研究生还在打基础阶段，做点试验就想发论文，甚至有人弄虚作假，抄袭剽窃，搞学术腐败。”

“‘科研浮躁症’的根源在哪里？主观原因只是其一，体制因素等客观环境也逼得许多科研人员急功近利。”孙大业指出，职称评定要求论文数量，一些人托关系找门子发论文，文章都发滥了；研究生毕业也要求有论文发表，可在国外并不这样，科学研究不是每发必中，应该有例外，受到了专业训练就可以毕业，不能为毕业而毕业；同时，科技管理部门也急功近利，对研究项目半年一查，一年一验，应付过程十分繁琐复杂。”

“科学研究一口吃不成胖子，特别是重大课题甚至需要多少年的努力，质量标准才是最关键的。”孙大业坦言，有时候过于要求科研质量也有难处。“我所在的河北师大研究室过去一年就发表论文不下20篇，有些论文意义并不大，所以我们卡到了每年10篇以内。问题却来了，我们曾有一个年轻老师一年只发了1篇很有影响的文章，评职称却卡了壳，这样的事在我们室接二连三。我不急于让学生发表论文，可我带的博士生没有论文，怎么办？我得为学生负责。”让他高兴的是，现在职称越来越被淡化，凭本事吃饭的气氛越来越浓。孙大业有一条铁规：在实验数据没有被充分证实的情况下，论文是不允许发表的。

面对科技界形形色色的浮躁现象，许多采访对象就其成因从不同的视角会给出各自的答案。孙大业认为，学术腐败目前存在，但不像一些媒体渲染的那么触目惊心，这种现象的产生也跟我们的体制有相当大的关系。科学研究是一件很严肃的事情，不能搞'短平快'，论文不是越多越好，关键是抱定能够解决一个重大课题的决心，科学研究要耐得住寂寞。孙大业说："没有诺贝尔奖与我们这个泱泱大国的地位极不相称，但任何事情都得一步步地来。"他相信，解决了"科研浮躁症"，我们的科学水平会提高得更快。

科学研究要耐得住寂寞，孙大业从来对急功近利的做法，非常反感。科学研究是一件严肃的事情，其论文怎能不求质量，只求数量？

在河北师范大学有一项特殊的奖——"最佳论文奖"。2002年，孙大业获得何梁何利科技进步奖后，为了鼓励师生出高水平的成果，将20万元奖金全部捐献出来，专门设立了一项基金，每年用来奖励一篇全校最优秀的自然科学论文。在河北师范大学流传着孙大业的"跳高定理"：发现人才跟跳高一样，不是跳过次数多的，而是跳得最高的人得冠军；只要跳过一次世界记录就能证明你的水平，否则就是跳100次1米高也没有意义！

放眼要做千里马，俯首甘为老黄牛！2006年底，孙大业向河北师大提出了建设创新团队的建议。除加大引进人才力度外，对于现有人才实行合同制，按创新成果质量和申请到国家经费数量为主实行考核，搞得好的给予提高津贴等奖励。长期考核不合格的人则将退出创新团队甚至实验室。打造一流的创新团队，一直是孙大业的心愿，为此他付出了很多心血。爱才出了名的他，支持年轻博士回校搞科研，不断激励创新型人才脱颖而出。他说："谁要能把优秀年轻人从国外引进来，同时提高现有人才队伍水平，谁就能打个翻身仗。"如今，他所带领的河北师大细胞生物学科已被增列为国家重点学科，所带领的细胞生物学科的科研方向已成功地由基础学科转型到应用基础研究上来，紧贴国家长期发展目标，为经济建设服务。

"河北省科技精英"、"河北省科技进步一等奖"、"河北省科学技术突出贡献奖"、"曾宪梓教育奖"、"国家教育部科技进步二等奖"、"何梁何利基金科学与技术进步奖"等大量奖项和"国家特殊津贴专家"、"全国优秀教师"、"全国劳动模范"等众多荣誉背后，是一位尽职尽责的师者，是一位执著科研的学者——孙大业。

在一般人看来，孙大业取得了常人难以企及的成绩，获得了各种该有的荣誉，完全可以功成身退。然而，对教学的热爱、对发展科研的豪情，使他从不自满，而是把荣誉当作前进的动力，不停地在教科一线上努力拼搏，不畏艰险，勇攀高峰。他每过几年就会拿出高水平的成果，他总是不停地让人惊喜。然而，他看淡自己的成就与名利，从不以权威自诩，而是将自己放在普通平凡的教师位置看待。他依然壮志满怀、雄心未了，从未认为自己是个老人，还要继续发光发热，鞠躬尽瘁。他在学术领域的研究与探索从不止步，他说要活到老，做到老，学到老。

曾有诗曰："老牛自知夕阳短，不用扬鞭自奋蹄。"年过古稀的孙大业常用这种"自奋蹄"精神自勉，在植物细胞学领域上昂头阔步！

人生◎手记

"大业辉辉，科苑执一席牛耳，创生命奇葩功盖当世；美誉煌煌，杏坛掌半生教鞭，育桃李新秀利泽千秋。""教学科研楷模，为人师表典范。""大爱泽众，业绩鸿峻。"……这是"孙大业院士从教50周年庆祝大会"上，河北师范大学师生给孙大业的美誉。该校生命科学学院院长刘敬泽如此评价：孙先生做学问的见解，高屋建瓴，孙先生的学问具有一种气象。如东风拂面，日月在天，庄严恢弘，清远雅正。不强服人而人自服，无庸标榜而下自成蹊。形成这种气象至少有3个条件：第一是敬业的态度，对学问十分虔诚，一丝不苟；第二是博大的胸襟，不矜己长，不攻人短，不存门户之见；第三是清高的品德，潜心学问，坚持真理，堂堂正正。先生把学问和道德并重，用正直、诚实、刚强成其宽容、独立之气象。

矢志报国的孙大业把压力化作动力，誓把不可能变成可能。带着对祖国的挚爱、对事业的热忱，他一头扎进实验室，常常一干就是连续十几个小时，甚至日夜吃住在实验室。忘我的工作，使他的世界里，很少有休息日、节假日，独守在实验室面对仪器、试剂，实验，再实验，探求，再探求……孙大业终于取得了丰硕的研究成果。

杨永良

见证并实践中国改革

·代表档案·

杨永良，1944年1月出生于安徽长丰人，1961年参加工作，1970年加入中国共产党。历任淮南大通煤矿政治处副主任、党委副书记，共青团安徽省委书记、党组书记，合肥市委副书记、副市长，安徽省委常委兼省委政法委书记，安徽省委常委兼合肥市委书记，安徽省委副书记兼任省委政法委第一书记、安徽省委党校校长，湖北省委副书记兼任湖北省委党校校长，湖北省政协主席，湖北省委副书记、湖北省人大常委会主任等职；**现为十一届全国人大常委会委员**，系中国共产党第十一至十六届中央候补委员。

杨永良 见证并实践中国改革

一落座，记者笑了："杨主任，您海拔多高？"杨永良也笑了："一米八七。"

同这位自称在全国"省部级干部中身高位列前三名"的杨永良交谈，其实是很轻松的。尽管他一口淮南乡音未改，但我们一再被他那平和不失激情、平实不失精彩的对答所表现出的魅力所感染。整整3个多小时的专访，他伴以各种手势、眼神、表情、语气表示个人的谈话重点，表达自己的感情波动。一种执政为民、亲民爱民的真挚情感打动心扉。

告辞时合影，杨永良一再坚持坐着而不站立，原来细心的他不想让身高的差异造成影像上的"不平等"。最终，我们"平起平坐"着合影。走出房间，我们走不出被感动的世界……

◎ “六朝元老”见证改革

记者：您是安徽长丰人，我通过检索您的简历得知您在安徽工作生活了整整50年，自然对家乡有一种特别的感情。1994年您调任湖北省委副书记而离开家乡时，您是一种什么心情？

杨永良：离开家乡已12个年头了，现在好像一切历历在目。调离我也没有思想准备，但也没有犹豫，毕竟自己是管干部的，对中央的精神比较了解，当然感情上有留恋。时任中央政治局常委、中央书记处书记的胡锦涛同志在北京为此还专门找我谈过话，我十分感谢中央对我的关心。

记者：现在，您可以说是半个湖北人了，“鱼米之乡”——湖北，成了您的第二故乡。

杨永良：我可没把自己当外人。

记者：您对湖北的印象如何？湖北和安徽比有什么特点？

杨永良：湖北以前我来过，但当时还了解不多。湖北是个好地方，历史悠久，是中华民族和中国古代文化的发祥地之一，区位优势明显，“九省通衢”嘛。湖北人兼具楚人的蛮气和灵气，聪慧精明而好强，有“九头鸟”之名，出了不少文人武将。我到任湖北时，第一站是革命老区麻城、红安、大悟，并在这里调研。和安徽比，老区大同小异，尽管有发展，但依然很困难，老百姓还不是很富裕。现在两个省的家底子我都比较清楚，尽管发展势头很好，但发展还不够，还有很大潜力。

1994年11月，杨永良进入湖北境内，边走边考察湖北老区的经济状况、党的政策落实情况，再到湖北省委报到，才接受正式任命，主持省委常务工作。一般人可能没有想到，眼前的这位高级领导干部是从最基层起步而逐步成长到今天的。

1961年那个初秋的季节，17岁的杨永良自煤矿职工学校毕业后，被招工为淮南大通煤矿供应科的一位工人，不久进入煤矿职工学校学习。

由于吃苦耐劳，乐与群众打成一片，思想上升，在同时被招工的100多人中他很快脱颖而出，当选为团支部书记，尔后历任采煤一队副指导员、副科长、科长、采煤二队党支部书记等职。

1966年，思想一直向党组织靠拢的杨永良终于有机会走入党组织的大门。这一年，党小组、支部大会上一致同意他加入中国共产党，党委指派专人与他谈了话。可是，党委的文件还没下来，“五一六”通知来了——一场

“文革”浩劫开始了。直到1970年，杨永良才圆金锤银镰梦，终于站在了鲜艳的党旗下，举起了右拳……

1973年底，杨永良当选为淮南大通煤矿政治处副主任，不久被任命为矿党委副书记。显然，30岁前的杨永良一路凯歌，让同事们刮目相看。

1977年6月，安徽省委改组，万里被党中央任命为省委第一书记。于是，开始搞“转弯子”，提出“不搞路线斗争，要抓经济建设”，并开始解决“四人帮”长期破坏的问题和领导班子问题，重新审查十一大代表。安徽省煤矿战线当时职工达30余万，安徽省委决定从煤矿战线选一个有文化、有发展潜力的县级以上的干部。结果出来，淮南大通煤矿党委副书记杨永良的得票集中，于是省委组织部进行考察，考虑推荐杨永良为十一大代表。可是，该矿矿长已是十一大代表，怎么办？省委决定将此方案交全矿1000多名党员讨论，结果大家赞成调整。而后万里又亲自出面与矿长谈话。最终，杨永良任十一大代表，矿长任全国人大代表。

让杨永良没有想到的，他出席这年8月12至18日在北京召开的中国共产党第十一次全国代表大会，当选为中央候补委员。采访中，记者笑言：“您早在近30年前就是中央候补委员，至今也是中央候补委员，可谓六朝元老。”杨永良笑答：“当时，会议进行到选举阶段，我发现委员候选名单上有我的名字，很吃惊，于是找万里。万里做我的工作，说这是中央反复考察定下的，谁也改变不了的。”

本来当上十一大代表很高兴，如今被选为十一届中央候补委员，杨永良不免有些激动。

于是，34岁的杨永良出席了在中国历史上具有里程碑意义的中国共产党十一届三中全会。这次会议距今已过去近30年，大多数当年参加了会议的同志或已作古谢世，或已年衰体弱无法接受采访。还有一些当年参加了会议的人士，在那次会议后从此淡出中国的政治舞台，那次会议成了他们政治生涯的闭幕演出。可是，杨永良不仅是这次划时代会议的见证者，更是十一届三中全会政策的实践者，至今在中国政治舞台上执政为民。

时光已翻过28个年头，杨永良对当年全会的一些细节尽管不可能很清晰，但此次会议上大多与会者坚决反对“两个凡是”，他记忆犹新。杨永良回忆道：“1976年10月粉碎‘四人帮’，从危难中挽救了党和国家，但‘文化大革命’遗留的政治、思想、组织和经济上的混乱还极其严重。如何摆脱这种困境，打开新局面，是摆在当时全党面前的历史性课题。因此，大家迫切希望德高望重的小平同志重新出来主持大局。十一届三中全会功不可没，邓小平就是在那次会议中被确立了核心的领导地位，得以重新主持国家政治和经济建设工作。十一届三中全会主要贡献还有提出和解决拨乱反正、解放思想的问题。”杨永良感叹，若当年“两个凡是”占了上风，中国这近30年的改革历史恐怕要重写。

杨永良认为，近30年来，中国经济发展水平的每一次跃升，都缘于改革理论的突破。而改革不断突破，都缘于解放思想、实事求是的思想路线。而解放思想、实事求是就是邓小平所倡导的。在十一届三中全会之前举行的中央工作会议上，邓小平做了题为《解放思想，实事求是，团结一致向前看》的讲话，这篇讲话，实际上成为三中全会的主题报告，是在“文革”结束后，中国面临向何处去的重大历史关头，冲破“两个凡是”的禁锢，开辟新时期新道路、开创建设有中国特色社会主义新理论的宣言书。杨永良认为，今天这篇讲话仍然有十分重要的现实意义。

1981年6月，中国共产党十一届六中全会通过邓小平主持起草的《关于建国以来党的若干历史问题的决议》，全面评价了毛泽东的历史地位。这次会议，同样让杨永良十分难忘：“十一届三中全会尽管揭开了改革开放这一伟大历史转折的序幕，但是，平反冤假错案的工作刚刚全面展开，对‘文化大革命’尚未公开否定，对林彪、江青两个集团的审判更没有提上议程。因此，总结建国以来的历史，特别是‘文化大革命’的失误和教训十分必要。同时，十一届六中全会之前，如何全面正确评价毛泽东，全面科学的评价毛泽东思想，就有各种议论和说法，特别是对毛泽东同志晚年的错误，党内认识并不一致，甚至有一种偏激情绪。如何做好《决议》，统一全党的思想，事关重大，是关系到党和国家长治久安的大事。小平同志很重视，先后多次与胡乔木等起草人谈话，着重讲了对毛泽东的功过是非和毛泽东思想如何科学评价，这些重要讲话胡乔木在十一届六中全会预备会上进行了传达。”杨永良回忆：“十一届六中全会开得很好，很重要，会议用马克思主义的辩证唯物主义和历史唯物主义对建国三十二年来的重大历史事件，特别是文化大革命作出了正确的总结，科学的分析了这些事件中党的指导思想的正确和错误，分析了产生这些错误的主观因素和社会原因，实事求是的评价了毛泽东同志和毛泽东思想的科学体系。”杨永良深有感触地说：“《决定》的通过和发表，对于统一全党、全国各族人民的思想，同心同德的为实现新的历史任务奠定了坚强的思想基础和保证，在我们党和国家产生了重大的深远的影响。”

在党的十一届三中全会精神指导下，十一届四中全会通过了《关于加快农业

◆◆ 杨永良与夫人胡东琳合影

发展若干问题的决定》，十二届三中全会通过了《中共中央关于经济体制改革的决定》。这两个《决定》，就农业和城市经济体制改革做了全面系统的决策，对我国改革开放方针、路线、政策的实施起到了至关重要的作用。如《中共中央关于经济体制改革的决定》阐明了以城市为重点的整个经济体制改革的必要性、紧迫性，以充分的理由说明中国已发展到非进行全面经济体制改革不可的地步，并明确提出社会主义要消灭贫穷，不能把贫穷当作社会主义，社会主义的根本任务就是要发展生产力，从根本上改革束缚社会生产力的经济体制，明确要把是否有利于发展社会主义生产力作为检验一切改革得失成败的标准。这预示着一场前所未有的变化将要开始，通过《决定》的那一刻可以说成为中国经济的一个拐点。当时的掌声激动人心，经久不息，给我的印象十分深刻。两个三中全会，前一个三中全会使改革首先在农村突破，这一个三中全会将使城市和整个经济体制的改革有一个大的突破。今天，我们都看到了显著成果。”

◎ 两次“红色之旅”加足执政为民之油

1978年，杨永良被组织选派到中央党校进修学习。说实话，在许多人的心目中，中央党校是神圣的，甚至带着几分神秘，没有相当的级别，谁能跨进这里的门槛？当杨永良接到通知，让他到北京参加由中央党校举办的青年干部进修班的时候，内心由衷地高兴，自下决心，务必要抓住这次学习理论的机会，作一些深入的学习和研究。

这年6月，杨永良踏上了赴京的特快列车。一路上，车轮飞转，他的心也一直平静不下来，思绪万千，想得很多很多……

是的，自己原本一个基层煤矿的普通供应科工人，这些年来在组织的培养下，加入了党组织，并一步步升迁，成长为一家国有煤矿的党委负责人之一。期间，尽管在工作上碰到过许许多多的困难，做过多种角色，但始终有一条信念支撑自己：不负组织重托，干一行，爱一行，钻一行，为群众、为职工想所想、急所急，一切为了企业的发展。为此，党和人民给了自己不少荣誉，不知得过多少次“优秀”或“先进”。杨永良想，党和人民给了这么多荣誉，是为了鼓舞自己做出更大的成绩。今天，又让我进中央党校学习，更是对我的鞭策和激励，我一定要珍惜这宝贵的机遇，通过学习提高素质，充实内涵，增强底气，为企业的发展和繁荣再尽一份力。

这次学习，时间安排得很紧凑，讲课的老师阵容强大，既有理论的阐述，又有实例的剖析，讲得生动活泼，杨永良一点也不感到枯燥。每天下课放学后，杨永良都有一个感觉：时间不够用。

短短9个月的进修学习，杨永良感触很深——党校的课程学习不同于一般的文化课程学习，它不仅是一种概念的灌输，更是一种实践的思考。杨永良没有把学习当作一种任务和单纯的学习过程，而是去思考问题，去发现最本质的东西，然后对照自己的思想和行动，及时纠正自己的不足之处。这期间的学习，更激发了他的责任感、使命感。

让杨永良没有想到的是，自中央党校学习结束一返回，自己便被任命为共青团安徽省委书记、党组书记。离开煤矿赴任时，他与职工难舍难分，一路三回头挥别。

在出任安徽团省书记期间，杨永良不断探索团工作的新思路，要求团干部加强理论学习，努力培养良好的工作作风，正正派派做人，扎扎实实做事，发挥模范带头和表率作用，做党放心、青年满意的团干部，团结带领全省团员青年为振兴地方经济创佳绩。

对共青团工作，杨永良有一种特殊的感情。后来，到了湖北担任省委的主要领导职务，重视、关心湖北的共青团事业，多次参加有关活动与会议。在湖北省共青团第十一届二次全委（扩大）会议上，他坦露心声：“当前，共青团事业发展正处在一个新的历史起点上，全省各级团组织和广大团干部一定要用全面建设小康社会的生动实践和美好前景激发广大青年的创造热情，凝聚青年的理想信念，把广大青年的思想和行动引导到为小康大业贡献青春和智慧上来。”

由于杨永良主政的安徽共青团工作有活力、有生机，受到时任安徽省委第一书记万里的表扬。一年后，被调任合肥市委副书记、副市长，主管经济工作。

1983年9月，杨永良又考入中央党校培训部学习，为期两年。期间，既学习了基础理论课，又直接听到了副部级以上领导的高水平的专题讲座，视野开阔的见解和高屋建瓴的分析使他拓宽视角、受益多多。杨永良视每一次赴京到中央党校学习为“红色之旅”。这里成了杨永良向人生高峰进发的加油站，整整两年的党校学习，为他日后出任领导干部提高了服务经济社会发展、依法行政、解决复杂矛盾、科学决策的领导水平和执政能力，增强了全心全意为人民服务的宗旨意识。

这次自北京回到合肥，等待杨永良的又是一个职位变动。1984年底，他被任命为安徽省委常委兼合肥市委书记。从此，他的政治生涯步入一个新的天地。

出任安徽省合肥市委书记不久，杨永良碰到了一场政治风波。那就是1986年10月开始，在合肥市的中国科技大学的一部分学生在资产阶级自由化思潮的煽动下，闹起了学潮。随之影响到上海，进而波及北京，12月份进入了高潮。12月23日下午3点，在中国科技大学原副校长方励之等人的煽动下，以中国科技大学为主的3000名学生到合肥市政府静坐，要声援上海交大。晚12点，天很冷，学生仍没有撤走的动向，怎么办？杨永良和市长等人商量，学生无知，关键要坚决同方励之作斗争，寸步不让。同方励之较量多次后市委明确表态，方励之等人再不将学生带走，市委将维持秩序的公安干警一律撤走，学生安全造成的一切后果由方励之等人负责，没有商量余地。方励之等人知道市委、市政府的明确态度后，无机可乘，只好将学生带回，避免了更大的动乱，稳定了局势。杨永良以高度的政治敏感性，坚定地站在党中央的立场上，反对资产阶级自由化，同鼓吹资产阶级自由化的方励之作坚决的斗争，最终经受了考验，赢得了胜利。

◎ “小巷总理”爱子与老百姓心心相印

谈到对自己成长影响较大的人，杨永良不加思索地说：“母亲！我的母亲长期在基层担任居委会主任，为周围的老百姓服务，虽然是一位普通的家庭妇女，但中国妇女的特点在她身上得到较集中的体现——勤劳、善良、大度、慈爱。我在她的言行中受到教育。”

杨永良的母亲常素华尽管只是一个“芝麻官”，但身为“小巷总理”的她心里总惦记着困难居民的事，东家走走，西家看看，小事操心、难事挂心、大事尽心。社区哪里需要常氏就出现在哪里，哪里有困难哪里就有她忙碌的身影。在杨永良的记忆里，母亲的威信很高，好多群众在自家吃过饭，他们大多是家里两口闹了矛盾，邻里有些纠纷就找到杨家“讨”个说法、评评理。这时，常素华总是不回避矛盾，乐于解开居民的纠纷疙瘩，让他们带着怨气而来，捎着理智而去。杨永良说：“母亲没有豪言壮语，更没有丰功伟绩，没有惊天动地的事迹，却让人感动，感到亲切、真实，她有的是爱心、热心和执著的追求，甘于奉献的精神和一心为民的品格。”

1990年，常素华因病离开自己的岗位与执着的事业。遗体告别的那一天，场面十分感人，几百名群众自发前往送行，一些地方领导也闻讯送上最后一程。一个小小社区居委会主任竟得到群众如此敬重，作为儿子的杨永良在心灵上受到震撼。是的，母亲用赤诚的心浇铸着一种信念——全心全意为人民服务；用辛劳和汗水诠释着一种实践——立党为公、执政为民。母亲这位“小巷总理”想民、利民、帮民的心迹重重地烙印在儿子的心底！

20世纪80年代，身为合肥市委书记的杨永良要市财办、市经委每天送一份白菜、萝卜报价表及市民用电总量情况汇报。一天，杨永良发现平时白菜价格不超过1毛，现在却达到了近两毛。当晚，杨永良无法入睡，他的头脑一直萦绕着一个声音：“白菜每斤都快两毛，老百姓怎么吃得起？”于是，他找到市政府，把市长、副市长叫到一起，了解具体情况，研究应对措施。市长讲：“关键是商业局储备菜不够，想进货，调不到，要到山东等较远的地方调，可是成本就大了。”一听，杨永良果断表示：“这个钱是该花的，为老百姓、为群众花这个钱，值！这个多花的钱由政府出！”于是，现场办公讨论调几个汽车队调运白菜。一个星期后，菜价终于平稳过来。这时，杨永良才开始睡上安稳觉。

有一年八月，天气酷热似火。一个黄昏，杨永良接到一个电话，对方是四川口音：“您是市委书记吗？我向您反映一个问题……”原来，一个四川旅客出差合肥，住在长江饭店，可是因用电高峰而各大旅馆被限电，于是饭店没电没水，连洗澡都成了一个难题。得知有关情况后，杨永良一个电话打到供电部门，要求及时解决，表示“工矿企业可在用电高峰期限电，但有关群众日常生活的方面，不能限电”。

群众利益无小事！这就是杨永良的行事标准。他立党为公、执政为民，不是停留在口号和一般要求上，而是围绕人民群众最现实、最关心、最直接的利益来具体落实。他说：“群众的安危冷暖、生产生活的实际困难，有时看起来是小事，但小事不小。所谓小事、大事，只是相对而言，它们在一定条件下是可以转化的。如果我们因某些事是‘小事’而不为，或者处理不好，就会影响群众正常的生产生活，影响党和政府的形象，影响党和政府与人民群众的关系。长此以往，我们就会脱离群众，就会失去群众的拥护和支持。”这句话质朴无华，闪烁着可贵的思想之光。

乐民之乐者，民亦乐其乐；忧民之忧者，民亦忧其忧。为官几十年来，杨永良以务实、无私的品格履行好安民之责，时刻把群众的安危冷暖放在心上，努力想群众之所虑、急群众之所难、谋群众之所求，诚心诚意办实事，尽心竭力解难事，坚持不懈做好事。接受采访时，他发自肺腑地说："群众的事，尽管是具体问题，但不能忽视，我们作为党的干部要认认真真地为老百姓办实事、解难事、做好事。群众观点、群众路线、全心全意为人民服务是我们党的传家宝，要进一步调动群众的积极性，要跟群众以心换心，同他们交朋友，把群众的事当作自己的事。"

在任湖北省委副书记以来，杨永良每年都要处理大量的人民来信，向他反映问题，只要他听到、看到，他总是积极沟通，及时批示、处理，而不是搪塞、推诿。

有一次，三四百人的上访群体找上门来，可谓群情激愤。杨永良没有退缩，而是在第一时间出现在上访群众面前，并耐心地向他们解释党的政策。这些上访群众相当一部分是由于基层的工作没有做到位、方法简单，激化了矛盾，引起群众集体上访。于是，杨永良提议他们选出9个人作为代表，进行对话。为此，他同上访群众一样，不吃饭，接连对话整整5个小时。时间一分钟一分钟过去，外边的上访群众等候里面"谈判"的结果，里边的人一边是坦陈实情、一边是认真倾听和耐心解答。杨永良一直是认真记录、和蔼询问。最终属于政策内的问题解决了，上访代表感到问题只能这样解决，感激不已："杨书记，真的感谢您亲自接待我们。"这时，杨永良也有些动情，并有些内疚，心想："基层如果能多为群众想一想、多说几句暖心话，各个环节通力协作，很多类似的上访可能就会避免。为什么我们基层的干部出现这种情况，说到底是群众观念、群众感情、坚持群众路线、新形势下全心全意为人民服务的宗旨如何落实的问题。杨永良深情的说："我们党的各级干部不管在任何情况下都要牢记这一宗旨，实践这一宗旨，才能克服各种困难，无往而不胜。"

信访工作关系到群众的切身利益，敏感性强，是关乎构建社会主义和谐社会一项不可或缺的重要工作，也是考验政府执政能力的一种表现。真正把群众利益放到至高无上的位置、视群众利益无小事的杨永良身居高位，不忘百姓，对所有来信、来电和信访件总是力求"件件有着落、事事有回音"，及时妥善处理，抓好跟踪督查，以真正取信于民。采访中，他沉重地说："群众绝大多数是通情达理的。我们的干部来自群众，就应当代表群众，为群众办事，绝不允许采取视而不见、听而不闻的官僚主义态度。"

◎ 情牵民生的人民公仆屐履荆楚

这些年来，杨永良不知多少次头顶烈日或冒着狂风暴雨深入到田间地头，与农民、村干部亲切交谈，听取他们对农村税费改革的建议和要求，与部分乡镇党委书记座谈，了解农村改革过程中暴露出来的矛盾和困难，并听取基层领导等关于“三农”情况的汇报。

在农村调研中，他曾多次强调，农村税费改革是从制度上解决农民负担问题的治本之策，是密切党群关系、干群关系，巩固政权基础的重大举措，各级干部要进一步增强责任感、使命感，把农村税费改革作为一项德政工程来抓，抓出成绩；并指出要正确处理农村税费改革与家庭联产承包责任制的关系，稳定家庭联产承包责任制，确保农民利益不受损害。

鄂州市边远的汀祖镇刘畈村曾是一个背负100多万元债务、远近闻名的“空壳村”。1991年，以刘分林为书记的支部一班人，依托本地丰富的铜、铁、钼等矿产资源采掘加工，全村经济有了快速的发展。到2000年，全村工农业总产值达到2390万元，村民人均收入达到2336元。

就在村级经济“翻筋斗”般增长时，老百姓并没有给予村党支部和村干部太多的赞赏，村民们仍然在发泄对他们的牢骚和不满。于是，村支委们困惑了，村干部想不通，问题究竟出在哪里，我们到底该怎么办？

2001年2月，“三个代表”学习教育的春风吹进了刘畈村，杨永良挂点指导刘畈村的“三个代表”学习教育活动。他在繁忙的事务中多次到刘畈村检查指导工作并亲自给村支部书记回信，要求他们“从群众最不满意的事情改起，从群众最希望的事情做起”。

杨永良同刘畈村党支部的同志们一起认真分析讨论，终于发现了问题之所在：过去，村支部过多地注重发展矿产加工，而忽视大多数村民赖以生存的农业。尽管支撑村级经济的是村办矿产加工业，但稳定全村民心的是农田耕作业；只有努力改善农田水利设施，调优农业种植结构，才能帮助村民致富，带领村民致富。一个明快简洁的富村方略很快提了出来并得到实施：短短几个月时间，全村25个组全部接通水泥公路；全村电网改造迅速展开，部分村民用电难的问题得以解决；村干部带头示范调整种植结构，村民跟着种起了扁豆、葡萄、西瓜……

水利设施的修缮，使困扰刘畈村数百年的“水袋子”、“旱包子”问题得到解决，全村旱涝保收面积达到95%，群众的眉头舒展了；由于产业结构

的调整，上半年农民收入增加120元，村民的笑声更酣畅了。

劈石采矿，在一定程度上损害了刘畈的山林和环境。村民对可持续发展的担忧，让村支部一班人寝食难安。村党支部提出了一个口号：“辛苦五年人养树，造福百世树养人”，让全村荒山5年内全部披上绿装。村支部首先在磨石山林场山顶栽上绿化林，在山腰和山坡兴建了1000亩的栗和酥梨地；在燕子窝、黄金山一带种上了4万株马尾松和2万株意杨树……一座座荒山枯岭如今绿意渐浓。

“三个代表”的实践，转变了干部作风，启发了富民思路，群众对村支部的工作更加理解和支持了。在2001年的各项路、电网建设中，群众义务投工投劳达81万元，农业税费征收工作，仅用5天时间就全部完成。老百姓的肺腑话道出了个中原因：“像这样为我们办实事的党支部，我们才相信。”听到群众的笑声，杨永良喜在心头……

2003年那个春天，是个“戴口罩的春天”。“非典”疫情肆虐神州大地之时，杨永良在湖北靠前指挥，号召全省上下共同努力，坚决打好“抗非”硬仗。面对严峻的疫情，他深入一线检查、督导，并要求对各地各部门主要负责同志因工作不力、不准确掌握疫情，或有意隐瞒疫情的严肃追究。

同年7月，素有“千湖之省”美称的湖北因前期降雨范围广、雨量多、强度大、时间长而江河湖库汛情严重，洪涝灾害造成的经济损失相当严重。一次，杨永良在省防指听取防汛工作汇报后指出，目前仍处于主汛期，水库、湖泊水位较高，未来天气还有不确定因素，防洪压力依然存在，防汛工作决不可麻痹大意，出现松劲情绪，务必再接再厉，夺取全胜。

其实，每年汛期，杨永良都把防汛当作湖北天大的事、当作事关人民群众生命财产安全的大事，他一次次要求各级领导认识到位，做到组织落实、责任制落实、各项工作措施落实，严格执行防洪预案，科学调度，加强检查督办，对病险水库和山地灾害易发地区，务必落实好防范措施；同时，他强调，各地要做好抗灾救灾工作，努力安排好受灾群众的生活，帮助他们尽快恢复生产，重建家园，抓紧抢收抢种，搞好改种补种，降低灾害损失。

2004年9月9日，杨永良得知鄂州梁子湖库区一组特困生高曙光同学以539分考入湖北汽车工业学院，却因家境贫寒而不能上学的情况后，叮嘱工作人员从自己的工资中支付1000元给该特困生；指示有关同志与学院取得联系，争取校方助学贷款。后来，他还一直惦记着这位特困生，多次向身边工作人员了解其上学情况。他反复强调，一定要让老百姓感受到“三个代表”和党的政策带来的实惠，让老百姓感受到党和政府的温暖，一定要让贫困孩子读上书。

2005年11月上旬，杨永良对武汉市重大建设项目进行考察。他一路走，一路看，一路问，一路作笔记。在王家墩商务区建设指挥部，杨永良站在展示模型前连连点头："规划很好，是个很美丽的蓝图，建成以后一定很漂亮！"仔细听取了工作人员对商务区建设规划等情况的汇报、观看了宣传片后，杨永良对商务区建设提出建议："以前很多建设项目往往忽视了绿化，王家墩商务区的建设要尽可能多栽树种草，这一点不能含糊。要舍得花大本钱，要学习国内外先进城市的做法。"看到展示模型中规划建设的一片人工湖时，杨永良强调要严禁污水入湖，不能让景观水成为死水。

飞驰在绕城高速公路上，杨永良指着公路两旁的绿化带称赞道："这些绿化带规划得有长远目光，高速公路灰尘大，绿化带可以起到过滤作用。"

两天时间里，杨永良还先后考察了武汉轻轨和在建的阳逻长江大桥、琴台大剧院、长江隧道，每到一处他都热情慰问广大工程建设人员，详细询问各项目的建设规模、投资额、技术含量等，给陪同干部与基层群众留下了亲民、为民的良好印象。

2006年1月4日上午11时20分，黄石铁山某家属区。杨永良推开艾滋病患者姜某的家，听到随行人员介绍姜某后，微笑着上前，同他紧紧握手，接着又同他的父母握手。杨永良得知姜某的父母、孩子都没有感染艾滋病后，询问起姜某的治疗情况。

姜某，37岁，1996年因卖血感染艾滋病，2003年12月检测证实感染艾滋病。现在的他，消瘦、憔悴。

杨永良在姜某对面坐定后，与他攀谈起来："现在有没有感觉？"姜答道："发烧。"杨永良又关切地问："怎样治疗？"当姜说一直在吃药时，杨永良又问："吃什么药？"

"他一直吃国产抗病毒药，发烧症状明显好多了。而且他现在几万元的治疗费，国家给他全免了。"黄石市卫生局局长傅正华答道。姜某的母亲接过话："社区和单位的领导都非常关照我们家，常常到家里来看望孩子。而且小孩子的户口也给全部解决了。"听以这些，杨永良悬着的心才放下。

窗外冬雨淅沥，一晃十几分钟过去了。杨永良起身离开时，叮嘱姜某树立信心，好好治疗，争取早日康复。

在黄石，杨永良含着泪水一连看望了8家困难职工家庭，对方也很激动，连连表示"感谢政府，感谢省领导的慰问和关怀"。

杨永良在采访中深有感触地说："对群众要有浓厚的感情。领导要做深入细致的群众工作。和谐社会说到底是法治社会，法制的健全少不了，当然思想教育也少不了。”

荆楚大地，建设社会主义新农村好戏连台。在抢前争先的行列中，嘉鱼县官桥八组以稳健、喜人的业绩，勾勒着一个探索前行的范式。近年来，杨永良曾两次到这里调研，被官桥八组那掩映在山林之间的农家小楼所吸引，被数家高科技企业在这区位并无优势的地方落户所惊奇，被这里民主的村风、淳朴的民风所打动。在与组长、田野集团党委书记、全国人大代表周宝生一番长谈后，杨永良得出结论：社会主义新农村，并非遥不可及，官桥八组就是一个现实的蓝本，是湖北新农村建设方面“土生土长”的典型。

接受采访时，杨永良强调，官桥八组这个典型，有它自己的特点，主要是靠吃非农饭，建高科技园区。湖北在组织“取经”时要学其精神实质，切忌“一刀切”，不能照抄照搬、简单化，也切忌刮风，不能建样板工程、政绩工程，更不能违背农民的意愿，借债建设新农村。

作为湖北省人大主席，杨永良常说：“人大的权力是人民赋予的，是用来为人民服务的，要对人民负责，受人民监督。坚持走群众路线，从群众中来，到群众中去，是我们党的优良传统，也是人大的基本工作方法。人大最大的优势是密切联系人民群众，最大的危险是脱离人民群众。只有保持同人民群众的血肉联系，更好地代表人民，自觉接受人民监督，才能使人大工作保持旺盛的生命力。”从他的话里，我们找到了他身体力行下基层、跑一线、搞调研的精神动力与思想支撑。

工作余暇，杨永良爱到因特网上“转一圈”。他说：“我上网主要是看看新闻，查查资料，听听民声。网络相对于其他媒体的优势就在于新闻传播的速度很快，信息量也很大，也是凝聚民意的一个新平台。虽然网络也并非一方净土，有些小道消息也并不属实，但只要我们取其精华去其糟粕，从中找到有意义、对工作有所帮助的信息，网络的优势就可以最大限度地得到发挥。”

“实现群众愿望、满足群众要求、维护群众利益是我们一切工作的出发点和落脚点。”杨永良一直满怀着对人民群众的深厚感情，时刻把人民群众的安危冷暖挂在心头，真正做到了权为民所用，情为民所系，利为民所谋。他一次次强调，全省各级国家机关要深入了解民情，充分反映民意，广泛集中民智，切实珍惜民力，正确反映和兼顾不同方面群众的利益，高度重视和维护人民群众最关心、最直接、最现实的利益。从杨永良一个个匆匆的身影里，我们读到了他情牵百姓、图谋富民的痴心、决心与雄心。

◎ 展望“东方芝加哥”的振兴长江梦

前些年，杨永良长期主管干部工作，是一位重视人才、善于创新、勇于改革的领导。湖北省曾在农村实行“两推一选”（即由村民代表推荐、党员推荐确定支部委员候选人，再由全体党员选举产生支部书记和委员）的选用办法，在企业实行“双推双考”（即由企业职工推荐、个人自荐，组织进行考试和考核）办法，不能不算是一种有效的尝试。杨永良说，这种办法既拓宽了选人视野，又扩大了民主，提高了班子建设的质量，增强了班子的凝聚力；更重要的是，这一做法消除了“少数人选人、在少数中选人”现象所带来的负面影响。

1996年，湖北省在全省公开选拔副厅级领导干部。21名副厅级干部最终从2100多位报名者中脱颖而出。这一举措在当时被全国很多地方效仿，一时传为佳话。当时主持干部人事工作的湖北省委副书记杨永良认准的是，所报考的不仅仅是21名副厅级干部，更重要的是要解放思想，转变观念，广揽人才，确立用人导向。

国家改革开放到现在，改革方针政策不断完善，杨永良是其中的参与者、实施者、见证人。他由衷地欢呼十一届三中全会带给中国的重大转机，更庆幸自己有一个可以施展才华的机会。他感慨地说：“我也曾经是个年轻干部，也是一步步摸索着走到现在。年龄是客观存在的，但是从知识、能力、发展来看，有志不在年高。人都有一个成长的过程，关键看自己如何走好脚下的每一步路。”

1999年2月，杨永良当选为湖北省政协主席后，在认真听取各方面对政协工作的意见和要求的基础上，提出了“高举旗帜、积极参与、提高素质、务实创新”的湖北政协工作思路。采访时，他说：“政协人才荟萃，充分发挥政协对政府、党委了解民情民意，作出科学决策不失一个很好的渠道或形式，有中国特色。”

当时，作为湖北省委副书记、省政协主席的杨永良，在注重干部培养与教育、推动湖北经济发展的同时，对于政协政治协商、民主监督、参政议政工作同样抓得很紧，并一步一个脚印，踏踏实实工作着。

当年，他极为重视省政协委员素质的提高。通过举办政协委员培训班、专题报告会、座谈会等形式的学习，提高每一位政协委员的使命感和自觉性；湖北省政协根据省委每年的工作目标和任务，狠抓围绕工作重点和人民群众关心的热点、难点问题，选准角度，切实履行政协职能。当时，有人说，湖北籍的政协委员在全国两会上的“上镜率”最高。究其原因，主要是该省政协委员平时有很多“锻炼”机会，因此在会场上的发言才会言之有物、切中时弊，提案的内容颇具价值。

从“敞开城门”到“两通起飞”；从“扁担理论”到“东引西联”；从“打造武汉经济圈”到“实现中部地区的崛起”……几度与国家宏观开发开放战略失之交臂的大武汉，用“八七会议”传承的百折不挠精神，矢志追逐着我们这个国家和民族振兴长江的梦想。

工作之余，杨永良也爱读些历史书籍。他告诉我们，拥有3500多年文明传承与积淀的武汉，早在宋元之际，就成了知名的港口城市，素有“东方芝加哥”之称，被认为是振兴长江全流域经济，带动我国东、中、西部经济协调发展的“命脉”所在。“历史上叫‘大’城市的只有‘大武汉’、‘大上海’，没有听说过大北京、大广州的吧。武汉，一是人口密集，二是商品的聚散地，三是没有城墙，很开放的。”

他掐指数典着“大武汉”的历史：新中国成立之初，百废待兴的中国重点建设由苏联援助的156项工程，武汉受到重点安排，成为这一时期国家重点建设的工业城市，而包括上海在内的一批既有的工业城市则被排在了头两个“五年计划”的次要位置。特别是武汉长江大桥的兴建，一举打通了纵贯南北、横跨东西的陆地交通，结束了中国长期单纯依赖水运的历史。

杨永良视湖北为第二故乡，一提到湖北的省会城市武汉的话茬儿，他掩饰不了自己的兴奋劲。正是国家两个“五年计划”的实施，打造了“武钢”“武船”“武重”“武锅”等一批响当当的“武”字头企业，使“武汉制造”大到船舶、桥梁，小到皮鞋、手表、螺钉等都享誉全国。一直凭水运“通江达海”而得“九省通衢”盛名的武汉，成了中国经济誓言“赶超英美”的一张王牌。

然而，在并不漫长的历史演进中，武汉给长江流域经济和中国经济带来的影响却未遂人愿。改革开放以后，武汉曾两度与中央开发开放的大政策失之交臂。一些专家、学者和所有关注长江经济振兴的有识之士，给武汉的发展提出了一个又一个合理化的战略构想。1984年4月，武汉市政府采纳了经济学家李崇淮的建议，制订了以“两通”为突破口的综合经济体制改革方案，很快得到国务院的批准，武汉三镇就此敞开大门，形成了以开放促改革、以改革促发展的格局。

这一战略冲破了旧体制重生产、轻流通的传统观念，带来了武汉交通的发展、商业的繁荣、物流的勃兴。然而，过分强调流通，随之而来的却是本地制造业的下滑。一时间，在这个地处鱼米之乡、水资源最为发达的城市，竟出了老百姓“喝珠江水（饮料），吃广州粮（副食）”的现象。大武汉在全国经济中的地位也因此而一落千丈，由在改革开放之初的1982年的位居第4位下滑到到2002年的第14位。

如果把中国经济地图比作一个轮盘，而武汉就是这一轮盘的轴心。跻身中国经济大棋盘“天元”位置的武汉，究竟怎样才能为振兴长江经济作贡献？到湖北工作后，杨永良同湖北省委、省政府的历任主要领导十分关注。他说：“随着市场竞争区域化、区域经济一体化浪潮的兴起，武汉的专家、学者相继提出了在长江中游地区打造中国经济第四增长极的两种模式——一是跨越河南、湖北、湖南、江西、安徽五省，联合30多个主要城市和地区，以武汉为圆心，在320千米为半径的区域打造“武汉经济区”；一是以武汉为中心，100千米为半径，联结湖北省内的8个卫星城市，打造“武汉城市圈”。”这些构想一出台，立即引起了湖北省委、省政府和武汉市委、市政府的高度重视。他特别强调，“武汉城市圈”9个城市同属一省且空间距离均在1小时车程内，武汉后发优势不可小觑。

◆◆ 杨永良（前排左四）等视察国家多媒体软件工程技术研究中心

随着东南沿海地区向中西部地区实现产业转移和中央“实现中部地区崛起”战略的提出，武汉市犹如“黄金概念股”，令大批外资蜂拥而至。让杨永良欣喜的是，如今，“武汉经济区”与“武汉城市圈”两个经济合作区域成为长江经济快速发展的驱动轮，国内外已有大批企业将区域总部、销售总部、研发中心等移至武汉，武汉企业也纷纷开始了向周边地区的扩张。

人们有理由相信，“武汉经济区”振兴不是梦，“武汉城市圈”崛起为期不远，长江振兴大有希望！

◎ 畅谈国是吐肺腑

2006年3月7日的首都北京，风和日丽。人民大会堂湖北厅里春意融融，洋溢着热烈的气氛。下午3时，中共中央政治局常委、中央政法委书记罗干来到这里，与湖北团代表一起审议政府工作报告。

坐在罗干身边的杨永良注意到，罗干认真听取罗清泉、苗圩、马清明、陈天会、蒋远华、吕忠梅、孙开林等代表分别就湖北省经济社会发展情况、做好“三农”工作、加强社区建设、司法体制改革等问题畅所欲言、各抒己见，并不时在笔记本上做着记录。

今天，杨永良还清晰地记得罗干在听取代表的发言后所作的讲话：“促进中部地区崛起，是继鼓励东部地区率先发展、实施西部大开发、振兴东北老工业基地之后，党中央、国务院作出的又一项重大战略举措。湖北是中部地区重要的省份，在许多方面具备加快发展中部地区崛起的有利条件。湖北当前正处于经济社会快速发展的时期，为实现在中部地区崛起打下了坚实的基础；湖北是承东启西、连接南北的水陆空交通枢纽和通信枢纽，为实现在中部地区崛起提供了良好的基础设施；湖北拥有丰富的自然资源，为实现在中部地区崛起提供了良好的物质基础；湖北的产业门类比较齐全，为实现在中部地区崛起提供了较好的产业基础；湖北有丰富的人力资源，为开发拥有自主知识产权的高科技产品和湖北特色的知名品牌创造了有利条件；湖北社会稳定，为实现在中部地区崛起创造了良好的社会环境。”杨永良认为罗干的话尽管不是很多，但很有针对性、有深度、有鼓舞性。

杨永良分析说：“罗干同志从6个方面分析后得出结论——湖北的经济社会发展完全有可能走在中部地区前列，成为促进中部地区崛起的重要战略支点。他希望湖北在‘十一五’时期，充分发挥自己的优势，着力提高自主创新能力，调整产业结构，转变经济增长方式，保护生态环境，促进社会和谐稳定，实现经济社会全面、协调、可持续发展，为全面建设小康社会作出新的重大贡献。”聆听中央领导语重心长的嘱托与期望，杨永良和湖北代表团所有代表一样心情激动，表示充分发挥湖北的优势，抢抓机遇加快发展，努力成为促进中部地区崛起的重要战略支点。

人们未来在书写中国的现代化史时，无疑会给2006年的这个早春三月，留下浓墨重彩的一笔。

2006年的两会，在民主、团结、求实、和谐的审议、审查、讨论中，规划了未来五年乃至更长一个时期的发展蓝图，对“十一五”时期的经济建设、社会发展、改革开放等各项工作做出了全方位部署。这是一张全面落实科学发展观的路径图，是一份构建和谐社会的行动纲领，是中国的发展进入新航程的重要标志。

关键时期的关键会议，在中国现代化进程的历史坐标上格外引人注目。党中央、国务院作出的一战略判断，在湖北省全国人大代表团团长杨永良心中引起强烈共鸣。杨永良说，随着经济社会发展进入关键时期，中国实现了现代化建设指导思想的一次飞跃。发展为了人民，发展依靠人民，发展成果由人民共享。“从整个现代化进程的历史坐标来看，2006年的两会确实是关键时期的一次关键会议。会议确定的‘十一五’发展规划，将使我们的发展真正转入科学发展的轨道，对现代化建设全局具有决定性意义。”

新起点、新蓝图，新理念、新思路。2006年两会，“十一五”规划纲要，成为高频词汇。在杨永良眼里，分14篇、38章，厚达90页的纲要草案，是一份实践科学发展的行动纲领，系统提出了未来5年国民经济和社会发展的奋斗目标、指导方针和主要任务，通篇贯穿科学发展观的精髓。

一项项以人为本的新指标，一个个耳目一新的关键词，使杨永良倍感振奋：“经济指标少了，人文、社会、环境指标多了；计划性指标少了，预期性指标多了。”在两会期间，杨永良以饱满的政治热情和对党、对国家、对人民高度负责的精神，专心致志地参加会议，并组织湖北团充分发扬民主、依法履行职责，认真审议会议的各项议题，积极提出议案、建议、批评和意见。他认真思考、热烈讨论，会场内外谈感想、献计策、说未来。

心中为念农桑苦，“三农”牵动公仆心。在一次调研中，曾有一位农民向他提问：“今年粮食保护价还有没有？”一听，杨永良意识到，农民对政策因素和价格因素的依赖程度高于他们对农业自主增长的信心指数，同时让杨永良悟到，农民收入增长的长效机制尚未建立，沉重的乡村债务仍然是束缚农村经济发展的突出因素，薄弱的农业基础设施仍然是制约农业发展的“瓶颈”。

◆◆ 杨永良（左）在全国两会期间

仓廪实，则民心安；农业强，则农村稳；农村小康，则全面小康。过去一年，政策因素加价格因素共促农业和农村经济发展，农民得到最大实惠。一个个“涨声不断”的数字映出农民朋友喜悦的笑脸，一项项令人振奋的“之最”托起中国农村的“山乡巨变”。杨永良在接受我们的专访时说，在为农业和农村经济发展叫好的同时，我们也应该清醒地看到，农业仍属弱势产业，农民并未整体富裕，农村还需要更多反哺和关爱。

两会期间的一天上午，出席十届全国人大三次会议的湖北代表团在驻地北京新大都饭店举行全体会议审议政府工作报告、审查“十一五”规划纲要草案。记者在现场感受到代表们畅所欲言，就扎实推进社会主义新农村建设积极提出意见和建议。在参与讨论中，杨永良说，建设社会主义新农村，要着力发展农业生产力，转变农业增长方式；要继续加大对农村基础设施建设的投入力度；要积极推进农村社会事业稳步发展，解决读书难读书贵、看病难看病贵和社会保障薄弱的问题；要切实加强农村基层党组织和党员队伍建设，为社会主义新农村建设打下坚实的组织基础；要把发挥农民的积极性和从实际出发结合起来，有序推进新农村建设，克服“等、靠、要”思想和急于求成思想。他说，要坚持从实际出发，尊重农民群众的意愿，尊重自然规律、经济规律和社会规律。杨永良期待，中央“新农村建设”的政策化作春雨和甘霖润泽山间和田野，早日再传农业增产、农民增收、农村繁荣的捷报！他的发言，在湖北团引起反响。

“杨永良们”的一个个真知灼见、一句句肺腑之言、一条条中肯建议，如涓涓清泉流归大海，汇聚成推进科学发展的澎湃力量。初春盛会凝聚的高度共识，为阔步迈向现代化的中国从新的起点出发提供强大动力……

◎ 力行“自身净”并让“身边清”

湖北省政府驻港办事处原主任、香港宜丰实业有限公司原总经理金鉴培，于1996年8月至1999年8月间，利用职务之便，贪污、挪用公款1.88亿港元用于在澳门、香港等地肆意豪赌，导致1.44亿港元公款无法归还。1999年11月，金鉴培以贪污罪、挪用公款罪被推上断头台。

金鉴培在被执行死刑前，时为湖北省委副书记、政法委书记的杨永良收到他的一封长信：“作为一名即将伏法的死囚，我正等待着以死谢罪的最后时刻。我们这些沦落为罪人的领导干部，虽然案情各不相同，犯罪程度各有轻重，但走向罪恶的轨迹却是基本相同的。”看了这封信，杨永良十分心痛，立即批转给全省县以上领导干部阅，让大家从中受到启迪、教育和警戒。一位以前比较优秀的干部短短几年因私欲恶性膨胀、利令智昏而越滑越快、越滑越远，最终成为拿名誉、自由、生命和组织的信任作赌本的赌徒，走上了狂赌不归路。

“湖北是我的第二故乡，这里有许多曾经教育、培养、关心和帮助过我的领导、同事和朋友。此时，我想说两点，第一，希望在职的各级领导同志能从我的堕落中得到警示，了解我是如何从名人变为坏人，从能人变为罪人的。这其中的‘一念之差’就是放松了思想改造，没有把握住自己。希望大家以我为戒，不要再蹈覆辙。在位时一定要居高思危、警钟长鸣，千万不要因贪恋一时之私欲而造成无法追悔的终身遗恨。第二，我希望能从我的犯罪原因中进一步总结教训，不断改进和加强党的思想政治工作、干部培养教育工作和反腐倡廉工作。我感到至少有一点启示是十分深刻的，即对于各级领导干部必须坚持终身教育，因为人是会变的。要改变目前对干部‘用时就考核，提了就不管，错了就处理’的简单做法。要采取措施，加强对干部经常性的教育、考核、培养、监督和帮助，使各级党组织和干部、监察部门不仅能为党的事业及时选出好人，清查坏人，还能有效地防止好人变成坏人和帮助那些有缺点的人能扬长避短，为伟大的社会主义事业增添更多的有生力量。”在信的最后，金鉴培如此忏悔。杨永良感叹：鸟至将死，其鸣也哀，人至将亡，其言也善。金鉴培用生命付出的代价认识应该说是深刻的，教训是沉痛的，由己及人，所提的建议是好的，可就是不明白他在犯罪时是否在思考呢？是表面上的一念之差、两重天地，还是言行不一、人格分裂？杨永良陷入了深思。

采访时，杨永良特地提及巨蠹金鉴培在走上人生末路前致信自己一事。杨永良十分痛惜地说：“的确，翻开这些人的人生履历，大都有过兢兢业业为人民奉献的闪光一页。正如金鉴培所说，由于地位高了，权力大了，诱惑也相应增多了，于是放松了对世界观的改造和自我欲望的节制，失去了对腐败的防御能力，于是被名利财色打败。最终未能战胜自己，才落得善始不得善终的可悲下场。实在让人心痛！”杨永良说，社会不正之风对干部是一种考验，能不能经得起考验，要看你的素质、看你的党性。

近年来，湖北的群众普遍感觉到该省各级领导的“身边人”正在悄然发生变化，有群众概括为“客难请了、礼难送了”，但“门好进了、脸好看了、事好办了”。这个可喜现象是湖北省多年来对领导“身边人”不断加强教育管理的结果。

秘书、警卫、司机等作为领导同志的身边工作人员，是一个比较特殊的群体，是关乎党和政府形象的一个特殊窗口。但是，由于缺乏行之有效的办法，对这支队伍的教育管理极易出现“真空”和“盲点”。从近年来全国一些地方特别是河北李真一案的情况看，加强对这支队伍的教育管理十分必要、也十分重要。为此，湖北省委办公厅专门出台《关于加强省级领导身边工作人员教育管理的暂行规定》，制定了“十不准”和“五项制度”，给领导“身边人”戴上了“紧箍咒”。

杨永良解释说：“十不准”包括不准有同中央和省委不一致的言行、不准接受礼金和吃请、不准插手人事问题和市场活动、不准干预公正执法执纪、不准瞒报假报和泄密等多方面的内容，凡违反其中任何一条者，一律调离现工作岗位，对情节严重、违犯法纪的，依纪依法处理。与此同时，着眼于管理的规范化和制度化，《暂行规定》还要求健全调配制度、组织生活制度、学习制度、谈话制度和考核制度“五项制度”。

严是爱、纵是害。领导同志的“身边人”身份特殊，特别是秘书，在整个国家行政管理体系中充当着领导的参谋、助手和事务工作者的角色，可谓举足轻重，因此很容易成为一些不法之徒、不轨之人拉拢腐蚀的目标。如果组织上不加强教育、管理和监督，或者自我约束不够严格，就很容易出现腐败问题。“加强对领导同志‘身边人’的教育管理，既是实践的需要，也是事业的需要；既是总结经验的结果，也是吸取教训、防患于未然的重要举措，充分体现了组织上对年轻干部等身边工作人员的关心和爱护。”在接受专访时，杨永良深有感触。

“欲影正者端其表，欲下廉者先其身”，“自身净”才能“身边清”。杨永良认为，在贯彻落实《暂行规定》的过程中，各级领导的率先垂范至关重要。湖北省委的几位主要领导不仅是《暂行规定》的制定者、倡导者，更是积极宣传者和带头执行者。大家都能自觉遵守廉洁自律的各项规定，对自己的身边工作人员以及家属、子女做到严格教育、严格管理和严格监督，发现问题及时指出和纠正，决不姑息纵容。

杨永良说：“制定制度，重在落实。决不能写在纸上、挂在墙上。”从前几个月的情况看，《暂行规定》落实的实际效果较好，而且发挥了重要的示范效应和带动作用，湖北省各地各部门纷纷结合实际，举一反三，产生了良好的社会反响。

在杨永良眼里，湖北省出台的《暂行规定》与其说是“紧箍咒”，不如说是“护身符”。他说，这些规章制度提醒大家保持高度警惕，经常对照检查，未雨绸缪、防微杜渐，打好“预防针”、增强免疫力，避免重蹈覆辙。杨永良表示，加强对领导身边工作人员的教育管理是一项长期任务，不可能“毕其功于一役”，《暂行规定》的实施只是一个新的起点，必须根据实践的发展和时代的要求不断加强和完善。而且，当前在一些中层、基层领导的身边工作人员中，飞扬跋扈、作风恶劣、私欲膨胀、道德败坏者还大有人在，今后要进一步做到防微杜渐、警钟长鸣。他说：“我相信，通过严格实施各项管理制度，一定能建设一支忠诚可靠、业务精湛、求真务实、谦虚谨慎、廉洁自律、甘于奉献的高素质干部队伍。”

事实上，杨永良就是一个认认真真做事、干干净净做人的典范。他勤奋敬业，勇于创新，乐于奉献，廉洁自律，自觉接受各方面的监督。他常说：“我们的权力是人民给的，就应该用来为人民谋利益，就应该自觉地接受人民的监督。”

◎ 创造性的工作为“战略支点”保驾护航

2003年1月，在湖北省第十届人民代表大会第一次会议上杨永良以高票当选为湖北省人大常委会主任。从此，他步入了新天地，不断解放思想，与时俱进，创造性地开展工作，大胆探索湖北省人大工作新思路，开创湖北省人大工作新局面。

2003年12月1日，湖北省人民检察院隆重召开颁发人民监督员证书大会。经过民主协商产生的首届28名人民监督员从该院检察长靳军手中接过证书，正式“持证上岗”，标志着湖北省人民监督员制度试点工作正式启动。杨永良出席颁证大会，并对人民监督员制度的运行提出了具体要求。

杨永良认为，人民监督员制度是检察机关坚持宪法原则，推进检察体制改革的一项重要探索，也是加强对检察机关直接受理侦查案件的外部监督的迫切需要。“多年来，检察机关始终把惩治职务犯罪摆在重要位置，查办了一大批职务犯罪案件，为改革、发展、稳定的大局作出了重要贡献。但也要看到，我们在查办职务犯罪案件工作中还存在执法不严、侦查水平和办案质量不高等问题，主要反映在决定逮捕、不起诉和撤案等环节。人民监督员制度将这3个环节作为外部监督的重点，将有利于促进检察机关文明执法、公正执法、廉洁执法。”他强调，人民监督员制度是在检察机关办理职务犯罪案件过程中设置的一种外部监督制度，既具有实质性的内容，又有刚性的程序作保障。

杨永良告诉我们，湖北省检察系统实行的人民监督员制度试点工作已在全省铺开，人民监督员中有人大代表、政协委员，有从事法学研究的专家教授，也有新闻工作者、律师和社会中介组织的代表，充分体现了广泛的代表性、专业性和权威性，目前实施后效果显著。

依法治国的前提是有法可依。为了建设法治国家，必须加强国家立法和地方立法。谈到地方立法，杨永良说，几年来，湖北省人大及其常委会制定和批准的地方性法规、民族自治地方的单行条例和有关决定，保障和促进了全省经济建设和社会各项事业发展。同时，他直言不讳地表示，有的立法选项研究论证不够，立法质量还有待进一步提高。

科学发展观反映了我们党对中国特色社会主义发展规律的新认识，对于加快社会主义现代化建设具有重大指导意义，是加强地方立法工作、提高地方立法质量的行动指南。杨永良说："我们将按照湖北省委的要求，实行经济立法和社会立法并重，促进社会主义经济建设、政治建设、文化建设、社会建设，切实把经济社会发展转入到以人为本、全面协调可持续发展的轨道。"

看一部地方性法规质量的高低，既要看它是否符合宪法、法律和行政法规的精神，还要看它是否体现地方特色，是否符合地方的实际情况。杨永良坦陈："现在的问题主要是体现地方特色不够，地方立法要在这个方面下功夫。国家立法条件不够成熟的地方立法可以先行一步，为国家立法提供经验，发挥'试验田'的作用；国家立法仅有原则性规定的，地方性法规根据本地的具体情况和实际需要，可以进一步具体化；对于地方性事务，国家不必要也不可能制定法律、行政法规的，地方进行自主立法。"联系湖北的实际，杨永良表示要围绕建设社会主义新农村，加大对土地流转、失地农民权益保护等"三农"问题解决的力度；围绕建设资源节约型、环境友好型社会，加大对环境保护、湿地保护、水资源保护的力度；围绕使湖北成为促进中部地区崛起的重要战略支点，加大对市场壁垒和体制、环境障碍方面消除的力度；围绕构建和谐湖北，加大对社会事业支持的力度、对老少边库区和社会弱势群体扶持的力度。

"立法是一项严肃认真的工作。"杨永良说，为保证立法工作有计划、有重点、有步骤地进行，就必须坚持走群众路线，实行开门立法；进一步加强法规草案的调研、起草、论证和征求意见工作，积极实行委托起草法规草案制度，努力拓宽法规草案起草渠道；认真听取专家、学者的意见，特别是要重视人大代表和基层群众的意见；大胆吸收和借鉴国内外立法的一些有益做法，不断完善立法的听证、审议、表决程序，切实提高审议质量；对立法中涉及的重大问题要登报公开征求意见或者组织立法论证会、听证会进行研究论证，使立法更好地体现人民的意志。

采访时，杨永良特别强调要正确处理法规的稳定性与变动性、前瞻性与可行性的关系。他说："法规的特点在于'定'，一旦作出规定，就要保持相对稳定，避免朝令夕改；而改革的特点在于'变'，不断突破原有的一些体制和规则。所以，在立法工作中，要及时把改革的成果、成功的经验用法规形式固定下来，对现有法规中不适应改革开放和实际需要的规定及时作出修改，为改革发展提供可靠的法制保障。对于实践经验比较成熟的，法规可以规定得具体一点，增强可行性；对于实践经验尚不成熟，而现实生活又迫切需要的，法规的规定可以适度超前，有一定的预见性，为深化改革留下必要的空间。”

依法治国，关键是有法必依，执法必严，违法必究。这就必须加强法律监督，保证法律法规落到实处。近年来，在杨永良的主持下，湖北省人大有针对性地组织开展了一系列视察和专题调查，并对执法检查和视察中发现的问题，跟踪监督，督促行政执法部门限期改正并按时上报整改结果，对执法检查、视察和专题调查中发现的重大违法问题的处理结果向社会公布，接受人民群众的监督，收到了良好的效果。

监督是人大工作的重要方面。杨永良认为，近年来，湖北省人大及其常委会遵循坚持党的领导、依法监督、集体行使职权、不包办代替的原则，采取多种方式，加强对法律法规实施的监督和对本级“一府两院”及其工作人员的监督，有力地支持和促进了“一府两院”的工作。但监督工作的形式和内容还需要进一步拓展和创新，还要继续在增强监督实效上下功夫。

监督就是支持，监督就是促进。杨永良说，人大既要敢于监督又要善于监督。为此，他提出，要继续开展执法检查，敢于触及执法中存在的矛盾和问题，提出解决的意见和建议，督促有关部门整改；建立完善审计机关对同级财政年度审计并向同级人大常委会报告的制度，加强对机构设置和人员编制的监督；要不断加强对重大事项的依法决策和监督；进一步完善述职评议制度，加强对人大及其常委会选举任命的国家机关工作人员的监督；要针对改革、发展、稳定中的重大问题，人民群众普遍关心、社会反映强烈的热点、难点问题，综合运用听取和审议工作报告、执法检查、个案监督、工作评议、述职评议、质询、询问、组织特定问题调查、撤职、罢免等法定方式，将法律监督、工作监督和人事监督结合起来，强化监督职能，增强监督实效。

国家权力机关对同级国家行政机关进行法律监督，主要是监督它是否违宪、违法，而不是对具体日常工作的干预。就法律监督而言，人大监督是一种制约，如果没有制约，监督就不称其为监督。但制约不是人大监督的全部，更不是它的终极目标。杨永良指出，人大监督的终极目标是通过行政执法监督，与政府形成良性互动，从而建立一种和谐稳定的权力运行机制，确保国家行政机关严格依照宪法和法律办事。他还特别强调，在依法实施监督的同时，人大常委会自身也要置于人大代表和人民群众的监督之下，不断改进各项工作，为湖北经济社会发展发挥应有作用。

据了解，湖北省有各级人大代表近12万人。他们分布在全省各地，工作在各行各业，生活在人民群众之中，与人民群众联系紧密，具有广泛的代表性。杨永良认为：“政府部门执法的状况如何，各级人大代表有最直接的感受，对违法行政和行政不作为、乱作为的现象，他们能及时发现。因此，必须采取多种途径，发挥人大代表在行政执法监督中的作用。”

自当选为湖北省人大主任以来，杨永良不断拓宽代表知情知政的渠道，认真组织办理省人大代表的议案和建议、批评、意见，建立健全代表活动的组织、激励和保障机制，为全省人大代表依法执行代表职务提供服务和保障，从而在全省树立起学法、知法、用法和守法的良好氛围。站在新起点、肩负新使命，杨永良只感觉到脚步稳重、踏实……

人生◎手记

整整3个多小时的专访，他伴以各种手势、眼神、表情、语气表示个人的谈话重点，表达自己的感情波动。一种执政为民、亲民爱民的真挚情感打动心扉。

这些年来，杨永良不知多少次头顶烈日或冒着狂风暴雨深入到田间地头，与农民、村干部亲切交谈，听取他们对农村税费改革的建议和要求，与部分乡镇党委书记座谈，了解农村改革过程中暴露出来的矛盾和困难，并听取基层领导等关于“三农”情况的汇报。在农村调研中，他曾多次强调，农村税费改革是从制度上解决农民负担问题的治本之策，是密切党群关系、干群关系，巩固政权基础的重大举措，各级干部要进一步增强责任感、使命感，把农村税费改革作为一项德政工程来抓，抓出成绩；并指出要正确处理农村税费改革与家庭联产承包责任制的关系，稳定家庭联产承包责任制，确保农民利益不受损害。

作为连续6届中央候补委员的杨永良，最难忘的是十一届三中全会那次历史性会议，最难得的是两次“红色之旅”，最受影响的是身为“小巷总理”的母亲之言行，最牵挂的是最基层的百姓生活之冷暖，最痛恨的是背叛人民而利令智昏，最欣慰的是能在省部级要任上立党为公、执政为民。

徐光春

一个崛起的中原正成为现实

·代表档案·

徐光春，1944年11月出生于浙江绍兴，1969年毕业于中国人民大学新闻系。历任安徽生产建设兵团任新闻干事、《兵团战士报》记者，安徽新闻图片社记者，新华社安徽分社记者、组长、分社党组书记兼副社长、安徽新闻摄影研究会会长，新华社上海分社社长兼党组书记，新华社北京分社社长兼党组书记，光明日报社副总编辑，高级记者，光明日报社总编辑、中国新闻摄影学会名誉会长、中国记协常务理事、中国报业协会顾问、全国高校校报协会名誉理事长，中宣部副部长、国家广播电影电视总局局长、党组书记，河南省委书记、河南省人大常委会主任等职，系十五届中纪委委员、十六届中央委员，**第十届全国人大代表**、十一届全国人大财政经济委员会副主任委员。

徐光春 一个崛起的中原正成为现实

古人云：得中原者得天下。地处中原腹地的河南，曾经孕育了灿烂的华夏文明。从郑州商城、安阳殷墟、古都洛阳到东京汴梁，这些历史遗迹像一串串激动的音符，在中国的历史长卷里跳跃。但谁又知道，曾几何时，河南成了贫穷落后的代名词。

徐光春，中宣部前副部长、国家广播电影电视总局前局长、党组书记，早在读高中二年级时就被地方机关报聘为特约记者，日后又从新闻科班出身，并多年主管新闻宣传。

历史将从未到地方主政过的徐光春同一个历史上曾经无比辉煌、拥有极强文化辐射力而如今被人看做贫穷落后的庞大省份连在一起。这位当年新闻宣传界的主旗手之一作为“封疆大吏”又有哪些新招、妙招呢？

◎ 一个陌生的身影越来越被9700万老百姓所熟悉

2004年12月12日下午，河南省委召开全省领导干部会议，传达中央关于河南省委主要领导职务调整的决定。这一天，徐光春正式就任河南省委书记。在履新讲话中，徐光春满怀深情地说："从今天开始，我已经成为河南9700万人民中的一员……"

接受记者采访时，徐光春坦率地说，中央决定让他来河南之前，他对河南的了解很少。他用一周的时间翻阅了关于河南的资料，得出了"河南真不简单"的结论。徐光春说，胡总书记在讲到河南在整个国家的重要作用时用过"举足轻重"这个词，"中央决定我到河南工作，我心中忐忑不安、诚惶诚恐。如果搞不好，上愧中央，下愧9700万河南人民"。这是徐光春走马河南时的心情。

12月14日，刚刚来到河南3天的徐光春，开始了对郑州市的调研，先后考察了巩义市竹林镇、郑州威科姆电子科技有限公司、郑州宇通企业集团、河南安飞电子玻璃有限公司以及郑东新区。"这期间，徐书记始终在听取汇报，了解情况，说得并不多。"一位跟随徐光春调研的当地记者这样描述。

这么多年来，有些官员缺乏长远的眼光，认为搞工业见效慢，不如搞城市建设来得快。在工业上，摆在徐光春眼前的问题尤其棘手。在他看来最为迫切的工业问题就是如何改善河南企业的经营环境。第二天，徐光春在省委工作会议上强调：未经批准一律不得对企业搞检查评比。确需进行检查、评比的，省委各部委组织的要报经省委批准，省政府各部门组织的要报经省政府批准。据河南省纪委一位干部介绍，"徐书记在岁末年初出台这一举措，让河南省的干部看到了他务实的一面"。

河南省是农业大省。农村人口占全省总人口的71.1%，农村劳动力4700万人。河南的农村人口总数、河南农村劳动力在全国各省份中遥遥领先。农村、农业、农民，是河南每一位领导者都必须面对的问题。从徐光春走马上任的第一天起，他对"三农"的关怀就像春光一样洒满河南大地。当天，徐光春就明确提出，今后省委、省政府的发展思路，首先就是要更加重视"三农"问题。他说："中国的问题是农民问题，河南作为农业大省，河南的问题更是农民的问题，全面建设小康社会重点在农村、难点在农村，没有农民的小康，谈不上全国的小康。河南在解决'三农'问题方面已经取得了突出的成果，在今后的日子里，我将和省委、省政府以及其他省级领导班子的同志们更加关注‘三农’。”

可以说，徐光春的第一个脚印主要还是落在“三农”问题上。在考察了郑州周边的情况之后，徐光春下乡了。他没有直奔最穷的那些地方，而是先去了全国致富模范村——新乡刘庄。

50多年来，刘庄在全国著名劳动模范、优秀共产党员史来贺的带领下，从一个“方圆十里乡，最穷数刘庄”的长工村变成了富裕、文明、现代化的社会主义新农村，是全国农业战线的一面高高飘扬的旗帜。

一到刘庄，徐光春就去看望史来贺的老伴刘素真。他紧紧握住刘素真的手动情地说：“大家永远不会忘记史来贺同志。他心里始终装着老百姓，吃苦在前，享受在后，锐意改革，思想解放，带领群众艰苦奋斗、开拓创新，为刘庄的两个文明建设作出了卓越的、不可磨灭的贡献。他的一生是努力实践‘三个代表’重要思想的典范。”

感受着刘庄农村工业化、农业现代化、经济市场化、农民知识化、生活城市化的现代农村新气象，徐光春非常高兴。在史来贺事迹陈列馆，徐光春一边认真观看图片，一边不时深有感慨地对现任村党委书记史世领说，要继续大力发展农村生产力，带领大家致富奔小康。群众富裕起来了，大家就会跟党走，基层党组织的创造力、凝聚力和战斗力就会增强。你们一定要继承史来贺的遗愿，围绕农业办工业，办好工业反哺农业，走新型工业化强村富民之路，把刘庄建设得更加美好。

4天后，即当年12月21日的河南省委工作会议上，他庄重宣布：从2005年起，全省免征农业税。

◆◆ 徐光春（左）在南阳与农民亲切交谈

据当时参加河南省委工作会议的河南干部描述，始终不动声色的徐光春在宣布这个决定的时候有些激动。他当时说：“老百姓都知道缴纳‘皇粮国税’是天经地义的事，已经延续了几千年。可是今天，这个规矩要彻底改变。”同时，徐光春在会上还进一步明确，在免除农业税的基础上，加大财政转移支付力度，通过对粮农实行直接补贴、增加粮种补贴和农机具补贴等多种方式，进一步提高农民的种粮积极性。

接受记者采访时，徐光春这样说：“河南有近一亿人口，其中7000万是农民，农民不富，则河南不富，如果不下大力气解决好‘三农’问题，全面建设小康社会，建设和谐中原的目标就会落空。为什么要尽早免除农业税，我觉得农民负担过重问题在河南表现得非常突出，如果不想办法把农民的负担减下来，要调动农业生产积极性是难以做到的。”

这年12月25日，徐光春到了兰考县。这一天，是他到任河南之后的第14天，也是焦裕禄离开兰考的第40个年头。徐光春瞻仰了焦裕禄烈士陵园，在纪念馆里驻足许久。杞县县委书记、焦裕禄的儿子焦跃进对新到任的省委书记徐光春说：“父亲带领人民治穷，我要带领人民致富。”徐光春默默点头。

其实，早在赴任前，徐光春就在广电总局调看了电影《焦裕禄》。对此，徐光春说：“焦裕禄是我们党的领导干部的杰出代表、县委书记的好榜样，更是河南领导干部的好榜样，我既然要去河南工作，一定要学习焦裕禄是如何对待人民，如何对待工作的，所以首先要上这一课。”

徐光春到河南履新之时，恰逢中央提出实施中部崛起的重大战略，初到河南的徐光春深知使命重大。到任之后，徐光春怀着强烈的责任感，开始了一系列深入的调查研究工作，下地市、进农村、访企业……

省情，在徐光春历时100余天、遍及18个省辖市的深入调研中愈吃愈透；思路，在河南的发展如何与中央精神紧密结合的脉络中愈加明朗。

“农业先进、工业发达、文化繁荣、环境优美、社会和谐、人民富裕”，徐光春在调研过程中，进一步明确了中原崛起的奋斗目标和丰富内涵。

河南要发展、中原要崛起，农民增收问题事关全局。徐光春敏锐地提出，把发展劳务经济、解决劳务输出问题作为增加农民收入的突破口，并由此催生出徐光春到河南以后的第一个重要调研报告《充分认识发展劳务经济的战略意义——关于加快农村富余劳动力转移的调查与思考》。他在文中明确提出：转移农村富余劳动力、发展劳务经济，对加快河南经济发展、实现中原崛起具有战略意义，我们必须进一步提高认识，增强自觉性和紧迫感，把发展劳务经济放到经济发展的全局中去把握，放到战略地位上来谋划和推动。

不多久，在河南省广大农村，一个陌生的身影越来越被广大基层干部群众所熟悉。徐光春那亲切平实的话语、实实在在的行动，时时刻刻在打动着河南的干部群众。

◎ 对新农村建设深深的情感牵挂

“你们这些农村致富的带头人，自己吃了很多苦，为河南农村的发展付出了很多辛劳，我向大家表示感谢和慰问！建设社会主义新农村，还要靠你们去撒种。衷心希望在你们的带领下，河南社会主义新农村建设能够早日开花结果……”2006年3月9日中午，在北京河南大厦的一张餐桌上，参加全国“两会”的河南代表团来自最基层的11位村党支部书记代表——赵明恩、刘志华、李连成、张荣锁、王发水、王孝江、王建奇、孙贵、宋丰年、徐德全、郭中奎，成了河南省委书记、省人大常委会主任徐光春请来的座上客。

“大书记”一番情深意长的开场白，逐渐消除了“小书记”们的拘束和紧张，一句句朴实的话语娓娓道出，一阵阵浓浓的乡土气息扑面而来，餐桌上气氛越来越热烈。

“昨晚听说徐书记要宴请我们这些小村官，一夜都没睡好，省委书记要请我们吃饭，小村官哪敢想呢！”张荣锁的激动之情溢于言表。“官大架子不大！书记来河南一年，已经转了20多个村搞调研，心里老惦记着咱农村和农民啊！”徐德全也不住地感叹。

“新农村是干出来的，不是喊出来、想出来的。没有艰苦奋斗，不可能建设社会主义新农村，翻开你们所在村发展的历史，哪一个不是一本艰苦奋斗的历史？共产党员就是要想方设法带领群众脱贫致富，省委、省政府会全力支持你们，为你们撑腰，希望你们在建设更高水平、更高层次、更高形态的社会主义新农村征程中再立新功！”餐桌上，徐光春与老中青三代11位“明星”村支书

◆◆ 徐光春在许昌县苏桥镇禄马村与农民群众面对面交流并解答惠农补贴政策

推心置腹地交流着。赵明恩感叹说："过去是想着干，摸着干，现在是党中央指着干、帮着干，咱们没有理由不干好啊。"村官李连成坚定地说："为新农村建设我们无怨无悔，我们回去后要大干一场，把社会主义新农村建设好，决不辜负徐书记的期望！"

说起对"三农"方面有着很深的情感牵挂，徐光春说因为自己是一个农民子弟，并说："1975年，淮河发生了历史上最大的洪水，起因是河南的一个水库决堤了，损失伤亡很大，这洪水一直到了安徽，我当时作为新华社的记者，对此进行了采访，我对农民的困难有着切身感受，这也是我到河南这个农业大省后心系'三农'的另一层因素。当然，光有感情是不够的，我们已提出，要把解决好'三农'问题作为全省工作的重中之重，统筹城乡发展，建立以工促农、以城带乡的长效机制，推出更直接、更有力的支农惠农政策。"

2005年临近麦收，中原大地到处一片生机。在许昌县苏桥乡，看见一些农户正在田间地头喷施化肥，徐光春沿着田间小道，来到村民中间。

"老乡，正忙呢！今年小麦长势如何？"徐光春热情地上前询问。村民禄礼新回答说："长势还算不错，冬前小麦旺长，加上冬季麦苗受冻，气温回升慢，小麦返青晚了点。"徐光春蹲下来，仔细察看小麦的生长情况，并关切地问："农资价格上涨，对你们影响大吗？"禄礼新激动地说出了心里话："虽然农资市场货源多，但价格还是贵了点。不过，农民种粮食的积极性可是高得很啊！现在农业税全部减免，历朝历代，上缴皇粮国税都是天经地义的事，俺做梦也想不到如今不但不用缴农业税了，我们种粮政府还给补贴。真要感谢党的好政策啊！"

"党和政府就是要采取一系列举措让农民富起来，让你们的日子越来越好！"这时，徐光春紧紧地握住了禄礼新的手。徐光春对随行的当地负责同志说，党中央、国务院高度重视农业。粮食问题关系着国家安全，关系着国计民生，河南是农业大省、粮食生产大省，在全国农业特别是粮食生产中有着举足轻重的地位。农业生产抓得好不好，直接关系到全年的农业生产特别是粮食生产，直接影响国家的粮食安全和农民的切身利益。因此，各级党委、政府一定要从全局出发，要咬住粮食稳定增长、农民持续增收这个目标不放松，认认真真抓好农业生产。必须坚持把解决好"三农"问题作为关系国民经济全局的重大任务、作为各项工作的重中之重。而要从根本上解决"三农"问题，实现中原崛起，就必须统筹城乡发展，把工业化、城镇化、农业现代化有机统一起来，实行工业反哺农业、城市支持农村的方针，做到以工促农、以城带乡，实现城乡互动、协调发展。

建设社会主义新农村，农民有什么想法和要求？2006年3月24日，一派明媚的春光里，徐光春来到西平、遂平县的田间地头和农户家里，与农民群众、基层干部促膝交谈，了解他们的所思、所想、所盼。

西平县委书记王廷军指着不远处一排排二层小楼，对徐光春说："党的政策好，这两年农民的确富裕起来了，很多人家都住上了楼房。但是我感到特别遗憾的是，当初他们盖楼时，政府没能好好地规划和引导，晚了一步，慢了一拍，导致现在村容村貌方面存在着散、乱现象。"徐光春说："全省很多地方都存在同样的问题，如何在现有基础上规划好、引导好、建设好，这是一个带有普遍意义的课题。希望你们认真研究探索，多想些办法，多创造经验。下次我再来查看的时候，你们的面貌要有大的变化。"

在随后召开的座谈会和全省市厅级主要领导干部建设社会主义新农村专题研讨班开班仪式上，徐光春纵横捭阖，纵论自己对于村容整治的想法和要求。"我省农村情况千差万别，有些地方相当富，有些地方相当穷，绝大部分处于中间状态，呈现橄榄形。现在两头好办，解决起来都有办法，就是中间这一大块怎么办呢？"徐光春语气坚定地说："我想还是要因地制宜。"

他接着形象地描述当前全省农村农民的现状，"不少地方农民还是有些收入的，独门独院建得都挺好，有的侍弄得还很漂亮。但是整体面貌不行，各自为战，往往是一脚门里是水泥地，一脚门外就变成了泥水地。屋里屋外两重天，很不利于'村容整洁'，必须下大力气予以解决。"徐光春说，村容整洁绝不是要大拆大建，而是相当于城市里的城中村治理和旧城改造，可以进行适度改造。"重在整治，重在提高。既然农民已经盖了楼，我们就不能扒了重建，这样既劳民又伤财，还会伤害农民群众的感情。历史上我省'三农'工作中有许多成功的经验，也有好事没有办好、甚至办糟的教训。这次建设社会主义新农村一定要充分汲取以往的经验教训，保持冷静头脑，避免大喊大叫、大轰大嗡、大包大揽、大拆大建。"

"就村容整治而言，不能完全套用一个模式。"徐光春说："到处都是整齐划一，不见得就是美。所有农居都是一张图纸克隆出来，就没有特色了。哪怕房子不一样，哪怕道路弯一点，只要干干净净，农民群众生活方便、心里舒服就行。我们不是讲究曲线美吗？错落有致，曲径通幽，也很好嘛。"

徐光春最后说，因地制宜，就是要严格按照中央的要求，不搞"一刀切”，不搞“千村一面”，就是要紧密结合当地的实际情况，规划好、引导好、建设好。要注意突出地方特色，尊重各地的传统、习惯和风格，保护好民族特色和地域特征，保护好优秀文化传统，保护好秀美的田园风光。平原地区、丘陵地区、山区的村容环境都要有自己不同的特色。归根结底，就是要把尊重农民意愿作为第一原则，不搞形式主义，不搞强迫命令，不搞形象工程，切实改善和完善农村基础设施和生活设施，给农民创造一个干净、整洁、便利、文明、健康的人居环境，不断提高农民的生活水平和质量，这才是我们搞好村容整治工作的圭臬。徐光春一番语重心长、含意隽永的诤言，引发了在场广大干部群众由衷的赞许和深深的思考。

2006年的春天，对广大农民群众来说，真的是格外明媚、灿烂。大家怀着对建设社会主义新农村的无限憧憬，开始了新一年的忙碌耕作。4月19日上午，河南省委、省政府在许昌县苏桥镇禄马村村委大院召开惠农补贴政策现场交流会。徐光春等省领导的到来，使禄马村沸腾了。禄马村周围十里八乡的群众都赶来了，连村委会二楼过道里，村民楼房的平台上都挤得满满当当。“听说徐书记要来和大家一块说说心里话，今天我特意起了个大早，跑10多里路赶来。”苏桥镇石寨村村民于林坡激动地说，自己想就惠农补贴政策方面的事问问徐书记。他还说，现在农村的玉米收割机太少，想给书记提提，好让政府帮助给予解决。

徐光春一番饱含深情的承诺，打动着在场的每一位农民群众的心。在这场别开生面的“对话”中，徐光春和省直有关部门负责同志与广大农民群众面对面，宣传7项惠农补贴政策及兑现落实办法，询问大家有哪些困难和要求，释疑解惑，互动交流，现场气氛异常热烈。

在回答了大家的提问后，徐光春给在场的乡亲们提了一个问题：“这些年来，党和政府对农业、农村、农民的政策，有什么样的最大不同？哪位老乡能回答一下？”人群中一位老乡说得很利落：“过去是农民向政府缴钱，现在是政府想着法子给农民送钱。”听到这个质朴的回答，徐光春立刻竖起拇指表示赞同：“这位老乡说得很好。”会场上又一次响起了热烈的掌声。

徐光春接着说：“今天到这里来，主要是来看看大家，向大家宣传党中央、国务院和省委、省政府关于惠农政策的有关情况，也是进一步检查这些政策的落实情况。看到你们这里生产发展，村容整洁，大家精神振奋，建设社会主义新农村劲头十足，我感到非常高兴。”最后，他对乡亲们说：“我还想给大家说三句心里话。第一句话，农民是一个光荣的称号。农民为我国社会主义现代化建设作出了重要贡献、发挥了不可替代的重要作用，我们的各项工作都离不开农民的支持，党和政府高度重视‘三农’工作，农民的地位也越来越高，当农民是十分光荣的，并且相信随着农业生产进一步发展，农村面貌会发生更大的改变，农民的日子会越过越好，农民也会成为令人羡慕的职业。第二句话，农业是一个光明的事业。随着政府对农业投入的加大，随着农业产业化步伐的加快，实现农业现代化的目标也会越来越近，农业的前景也会越来越光明。第三句话，农村是一个光彩的地方。农村空气清新、绿树成荫，有城市不可企及的自然环境，随着社会主义新农村的逐步推进，城市对农村的支持、工业对农业反哺力度的加强，农村的基础设施会进一步改善，农村经济也会进一步繁荣，农村将会越来越美好。”

现场交流会结束了，但省委书记的一席话却久久温暖着在场的每一个农民群众的心。

社会主义新农村建设正在中原大地上如火如荼地展开，农民们都说，现在既有奔头、有干头，又有想头、有盼头。78岁的扶沟县韭园镇吴桥村农民吴书款饱蘸深情，编写了一首《直补政策七字歌》来表达他们欢快的心情：“党的惠农政策好，重视‘三农’促发展，把咱种地老百姓，当成宝贝疙瘩看……”

◎ 1500万在外务工人员的生活成为“心头事”

如何才能持续增加农民收入，一直是萦绕在徐光春心头的重大课题。近年来，信阳市靠大力发展劳务经济走上富民强县之路的做法引起了他的高度重视。

山清水秀的信阳，给人的感觉是静静的，地广人稀，人都哪儿去了，信阳市委书记刘怀廉的回答是：“信阳人都出去闯市场了！”的确，就拿固始县郭陆滩镇太平村来说，全村有3253口人，外出务工的就占了1500多人。

看到一幢幢楼房装点在秀美的村庄里，一件件幸福的事让农民乐开了怀，亲身感受着发展劳务经济给农民带来的实惠，感受着富裕后的新农村的新生活，徐光春非常兴奋。他说，我今天真是开了眼界、备受鼓舞啊！

徐光春指出，农民外出打工，成本低、见效快、收益大，可以说是当前解决农民增收问题又快又好、最为现实的一个办法，能使农民的“钱袋子”在比较短的时间内鼓起来。河南人口多、耕地少，只有减少农民，才能富裕农民，才能提高农村劳动生产率。一部分外出务工者凭借自己带回的资金、技术、管理经验和市场信息，返回家乡创业，形成当地农村经济发展的一支新生力量，“挣了票子，换了脑子，回到家乡办起了厂子，几年带富一个村子”。农民富裕了，农村经济发展活力增强了，才能建设好社会主义新农村。徐光春要求，各级党委、政府要加强组织，为农民外出打工搭建就业平台，为外出务工者提供就业信息、就业咨询等服务。要大力加强对劳动力的技术培训，提高劳动力的就业本领，促进劳动力供需衔接。要把劳务经济当成产业来抓，建好劳务输出基地，叫响劳务品牌。

“我对我们进城的农民工有着天然的感情。”在接受记者采访时，徐光春坦言，“中国人口的主体是农民，所以很多中国人的祖宗都是农民。我也不例外，我的父亲年轻的时候是浙江绍兴的一个农民，是种水稻的，也就是说他本人是一个地地道道的农民。但是，在他二三十岁的时候，也就相当于我们现在年轻人的年龄，他从绍兴农村出来了，到了杭州城里，找了一份非常苦的活儿，就是现在所谓的运输部门的工人，那个时候不叫运输工，而叫搬运工。大家知道搬运工干的都是苦活、累活、脏活，我就是出生在这样一个家庭，我从那时由农村孩子成了城里孩子。从现在的观念来说，我也是一个农民工家庭的孩子，也是一个打工者的孩子。”

徐光春关心牵挂外出务工人员，细微到每一处细节。2005年3月2日下午，刚刚抵京参加全国“两会”的徐光春顾不得休息，就在有关人员的陪同下来到北京市东铁营方泽园住宅小区施工工地上看望、慰问河南籍农民工。

北京市东铁营方泽园住宅小区工地项目经理黄伟回忆说，徐书记从进工地到离开工地的半小时里，没有发表任何公开讲话，“他一直在施工现场和工人的生活区，和工人聊天，从生活区出来就坐上车走了。”

徐光春考虑到了工人们如何消磨工作以外的时光。他一再询问工人能不能看上电视；他细心地摸了摸每位工人的棉被，看厚不厚；在食堂，他关切地询问着工人们的一日三餐能不能吃得饱……信阳第二建筑公司的张自峰，12年前到北京干建筑，从一名普通的泥瓦匠干到了项目部经理，徐光春紧紧握住了他那双粗糙的大手。张自峰激动、自豪地说：“没想到省委书记特意到工地看望我们。”

1500万在外的河南籍农民工的生活、收入成为省委书记时刻放在心头的牵挂。但是，河南农民工的尊严、河南人的形象更是这位省委书记的牵挂。徐光春经常对各级领导干部强调，我们的干部不仅要关心他们的工作和生活，更要注意树立河南农民工的良好形象，让河南农民工、让河南人在异地他乡也能受到尊重。

信阳市驻京办一位工作人员对徐书记给农民工兄弟说的四句话记忆犹深："第一句话是，通过你们的辛勤劳动，为北京的建设做贡献，为首都建设增砖添瓦。第二句话就是为河南人民树形象，为河南人民增光添彩，使北京人民能够看到河南人吃苦耐劳，诚实可信，文明道德。第三句话是希望农民工兄弟为家乡的发展贡献力量。不仅将自己挣的钱带回去，还要学得本事，回家乡去创业，带领群众致富。第四句话就是要为自己的家庭创造幸福。"

近年来，徐光春多次把深情的目光投向在外务工的河南籍农民工。2006年3月2日的北京，晴空万里，艳阳高照。赴京参加全国"两会"的徐光春一行风尘仆仆赶赴大兴区京豫陈学校，看望在这里就读的农民工子女。可以说，农民工一直是徐光春格外牵挂、关注和关爱的一个特殊群体。

京豫陈学校由河南新县在京务工人员陈复耀于1996年创办，是经北京市大兴区教委批准的农民工子弟学校，也是该区农民工子弟示范学校，有在校生1200多人，河南籍学生占51%。

循着朗朗书声，徐光春快步走进五一班教室。"小朋友，家是哪里的？"徐光春俯下身来询问。"我家是湖北的！""我家是安徽的！"小朋友们一一回答着。徐光春又亲切地问询："有没有河南来的？"一个名叫李福强的小朋友高高举起手说："我是河南商水县的！""来北京几年了？""6年了。"听着小福强一口流利的普通话，徐光春高兴地说："那你可是老北京了！爸爸是干什么的？""我爸爸是种菜的。"徐光春赞许地对小福强说："噢，你爸爸的工作很重要啊。北京有1000多万人口，每天都需要很多蔬菜。你在这里要好好学习，长大以后当一个社会主义的优秀建设者。"小福强高兴得直点头。

◆◆ 徐光春走进孩子中间

徐光春高兴地走进教室，与孩子们共同交流音乐带给人们的美好感受。“喜欢上音乐课吗？”“喜欢！”孩子们兴奋地回答。“是啊，音乐能够陶冶我们的性情，使大家感到心情愉快、生活美好，希望我们都能从美妙的音乐中汲取人生美好的向上的力量！”徐光春与小朋友们倾心而谈。这时，他微笑着问：“你们愿意唱个歌让我听听吗？”同学们高兴地为徐爷爷高声唱起了《让我们荡起双桨》。“让我们荡起双桨，小船儿推开波浪……”美妙的歌声从音乐班里传出，荡漾在明媚的校园。徐光春认真听着，同孩子们一起陶醉在动听的歌声中。

看到孩子们能够在良好的环境中快乐地读书、健康地成长，徐光春感到非常欣慰。徐光春还关切地向老师们了解他们的生活和教学情况，“学校条件怎样？课本教材都跟全国一样吗？”并走进教师宿舍和学校食堂操作间，一一察看。看到黑板上的今日食谱，徐光春满意地说：“三菜一汤，不错！”

临行，徐光春还耐心询问校方有什么办学困难。征求他们对扶持农民工子弟学校的意见和建议，表示要把他们的建议和愿望吸纳到代表的议案中并带到全国“两会”上去，切实解决农民工子女的教育问题。徐光春还殷殷叮嘱该校负责人，一定要从实践“三个代表”重要思想的高度，从全面贯彻落实科学发展观的高度，从构建和谐社会的高度，从关心下一代、爱护下一代的高度，把农民工子弟学校越办越好。徐光春一行为学校送上了慰问金和电脑等教学用品，还给孩子们带来了可爱的“米奇”书包，孩子们用歌声和掌声表达着对客人们的感谢，还用稚嫩的小手为他们一一戴上了鲜艳的红领巾。

赴京参加十届全国人大四次会议的徐光春曾走进荧屏，在中央电视台新闻频道的《新闻会客厅》两会特别节目“小崔会客”出任嘉宾主持，与崔永元及现场的观众一起就河南农村劳动力转移及河南形象等问题展开讨论。“小崔会客”还邀请到河南省安阳的打工一家人接受访谈。

崔永元一上来就给徐光春开了一个大玩笑：“你们河南有多少打工的啊，连李世民都外出打工了！”现场观众一愣，然后哈哈大笑。原来这打工一家人的男主人名字就叫“李世民”。据了解，河南省现有1500万人在外地打工，已经成为全国劳务输出第一大省，有许多人家一家人都在外地打工。

徐光春面对小崔的“损”招，没有正面回答，而是在节目里慢慢道来，他提出“打工光荣”的概念，并说：“我们1500万外出的农民工里头，肯定能够涌现一些杰出的人才，他们有眼光，有觉悟，有社会责任感。”他还提到河南有一批革命老区，当年在这些地方我们的农民是千军万马奔战场，参加红军去打仗，而现在农民为了建设家乡又千军万马闯市场。“我觉得千军万马奔战场，是一件痛苦的事情，也是非常壮美的一件事情，同样，千军万马奔市场，也是一件痛苦而又壮美的事情。”

据悉，3月2日晚，李世民一家得知第二天要去中央电视台，与省委书记徐光春、央视著名节目主持人崔永元面对面交流时，一家四口激动得怎么也无法入睡。李世民提议，这次去北京一定要给徐书记带去最能表达心意的礼物。李世民说：“是不是把地里的特产带一些？”妻子王爱花说：“咱家这几年一直养鸳鸯，我觉得鸳鸯蛋比较稀罕，不如带一些去。”看到父母争执不下，大女儿李慧平说：“我看都不如带我亲手做的布鞋和绣花鞋垫，一针一线，都饱含了咱农民的一片真情啊。”听了女儿的提议，夫妇俩连声说：“中，还是女儿的主意好！”

3月4日下午6时，整个节目录制完毕，当现场观众纷纷为李世民一家展示农民风采的精彩表现祝贺时，李世民却连声说：“遗憾，遗憾。”大家问他有何遗憾，他说，本来衣袋里装着10年来从交粮、缴税到免除农业税，直至现在给农民各种补贴的几十张票据，打算拿给徐书记看的，不料一紧张，忘了个一干二净。

李世民刚说完，女儿李慧平甩着两手说道：“哎呀，前两还在想，见了面让徐书记和小崔大哥给我签名做个留念，还准备把自己返乡办厂的想法汇报给徐书记，一激动，全给忘了。”大家安慰她说：“现在你才20岁，等以后干出了名堂，还有机会来中央电视台，还有机会见徐书记、见崔大哥。”听了这话，李慧平才破涕为笑。

◎ 每天的工作从“新闻”开始

一次，徐光春在郑州大学作报告，在2个小时零23分钟的报告和提问时间内，报告厅内共响起40次笑声和18次热烈的掌声。在开始作报告之前，徐光春就告诉同学们，希望把报告会开成一个像新闻发布会或者记者招待会那样形式灵活的互动讨论会。所以，徐光春宣布提问开始时，同学们都抢着站起来挥舞起右手。

经过一番“拼杀”，新闻传播学院学生吴大伟抢得先机，他的问题是：作为一个新闻界的老前辈，希望徐书记对他们这些未来的新闻工作者提一些建议。

徐光春说，从上中学的时候，他就是杭州日报的特约记者；考大学的时候，第一志愿报的是人民大学新闻系，第二志愿报的是复旦大学新闻系。毕业以后到部队农场工作，一颗干新闻的心依然不“死”，从来没有放弃新闻工作。后来，又到新华社、光明日报、中宣部、广电总局工作，一直没有和新闻分开，直到现在仍然对新闻非常“钟情”。

他说，新闻对社会的发展太重要了，新闻是社会发展的助推剂，是稳定人心的调控器。从事新闻工作，要确立起崇高的社会责任感，记者笔下有人命关天，记者笔下有是非曲直，记者笔下有财产万千，记者笔下有毁誉忠奸，他希望郑州大学新闻传播学院能培育出更多有崇高社会责任感的优秀记者。

最后，徐光春以一句“以后我会常来”结束了自己的报告和答同学问。意犹未尽的500多名师生全体起立鼓掌欢送，直到徐光春走远之后，学生们才热烈议论着，渐渐离去。

迎着冬阳，顶着浓雾，2006年1月27日，农历腊月二十八上午，徐光春在河南省委常委、宣传部部长孔玉芳陪同下来到河南日报报业集团、河南人民广播电台、河南电视台，来到肩负着特殊使命的“新闻人”中间。徐光春与大家的一次次亲切握手，道上的一声声辛苦，传递着对新闻工作者的关注与关怀。徐光春动情地说：“我天天在报纸上看你们的文章，在广播中听你们的声音，在电视上见你们的面孔，今天来看大家，我感到非常亲切。新闻工作很神圣、很重要，新闻工作者及时传递党的声音和群众的声音，在党委政府与老百姓之间架起了一座连心桥。新闻工作也很辛苦，为了让全省人民过一个喜庆、欢乐、祥和的春节，让人民群众高高兴兴、欢欢喜喜、平平安安过个大年，大家放弃了与家人团聚的机会，拿着‘长枪短炮’仍然坚守在新闻宣传第一线，我代表省委、省政府向你们并通过你们向全省新闻工作者表示诚挚的谢意和崇高的敬意，并祝大家新春愉快，阖家幸福！”

这天11时10分，徐光春提出要看一下网络媒体的同志。他说：“随着电脑的普及，网络的发展，网络媒体的影响力越来越大，发挥着其他媒体无可替代的作用。网络媒体要发挥自己的优势，本着‘政府重视，群众需要’的方针，把握正确的舆论导向，及时、主动、正确引导网上舆论，为河南的快速发展做出积极贡献。”在工作人员引导下，徐光春与编辑们详细交谈，并走进河南报业网视频直播间，通过网络电视台，向全省网友拜年：“新春马上就要到来了，我代表省委、省政府向全省的网友致以春节的问候。希望大家在新的一年里更加关注河南，更加支持河南，河南一定会在广大网友的支

持下发展得更好，发展得更快！”

几乎就在第一时间，河南各地的网友看到了徐光春的笑脸，听到了徐光春的声音，感受到了省委书记的关心和祝福。网友在感动的同时，也纷纷通过网络向省委书记拜年。字里行间真挚温暖，其乐融融，体现出和谐社会的浓浓深情。

青少年时期的徐光春就显示出对新闻工作的热爱。在考取人民大学新闻系之前，徐光春就读于杭州一中。1962年，他读高二的时候，就担任过《杭州日报》特约记者。而中国人民大学新闻系学习的经历，让徐光春在理论上、学业上完成了一个新闻工作者的准备工作。

在人民大学期间，徐光春结识后来的妻子韩舞凤。他们是人大新闻系的同学，由学业上的志同道合者，成为人生道路上的忠实伴侣。

“我在大学读新闻专业，毕业后同学们大都到了基层，我进了部队农场割麦种豆干农活，后来还当过工人，受了磨练，学到了很多对我终生有益的东西，我认为在就业问题上转变观念很重要。”一天下午，徐光春在河南省教育厅进行大学生就业问题调研时现身说法谈成才，讲到的这番话赢得了一片掌声。

徐光春针对调研中涉及到的问题说，影响毕业生就业的原因主要有观念不适应、结构不合理、信息不对称、渠道不畅通、政策不配套等问题，其中最重要的是第一个问题。学而优则仕的传统观念至今严重制约着择业就业，只要转变观念，就会广开门路，发现新天地。实际上，我们过去认为的基层如今有了根本变化，比如河南农村每年都有上千万农民外出务工，一个村委主任面对的是见过世面、怀揣资金回乡的创业者，在城市，居委会老妈妈已经管理不了现代化的社区，而飞速发展的民营经济，更需要专业的管理者。我们的有关部门要千方百计创造条件，落实政策，沟通渠道，吸纳更多的大学生走上岗位，学校要及时调整教育结构，培养实用人才，同时做好思想政治工作，使更多的大学生到基层、到需要他们的地方。

1969年，徐光春毕业于中国人民大学新闻系。1973年加入中国共产党。曾在农村、工厂、军队短时间工作过，1972年调安徽生产建设兵团任新闻干事、《兵团战士报》记者，从此开始从事新闻工作。

从事第一线的新闻记者工作，给徐光春打下了扎实的摄影基础。摄影才华很快得到领导的赏识。1975年，徐光春被调入安徽新闻图片社担任摄影记者，专业从事摄影工作。徐光春摄影知识的积累，主要是在安徽新闻图片社供职期间。根据一些老同事回忆，徐光春当时就表现出不同于一般新闻摄影记者的观察力和分析力。

1979年，徐光春调入新华社安徽分社，从担任普通记者开始，到组长，再到副社长。逐渐离开了第一线，徐光春开始有机会把他的摄影心得写下来。事实上，1979年到1984年，徐光春在安徽新华分社任职期间是他著述最丰的一段时光，其中最值得一提的就是在1980年由安徽科学技术出版社出版的《业余摄影实用手册》一书。这本书一改新闻类书籍教条的作风，薄薄的册子，深入浅出，融会贯通，当年成了许多专业人士和业余爱好者走入摄影殿堂的启蒙读物，最终获得图书金钥匙奖。1982年，徐光春加入了中国摄影家协会，任安徽新闻摄影研究会会长。

从事人像摄影的宋德友回忆说，在他上初三的时候，开始有志于摄影，入门的读物是《业余摄影实用手册》、《摄影特技》。这两本书的作者都是徐光春。整个初三，除了课本外，就是这两本书陪伴着他。如今回忆起来，这两本书带给他裨益很多。

在新华社安徽分社工作6年后，1985年，徐光春调新华社上海分社担任社长兼党组书记职务。徐光春逐渐进行着角色转换，从单纯的新闻工作者转变成管理者。1988年后，徐光春调往北京担任新华社北京分社的领导工作。1991年又调往光明日报社，担任副总编辑，1993年任总编辑。长期从事新闻事业的领导工作，徐光春积累了大量经验，发表的论文数量数以百计。他还写成了《哲学与新闻》、《漫谈新闻出版》、《新闻纵横论》等书籍。

任河南省委书记前，徐光春一直担任国家广电总局局长，时间长达近5年。这一领导岗位上，这位学者型的官员把多年来对新闻宣传工作的经验和行政管理工作结合起来，很快写就了一本书——《新世纪广播影视散论》。接下来几年，他的工作思路在这本书中都有所体现。

很少有哪个部门能够达到每年翻番的发展速度，但是广播电视部门的某些指标，就是如此。电视节目套数、节目播出时间、广播人口覆盖率、电影和电视剧制作数量等都大幅度增长。与此同时，各地广电系统的整顿治理却有条不紊，电视台数量不断减少，纷纷成立广电集团。

长期从事新闻工作的徐光春，从未在地方担任过一把手，这次主政河南的任命显然对他是一种考验。他在上任时的讲话也意味深长。他说，尽管是刚到河南，但是有两点突出的感受：形势大好，任务繁重。

说到作为省委书记的一天是如何开始的，徐光春笑了笑：“我每天7

点开始工作。第一件事，打开电视机，看早间新闻。一般先看中央电视台（新闻），再看河南省电视台（新闻）。我会特别注意两方面的情况，一是党中央、国务院有什么重大的工作部署，一是各地特别是我们河南省有什么重大的事情发生。然后就进入工作状态，处理大量的文件、信息和各种事件。但这时候，我办公室的电视机也是开着的，并始终放在中央台的新闻频道上，这是我多年来养成的工作习惯。这一点我和别人不同，并不会耽误工作，因为我可以'一心两用'，一边处理文件，一边了解各种信息……"从主管新闻宣传的中央官员到"封疆大吏"，徐光春首次主政地方，便成为一个近亿人口大省的"班长"，但他难舍新闻情结，每天的工作还是从"新闻"开始。

中央新闻单位采访团河南行活动中，有一个花絮，在长达一个多小时的采访中，没有准备任何讲稿的徐光春对河南的经济建设、文化打造、劳务输出、党政工作甚至中部崛起等话题口若悬河。但最后，这位在新闻界整整历练了40年的前辈突然话锋一转，点中了在座几乎所有记者的要害："我在这里很认真地说，你们也很认真地录音记笔记。但最后，能发多少篇幅我想作为记者的你们心里都没底，是吧？"徐光春笑着说："作为一个过来人，我可以教给你们一个方法，能尽量从编辑手中'抢'到版面。"

徐光春说，写新闻特别是大家都知道的新闻，一定要讲究新意，角度独特、人无你有、人有你奇。"比如政协新闻，历来都被认为是比较单调比较枯燥的话题，但如果你能从这些单调枯燥的材料中刨到新信息，挖到新题材，立意新颖，笔法活泼，我想喜欢看的人还是很多的，编辑也不敢随便删改你们的文章了。"说得"老记"们无不鼓掌称好。

◎ 关注"小事情"的大胸怀

俗话说，"当官不为民做主，不如回家卖红薯"。大到一个国家、一个地区，小到一个单位、一个处室，领导干部都要情为民所系、利为民所谋，想群众之所想、急群众之所急。徐光春认为，作为一方官员，心里要始终装着群众，时刻为群众谋利益、办实事。"我从就任河南省委书记的那天起，就给自己定下一条规矩，就是必须把事关9700万河南人民利益的每一件'小事'都作为'大事'来抓，件件要有结果，事事要有实效。凡是群众需要，并且我尽自己的努力能够做到的，我都会全力以赴地去办。一些干部中存在的好高骛远是要不得的，我提醒我们的干部从我做起，从现在做起，把每一件事关百姓利益的事情做好。”

“尊敬的省委书记徐光春伯伯，您好！我叫徐恒乐，现就读于××县××高中××班。我想向您诉说的是（有关）差生公平的问题。在一个班集体里，学生成绩有好有坏，本是一件很正常的事情。但事实上有不少的老师对待‘优生’与‘差生’的态度却绝（截）然不同……我们这些差生们，很想向全社会呼吁：‘虽然我们成绩差，可我们也同样有理想、信念、追求、爱憎，我们也想学习好，我们也想考大学，我们也需要理解、帮助与尊重，因为我们同样有自尊心。’请将师爱平分（给）每一个学生吧！”2005年6月的一天，徐光春接到一位高中生的信，心情十分沉重……

思索良久，徐光春挥笔写下了“不应该歧视‘差生’，而应热情帮助‘差生’”，并将批示和来信转给了河南省教育厅的有关负责同志，徐恒乐反映的问题很快得到了解决。河南省教育厅也要求有关部门把徐光春的批示传达到全省每一所学校，每个学校、教师都要对照要求，查找问题和不足，制定解决问题的措施和办法。

徐恒乐是幸运的，他的问题因为一封信得到了解决。但是我们的心情却不能因此轻松起来，还有多少个我们不知道的小恒乐们正被类似的问题所困扰？不可否认的是，在今天，师德，已经成为一个有些沉重的话题。一个具有良好师德的老师，他的作用从小处说是对学生个体上的一种心灵影响，从大局讲关乎到我们整个国民素质高低问题。有人说，当一个好老师确实是不容易的，他需要精湛的教学技艺和对学生深切的爱，还要对自身知识体系不断进行补充和完善。但是，从另一方面讲，当一个好老师也是容易的，他只要拥有一颗对教育事业热爱的心，任何困难都是可以克服的。我们期望每个省市的书记不再或很少接到类似的“人民来信”。

“前几天我坐出租车从省委门口经过，司机主动对我说，撤除了省委门口的交通岗，这条路跑起来真爽啊！听说这是省委主要领导亲自过问的，真没有想到这么大的领导，还这么体贴，这么细心，连这样的小事都为我们操心呢！”2006年1月17日上午，在河南省十届人大四次会议解放军代表团小组讨论会上，吕伟代表谈起关注民生这个话题时，忍不住讲起“的哥”向他提及的这件小事。

这时，正在认真听取代表们发言的徐光春微微一笑，说了这样一番话：“来到河南一段时间之后，我发现从紫荆山高架桥上下来的车走到省委门口

交通岗时，由于车速太快，遇到省委出来的车紧急刹车，经常发生追尾现象。后来我想，从省委南院到北院从桥下通道绕一下的话，领导们上班也就增加了5分钟的路，却解决了几百、几千辆车的畅通，长期下去，不知要给赶路的老百姓们节省多少时间呢！所以还是坚决把省委南院与北院间马路的过道封起来。”徐光春这一番话语朴实无华，但关心民瘼的情怀和牵念溢于言表。

有代表提起徐光春曾亲自批示要求某地领导给一个靠捡破烂供养孙子上学的老汉找一间避风寒的屋子一事时，徐光春感慨地说：“濮阳的那个七旬老汉，儿子瘫了，儿媳妇跑了，留下一个小孩子，怎么养活？每天就靠自己卖破烂来让孙子有饭吃、有学上，祖孙俩没有地方住，就在一个工地用几个破木板搭了个工棚，不挡风、不避寒。我们住在那么好的屋子冬天还感到冷，祖孙俩该多受苦啊。我看了报道后很感动，就批了几个字，让当地市委想办法找一个闲置的房子，解决一下祖孙俩的住处。”

环视了在座的人大代表，徐光春接着说：“有时我们领导同志说一句话、批几个字，举手之劳，但却能解决也许老百姓一家人、一辈子都难以解决的困难。这些事在我们眼里都是些小事，可对普通老百姓来说是天大的事！这说明领导干部手中的确是有权的，但我们要清楚——这个权是人民给的，用这个权就要为人民服务……作为一个领导干部就是要关心这样一些普通老百姓的疾苦，设身处地地为他们的生活着想。尽管是很具体的事情，很细小的事情，但是对这个老百姓来说的的确确是很大的事情，是关系他全家人的生活，关系到他们前途、命运的大事情，确实是群众利益无小事啊。如果我们的各级领导干部都能多为老百姓做一件件这样的‘小事情’，就能解决很多很多老百姓的大事情。尽管现在大多数老百姓的生活水平有了很大的提高和改善，但仍有些老百姓日子确实还很苦，如果漠视普通老百姓的这些疾苦，还能算是执政为民吗？”省委书记的情怀和牵念，令代表们动容。

群众利益无小事，一枝一叶总关情。让农民工感到幸福和温暖，为维护农民工的权益奔走呼号，是徐光春一直以来的执著和努力。河南1500万农民工不会忘记，看到驻马店市驿城区一不良包工头恶意侵犯28位农民工权益的报道，徐光春义愤填膺，当即作出严厉批示要求立即查处，“对侵犯农民工权益的行为，该赔的要赔，该抓的要抓，该判的要判，决不能随意处置”，这些滚烫的话语令多少人动情；河南1500万农民工不会忘记，2006年春节前夕，百忙之中的徐光春交专程来到郑汴城市通道第五合同项目部施工工地，向春节仍然在这里辛勤忙碌不能与家人团圆的打工人员送上祝福，冰天雪地之中，他的手一次次紧紧地握住了农民工沾满泥的双手。

“为了讨薪，叶县农民孟宪潮（为讨要包括自己在内的7人的工资）7上县城、9进法院，跑平顶山两趟，在焦作待了4天，却毫无结果。”2006年5月14日，徐光春看到《河南日报》以《一位农民工的辛酸讨薪路》为题的这篇报道后当即批示：“看了这则报道，我感到愧疚和伤感，农民工用血汗赚了6000多块钱，拿不到手，又花1000多块打官司，毫无结果，我们口口声声关心农民工，可是损害农民工的事天天在发生。请人大发挥监督作用，责成有关部门立即解决，除了要查处工资拖欠者外，对有关部门，省委也将予以责任追究。”在河南省人大、省政府、省高级法院的介入下，不到3天农民工就拿回了工钱。拿到血汗钱后，孟宪潮哭了，他的同事说“不是因为钱终于要回来了，而是徐光春书记亲自过问这件事”。

看到农民工求告无门走投无路的黯然神情，人们都会产生恻隐之心。对于徐光春的“伤感”，公众不难理解。有法不依、政令不通，在加剧弱势者的身心伤害的同时，大大抬高了公共管理与法治成本，影响政府公信力。这就是徐光春深感愧疚的原因。一般而言，农民工讨薪需付出四大成本：经济成本、时间成本、政府成本、法律援助成本。如果该市政工程公司等官商稍有良知，劳动保障部门担负起责任，法院认真执行，还需要动用这么多权力部门跟踪监督吗？

省委书记帮忙讨要欠薪只能算个案，绝大多数得不到领导“批示”的欠薪案能否顺利解决，这才是一个让人揪心和关注的大问题。令人欣慰的是，针对孟宪潮讨薪事件，河南省政府要求防止此类问题再次发生，河南省清欠办、省劳动保障厅、省高院分别出台文件，要进一步建立农民工维权长效机制，并制定具体措施为农民工讨工资大开绿灯。让徐光春的“愧疚和伤感”化为全体公务员和执法者的“愧疚”，从而激活制度力量，形成铁腕整治欠薪顽症的强大氛围，这才是老百姓期待的结局。

后来，河南省有关部门和有关方面共同编写了一本叫《农民工维权百问》，发送给外出务工人员。徐光春说：“因为最近国务院专门发了一个文件，明确提出来要切实维护农民工的合法权益，所以把有关维护农民工权益的问题，我们编成一百问……有什么问题就看看书，去找找，怎么样来解决你们权益的保护问题……里面还有一个联系卡，这里有维权的一些办事处，办事处的联系电话都有。”

惜农悯农尊农爱农，让农民工挺起腰杆，让农民工不受歧视，让农民工光光彩彩做事，让农民工的子女受到良好教育，让农民工与产业工人一样拥有受到全社会尊重的职业身份，这些充满良知、闪耀着人性光辉的信念必将成为中国农民工发展历程上重要的推动力量。

◎ 把文化的"原生矿"变为"活力水"

"想当年，一个小小的'香玉剧社'，靠常香玉带领一帮艺员，走街串巷演出，可以用自己挣的钱，捐献给国家买一架飞机；可现在一个机构完善、人员庞大、阵容整齐的豫剧院、豫剧团却到了无钱排戏、无钱演戏的地步，不要说捐钱买飞机了，就连发工资都困难。原因是什么？"在河南省文化产业发展和文化体制改革工作会议上，针对河南文化发展中出现的体制弊病，徐光春直言不讳，诤言直指。

他一针见血地指出："关键就是'香玉剧社'是面向市场的，而我们的院团是面向政府的；前者向市场要钱，后者向政府要钱。根本问题出在体制机制上。我们现在实行的文化管理体制沿袭了计划经济的管理体制，由于政府包揽，游离于市场经济体制之外，致使文化发展缺乏活力和竞争力。文化体制改革已经是大势所趋。""要坚决把大部分文化单位从政府的怀抱里放出来，走进市场，在面向市场、面向群众、自己创业的过程中，求生存、求发展。"

文化体制改革，首要是转变政府职能。徐光春在会议上说："过去我们对文化建设采取单一管理模式，政府管了很多不该管的事，职能交叉、权责不明。今年给这个文化单位拨1000万，明年没有了又要。这种'喂养'式的管理方法是管不好的，也是喂不大的。"

对这种管理带来的直接影响，徐光春说："现在文化单位普遍有种怪现象，领导们说工资发不下去，演员们说很困难。有了困难不从自己身上找出路，动辄找上级要职称、要待遇、要住房，这都是过去政府'喂养'惯出的毛病。我们决不能再吃喝拉撒全都管了。""在市场经济条件下，政府的主要职能是服务、指导、协调和监管。政府部门要把行政管理的重心转移到政策调节、宏观调控等公共服务职能上，逐步实现从办文化向管文化转变。"

深化文化体制改革，进一步解放和发展文化生产力，加快文化事业、文化产业发展，推动河南由文化资源大省向文化强省迈进，必须突出重点、突破难点，努力在关键环节和重要领域迈出实质性步伐。接受采访时，徐光春认为，现行的文化体制如果不改革，文化单位和文化工作者还是靠财政供养，就不能很好地和市场结合，就缺少创新的激情和发展的动力，文化发展的道路必然是越走越窄、越来越没有生机和活力。

推进国有经营性文化单位转企改制，增强微观主体的活力，是文化体制改革的中心环节，也是改革的重点和难点。徐光春强调，针对不同单位的实际情况制定不同的转企改制办法，下决心把该从文化事业单位剥离出来的经营业务剥离出来，组建新的法人，形成一批新的文化市场主体；下决心把除公益性文化事业单位和实行事业体制以外的文化单位转制为企业，使之真正成为文化市场主体。换句话说，要“脱胎换骨”，就是要脱事业性质之胎、脱政府包养之胎，换弱不禁风之骨、换没有生长力之骨。否则，该由政府扶持供养的养不好、吃不饱，该在市场竞争中成长壮大的也长不高、长不壮。转企改制一定要真“转”真“改”，完善法人治理结构，实行企业财务、税收、社会保障、劳动人事制度，决不能穿新鞋走老路，搞“翻牌”公司。

文化事业单位内部改革是文化体制改革的重要组成部分，是解放和发展文化生产力的应有之义。文化事业单位深化改革，主要是转换内部机制，最大限度地调动员工的积极性。徐光春认为，大多数文化事业单位之所以缺乏发展动力和创新活力，主要是没有形成科学的业绩考评机制、有效的经费保障机制和完善的管理运行机制，干多干少一个样，干好干坏一个样，员工能上不能下，平均主义、大锅饭等现象普遍存在。在新的体制环境里，如果不从文化事业单位内部改革上求突破，制约发展的各种障碍不可能从根本上消除，文化事业单位不可能有大的作为，迟早要被时代淘汰。“要引入竞争机制和激励机制，实行全员聘用制，健全岗位目标责任制，增强发展活力，充分发挥公益性文化事业的社会效益，最大限度地为公众提供精良的文化服务。”

发展文化生产力，需要靠文化产品，而生产文化产品需要依托文化资源进行创新。只有深入挖掘资源，创造性地利用资源，才能构成鲜明的产品特色，在文化市场的竞争中形成独特的优势。徐光春说：“河南是文化资源大省，历史文化厚重，历代名人汇聚，文物古迹众多，艺术种类齐全，特别是以豫剧为代表的地方戏剧以及杂技、武术、民间艺术等影响很大，开发利用历史文化资源是一篇大文章，有很大空间。要切实把历史文化资源开发、利用、包装好，使之体现现代风格和审美情趣，打开市场，赢得观众，把文化的‘原生矿’变为有用的资源和材料，把文化资源的‘富矿’转化为强大的现实文化生产力。与此同时，还要充分挖掘和利用现代文化资源，特别是紧扣生活主题生产文化产品。在全面建设小康社会、实现中原崛起的伟大实践中，蕴藏着丰富的现代文化资源和现代文化题材，要顺应时代要求，从人民群众的实际需要出发，感受实践的脉动，吮吸生活的醇香，倾听群众的心声，表现时代前进的要求和历史发展的趋势，加大现实题材文化产品的生产，不断满足人民群众多方面的精神文化需求。”

作为文化资源大省，“祖先留下的宝贝”好多依然躺在那里，无人问津。对此，徐光春十分痛心。他说：“我们的文化遗产与兄弟省市相比丰厚得多，可我们没有充分去发掘、去利用。就拿陕西的黄帝陵来说，虽然只埋葬着黄帝的帽子，但每天前来观光的人还是非常多；看看我们的黄帝故里，却不如人家红火。上海本来是没有什么文物的地方，但上海博物馆却收藏了许多精美的文物，布置得也相当漂亮，对观众来说很有魅力；再看看我们的一些博物馆，虽然藏品丰富，但却连生存都很困难。看到这样的情景，我们决不能满足于河南是中华民族重要发祥地这样的历史荣誉，在文化对经济社会的发展越来越重要的今天，我们一定要觉悟、要警醒。一方面对自己的历史文化感到骄傲，一方面认清存在的问题，解放思想，更新观念，转换体制机制，积极应对挑战。”徐光春语重心长地说。

◎ 在积极传承之中全力打造闪亮的文化品牌

河南新郑是中华人文始祖轩辕黄帝的出生地和建都地。相传，农历三月初三是黄帝一统天下、成就伟业的日子。后人为表达对他的敬仰之情，从春秋时期就兴起了盛大的拜祖活动，一直延续至今。

轩辕黄帝宫前松柏青青，旗幡招展，黄帝塑像庄严伟岸，令人起敬。2006年3月31日上午，春风习习，春意盎然，庄严、肃穆、热烈、盛大的丙戌年黄帝故里拜祖大典在新郑隆重举行。来自省内外、海内外的各界嘉宾近万人参加了此次盛典。

音乐声中，何鲁丽、张思卿、罗豪才，徐光春、李成玉、王文超，陈云林等分3组，先后随礼兵上台向黄帝像敬献花篮。他们缓步走到花篮处整理缎带后，向黄帝塑像深深鞠躬。

随后，奥运冠军、河南姑娘陈中点燃了象征中华民族代代相传、生生不息的熊熊圣火。随着主司仪的宣布，徐光春走上前去，向黄帝像深深鞠躬之后，从礼仪小姐手中接过拜祖文竹简，声音洪亮地宣读道："具茨巍巍，溱洧泱泱。轩辕之丘，天降轩皇。圣明睿智，光耀朝阳。赫赫伟绩，惠泽八方……英才辈出，自强争光。中部崛起，指日可望。黄河滔滔，嵩岳莽莽。缅怀祖德，光大发扬。谨告我祖，伏惟尚飨。"徐光春浑厚有力的声音在会场上空回荡。

这一刻，无论是身处大典现场的各级领导人、海内外嘉宾，还是通过收看央视等媒体全程转播大典盛况的全球华人，都无不为这庄严宏大的仪式所感动，为中华民族博大精深的文明历史所自豪。

1000名大学生和100名儿童组成合唱团，带领大家高声吟唱专门为这次大典创作的歌曲《黄帝颂》："天地玄黄，东方曙光，文明始祖，中华炎黄……"童声清脆，和声悠扬，美妙风雅的音符，撞击着每一个在场炎黄子孙的心灵。歌声刚歇，60名身着古装的女演员又开始了乐舞敬拜，曼妙的舞姿传达着后人对先祖的崇敬之情。

九曲汇流，龙腾呈祥。来自黄河流域的青海、甘肃、宁夏、山西、陕西、河南、山东等省、自治区的领导和华人华侨代表依次登台，敬奉九曲黄河水。他们共同将瓶中的水倒入香炉旁的水盆。主席台两侧的两条黄色巨龙吐出龙珠，水流从龙嘴中形成柱状喷涌而出，数以万计的金色锡纸片从龙身后面喷薄而起，寓意中华民族生命如水，浩浩不息。霎时间，数千只和平鸽、彩球腾空直上，将大典热烈的气氛推向了最高潮。

上世纪90年代初期，人们开始重新重视黄帝文化资源的价值。1992年，新郑市确定在每年农历三月三举办炎黄文化节。此后由县（市）里连续举办了10多届。这些活动虽然取得一定的成绩，但由于没有引起有关方面的高度重视，加之整体运作方式的落后，影响有限，并未真正将黄帝文化的内涵充分挖掘、利用。

而与之对照的是，同时起步的陕西黄帝陵拜谒活动却产生了很大影响。十几年来，前来拜祭黄帝陵的港澳台同胞和海外华人华侨已逾百万。自2004年黄帝陵公祭活动更升格为国家级，前往谒陵祭祖的海内外炎黄子孙也越来越多。

2005年9月14日，徐光春专程到新郑。面对人文始祖塑像，他深深鞠躬行礼。而此次来访，凭吊人文始祖只为其一，他思考更多的，是如何加大文化旅游资源的开发，让古老的文化遗存焕发青春光彩。

经过一番详细认真的调研，徐光春深切表达出要把河南丰厚的文化资源充分发掘利用起来，把文化资源大省变成文化强省，并把黄帝故里开发作为突破口的强烈愿望。他指出，不能守着“宝”过穷日子，要利用这块“宝”宣传河南、发展河南。要放宽视野，打开思路，搞好创意，搞好与文化相关的旅游产业的开发，并明确要求，要把黄帝故里打造成中华民族凝聚力工程，要按照一流的水平，一流的运作模式，把丙戌年黄帝故里拜祖大典做成中国拜祖仪式的典范。

为了办好此次大典，河南省里成立了由主要领导参加的领导小组，郑州市成立了执委会，新郑市成立了筹委会，真正形成了省、市、县三级联动的协调工作机制。无论是省领导，还是黄帝故里的普通群众，都在为这次盛典奔忙辛劳着，人们有一个共同的心愿，将这个弘扬黄帝文化、增强中华民族凝聚力的大典，全力打造成河南省最闪亮的文化品牌。

无疑，丙戌年黄帝故里举办的拜祖大典的是极其成功的。整个大典气势宏伟、热烈隆重、特色独具、国人震撼，从而成为国内拜祖大典中的典范。在同一天举行的经贸旅游洽谈推介会上，洽谈成功项目16个，签约60多亿元人民币。应该说，大典取得了精神文明与物质文明的双丰收。而更为重要的是，此次大典的成功举办，吸引了全球炎黄子孙共同关注河南，使其成为弘扬黄帝文化，增强中华民族凝聚力的一个重要载体。大典成功运作，更让徐光春等河南省领导得到启示：作为历史文化资源大省的河南，应该加快步伐，整合丰厚的资源，高起点规划、高品位设计、高规格建设，精心培育文化经济优势，大力发展自己的文化产业。

全球华人熟知的百家姓中很多姓氏起源于河南，如今两岸三地很多人到河南来寻根。对此，徐光春说：“中华民族的姓氏之根在中原。河南言称‘中州’、‘中原’，狭义的‘中原’就是指今天的河南省。据专家考证，源于河南的姓氏有110多个。当今中国100个大姓，有73个起源于河南。台湾省有俗语‘陈林半天下，黄郑排满街’之说，其中，陈姓源于河南淮阳，林姓源于河南卫辉，黄姓源于河南潢川，郑姓源于河南荥阳。‘根在河洛’之说在台湾地区深入人心，影响极广。‘敬祖尊亲’，是中华民族的传统美德，‘寻根谒祖’也是海峡两岸民间联系的自然纽带。作为中华民族之根、华夏古文化之源的河洛地区，对港澳台同胞有着强大的吸引力和凝聚力。”

在徐光春看来，利用两岸三地间自古以来便有的地缘血缘上的亲情关系，广泛开展姓氏文化研究活动，有利于促进两岸三地之间的相互交流和相互了解。“近年来，每年都有10多个台湾‘寻根谒祖团’来河南寻根祭祖。

河南也有500多个项目2000多人次赴台从事文化等各个领域的交流活动。寻根促进了中华民族的认同、团结、凝聚、合作，坚定了两岸同胞‘本是同根生’，祖国一定要和平统一的信念；寻根弘扬了‘河洛文化’，遏制了‘文化台独’。台湾同胞很多人称自己为‘河洛郎’，称母语为‘河洛语’，称豫剧为‘河洛腔’，‘河洛文化’与‘台湾文化’有着浓厚的渊源关系。因此，通过开展寻根、举办‘河洛文化研讨会’等活动，宣传‘河洛文化’是两岸人民共同的宝贵财富，对于抵制‘文化台独’意义重大，对于促进祖国统一意义重大。”

◎ 两位国家元首造访那块神奇土地的背后

2005年9月8日，一架宽大的波音飞机降落在郑州新郑机场。美国前总统克林顿，一位银色头发、红润脸膛的风云人物，对河南进行了旋风般的造访。

“30多年前我就开始了对河南的了解，在大学读书时我选修了中国古代历史，对河南的历史文化很感兴趣。”站在中原大地，谈着历史文化，克林顿由衷赞叹黄河文明，称在中原大地上生活过的人、发生过的事，曾经塑造着这个国家的精神、这个民族的品格。

然而，历史毕竟是历史，真正促使克林顿来访的原因，诚如他所言：“中国将起到越来越重要的作用，这对世界非常重要。”身处中原大地，瞭望中国发展，克林顿的演讲地点看似巧合，实则必然。因为“古、土、苦”曾经一度是河南的代名词，然而，20世纪90年代以来、特别是近年来，河南实现了跨越式发展，发生了翻天覆地的变化。最“中国化”的河南，奏响了嘹亮的发展号角，巨变的河南，美丽的中原，怎不令世人心仪？

2006年3月22日14时15分，俄罗斯总统专机伊尔-96型徐徐降落在新郑国际机场，俄罗斯总统普京走下舷梯，愉快地踏上河南这块他向往已久的神奇土地，嵩山少林寺是他此行的目的地。

一个在世界上具有重要地位的国家元首的手和一个中国第一人口大省，同时也是中华文化重要发源地的省份领导人的手，在和煦的春风中紧紧地握在了一起。在机场贵宾厅，徐光春和河南省省长李成玉会见了普京，宾主双方在愉快友好的气氛中进行了交谈。

在交谈中，徐光春说，作为河南文化和中华文化的精华，中国武术的主要发源地就在河南的少林寺，少林武术至今已有1500多年的历史。总统先生曾经

说过："武术是一项伟大的运动。"少林武术1500年的历史证明，总统先生对武术的评价是完全正确的。少林武术不仅能够健体防身，而且有着丰富的深刻的思想文化内涵。少林精神、少林功夫源远流长，不断光大，现在已经走出了少林、走出了河南、走出了中国、走向了世界。总统先生是政治家，也是柔道高手，在中国可称为"武林高手"。今天总统先生来河南少林寺访问，用中国人的话来说是"以武会友"，这是我们河南的幸事，也是少林寺的幸事，必将载入少林史册，载入中国武林史册，载入中俄文化交流和友好合作的史册。

会见结束时，徐光春向普京赠送了为普京总统特别制作的具有浓郁河南特色的开封汴绣"少林习武图"。普京高兴地观看这幅汴绣，愉快地接受了这一珍贵的礼物。

15时51分，普京在徐光春等陪同下来到少林寺，进行了共计95分钟的精彩访问。17时26分，普京步出少林寺山门。

临上返回俄罗斯的飞机前，普京微笑着与徐光春等领导话别。徐光春握着普京总统的手，说："欢迎您有机会再到河南来。"普京非常留恋地点了点头。

19时05分，载着普京总统对中原文化和少林功夫的深厚感情，载着河南人民对俄罗斯人民的友谊，载着两国文化的相互交流和理解，普京乘坐的专机轰鸣着缓缓地离开了给他留下美好印象的中原大地。

河南自古就有"九州心腹，十省通衢"之誉，加之省内名山大川荟萃，东走芒砀，南亘大别，西屹秦岭，北峙太行，中居嵩山，是一个旅游资源大省。河南旅游类型齐全，不仅人文旅游资源数量众多、分布广泛，而且自然旅游资源得天独厚、丰富多彩，有重点风景名胜区15处，有森林公园35处，其中国家级就达16处。徐光春说："近年来，我们高度重视旅游业在落实科学发展观和实现中原崛起中的地位和作用，做大做强旅游业，文化旅游、自然山水旅游和红色旅游交相辉映，初步形成了'大旅游'的格局。"

旅游产业之所以被看作经济社会发展的重要支柱，就是因为其有明显的"乘数效应"，可以拉动多种行业的发展。但要真正发挥出这一作用，配套服务的水平必须同步跟上。生活水平越来越高，游客对服务的要求也越来越高，配套服务搞不上去，怎能引来客流？就是引来了游客，恐怕也只是"一锤子买卖"。

"花钱买罪受"，"本想出去玩一次，却生了一肚子气"，很多人都有过这样的抱怨。在河南省旅游产业发展大会上，徐光春以此现象为话题，一针见血地指出：不解决服务水平不高的问题，河南旅游业难有大发展。

“这年头什么涨得最快？景区门票！”一句流传于各旅行社的戏言折射出河南旅游的一个软肋。针对一些景区高价门票现象，徐光春直言：旅游景点应让更多的普通百姓进来，提升综合效益。“别让一张门票挡住千万个旅游者的脚步！”是的，让游客走进来，美景才有好“钱景”！

讲起历史上的河南，徐光春如数家珍：河南是中华民族的主要发祥地之一，8000年前的裴里岗文化遗址、6000年前的仰韶文化遗址、5000年前的龙山文化遗址，都是中原史前文明的见证。这里有创立道家学说的一代宗师老子和庄子、古老神秘的殷墟甲骨文、气势恢弘的洛阳龙门石窟等等。中国八大古都，河南就有殷朝古都安阳、商朝古都郑州、九朝古都洛阳、七朝古都开封四个。

说到河南的文化，徐光春娓娓道来。从三皇五帝、夏商周、秦汉、隋唐到北宋，中国历史三分之一在河南。河南是个文物大省，馆藏文物全国第二，地下文物全国第一。“两手一摸是春秋文化，双脚一踩是秦砖汉瓦。翻车都能撞出一个汉墓来。过去，外地人反映，河南是有看头没玩头，白天看庙，晚上睡觉，有钱花不出去”。说到现在，徐光春喜上眉梢，他建议外地记者到开封清明上河园、洛阳龙门石窟、濮阳濮上园去看一看，好看、好玩、好吃的东西真不少。宝丰曲艺，赏心悦目；濮阳杂技，名扬世界。加之少林功夫，焦作太极，更是武林瑰宝。

往事可待成追忆，再数风流看今朝。徐光春说，今日之河南，综合实力显著增强，在全国区域发展中的地位和作用举足轻重。

◎ 中原儿女站在一个新的战略起点上

黄河流域是中华民族的发祥地，历史上中原地区主导全国政治、经济、文化的区位优势长达数千年，深厚、悠久的历史、文化积淀为河南的振兴、崛起提供了得天独厚的条件。

然而河南的发展在过去的日子里有些滞后，究其影响发展的深层原因和症结是思想观念上的障碍。上世纪90年代初，为解放思想，更新观念，地处内陆的河南在全省范围内开展了思想解放大讨论，使河南广大干部群众振奋了精神，理清了发展思路。继而，河南抓住国际产业转移和我国东部产业向内地转移加快的历史机遇，又提出了“东引西进”战略，对外开放的程度开始显著提升。

在2005年全国“两会”上，温家宝总理代表党中央、国务院首次提出中部崛起战略。胡锦涛总书记2005年视察河南时说，河南在中部崛起中要走在前列。

在促进中部地区崛起中，有近亿人口的河南能不能崛起，直接关系到中部地区的崛起。徐光春说：“目前，河南作为中部崛起的重要省份，其发展快慢已成为牵动全国发展的重要因素，不仅会影响全国全面建设小康社会整体目标的实现，而且会影响中华民族复兴伟业的实现。为此，按照国家提出的全面建设小康社会的奋斗目标，立足实际，河南人民提出了奋力实现中原崛起的目标，就是要在优化结构和提高效益的基础上，确保人均生产总值到2020年比2000年翻两番以上，达到3000美元，使人民物质文化生活和健康水平有明显提高。这一目标是社会主义经济、政治、文化、社会全面发展的目标，符合国家促进中部地区崛起的战略部署，体现了全省人民的根本利益，反映了全省人民的共同愿望。如果我们能够充分发挥比较优势，进而提高全省的整体竞争力和综合实力，就一定能够实现中原崛起。”

河南工业目前已经实现了“三大”：全国最大的粮食加工基地、最大的畜禽加工基地、最大的铝工业基地。河南人津津乐道的是，方便面、饼干、速冻食品市场占有率全国第一；全国每10个速冻汤圆有6个产自河南。畜禽加工方面，肉制品市场占有率全国第一；国内每10根火腿肠中有5根由河南双汇生产；麦当劳、肯德基在中国的主要原料有90%来自河南。铝工业方面，氧化铝、电解铝市场占有率和产量均为全国第一。

◆◆ 徐光春（右）在焦煤集团古汉山矿546米井下，检查安全生产、看望一线采煤工人，向他们表示问候

“河南经济发展之所以取得如此大的进步，关键在于河南省有一个很好的发展思路。”国务院发展研究中心主任王梦奎说，对

于河南，既要做好国家的粮仓，又要让百姓富裕起来，其出路就是以工业化推动农业现代化。

河南省委、省政府审时度势，做出了实施区域中心城市带动战略，加快发展中原城市群经济隆起带，实现中原崛起的战略部署。根据这一构想，中原城市群发展的第一步是建设以郑州市为中心、1个半小时通勤为半径，包括洛阳、开封、新乡、焦作、许昌、平顶山、漯河、济源共9个市在内的经济圈。目前，9个城市基础设施同城化、产业一体化、市场一体化、城乡一体化建设已经拉开帷幕。按照发展大郑州的战略要求，省会郑州围绕徐光春提出的增强发展力、辐射力、带动力、创造力、影响力、凝聚力，不断推出大动作。

河南和全国一样，尽管在经济社会各个方面发展迅速，但要实现全面小康依然任重道远，面临诸多困难。徐光春说："必须用科学发展观统领中原崛起全部工作，要围绕'农业先进、工业发达、文化繁荣、环境优美、社会和谐、人民富裕'的目标全面谋划、积极推进。"

承前启后的"十一五"，是全面建设小康社会的关键时期。交汇点上，战略机遇不期而至；关节点上，中部崛起任重势紧。当此之时，作为"中部之中"的河南，又迎来一场"大考"——既要推进中原城市群发展，又要以壮大经济实力、增加财政收入、促进农民增收为主要任务，以"三化"为主要途径促进县域经济跨越式发展；既要坚持又快又好发展，又要坚持以人为本，统筹兼顾，促进城市与农村、经济与社会、人与自然和谐发展……

"我们在竞争中的优势还不很明显。前有标兵、后有追兵，稍有懈怠，就会标兵更远、追兵更近。"如何在新起点上实现新跨越？徐光春说，"最重要的是要迅速把广大干部群众的思想统一到中央的决策部署上来，抓住国家实施促进中部地区崛起的战略机遇，从实际出发，用科学发展观统领中原崛起，抓住主要矛盾，推进社会主义新农村建设，优化经济结构，转变经济增长方式，建设资源节约和环境友好型社会，实现经济社会又快又好发展。"

"中部崛起，大局已定；中原崛起，正逢其时。"徐光春说，"河南，又站在了一个新的战略起点上，9700万中原儿女正在谋求更大发展！"

◎ 妙语连篇新解“五子登科”等“官念”

“换脑子、挖根子、变法子、装轮子、闯路子”。在河南省优化投资环境打造诚信社会电视电话会议上，徐光春提出的解放思想、更新观念，实现对外开放的“五子登科”，让与会的干部耳目一新。

会上，徐光春形象地阐释了“五子登科”的内涵。

换脑子，就是要换掉旧思想，吸收新观念，形成新思路。“要坚决破除一切影响开放型经济发展的旧观念，树立‘开放才有机遇、开放才能发展’和‘大开放、大发展，不开放、不发展’的新观念，自觉地把河南放到全国发展的大格局中去审视，放到经济全球化的大趋势中去思考，放到世界范围内的竞争中去比较，用更加开放的胸怀谋划新的发展思路，用思想大解放推动大开放格局的形成。”

挖根子，就是要铲除小农经济意识。河南地处中原，深受传统观念的影响，不少人小农经济意识浓厚，思想保守，习惯于沿用老经验、旧做法；小富即安、小进即满，因循守旧、不思进取，缺乏开拓创新、敢闯敢试的勇气和信心；思想狭隘、目光短浅，容易害“红眼病”、搞地方保护主义。“我们要结合正在开展的保持共产党员先进性教育活动，努力增强对外开放的能力，坚决打破小农经济意识的思想枷锁，敞开胸怀、张开双臂，竭诚欢迎外商来河南投资兴业，共谋发展。”

变法子，就是要变革目前影响开放型经济发展的一切旧体制、旧政策、旧办法。改革创新是经济社会发展的强大动力。“变则通，通则灵，灵则成。要适应新形势新任务的要求，坚决改变一切束缚发展的做法和规定，坚决革除一切影响发展的体制弊端，不断创新制度、创新政策、创新工作方法，使开放型经济发展的活力进一步迸发。”

装轮子，就是装上开放型经济的轮子，形成国内发展、国际发展两个轮子一起转的经济运行模式。两个轮子跑，车要比一个轮子跑得快、跑得稳。“我们要在充分发挥自身优势、加快发展步伐的同时，坚持对内开放与对外开放并举，既要积极吸引省外境外国外投资、技术、人才和管理经验，也要鼓励我省有比较优势的企业到省外境外国外投资兴业，使国内省内发展与对外开放两轮驱动、两翼齐飞。”

闯路子，就是要从河南的实际出发，闯出一条速度快、质量高、影响大、效益好的对外开放新路子。这条路，既不同于沿海，又不同于西部；既能充分体现河南的资源优势、产业特点，又是符合海外投资需求、符合国外市场需要的有鲜明河南特色的开放之路，以尽快摆脱因开放度不够而严重制约河南经济发展的被动局面。“要着力转变对外贸易增长方式，大力实施以质取胜、以特获宠的战略，增加产品科技含量，提高出口竞争力，吸引更多更大规模的国际资本、国外企业来豫投资创业，占据更多的国际市场份额，多挣美元、欧元、日元。”

徐光春语重心长地告诫大家，要坚决破除“肥水不流外人田”的思想，要有算大账、算远账、不计较眼前得失的“大精明”、“大智慧”，树立“你投资我欢迎，你创业我支持，你赚钱我发展”的新观念。要舍得“靓女先嫁”，敢于拿出优质资产引资重组，勇于接受国内国际大企业大集团的收购兼并，通过“以强引外”、“以优引外”实现企业裂变式扩张、经济倍增式发展；要保护好、支持好、发展好落地投产的项目，使外商“招得来，留得住，发得了”。

“从小父母就会教育我们，人家的东西不能拿，别人的东西不能要，这是做人的最基本的品格，但是，有个别干部竟公然拿党和人民赋予他的权力作为工具，出卖权力，谋取一己私利，这哪有什么共产主义理想？怎能当好人民的公仆？”在河南省纪委六次全会上，徐光春出语严肃，诤言直陈干部道德修养问题。

“从近年来查处的领导干部违法违纪案件看，腐败分子走上违法犯罪的道路，大都是从道德品质上出现问题开始的。有些干部的世界观、价值观、人生观扭曲，一切为了个人利益，根本不考虑群众的冷暖疾苦，更谈不上具有坚定的理想信念；有的丧失了基本的道德准则，搞钱权交易，卖官鬻爵，中饱私囊；有的政治品格低下，为个人目的不惜以卑劣手段陷害打击他人；有的道德沦丧，贪图美色，生活作风糜烂；有的热衷灯红酒绿，沉湎于低级趣味；更有甚者丧失了做人的起码道德，为达到不可告人的目的不择手段，到了令人发指的程度，滑向了犯罪的深渊……”说起有些干部的种种失德之举，徐光春语调沉重、神情严肃。

会场静悄悄的，徐光春的声音振聋发聩……

“说老实话，办老实事，做老实人。”“清清白白做人，老老实实做事。”这些耳熟能详的训言，讲述着一个古老而又现实的真理：做人要讲道德。一次，徐光春在《人民日报》上发表了题为《做人讲道德做官讲官德》的文章。文中指出，道德是立身之本，也是立国之基。做人，应该身先立德；做官，应该以德从政。”

《大戴礼记》说：“行德则兴，倍德则崩。”孔子说：“为政以德，譬如北辰，居其所而众星共之。”《世说新语》讲：“百行以德为首。”徐光春认为，德为官之魂——官德正则民风淳，官德毁则民风降。“党员干部的道德好坏决不是‘细节问题’，而是关系着党的整体形象，关系着党的凝聚力、战斗力、创造力，关系着党和国家的兴衰存亡……讲官德是加强党的建设的基本要求。”他强调，要教育引导党员干部自觉加强道德修养，常修为政之德，常思贪欲之害，常怀律己之心，牢固树立马克思主义世界观、人生观、价值观，树立正确的权力观、利益观、地位观，模范遵守社会公德、职业道德、家庭美德，永葆共产党人的高风亮节。

“对那些封官许愿、请客送礼、跑官要官、拉票贿选者，一经发现，坚决依纪查处！”在河南省委七届十次全会闭幕式上，徐光春出语严肃，4次提到干部作风问题，对在一些干部中存在的不正之风进行了严厉批评和谆谆告诫。

说到建好班子、带好队伍，加强对领导干部和干部选拔任用工作的监督时，徐光春要求，各级领导干部要以高度的党性原则，正确对待职务的变化和个人的进退去留，自觉遵守党的政策和纪律，从大局出发，一切听从组织的安排。他严肃指出，“省委重申，在选拔任用干部工作中要坚持正确的用人导向。干部干部，是干出来的，是干部靠素质和才干干出来的，是组织根据工作需要，按照严格的程序，并听取各方面的意见来确定的，并不是干部自己跑出来、说出来的。否则就不叫‘干部’，而叫‘跑部’、‘说部’了。”

说到这里，徐光春加重了语气：“该提的不跑不说也会提，不该提的再跑再说也不能提，跑跑说说，反而给组织上留下不好印象，而且把风气搞坏！该了解情况的，组织上会下去广泛听取意见，来自非组织渠道的打招呼、说好话，一概不听！”

谈到河南要在促进中部地区崛起中走在前列、奋力实现中原崛起的宏伟目标，徐光春坦言，这需要有一大批为政清廉、开拓进取的干部。徐光春殷切告诫说，“各级领导干部要集中心思、沉下身子、迈开双腿，到基层去，到困难最多的地方去，到群众意见最大的地方去。发扬‘严、细、深、实’的良好作风，心无旁骛，把精力用到求发展上，把心思用到求实效上，把劲头用到抓工作上，努力开创新局面。”

保持奋发有为的精神状态，是各级干部带领全省人民顺利实现

"十一五"发展目标的关键，也是徐光春对广大干部的希望。讲到这里时，他放慢语速一字一顿地说："我们的干部要多谋些发展、少想些升迁，多造些民福、少图些私利，多干些实事、少唱些高调，多琢磨些事、少琢磨些人。以昂扬向上的精神状态，奋力拼搏，争创一流业绩。"徐光春的一番话掷地有声、发人深思。

尽管政务繁忙，徐光春总是抽出一定时间读书学习。他说："作为一个领导干部，不读书不行，读死书也不行，一要'活读'，二要'读活'。所谓'活读'，就是要机动灵活地读书。确实，我工作十分繁忙，没有也不可能有完整的、固定的、长久的读书时间，但书又不能不读，于是我利用零敲碎打的时间来读书，开完会还有半个小时空余时间，谈完话还有一小时没有安排活动，就抓起书或报纸，读几页书，看几篇文章。尽管如此，我一周下来，读书看报的时间总体还不少，收获也不薄。所谓'读活'，就是不要为读书而读书，要根据工作需要来读书，而且要把读书与思考结合起来，把读书的重点与难点结合起来，通过读书增长知识，活跃思路，解疑释惑，求得解决难点问题的答案。说到底，到这个年龄，在这样的工作岗位上，读书学习，只能做到为用而学，学而为用。通过读书，使自己的工作有知识的支撑，不至于空话连篇，苍白无力。"

◎ 边为河南人"正名"边立言"以发展赢得尊重"

近几年来，河南人在一些人眼中似乎形象不佳。艾滋病、治安问题、假冒伪劣商品，一些问题被以偏概全，一度成为"妖魔化河南"的口实。任何一届河南领导，都面临着一次"形象公关"，来改善和提升河南的形象。而对此，做宣传工作出身的徐光春当是内行。

诋毁河南人的最早年代已无从考证——一个流传已久的传说是，每当陇海线的火车进入河南，列车员就会提醒乘客"列车已驶入河南境内，请广大旅客提高警惕"。而嘲弄河南人的"段子"大规模流行，则开始于上世纪90年代中期，针对河南的地域歧视由此开始明确化。河南省的一些学者认为，对于河南人"信誉差、自私自利"等等批评，虽不无某种事实基础，但是过分夸张，实际上是以偏概全，很不客观。

树立河南形象，至少在2000年开始就已经是河南省委、省政府的工作重

点之一。2000年10月16日，陈奎元从西藏调任河南省委书记。在《河南求解》一文中，河南当地的记者写到，陈奎元在深入调查后说："河南的形象问题不抓不行了，我们这届班子，如果能把河南的形象树立起来，就是对河南人民最大的贡献。"

2004年底，徐光春调任河南省委书记，其中宣部原主管新闻的副部长、广电总局原局长的背景，恰好为此后河南省委引导舆论、扭转河南形象的努力形成了新推力。徐光春对河南人的集体性格持肯定态度："河南人勤劳、勇敢、能吃苦、包容性很大、不排外，几乎所有中华民族的传统美德，在河南人当中都有深刻而具体的体现。"

2005年4月，徐光春在接受媒体采访时说，我来河南工作首先关注的还是经济问题。首先把河南经济发展起来，腰杆子硬起来，这是第一任务。同时也要注意，加强河南的人文建设，加强河南社会发展，通过我们河南自身文明社会、和谐社会的建设，来逐步改变外部一些人对河南的误解。

新闻专业出身的徐光春显示出他的专业敏感。偶尔从某网站上看到打工妹单晓霞成为河北首位眼角膜志愿捐献者，他立即要求《河南日报》赶赴河北采访，在头版头条刊登；听闻青年魏青刚10米巨浪中3次跳海救人，他批示："又是河南民工奋勇救人，省内媒体应认真宣传。"

谈到前些年外界对河南人的一些不公正的说法，徐光春颇不以为然。他说，河南人心胸宽大，具有很强的包容性。近一两年，河南一大批普通人的事迹感动了河南也感动了中国，如任长霞、李学生、魏青刚、张尚昀、洪战辉、李和平等。除任长霞外，这些普通百姓的事迹大都是徐光春发掘的，于是有人把2005年称作是"河南英雄年"。徐光春在利用一切机会给河南人"正名"。他说："形象是干出来的，而不是说出来的。重树河南形象的确需要做大量工作，但光靠这些还不够，河南人要赢得尊重，最重要的是自强不息，加快发展，以发展赢得尊重。"他对媒体说："文化、文明具有传承性，河南是中国的缩影，河南人民所具有的勤劳智慧、任劳任怨、艰苦奋斗的优秀品质也体现在每一位中国人身上，关键是要把一个真实的、发展中的河南展示给世人，既不搞炒作，也不回避矛盾……我想提醒一句，就是要真正读懂河南，需要一颗平常的心，不要有偏见。哪里都有闪光点，哪里都有阴暗面，而闪光点总是多于阴暗面，这是客观实际。河南是河南人的河南，也是中国人的河南。"

过去人们对河南的印象多限于"人口大省"、"农业大省"、"欠发达”层面。然而，现在到过河南、了解河南的人，开始对变化中的河南刮目相看。河南已不再是传统旧模样，能源大省、工业大省、经济大省和文化大省的名声正在不断叫响。

展望前景，徐光春信心满怀，在国家提出中部崛起战略的大背景下，河南未来的发展面临巨大机遇：国家投资巨大的南水北调、西气东输、铁路客运专线等重大建设项目在河南相继开工，使河南的发展后劲日益增强。河南具有无可比拟的区位优势和综合资源优势，是沿海地区产业由东向西梯次转移的重要连接带和桥头堡。河南劳动力资源丰富，各类高素质人才充足，熟练劳动力成本相对较低。另外，近亿人口的消费需求，市场潜力巨大、商机无限。一个“农业先进、工业发达、文化繁荣、环境优美、社会和谐、人民富裕”的新河南，必将在中部率先崛起。

诚然，当人们还习惯于用“农业大省”来形容和定位河南时，一个增势强劲、生龙活虎的经济大省、文化大省正在悄然成形。

人生◎手记

“有网友说徐光春有一个特别的农民工情结，的确是这样的，我对农民工有特殊的感情，我对农民工问题比较关心。”徐光春在做客人民网强国论坛时如此说。访谈气氛非常热烈，强国论坛最高同时在线人数超过300万。尽管网友们提出了近千个问题，但徐光春最惦念的还是农民工，回答最多的也是农民工问题。徐光春表示，农民工不容易，干的是最苦、最累的活，拿的是最低、最少的工资。经济发展的时候，他们出了最大的力量，经济遇到困难了，他们也是受害最快、最早的群体。他曾就保护农民工权益提出议案。

2009年11月，中共中央决定，徐光春不再担任河南省委书记、常委、委员职务。同年12月26日被任命为十一届全国人大财政经济委员会副主任委员。

2010年1月18日，河南省十一届人大常委会第十三次会议在郑州召开，会议通过了关于河南省十一届人大三次会议的有关议案。在开幕会各项议程进行完毕后，徐光春饱含深情地作了讲话。他说，根据党的现行干部政策，我的年龄已过了省委书记的任职年限，因而也不能再任省人大常委会主任，将通过法律程序选举新任省人大常委会主任。

他感谢大家在自己任内对自己工作的大力支持。“在这5年的人大工作中，省人大的全体同志顾全大局、尽职尽责，解放思想、开拓创新，精诚团结、和谐相处，对我和人大常委会党组、人大常委会的工作给予了热情的支持和积极的帮助。大家心情很舒畅，气氛很融洽，工作很努力，使省人大不仅成为有影响的权力机关、有作为的立法机关，而且成为反映民意、保障民生、凝聚民心的重要平台，成为政治方向正确、工作成绩突出、同志关系和谐的文明单位。这些都饱含着大家的心血和汗水！”

“干部干部，是干出来的，并不是干部自己跑出来的、说出来的。否则，就不叫‘干部’，而叫做‘跑部’、‘说部’了。对那些封官许愿、请客送礼、跑官要官、拉票贿选者，一经发现，坚决依纪查处！”徐光春曾在河南省委七届十次全会闭幕式上出语严肃，四次提到干部作风问题，对在一些干部中存在的不正之风进行了严厉批评和谆谆告诫。作为领导干部，他以身作则，清正廉明，两袖清风。他深谙，“上有所好，下必甚焉”，上梁不正，自然有顺杆儿爬的投机取巧者。为此，他强调建立和完善用人失察制度，实行责任追究，杜绝用人上的任人唯亲、结党营私现象。

王伟光

从00001号学子到学术智囊

·代表档案·

王伟光，山东海阳人，马克思主义理论一级学科和哲学一级学科学术带头人，马克思主义理论研究和建设工程首席专家，国务院特殊津贴获得者。1950年2月出生于辽宁丹东，1967年11月参加工作。历任黑龙江生产建设兵团4师39团指导员和中共中央党校历史唯物主义教研组组长，马克思主义哲学原理教研室主任，哲学教研部副主任，教务部常务副主任、主任，中共中央党校副秘书长，秦皇岛市委常委、副书记，中共中央党校副校长等职；现为中国社会科学院副院长、党组副书记、博士生导师，**系第十届全国人大代表**、全国人大法律委员会委员和中国共产党十六大代表、十七届中央候补委员，是中国马克思主义研究基金会理事长、邓小平理论研究会会长。

王伟光 从00001号学子到学术智囊

他是北京大学哲学系“黄浦一期”的学生，也是北大当年00001号学生；他是中央党校历史上的首批硕士、首批博士。

王伟光不仅是马克思主义哲学的求索者，也是一位典型的学者型官员，长期从事学术理论研究，成就斐然。自轮训培训党的高级领导干部的最高学府中央党校到中共中央国务院重要的思想库和智囊团中国社会科学院，尽管岗位变了，但对王伟光而言不变的是对真理的追求，不变的是严谨求真、笃学慎思的学者风范和与时俱进、开拓创新的领导艺术，以及谦和睿智、与人为善的人格魅力。

◎ 理论泛土上成就学者型官员

“是中央党校培养了我，我对中央党校的事业是有感情的，对中央党校的老师和同志们是有感情的，对中央党校的一草一木是有感情的。”2008年1月，中央正式下文决定中共中央党校副校长王伟光调任中国社会科学院副院长、党组副书记（正部级）。在任职宣布会议上，王伟光动情地如是说。

王伟光是自中央学校这块理论泛土上一步步成长起来的，他在这里学习、工作和生活20余年。中央党校是成就他的地方，他在这里为党、为国、为人民做了卓有成效的工作。在即将离开这块曾经朝夕相处的地方，他的内心自然十分复杂……

在中央党校，王伟光起初担任过历史唯物主义教研组组长、马克思主义哲学原理教研室主任等职。

1991年3月，王伟光作为中央党校中青年代职锻炼干部被派到河北省秦皇岛市，先任该市市委常委，兼任海港区委副书记，分管党建、工青妇和农村工作；后任该市市委副书记，分管党建、农村、工青妇、对外开放等工作。王伟光说，在秦皇岛市代职锻炼的这一年半尽管时间并不长，但是是自己领导才干增长最快的时间。他深有体会地说：“这一年多的时间里，使我丰富了人生阅历，积累了工作经验，提高了领导才干。年轻干部，特别是从事党的理论工作、干部教育工作、机关工作的年轻干部一定要到基层去锻炼。缺这门课的，要尽早、尽快补上。年轻干部到基层锻炼，不能浮在上面，不能去镀金、混经历，必须扎下身子，实实在在的深入实践、联系群众、联系干部，和他们一起生活、一起工作。”

他的父亲曾在这里参加过“四清”运动，王伟光没有想到自己也同这块土地结缘。尽管自己初中毕业后便开始走上社会，首先接触的基层是“北大荒”兵团农垦，但是王伟光认识到自己从北大到党校，从学生到教师，离开基层已10多年，特别是改革开放以来社会基层的实际情况已发生很大的变化，有待于自己深入了解。当时，王伟光给自己下了一个不成文的规定：只在地方干事，不参与地方人事。后来，他把这条不成文的规定，又具体化为只进行调查研究，不具体接待或回答来访上访，遇到此类问题只负责反映不表态；广泛联系干部群众，不具体参与干部任免和人事调配；只完成分配的任务和交办的工作，不干不属于自己分管的事情。

王伟光在海港区用了8个月时间，几乎跑遍了海港区大大小小的街道、村庄和企业，交了一大批乡村干部朋友。除此之外，对海港区委和区政府的各个机构也做了较为全面的调查，了解了一个区的党和政府的运作程序。在秦市工作期间，提高了他对市场经济的认识水平，积累了全面运作经济工作的经验。

正当王伟光甩开膀子，准备在秦市大干一场的时候，突然接到中央党校组织局的电话通知，告知组织上将对他进行考察，马上让他提前结束代职锻炼，返回学校。因在秦市工作期间，与同志们建立了深厚的感情，临走时秦市的同志一拨一拨送王伟光，使他感受到了基层干部的热情和真诚。不久，王伟光被任命为中央党校哲学部副主任，后又被任命为教务部常务副主任、主任等职。十四大之后，进入了校委班子，成为当时最年轻的校委委员，从此走上了党校教学管理的岗位。

在担任教研部和教务部负责人期间，除在第一线从事教学研究外，王伟光投入很大的精力从事教学行政管理，现在中央党校的教学管理主要制度的基本框架还是他当年主持教务部工作时奠定的。不久，王伟光出任中央党校副秘书长，1998年2月担任副校长。在担任副校长的任上，他身体力行，坚持党校姓“党”的根本原则，充分发挥“三个阵地、一个熔炉”的作用，自觉地探索党校的办学规律，努力推进党校教学新体系和教材新体系的建设。他说，自己在中央党校所主管和分管的部门大部分关乎党校的日常运转和保障，桩桩件件都不是小事，做好这些事又都得从细节入手，马虎不得。

在中央党校工作期间，他以“管理科学化、服务社会化、保障现代化”为目标，大刀阔斧地推进后勤社会化改革，把计划经济条件下党校后勤服务模式转变为适应市场经济需要、适应新形势要求，逐步具有党校特色的新型后勤服务模式。为了推进后勤社会化改革，王伟光曾6次带队赴外地考察，学习他人的改革经验。每次考察归来，他都督促马上召开会议，找差距、定措施、抓落实。

步入山水相依的中央党校校园，满眼楼台掩映，草木葱茏，随处可见励志名训等文化景观，建筑风格不乏肃穆典雅而实用，规划合理而设施完善。然而，中央党校的主校园区是上世纪五六十年代建设的，进入20世纪90年代后，原有的设备设施严重老化失修，已很难满足大规模干部培训的需要。为落实中央扩大办学规模，加大培训力度的要求，建设一流的党校校园，打造一流的学习生活环境，提供一流的学习生活条件，成为新形势下加强校园建设的重要任务。王伟光在主持谋划和组织校园基本建设的日子里，精心制订校园建设规划，建设功能齐全的教学办公区，建设相对独立的职工住宅生活区，并改选南校园建立研究生教育基地。几易寒暑，王伟光与他的同事们踏遍了校园的每一个角落，通过现场勘查、反复斟酌，彻底解决了教职员工的住房问题，改善了学员的学习生活条件，使校园面貌焕然一新。澳大利亚总理霍华德到中央党校时竖起拇指称赞道：“从党校校园和综合大楼，切身感到了大国大党大校的大气！”

◆◆ 王伟光在博士答辩现场

担任领导职务后，事务繁杂，需要处理的工作很多，清静的时间很少，但王伟光并未因此影响对学问的探求，他充分利用一切业余时间，甚至在车上或飞机上也要看书或写作。有一次，他乘飞机出差，突发灵感，可是随身没带稿纸，王伟光便在清洁袋上撰写文章，一连写了6个清洁袋。一下飞机，交给秘书，整理出来就是一篇高质量的学术文章。

他说，写作除了能够提高自己的表达能力，怡情养性，还能通过传播正确的思想推动社会。“从小道理上来说，自己动手写文章是提高领导干部自身素质和个人能力的重要途径。想到的东西，不一定能说出来，说出来的东西不一定能写出来。只有写出来且写明白的东西，才能更准确无误地说清楚，只有说清楚的东西才能更透彻地想明白。思考、语言表达、写文章，是一个学习、思考、消化、吸收和升华的辩证联系的有机过程，写是重要环节，写文章是领导干部提升自己素质的有效方法。领导干部自己动手写文章，是加强学习，努力提高自身能力和水平的重要方式，也是一种领导方式和工作方法。读书是学习，自己动手写文章也是一种学习。”

行政事务再多，他始终也没有忘记自己作为一名马克思主义理论工作者的责任，主持了社会主义初级阶段的利益关系研究、中国特色社会主义发展道路研究、科学发展观和构建社会主义和谐社会研究等多项国家重大科研项目，并担任马克思主义理论和建设工程首席专家，主持马克思主义基本观点若干专题研究。

在如何实现马克思主义哲学中国化的创新探索中，王伟光深感焦点和难点均在如何抓住重大现实问题，找准马克克主义哲学与中国社会重大现实问题的结合点，将马克思主义哲学的基本原理、时代精神和新的社会实践这三者有机结合起来。王伟光说：“设想一个问题并不难，但做起来却非常难。把设想变成理论，不但需要勇气和智慧，更需要不怕失败的胸怀和气度。在创新的征途上是没有退路的，理论只有在回答现实问题的过程中才能获得新的生命力。”

王伟光哲学研究和创新的主要途径是“抓两头”：一头是历史源头，到中华民族哲学和国外哲学中探求哲学理念；另一头是现实潮头，结合时代精神，针对改革开放的现实实践，站在马克思主义哲学的立场上加以分析和回答，企求哲学的概括与升华。

尽管身处高位，王伟光不忘耕耘，出版理论著作、发表学术论文、撰写讲稿等各类文稿总字数达百万字以上。他所撰写的《经济利益·政治秩序·社会稳定》运用马克思主义哲学的世界观和方法论，在总结国际共产主义和社会主义各国成败的经验教训的基础上，回答社会主义矛盾和发展动力问题的一部哲学论著。在《效率·公平·和谐——兼论人民内部矛盾和构建社会主义和谐社会》理论专著中，王伟光从社会大环境和客观条件的变化入手，分析研究当前社会各阶级、阶层和利益群体的新情况，详尽分析了人民内部矛盾新的表现形式和新的特点，提出解决人民内部矛盾和构建社会主义和谐社会应该把握的原则和方法。他的专著《利益论》是对多年利益问题的研究的一个总结性成果。该书运用马克思主义的立场、观点、方法对利益范畴进行了系统的研究，说明了利益实质、利益分类、利益矛盾、利益作用、利益群体、利益协调等问题，极大地丰富和完善了马克思主义利益理论和利益分析方法论体系；同时运用马克思主义利益理论和利益群体分析方法，分析研究了社会主义初级阶段利益群体的状况，提出了协调利益关系和矛盾，调动各个利益群体的积极性，保持社会稳定，推动经济发展的对策。利益问题的研究在很大程度上推进了马克思主义利益理论的发展，在学术界产生了非常大的影响。

作为一位学者，王伟光把阐述并践履党的创新理论、运用理论回答重大现实问题为义不容辞的责任。在《科学发展观的研究和实践》专著中，他从马克思哲学世界和方法论的高度对科学发展观的实践基础、理论来源、科学内涵、精神实质作了较为全面的论述，对中国特色社会主义“为什么发展，发展什么，怎样发展，为谁发展，靠谁发展”和“五个统筹”的战略要求，对如何实现又好又快发展作了哲学理论层面的阐述。在《社会主义和谐社会的理论和实践》专著中，他从理论层面论述了社会主义和谐社会理论的科学内涵，以及构建社会主义和谐社会所要解决的现实问题，不仅具有鲜明的理论性和时代感，而且具有较强的原创性和历史纵深感。为了加强社会主义新农村建设的理论与实践研究，他还主持编写了《社会主义新农村建设的理论与实践》，他认为建设社会主义新农村是中国特色社会主义现代化建设的必然要求。

每年中央党校都要举办并承办一些高规格的会议和班次。在1997年起的几年里举办的省部主要领导干部专题研讨班上，王伟光不仅担任领导小组成员兼办公室主任，负责日常办班任务，还承担讲课重任。每次从接受任务到亲自动手收集资料，分析问题，形成思路，撰写讲义，最后到讲课，他都是全身心投入。因为担负繁重的日常行政事务，备课更多的是在晚上完成，有一年为写讲稿除夕之夜在办公室时打了个通宵战。

王伟光对自己讲课的要求极高，他要求自己对基本理论和现实情况首先要吃透，要把道理说清楚，案例讲明白，高深的理论要通俗化，真正做到入耳、入脑、入心，要使大家听后有所收获，能够运用所学道理解决实际问题。为了力争良好的讲课效果，每在讲课之前，他反复修改、推敲讲稿，以达到环环相扣、论证严谨，脱稿讲课挥洒自如的程度，因此工作强度非常大。中央党校的学员都说，能听王校长的讲课是一种享受。他讲课的最大特点，就是能把玄秘深奥、枯燥乏味的哲学讲得通俗、生动、朴实，有如阅读一本常识书，总能吸引住各色各样的学员与听众。

王伟光不仅用辩证思维的方式阐述理论，还运用了大量的数据来分析事实，能直面现实、切中肯綮、深入浅出、旁征博引的教学风格激发了学员们对重大理论和现实的浓厚兴趣，以至社会各界纷纷邀请他讲学。然而，王伟光认为，最应该向他们传授的不是具体的知识，而是科学的思维方法、严格的治学态度、大胆的创新精神、正确的人生追求。

中央领导人除了把中央党校当作轮训高官、统一思想的基地，也一直将中央党校推向理论最前沿，把最新的、重大的理论课题交给党校，像党的十六大、十七大报告调研课题，中央党校都承担了较重的分量。王伟光曾参与十七大报告等党的重要文件的起草。

“哲学应当面对现实，只有回答现实提出的重大问题，它才有生命力，也只有从现实生活中捕捉出重大课题，加以深入的开拓研究，才能真正地发展哲学。哲学的生命力在于它是时代精神的概括，现实的哲学就是时代的哲学。时代哲学是时代矛盾的理论结晶，任何社会历史的哲学命题，都是针对该时代矛盾的尖锐化而提出来的。”这是王伟光选择现实问题的哲学研究的主要原因。

◎ 有“两个脑子”的“书虫”徒步“长征”

2007年6月的一天，王伟光到黄海之滨的山东海阳调研。在招虎山国家森林公园，王伟光乘车游览了景区。他抬眼望去，山势陡峭，峰险谷深，眼前是莽莽苍苍的林海和千姿百态的森林奇观，层峦叠璋，景致秀丽，沟谷曲折流长，山珊有泉、沟沟有水。王伟光高兴地说，这里是一处“藏在深闺人未识的处女地”，引人入胜。

其实，这里就是王伟光的祖居地，尽管他出生在辽宁丹东，并在那里长大，但是祖籍之地的山水一直萦绕在心底。王伟光的爷爷早年是闯关东而来到东北的。王伟光从小就喜好文学，喜好历史，特别崇尚中国古典文学，崇尚中国古代历史。具有初步阅读能力起，他就开始大量涉猎《红楼梦》、《水浒传》、《隋唐演义》、《古文观止》等中国古典文史哲名著名篇。他说，早年的梦想就是当一名文学家或历史学家。

小学阶段，王伟光是在北京市海淀区马神庙中心小学（现北京市阜城门学校）读的。当年，每读完一本书，王伟光就要讲给同学听。从家走到学校，一般需要三四十分钟时间，每天上学与放学的路上都有一群同学跟着王伟光，听他讲《水浒传》之类的故事。王伟光就像说评书似的，走一路讲一路。当然，一次只讲一段，下段如何，“且听下回分解”。

上高小的时候，王伟光已读书入迷。家里的书、同学的书、老师的书……凡能借到的他都借来读。“我连上厕所时都在读书，为此弟弟妹妹经常与我抢厕所，还到父母那里告状，说‘占着茅坑不拉屎’。”当时家里并不富裕，嗜书如命的王伟光为了能看到书，只要能借到的书都借来读，还经常到书店看开架所售的书，他也是旧书店的常客，常常一泡就是一整天。

初中阶段，王伟光是在首都师大第二附中度过的。当年，为争取多读书，王伟光这个“书虫”在上第一堂课时，就把一天的作业都做完了——“剩下的几堂课，老师讲老师的，我在书桌下面偷偷地看课外书。因每次考试成绩都不错，老师对我也比较喜欢，对我课上偷着看书，也是睁一只眼，闭一只眼，并说：‘王伟光同学有两个脑子，他可以一边听课，一边看课外书。其他的同学如果有这个本事，也可以这样做。’”

整个少年时代，王伟光一直梦想当一个作家，一直在寻梦。在作文上，他表现出个人的才华，许多作文被作为全班或全校的范文推荐给同学借鉴，有的文章还被选入中学生优秀作文选。“尽管我读了大量的课外书，但是很多都是囫囵吞枣，不求甚解，甚至消化不良。当时，我还不知天高地厚地做着文学梦，想成为一个大文豪。”

小学时，老师给王伟光布置过“我的理想”之类的作文，具体写些什么内容他大体忘记了，但是“做革命事业的接班人，为实现共产主义社会而努力而奋斗”，这可是他们那个时代小学生的“共同理想”，作文写完后没有这一句似乎就结不了尾。

当然，梦想总归是梦想。没有现实作为基础的梦想只能是空想。共产主义是美丽的，也是令王伟光神往的。曾经有无数的人和王伟光一样也编织过无数的梦想。没有一个人能真正说清它到底是怎样的，何时能实现。但这并不影响世人的想像，有梦总是好的——它至少能给人一个追求的目标，同时也给人一个遐想的空间。

王伟光从小接受党的教育、受革命传统的熏陶，从懂事起就能唱《我们是共产主义接班人》这支歌。不久，“文化大革命”这场飞来横祸，彻底打破了他的梦想，中国进入了“读书无用论”和“白卷先生”的荒诞时代，王伟光已经无法在教室里安静地读书了，被迫中断了自己的学业。“‘文革’开始后，我们的家庭都不同程度地受到冲击。对于这突如其来的打击，我们十分不理解，内心充满了委屈。我们也天真、幼稚、单纯，又不失革命激情。人家不让‘革命’，我们自己非要‘革命’（不可）。”

1966年11月16日，王伟光约上几个初中同学组成一个所谓的“红军长征队”徒步串联。他们背着行李，还有油印机，纸张，乐器等，从北京出发，用了近两个月的时间走到延安——沿途利用晚上时间给群众演一些小节目，发放一些油印毛主席语录。今天，王伟光笑言：“这次串联我们戏称为‘新长征’，每天要走七八十里路，双脚打满了血疱，后来脚板磨出了茧子。途经的地方大都是老革命根据地，一路上我们受到了深刻的革命传统教育。”走

◆◆ 王伟光（左一）徒步串联到延安时，在毛泽东住处留影

一路，看一路，王伟光终于“了解了中国之大，天下之大；知道了农民怎样种地，工人如何做工，普通百姓如何生活”。在延安参观了10天后，他们乘车返京“复课闹革命”。

这次徒步串联给王伟光提供了一次重要的接触实际的机会，使他初步感到：社会是最好的大学，实践是最好的老师，要想有所作为，到群众中去，到实践中去主动接受火热生活的洗礼。正是这次“新长征”萌发了他上山下乡的初衷，“到边疆去，到农村去，到祖国最需要我们的地方去”。

◎ 到“北大荒”接受炼狱般的锻炼

“告别了母亲，背上行装 / 踏上征途，远离故乡 /穿过那无边的原野，越过那重重的山岗 /高举起垦荒的旗帜，奔向遥远的边疆 /勇敢地向困难进军：战胜那风暴冰霜……”《垦荒队员之歌》依稀在耳，回望黑土地“北大荒”，许许多多的人们依然沉浸在那场气壮山河的进军中……

1967年11月21日，于王伟光是一个终生难忘的日子。这一天，王伟光和数十万城市知识青年响应党和国家的号召，怀着建设边疆的豪情壮志来到黑龙江“北大荒”。

当时的“北大荒”野兽成群，沼泽密布，杂草有一人多高。王伟光记得，没有住的地方，大家就搭起马架子、地窨子（半地下的临时住所）。最可怕的是夏天蚊虫太多，干活时只能戴着蚊帽子，有时只能留张嘴在外边吃饭，蚊虫经常掉到饭碗里。

“北大荒”的冬天零下30多度，最冷时达零下40度以上。“我们睡觉时都是‘全副武装’，头戴大皮帽子，身穿棉裤，脚套大棉靴。一冬天连衣服都不脱，更不要说洗澡了。”一般人不知道，眼前的这位高级领导干部是当年奔赴“北大荒”拓荒的历史见证人之一。

“早起三点半，归来星满天。啃着冰冻馍，雪花汤就饭。走着创业路，不怕万重难。吃苦为人民，乐在苦中间！”这是他们当年最真实的生活写照。当时，农场保持着过去解放军集体转业前的连排班建制，王伟光被分配在黑龙江生产建设兵团4师39团4连农工排4班。“农忙时在大田锄草、收获，干机器干不了的力气活，或是在晒场上扛麻袋、上粮囤；农闲时上山伐木，打石头或脱坯烧砖，修水利搞农田基本建设，整天和石头、木头、砖头、土坷拉打交道。农忙季节，天不亮就下地，一直干到天黑才回来，中午在地里露餐。最累人的农活是秋收割大豆。豆棵矮，成熟的豆荚又扎手，弯腰割大豆，一天下来腰都要断了。”王伟光说，那些重体力劳动对人的体力、毅力和意志是一种真正的考验和磨炼，有人开玩笑说这种考验简直比战场上挨枪子还难熬。

因为劳动好、守纪律、工作积极，加上文笔好，不久王伟光被群众推选为临时负责人，负责连队工作。然而，好景不长。一天，在王伟光外出联系工作时，“文革”工作组进驻连队，突然宣布他的家庭有问题，不由分说地撤销了王伟光的职务，并勒令王伟光到“牛鬼蛇神”班参加劳动。王伟光这样回忆：“当我从外面回来时，有些人见到我就像避瘟疫一样，躲得远远的。有好心人悄悄地告诉我真相，同时安慰我。我尤如被一盆冷水从头浇到脚，冻透了。在那个年代，作为可以教育好的子女，我与连队里的‘黑五类’分子一起劳动，人前人后抬不起头来。”

精神上遭受过沉重打击的王伟光并没有丧失信念，他如饥似渴地研读马克思主义经典著作。手头仅有的几本马列著作，他不知读了多少遍，密密麻麻的眉批写满了书的空白处。经过很长一段时间的痛苦煎熬，王伟光以自己的表现重新取得群众的信任和组织上的赞同，才从困境中走出来、站起来。他感慨道，现在回想起来，这样的生活对人的忍耐力和毅力也是一个极大的锻炼。

生活和劳动赋予王伟光这些城市知识青年大量的生活知识、生产知识和社会知识，王伟光从生活中、劳动中汲取营养，不断地充实自己。“我通过生产劳动广泛地接触社会和实践，不仅增长了劳动的本领，在劳动中和群众建立感情，和同志们建立一种互相谅解、互相支持的协作关系，还学会了做群众工作和劳动组织工作。我当过农业种子员、助理技术员、会计，当过领导一个大生产单位全面工作的支部书记、指导员，还组织过大机械化农业生产作业。”

出任农业种子员时，王伟光协助农业技术员选种、育种、播种、保管种子。“为了做好工作，我借来了土壤学、农业化学、农业生物学、农业种子学等书籍，利用晚上时间学习。刚熟悉了这些工作，又调我当会计。我对会计工作全然不知，只得边干边学，借来会计学、农业成本核算等书籍。干了小半年，终于学会了记帐，学会了成本核算。这时，队里研究又让我当粮食保管员、晒场主任，这副担子很重，相当于副队长责任。我们一个连队八九万亩耕地，每年晒场要处理二三千吨粮食。既需要专业知识，每天还要指挥上百人干活。这对我是个很大的考验。”实践使王伟光积累了很多农业生产和财务，以及生产管理方面的知识，为此他被选为“学习毛著的积极分子”。

1970年，王伟光被调到黑龙江生产建设兵团4师39团政治部宣传股任理论宣传干事。职务的变化促使他开始接触大量的马恩列斯毛著作和哲学、经济学、政治学、历史学等方面的书籍，于是和理论书籍结下了不解之缘。“我读了大量的哲学、经济学、政治学等理论书籍，还读了《史记》等史书，常常在油灯下读到深夜，写了大量读书笔记。无论有什么挫折、什么变化，我从没有放弃过对知识的追求。”

两年后，王伟光被派到9连任支部书记、指导员。9连是云山农场的农业连队，有11万亩耕地，300多职工和兵团战士，加上家属有七八百口人，还有一座几百名学生的中心小学校。在王伟光赴任之前由于经营不善，连队连年欠收亏损。到任后，王伟光大抓班子整顿、纪律整顿、财务整顿、生产整顿，特别是制定了与物质奖励挂钩的劳动激励制度，调动了群众的积极性。让他欣慰的是，第一年全连财务收支持平，略有盈余；第二年粮食产量丰收，盈利较多。为此，连队被评为全师的“农业学大寨典型”，王伟光本人也被提拔为农场党委领导班子成员。

整整10年，王伟光将生命中最宝贵的黄金时段献给了“北大荒”，他戏言自己是“春度北大荒”。经过几代人的努力，昔日人迹罕至的“北大荒”已建设成为了美丽富饶的“北大仓”，“王伟光们”谱写出了“北大荒”开发史上灿烂辉煌的一页。忆及自己最需要抚爱关心时却告别了老师和父母而奔赴边疆，经历了炼狱般的锻炼的这段经历时，王伟光感叹：“‘北大荒’是我的‘第二故乡’，是我生命旅途的重要站台，支边生涯是我青春年华的重要阶段。‘北大荒’10年，使我由一个柔弱的初中学生锻炼成一个坚强的人，由幼稚走向成熟。”

“第一眼看到了你 / 爱的热流就涌出心底…… / 啊，北大荒，我的北大荒 / 我把一切都献给了你 / 你的果实里，有我的生命 / 你的江河里，有我的血液。”正如这首《北大荒人的歌》中唱的那样，正是“王伟光们”这些拓荒者用他们的青春、汗水乃至生命，培育了“艰苦奋斗、勇于开拓、顾全大局、无私奉献”的北大荒精神，书写了北大荒人对祖国和人民的一片赤诚！

◎ 北京大学“00001号学生”的哲学“黄浦一期”生活

1977年9月，党和国家决定恢复高等学校统一考试的招生制度。恢复高考的消息是迟来的春汛，直到当年10月以后才辗转传到黑龙江“北大荒”。“尽管担负繁重的生产指挥任务，但我还是暗自下了决心，一定要参加高考，争取上大学读书。”

其实，在艰苦的劳动环境中，王伟光从来没有放弃过学习，几乎所有的业余时间都用在读书上了。“在繁重的劳动中，我始终坚持每天两小时的学习。刚到‘北大荒’时没有电灯，我就点着小煤油灯，坚持苦读，整整坚持了10年。”王伟光回忆说，这期间读书缺乏系统性，有什么书就读什么书，可以说是饥不择食。“但无论读什么书，我都一直坚持作读书笔记，对重要书籍作了眉批。有些读书笔记，我至今还保留着。”

恢复高考的一纸决定，成全和造就了整整一代人。“报考时，我正在担任农场党委成员兼九队指导员，即将调到牡丹江农垦分局作干部工作。在别人看来，我的政治前程还不错，如果考大学，就似乎放弃了政治前程。但为了实现上大学的夙梦，多读书，多长本领，更好地为人民服务，我还是毅然决然报名参加高考。”

当年，黑龙江省高考分两次，第一次是取得高考资格的考试，第二次是入学考试。“当时我正在主持秋收秋翻生产，白天要在地里指挥秋收秋翻，晚上要开会处理工作，没有时间准备考试。对于取得考试资格的考试，我只能应付，缺乏准备。看成绩榜时，别人是从上往下看榜，我心里没有底，干脆从下向上看榜，我是牡丹江考区倒数第一名。”

尽管庆幸自己是牡丹江考区最后一名取得入学资格的考生，但是此时的王伟光强烈地感受到，如果不认真备战，就根本就考不上大学，更谈不上圆大学梦。第二次考试的科目有语文、历史、地理和数学四门，与第一次考试相隔只有很短的时间，王伟光唯一的准备办法只有“死记硬背”了。“因我是初中生，从来没有学过高中课程，要在短时间内应对考试，只得死背书，背死书。在农场，干部不劳动是不行的，除了必要的会议以外（开会尽可能放在晚上），干部一律下地干活。白天我利用一切工间休息时间背书，有时在田间地头、有时在猪圈马场、有时在基建工地、有时在拖拉机上……晚上由队部文书或通讯员拿着书对照，我背，他们检查我是否把书中内容全部熟记下来了，背得对不对。语文、历史、地理，靠背，好解决。但高中数学，靠背，怎么能行呢？

◆◆ 当年，王伟光（三排右四）是北京大学篮球队的一员

不背，又没有别的办法。于是，我发明一个好办法，不管懂不懂，把教科书中例题的解题程序全背下来，考试的时候，按例题的程序和规则，照猫画虎地答题。结果我数学考试居然及格了。”就是这样，王伟光把高中课程全背了下来，以优异成绩考上了北京大学哲学系，学生证号是00001（据说学生学号是以考试成绩为序来排的）。

鉴于自己一直对理论，特别是对哲学保持浓厚的兴趣，报考志愿时王伟光在第一志愿栏郑重填上了“北京大学哲学系”。王伟光清楚，这里是我国现代哲学教育的发源地，培养了数代“国宝级”的哲学家。“入学通知书是冬季发下来，77级实际上要到1978年2月份才入学。哲学系77级一共编3个班，我在二班，33个同学。”

报到的当天，北京大学哲学系辅导员魏英敏找到王伟光，让他担任学生党支部的临时召集人。两个月后，通过选举，王伟光正式当上了支部书记。言及他们这一代大学生的特点，王伟光掐指而数：“第一，渴望读书，有强烈的求知欲；第二，政治素质强，对党忠诚，对社会主义忠诚，对民族对祖国有强烈的责任感；第三，自我管理能力强，有良好的自制能力；第四，年龄经历参差不齐——就拿我们班来说，最大的老大哥与最小的小弟弟相差达16岁，大多数已有工作经历……”

学术自由、崇尚民主，传播科学，推进创新是北大精神的集中体现，考入北京大学是多少年轻人孜孜以求的梦想。王伟光从入小学接受启蒙教育那一天起，就憧憬北京大学，在上学时就把考入北京大学作为人生奋斗的一个目标。入学后，王伟光对4年的北大生活作了一个原则性的规划：第一，抓紧一切时间读书；第二，尽可能听北大名家的课；第三，全方位地接受一切新知识、新文化、新思想。“当时，学校自习室到9点半关门，关门以后我还要在路灯底下再学习一段时间。回到房间时，同学们都已入睡，房间一片漆黑。我摸黑进了房间，窗前桌子上杯盘狼藉地放着一些碗筷和水杯。因口渴，只要有水，我不论是谁的杯碗，也不管是什么剩水，一口喝干，倒头便睡。现今同学聚会，谈起这段事情，大家还开玩笑地说，‘桌子上就是放一杯尿，你也能喝掉’。”

北大哲学系除了哲学专业课之外，还开了外语、第二外语和高等数学、物理、生物、化学等课程。“对我来说，修好哲学专业课程，得到优秀的成绩，还是比较容易的，但外语、高等数学就比较难了。特别是外语，我读初中时学的是俄语，下乡期间我一直坚持学下来了，已经达到大学专业俄语水平，可以查阅俄文资料；但英语对我来说是从头来压力大，特别是发音，我老过不了关，老师批评我发言不准，就像念俄语——为了攻克英语难关，我每天早晨5点30分起床，大声朗诵英语，背诵单词，最后以优良成绩通过英语考试。”

当年，王伟光给自己规定了每天浏览一本新书的要求，同时也给自己规定了精读的计划，每周精读一本书。“4年北大生涯，我系统地阅读了马克思主义经典著作、中外文史哲著作，以及各个领域的新知识著作。由于当时涉猎广泛，至今我走到哪里，都可以信手拈来一些知识和典故。一些同志说我记忆力好，实际上主要不是记忆力问题，而主要是‘勤能补拙’的原因吧。”在北京大学这样一个知识的海洋里，作为与土地打交道10年的知识青年，王伟光就像一个饥饿的孩子拼命地吸吮母亲的乳汁一样，如饥似渴的吸吮着各方面的知识。

◎ 做马克思主义的“秀才”

1981年，4年大学生涯很快就要过去了，同学们都为在社会上找一份工作而努力。当时，系辅导员找到王伟光说，学校领导想让你留校做学生工作，人事关系可以放在哲学系伦理学教研室。一时间，消息传开了，引起同学们的羡慕和赞叹。

恰在此时，招考研究生的消息传出来了。是留在北大工作，还是进一步攻读学位研究生？王伟光的脑海里出现甲乙两个小孩打架似的情景，甲小孩叫“北大工作”，乙小孩叫“报考研究生”。经过长时间的“打架”，最终乙小孩取胜。“文革”中被停止的招收研究生工作得到恢复，王伟光对学习和知识的渴望重被唤醒。他去教育局查看了招生目录，结合自己所学专业和功底，报考了中央党校马克思主义哲学原理专业硕士研究生，导师是著名哲学家和教育家、时任中央党校哲学教研室主任韩树英。

报考研究生，同样面临准备时间短的问题。这是恢复高考以来第一次大规模的招考研究生，准备时间只有暑假一个半月。更让王伟光着急的是，考试的内容不明了，特别是考几门、考什么都说不清楚，导师也毫不熟悉。既已决定，王伟光就豁出去了，于是开始全面复习外语、政治、哲学、文学，拼命汲取着知识。“从清晨4点半一直准备到夜里12点，体力、精力消耗很大。”

最终，王伟光脱颖而出。1982年1月，接到中央党校的入学通知书时，王伟光十分激动。当时中央党校只有两个班次，一个是中青年领导干部培训班，再一个就是硕士研究生班。“我们是中央党校复校以后招收的第一批硕士研究生，我们这个班共28个人，其中有党员20人，编成一个党支部，归三部（即理论部，后改为研究生部）管理。”报到后，班主任是杨宗禹找王伟光谈话，说经学校和部里研究，让王伟光担任支部书记。

到党校后，大家求知欲望非常强烈，希望多开一些课程，多学一些知识，总感到吃不饱。为此，王伟光所在的支部商量了一下，由全体支部委员找一下校领导，反映一下同学们的要求。当时主持中央党校工作的冯文彬在家里热情地接待了王伟光等。王伟光向他汇报了入校以来的学习情况，同时提出了增加课程的要求。冯文彬听了以后说：“学校领导十分关心你们这个班。校委决定举办这样的班次，目的就是要培养马克思主义的‘秀才’、马克思主义的‘笔杆子’。你们的主要任务是学习马克思主义理论，基本教材就是马克思主义原著，不一定要安排那么多课程。最重要的是自学原著，真正力争做到读懂精通马克思主义，学会运用马克思主义的立场、观点、方法说明并解决实际问题。给你们3年时间，要抓紧多读马克思主义的书、毛泽东同志的书，多研究实际问题。”返回后，王伟光向同学们认真传达了这个精神，进一步修订了学习计划。“回顾起来，3年的读书生活是十分紧张的，许多同学连续几个寒暑假不回去探亲，舍不得放弃节假日，抓紧时间拼命读书、调查研究。”王伟光记得，毕业时胡耀邦同志代表党中央在中南海接见了他们并合影留念，勉励大家“到实际工作岗位上去锻炼，真正成为马克思主义的‘秀才’”。

1984年底，王伟光以《马克思论人的本质和他的科学世界观的形成》的优秀论文一举获得哲学硕士学位。硕士研究生毕业后，王伟光留校哲学教研室历史唯物主义教研组任教。

次年2月，中央党校招收首届博士生，王伟光横下一条心，将“冷板凳”坐到底，着手报考。“决心已定，我就抓紧时间，进入分秒必争的战前准备。对我来说，基础课和专业课的考试应该问题不大，难度最大的是英语，听、说、写都要会，至少要达到五级英语的水平，才能应付博士研究生的外语入学考试。于是，作为已经步入成年的我，开始像年轻人一样背外语，连骑自行车送孩子上托儿所的时间，我也不放过，戴着录音机练习听力。”

功夫不负有心人，王伟光等3人成为中央党校建校以来的第一届博士研究生，成为韩树英导师的开门博士弟子。在王伟光眼里，无论从事哲学研究还是教学工作，无论是做人还是做事，韩树英一直坚持实事求是的思想路线、独立思考的理论立场和彻底的唯物主义精神，对自己的影响很大。

考上博士研究生后，韩树英给王伟光布置学习任务，要求他反复研读马克思主义经典著作，通读西方马克思主义的代表著作，精读当代世界哲学经济政治文化等学科的代表著作，重点精读与研究方向相一致的有关马克思主义经典著作和相关代表著作。当年，学习任务重，王伟光的家庭负担也重，同时他还在哲学教研室担负一定的教学科研任务，所有这些对王伟光压力很大，他总是千方百计地挤出一切时间读书。“每当我爱人值夜班时，我就要抱着孩子参加晚上的学习讨论。看来，我的女儿在不懂事时，就已经参加了博士学术讨论会了。”

经过3年的潜心攻读，王伟光顺利通过了题为《论社会主义社会的矛盾——立足于经济分析》的博士学位论文答辩。参加答辩会的学者认为，该博士论文对现实性很强、难度很大的课题“作了有意义的探索和贡献，是一篇有相当重要的理论意义和实践价值的博士论文”。不久，被国务院授予“国家有突出贡献的博士学位获得者”。

◎ 寻求科研强院的切入点与突破口

到中国社会科学院履新后，王伟光为尽管适应新的岗位，尽快进入角色，开始马不停蹄的调研活动。通过个别面谈、小组讨论、实地走访等多种形式或渠道，王伟光多方收集信息，了解情况，把握干部职工的所思、所想，关注社科发展的热点、难点和焦点，寻找改革发展的切入点和突破口。

围绕干部职工最关心、最直接、最现实的利益问题，王伟光乐于同他们谈民情、议民生，帮助他们解决工作生活中遇到的困难，促进和谐单位的建设。在调研中，他了解到全院有930多人属于无房户，便把逐步解决职工住房问题作为死任务完成，提出住房要靠几条腿走路来解决，一是争取北京市“两限房”，二是争取国家的经济适用房，三是争取燕郊较低价格商品房等。让他高兴的是，目前这项工作正在积极推进，且职工住房条件已渐渐有了改善。

作为中国社会科学院常务副院长，王伟光不是把自己定位为高层领导，而是把自己当作社科院的勤务员，积极为民解困、为民分忧，一切为了社科院的发展，他的付出赢得了喝彩，也赢得了声誉。他说，智慧出于实践，功劳属于集体，成绩归于群众。

在人事局，他强调要解放思想，创新人才工作思路，建立统一的实施人才强院战略的领导体制，积极研究探索培养、稳定、引进人才的新思路、新办法、新机制；在财计局，他要求推进和不断深化财务体制改革，特别是财

务管理体制的改革，逐步实现财务管理、基本建设管理和房地产管理的规范化、制度化、科学化；在科研局，他提出建立具有该院特色的科研创新体制，进一步建立激励、竞争、淘汰机制，鼓励多出成果；在监察局，他表示要抓住效能监察和预防惩治腐败体系建设，充分发挥纪检监察为哲学社会科学发展、为社科院发展保驾护航的作用；在服务中心，他明确要求后勤服务社会化，凡是能让社会上办的事情自己不再办，在国际合作局，他指示要积极探索对外学术交流的方式，巩固和拓展对外学术交流的渠道；在网络中心，他重申要建成国际公认的哲学社会科学专业网，建立网络管理的统一的领导体制；在院史研究室，他建议吸引更多较高政治水平、对院史比较熟悉、有较好文字能力、同时又愿意从事这种默默无闻工作的老同志参加到院史研究和院志编撰中去；在研究生院，他期望深化教学改革，适度扩大办学规模，适当进行合作办学，加快新院址建设，形成培养马克思主义理论骨干、哲学社会科学后备人才队伍的体制和机制，闯出一条有特色的办学路子，办成我国一流的人文社会科学人才培养基地，特别强调参加去地方挂职锻炼的“博士生服务团”要把专业知识运用到实际工作中去，把从实践中学来的知识运用到工作中去，推动青年知识分子在实践中尽快成长。在直属机关党委，在老干局，在院图书馆，在办公厅等部门或单位，王伟光一一走访，认真调研，听取汇报，或提出意见，或提出要求，或表示鼓励，或寄予厚望，言辞殷切，鼓舞人心。

与此同时，应古巴科技环境部、巴西外交部下属的国际关系研究所以及阿根廷拉美社会科学研究理事会邀请，王伟光率社科院代表团前往古巴科技环境部、巴西外交部下属的国际关系研究所以及阿根廷拉美社会科学研究理事会进行学术访问，就社会科学在社会主义建设中的地位与作用等议题进行深入交流，就今后开展交流与合作进行民沟通，并就一些合作内容达成共识。

经过深入而广泛的调研与访问考察，充分论证，王伟光的思路渐渐清晰起来，一个宏大的改革方案在酝酿。接受采访时，王伟光如此感慨：“思路决定出路，能不能改革，能不能改出成效，关键在于要有正确的思路。改革能否成功到位，最重要的是理顺思路。”正因为有了扎实的调研与论证，王伟光和社科院的党组成员们找准了问题，找出了症结所在，找到了改革的突破口，于是他们针对问题，提出在体制上机制上的解决措施，制定出可行的整体改革方案。

“我院的中心工作就是科研，全院一切工作都要围绕科研工作来开展，一切工作都要有利于科研工作，都要以科研为中心，都要以是否有利于科研工作作为首要的检验标准。”王伟光说，一定要把科研工作放在重中之重的位置。正在这个意义上，社科院党组提出了科研强院的战略。“我们将加大对研究所的服务、倾斜、支持力度，进一步拓展学术视野和研究领域，改革和创新科研体制、机制、方法，培育新的理论生长点，催生新的思想和观念，推动我院哲学社会科学研究达到一个新水平，进入一个新境界。”王伟光表示，有信心通过调整、充实、整合，建设一批国内一流、国际知名的研究所、研究中心和研究室。

2008年7月下旬，中国社会科学院改革工作座谈会在北京密云隆重召开。王伟光高度重视这次改革座谈会，会前多次作出指示，并本着务实求真的态度，坚持走群众路线，充分发挥群众的聪明才智，博采众长，综合归纳，去伪存真，去粗取精，由此及彼，由表及里，分析整理出初步意见，再经过由上而下、由下而上的几个反复，不断凝练完善，最终形成一个成熟的意见。

密云会议上，社科院院长陈奎元站在全党全国的高度阐述了该院深化改革的原因、目标和任务，对如何推进改革提出了具体要求。王伟光代表该院党组作了主题报告《深化改革，加强适应哲学社会科学创新体系的管理体制机制建设》，在报告中他提出发人深省的“三问”：为什么要改革？改革什么？怎样改革？并一一作了响亮的回答。他说：“我们要向改革要成果，向改革要人才，向改革要效益，向改革要出路。”强调该院的改革大体包括哲学社会科学体系的改革创新和科研、人才、科研辅助、行政后勤等管理体制机制的改革创新，指出前者要解决的是哲学社会科学功能、作用和自身问题，是改革的根本目的，后者是前者改革的基本保证。

“下一步改革，必须集中力量突破不适应科研生产力和科研人员积极性发挥的体制性和机制性障碍，实现体制机制的不断创新，逐步建立更加有利于调动人员积极性和创造性、适合科研生产力发挥的体制机制。”王伟光的话掷地有声，重重地击在与会的每一位同志的心房。在讲话中，他表示逐步建立适应哲学社会科学创新体系的管理体制机制，建立具有竞争、激励功能的管理体制机制，推动科研和人才管理体制机制创新，建立有效的哲学社会科学创新体系的保障体系。

王伟光的整个讲内容深刻而丰富，论述精辟而务实，脉络清晰，具有很强的针对性、现实性和可操作性。会议期间，与会同志围绕王伟光的主题讲话和9个职能部门及直属单位汇报的改革方案进行了认真而热烈的讨论。大

家从全院工作大局出发，情绪饱满，踊跃发言，畅所欲言，各抒己见。会议期间，王伟光广泛听取大家意见，不时地记录、提问，参与讨论。

很快，中国社会科学院形成了《深化管理体制机制改革的方案》，为加强领导院党组还成立了改革协调小组，各个口的改革实行分管院长制，稳步推进，时间表定在1年半基本完成。接受采访时，王伟光坦言："在改革过程中，可能会触动一些个人的利益、单位的利益、局部的利益。但是目前全院已统一了思想，全院发展了，小局也会发展，个人也会发展，大家在思想上行动上真正做到了小局服从大局，小利益服从大利益。"

当前，我国经济社会发展处于历史上的最好时期，也处于关键时期。王伟光很清楚，哲学社会科学和中国社科院的繁荣发展既面临着新的任务、新的压力和新的挑战，也面临着难得的机遇和有利的条件。发挥好思想库和智囊团作用，使科学研究完全服从服务于党和国家工作大局，完全融入建设和发展中国特色社会主义的实践中，在党和政府决策的酝酿、制定和执行等各个环节随时提供充分的知识储备和理论支持，提供有重要价值的咨询、论证和建议，这是中国社科人的心愿，也是王伟光的追求。为了共同的心愿，为了共同的追求，"王伟光们"在共同研究发展与改革的大课题，在共同撰写改革与创新的大文章，在共同努力科研强院的大事业。

人生◎手记

到中国社会科学院履新后，王伟光为尽快适应新的岗位，尽快进入角色，开始马不停蹄的调研活动。通过个别面谈、小组讨论、实地走访等多种形式或渠道，王伟光多方收集信息，了解情况，把握干部职工的所思、所想，关注社科发展的热点、难点和焦点，寻找改革发展的切入点和突破口。让他高兴的是，目前相关工作正在积极推进。

哲学已融入王伟光的生命之中。在他看来，哲学不仅是科学、是学问，不仅是人生观、是智慧，更是思维方式，也是工作方法。这些年来，王伟光将深厚的学养用于管理实践，形成了"坚持以人为本，以哲学智慧推动管理，用高洁人品带动工作"的工作理念和风格。

吴秀凤

同舟诤友的『七情六欲』

·代表档案·

吴秀凤，台湾台南人。1947年2月出生于日本大阪，1979年2月加入中国共产党，1979年12月加入台盟。历任武汉市五金综合商店营业员、柜长，汉口友谊商店柜长、副主任，友谊公司副经理，武汉市侨办副主任，台盟武汉市委专职副主委兼秘书长、武汉市台联副会长，台盟武汉市主委、武汉市台联会长，湖北省侨联副主席、党组副书记等职；现为湖北省政协副主席、台盟湖北省委主委、湖北省台湾同胞联谊会会长，系台盟中央常委、全国台联常务理事、十一届全国人大代表。

吴秀凤 同舟诤友的“七情六欲”

笑容和蔼，言语热情，衣着朴素，为人开朗，没有省部级领导的派头。握住吴秀凤的手，简简单单的问候，透露着真诚和直率，让人感到一种特别的亲和力。

很难相信，她从一个营业员、劳动模范一步一个脚印地成长为一位省级民主党派和省政协的主要负责人。擅长不断发挥“台”字号优势的她，坦言对第二故乡湖北省武汉市有着特殊的感情："我最熟稔的语言就是武汉话。"

◎ 有中日血统的“武汉人”

湖北是中部地区台商、台资聚集最多的省份。随着国家“中部崛起”战略的实施，随着湖北“两型社会”建设的展开，越来越多的台商、台资会选择投资湖北、武汉，也会有越来越多的岛内学子选择在武汉求学。由于自己与台湾有着特殊的联系，吴秀凤一直关注着台资企业在湖北的发展，关注着台商在湖北的工作、生活情况。多年来，吴秀凤经常率团走访在鄂台资企业，召开台商座谈会，深入调研台商投资环境，积极向有关部门反映台商投资经营中遇到的困难和问题，为促进鄂台经贸交流和人员往来做了大量的工作。

与台胞谈合作，论发展，吴秀凤总有一种浓浓的乡情，而且希望将这种感情传递出去，让别人感受到。吴秀凤说，由于多年的隔绝，初来大陆的台湾同胞，或多或少存在一些偏见，有的成见还挺深。这个时候她就少说，请他们自己多看，让他们根据所见所闻得出自己的结论。她认定，桃李不言，下自成蹊。台胞们来得多了，看得多了，误解和偏见自然就会消除，彼此的情感也会建立起来。吴秀凤说：“希望通过我们的工作，增进两岸同胞的相互了解。”

1997年7月，吴秀凤作为全国妇联组织的妇女精英代表团成员赴台访问。跨越海峡寻根祭祖，两岸巾帼畅言交流，使得吴秀凤的“心情真的很复杂，非常激动，也非常澎湃”。尽管自己祖籍是台湾省台南人，但是这是自己首次赴台，一种久违的乡情充溢心底。而今，让吴秀凤更欣慰的是，大陆与台湾的妇女姐妹携手共谋发展已成为全国妇女工作的一大特色，两岸妇女交流呈现出规模越来越大，内涵越来越深的良好势头。

吴秀凤的父亲22岁那年，为谋生从台湾去了日本，从事会计职业，不久与日本女子冈崎皆子成婚。1947年2月9日，吴秀凤出生在日本大阪。

新中国建立以后，经过3年的经济恢复，国民经济得到根本好转，工业生产已经超过历史最高水平，但是我国那时还是一个落后的农业国，许多工业产品的人均拥有量远远低于发达国家。为了有计划地进行社会主义建设，我国政府编制了发展国民经济的第一个“五年计划”，自1953年开始执行，这成为我国工业化的起点。就是在这一年，旅居在日本的台湾同胞响应周恩来总理的号召，回国参加社会主义建设。

这一年，吴秀凤6岁，随全家从日本大阪回到五星红旗飘扬的中华人民共和国。至今，吴秀凤还记得：“我们到天津下的船，属于回国的第3批，

◆◆ 1997年，吴秀凤（左四）随全国妇联、全国台联首批妇女精英代表团访问台湾

有600多人。”在天津呆了1个多月，吴秀凤开始接受汉语的启蒙教育，天天学“你好”、“谢谢”、“再见”。

不久，吴秀凤一家6口被分配到有“东方芝加哥”美誉的江城武汉。当时，分配到武汉的有130余人（七八十户）。政府根据台湾同胞的专长和愿望，分配到学校、公司、商店、工厂等单位工作，安排其子女就学和上幼儿园，并对台湾同胞的生活给予了种种照顾。吴秀凤随父母到武汉安家落户后，渐渐地对武汉风土人情、汉腔楚韵熟稔起来，开始视这块土地为第二故乡。

在武汉，吴秀凤的父亲被分配到武汉五金交电公司当会计。不过，母亲由于身体欠佳，未能参加工作，中国政府每月给予生活补助。吴秀凤兄弟姐妹4人开始按国家侨务政策优待入学受教育，但因家大口阔，仅靠父亲一人工资为经济来源，生活十分拮据，特别是后来家里又添了一个妹妹和一个弟弟，家里更是困顿。于是，政府就按每人每月15元给予补助，这种补助直到20世纪60年代才被取消。

1962年7月，吴秀凤自武汉市第八中学毕业，准备考高中。当时，她学习成绩名列前茅，平均分数为96分。可是，全家8张嘴全指望父亲每月53元的薪水维持生活，的确有些困难。一天，老师黄志华到吴秀凤家家访，对她的母亲说：“秀凤这个孩子，学习很刻苦，平时读书很认真，成绩好，如果能送她继续上学，会有出息的。看到你家确实有些困难，她的学习费用我个人自愿承担。”然而，吴秀凤的母亲还是婉言谢绝了。于是，吴秀凤没能报考高中，难过了好长一段时间。

1963年1月，不到16岁的吴秀凤开始在地处中山大道兰陵路口的武汉五金综合商店做营业员。今天看来还是童工的她，此时就挑起了抚养弟妹的重担，开始生活上的自立。

当然，作为一个“知识分子”站柜台，吴秀凤起初还有些不适应。工作是有着落了，但思想疙瘩解不开，一个初中生站柜台，有些羞愧难当。心态不好，工作中就难免有情绪，很消极。加之货架上摆满的各种各样商品使她眼花缭乱，有些手足无措，忐忑不安，只能胆怯地站在柜台里，等候顾客的到来，且常常一问三不知。因此，第一天，她的营销业绩很低。

这时，吴秀凤反过来一想，作为一个读过初中的读书人，这么低的业绩实在对不起自己念的那些书。于是，她暗下决心，别人能做好的，自己也要学会做好。这时候，全国掀起向平凡而伟大的共产主义战士雷锋学习的热潮。加之此前，北京百货大楼售货员张秉贵在平凡的岗位上练就了令人称奇的“一抓准”“一口清”技艺和“一团火”的服务精神，成为新中国商业战线上的一面旗帜；武汉中心百货大楼营业员龙蓉芳秉承“顾客第一、信誉第一”的服务理念，成就劳动模范、服务明星。从不服输的吴秀凤心想，我也要在平凡的岗位上干出成绩，让人家刮目相看，也要当全国劳动模范。

此后，吴秀凤开始细心盘点商品，熟记每一样货物的有关知识，认真地练习珠算，有时练得指头都发麻。吴秀凤也还记得，当年一边慢悠悠地像哼小调似的唱着“一上一，二上二”等口诀，可谓念念有词，一边侧着身，伸着臂，轻轻拨动着盘珠。她清楚，手指一定要各司其职，不能随意乱来，要干净利索，不能拖泥带水，只要勤学苦练，持之以恒，才有大进。其情其景，至今不忘。尽管今天随着计算器和电脑的出现，珠算的身影很少见，吴秀凤很想念当年的珠算生活。正因为自己特别勤奋，在很短的时间内，吴秀凤当年就攻下了珠算的加减乘法，并掌握了1000多种商品的基本知识。

起初，吴秀凤跟着师傅站了两个多小时后，觉得腰酸腿疼，很想找把椅子坐下，可是一看到师傅一直笑盈盈地站在同样的位置上，看不出丝毫的疲惫，她知道了什么叫站功。时间久了，她也练就了这一基本功，两腿不再发软。

◎ 三尺柜台下走出的“三八”红旗手

一次，两位顾客挑台灯作为朋友的结婚礼物，接连看了10多种都不满

意，吴秀凤不厌其烦地搬上搬下，详细地介绍每种台灯的性能和用法，一晃过去一个多小时，最后顾客选中了一座台灯，满意而去。谁知第二天早上店门一开，昨天的两位顾客又提着台灯来办理退货手续，说是买重了。吴秀凤仍然热情接待，依据商品保持原样就可以退换的规定，给他们退了货。生意虽未做成，但她品味到了全心全意为人民服务的真谛。几天后，这两位顾客为吴秀凤写来一封热情洋溢的表扬信。接到这信，吴秀凤有些不能自已，她感受到自己平凡岗位上的神圣与崇高。想到自己尽管每天忙前忙后，一会儿拿商品，一会儿算账、收钱、找零，忙得晕头转向，但是很有成就感，因为不仅看到每天光辉的营销"战绩"，还能得到顾客的各种称赞。

这期间，商店的团组织每周五组织团员、青年学习雷锋同志的先进事迹。吴秀凤也和广大朝气蓬勃的青年一样，积极要求进步，向团组织递交了入团申请书。不久，商店团支部组织委员让她填写入团志愿书。这一刻，吴秀凤的心情好像打翻了五味瓶一般复杂和激动。以后的一小段日子里，她带着憧憬和期待焦急的等待着组织的答复，坚信青年团作为中国青年的先进组织是一定会接受自己的。有时她闭上眼睛，想像着自己作为一个团员呼吸着空气，天地之间仿佛一片透彻，温度也暖和了，花儿也好像更红了。她时时陶醉其中。

哪知一年过去了，还是没有梦想成真。一打听，有人说她所填写的志愿书作废了。她想不通，自己在商店业务刻苦，工作不分份内份外，商店职工也反映不错，自己究竟哪一点做得不够？！苦恼之中，吴秀凤找到团支部书记汇报思想才知道，因为自己的"海外关系"，社会关系"复杂"，考验的时间要比别人相对长些。一听这些，吴秀凤急了："台湾只是我的籍贯，我既没有在那里出生，也没有去过，只是父亲这样写，我照例照葫芦画瓢而已。我尽管出生在日本，这又能说明什么？"不过，团支书鼓励她说："秀凤，你不要泄气，要经得起组织上对你的考验，出生不能选择，道路是可以选择的。"这以后，吴秀凤更加积极工作了，哪怕比别人多用5倍的精力。

1965年7月，吴秀凤第二次填写了入团志愿书，当年就如愿走入了共青团组织。

由于工作表现突出，吴秀凤多次被评为先进工作者。商店根据业务的需要，还支持吴秀凤提出的每周二、四上午到工农教育学院学习日语的要求。在1年多的学习时间里，她克服多种困难，以优良的成绩读完了日语基础专业。

1979年7月，汉口友谊商店筹建。武汉市一商业局调吴秀凤到此任工艺柜柜长。在实际工作中，因与外宾之间的语言隔阂，不少生意没有做成，吴秀凤深感遗憾，决心巩固和提高自己的日语能力，以适应工作和带动同行。她跑遍了武汉三镇学习日语会话，学习外币兑换知识。她负责的工艺柜，接待的外宾中日本朋友特别多，但是许多商品的专有名词却很很准确说明或发音。吴秀凤就查字典，请教老先生，包括来店购物的日本朋友，晚上回家还要求教于母亲。

人的记忆力是有限的，人不可能都过目不忘，记忆本身就是不断与遗忘作斗争的过程。为记住一些商品的单词或日语知识，吴秀凤往往做了好些笔记，慢慢积累。心想：坚持不懈，多联想，多思考，多使用，词汇问题不就解决了吗？经过长时间的勤读、勤说、勤仿模，她开始能流利地用日语表达。

1979年2月，吴秀凤光荣加入中国共产党。接受采访时，吴秀凤感慨："我入团写了两次申请，入党写了6次申请。其实，我的历史很清楚，撇开父亲的历史不说，我可以说就是在武汉长大的，经历很简单。好在，我最终实现了自己的理想、信仰。"同年，她被评为全国"三八"红旗手。

1980年，吴秀凤被武汉市一商业局评为标兵。同年，升任为汉口友谊商店副主任。

1981年9月，吴秀凤被组织上送到武汉大学外语系脱产进修日语。这是她时隔20年回到校园，为此十分珍惜这难得的学习机会，没有经过高中阶段的她在两年时间内学完了需要4年完成的大学课程，还通过大量的课外阅

◆◆ 吴秀凤（中）同湖北省台盟部分女盟员合影

读巩固和扩大知识，通过阅读养成良好的读书习惯，基础日语全部达到“四会”的水平。学习期间，她还赴京出席了全国归侨、侨眷、侨务工作者先进分子和先进集体的表彰大会。

学业结束，回到友谊商站。不久，上级党委研究决定，任命吴秀凤为友谊公司副经理。1982年，她被评为武汉市劳动模范；1983年9月，又被评为全国“三八”红旗手。一时间，她成了获奖专业户。

就这样，剔除两年脱产学习时间，吴秀凤站了整整19年柜台，把一生的年华都服务给了三尺柜台，把一生的心血都倾注到了顾客身上。在这看似极为普通的三尽舞台上，她展示了爱岗敬业、服务人民的靓丽风采。友谊商店初建时只有五六人，后来发展成为2000多人的队伍。

◎ 脚跨政协和人大

1979年1月1日，全国人大常委会在《人民日报》头版发表了《告台湾同胞书》，指出：统一祖国是关系全民族前途的重大任务，是每个中国人不可推诿的责任，也是人心所向、大势所趋。我们必须尽快结束目前这种分裂局面，早日实现祖国的统一。它的发表在国内外引起巨大反响，被看成是海峡两岸关系由对立走向对话的第一步。于是，台湾海峡出现缓和气氛。台湾岛的同胞来湖北武汉探亲、旅游、居住、洽谈投资办厂的日渐增多。

不久，湖北省台盟开始恢复活动，机构逐步健全。这时，湖北台盟的负责人希望刚加入中国共产党不久的吴秀凤加入台盟，因为她既是台胞，也是侨胞，身份非常特殊，可以以此在台盟发挥特别的作用，为推进祖国和平统一进程作贡献。通过介绍人的介绍，吴秀凤清楚：台盟是由台湾省人士组成的社会主义劳动者、社会主义事业建设者和拥护社会主义爱国者的政治联盟，是接受中国共产党领导、同中国共产党通力合作的亲密友党。考虑到台盟遵循中国共产党和各民主党派在多党合作和政治协商的长期实践中形成的重要政治准则，自己成为盟员可能会起到更大的作用，于是在同年12月加入台盟。

1983年12月，吴秀凤由工人出身转干，走上武汉市人民政府侨务办公室副主任的岗位。从此，她开始转身步入政坛。时值拨乱反正，全面贯彻落实党的统战和侨务政策，历年积累事务繁多，问题复杂，关系大局。吴秀凤感觉到了肩上沉甸甸的责任，唯有勤恳地工作。她样样都干，不论依法保护归侨、侨眷的合法权益，还是负责海外华侨、外籍华人港澳同胞和归侨、侨眷的来信来访工作，事无巨细，遇上扯皮拉筋一时难断的人和事，原本急性子的她还是磨性子，权且当一下“受气包”，事后再磨嘴皮，一遍两遍地做思想工作和调查研究，直到问题妥善地解决。

在武汉市侨办工作期间，吴秀凤又得到两次充电机会，先后在江汉大学中文秘书系与中央党校台湾干部培训班学习两年或一年。这些宝贵的学习机会，大大提升了她的思想文化水平。

这时期，她还参与过台盟武汉市委的初建工作。1995年10月，吴秀凤被推举为台盟武汉市委专职副主委兼秘书长、武汉市台联副会长；3年后，她又当选为台盟武汉市主委、武汉市台联会长；1999年5月，当选为湖北省侨联副主席、党组副书记。在党组织关心和帮助下，在她自身的努力下，吴秀凤步入仕途的快车道。基层工作练就的踏实、肯干成为吴秀凤的工作风格。

2005年11月27日，在台盟湖北省七届委员会第十四次全体会议上，吴秀凤当选为台盟湖北省委主委。随后，兼任湖北省台联会长。

2008年1月30日，庄严肃穆的洪山礼堂前，彩旗飘扬，松柏苍翠。会场内，春意盎然，鲜花吐艳。这天上午，湖北省政协第十届委员会第一次会议第四次全体会议在这里隆重举行。会议选举宋育英为湖北省政协主席，吴秀

◆◆ 吴秀凤（右）陪同台盟中央主席林文漪（中）在湖北调研

凤等为副主席。随后，她当选为十一届全国人大代表。

政协委员具有广泛的代表性，不少人与港澳台和海外人士有着深厚关系和历史渊源，在促进祖国和平统一工作中，具有优势和不可替代的作用。作为湖北省政协副主席的吴秀凤认为，政协委员应当通过多层次、多渠道、多形式的宣传和联系，广泛结交港澳台同胞和海外侨胞，对待不同信仰和见解的旧友新朋，应本着求同存异的精神，进行交流沟通，听取和反映他们的意见和建议。通过广泛接触，要大力宣传“一国两制”以及有关祖国和平统一的方针政策，介绍祖国大陆的建设成就，反对任何形式的“台独”言行，使更多的人了解祖国大陆改革开放政策和人民生活水平提高的状况，增强民族凝聚力和对祖国的向心力。

现在在农村，出现了一种新的“读书无用论”。这与“文革”时期的“读书无用论”有着本质区别。在“文革”时期，“读书无用”意味着的是“书本知识贬值”，是“知识无用”；现在的“读书无用论”则是因为“书本知识”太昂贵，以至于农民无法支付，或者支付代价太高。农民认为读书无用，更多时候并不是认为读书后的“期望收益较小”，而是现在读书付出的“代价”太大。不仅如此，那些上学的农民子弟还得冒着“找不到工作”、“找不到好工作”的风险，这更是他们所难以承受的。相比之下，那些初中毕业就去外面打工的人，则不仅可以解决生存问题，而且还能使生活出现起色。如果“混”得好，工作几年的初中生的收入要比一个刚毕业的大学生的收入丰盈许多。

在调研中，吴秀凤注意到，虽然国家对农村义务教育实行“两免一补”，但再好的政策也难以改变个别人急功近利的观念。为此，她以全国人大代表的身份在十一届全国人大一届会议期间建议，国家应推行“务工学历证”制度，即对于已达法定务工年龄的就业人员，无论其年龄大小，都必须持有9年义务教育学历证书，方可打工。劳动部门也应将此学历证书，作为执法检查的重点项目。

在调研中，吴秀凤注意到长江生态环境遭到严重破坏，水体荒漠化日趋严重，认为长江的生态环境已不能支撑白鳍豚和江豚的生存，长江水生生物资源严重衰退。究其原因，她认为主要有四大因素：一是水利水电工程建设，阻塞了江河连通，改变了河流的水文条件，破坏了生物发育、产卵、繁殖行为所需要的生态条件；二是捕捞强度过大和非法捕鱼行为未得到有效禁止，给渔业资源带来毁灭性灾害；三是水域污染日益严重，局部污染事故频发；四是不断增长航运能力，挤压了长江豚类的生存空间。

针对当前长江水生态环境日益恶化的现状，吴秀凤在十一届全国人大二次会议期间建议，尽快制定出台《长江生态环境保护法》，通过立法全面规范长江流域人类的各种经济活动，设立有关机构具体负责长江生态环境保护的协调工作。针对长江生态环境和渔业资源的现状，她建议，应该制定科学合理修复、养护规划，将修复、养护经费纳入国家和省两级财政预算。

两岸同胞期盼了60年的“三通”终于得以实现，裁弯取直，彻底改变了两岸间的交通现状，节约了人力、财力。生活在两岸的台湾同胞为这一政策得以实现而感到激动和欣慰。据吴秀凤介绍，在大陆生活的台湾籍同胞约3.9万人，在近60年的隔离中，他们承受了家书不能通、亲人不能团聚、悲欢不能共享的痛苦，好不容易盼到了两岸可以往来，但由于台湾方面的有关规定，大陆台胞赴台探亲，必须在岛内有“一等亲”、“二等亲”等亲属方能申请，可是由于两岸分离太久，很多在大陆的高龄台胞在岛内已经没有多少亲属，现在想回家乡只能通过旅行这条线，但旅行的政策规定“团进团出”，线路固定，完全不适合我们渴望归家能与亲人团聚、扫墓和看看家乡故土的心愿。为此，她在全国“两会”期间建议，海协会、海基会将生活在大陆的台胞的心愿列入商谈议程，让这些漂泊在外几十年的台胞能够实现自由回乡探亲的夙愿，以慰对故土亲人刻骨铭心的思念。

◎ 不断发挥“台”字号优势

2008年开春，漫天雪花飞舞，遍洒荆楚大地，湖北迎来了54年以来最寒冷的季节。身为台盟湖北省委主委、湖北省台联会长的吴秀凤有些措手不及，此前几天已筹备好一年一度的在汉台胞迎新春联欢会是否如期举行，她不由得在脑海打了一个问号。最后，她与领导班子成员取得一致意见，按时进行联欢活动。不过，在活动之前，吴秀凤就叮嘱湖北省台盟、省台联机关同志要逐一电话通知到每位老台胞，如果身体不适，或行动不便，就不要勉强来参加联欢会，即使要参加也要家人陪同并注意防滑、防冻，确保安全。接听到这样的电话，各位老台胞及其家属十分感动。因准备充分，在汉台胞与湖北省、武汉市相关领导欢聚一堂，共同庆祝春节这一中华民族世代守望的精神家园，整个活动在安全、欢乐、详和中圆满举行。看到台胞们个个脸上洋溢着幸福和喜悦，欣赏着精彩的节目，相互诉说着真情，相互感受着亲情，共同享受着春天的祥

和，享受节日的欢乐，吴秀凤心里有说不出的快乐。

真情融冰雪，暖流涌心田。活动之后，吴秀凤最放心不下是冰天雪地中全省台胞的生活和工作，给全省各户台胞发慰问电、用电话逐一详细了解台胞、特别是地县台胞的受灾情况。在这千里冰封、万里雪飘的寒冬腊月，吴秀凤和湖北台盟、湖北台联同样忘不了在湖北经商投资的台商朋友，详细地询问他们的经营情况，并希望他们在冰雪寒冷季节安全、温暖度过。

大雪无情人有情。湖北是2008年冰雪重灾区之一。农村台胞因房屋倒塌农作物受冻，损失相对较重。灾害牵动着湖北台盟、湖北台联机关干部的心，他们在雪灾期间分别走访慰问台胞。一声声问候、一句句祝福、一串串笑声、一片片真情，中青年台胞与老台胞在祥和、欢乐中共同谱写出“雪灾无情，乡亲有情”的和谐之音。

尽管湖北台盟在全省各参政党中盟员人数最少，但是在参政议政方面却从不甘人后。“一手抓参政议政，一手抓交流交往”，这是吴秀凤的工作目标。台盟的主要工作是参政议政、民主监督。近年来，湖北省台盟进行了30多个课题的调研，人大建议、政协发言30多次，政协集体提案40多件。湖北省台盟近几年走访台资企业100多家，接待台湾岛内的参访团20多个，每年举办海峡两岸青年学生夏令营……一串串数字凝聚着湖北省台盟与台胞间的深厚情谊。她自言是个“急性子”：“我性子急，有事情要做，搁着就不踏实。”

调研选题会、线索征集会、提案论证会等，在湖北台盟组织得有声有色。作为湖北台盟的掌门人，吴秀凤不仅参与确定调研课题、拟订调研提纲、主持课题调研、审订调研报告，还利用自己的社会资源积极为开展调研工作创造条件，亲自撰写提案议案和信息。在她的主持下，组织成立了参政议政工作班子，拟订了参政议政工作的意见和提案工作办法，制订了参政议政工作奖励办法，逐步健全了参政议政工作机制、保障机制和激励机制。吴秀凤说，任人大代表、政协委员、特邀人员以及政府实职的盟员，是我们开展参政议政工作的骨干力量，我们尽力为他们创造知情的条件。

农民增收问题，是湖北省台盟近10年来一直关注的重点。吴秀凤坦言，她去台湾考察，发现台湾农业较为发达，使得她和湖北台盟把更多的目光投向了湖北农村。湖北台盟在历届政协大会上提交的关于防止农资价格上涨、关于培养新型农民、关于建立农业风险保障体系等方面的建议，引起有关部门的高度关注。吴秀凤表示，多年来涉农提案的落实情况令人满意，民主党派的提案被政府有关部门采纳并进入决策，直接推动了社会的进步，更加激励了党派成员参政议政的政治热情。

这些年来，吴秀凤不断创新履行职能的方式方法，深入开展调查研究，积极建言献策，主动反映社情民意，做了大量卓有成效的工作。在确定调研选题时，她要求湖北台盟立足台盟实际，围绕党和政府的中心工作，围绕老百姓关心的、关系到经济社会发展的热点和难点问题展开，充分体现台盟的党派特色。

受台盟中央委托，台盟湖北省委曾调研“两岸农业交流与合作”课题，关注农民专业经济合作组织的发展。调研结束后，湖北台盟省委认为，湖北要从农业资源大省发展到经济大省，必须把农民组织起来，使一家一户的农民对接大市场。他们结合台湾农业发展的实践，认为扶持农民专业经济合作组织发展是很好的渠道之一，在湖北省政协会议上提交了《借鉴台湾农民合作组织经验，大力发展我省农村专业合作经济组织》的发言材料，并作了《关于大力培育和完善我省农村专业经济合作组织的建议》的发言，得到湖北省农业厅的重视和落实。

据悉，湖北省通过选择试点建设，成功扶持了夷陵区晓曦红柑桔专业合作社、武汉市东西湖众成农机专业合作社等一大批合作组织先进典型。农业部认定了8个农民专业合作组织产品为中国名牌农产品，其中，湖北省秭归县柑桔协会的秭归脐橙、长阳土家族自治县清江水产协会的清江牌鱼回鱼两个农民专业合作组织的产品获此殊荣。在第六届中国国际农产品交易会上，湖北省农民专业合作社参展数量进入农交会展销前3名。多年来一直积极呼吁大力发展湖北农村专业合作经济组织的吴秀凤听到这一个个频传捷报，心里像喝了蜜般的甜。

多年来，台盟湖北省委一直关注该省投资环境的改善工作，在多次调研中感觉到政府有关部门的服务意识有待加强，有些运行机制有待完善，这都涉及到政府管理体制的问题。为此，湖北台盟在省政协会议上提交了关于制订加强行政服务中心建设地方性法规的建议、关于建设省、市州、县市（区）、乡镇四级行政服务中心网络体系的建议，得到湖北省法制办高度重视，职能部门负责同志上门沟通，充分交流，推动提案建议的落实。

辛亥革命是中国近代史上最伟大的历史事件，两千多年的中国封建帝制寿终正寝，亚洲第一个资产阶级民主共和国正式诞生。爱好研究历史的吴秀凤生活在“首义之区”武汉，她十分清楚，辛亥革命不仅在武昌首义，而且在武汉首先结出胜利的果实，鄂军都督府是中国和亚洲第一个资产阶级民主政权。她认为，纪念辛亥革命100周年，对于打造武汉城市品牌，展示武汉城市形象，将是一次千载难逢的历史机遇；对于凝聚海峡两岸民心，推动祖国统一大业，实现中华民族复兴具有重大的现实意义和深远的历史意义。于是，由湖北台盟提交了《关于打造武昌首义文化品牌，筹备辛亥革命百年庆典的建议》，被台盟中央采纳，形成集体提案报全国政协，得到国台办重视。

此后，湖北台盟又对辛亥革命遗址、文物的保护与利用工作进行了调研，向湖北省政协十届一次会议上提交了“关于增加辛亥革命武昌起义文物征集经费和复原维修武昌起义军政府旧址”的集体提案，得到该省财政厅、文化厅、文物局等有关部门的重视，其中湖北省财政安排辛亥革命纪念馆各类经费达220多万元。

吴秀凤认真履行职能，开拓创新，锐意进取，使在湖北省政协和台盟湖北省委的各项工作都取得了突出的成绩，推进了多党合作事业的发展，促进了鄂台交流与协作，夯实了民主党派的工作基础，为促进湖北又好又快发展尽职尽智。

吴秀凤说，她常常从一桩桩具体提案建议的提出和得到重视、采纳、办理的过程中，对中国共产党领导的多党合作和政治协商制度有了更进一步的理解，也充分感受到了我们民主政治的巨大进步。同时，她为中国共产党坚持“执政为民”理念，深入贯彻落实科学发展观，带领全国各族人民坚定不移地走中国特色社会主义道路所取得的巨大成就感到自豪和骄傲，对我们伟大祖国的未来充满信心。

人民群众最关心、反映最强烈的问题通过不同渠道反映到自己手上来时，吴秀凤不是视而不见，漠不关心，总是端正服务“态度”，积极解决。她立足政协和台盟，心系大局，与党委、政府政治上同向，思想上同心，行动上同步，把促进发展促进和谐社会建设作为抓手，选准服务“角度”，做到进诤言，献良策，鼓实劲。她善于开掘服务“深度”，深入群众，倾听呼声，善解民意，体谅民怨，吃透上情，了解下情，掌握实情，使群众的真情实意和诉求尽可能早、快、准地进入党政决策视野。她重视服务“广度”，关注不同群众的民生，反映不同阶层的意愿，使不同阶层群众的生产生活问题都纳入政协的“视野”。

端正服务“态度”，选准服务“角度”，开掘服务“深度”，重视服务“广度”，这是吴秀凤履职的“四度”哲学。不论是作为湖北省政协副主席，还是作为全国人大代表，抑或作为台盟湖北省委主委或湖北省台联会长，吴秀凤体会到了职务使命上的荣誉，感受到了职务带来的责任，这些参政的平台，激发了她参政议政的热情。

她有情亦无情：对党对人民，她有着以身相许的报国情怀；对事业对工作，她有着执著的情结；方方正正的中国字“台”，成为她一辈子牵肠挂肚的情丝；她严以律己、宽以待人，有着不合常人的情理；在朋友眼里，她是个女强人，是个没有情趣的“工作狂”；但是，对部下关怀备至，有着难舍的情份；对亲人尽管并不“称职”，但是她有着缠绵的情意。她有欲亦无欲：于学习，她有着难能可贵的求知欲；于参政议政，她盼望畅所欲言；于民众，她有强烈的服务欲念；于追求，她有永无止境的欲望；于享受，她的字典上没有“利欲”二字；于群体，她只有一个信念，那就是“上下同欲”！这就是吴秀凤的“七情六欲”！

春去冬来，几度春秋，虽然角色和岗位有变化，但矢志不渝的是她心系民生、扎根民众、敢于为民请命的那份沉甸甸的责任，是她那忠于职守、乐于奉献、开拓创新、不辱使命的信念和追求。吴秀凤听到很多赞美，但她总是谦虚地说：如果说有成绩，那只能说明过去。她的眼睛总是向高处远处凝望！

人生◎手记

吴秀凤的家庭背景特殊：她是台湾人，却有着日本血统。

吴秀凤的个人身份特殊：她有着中共与台盟的双重党派派别，有着台胞和侨胞的双重角色。

吴秀凤的人生履历特殊：她曾站过三尺柜台，而今她一次次步入人民的最高权力机关殿堂参政议政。

吴秀凤的精神内质特殊：她有情亦无情，她有欲亦无欲，这是她的魅力。

端正服务“态度”，选准服务“角度”，开掘服务“深度”，重视服务“广度”，这是吴秀凤履职的“四度”哲学。不论是作为湖北省政协副主席，还是作为全国人大代表，抑或作为台盟湖北省委主委或湖北省台联会长，吴秀凤体会到了职务使命上的荣誉，感受到了职务带来的责任，这些参政的平台，激发了她参政议政的热情。

仇小乐

『三心二意』的海归政要

·代表档案·

仇小乐，1948年8月出生于上海市，1982年7月毕业于武汉水利电力学院高压技术专业。历任湖北省大冶农电修试厂工人，湖北电瓷电器厂工人，湖北省水利电力学校教师、教务科副科长，武汉电力学校副校长，湖北省电力公司信息中心主任、科技处主任工程师、国际合作处处长、总经理工作部副主任，湖北省质量技术监督局副局长，湖北省社会主义学院院长，民建湖北省委常委、副主委、主委，民建中央委员等；现为湖北省政协副主席，系十届、十一届全国人大代表。

仇小乐 “三心二意”的海归政要

当过知青的湖北省政协副主席仇小乐，儿时的梦是当教师或搞科研。这位在国外“镀过金”的技术干部，没有想到自己的人生旅程最终偏离了个人的夙愿，成为民主党派的一位高级领导干部。回首来时路，这位“三心二意”的省部级干部如此感叹：选准自己的位置，发挥自己的优势和作用，为发展中国特色的民主政治、为构建社会主义和谐社会尽智心力！

◎ 动荡年代的“主旋律”定弦“学习”

1948年8月，仇小乐出生在上海一个知识分子家庭里。父亲仇启琴毕业于上海交通大学，是地下党员，曾任上海电业学校（上海电力学院的前身）教导主任、校长。1960年秋，12岁的仇小乐随父母因工作变动而自大上海来到大武汉，就读于武汉大学附小六年级。父亲仇启琴在武汉创办了武汉水利电力学院电力系，并出任首任系主任，离休时任武汉水利电力学院副院长。仇小乐至今还记得当年到武汉的情景，“我们坐‘江心轮’号到武汉的，水道走了3天3夜，一到珞珈山、东湖，十分兴奋，山光水色十分优美。”就这样，一家人就在湖北“安营扎寨”了，仇小乐迄今还认为自己就是一个“地地道道”的“九头鸟”。

第二年，仇小乐以优异的成绩考入武大附中，即武汉市第十四中学。这是一所百年名校，其前身是创办于清光绪二十九年（1903年）的东路小学堂和文普通中学堂，解放后是湖北省的第一所公立中学。让仇小乐自豪的是，民主革命先驱者宋教仁、中国共产党的创始人之一的董必武和陈潭秋、著名科学家李四光、国学大师黄侃、著名文学家严文井等都曾在这所学校就读过。学校位于武昌昙华林，依凤凰山而建，环境优美。

小时候，仇小乐的梦想是当科学家、工程师或者教师，从来没有想过走从政这条路。良好的家庭熏陶、历史悠久的名校底蕴，让独立、勤奋、好学的仇小乐得到全面的教育。接受采访时，仇小乐直言不讳：“读书时，我的功课是最好的，对数理化特别有兴趣。”

1966年，仇小乐读高中二年级。这一年，十年“浩劫”发生了，被迫中断了学业，大学梦被黑色的历史事件搅黄了。于是，批判“牛鬼蛇神”、背语录成了当时的“主旋律”。

1968年11月，仇小乐作为知青下乡到素有“状元之乡”美称的湖北天门这古云梦泽国，开始接受“贫下中农再教育”。可以说，知青“上山下乡”、在广阔天地里接受“再教育”，其历史功过至今难以评说。仇小乐这个自大城市来的年轻人，尽管不是很适应这里的生活，但是他在这一年半的时间内还确确实实地受到了一次再教育，对“三农”有一个更深刻、更全面的认识，有一个更真切、更真实的感触。“时间不长，每天就是种庄稼、修水利，对我的人生影响很大，知道了五谷杂粮是怎么种出来的。”在这里，对他的灵魂是一次震撼、一次净化。

在江汉平原腹地，有一条人工河——汉北河。因它处于长江最大支流汉水的北边而得名，西起天门，穿湖淌泽，蜿蜒而下，经汉川至武汉注入长江，河道全长

◆◆ 家庭是仇小乐（后排右一）温馨的港湾

有百余千米。今天，仇小乐对这河流有着一种特有的情愫，在他看来这河流富有人性——年轻、壮实、恬静、充满活力。原来，他参与了这条人工河的挖掘。"是一锄一镢挖出来的，我们同当地农民一起挖土方、挑泥土。一根扁担没法挑，往往两根扁担绑在一起挑。"当年开挖汉北河的工地场景，仇小乐历历在目。而今，在河道阔处，河滩如洲，芳草茵茵。更让仇小乐感到欣慰的是，汉北河在泄洪排涝、对沿岸粮田丰收起了不小的作用。

当年，湖北的工业发展较快。1970年7月，仇小乐这首批下乡的知青作为第一批回城，他被分配到湖北大冶农电修试厂（后为湖北电瓷电器厂）当仓库保管员（库工）。于是，验货——分类——上架——进帐——发料——出帐——盘点，天天做这些机器化的繁琐工作。不过，仇小乐并不认为繁杂而敷衍塞责，总是尽职尽责。

这期间，仇小乐利用工余时间自学了高等数学教材和电工理论基础。"我的一个师傅经常帮助我，从理论上、从实践上。仓库里有许多废旧电器——马达、小变压器什么的，师傅经常教我设计、计算，手把手教我绕线圈、修电机、改电路，还试着做过一些小钻床，学到不少真本领。"

在那个大动荡的年代，谁也不敢想像自己的未来，年轻的仇小乐也不例外。对于渴望学习的人来说，1973年是一个希望。在周恩来总理的提倡下，这一年中国恢复大学招生，通过考试从有实践经验的工农兵中挑选部分人直接进入大学。这年下半年，湖北省水利电力学校恢复招生，招工农兵中专生。"我报名时，老师说你都是高中了，还读什么中专。我说我想有一个系统的专业知识。其实，我还有一个想法就是想回武汉，不想再待在山沟旮旮旯旯儿。"很幸运，仇小乐以高分被该校电厂热能动力装置专业录取了，"我的专业成绩不错，有时还代理老师讲讲课"。

这时，"批林批孔"运动在全国开展起来。仇小乐好好学习的梦难圆，常常是半天学习、半天搞运动。1976年1月，仇小乐毕业，留校当教师，圆了早年的梦。任教期间，仇小乐还曾到华中工学院进修过流体力学、锅炉理论等。“当时，边学习边教书。听课得认真记笔记，回来备好课，第二天就现买现卖，教给学生。那时期，真不知道是怎么过来的。”

◎ 有志者步入仕途的快车道

1977年，被中断了11年之久的高考制度开始恢复。听到可以考大学的消息，仇小乐十分激动。“当时，我想去报名，有同事讲：已经有很好的职业了，没有必要参加高考。领导也劝我不用高考了，边工作边学习就是了。后来，我见好多以前学习不如自己的同学都考上了，于是有些动心，在家人的支持下我在第二年参加了高考。”

1978年10月，仇小乐如愿考入父亲创办的武汉水利电力学院电力系，学习高电压技术专业。“其实，我也考上了武汉大学物理系，可是武大当时歧视高龄高分生，把我编入师资专科班。我不乐意，自己当过老师，还读什么师资专科班，于是从第一志愿武大物理系退出来，进入第二志愿，上了父亲创办的水院电力系。”

而立之年上大学，仇小乐十分珍惜这来之不易的学习机会，刻苦攻读，学识与日俱增。大学毕业后，他回到湖北省水利电力学校（后改名为武汉电力学校，现为武汉电力职业技术学院）教书，历任教师、教务科副科长等职。

当年，邓小平在中共中央政治局扩大会议上提出，选干部要注意德才兼备。不久，邓小平提出新时期党的干部队伍建设的总标准是“四化”，即革命化、年轻化、知识化和专业化。党用干部发生转变，让挚爱教师岗位的仇小乐的人生走向产生影响。1984年，仇小乐作为无党派教师被上级主管部门湖北省电力工业局党组任命为武汉电力学校副校长。这一任命，在电力系统引起了一个“小小的轰动”——36岁的副处级。此后，仇小乐更忙了，除了教学外，还要管行政这一摊。

郭宜兴，香港中华总商会副会长，曾任广东省人大常委会常委。由于郭宜兴是仇小乐的亲舅舅这一特殊关系或社会背景，民建湖北省委的老先生马公瑾、平麟伯、周兹柏等找上门来，一个劲地与武汉电力学校联系，动员仇小乐加入民建。为此，仇小乐咨询过父母的意见，“他们都不反对，问过舅舅，舅舅说反正没有坏处，是一个主要由经济界人士和其他专家学者组成的政党，是中国共产党领导的多党合作总格局中的参政党”。1987年1月，仇小乐被民建湖北省委负责人的思想工作所感动，正式填表加入民建。同年6月，仇小乐被增补为民建湖北省委委员。自此，他作为民主党派的一员自觉接受执政党的领导，借助民建的特点和优势，积极参政议政，切实推进民主监督，尽心尽力搞好社会服务。

1987年底，仇小乐与弟弟考上了美国威斯康星大学，自费公派。次年1月，他开始了自己的留学生涯，在美国威斯康星大学密尔沃基校区研究生院电机工程及计算机科学专业学习。不久，中国国内发生学潮，在美学习的仇小乐听到许多传闻，感到国内很乱，“很揪心，担心回到‘文革’。不知真相的留学生，好多还曾到驻美大使馆示威过。后来，我给夫人办了‘陪读’，从她那里了解到真实的情况，知道小平同志的果断处理，十分欣慰”。

1991年2月，获电机工程硕士学位的仇小乐毅然回到祖国，“相信中国的土壤更适合自己的成长”。于是，他又在武汉电力学校干起自己的老本行——一位普通的教师。

半年后，仇小乐被委任为湖北省电力公司信息中心主任，随后历任科技处主任工程师、国际合作处处长、总经理工作部副主任等职。工作中，要求下级做到的，仇小乐总是首先自己一定要做到。他严于律己，宽于待人，敢于负责，乐于吃亏，深得部下的一致好评。从自己做起，从身边一点一滴的小事做起，无论是脑力的还是体力的，只要有时间，仇小乐都是自己动手去做。对于重点工作，他必须亲自抓，且一抓到底，非落实有效决不放松。

这期间，仇小乐主持完成了“DJS-01型多功能绝缘测试仪”的研制以及“电力企业管理信息系统”等10余套电力工业应用软件的开发，先后获华中电力集团公司和湖北省电力公司的科技进步奖若干项。与此同时，在仕途上仇小乐也连连丰收，先后当选为民建第四届湖北省委常委、副主任委员和民建第七届中央委员，同时还是湖北省第七届政协委员，不久又当选为湖北省第九届人大常委、环境与资源保护委员会委员。

◎ 忐忑上任到职权到位的默契互动

1999年9月，经湖北省委组织部考察，仇小乐被调任湖北省质量技术监督局副局长。

被安排担任政府部门实职，仇小乐始料不及，尽管他知道近年来全国各地都在重视党外干部选拔使用，没有想到会落实到自己的头上。今天，仇小乐如此坦陈当年的感受：“从小的方面考虑，我内心里也有种种顾虑。一是担心自己从企业到政府、从一般干部到厅局级领导干部，角色跨度太大，工作性质变化太大，自己能否很快转换、熟悉并胜任新的角色和新的工作。二是担心从电力系统到公务员系列，经济收入大幅度减少，家人是否理解、支持。第三点就是政府部门的同志对党外干部是否会另眼相待，这也是我最为担心的。”

◆◆ 1990年，仇小乐留美时与夫人李万合影

带着上述疑虑，仇小乐与家人进行了思想交流，不料父母和妻子反而批评了他的模糊观点，继而开导起他：“当初“六四”风波刚过，你就急匆匆要放弃在美国的工作机会和优越环境，准备立即回国投身国家的改革开放，那时的经济损失不比这会儿大得多？我们都没有阻拦过你，现在党和国家信任你，重用你，正是你报效国家的机会，我们全家都支持你、理解你。”有了家人的理解与支持，仇小乐吃了一颗极有份量的“定心丸”。

至于其他的顾虑，那就只有亲身通过实践逐步来消除。于是，仇小乐抱着要兢兢业业为党的新时期统一战线事业添砖加瓦的大心态，又怀着一些忐忑不安的心情，前往湖北省质量技术监督局报到。

报到之后，仇小乐感到局领导对自己的到来是非常欢迎而又极其重视的。局领导在工作待遇和生活待遇上对他的关心照顾和一视同仁，就连政治待遇也没有把他当作“党外人”。“记得就在我正式上班的第二天，局机关党委书记竟拿着全局所有党员同志的有关资料，来向我汇报局机关党组织及其成员的相关情况。这令我有些愕然，因为我毕竟是个党外人士。然而书记却对我说：‘虽然你不是中国共产党党员，但你现在是局领导之一，如果你对局机关党组织和党员干部的情况不熟悉、不了解，那将来怎么能够很好地参与决策和开展工作呢？所以，你有权利了解这些情况。而向你介绍并使你尽快熟悉这些情况，则是我应尽的职责和义务。当然，今天的介绍只是初步的，今后你要了解哪些具体情况，可以随时问我，我将随时为你提供服务。’这番极其坦诚而又实在的话语，说得我心里暖烘烘的，它使我懂得了什么是真正的信任；也使我认识了什么是真正的共产党人、什么是真正的诤友情怀！”

到任时，正值质量技术监督系统实行省以下垂直管理的体制改革。为此，仇小乐抓紧时间学习有关法律法规、规章制度和会议文件，到基层单位调研，向机关处室了解情况，尽快熟悉工作，逐渐进入角色。

在没有出任政府部门实职之前，仇小乐曾听到过一些议论，说所谓“安排党外干部任实职”，无非是让你管一些无关痛痒的鸡毛蒜皮的小事，也就是当个“花瓶”、做个“摆设”而已，根本不会让你负什么具有“实权”的责。然而，仇小乐到湖北省质检局里开始工作后，才感到事实绝非传闻所言。

在第一次全局干部大会上，湖北省质检局党组书记兼局长朱永法把仇小乐介绍给大家时，称仇小乐是“专家型的领导干部”。当时，仇小乐还觉得这只不过是一句礼仪式的客套话，根本就没指望局里在今后的分工中能让自己负什么责任。因为他心知肚明，“隔行如隔山”，即便自己原先在电力行业还有所专长，但对目前所面临的质量技术监督业务却完全是个门外汉，实在是负不起什么重要责任的。

哪知不久湖北省质检局党组决定仇小乐的分管工作，明确他负责的职权范围时，却让仇小乐大吃一惊。那里面竟包括有“对全省锅炉、压力容器压力管道、电梯、起重机设等和特种设备进行安全监察”这一责任极其重大的内容，它涵盖了特种设备从设计、制造、安装到使用、修理、改造和检验的“生命”全过程；它不但安全责任极其重大，而且负有十分重要的行政执法权力，因为它还包含了代表政府行为的几十项行政收费和处罚权在内。这使仇小乐着实感到了沉重的压力。

局党组尽管决定由仇小乐分管特种设备的安全监察工作，可是此项工作职能和人员当时仍在该省劳动厅尚未划转。这时，仇小乐所做的只能是了解一些情况和加强联络工作。直至次年8月，特种设备的安全监察工作才实现省级监察和检验职能、机构和人员的划转。此时，仇小乐重点抓所分管部门的建章建制、行风与依法行政等法制建设，为特种设备安全监察地方性法规的起草做积极的准备工作，并筹划全省检验机构和业务的改革及合理布局。

令仇小乐感到宽慰的是，局里在给自己压担子的同时，已给他配备了最强有力的工作班子，使他在尽可能短的时间里度过了工作的“启动”、“磨合”阶段，并进入了正常工作的“快车道”。

◎ 领衔提出《特种设备安全监察法》议案

2002年6月，由仇小乐组织起草的《湖北省锅炉压力容器压力管道和特种设备安全监察管理办法》完成立法所要求的各项程序，正式颁布施行。这部管理办法出台在国务院《特种设备安全监察条例》颁布实施前，是湖北省政府颁布实施的第一部涉及锅炉压力容器压力管道特种设备安全监察方面的地方性行政规章，为湖北省特种设备安全生产工作创造了良好的法制环境。

在质检部门工作期间，仇小乐深感安全监察工作责任重大，在思想和行动上从不敢懈怠，时刻处于如履薄冰、如临深渊的状态。每每发生重大事故，立即奔赴现场了解情况，协调关系，组织事故调查。任职期间，该省没有发生一起特大的特种设备安全事故。

在仇小乐的建议下湖北省质量技术监督局狠抓安全监察人才培养，形成了由2名博士和数十名硕士组成的安全监察队伍。他认为，随着社会的发展具有高科技含量的特种设备将会越来越多，必须构筑一个高、中、初梯级匹配的安全监察人才方阵，“最好能够设立首席安全检验师，有一支过得硬的安全监察人才队伍站岗放哨，社会才能够确保安全”！他对安全监察人员素质的认识是，不仅要当“判官”，凶神恶煞一般地对设备“判死刑”，更要当“医生”，要学会治病救人，教人家如何改进设备，如何才能确保安全。

仇小乐曾在全国“两会”上提交过《关于从源头加大食品质量安全监管力度的建议》的议案，提出“首要的是加大国家立法力度，据此建立健全食品安全保障体系”。他建议：尽快立一部食品安全法；进一步明确职责主体，当务之急是要改变目前工商、质检、农业、卫生、药监等部门共同监管的局面；严格实施市场准入制度，规范食品生产行为，食品生产许可证的审核发放要严格。这一系列建议的背后，是这位“老质监”对食品安全监管工作重要性的深切挂念。

在湖北省质量技术监督局几年的工作中，仇小乐说自己最大的感受就是觉得很温暖，与局里所有的同志们共事都很融洽。“一般情况下我都列席局里的党组会议，我没有列席的党组会议情况，都要向我通报，局里所有的重大决策一定要征求我的意见，特别是我所分管的处室和直属机构的人事干部任免以及计划财务等重大问题。我还担任了局系统高级职称评定委员会的成员，局系统招考公务员考官，局机关处级干部竞争上岗评委等要职。由于共事环境十分宽松，所以我也敢于在工作上和决策中发表自己的不同意见。”

对于自己参加统一战线方面的社会活动，局领导不但从时间、经费、用车等方面给予充分的支持，而且还为仇小乐和民建的参政议政工作提供有关的素材。2003年在十届全国人大一次会议起，仇小乐连续5年领衔提出的关于《特种设备安全监察法》的议案，就是根据国家质量监督检验检疫总局和

湖北省局提供的素材整理而成的。

随着我国建设事业的蓬勃发展，起重机械等特种设备使用频繁，造成安全隐患。这位出任过湖北省质量技术监督局主管特种设备安全的副局长，聊起安全工作兴致勃勃。他说，特种设备包括锅炉、压力容器、压力管道、电梯、起重机械、客运索道、大型游乐设施、场（厂）内机动车辆等设备、设施等。随着全面建设小康社会进程的加快，我国在用特种设备数量增长迅速，安全已成为突出问题。仇小乐一脸凝重地说："目前，我国特种设备安全形势十分严峻，与发达国家相比，特种设备恶性事故时有发生，必须依法加强特种设备安全工作，提高全社会安全意识和法制观念。"他认为，目前我国特种设备的事故仍然较多，主要原因是特种设备安全法制基础总体薄弱，全民安全意识、法制意识不强，特种设备安全责任制尚未全面落实，而我国目前仅有政府条例还不能适应需要，建议尽快制定特种设备安全法。据悉，仇小乐已连续5年领衔提出关于特种设备安全法的立法议案和建议。可喜的是，全国人大财经委已成立《特种设备安全法》起草组，将《特种设备安全法》的立法工作提到了日程。

谈起做好安全防事故工作，仇小乐认为，关键是抓好两个环节，一是要普及基本的安全知识，让大家尊重科学，让大家学会用科学来保护自己。二是要建立一支懂科学的安全监管队伍，培养一批安全监管人才。

法制建设是建设和谐社会的重要内容和必然选择。安全生产作为和谐社会不可或缺的内容，其长远的保障当然离不开法制体系的建立和健全，只有健全完善的法制安全才是解决安全生产长远发展的出路。作为全国人大代表，仇小乐曾多次围绕如何加强立法、执法等工作，促进安全生产状况好转建言献策。

◆◆ 余玮（左）采访全国人大代表仇小乐（右）后合影

曾在电力部门工作多年的他，心忧地道出我国火电厂脱硫技术的现状："在我国几十家火电脱硫公司，仅有一家有自主专利技术，其他多家都是依靠外国技术授权。"

"国内仅有的这项自主知识产权技术——海水法脱硫工艺，尽管大规模工程应用证实其技术、经济和环境指标全面优于进口技术，却在国内遭受外国严重的封杀直至侵权。外国技术‘鸠占鹊巢’，自主创新技术被踢出了‘巢’。明明有自己的创新技术为何我们自己不用？”分析这种现象，仇小乐认为，这是存在多年的歧视、排斥自主技术的非市场化现象造成的。他建议，只有根本改变对先进自主技术“只排斥、不支持，只歧视、不重视”的现状，克服依赖外国技术的心理和行为障碍，加大对具有自主知识产权核心技术，尤其是具有国际竞争力技术的支持力度，才能为先进的自主技术营造良好的生存环境。

作为一位全国人大代表，仇小乐调查研究深入细致，建言献策客观真实。因为选题准、分析深、立意高、观点新、建议实，言之有据，论之有理，抓住了实质，具有针对性和可操作性，社会反响良好。

有一年，在湖北省通报建设“武汉·中国光谷”的情况并征求意见的座谈会上，仇小乐趁此良机将自己主持起草的《关于筹建“武汉·中国光谷”基础设施——“国家光电子信息产业基地计量、检测中心”的报告》直呈湖北省委、省政府最高决策层，并在座谈会上就报告的主旨作了一个简短的说明性发言，引起了与会各方人士对这一问题的关注。现在，“国家光电子信息产业基地计量、检测中心”已经立项并进入了建设阶段。

◎ 政治同心工作放心生活关心

自1999年被选拔到政府工作部门担任领导职务后，仇小乐工作出色，行政管理经验丰富，与党员干部合作共事好，自觉维护领导班子团结，得到大家的公认和好评。2005年4月，仇小乐被中国共产党湖北省委选拔担任湖北省社会主义学院院长。

新的工作是对仇小乐可谓又一次新的挑战。自己是学习理工科的，在工科院校、工业企业和政府的工业经济管理执法部门工作了若干年，现在完全改行进入社会科学领域，从事统一战线干部培训工作，自己的基础能否适应？作为厅局级领导，自己以往担任的是副职，分管一些方面的工作，现在任正职，要全面负责学院的行政业务工作，自己的能力能否胜任？仇小乐同样是怀着忐忑不安的心情走马上任。

很快，仇小乐了解了情况，进入了角色，进入了状态，工作卓有成效。他带领全院干部职工争先进、创一流，坚持以教学为中心，以科研为基础，以管理为保证的办学方针；树立政治建院、教学立院、科研兴院、管理强院的发展思路和理念，与时俱进，不断创新，抓住机遇，深化教学、教研改革，全面构建有特色的湖北省社会主义学院教育体系。

2007年5月，中国民主建国会湖北省第六次代表大会在武昌召开。大会经充分酝酿，选举产生了第六届中国民主建国会湖北省委会，仇小乐当选主委，郭跃进、龚玉亮、邹国林、周汉生、周歆昕、李玲玲当选副主委。

当选为主委，仇小乐深感使命光荣、责任重大。考虑到从下到上，各民主党派换届在即，仇小乐很快着手组织领导全省民建各级组织和领导班子骨干队伍开展好"政治交接学习教育活动"，加深广大成员对多党合作历史、优良传统的认识，不断提高思想素质自觉抵御西方政治制度和政党制度的影响，经得起任何困难和风险的考验，坚定不移地走中国特色社会主义政治发展道路。

民主党派是按照民主集中制原则组织起来的参政党，作为主委必须以民主集中制的原则加强自我约束，加强领导班子的建设。实践中，仇小乐十分注重坚持完善领导和个人分工负责相结合的制度，既要防止家长作风式的"一言堂"，也要注意防止互相扯皮，无人负责的无政府状态，不断建立健全领导班子议事规则和各项会议制度。

曾担任过质检部门领导工作的仇小乐深谙，工作质量影响"产品"质量，为提高民建湖北省委的工作质量，建立起一支政治坚定、理论成熟、业务精通、作风过硬、工作勤奋、纪律严明的干部队伍，他提出要不断加强机关的规范化、制度化建设，努力营造团结向上、开拓创新的机关作风，塑造规范务实、高效文明的机关形象。其中，有一项重要的措施就是民建湖北省委机关全体同志学习贯彻ISO9001—2000质量管理体系，进行管理体系的认证，努力把机关建设成为学习型、服务性、效能型的机关和团结、和谐、高效的办事机构。

作为民建湖北省主委，仇小乐把促进发展作为参政议政的第一要务，是全面履行政治责任，搞好参政党自身建设的主要职能。他一直用真诚聚人，用品行服人，用作风带人。在他的组织下，民建湖北省委充分发挥本党派紧密联系经济界的比较优势，研究事关国家和本地区经济社会发展全局的重大问题，重点选择一些具有宏观性、前瞻性、综合性的问题，进行深入调研，提出一些高质量的意见、建议，进入党委、人大、政府的决策思想，变为立法依据，变为决策措施，推动了经济发展、民主法制建设和社会进步。

自1984年以来，仇小乐在副处、正处、副厅、正厅不同级别的领导岗位以及在学校、企业、政府部门和党委系统的事业单位工作过。回顾自己20多年作为党外领导干部的参政从政以及合作共事的经历，仇小乐认为作为党外领导干部首先要做到政治上坚定。“党外领导干部是是执政党任命的干部，也是党和国家的干部。在复杂多变的国内外环境下，党外领导干部要不断增强政治把握能力，始终将自己的言行与自觉维护共产党的领导地位和执政地位相一致。以高度的政治责任感和使命感，经受各种困难和风险考验，坚定不移地走中国特色的政治发展道路。坚持中国共产党的领导，是我国多党合作的根本特点，也是做到政治上坚定的根本保证。”

◆◆ 仇小乐（左一）在十一届全国人大一次会议期间

与此同时，仇小乐认为，作为党外领导干部必须要做到理论上清醒。“党外领导干部要胜任领导工作，必须要全面掌握科学理论，用科学的理论指导实践。新时期我国经济社会发展、多党合作和政治协商事业中新的问题层出不穷，需要我们不断学习，与时俱进，用理论创新的成果来促进实践的发展。”当然，作为党外领导干部还要做到工作上务实，“要用搞科研的方法、用统战的方法做好领导工作。还要深入实际，深入基层调查研究，掌握第一手材料，通过调研发现问题，分析问题，并提出解决问题的办法。要充分运用自己所掌握的专业知识的长处，在工作上抓住特色，抓住关键，抓出实效。万万不可图虚名、做虚功，劳民伤财”。

党外领导干部在成长经历和提拔任用途径方面有别于大多数党内干部，仇小乐十分清楚作为党外领导干部的一举一动影响到党的统一战线政策的落实和多党合作事业的成败。在工作作风上，他一贯以和为贵（当然不是无原则的一团和气）、谦虚谨慎，广交朋友；不盛气凌人、不讲套话、不讲长话，更不讲假话。这些年来，他不断加强自身修养，严于律己，宽以待人；为了党的事业，正确对待自己职务的升降去留，做到荣辱不惊，正确对待来自各个方面的批评，克服官僚主义和官本位思想，经得起诱惑，守得住清贫。他说，自己一直牢记人民群众不会因为你是党外领导干部而对你降低要求，因此自己就更不能放松对自己的约束。

2008年1月30日，政协湖北省第十届委员会第一次全体会议上选举宋育英为湖北省政协主席，仇小乐等为湖北省政协副主席。仇小乐开始了政治生涯的新旅程，他表示不负众望，“在中国共产党领导的多党合作政治格局中竭尽绵薄之力，作出应有的贡献”。

2003年，仇小乐当选为第十届全国人大代表。2008年，他再次当选为全国人大代表。这些年来，他积极撰写议案，向党和国家决策层反映经济建设和人民群众生活中的问题，对政府工作提出个人的建议。

回首自己参政从政20多年来所走过的道路，仇小乐深情地说：自己每一步都凝聚了各级中国共产党党组织对自己的培养、关心和信任。这些年来，仇小乐以“政治上同心、工作上放心、生活上关心”为座右铭，始终做到政治上坚定、理论上清醒、工作上务实、作风上清廉、关系上和谐，意在为发展中国特色的民主政治尽智、意在为构建社会主义和谐社会尽力。

人生◎手记

作为一位全国人大代表，仇小乐调查研究深入细致，建言献策客观真实。因为选题准、分析深、立意高、观点新、建议实，言之有据，论之有理，抓住了实质，具有针对性和可操作性，社会反响良好。回首来时路，这位“三心二意”的省部级干部如此感叹：选准自己的位置，发挥自己的优势和作用，为发展中国特色的民主政治、为构建社会主义和谐社会尽智尽力！

党外领导干部在整个干部队伍中人数相对较少，但仇小乐因身份特殊，影响较大，所以尤其要处理好若干关系。“我过去担任行政副职，注意处理好与中国共产党党委的关系、与行政一把手的关系、与行政其他副职的关系、与分管下属一把手的关系。后来，我担任湖北省社会主义学院院长，担任了行政正职，同样要注意处理好与党委书记的关系、与行政其他副职的关系、与下级一把手的关系，重要的是要处理好与中国共产党统战部的关系。”他说，党外干部尤其是担任了各级民主党派领导职务的同志，更要处理好本职工作与党派工作的关系、与人大、政协工作的关系。

叶青

用鼠标参政议政

·代表档案·

叶青，1962年3月出生于福建建阳。曾任湖北财经学院财税系教师，中南财经政法大学学科建设办公室主任、教授，武汉市武昌区政协副主席等职。现为湖北省统计局副局长，中南财经政法大学财税学院教授、博士生导师；系民进中央委员、民进湖北省委副主委、湖北省政府咨询委员、武汉市政府参事，**十届、十一届全国人大代表**；并出任湖北省统计学会副会长、湖北省审计学会副会长、湖北省经济学团体联合会执行主席。

叶青　用鼠标参政议政

一天，身为副局长的A开着车，后面坐着科长、处长，一路连跑带颠地到某地出差。到了某政府大楼门口，后坐的科长、处长走下车，前来接待的地方领导以为这里必然有局长了，于是热情地握手相迎，一路迎进办公室。等A停好车，想要进楼时，却被门卫拦下来，同样“热情”地邀他：“司机同志，来传达室喝杯茶吧。”A也不在意，顺着人家的好意去传达室喝茶。

这位被门卫热情“邀请”喝茶的A。他有着多重身份：官员、人大代表、民主党派人士、学者以及老师等。这位被门卫“热情”邀请喝茶的A，就是中国著名的官员博客博主、全国人大代表、湖北省统计局副局长叶青。有人说，他的文字、他的话一直代表着一位教育工作者的责任、一位学者的良知、一位民主党派人士的真知、一位政府官员的高瞻远瞩、一位人大代表的光荣使命。

◎ 身份与角色“五级跳”的背后

上世纪70年代末，被中断了的中国高考制度正式恢复。叶青曾于1978年、1979年两次参加高考，其中1978年因为“只考上大专（南平师专）而放弃”。至今，叶青对当年那种紧张的高考气氛还有很深的印象。“当时，高考并不是惟一的途径。当时的高考生可谓是凤毛麟角，所谓‘天之骄子’。我们受到的教育是‘一颗红心，两种准备’。现在不同了，大学生规模很快接近两千万，考大学易，考名牌大学难，就业成问题。”

叶青记得当年在高考之前报志愿，“文科几乎清一色是北京大学、武汉大学图书馆专业，因为这个专业在全国招生量最少，然后是各综合大学、师范大学的中文系、历史系、政治教育系，当作家成为每个文科生之理想，殊不知在大学是培养不出大作家的，然后是军校，当军官，我的分数过分数线不多，报了几个财经学院，最后被湖北财经学院（中南财经政法大学前身）录取，我收到通知书的信封上居然还是此前的校名湖北财经专科学校”。叶青感慨，30多年前最好的专业现在成为最冷的专业，相反现在学经济成为一种潮流。

叶青坦陈自己没有天份，全靠后天努力。“我求学有个‘一二三’，即硕士考1年、大学考两年、博士考3年。1978年考上南平师专没去，第二年考上大学，是全班上本科线的倒数第一。班上10个同学上本科，都比我上的大学好。”他说，自己曾有作家梦，在大学一、二年级想当作家，三年级才开始攻专业。

1983年6月，叶青大学毕业，学士论文导师是位民建成员。“1986年，我的硕士论文导师还是他。他在国民党政府税务部门干过，‘文革’期间自然受过冲击。导师孜孜不倦地做学问，那时没有电脑，成堆的卡片字迹工整，让我感动。”

1986年10月，叶青留校已更名的中南财经大学（后与中南政法学院合并为中南财经政法大学）。1988年，民建成员的导师和一位民进的老教授几乎同时给叶青各一张表格，推荐他加入他们所在的民主党派。经认真思考，叶青选择了民进，因为中国民主促进会会员是以从事教育、文化、出版工作的高中级知识分子为主的参政党。而后，“六四”风波的爆发，民主党派停止发展。直至1991年1月，叶青正式加入民进。这一年，他29岁。“入会后，我的生活发生了很大转变。那时，我是中南财大的老师。如果不加入民进，我可能会一直做一名老师，不会太关注社会上的事情。”

从此，叶青的经济学研究与参政议政紧紧地联系在一起。他说，一个研究成果，可以从课堂、论文、讲座、会议、专著一直利用到信息、提案、议案、建议，何乐而不为？

叶青强调说："我们是'中国民主促进会'，简称'民进会'，再简称'民进'。由于台湾有一个'中国民主进步党'，简称是'民进党'，再简称也是'民进'，所以，容易被人搞混。我无数次解释过两个'民进'的区别，但是，仍然还是有不少人把我说成是'湖北省民进党副主席'。在大陆的8个民主党派中（民革、民盟、民进、民建、农工、九三、致公、台盟），这个误解是最深的。"

2000年，叶青当选为民进湖北省委副主委，分管参政议政工作。"刚入会的同志，往往把专业研究和参政议政看成是两回事，是两张皮。因此，新会员参政议政的主观能动性和积极性无法调动起来，缺乏参政议政的热情。我的体会是，参政议政与专业研究应该实现无缝隙对接，只要是人类社会需要的学科，也直接或间接地涉及到社会制度的进步和社会文明的进步。即使是医学家，也能对医疗卫生制度改革提出最直接的感受和观点。因此，专业研究的成果可以多重地使用，包括参证议政，如讲课、论著、会议交流、信息、提案、建议、议案等。反过来，参证议政又可以促进专业研究的深化和提供新的命题。"他要求新会员在进行专业研究时应多思考一个问题：这个成果能不能用于参政议政？

叶青是这样说的，也是这样做的。他是学经济的，很多问题就转化为参政议政的形式。在他看来，一个提案、议案或信息的作用，超过10篇学术论文。

2002年3月，叶青出任中南财经大学学科建设办公室主任，开始由一名老师转变为学校中层干部。用他自己的话说，这一步为他后来出任湖北省统计局副局长积累了管理经验。一年零两个月之后，叶青任湖北省统计局副局长。此间，他当选为全国人大代表。

至此，叶青完成了老师到学者、民主党派人士、人大代表以及官员的五级跳。对于这几种身份，叶青说："官员和人大代表包括民主党派都提供了一个平台，可以让我以学者的身份更好地发挥。我需要在不同的角色之间转换，而不论如何转换最终就是我要'说'，且要不断地说。"

身为全国人大代表，他有更多的机会作调查，深入百姓生活，体察他们的疾苦，发现问题，提出切实的议案提案和建议；身为学者，他潜心作研究，针对问题，研究出现实可行的方案，这又提高了议案建议的准确性和科学性。作为学者型官员，叶青自豪地说："正因为自己的特殊角色，才会有一定的实践经验和理论知识，提出行之有效的议案。我觉得应该把专业研究和参政议政有机地结合起来，参政议政是专业研究的合乎理性的延伸，专业研究的成果一定要得到多元的、多重的应用，我的很多学术观点都变成了建议，变成一种制度变迁的来源。将二者有效地结合，这是我做人大代表最大的资源优势。"

◎ 24小时爆满的"公民意见箱"

自2006年3月4日起，叶青在人民网以"代表叶青的博客"为名发表博客，通过博客发表自己的观点，也借此吸收网民的意见和建议。叶青说："网民们的许多留言给我很大启发，开阔了我的思路，丰富了我的思考，为我准备新的议案提供了线索，征集了各方意见。"

"博客"，即英文blog（Weblog的简称）的音译，是继E-mail、BBS、ICQ之后出现的第4种网络交流方式。作为"网络日记"的博客，渐渐成为参会代表、委员与网民交流的"新宠"。

"这个博客实际上是24小时全天候的'公民意见箱'。每天我开机的第一件事，是看'信箱'有什么新东西。很多选民需要向我反映事情可以通过这种形式，不像过去给我打电话或者到我的办公室，找人很麻烦。"在叶青每一篇博客的背后，是不少网友的建言，有提意见的，有让其帮助反映问题的。有两件事令叶青难忘：一是邮箱"爆"了。由于博客上留有自己的电子信箱，接收的邮件过多，账户被冻结，已经无法打开，"现在使用QQ信箱，管理员特意给我升级为5G容量"。二是会议邀请多了。近年来，一些财政经济研讨会纷纷邀请叶青参会，会议举办方希望他能够把会议的成果转化为代表建议。叶青深有感触地说，自己带上会的议案，有可能凝聚了几十位教授的研究成果。

如今，公众之所以对代表委员开博青睐有加，看中的就是它的开放性、平民性、平等性和亲和力。叶青开博目的都是为了征集到更多的民意，在"两会"上传达更真实的民声。他用这种特别的沟通方式与公众打成一片，畅通更多的民主渠道，沟通民意、反映民声、传达民情，使更多的民意能进入决策，让更好的决策惠及民生。也正由于其全国人大代表的身份，受到了网民的热捧。

近年来，代表委员博客的出现，使庄严神圣的"两会"与百姓的距离更

近了，这无疑是一个积极的信号。他们将议案、提案、建议、参加“两会”的感受、热门话题等通过博客，在第一时间告诉网友，效果很好。然而，好多代表委员开博只是限于全国“两会”会议召开前后的一两个月。而记者注意到，叶青开设的博客能够长期坚持下去，实现了“常态化”。他期待更多的代表委员博客不仅仅是“两会”博客，不只是架起一座通向“两会”的临时桥梁，更希望他们的博客常写常新，成为代表委员了解社会、观察民情的窗口，成为普通民众话语权崭新的释放渠道，成为“权为民所用、利为民所谋”的实现手段，成为惠及民生、构建和谐社会的“助推器”。

代表委员开设博客，能提高议案提案质量和扩大议案提案的社会影响，同时也为社会公众关注国事提供了一个自由表达的平台。叶青不但会用博客这个信息时代里的沟通工具、更会用“胸怀”密切联系群众。他经常通过自己的博客向网友征求“金点子”。他曾在博客上，发出“中心城市如何当大哥？”、“大学毕业生怎么创业？”、“消费券怎么发？”等很多话题，征集到一些好的点子。

在叶青的博客上，可以看到他对很多问题的思考和见地，也可以看到许多网友真挚的留言和建议。叶青说，博客是他与网友交流的平台，他会尽可能地给所有发邮件的人答复不让他们担心。很多人因此而更加愿意给叶青留言、写信，说出自己的真实想法，同时，也有越来越多的人通过博客直接找到了叶青的办公室，和他面对面的交流。据叶青说，以前没开博客的时候，每年进行调研的时间非常有限，而现在，他的一半议案都来自于网友的建议资料，所以他的博客也成了他进行社会调研的窗口。

叶青的博客曾获“中国十大社会责任博客”之一。获奖理由为：“是最勤奋的人大代表博客。文章既有简单的行程日志，有日常生活、工作感悟，也有参政议政方面的思考。真实而全面地展现了一个人大代表的所忧、所思。作为湖北省统计局副局长，作者还善用数据和资料说明问题。很多文章能丰富网友知识、开阔眼界，也体现一个人大代表对社会问题理智而执着的思考。”

叶青很珍惜这种“民评”的、纯粹的荣誉。在获悉自己得奖的消息后，叶青说：“作为政府官员兼学者、全国人大代表，应该坦诚面对社会大众，所以我以实名开博客。博客是一个平台，与大家面对面地交流，分析一些社会焦点、难点、热点问题，为社会进步做一点事。不过通过博客，最大的受益者还是我自己。”

作为湖北省统计局副局长，叶青对数字特别敏感，在他的博客中，常常看到用数字作例证。叶青还对博客的回应作过统计，80%赞成他的观点，但也有20%是反对的。叶青还是把这些反对的贴子都留在了网上，“那是一面镜子，这些不同意见对我的观点也确实起到过修正作用”。

◆◆ 叶青通过写博客征民意，求民智，为民建言

博客畅通了公众与代表、委员之间乃至公众与政府之间的交流渠道，让民意通过博客这个网络平台实现了开放性、平民性、平等性的互动，即“上情下达，下情上传”，又拉近了人大代表、政协委员与公众的距离。然而，许多尚在为温饱而发愁的老百姓，或许连电脑键盘都没摸过，而他们又恰恰是最需要我们的代表、委员关注、关心的。对于他们来说，最好的沟通方式或许是握着代表、委员们的手，亲亲热热地拉拉家常，聊聊收成年景，说说柴米油盐。叶青清楚，有了轻便灵巧的键盘鼠标，也不能忘了走街串巷的平底鞋。

每年3月，叶青到达北京后行程颇为紧凑：到国家统计局、北京市统计局调研，赴新浪网、网易与网友交流互动……忙得不亦乐乎。他的“两会”博客更新得也非常及时，几乎每天都能在博客上读到叶青对会议讨论的各种看法。

有调查才有发言权。叶青除了积极参加湖北省人大组织省直单位的全国人大代表对农村问题、教育问题等进行深度调研外，他个人也利用双休日到宜昌、黄石、黄冈等地调研乡镇经济、县域经济、长江经济带发展等问题。他认为，这种定向专题调研取得了很好的效果。

◎ “公车成本最低的厅官”破解3个“1/3”

叶青的博客几乎每天都更新，“两会”期间内容更丰富，有时达四五千字。他说，自己几乎每晚11点开始写作，已经成了习惯。他说，博客改变了他的生活，“我发现我写博客有点上瘾，一天不写一点东西就不舒服。犹如我的车瘾”。

叶青自言对车的喜爱非同寻常。小时候，他就曾经用3个轴承做成一辆三轮车，沿着山坡自动下滑，还有刹车。初中时，他开始学会骑自行车——他记得，有一次在从县城到乡镇的沙土路上翻车，摔得好苦。“上大学最羡慕当地同学有自行车，有时一借就围着武汉市跑一个下午。大学毕业后听说一位同学上班后，单位配一部自行车，非常羡慕。研究生毕业后留校，第一个月的工资就是买一辆167元的武汉产‘永光’牌自行车。2000年底，开始学开车。现在对我来说，在武汉一天没有车则难受——送小孩上学、同学聚会、开会、迎来送往都要车，出差、放假等出远门也少不了车。我最北到过郑州，最东到过温州，最南到过福州，最西到过恩施。我每天都游走于工作与生活之间，心情舒畅。”

“机关买的车越来越多，用于养车的费用越来越高，可大家还是感觉车不够用，公车使用已经陷入一个怪圈。”叶青多次通过媒体“炮轰”现行公车制度。他细数目前公车使用的问题：“概括起来就是3个三分之一——领导公用三分之一、领导私用三分之一、司机私用三分之一。在一个单位里，公车费用占到了整个行政经费的20%到25%，严重畸形。”

2003年5月，叶青到湖北省统计局上班第一天，在统计局坐了不到半个小时就来了一个师傅，师傅自称姓张，说是专职司机。当时，叶青很吃惊，自己此前在学校一直都是自己开车，还没有过专职司机。于是，叶青摆了摆手，说：“我自己开车，你先回去，有事我再跟你说。”

叶青选择了比别人消耗更少的财政资源，成为“公车成本最低的厅官”，也带有一些学术性的考虑。“因为我是学财政学的，财政学要研究财政支出，财政支出现在老百姓意见最大的应该就是公车黑洞的问题。”

为此，叶青找到湖北省统计局局长，提出一个公车改革方案：第一，自购私车；第二，上下班500元油费；第三，出武汉市实报实销。同时，叶青建议“双轨”过渡，愿意实行新办法的按新办法来，不愿意的按原来的老办法用车。

3天后，湖北省统计局通过了叶青的提议或方案。有人曾给叶青算过一笔账，自行开车每年至少为政府节省10万元经费。

叶青认为目前中国公车改革10年反复，断断续续的实质是公车改革损害了既得利益者的利益。他说：“那是很长远的问题。但是总得起步，不能说不起步，公车改革还有一个很重要的问题，那就是我们公共财政体制的完善，如果说公共分配、公共财政不能够满足这个社会绝大多数群体的利益，那么这个公共财政分配是不科学的。”

2008年3月，叶青向全国人大常委会提出改革现行的公车制度建议。一天，叶青接到一个电话，对方说是中纪委的，“我吓了一跳，还以为自己犯什么错误了（笑）。他们说我提了一个好建议，会积极考虑”。其实，此前，有关公车改革的方案、建议，叶青每年在全国“两会”上提出，自己还每年完善有关方案、建议，引起大家的重视。

作为公车改革的先行者与实践者，叶青在接受记者采访时坦言：“大家知道公车改革的方案很难出台，因为各方面的利益冲突。在改革以前，我们首先考虑公车的限制使用。每年大的节假日，几乎都会发生私用公车出车祸事件，这对政府的形象是一个损害。”叶青在网友的参与下，曾为限制公车的使用设计了几个方案：“一是，到了节假日，所有的驾驶员把车钥匙交到车队。平日，8小时内车可以动，8小时外车不能动。第二种办法有人提出来，就是在公车的后窗户上贴很明显的标志，就是‘公车’两个字。如果这个车停在餐饮、娱乐场所的门口，老百姓就可以举报。第三种办法，广东提出来能不能搞GPS定位系统，给每个公车装一个GPS，如果团购的话，每个也就是2000元，总部可以随时监控每辆车的位置。第四种办法是网民提出的，换公车专用车牌，就像现在的军车、警车，让老百姓来监督——我赞同这样一个思路。”

2009年全国“两会”召开前，叶青就把“如何限制公车私用”的帖子挂上了博客，向网友征集好点子，从而引发了网友对“公车改革”的热议。网友“泰山之巅”留言说：成立公共事务服务公司，其中一项服务就是交通服务。“寒冬”留言说：公车还是很必要的，关键是剥离公车的额外特权。要想根治“公车问题”，要进行“公车改革”，叶青说，为什么不能进行公车改革的试验呢？或者干脆设置一个“公车改革试验区”。而且最好由中纪委牵头，联合财政部、发改委等与公车管理有关的部门，来共同探讨解决这个问题。

每年全国“两会”，叶青都会带自己心爱的自行车到北京，“因为我对自行车一直情有独钟”。在他看来，自行车是一种经济、绿色和保健的出行方式。“自行车价格便宜，又不会排放废气、污染环境，这是好处一。骑自行车比散步更符合科学健身的要求，这是好处二。”他说，散步往往需要半个小时才能让人出汗，但骑自行车时，只要冲一个上坡，就能让心肺功能得到锻炼。

叶青曾呼吁，政府在进行城市规划和建设时，应该更多地考虑一下骑自行车人的方便和权利。“1985年我来北京的时候，在天安门城楼底下，骑自行车的人可是多得很。但现在再去，骑车的人就少多了。马路上供自行车行走的空间也小了。虽然辅路上可以骑自行车，但汽车也往往能开到辅路上，这就需要骑车的人格外注意安全。”

他说，政府在修建道路的时候，就应该保证有一条彼此连通的自行车道，让自行车能在全市顺利通行。此外，有些地方停放自行车的条件不够人性化，例如自行车容易倒、占用过大空间、会被雨淋、收费过多等等，都是需要注意的。“我们可以学学巴黎，那里是自行车优先，行人和开车的人都礼让自行车，很多角落都有停放自行车的架子。”只有如此，我们才有资格鼓励人们采用多元化的健康、环保的出行方式：距离近的走两步；距离稍远的，为了节省时间，就骑自行车；再远点，可以考虑公交车或私车。相信如果人人都能自觉调整出行方式，那我们的交通状况会好很多。

采访之时，正值金融危机，他认为应对时要积极消费，要从衣食住行开始。“领导人坐国产车是一种标志，驻外大使馆使用国产车也是经济发达的表现，是一种自信与霸气。韩国人就是这样的，只坐国产车。我就见到韩国大使馆人员总是使用韩国车。是以最直观的方式拉动内需，支持民族品牌。省长坐本省的自主品牌车，就有积极的推广意义。试想一下，一大排高档红旗车出现在机场高速上，是多么的壮观。”他强调，积极消费从使用国产品牌开始。

◎ 想着“中山装”的代表“但求无愧”

叶青说，从某种意义上讲，统计也是生产力，也是能产生政策效应的。“如何超前性地提出经济发展的政策主张，2008年年中成为一个‘试金石’。在很多部门都在大唱赞歌、银行不断加息时，全国人大财经委的分析报告提出了‘下半年经济可能下滑’的警示，从而引起了中央宏观调控政策的大转弯，从‘双防’到‘有保有压’。”

叶青认为，在人大常委会机构中，监督机构和环节还是比较薄弱的。他建议不妨设立监督委员会。“在全国层面上，近3000名全国人大代表就是最好的监督员，加上各级人大代表，是一个相当大的监督力量。可以设立代表专门电话、专门信箱，举报各类政府监管部门的失职之处。否则，在‘两会’之后，很多代表会忘记自己是代表。”

上衣立翻领，对襟，前襟5粒扣，4个压爿口袋，袖口3粒扣，后背不破缝；下身是西式长裤。这就是在广泛吸收欧美服饰优点的基础上形成的，孙中山综合了西式服装与中式服装的特点，设计出的一种直翻领有袋盖的四贴袋服装，定名为“中山装”。中山装由于孙中山的提倡，也由于它的简便、实用，自辛亥革命起便和西服一起开始流行，曾成为中国男子喜欢的标准服装，甚至曾一度被世界公认为中华人民共和国的“国服”。

改革开放后，打开的国门让中国人看到了西方的繁华。在中国的服装产业蓬勃发展、形形色色的服装一路增光添彩的今天，中山装却早早地退出了常式礼服的历史舞台，而西装却成了中国男性在正式场合的主要着装。今天，如果谁再穿中山装，绝对会成为街头一景。

为什么中山装会遭到如此冷遇，叶青陷入了沉思。平心而论，中山装并不比西装难看，在他看来中山装比西装更适于东方人穿着。

中山装做为中国人一度推崇的常式礼服，它同时也承载着一种文化、一种礼仪、一份民族自尊和自豪感。每年“两会”，北京红都服装公司都到代表团驻地销售服装。每每看到待销的挺扩的中山装，叶青心里总是痒痒的。“金融危机了，为了积极消费作点贡献，下决心花1188元买了套打折的藏青色中山装。小时候穿的都是中山装，现在反倒没有了，穿的都是西装。北京应该是做中山装最好的地方之一，买了北京的中山装不仅丰富了我的衣柜，更是收藏了一个文化符号、一件艺术品。明天晚上要到一所大学讲课，然后是一家电视台采访，我决定穿中山装去。”

每每到人民大会堂开会，会议都要求着正装。叶青说：“虽然大会秘书处并没有硬性规定正装就是西装，但是除军人之外，几乎90%的男性代表都穿西装，包括本人在内，剩下的穿夹克，难以找到穿中山装的代表（包括委员）。不知大家注意没有，除了军营、偏僻山村、老工业区之外，很少有中山装的影子。市场上也很少卖的，中山装服装厂也少得可怜。只有在南方一小城有生产立领男装的。”

在叶青眼里，中山装最大的好处是原则性与灵活性的统一。“领子扣子一扣，就是正装了。不像西装要整天提着一条领带。我经常看到上海、福建人穿立领装，也很别致，不过还是不习惯。中山装自从被赵本山当做道具之后，就很少人穿了。”他说，其实服装是一种文化符号。要有多元文化，要有多元服装。在他看来，着装不仅仅是个人喜好问题，反映了一定时期的文化取向或民族情感。他认为，国家领导人在重要场合穿中山装，有十分丰富的示范意义与政治意义。叶青在自己的博客中感言：中（山）装何时再成正装，正像很多车迷关心的高档红旗车何时再成国宾车一样。

叶青每日的日程表中，除了大量纷繁复杂的工作，还有一项必修功课，就

◆◆ 叶青（左五）以网民身份考察都江堰市大观镇茶坪村

是上网写博客。有的网友称他的博客“最勤奋”、“最直言不讳”。在叶青看来，每日写博客绝不是他的负担，而是一种习惯，哪天不写就觉得对不起大家，“每天这么多事情，总会有些思考，把你思考得最深的一个问题记下来，一年下来就是一笔宝贵的财富”。白天，叶青会把思考记录在随身携带的本上，稍有闲暇便开始打腹稿，每晚10点多打开电脑，敲击键盘，有时开始写博客已经转钟了，但他还是坚持日日记，“不写些什么，晚上睡不着”。

与一般演艺明星或文人的博客不一样，代表委员的背后站着难以数计的选民，借用传播学的术语说，代表委员是真正的“意见领袖”。因为这种身份，他们不会没有地方说话，不会不敢说，也不会说了等于白说，而且，因为数不清的选民提供了源源不断的情况和智慧，他们的意见也会是集思广益的宝贵结晶，为政府的决策提供有力支持。为此，叶青“不把博客作为新闻炒作的工具，而是要让它真正成为我们获取民意、与民众沟通的渠道”。

诚然，代表委员博客是博客群体中的新客，带来的是老百姓参与国家大事的透明性和效率感。这也正是中国特色社会主义民主政治不断发展的具体而生动的写照。叶青表示一定要将代表博客进行到底！

叶青的博客中也有很多家长里短。家里实行了分餐制，叶青将其如实地写在了网上。“原来一桌子菜，大家把喜欢吃的都吃了，可不喜欢吃的却剩了不少。这样不利于营养均衡，于是我在家里决定实行分餐制，菜在上桌前，就分别盛到了每个人的盘子里。这样做更卫生，也有利于大家吸收全面的营养。”

在他的博客上，很多网友还了解到，叶青有一对双胞胎儿子——大儿子在出生时就得了脑瘫，至今还像个婴儿一样，天天要人喂饭；对于小儿子，叶青也十分愧疚，小儿子中学阶段自己很少有机会给他辅导功课。

生活中，叶青崇尚不计较、不论争、不攀比，拥有感恩的心、阳光的心态。“知足长乐、吃亏是福”，是他的生活态度。“只要自己有能力做到，就尽量去做，常常‘救场’，从不轻易拒绝别人。”生活中的叶青会理发，每个月他都要上门给年已古稀的博士导师“理一次发，交流一番”。他的老师总是自豪地对别人说：“我的头发是全国人大代表理的，怎么样？”

“大半辈子过去了，做不了大事，就做小事、中事。不争第一，但求无愧。”除了担任湖北省统计局副局长的职务，叶青还是中南财经政法大学的教授，自从他迷上博客后，他把这里当成自己研究教学的延伸，博客是“无形的全天候大讲台”。他说：“在手机的日程表上，要记清楚每天要做的事，干完一件删除一件，因为我没有秘书。我的很多兼职工作是相通的，可以相辅相成。”

人生◎手记

叶青一贯认为，统计局就是社会、经济上的“气象局”，经济社会的“温度”是多少就是多少，居民收入是多少就应该是多少，不可能也不能也没有必要人为地去提高或者降低。正如气象局的任务只是说明天气，而控制天气只能通过人工造雨、水利设施一样。他说，篡改数字就相当于误报天气预报，误报地震，是要出大事的。当然，统计数字也不可能百分之百地准确，但是要尽量准确。在他看来，统计数字就像真理，认识只能逐渐逼近真理而不能穷尽真理。

当问及开写“代表博客”几年来有什么感受时，叶青表示压力很大，公开的议案或建议要经得起网友的检验，这也进一步促使自己在平时的工作和生活中多留心，要了解哪些是群众关心的焦点、哪些问题是群众迫切需要解决的。这样，自己的议案或建议才会有深度和高度，能引起群众的共鸣，也能切实地解决问题。

周宝生

一个人和一个村庄的传奇

·代表档案·

周宝生，1953年9月出生于湖北嘉鱼，1984年6月入党。历任嘉鱼县化肥厂工人、嘉鱼县官桥八队队长；现为湖北省嘉鱼县官桥村八组组长，湖北田野集团公司党委书记、董事长，武汉大学东湖分校董事会董事长。系国务院特殊津贴专家、全国优秀乡镇企业家、全国劳动模范、全国优秀共产党员，是十六大、十七大代表，第七、八、九、十、十一届全国人大代表。

周宝生 一个人和一个村庄的传奇

一块只有1.56平方千米的小山沟，打造出了应用于“神舟”飞船上的尖端产品、创建了中国博士后高科技工业园，造就了胜似1600多年前陶渊明梦想的桃花源。

一座只有57户、236人的村民小组级别的村落，创造了人均近300万元的资产，让联合国官员实地考察后，竖起大拇指赞叹：“这里同美国的农村相比毫不逊色！”中央和湖北省委的领导同志曾多次视察，称赞说，在这里看到了中国农村的希望、中国农民的希望、中国田野的希望！

一个中国最小的“官”，不仅取得了法学硕士学位和研究员职称，而且成为享受国务院特殊津贴的专家，20多年来一次次走进庄严的人民大会堂建言议国是，多次受到党和国家领导人的接见。

◎ 小山村成就一方富土、净土与乐土

这块神奇的土地——湖北省嘉鱼县官桥村八组，今天成了新农村建设的旗帜；周宝生这位“神州第一组”的“领头雁”，这位中国新农村建设的探索者创造了当代中国农民的神话。这个村庄与这个普通而不平凡的村民小组组长之间有着怎样的传奇呢？

通往官桥八组的道路平坦宽阔，两侧的建筑掩映在观赏树和草坪中。一排排农家小楼依次摆开，错落有致，白瓷砖贴墙、红瓦铺顶，整齐亮丽，“农民文化中心”功能齐全，森林公园郁郁葱葱，“中国博士后田野高科技工业园”生产忙而有序，在鸟儿的阵阵呢喃声中，让人品出几分和谐、宁静、甜美。在蓝天白云下相互衬映，展示出社会主义现代化农村的新景象。

笔者随机走进一个农户那别致的两层小楼，只见书房、客厅、健身房、浴室一应俱全，还有大屏幕电视、组合音响、电脑、真皮沙发等等。院里，盆栽的植物多得让人叫不全名字，整整齐齐地摆在台阶两旁，四处都干干净净。某些经济学家所设置的小康指数在这里似乎超标准实现。

对于笔记者的突然造访，主人一点儿也不觉得唐突，毕竟来这里访问的人实在太多了。主人说：“我们这里家家都这样，哪一家一年里不接待个十拨八拨的。我们白天出门根本不用锁门，这里从来没有丢三少四的事情。”

采访期间，笔者注意到，八组村民养成了天黑后、天亮前，将自家的垃圾用塑料袋包装好，送到指定地点的好习惯。城里人难以办到的事情，在这里变成了现实。

全面建设小康社会，关键在农村，难点也在农村。一天，外地一位村支书到官桥八组参观学习，一直认为农村工作难做的他感触很大，问周宝生：“你当这么多年村民小组组长、党组织书记，就没叫过难吗？”周宝生坦诚地说：“组长这个职务，绝对是个不起眼的职务，但要当好却不那么容易。我也遇到过不少困难，但我没公开叫难。谁都知道现在农村工作难做，但谁叫我是党员呢？没有困难，还要我们这些党员干什么？”他举了好些例子，把这位取经者的心说得热了起来。

在八组的地盘上，包括田边地头、房前屋后，见不到猪、鸡、鸭、鹅。路边每隔不远就摆放着一个精致的垃圾桶，桶里放好了村民自己拎来的塑料袋，装日常生活垃圾。路上不见烟头、纸屑。停在八组的自行车，没一辆上锁。人们出门，常常连门都懒得关。这里无抹牌赌博、无违法犯罪、无封建

迷信、无不良风气……来到官桥八组，你能真切地感受到“乡风文明，村容整洁”。

当年，好日子刚刚起步那会儿，村民都是“黄牛角、水牛角，各顾各”。摸牌赌博、小偷小摸、打架骂人、虐待老人、垃圾满地。旧习惯、旧观念及各种歪风邪气的存在，与快速发展的物质文明极不协调，也与周宝生心中的新农村优美的画卷对不上号。常言道，正人先正己。为了禁赌，周宝生曾气冲冲地赶到弟弟家中，掀翻了弟媳的麻将桌。最后，身为组长的周宝生认识到要提高文明程度，最根本的一条就是要靠制度。

《明史》中说：“劝民成俗，使民迁善远罪，乃治大者。”从1982年开始，八组根据国家有关法律法规和上级关于精神文明建设的相关要求，通过村民代表大会、员工代表大会等程序，陆续制定了一系列组规民约。诸如：猪、鸡、鸭、鹅必须圈养，放出一次，处以罚款；禁止抹牌赌博，一经发现，予以罚款；违法犯罪的，移交司法机关处理；老人去世，不准土葬，等等。近年来，八组建立的规章制度已延伸到生产、生活、经营、学习、管理、勤政廉洁、党务工作等各个方面，形成了一套完整的制度体系。

10多年前，八组招待所里的一台彩电不翼而飞。周宝生到派出所报了案，派出所查了一段时间，仍然没有找到彩电的下落。组里有人劝周宝生算了，一台彩电不过2000块钱，如果继续查下去可能会得不偿失。周宝生却认为，社会治安问题容不得半点松懈，必须一查到底。在周宝生的支持下，公安机关最终成功破了案。

这就是周宝生，是个法治上的明白人，在经常组织群众学习党纪国法的同时，不放过任何一个依法治组、教育村民的机会。他的依法办事，既使周边村组手脚不干净的人得到了教育和应有的处罚，又给八组的群众上了一堂生动的法制课。虽说这次破案所花的经费远远不止买回一台彩电，但它换来的却是八组“夜不闭户，路不拾遗”的淳朴民风——这些都是无法用金钱来衡量的！

有一次，田野集团临时从武汉请来了3名技术人员，他们知道在八组不准打牌是铁的纪律，于是晚上悄悄溜到组外打麻将赌博，被派出所逮住了。他们打电话给周宝生，求他出面说情，周宝生没有答应。事后，周宝生说：“当时我心里也很矛盾，人家是我请来的技术人员，如果照章处罚，撕破了脸面，就不大可能继续在八组待下去，会给我们带来一定的经济损失。但是，如果宽容一次，八组好不容易开创出来的一方净土就会受到损毁。抓精神文明建设人人有责，要理直气壮。我们绝不能以牺牲精神文明为代价来换取经济的一时发展。”接受采访时，周宝生说：“制度不是为了束缚人，而是为了体现诚信、秩序、公平、正义，最大限度地解放人。一个有合理制度保障的官桥八组、田野集团，才是一个真正和谐的社会单元。”

今天的官桥八组创造了经济发展的奇迹，不同于河南的南街、江苏的华西、广西的南岭的是，这只是一个在村民小组范围内取得经济发展的突出成就，可谓全国独一无二，这得益于周宝生主倡走高科技的路子，不像全国的生产村大多走的资源加工型路子。如今，周宝生拿出抓经济的劲头来抓精神文明建设，群众看到了好处，都齐心来做。不健康、不文明的行为被禁止了，还必须代之以文明健康的活动。正如《李文公集》所言：“善为政者，莫大于理人，理人莫大于既富之又教之。”

不开展健康的文化活动，低俗的东西必然乘虚而入。周宝生注重抓精神文明建设，抓得早，抓得狠，他说：“野蛮和文明只隔一层窗户纸，就看干部怎么做。”“治愚必先治盲”，“没有落后的群众，只有落后的工作。”由于制度制定得细而严，执行坚决，村民渐渐养成了习惯，形成了自觉行动，也不觉得苛刻了。周宝生的成功之处在于，善于调动干部群众的积极性，善于把美好的规划变成群众的行动。

开展精神文明建设离不开文化阵地建设。基于这一认识，早在1989年，周宝生就高起点设计建起了农民文化中心。这些年来，八组的卡拉OK比赛、篮球比赛、逢年过节的歌咏大会、文艺晚会搞得热热闹闹、有声有色。常年开办农民夜校、农民训练班，开展科技文化知识竞赛。在周宝生看来，文化活动具有娱乐身心、移风易俗、沟通人际关系、提高人的文明素养的特殊功能。这些功能是经济类项目所不可代替的。他说，“富了口袋、穷了脑袋”的农民不是新农民，只有把农村文化搞红火，才能使社会主义新农村建设中“乡风文明”的目标得以实现。

学文化、学技术、学法律、学管理、学时事政治，在官桥八组蔚然成风。周宝生率先垂范，身体力行。这些年来，面对市场经济的挑战，原来只有高中文化程度的周宝生没有放松自己的学习。他顽强自学，完成了研究生文化课题，取得了法学硕士学位与研究员职称；他注重把理论与实践相结合，刻苦钻研，获取了市场经济新知，成为高级经济师，并成为享受国务院政府津贴的工程技术专家。

有人往往一提农民，就和自私、狭隘、保守联在一起。在官桥八组，村民素养高，有文化、有知识、懂经济、会技术，有发展眼光。“好多年了，组里没罚过一分钱。上下班之余，清理、伺弄草坪，已成为我们八组人的行为习惯。”一位村民这样讲。

每天早晨6点25分，村庄上空军号嘹亮。原来，官桥八组村民不是“日出而作，日落而息”，而是“号吹而作、号吹而息”——起床吹号，上班听号，下班同样是放军号。初来乍到的人，还以为这偏远的村庄是一座军营。其实，这里的居民很难分清农民与城市职工的身份。

中国农村有一个怪现象，每逢春节过后，农村一些青壮年劳力又纷纷离乡，踏上了进城务工经商的征程。于是，村里剩下的基本都是老弱病残和妇女儿童，也就是所谓的“386199部队”。而在官桥八组，没有见到人们所言的“空心村”，相反外地的一些高素质人才纷纷设法在这里创业。周宝生说，建设新农村，必须坚持“以人为本”的科学发展观。人是生产力中最活跃的因素，农村青壮年是建设新农村的生力军和主体力量，建设新农村离不开他们。他认为，“空心村”问题是一个应该引起各级政府高度重视的社会问题，是构建和谐社会必须正视的“新矛盾”。

“仓廪实则知礼节，衣食足则知荣辱。”《管子·牧民》中这样说。而今，文明之风绿田野。连年来，官桥八组被命名为“湖北省最佳文明单位”、“湖北省农村文化建设先进单位”，被评为“全国精神文明建设先进单位”、“全国村镇建设文明村庄”、“全国三五法制宣传教育先进单位”、“全国体育工作先进单位”。联合国官员来到八组，看到这里乡风文明，村容整洁，一致竖着大拇指。

◎ 集体的家底越来越厚

1978年以前，嘉鱼县官桥八队的农民从早忙到晚，就是摆脱不掉一个字“穷”。那时组里人均年收入不足50元。每年青黄不接的日子要吃国家的返销粮，家家住的是土砖房。

“吃糠粑、穿破袄，栽稻秧、收谷草……”“住的是土砖房，吃的是返销粮，一天工值九分钱，上山打柴换油盐。”当年，官桥八队流传着这样的顺口溜。队长换了一个又一个，工作组来了一茬又一茬，就是解不开这个穷疙瘩。一位村民回忆说：“以前，我们这些种田的，一年四季起早贪黑地在田里干活，活没少干，苦没少吃，就是填不饱肚子，甚至家里用的油盐钱，都得靠偷偷摸摸地到山上砍点柴禾换。家里养了两只老母鸡，巴不得每天在鸡屁股抠两个蛋来补贴家用。”

在嘉鱼县化肥厂工作的周宝生，人在城里，心在村里，对这种生产队的现状十分不满。他曾建议当生产队队长的父亲改变吃大锅饭的做法，却被父亲顶了回来。父亲说：“你没当这个家，知道有多难？换了你，能干成我这样就不错了。”周宝生的拧劲上来了，他说：“我就不信我干不好。只要乡亲们信得过我，第一年我让大家吃饱饭。”

是年春节前夕，厂里一名工人家中有事，上班迟到了。车间主任生气地说：“再这样，就罚你回农村去！”这句话深深刺痛了周宝生的心。

1979年，26岁的周宝生毅然放弃了令人羡慕的“铁饭碗”，尽管父亲一再劝说：“伢，在城里工作好歹一个月有36斤粮，可以吃饱肚子哩！”倔强的周宝生说：“我就不信农村永远穷！”凭着这种不服输、不甘平庸的劲头，周宝生被选为官桥八队队长，掌声阵阵。周宝生激动地说：“生产队长算不上什么官，但我知道，职务意味着责任，掌声意味着期望。我决不辜负父老乡亲们的期望，我就不信农民干不出大事，农村没有出路！”

上任伊始，周宝生就立下了“要让农村变个样，要让八组人过上好日子”的坚定信念和人生目标。他不想走父辈们的老路，上任没几天，他看到安徽凤阳联产承包的报道后，便在地方率先提出把田地按好坏分类定产，承包给各家各户经营。驻队干部对他的做法不理解，怕担风险、犯错误，责令他将田地收回：“谁叫你这么干的？简直是无法无天！”

血气方刚的周宝生理直气壮地应对驻队干部：“十一届三中全会不是号召我们实事求是么？联产承包经营有利于我们农民增产增收，人家安徽在搞，我们为什么搞不得？”他顶住来自各方面的舆论压力，最终把田地分到各户，并掷地有声地说：“交足公粮，其余都是自己的。”

吃够了大锅饭苦头的人们，迸发出多年积蓄的能量，生产热情空前高涨，当年的粮食产量达到35万斤，比历史上的最好年份足足多出了10多万斤。乡亲们个个笑逐颜开，他们终于可以一日三餐吃白米饭了。抚今追昔，周宝生说：“要发展，没有一点敢为人先、敢闯敢干的精神是不行的。”

粮食生产的连年丰收并没有使周宝生感到满足。1981年，周宝生这位出了名的“周大胆”又一次力排众议，拿着一份农民可以经商的红头文件，带着一帮农民“洗脚上田”，在官桥集镇上租了3间房子，开办了小卖部、熟食店和冰棒厂3个小店，一年下来，净赚7000元。乡亲们第一次看到大把的

票子，都喜出望外，指望着商店、冰棒厂有更大的发展。这时，周宝生又做出一个惊人的决定：店不开了，回去开矿、办厂。

组里的群众一时想不通，有的人当面指责周宝生是在“瞎闹”、“歪掰”，说他是“五马换六羊，生意做不长”。

周宝生连续几次召开群众大会，对大伙说：“官桥镇地方小，销量有限，加上我们开店后其他小店跟着来了，像这样‘五马共槽’，才真正是生意做不长哩。我们村的狗头山下有煤炭，不如趁早转舵，回去开矿。”

在不被群众理解的情况下，周宝生四处跑批复，办执照。文件下来后，又挨家挨户组织劳力挖煤。他拿出家中仅有的6000元积蓄，在村民代表会上敞开心窝子：“煤要挖，厂要办，赚了钱是公家的，赔了本算我私人的。”一席朴实的话，坚定了大伙发展工副业的信心。开煤窑的日子，他带头下煤井，一次井架倒下，险些丢命。他连续在砖瓦厂工地奋战120多个日日夜夜，仅4个月就建成了20多个门的轮窑，当年投产，当年受益。

办煤矿不仅为八组群众带来了200多万元的收入，还为组里积累了100多万元的资本。此后，周宝生一鼓作气，趁势而上，率领八组群众用“滚雪球”的办法陆续办起了砖瓦厂、铸造厂、钉丝厂、手套厂、家具厂、沙发厂、金属结构厂等10多家工业企业，每年利润都在100万元以上。

◎ 泥腿子盘起了高科技

组里的家底越来越厚。到1985年，村民过上了楼上楼下、电灯电话的日子。这时候，组里人出现两种倾向：一是分光组里的家业，各干各的；一是小富即安，怕再上新的项目赔老本。周宝生想，这是必须面对的分配与积累的关系问题。财富是大家共同创造的，只有理性地处理分配与积累的关系，才能把握八组的前途和命运。周宝生采取的办法是，适当提高村民生活水平，使八组人均收入略高于附近组的收入水平，然后将大量的积累用于发展和扩大再生产。

乡镇企业不景气的原因很多，很重要的一条就是不注意资金积累。而周宝生恰恰绕过了这个暗礁。周宝生用发展工业积累的资金推动高效农业和生态农业发展，先后投资200多万元，修塘堰，建泵站，开沟挖渠，将230亩望天收的农田改造成了稳产高产的良田，并建成了1400亩杉树基地、250亩茶园基地，获得了很好的经济效益、生态效益和社会效益。现在，山上的活木积蓄量达4万立方米，成为八组用之不尽、取之不竭的“绿色银行”。

通过市场上多年的摸爬滚打，周宝生敏锐地意识到，吃资源饭，办资源型企业，终究不是长远之计，八组要长富久富，必须找到新的突破口。他在群众大会上坦陈了自己想引进项目和技术的意见。乡亲们说："宝生说的我们信，宝生定的我们干。"

1993年，湖北一家牧业设备公司在官桥八组安家落户。这是官桥八组引进的第一家企业。周宝生和乡亲们企盼着这只"金凤凰"生出"金蛋"来。然而，现实却给八组人当头泼了一瓢冷水：由于外方提供的是淘汰设备，生产出来的产品技术含量低，没有销路，八组不仅没有赚到一分钱，反而交了一笔"学费"。

面对失败，周宝生没有退缩。他深信通过"引进来"谋求进一步发展的思路没有错，农村经济要飞跃发展，就必须实现由传统产业到高新技术产业的跨越。于是，一个更为大胆的设想在周宝生心里形成了——向科技含量高、附加值高、市场覆盖面大、经济效益好的高新技术产业进军。

乡亲们拿不定主意："泥腿子也可以盘高科技？"周宝生坚定地说："事在人为。条件可以创造，人才技术可引进。"

这年3月，武汉冶金研究所高级工程师刘业胜受一位朋友之邀来到官桥村八组，此前刘工一心想让自己的技术永磁合金产业化，却一再受阻。通过一段时间的接触，这位全国第一批享受国务院政府特殊津贴的专家被官桥八组良好的环境、淳朴的风气和周宝生的敬业精神所折服，深有感触地对周宝生说："八组是一块干事业的地方。"周宝生听后，觉得话中有话，便问："您的想法变成现实，得投多少钱？"刘业胜感叹地说："五六十万吧。""100万怎么样？"周宝生的话，让刘业胜眼睛一亮，周宝生接着说："如果您不嫌弃，就到这里来吧，要人给人，要钱给钱，您想怎么干，我配合，当后勤部长。"

3天后，刘业胜辞掉"铁饭碗"，来到八组落户。他拿出多年积攒下来的2万积蓄作风险抵押金。周宝生说："老刘，风险金不要了。你从大城市来到小山村，就是信得过我们，信任比金钱重要。"于是，八组挂起了"湖北长江合金厂"的牌子。

三个半月后，永磁合金投放市场，每年向国家上交利税1000万元。如今，永磁合金被授予"国家科技成果一等奖"、"99中国国际农业博览会金奖"等称号，国家计委认定为"国家高技术产业化推进项目"，产品广泛应用于军工民用，而且还远销德国、瑞士等国家和地区。用该产品制作的精密仪器，还用到了宇宙空间遨游的"神舟二号"飞船上。

◆◆ 周宝生陪同时任湖北省委书记俞正声视察田野集团神农制药

合金厂办成了，群众乐开了怀。周宝生却没有陶醉在成功的喜悦中，他心里装的是沉甸甸的责任感和使命感。第二年，他又来了一个大手笔：推平一座荒山，盖起了4万平方米的厂房，建成了“高科技工业园”。

周宝生的胆子越来越大，文章越做越大。国家要加强基础设施建设，“二纵二横”、“五纵七横”，这些国道主干线无不跨江过河，必然要兴建大量斜拉桥、悬索桥。商机不可错过！

当时，国内生产缆索仅有12年的历史。为了论证这个项目的可行性，周宝生与有关部门的同志远赴上海进行考察，累了就在车上打个盹，饿了就在路边小店扒几口饭。

如今，这个组办企业在激烈的市场竞争中站稳了脚根，成为我国缆索生产行业的佼佼者。它生产的“田野”牌桥用缆索被国家经贸委列为“国家重点技术创新项目”，被科技部列为“国家重点新产品”，在市场上大受欢迎，已被采用于武汉白沙洲长江大桥、荆州长江大桥、军山长江大桥和缅甸玛哈邦多拉大桥等多座国内外大桥。小组长创造了大奇迹！

周宝生开拓创业的劲头更足了。他带领一班人又接连办起了田野焊丝厂等多家“高、精、尖”企业，组建成了集科研、开发、生产、经营于一体的企业集团——湖北田野集团公司，已将八组打造成国内颇有分量的磁性材料、焊接材料、重型钎具、桥用缆索、新特药产品生产与科研基地。

◎ 走出了“一阔就变”的怪圈

海拔一米八，腰围一米零几，体重105公斤。周宝生身材魁梧，伟岸有余，可谓顶天立地的男子汉。诚然，周宝生的生理特性只是一种表象。熟悉他的人都知道，他最令人钦佩的还是敢于与困难挑战，敢于担担子，敢于开拓进取。这就是周宝生坚强脊骨真正的超人之处。他这个农民的儿子是“地球村”上最小的不够品“组官”，却挟着时代的雄风在村口起步，成为了中国新农村建设的积极探索者。

官桥八组仓廪足、民风淳，周宝生的名声也越来越大了。他有了一串响亮的“头衔”：湖北省十佳村党组织书记，湖北省十大杰出公民，全国劳动模范，全国优秀乡镇企业家，全国优秀共产党员，第七、八、九、十、十一届全国人大代表，党的十六大、十七大代表，享受国务院特殊津贴专家，等等。尽管他头上有一长串耀眼的光环，周宝生仍愿意做一个地地道道的农民。

周宝生“出名”不“慕名”。上面来的领导不止一次地问他，要不要挪一挪位置。他总是笑着摇摇头：“感谢领导的关心，我能当好这个组长就不错了。另外，当这个组长，并不妨碍我实现自己的理想和追求。比如雷锋，我看他就不一定适合当什么军长、师长。把名利看淡点，事业就旺点；把名利看重了，事业就没了。”周宝生有他的主张，新农村这幅画还没有画完，正画到精彩的地方，他不能停下。他说：“我的事业在农村，在我的家乡。这里的村民离不开我，我也离开不他们。领导大家共同致富，过上和谐康乐的生活，是我的理想和责任。”

1995年，官桥八组推掉了一座荒山，建起了高标准厂房和一排排专家别墅。当时，周宝生也承受着不少风言风雨。有人说，他这是在摆阔气、出风头，是“钱多了，没地方花”。事实证明，周宝生舍得花钱“筑巢引凤”，又是一着妙棋。

作为湖北田野集团公司的老总，周宝生现在应该算是“发财”了，不过他是让集体发财，让村民发财。不少人说，凭周宝生这样的才干，如果他一门心思干自己的，嘉鱼县肯定会多出一个千万富翁。但周宝生没有那样做。他“发财”不“慕财”，至今仍然过着和八组群众一样的生活。

在有的人眼里，一个拥有8亿多资产的集团公司老总一定会财大气粗，出手阔绰。然而，他俭朴、廉洁、正直的美德一直没变，他时刻提醒自己：党组织培养了我，我应该知道肩上的责任有多重。凡经常与周宝生打交道的

人都有同感，今天的周宝生仍是过去那个艰苦朴素的周宝生。他每次到武汉出差，办完事后再晚也要赶回来，一是怕耽误工作，二是为节省费用。到北京参加全国人代会期间，他的一位好友请他吃饭，要了一瓶高档酒。周宝生硬是不准开瓶，趁那位朋友上洗手间时，他悄悄地到服务台换了一瓶廉价的普通白酒。好友不理解。周玉生说："我们都不是讲究吃喝的人，没有必要把钱浪费在吃喝上。"

官桥八组的制度很严格，令行禁止，说到底是当家人周宝生率先做出了好榜样。20多年来，周宝生曾面临着不少考验和诱惑，但他坚持一个标准——"自己的利益可损，八组群众的利益不可损！自己的利益可丢，共产党员的形象不能丢！"

科技园区基建工程发包时，两个包工头提着烟酒来到周宝生家里。周宝生一脸不高兴，对他们说："凡拿东西来的，一律免谈。"包工头以为周宝生是嫌东西少了，随即掏出早已准备好的红包说："一点小意思。"周宝生严肃地讲："歪门邪道在我这里行不通，你们凭实力竞争，我有我做人的准则！"两个包工头不好意思地走了。通过公开竞标，这两个包工头还是拿到了这项工程。完工后，他们："老周这个人太抠、太正统了。我们虽然没有赚到多少钱，但人格却得到了尊重。"

在官桥八组，如果按劳分配，周宝生的工资收入应该是最高的。可实际上他每月领取的只是公司员工的平均工资，与专家的收入相比，只能算个小零头。就是各级组织发给他的奖金，他也全部交给了组里。1997年，周宝生的儿子考上大学。公司的几位老总闻讯后，凑了2000多元钱到他家里去祝贺，受到了热情接待，但所有礼金却被一一退回。

周宝生对自己的事情不在意，但对组里每一天发生的事情都十分留心，对群众的疾苦更是关心备至。组里有位老人耳朵化了脓，周宝生主动上门看望，并拿出1000元钱给老人，还安排专车送他到武汉治疗；一位中年妇女摔成重伤，周宝生不仅亲自为她联系医院、医生，还发动村民和员工捐款5000元，从组里福利中拿出11000元资助她治疗；为了帮助组里一位残疾人就业，周宝生亲自落实资金，送他读书学医，待他学成归来，又安排他到医务室工作……

谈起周宝生，大家都掩饰不住对这位领头人的敬重和钦佩。在他们心中，周宝生是主心骨，是顶梁柱。今天，官桥八组有了新的顺口溜：党员带领咱，企业办得欢，口袋有了钱，生活甜又甜。

作为八组兴办的田野集团的董事长，周宝生负责上亿元资金的运作，为大伙儿的事他花钱很大方，对自己却抠得很严，在他身上看不到半点骄奢之气。企业员工多次提出给他增发奖金、加工资，都被他拒绝了。出差在外，他极少光顾风景名胜区。集团的党员自觉向他看齐，在各自的岗位上争当表率，树起了一面面鲜艳的旗帜。

早些年，有个别曾经与周宝生患难与共、一起奋斗的人离开了八组集体，办起了私营企业，一下子“发”了。可周宝生不眼红，不动心，始终把自己的利益与八组群众的利益捆在一起，领着群众一起干，为群众的共同富裕梦而操劳。“说实话，我也有较好的致富条件，可以让自己先富起来，但我想，共产党员应该有自己的追求，应该把个人的财富看淡一点，把群众的利益看重一点。群众信任的目光和幸福的笑脸，就是对我的最好奖赏。”周宝生如此袒露心迹。仅从官桥村八组残障人这最普通、最弱势的农民的幸福中，我们深刻地读懂了周宝生的幸福。

在带领八组群众走向共同富裕的同时，周宝生还注意帮助其他企业和单位克服困难。1996年，嘉鱼县床单厂停产倒闭，1000多名职工的生活没着落。田野集团公司主动租赁经营这个厂，安排了一部分职工上岗，并为下岗职工发生活费、缴养老金。官桥八组为此作出了1600多万元的贡献。阮家山村是一个边远村，群众饮水困难，不少人因饮用污水而患病。周宝生得知这一情况后，马上从组里拿出2万元，帮助这个村及时改善了饮水条件。1998年簰洲湾溃口，周宝生一夜没有合眼。他主持召开党委会，动员八组群众捐款捐物，第二天一早便将10万元捐款和500多件衣物送到了灾民手上，还主动接收安置了部分灾民……

◎ 走上了一条长盛不衰的可持续之路

2006年是中国新农村建设的开局元年，而作为地处鄂南山区的咸宁，其经济相对落后其他市州，新农村建设的任务更为紧迫。这年春，咸宁市委书记李明波率队专程到官桥八组探寻新农村建设答案。在与组长、田野集团党委书记周宝生一番长谈后，李明波得出结论：社会主义新农村，并非遥不可及的梦想，官桥八组就是一个现实的蓝本。

不久，咸宁市社会主义新农村建设动员会在官桥八组召开。咸宁各县、市和乡镇干部畅谈在八组这个“土生土长”的典型里的所见所闻、所感所思。大家无不承认，官桥八组，是一个新农村的样本。在这里，村里生态优势没有变、种植业没有丢——有近100亩耕地仍是稳产高产良田，淳朴的村民，下班后依然有侍弄庄稼的习惯，粮食也能自给自足。这里的新，体现在农民的观念变了、村容村貌变了、产业结构变了。官桥八组由小农经济脱胎换骨，成了股份制企业和民营经济的聚集地、品牌产品的生产基地，成了新型工业化主导下的区域经济增长点。

周宝生同其他农民典型不同的地方，他同传统概念上刻苦耐劳、勤俭朴素的农民先进的地方，他超越千百年来中国农民意识习惯的地方，他始终能够引领时代的地方，关键就在于他思想上的先进性：用思想的先进指导行动的先进。而且别具特色的是，周宝生又很善于总结他的思想成果，常常用富有农民特色、朗朗上口的语言概括出来。

作为“典型”的周宝生不是一个简单的“能人”。在采访中，笔者越挖越觉得周宝生思想的深邃。官桥八组人，不论是干部还是百姓，也不论是年轻人还是老人，没一个不感叹：在思想的敏锐、超前上赶不上周宝生。

有人不免要问，官桥八组远离繁华的城镇，没有区位优势，没有特殊资源，发展经济的客观条件不算优越，为什么这个小山村并没有落后在生产力发展的后边？周宝生说得好：“这些年来，我们党委一班人始终没有忘记对先进生产力的追求，因而能够做到没有人才引进人才，没有技术找到技术，没有产品创造产品，没有条件千方百计补上条件。我个人没有多大本事，但我始终坚持一点，依靠大家的智慧和力量。”这就是官桥八组敢叫农村换新天的“秘密武器”。为了改变落后的面貌，周宝生就是这样带着群众不断去运用和发展先进生产力，牢牢盯住高科技，瞄准和谐发展，让官桥八组走上了一条充满活力的可持续发展之路。

在官桥八组，没有暴发户，没有贫困户，只有家家户户富。这些年来，八组人一步一步实现着共同富裕的理想。上世纪80年代中期，八组人按人均50平方米的面积（办法是统一规划、分户施工、集体补贴），建起了别墅式的住房。近年，组里又先后为每户补贴近4万元，重新装修了房屋。上学读书、接受九年义务教育，10多年前就全部免费。组里实行合作医疗制度，村民有养老保障。全体村民、员工享受每年一次的免费体检。多年来，每到年终，八组农户还可领到10000元过年费，享受按人头下发的过节物资补助。他把每一个村民都当成亲人。每年春节，八组都要把全体村民200多个男女老少集中在一起吃团年饭，仿佛一个大家庭，和睦、融洽、温馨、热闹的场面令人叹为观止。周宝生把自己的实践体会告诉记者，共同富裕、共享发展成果，应是构建和谐社会的基本要求，应是建设社会主义新农村的目的。

周宝生有一个肥硕的大脑袋，里面装满思想、装满文化、装满胆识、装满激情、装满人民的心愿。他富了群众的口袋不忘抓富群众的脑袋，他的观点是：当今农民的口袋富算不了什么，关键是要脑袋富，也就是脑袋里要装满知识、装满科学、装满文明，新农村建设需要新农民。

探究周宝生事业成功的轨迹，我们发现，周宝生身上有一种罕有的素质，那就是，先人一步、多走一步的勇气和胆识。在人们都向往"铁饭碗"的时候，周宝生辞去了城里的"正式工作"，坚信农村也有出路；在农村都吃"大锅饭"的时候，周宝生带头推行联产承包责任制；在农民仍习惯于"土里刨食"的时候，周宝生带领村民办店建厂，发展乡镇企业；在许多人认识到要办企业的时候，敢于"吃螃蟹"的周宝生又率领八组人办起了高科技企业；令人意想不到的是，近年来，八组还与武汉大学联合兴建了东湖分校，正默默创造着农民办高校的神话！

当年，他指挥推土机轰隆隆地开进小山村，要把荒山和低产田推平时，不理解的村民们骂骂咧咧："这是毁祖宗的龙脉啊！""毁地植树，明目张胆地破坏以粮为纲！"周宝生在村民大会上说："社员们，我们都是盘泥巴的人，哪块地适合种西瓜、哪块地只能种芝麻，大伙心里还不清楚吗？打不出粮食的地，种上树、种茶叶，因地制宜，既固了水土，又不劳民伤财，一举多得呀！庄稼认土不认人哪！"如今，生态农业、绿色农业产出喜人，村子走上了良性发展的道路。

周宝生的眼睛比较大。有人说，初看上去，他整个眼眶都充满着温和与慈祥；然而，当你与他的眼光相撞时，便会感到他的眼眸十分明亮。周宝生的眼光闪耀着非凡的睿智与隐藏的威严，他的视野宽广而长远。这位"农"的传人在只有1.56平方千米的小天地上上演了一出大显身手的大戏，在"希望的田野"上插上了新农村建设的大旗。

前有绿树摇曳、绿草铺地，后有森林公园环抱，户户过着殷实而富足、文明而幽雅的生活。当年落后的小村庄，渐渐变成了融现代工业、农业和教育、旅游业多元发展于一体的田野集团。在采访中，我们深切地感受到，官桥八组发展潜力巨大，后劲十足。村南正在建设中的人工湖造型别致、清澈见底，一个现代化的新农村掩映在山光水影之间。八组群众对我们说："作为八组人是幸运的，最大的幸运是我们有了一个一心让大家过上城里人生活的好当家！”

如果说，周宝生当年带领大家实现了解决温饱、创业积累和高科技兴业“三级跳”的话，那么，今天他正带领田野人为创建和谐生态村落而努力着。在他眼里，和谐不只是在人与自然、人与人、人与社会的层面上，更是事业深层次的软环境；生态也不只是自然上的生态，更是小康生活建设中的社会生态、精神生态。

“当今时代，竞争激烈，生产力发展像逆水行舟，不进则退。因此，我们要立即动手筹划新一轮发展规则，并迅速实施。我要把官桥八组建得更好，总有一天，人们会说，要让城里人过上官桥八组那样的生活。”渴望用自己的双手改变家乡，成为周宝生建设新农村不竭的精神动力。

官桥八组——周宝生。这个传奇村庄里的这个传奇人物，身上所散发出来的精神品质和人格魅力，成为中国新农村建设的靓丽旗帜！

人生◎手记

这个仅1.56平方千米的弹丸地，这个仅230人的小小村落，生长谜生长诗生长神话。这里没有打架斗殴、没有小偷小摸、没有抹牌赌博，这里没有刑事案件、没有吸毒嫖娼、没有肮脏野蛮，这里有的是邻里和睦、遵规守纪与夜不闭户，这里有的是勤奋文明、富强昌盛与盎然春风。官桥八组，鄂南璀璨的明珠！小小村官周宝生，一个叫得响的领路人！

周宝生其人其事，是我们这个时代的榜样。没有农村与农业的现代化就没有国家的现代化，没有农民的小康生活就无法实现小康社会的目标。在这个宏大的历史进程中，周宝生以其卓有成效的思考与实践，为中国农民的富裕之路提供了一个有益的参考样本。他的思考扎根于农村最真的现实，他的实践针对于农民最切身的困境。周宝生在官桥八组的种种发展思路与举措，不落窠臼、屡有创新，实现了一个村庄亘古未有的奇迹。

吴仁宝

『天下第一村』忘本的农民

·代表档案·

吴仁宝，1928年11月出生于江苏江阴，有“农民企业家”、“农民思想家”、“中国农民的领袖”之称。历任村支书、乡长、县委书记和江苏省政协常委以及华西村党委书记、华西集团董事长等职。现任华西村党委常委兼总办主任，华西集团副董事长、副总经理。系中国共产党十大、十一大、十七大代表，**第六、七、八届全国人大代表**，八届人大主席团成员。曾获“全国劳动模范”、“全国农业劳动模范”、“中国首届扶贫十大状元”、“中国十大乡镇企业功勋”、“全国民族团结进步先进个人”、“全国思想政治工作创新奖特等奖”、“全国乡镇企业十大新闻人物”、“中国功勋村官”、“中国农村新闻人物”等荣誉称号。

吴仁宝 “天下第一村”忘本的农民

这里的中国农民最早成为工人、最早搬进别墅、最早拥有小汽车、最早拥有农民退休金、首创“村庄上市”先例……最早拥有了连城里人都羡慕的新生活，成为中国最负盛名的“中国首富村”、“天下第一村”。

在这个只占国土面积千万分之一的农村，创造了占全国国内生产总值五百分之一的销售收入。有一位德国政要到这里参观后，啧啧称道：“这座村庄的富裕，让我们亲眼见到了马克思早在100年前所畅想的那种共产主义和社会主义的真正富裕。”

这座村庄就是改革开放以来迅速崛起的江苏省江阴市华西村。有一个老人的名字与这座传奇的村庄紧紧相连，那就是华西村的老支书吴仁宝——他和他所领导的华西村被人们誉为中国农村改革开放的旗帜。

◎ 看到有人穷就心疼的村官也曾放过“卫星”

“我是穷过来的，看到有人穷我就心疼，我最大的心愿就是让穷人过好日子，这是我的原动力。”吴仁宝回忆说，华西村曾是个出了名的穷村。当年，村落破破烂烂，混垛墙、茅草房，泥路弯弯曲曲，田块七高八低……“高的像斗笠帽，低的像浴锅塘，半月不雨苗枯黄，一场大雨白茫茫”。

1928年11月17日夜晚，位于江南吴家基（现江苏省江阴市华士镇华西村）吴寿坤家的一间破草房里，伴随着一阵“哇哇”的啼哭声，一个男婴降生了。妻子朱玉娥望着心爱的娇儿，对丈夫吴寿坤高兴地说：“请爷爷给孩子起个名字吧！”孩子的爷爷吴发祥一边望着孙子，一边对儿子和媳妇意味深长地说：“这孩子是福相，也许能招财进宝，过上好日子。为富要仁，就叫‘仁宝’吧！”

“仁，仁者爱人！”伴随着吴仁宝从少年到了老年，“招财进宝”则与少年时代的他无缘。但父母亲良好的品格和美德，潜移默化地影响滋润着吴仁宝幼小的心灵。父亲吴寿坤，不仅善良正直，乐于助人，有一手做鞋的好手艺，深受邻里尊敬爱戴。母亲朱玉娥，19岁就嫁到吴家。她端庄贤淑，乐善好施，性格直爽，自尊自强，勤劳要强。时至今日，父母亲始终是吴仁宝心中的一面镜子。

吴仁宝祖辈们生活的这个小村庄，是一个典型的江南地区自然村落。村子虽小，但历史悠久，相传吴仁宝的祖辈在明代就来到了这里，开垦耕耘，繁衍生息，渐渐形成了一个小自然村。

也正是在这个小村里，有谁能想到被祖父寄寓着“为富要仁，招财进宝”的吴仁宝，在若干年后，竟担当起村官、乡官、县官，创造出“天下第一村”的辉煌。

虽出生在江南沃土，可是在饥寒交迫的旧社会，吴仁宝亦饱经忧患和磨难，对贫困生活有着切肤之痛。解放后，吴仁宝与其他贫穷的农民一样有了土地，生活有了着落。满怀对党、对新中国的深厚感情，他坚信，共产党为天下百姓谋幸福，社会主义一定能够富华西。

1954年，吴仁宝当上了公社的财粮委员，成了人们羡慕的国家干部。这年10月，吴仁宝光荣地加入了中国共产党，从那一刻起，他就立志要刨掉穷根栽富苗，让全村人都富裕起来。发展集体经济，改变华西的落后面貌，让村民过上好日子，成了吴仁宝人生奋斗的主旋律。

1957年国家干部精简，吴仁宝主动回到村里，从乡官变成村官，担任高级社第一任党支部书记。

当时正值“大跃进”年代，一些头脑发涨的人都在“放卫星”。在公社召集的村干部报产量“放卫星”的会议上，各村的数字像竞放的气球，一路飙升，最低的也报到了亩产1万斤。

“吴仁宝同志，你们大队的稻子长势比别人家的好，你能报报多少亩产？”轮到吴仁宝了，望着台上会议主席兴奋而充满期望的目光，最后他狠狠心，鼓足气把6亩地的产量报在了1亩地上：“3700斤。”

会场哗然。会议主席急红了脸：“仁宝同志，你太保守，太保守。产量高低是政治问题，也是党性问题，你再考虑考虑。”会议主席显然对吴仁宝所报的数字不满意。吴仁宝打小在田野里打滚，他清楚每一块田里到底能打多少粮食出来。面对无数双咄咄逼人的眼睛，这回他不想再说违心话了：“这样吧，等收割时，公社派人到我们大队监收，如果地里能多收1斤稻谷，我们全大队宁愿挨饿也要倒贴10斤指标卖给国家；可如果亩产每少收1斤，你们也得给我们如数补上啊！”

回到村里，吴仁宝挨个找到生产小队长作检讨：“我说了假话，我错了。我们内部可不能再说假话，内部假了，粮食都卖了，老百姓吃啥？”

很多年过去了，吴仁宝依然常常提起这段自己说假话的旧事。他说：“从那以后，我对虚假的一套再也不相信了。干部说假话，受苦的是老百姓。要能坚持实事求是不说假话，就得心理上没有包袱，不想升官，不想当先进，只有这样，你讲的话才能真正为老百姓负责，为党的事业负责！”

◎ “忘本”的农民有过一次难言的大起落

贫苦出身的吴仁宝，对干部描绘的“楼上楼下，电灯电话”的幸福生活向往不已。他不止一次地对穷兄弟们说：“城里人的好日子，我们乡下人也要过；城里人有的，我们乡下人也要有！”

机会终于来了。1961年，华西村正式组建，吴仁宝担任华西大队党支部书记。地少人多，光靠种田肯定不行。吴仁宝和大伙算了笔账，算出了一个道理：仅靠种植业，农民再出力流汗，也只能混个温饱。“无工不富”！上世纪60年代末，吴仁宝悄悄办了一个地下小工厂。

“当时可千万不能让外面知道，正是割资本主义尾巴的时候呢。”吴仁宝的大儿子吴协东告诉记者，“田里红旗飘飘、喇叭声声，检查的同志走了，我们转身也进了工厂。”

为了保密，吴仁宝让人在工厂的四周筑起围墙，窗户蒙上厚布，对外守口如瓶。这个小五金厂隐姓埋名10年，为华西村创造了上百万元的利润，华西村由此完成了第一次资本原始积累。而此时的华西村村民们也全部搬进了大队统一盖建的新瓦房，并且家家有存款。此前，华西村的帅哥还难以找到感情的归宿，但从这时候起，外村姑娘嫁华西村甚至小伙子“倒插门”来华西村的风潮一直延至今日…….

“华西村穷怕了，也穷够了，”吴仁宝解释当年的动机，“要富裕起来，光靠种地能行吗？”他因此感慨：“当年有位领导发现了，痛骂了我一顿，说你是农民搞什么工业，这是忘本！”尝到甜头的吴仁宝明白，发展才是硬道理。

上世纪70年代初，贫穷落后的华西村，初步建成了土地成片、瓦房成排、在全国第一个实现亩产吨粮的社会主义新农村。

吴仁宝在村里提出“多插一棵秧，多种一亩地，向毛主席献忠心”的口号。结果，东边的村子读语录、跳忠字舞，人声鼎沸，生产却连连下降；西边的华西村奋战田野，生产猛涨。全国许多到东边村学习的农民都被吸引到华西村来了，他们在这里才学到了种田人的“真经”。

上世纪80年代初，中国农村开始经历一场新的重大变革，以安徽凤阳小岗村18户农民签下“分田到户”的秘密契约为引子，1982年中央一号文件为标志，“分田到户、包产到户的承包责任制”迅速在各地推开。面对这场全国性的改革，以集体经济壮大起家的华西村怎么办？吴仁宝清醒地认识到，华西村每人只有半亩地，集体经济已经十分壮大，农民的日子一天比一天好，为什么一定要分呢？华西村没有分，它实事求是地坚持了自己的路子。20年之后，它以雄厚的集体经济为后盾，使这一方土地上的人成为中国最富裕的农民。吴仁宝告诉记者：“实事求是，并不是不听中央的。我不搞分田到户，就是吃透了中央精神，中央文件是讲两点，叫‘宜统则统，宜分则分’，我们华西村是‘宜统’，所以我们就没有

◆◆ 20世纪70年代初，华西村第一家村办企业

分，那是听中央的，与中央保持一致的结果。”

外界人一提起吴仁宝，只知道他是华西村的党支部书记。其实吴仁宝还当过乡官、县官，只是他在当乡官、县官时从没有丢过华西村支部书记这个职务。吴仁宝一生中最大的官职，是他在1975年4月至1980年5月这段时间里出任江阴县县委书记一职。

“不行不行，我是一个农民，文化水平低，怎么能抓得了一个县的工作嘛？”在上级领导告诉吴仁宝已经决定让他出任县委书记时，吴仁宝再三真诚地推辞。“我们认为行。你事业心强，魄力大，干劲足。再说你也兼任多年县委副书记，负责的工作都抓得很好，组织上考察的结果，大家都觉得你能挑起新的担子。再说，陈永贵不也是从一个农民、一个村支部书记，一直到现在任国务院副总理、中央政治局委员嘛！”领导举例说。

组织决定，没办法改变。于是吴仁宝就从村支书，一跃成为专职县委书记兼华西村支书。之后的5年零1个月里，吴仁宝以抓华西村的干劲和经验为重点，坚持从实际出发和抱着让百姓过上好日子的心愿，废寝忘食地工作。他在复出的邓小平向全党提出“全面整顿”的精神鼓舞下，以真抓实干的工作作风，上任县委书记的第一年就提出要把江阴“一年建成大寨县”，并用他特有的形象语言把几项奋斗目标编成一首诗：“七十万亩田成方，六万山地换新装，五业发展六畜旺，社会人人喜洋洋。”从1975年至1980年吴仁宝任县委书记的5年里，江阴县的工农业生产总值整整翻了一番多。

1980年5月中旬的一天，江阴县直机关召开党员大会选举出席即将召开的中国共产党江阴县第五届代表大会的代表时，发生了一件曾在中国共产党江阴县委和江苏省党史上十分罕见和震惊的事：身为江阴县委书记和中国共产党江苏省省委委员、业绩卓然的全国老典型吴仁宝竟然落选了！

县委书记落选县党代会代表，更何况这个县委书记此时还是党的全国“十一”大代表呢！这是吴仁宝一生从未有过的一次大起大落——是在他入党整40年时、官职最大、为党的事业干得最火热、功绩最大的时候出现的政治命运，刚毅的吴仁宝此刻真是欲哭无泪……

无奈的上级组织考虑到这种局面，决定调吴仁宝任地区农工部负责人，但吴仁宝请求道：“我来自华西，还是回华西。我是党员，一生唯一的愿望就是想为百姓多干点实事，坐机关不太适合我。”面对一位不计名利的老共产党员的诚恳请求，组织上最后答应了他。于是，吴仁宝从“县官”的宝座上又回到华西村当起了农民。

“攀远亲”、“搞联营”、“借他力”、“寻远航”……从田园到工厂，中国农民苦求了5000余年的路程，吴仁宝欲一步跨越。3年后，吴仁宝像变戏法似的让华西村的田野里矗立起一座座既绿化又环保的大型工厂，并且成为气势雄伟的苏南农村土地上的第一个工业园区。时至1988年，华西村的经济呈现出以第二产业为主体、一、三产业为两翼的多元化格局，年产值超过预期，达10106万元。

今天，吴仁宝笑着说：“我是农民，忘本的农民。我搞工业了。什么叫农民，种粮食吃的叫农民，不种粮食了，这不是农民了，搞工业、商业了。刚改革开放时，有位领导提醒我，你是搞农业的先进个人，你是农业出身，现在搞工业了，你忘本了。我笑着说，我想彻底忘本。我不怕忘本，我要保留的是农民的一种本色——要实事求是，要讲真话。”

◎ 跻身江苏省政协常委仍留恋村支书一职

1992年3月1日深夜。凌晨的钟声已“哨、哨”地敲过了两下，睡在床上的吴仁宝辗转反侧，难以成眠。连日来，经济热潮的气息一直炙烤着他，催动着他运筹帷幄，决战市场，精神一直处于亢奋之中。他一骨碌坐起，抓起了床头的电话说：“总机吗？请你通知党委委员、正副村长、各厂厂长，凌晨3点钟到南院宾馆403会议室参加紧急会议。”

3点整，华西村的各位大将已经各就各位。吴仁宝口若洪钟：“根据我多年的经验和最近搜集到信息分析，中国改革开放的总设计师邓小平讲话了，经济加速发展的浪潮已经到来。机遇的动态性很强，稍纵即逝，早抓和晚抓不一样。因为含金量头重尾轻，面对机遇，我们要尽快制定战略目标，拿出战术措施。当前，压倒一切的中心任务就是‘借钱吃足’，钱借得越多越好，原材料吃进得越多越好！同时，再把股份制大张旗鼓地搞起来，大量吸收个人资金入股。现在就行动！”

于是，短短半个月内，在吴仁宝的率领下，华西村从干部到群众，从厂长到供销员，有钱的出钱，有力的出力，有门路的找门路，八仙过海，各显其能，人人忙得像脚踏风火轮。借款2000多万元，吸收个人资金入股400多万元，加上自有流动资金，一下子购进近万吨钢坯、1000吨铝锭、700吨电解铜等原材料。

当华西人使尽浑身解数，大量购买原材料时，一些人还蒙在鼓里。因为

这时，小平同志南巡重要谈话还没有传达到基层。3月11日，小平同志南巡重要谈话正式传达后，立刻在全国掀起了一个加快改革、经济大上的热潮。随之而来的是原材料价格迅速上扬。这时有人向吴仁宝建议，把购进的原料卖出，大赚一笔。这样做，也合理合法，无可非议。可吴仁宝笑而不答。他把原材料用于企业的正常生产，保证客户的需求，维护了华西企业的信誉。

为此，当别人还在学习领会小平南巡讲话精神时，华西村已经在经济发展的大潮中一路飞奔。有人事后算了一笔账，那个凌晨召开的紧急会议，让华西村赚了一个亿！

华西村完成的另一个动作，就是以村办之企业，染指历来国家垄断的烟草制造业。吴仁宝利用他的影响力，特批出一种以"华西村"命名的香烟，由淮阴卷烟厂生产、华西村宝昌化纤公司总经销，再由江阴市烟草专卖局专卖。在1995年前后，仅此一项，华西村不需投入一分钱，从中可分享大约2000万元的纯利润。

富裕的华西村引来了越来越多的旅游参观者，吴仁宝又看到了新的经济增长点。他将农民要翻新的住宅改成"农家宾馆"，盖起了全国最高的金塔，塔内集购物、餐饮、住宿、娱乐、商务为一体，还可登上塔顶，鸟瞰华西全貌，远眺田野农庄。从此，华西村的一个重要经济支柱——以旅游为主体的农村第三产业诞生了。

1995年6月下旬，吴仁宝带着村党委副书记一行，千里迢迢，到宁夏、甘肃等地考察。他进村入户，细细询问农民的收入和生活情况。西北乡亲们的贫苦窘境，紧紧揪住了他的心。他提出的在宁夏建立"华西村"的想法得到了当地领导的大力支持。经过5年多的努力，宁夏华西村迁入近800户，新建住房200多间，开发荒地6000余亩，呈现一派兴旺景象。宁夏自治区党委称赞吴仁宝的这一做法是我国扶贫史上的一个创举。此后，吴仁宝又在黑龙江肇东市五站镇建立了"黑龙江华西村"，经过3年的努力，人均收入由原来的不足千元一跃成为现在的超过4000元。黑龙江省委副书记目睹了华西人带领这里的村民开荒、深翻土地的动人情景，忍不住连声赞叹"好一个华西精神！"

1997年12月30日，江苏省人大选举九届全国人大代表时，候选人吴仁宝以71票之差落选。对他的落选，说什么的都有。但吴仁宝仍心平如镜地带着华西人不断发展。他说："我与华西人打交道最多，他们最了解我，华西人民信任我，我非常看重这一点。"尽管这次落选有些意外，但他得到了各级党组织的关心，仍然当选为江苏省政协常委。

1999年8月10日，这个日子对华西村来说具有历史意义，世界金融市场上迎来了一个令9亿中国农民感到自豪的新客人——代码为“000936”的“中国农村第一股”华西村股票在深圳成功上市：3500万股的挂牌价8.3元，当日收盘时涨至21元！

2002年，吴仁宝投入12亿元，在河北唐山兴建年产量120万吨的“北钢”，成为华西村新的经济增长点。

◎ “能正能副”的“废物利用”

华西村规定：凡村办企业的工人，每人每月只领取50%的工资，其余50%存在企业作为流动资金，到年底一次兑现。奖金通常是工资的3倍，80%作为股份投入企业，第二年开始按股分红。

华西村民要用钱就向村里打个报告，需要多少取多少。平常的生活不缺钱花，有大病村里都包了；米面菜油、各种副食村里发的吃不完，每人每年还有3000元餐券在村里的大饭店免费吃饭。另外，男到60岁，女到55岁，每月都可以拿到养老金。

作为华西村的老当家人，吴仁宝没有专门的办公室，更没有办公桌和专门电话。他办事仍然保留着当年搞农业的习惯：到现场解决问题。他说，实事求是，首先要搞清楚事实。到现场去，是搞清楚事实的最有效手段，他深入现场的劲头比年轻人还高。

在全村人都早已住上第四、第五代别墅后，吴仁宝却仍然不肯搬出上世纪70年代盖建的旧房子，房间墙壁已多处剥落，家具老旧，唯有主人与众多国家领导人及各界人士合影的满墙照片显示出这幢老房子主人的不同寻常。华西镇人民政府曾奖励给吴仁宝个人5000万元，他笑笑说：“我要那么多钱干吗？不要，还是留给村里，留给老百姓。”于是，他分文不留地给了集体。

吴仁宝共有4子一女，女儿吴凤英年龄居中。除了女儿的名字，4个儿子分别名为协东、协德、协平、协恩，据说是分别寓纪念毛泽东、朱德、邓小平、周恩来之意。早年，吴仁宝曾经为他的子女们指定职业，“大儿子协东做木匠，二儿子协德做泥瓦匠，女儿学裁缝”。理由是，“有这几门手艺，家里可以自己盖房子、缝衣服，吃穿住都不愁”。但他万万没有想到，自己居然能把一个穷村庄搞成那么大的一个产业，而且自己的孩子们有机会参与其中。

吴仁宝几十年如一日保持共产党人吃苦在前、享受在后的优秀品格。追求着“人民利益的最大值，自己享受的最小值”。华西村由穷变富了，作为掌管几十亿家底的华西第一代“掌门人”，吴仁宝公私分明，廉洁自律，严格要求家属子女是出了名的。子女有过错，他照样批评，绝不护短。在华西金塔南大门前，树立着一块巨幅标语：“家有黄金数吨，一天也只能吃三顿；豪华房子独占鳌头，一人也只占一个床位。”时刻提醒警示自己和教育村民。村民告诉记者：老书记生活十分简朴，滴酒不沾，从不陪客吃饭，出差照样住小店、吃方便面；作为华西村致富带头人，吴仁宝却一直拿着低于村办企业管理干部的工资。凭他的能力和知名度，吴家祖孙四代26人完全可以“深圳上海、漂洋过海”。然而，他没有这样做，而是让全家人留在华西村当农民，共同建设华西、服务华西。吴仁宝以无声的行动，生动诠释着立党为公、执政为民的理念。

2003年7月5日上午，华西村召开第六届村党代会，进行无记名投票选举，吴协恩以100%得票率当选。同样全票当选的，还有党委副书记吴协东、吴协德、吴凤英等人。在两年半前的党代会上，吴仁宝同样是以全票当选村党委书记，这次他零票。吴仁宝把当了48年的华西村“一把手”的岗位留给了年轻人，自己则退居华西村总办主任和集团公司副总经理的“二把手”位置，而长子吴协东出任华西集团董事长、总经理一职。

在华西村的一次新闻发布会上，一位记者抛出了“敏感话题”：为什么您退下来后，接班人恰恰是您的小儿子吴协恩？全场寂静。这的确是公众关注的热点问题，大家倾听吴仁宝如何作答。吴仁宝的回答有理有据：“华西培养接班人是培养群体，不培养个人。谁都可以当接班人，但其中有一个标准。他要有三个力：组织能力、发展能力、控制能力。”吴仁宝历数了吴协恩办企业、搞黑龙江华西村等业绩，“所以他全票当选”。从2003年吴协恩上任至今，华西村的销售收入以每年100个亿的幅度增加，吴仁宝毫不讳言对儿子的称赞，听者频频点头。

“华西31个正副书记，其中，有5个是我子女。这个书记，他们是通过数十年的工作，是群众公认的，上级党委对这些同志信得过。现在社会上的舆论，我吴仁宝搞家族制，子女全是‘官’。但在华西的历史上有过6任主办会计，我们一家没有谁担任过主办会计。华西的账，从1961年开始的，都可以翻出来查。可以这么说，我这个家族，都是为了老百姓，不是为个人牟私利的。”吴仁宝坦言，“要求老百姓做到的，我一家首先做到，要求老百姓不做的，我一家首先不做。如果都像我吴仁宝一家，这样的家庭还是多搞得好。如果像我的这一家多一点，中国会更好。为什么这样说呢？我家这5个书记，现在解决了3万人的就业问题，有的人还比我们富。这也反映了社会上还有一种旧观念，也就是平均主义。改革开放前的那一套思想还在脑子里。所以，我不在乎人家讲，而且不是哪个讲了，我就改变。如果哪个讲了，我就改变了，那就改变了我的意志，也就改变了华西走的这条路。”

早在20多年以前，他给自己立过“三不”规矩：不拿全村的最高工资、不住全村的最好房子、不拿全村的最高奖金。据悉，2004年，他的二儿子按照承包责任书所规定的个人效益奖金达近亿元，但吴仁宝的二儿子最后只拿了一个零头，几千万元奖金全部归到了集体。有人做过不完全的统计，仅吴仁宝一家，在这近5年中，光他们应得的个人效益奖金归给了集体的数额达近3亿元之多！吴仁宝说：“人活着为什么？人死后留下什么？一个人活着，需要钱，但不能仅为了钱，应为国家、为人民多作贡献。一个人死了，死即了了，但了的是物质的东西，精神形象不会了，多留一点好的精神、好的形象给子孙后代，比留给子孙财产更重要。”

接受采访时，吴仁宝坦陈：“我现在退了，不是退得太早，而是太晚，我实际干了48年‘一把手’。我过去的‘不退’和现在的‘退’，都是为了华西的进。像我这次退居二线，可以说是退一步，进两步。而且，可以更好地、全身心地为大华西万名百姓造福。我只有一个理念，不管是做乡官，还是县官，华西村的官我也是不肯放。我舍不得放，因为我同老百姓有感情。干到80岁的确是我讲过的。我现在退下来，可以这样说，是要当个副手。有句话叫‘能正能副’，我也要体会体会。一般来说，正的做了就不好做副的，可是我要做副的，这也是干部的一个创新。同时，我也可以再真心实意地扶持新班子5年，使华西实现一代胜一代、一代强一代、一代精一代！”

◆◆ 难以相信，就是这位老人创造了当代中国农民的“神话”

40多年过去了，华西村已拥有钢铁、纺织、旅游等多个优势产业群，年销售达300多亿元，村级集体资产达30多亿元，人均资产130多万元，真正成了“天下第一村”。“华西村40多年，我是这样总结的：60年代打基础，70年代小发展，80年代中发展，90年代快发展，21世纪新发展。正因为发展了，60年代老百姓是温饱，70年代是吃好，80年代是小康有余，90年代是中康，21世纪是大康！”

现在，吴仁宝退了，但他的本色没“退”。“每个人身上都有才，但要看才用在啥地方。养猪内行，是才；种田内行，是才；经营内行，更是才。会养猪的人不能叫他养马，否则就不叫人尽其才。同一个人，你用其所长，他就事无不举，是人才；你用其所短，他就笨手笨脚，把事情搞糟，变成蠢才。用人不当，就会浪费人才，而人才的浪费是最大的浪费。华西的经济发展快，干部水平跟不上，大才小才有才的年轻人统统用起来，还是不够用，我是废物利用，废物利用也有用，总比废而不用要好，只要华西人选我，需要我，我就可以干。”吴仁宝的话闪耀着他的人格魅力，也是华西健康长寿、长盛不衰、红旗不倒的源泉和动力。

◎ 高举“共同富裕”大旗

与吴仁宝同时代的农村先进典型不少，但像吴仁宝这样几十年红旗越扛越高、越扛越艳者不多，有的昙花一现，很快迷失方向甚至走向反面，为何吴仁宝的红旗不倒？“吴仁宝现象”成为人们颇感兴趣的话题。对此，时任江苏省委书记李源潮曾给出了答案：一是他始终全心全意地为老百姓谋利益，二是他始终自觉地走在发展进步的前列。

“华西的天是共产党的天，华西的地是社会主义的地。华西人民艰苦奋斗，团结奋进，锦绣‘三化三园’社会主义的新华西；华西的天是共产党的天，华西的地是社会主义的地。华西人民艰苦奋斗，团结奋进，实践检验华西，社会主义定能富华西……”这是一首套用《解放区的天是明朗的天》的歌词的华西村村歌，朴实无华。当这首由吴仁宝亲笔填词、华西村村民们齐声在中央人民广播电台合唱的村歌播出后，无数老共产党员激动得流泪。他们说：“这样振奋人心、催人奋进的歌已经好几年没听到了！”那时，以苏联为代表的东欧社会主义国家纷纷换朝易旗，中国内外嘲讽和怀疑社会主义的阴风也吹得玄乎。吴仁宝带领华西人高唱这样一首“社会主义”赞歌，是需要很大勇气的。而当时还有一个特殊背景：随着农村改革的不断深化和市场经济的风起云涌，曾经缔造了新中国农村经济发展神话的苏南乡镇企业在此时又面临彻底解体的末途，似乎谁言“集体经济”谁就是“改革倒退派”。吴仁宝才没管这一套，他对共产主义和建设有华西自己特色的社会主义信仰坚贞不渝。而正是这份不可动摇的信仰，他才敢理直气壮高唱“华西的天是共产党的天，华西的地是社会主义的地”这等豪迈诗篇。

什么叫社会主义？什么叫共产主义？对此，吴仁宝说出了自己的“土标准”：“什么叫社会主义？一句话，人民幸福就是社会主义。100个人里面有98个人幸福，就是社会主义。剩下的那两个人是自己不要幸福，没办法。什么叫共产主义？全人类幸福就是共产主义。作为一个人，既要有富裕的生活、健康的身体，还要有愉快的精神状态。华西幸福的3条土标准是：生活富裕，精神愉快，身体健康。这3条一条也不能缺。什么叫生活富裕？楼上铺地毯，楼下铺地砖，吃水用开关（自来水），雨天村里走路不打伞。什么叫精神愉快？家庭和睦、邻里相亲、干群团结、上下齐心；什么叫身体健康？日常增加营养，年老集体保养，孩子精心培养，业余文体形式多样。”

在吴仁宝看来，社会主义不是空洞的口号，而是实实在在可触可及可用的东西，是让人民真正幸福。“华西人的幸福观概括起来就是‘五子’，即票子、房子、车子、孩子、面子。现在，这‘五子’华西人都有了，家家住别墅，小的400多平方米，大的600多平方米；家家开小汽车，少的1辆，多的3辆；家家有存款，少的100万元，多的上千万元。村里的大学生、研究生和博士生越来越多，华西人获得的各种成绩和奖励也使‘天下第一村’的美称更加名副其实。”

1999年9月，是中韩友谊观光之月。吴仁宝被邀请出席在韩国济州道举办的“世纪庆典活动”。时任韩国总理金钟泌听说中国著名企业家、中国的农民代表人物吴仁宝来到了韩国，非常想接见他。但是，由于金钟泌的工作日程已排到了9月12日，为此韩国方面要求在9月13日接见吴仁宝。吴仁宝听到这一消息后，首先表示感谢，但是他因有事必须要按计划9月13日中午回国。韩国方面马上把这个消息向总理汇报，到了晚上的宴会中途，韩国总理办公室传来消息，总理决定更改时间，在9月10日接见吴仁宝，这样就把原定的接见时间提前了3天。于是，金钟泌在韩国政府大厦总理办公室亲切接见了吴仁宝。金钟泌对吴仁宝带领华西人坚持走共同富裕道路的做法表示充分肯定，连声说：“了不起！不简单！”

“个人富了不算富，集体富了才算富；一村富了不算富，全国富了才算富。”面对记者的提问，吴仁宝阐述了他的共同富裕观。吴仁宝说，目前，华西村实行按需分配和按劳分配相结合的社会主义分配模式，贫穷了数千年的中国农民过上了富裕幸福的社会主义生活。村民实行基本生活资料按需分配，不用出门也衣食不愁，除每月正常的工资外，年底还按照个人成绩进行按劳分配，同时按股进行分红，少的每家有十几万元，多的可达几百万元。

华西村旁边有个前进村，1988年华西成了“亿元村”，这个村到年底却连干部的工资都发不出来，还倒欠村民6万元。那一天，外面雨雪交加，村委办公室一屋子干部长吁短叹。就在这时吴仁宝推门走进来，拿出10万元现金说：“先把欠村民的债还了，再把年过了。”所有的人都落泪了，没等道出感激的话，吴仁宝又说：“我们华西村出500万元，帮你们建一个厂，赔了是华西的，赚了是你们前进村的，怎么样？干不干？”就这样，前进村第二年建成一座化工厂，当年赢利50多万元，3年后利税达到500多万元。

像前进村这样得到过华西帮助的村子很多。渐渐的吴仁宝发现，这些村的好日子并没有持续发展，这让他对帮扶问题有了新的思考。常言“船小好掉头”，但在全球经济大市场的条件下，已是“大船才能抗风浪”。于是一个吸纳周边村子建立“一分五统”大华西的设想在他的脑海里逐步形成。

所谓“一分五统”，即：村企分开，并入华西的村子仍由本村村民自治选举村委会；由华西集团经济统一管理，干部统一使用，劳动力统一安排，福利统一发放，村建统一规划。吴仁宝说，华西村走的是共同富裕的道路，自己富了不能忘记左邻右舍。

2001年6月，按照各村自愿和“一分五统”的方式合并了周边的16个村庄，总面积由0.96平方千米扩大到超过了30平方千米，人口由1500多人扩大到30400多人，不仅合并了村，还合并了心。“‘五统’后，实现了基本生活包，老残有依靠，优教不忘小，生活环境好，三守促勤劳，小康步步高。”

如今走进大华西，人们看到的完全是一派社会主义新农村的壮观景象，这里有“工业区”、“生态农业区”、“生活区”、“休闲娱乐区”、“旅游风景区”……

农民不仅要“口袋”富，还要“脑袋”富。吴仁宝说，“口袋”不富就别提“脑袋”富，“口袋”富是“脑袋”富的基础。而“脑袋”富了，“口袋”才能永远地富，“口袋”和“脑袋”一齐富，中国农民才能在社会主义的道路上不断朝着“小康”、“中康”和“大康”的目标步步登高。

20世纪90年代，华西村成立了独一无二的“精神文明开发公司”，吴仁宝亲自编写了“村歌”、“十富赞歌”、“十穷戒词”，在全村开展“六爱”（爱党爱国爱华西，爱亲爱友爱自己）教育，尤其强调“孝悌之道”，全村尊老爱幼蔚然成风；90年代末，他创建了华西特色艺术团，被党和国家

◆◆ 吴仁宝（中）在农民家里

领导人称为“中国农村第一团”，如今观看华西特色艺术团的演出已成了人们的一道精神大餐。同时，他根据不同时期华西经济社会发展的需要，先后在村里树立了“八仙过海”、“三请诸葛亮”、“牛郎织女”、“孔子像”等雕塑，用传统优秀文化教育村民。目前，华西村里有书场、球场、溜冰场，有歌厅、舞厅、影剧院，各种文化娱乐设施配套齐全，村民的业余文化生活丰富多彩。长期以来，吴仁宝运用“精神文明开发公司”、“华西特色艺术团”、“华西之路展廊”等宣传教育载体，对全村干部群众进行“个人成长史、家庭变迁史、村厂发展史”和“富而思源、富而思进”等教育，使华西村人清醒地认识到，华西之所以有今天的发展，源头在于党的领导好，党的方针政策好。也使华西人明白“思源”是为了更好地“思进”，全村上下始终保持勤于开拓、勇于创新、不甘守旧、奋发进取的精神状态。

吴仁宝还非常关心外地来华西工作的人，不准称他们“打工仔”、“打工妹”。他说，到华西工作就是华西人。外来职工在政治上、经济上与华西人享受同等的权利，表现好的入团入党。在工资待遇上做到“三个不低于”（不低于全民所有制企业、不低于大集体企业、不低于同行企业）。逢年过节或有大活动，外来务工人员与华西村村民共进庆祝宴，同饮庆功酒。

吴仁宝表示，自2006年开始，华西每年邀请全国1万名农村党支部书记

举办交流学习班，分期分批，总期5年。学习交流的目的，他概括了一句话："村帮村，户帮户，核心建好党支部，最终实现全国富！"

几十年来，吴仁宝养成了一个习惯，每天早晨，认真收听中央人民广播电台的新闻和报纸摘要节目；每天晚上，收看中央电视台的新闻联播节目。平时稍有空隙，就要拿起报刊仔细推敲和研究，从中吸收营养，增长知识。"退下来后，看到老百姓非常富裕、新班子非常成功，加上我自己身体比较好，现在我是幸福上加幸福。"吴仁宝退居二线以来，仍然退而不休。他说："干部没有终身制，但为人民服务要终身制。"如今他每天照样在忙碌着，学习着，雄心勃勃地规划自己的目标、为华西村的美好未来继续操心忙碌着……

人生◎手记

华西村从来不缺乏新闻。如今的热点是，华西村建造了一座高达328米的五星级摩天大楼，显得十分扎眼。吴仁宝在并不张扬的声调里，显示出不可动摇的自信："花20多个亿建一座楼，对我们来说不算什么。"有人说，"天下第一村"不再是一个村，它的目标是成为"华西新市"。一切让历史说话，未来的华西村势必会不断取得突破，创造更多让村民惊喜的效益。

吴仁宝反复对笔者强调：华西村的发展并非一帆风顺，而应对挑战的根本法宝只有4个字：实事求是！作为基层干部，吴仁宝对实事求是的理解很朴素，叫做"吃透两头"、"两头一致"。吴仁宝的所谓"吃透两头"，指的是吃透党和国家的大政方针政策，吃透本地工作实际。"两头一致"，则是一头与中央保持一致，一头与老百姓保持一致。因此，不管政治风云如何变幻、国家方针政策怎样调整，他与华西村都能够启动自己的"响应机制"，一次次避开风险，抓住发展机遇，实现超前发展、科学发展。

黄楚平

一座城市的变与不变

·代表档案·

黄楚平，1962年10月出生于湖北黄冈，1984年7月毕业于武汉钢铁学院冶金系金属材料专业。历任武汉钢铁学院冶金系、材料系团总支书记、党总支干事、秘书，武汉钢铁学院团委副书记，武汉冶金科技大学团委书记、学工部副部长，武汉冶金科技大学后勤党总支书记，共青团武汉市委副书记、党组成员，共青团武汉市委书记、党组书记，武汉市江汉区委副书记、区长，武汉市江汉区委书记、区人大主任，武汉市委常委、市委秘书长、市直机关工委书记，咸宁市委副书记、政府市长、党组书记等职；现为湖北省咸宁市委书记、市人大常委会主任，系九届湖北省委委员、十一届全国人大代表。

黄楚平 一座城市的变与不变

这里是全国著名的桂花之乡、楠竹之乡、苎麻之乡、茶叶之乡、温泉之乡和中华猕猴桃之乡。

这里有闻名海内外的三国古战场遗址赤壁和中国五大道场之一的九宫山、北伐汀泗桥贺胜桥战役遗址、中国“五七”干校第一研究基地向阳湖文化名人旧址。

这里就是科学发展观学习实践活动中央领导联系点、中国人居环境范例奖城市、武汉城市圈“两型社会”建设的湖北“南大门”咸宁市。作为280多万人口城市的“当家人”——湖北省咸宁市委书记黄楚平深有感触地对记者说：“太多的变化镌刻在这座年轻城市的脸上，而唯一未曾改变的是这座城市的灵魂——‘咸宁精神’。”

◎ 跳起来摘桃子

2007年3月的一天，时任武汉市委常委、市委秘书长、市直机关工委书记的黄楚平接到调令，自湖北省城武汉调到长江中游南岸的一个古老而新兴的城市咸宁，任市委副书记。不久，当选为咸宁市市长。次年4月，任咸宁市委书记。

偏爱历史文化知识的黄楚平知道，咸宁市名取义于“万国咸宁”，早于公元768年唐朝已在此置永安镇。作为湖北人，黄楚平更清楚，这里所辖1市1区4县的背景：赤壁市“三国故事”享盛名，咸安区向阳湖畔翰墨香，崇阳县戏乡琴韵号天城，嘉鱼县秀水澄湖鱼米乡，通城县三省通衢多客商，通山县九宫巍峨云天外。

走马上任后，黄楚平开始了马不停蹄的调研，一个个脚印踏在咸宁6市区县的11个乡、51个镇、6个办事处的土地上。他很快便他摸清楚了咸宁的家底与“米桶”，适应了新的角色的切换。

机遇只偏爱有准备的人。近几年，随着我国区域经济发展步伐的加快，城市圈建设已经成为提升区域经济竞争力的强劲动力和有效方式。2007年底，国务院正式批准建设武汉城市圈两型（资源节约型和环境友好型）社会，建设综合配套改革试验区。在黄楚平看来，依托大武汉、融入城市圈，作好产业和资本对接，是咸宁必须抓住的战略机遇。

黄楚平到咸宁后，不仅带来大都市发展理念，也为咸宁与武汉商圈中的重量级企业合作创造机会。

到咸宁只1个月，黄楚平率咸宁党政代表团一行60余人，赴武汉学习考察，谋求合作，受到武汉方面高规格的接待。两市不仅认了“亲”，还签订了不乏“含金量”的合作协议。此后1个多月里，咸宁6个县市区和开发区先后到武汉“认亲”。在互利共赢的合作中，两市越走越近。

一次次的交流互动，让行政的藩篱逐渐被打破，无缝对接日益成为现实。没有好高骛远，没有夸夸其谈，咸宁以“数据库”的量化模式，以只争朝夕的劲头抓项目对接。近年来，咸宁与武汉20多个部门签订合作协议，共引进武汉企业100多家，总投资150亿元。

机遇，需要发现，需要捕捉，更需要“雕刻”。德国诗人席勒说：“机遇像一块粗糙的石头，只有在雕刻家手里才能获得新生。”

2008年底，全球性金融危机在蔓延。为应对国际金融海啸，实现“保增长、扩内需、调结构”的目标，一批重大基础设施项目提前启动，黄楚平多次率咸宁市发改委、交通局负责人等为地方发展争项目，使得投资110亿元的咸宁城际铁路于2009年3月正式动工。同样是凭着敏锐的反应与执著的坚韧，咸宁积极争取，最终“挤进”武汉新港的总体规划，咸宁的长江水道将依托重大港口建设，通江达海，走向世界。

武汉有漂亮的江滩，咸宁有优质的温泉。随着武广高速铁路的开通，咸宁到武汉只需15分钟，咸宁和武汉的关系有了全新的说法：“武汉有温泉，咸宁有江滩。”黄楚平如此解读：“由于武汉和咸宁地缘上如此接近，两地的要素可以实现无障碍对接、整合，你中有我，我中有你。咸宁必须主动对接，必须有甘当配角的意识，咸宁和所辖的6个县市区必须主动研究武汉，贴近武汉，依托武汉，发展咸宁。把发展的目标、理念、举措，与武汉城市圈‘两型社会’战略衔接起来。”

黄楚平曾一次次率团到武汉、到外省市参观考察，并与拟来咸投资的部分企业家进行了座谈。座谈中，黄楚平总是热情地向客人介绍了咸宁的交通区位优势、投资环境、开发区建设和经济社会发展情况，随后就客商提出的

◆◆ 黄楚平（右一）笑着说，我们要瞄准机会跳起来摘桃子，只有跳起来摘，才能实现跨越发展

具体问题进行协商，并作出具体承诺。当看到与会客商为咸宁突出的比较优势、优良的投资环境和喜人的经济发展态势所深深吸引，纷纷表示将咸宁作为企业外迁发展的首选地，下一步将立即安排专人到咸宁开展选址、前期规划、合同条款洽谈事宜之时，黄楚平十分高兴，忘了接连的奔波之累。同时，他要求随行干部认真学习外地的先进经验，特别是一些优良的市场运作方式和科学的管理体制。

哪里出现机遇，哪里就有咸宁人忙碌的身影；哪里孕育机遇，哪里就有咸宁人搜索的目光。

咸宁核电、赤壁火电二期、晨鸣百万吨林浆纸一体化等重大项目，以2座长江大桥、5条铁路、10条高速公路为重点的交通枢纽建设，都是咸宁上下抢抓机遇的结果。

"跳起来摘桃子！"这是记者在鄂南咸宁采访期间听到坊间流传甚广的一些俗语。与咸宁人接触，他们常说，伸手就能摘到的，未必是好桃子。黄楚平笑着说，我们要瞄准机会跳起来摘桃子，只有跳起来摘，才能实现跨越发展。

◎ 走出漂亮的一着棋

2008年底，全球金融危机的影响日益显现，国内许多地方出现出口下滑，内需不旺，投资减速。金融危机证明仅靠投资、出口拉动，只凭第二产业带动，走高投入高消耗的老路行不通。咸宁如何突围？

2009年1月，湖北省"两会"期间，大家都在热议如何应对金融危机。黄楚平与市长任振鹤提出：主动出击，举办温泉旅游节，打响咸宁旅游品牌！

这一想法并非头脑发热：咸宁文化旅游资源富集，有赤壁古战场、九宫山、陆水湖、汀泗桥、闯王陵等名胜景区，尤其是咸宁的温泉更是得天独厚。

咸宁温泉，人称"华中第一泉"，被中国矿业联合会命名为"中国温泉之乡"。咸宁的中心城区以"温泉"冠名，早在唐宋时期"温泉沸波"就是"八景"之一。目前，温泉日出水量1.5万吨，水温达56℃至62℃，含多种矿物质和微量元素。

黄楚平多次带队外出考察，外地温泉旅游项目让人如坐针毡：江西天沐、孝感汤池相继开发温泉项目，将休闲、旅游、健身融为一体，年收入过亿元，而咸宁温泉仅仅停留在泡澡的阶段。

要改变温泉不“热”，旅游不“火”的局面，撒“胡椒面”式的开发，难有大作为。选准一个目标，开发一种资源，打响一个品牌，成为必然的选择。黄楚平对打造咸宁独有的温泉文化特别有信心。

说干就干，咸宁人以咸宁速度、咸宁精神挑战危机，书写传奇：1年，拆除违建面积11万平方米，完成亮化单位166家，新增绿化面积85万平方米；3个月，8个星级宾馆建成并开业迎宾；60天，完成443栋沿街建筑立面整治；15天，招募1560名志愿者；5天，跑遍湘鄂两省5座城市推介咸宁……

该市四大家领导实行包项目、包街责任制。在备战旅游节的100多天里，黄楚平先后48次到现场检查督办，筹委会17个组的工作人员没有一个休息日，5000多个建设工作者挥汗如雨，日夜鏖战。

2009年11月7日至9日，中国湖北咸宁首届温泉国际文化旅游节盛大开幕。以节会为平台，咸宁举办了万人同浴温泉、世界友谊小姐总决赛及颁奖典礼、温泉高峰论坛、地方风情歌舞《梦寻咸宁》首映、咸宁山水缤纷游等系列活动。国家旅游局副局长祝善忠如此评价：“温泉文化旅游节是国内规模最大的温泉盛宴，也是咸宁旅游品牌的空前汇聚。”

旅游节像多米诺骨牌，产生了以节会聚人气、以节会创品牌、以节会树形象、以节会促发展的连锁反应。锦江国际、楚天瑶池、温泉谷、碧桂园、三江温泉等20多家星级温泉酒店、景点在节前建成营业，咸宁成为国内接待能力最大的温泉旅游目的地。新华社、《人民日报》、中央电视台等100多家媒体200多名记者与会报道节会盛况，咸宁的知名度、美誉度大幅提升。

旅游节后，火爆的场面超出了人们的想象：来咸游客猛增，市区住宿、餐饮、娱乐、购物等消费快速增长，中心城区酒店餐饮接待人次同比增长390%，城市服务业迅速发展。这时，黄楚平听老百姓惊呼：“一个节会，拉动项目投资，推动城市建设；一个节会，引爆一个新兴产业，带动产业结构的转型。”作为幕后操手，他欣慰地笑了。

面对持续井喷的喜人态势，黄楚平十分清醒，他表示：“温泉如果没有自己独特的文化内涵是极容易被复制的。”黄楚平认为，咸宁温泉的最大优势在于本身拥有赤壁三国历史文化、竹文化、茶文化等独特文化优势。

“咸宁旅游资源丰富，山青、水秀、桂香、竹翠、泉温、洞奇，历史文化厚重。我们还将投资亿元组建咸宁文化产业园，集中力量创造一批《印象赤壁》、《梦寻咸宁》、《九宫风情》等有广泛影响力的文化精品，大力挖掘鄂南地方特色文化，做大做强文化旅游产业。”黄楚平说。

直面金融危机，咸宁走出漂亮的一着棋——成功举办温泉旅游节，这恰如面对纷乱危急的棋局，高手胸怀全局，审时度势，一子落地，满盘皆活。

◎ 活力和魅力的背后

2007年，咸宁被列为全省第二批深入开展学习实践科学发展观活动市州一级唯一试点，咸宁所辖的赤壁市还被作为中共中央政治局常委、中纪委书记贺国强同志的联系点。

湖北“南大门”、武汉“后花园”的咸宁，学习实践科学发展观活动风生水起，波澜壮阔。

实现科学发展，是新形势下摆在全党、全国人民面前的一个重大历史课题。咸宁作为中央政治局常委、中央纪委书记贺国强和湖北省委书记罗清泉学习实践活动联系点，走什么样的路子？树立什么样的典型？提供什么样的经验？黄楚平深感使命光荣，责任重大。“咸宁作为学习实践科学发展观活动试点单位，同时也是武汉城市圈‘两型社会’综合配套改革试验核心城市之一，作为试点城市和圈内城市，无论是‘试点’，还是‘试验’，归结到一点就是‘试’。‘试’的目标趋向都是科学发展，‘试’的本质含义就意味着可以先人一步，先试先行。两‘试’汇合，为咸宁科学发展提供了前所未有的重大机遇和强大动力。”在他眼里，试点就是先行、就是探索、就是创新；试点，就意味着在改革的同一起跑线上已抢先了一步，可以先干起来，就为充当排头兵提供了可能。

黄楚平认定，贯彻落实科学发展观是一场深刻的观念变革，对后发的咸宁而言，推进科学发展首先要在解放思想上实现新一轮飞跃。于是，一场轰轰烈烈的“咸宁发展论坛”、“解放思想大讨论”有条不紊地进行着。黄楚平与其他市领导先后带队赴江苏、浙江、上海、台湾等地考察学习，结合外地经验和办法，解放思想，拓宽思路。

◆◆ 黄楚平（左二）陪同贺国强同志（中）考察赤壁

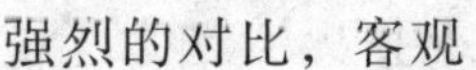

强烈的对比，客观

◆◆ 黄楚平（左三）陪同江泽民同志考察赤壁

的分析，冷静的思考，让大家找出了咸宁存在的差距，明确了前进的方向。黄楚平说："坚持科学发展不是孤立片面、不计代价、竭泽而渔，是好与快的辩证统一。青山绿水是咸宁与其他地方的财富、资本和优势，要敢闯新路又少走弯路、多留遗产少留遗憾，既要金山银山，更要绿水青山。"

黄楚平首创的"十字"促学法，是对学习方式的重要探索创新。以"会"促学、以"读"促学、以"写"促学、以"讲"促学、以"考"促学、以"赛"促学、以"观"促学、以"展"促学、以"询"促学和以"查"促学，大大增强了学习培训的生动性和实效性，激发了党员干部全员全程参学的热情。

咸宁市确立了建设鄂南经济强市的目标：通过8至10年的努力，全市GDP达到1000亿元，地方财政收入达到100亿元，中心城区人口达到100万人，城区面积达到100平方千米，农民人均现金收入超过1万元，节能减排好于省定指标，人均水平在城市圈和湘赣接壤地区居于领先。

黄楚平说，让科学发展的理念在咸宁深入人心，干部群众都认识到不能只追求GDP的增长，"污水横流"的发展绝不是"幸福的发展"，"乌烟瘴气"的繁荣也绝不是"幸福的繁荣"。

咸宁坚决关闭了200多家污染严重的小造纸厂、小水泥厂、小砖瓦厂等，对37家主要能耗企业强力推行技改；陆水和淦河生态修复和整体开发保护、城市污水处理中心等一批生态环境建设工程全面启动。为此，咸宁荣获"中国人居环境范例奖"。黄楚平说："是科学发展观的春风，催生了咸宁的巨大变化，使温泉城充满了活力和魅力。"

在十一届全国人大会议期间，作为全国人大代表的黄楚平多次借国家及有关部门领导到湖北团参加讨论之机，分别就加快发展县域经济、创新农村金融体制、农民专业合作组织发展、比照享受西部大开发政策、促进农村教育均衡发展等难点、热点问题，向十一届全国人大会议提出建议，呼吁解决，引起不少代表共鸣。不少建议还以书面形式递交给了大会。

2009年3月全国“两会”期间，黄楚平在接受新华社记者采访时曾坦称：“咸宁是湖北建市时间较晚的一个地级市，作为后发地区，一度处于追赶的焦虑中。”可是，在这一年底，就是这个“后发”的咸宁市却实现生产总值突破405亿元，出现同比增长15.2%的奇迹，增幅居湖北省第一位。

黄楚平兴奋地对记者说：“咸宁在湖北的地位在变，在省领导心中的分量在变，咸宁的干部群众精神面貌和自信心变得更加振奋和自信，这是未来发展最大的优势。特别是这种精神、信心上的收获，比黄金和货币更宝贵，这就是我们建设鄂南经济强市的无价之宝！我们在快速崛起中彰显出这种鲜活的精神力量，实质上就是发展的巨大动力。”

是的，要“跳起来摘桃子”，就必须首先从思想羁束中“跳出来”，树立一种与之相适应的新思想，要有一种与时俱进、不断创新的意识，有一种挑战自我、超越自我的思维，有一种积极健康、充满激情的心理。

不论是搞经济工作，还是经营城市，都要认清自己这个局部在整体中所处的地位，分析客观形势，研究主观条件，预测局势变化的可能性。只有这样，才能正确部署工作，采取有效措施，达到预期目标。这和下棋一样，每下一着，都要通观全盘，估计变化，预谋对策，否则就不是一个弈棋好手，难以获得赢局。唯有审时度势，方可不失良机。黄楚平深知，对局时宁心静气，棋局顺利时不骄，不利时不躁，认认真真走好每一步棋，下完后分析得失。正因为如此，他能审时度势，善于力挽狂澜，率咸宁的千军万马赢得一个个胜局。

◆◆ 2008年，黄楚平（前排中）回母校黄冈中学兴致勃勃地观看专题片——《百年黄高一面旗》

城市精神是一座城市的精、气、神。每座城市应该有着自己内在的精神体现，与城市发展和形象相匹配，抑或高度概括了城市的发展历程和未来展望。“跳起来摘桃子”与“下棋审时度势”所折射出的精神就是咸宁精神。这些来年，鄂南咸宁发生了巨变，而最难能可贵的是——咸宁人民开拓进取、负重争先的精神没有变。黄楚平从咸宁这座城市的变与不变之中，看到了城市的灵魂，看到了一面无形的旗帜正引领着一座城市奔向未来。

人生◎手记

2011年3月，黄楚平在北京参加全国“两会”期间，咸宁市5000多名干部就已分赴全市900多个村、走进50万农户家中，围绕“送政策、访民情、办实事、保发展”开展“三万”活动，但实际情况怎样？黄楚平心里很挂念。“两会”结束回来后，他就直奔咸宁市咸安区双溪桥镇双溪村。来到双溪五组谭家嘴畈，有一群村民正在播种玉米。黄楚平拿起路边的一把铁锹，一边整地打垄，一边和村民们聊了起来……在田边地头，村民们没有了平时的拘束，个个有说有笑，充满了活力。在这样的氛围中交谈沟通，大家像一家人，没有一点隔阂与障碍。

咸宁要想搞好城乡统筹发展，既要做大蛋糕，又必须切好蛋糕；既要转变思想观念，也要转变工作作风；既要着眼长远规划，也要分步实施推进。黄楚平认为，统筹城乡发展是一个复杂的系统工程，涉及方方面面，只有多深入基层、了解实情、抓住重点，才能“牵住牛鼻子”，集中力量解决主要矛盾。

2010年，黄楚平到中央党校学习，他带着问题学习、思考，向专家学者请教，回来后带队到重庆、成都去参观学习这些地方的先进经验，咸宁全市上下很快形成大力推进城乡统筹发展的共识。大家都认识到，只有实现工业与农业、城市与农村协调发展，逐步缩小城乡差距，才能实现经济社会全面协调可持续发展，真正把科学发展观落到实处，咸宁才能真正走上科学发展、跨越发展、和谐发展的道路。

夏菊花

菊傲群芳夏若春

·代表档案·

夏菊花，本姓徐，安徽潜山人，国家一级演员，著名杂技表演艺术家，有“顶碗女皇”和“杂技皇后”及“杂技外交家”之称。1937年10月出生于浙江长兴，6岁开始学艺。历任武汉杂技团演员、团长，武汉市文化局副局长、局长，武汉市第八、九、十届人大常委会副主任，湖北省妇联副主任，**第三、四、五、六、七、八、九、十、十一届全国人大代表**，第四、五届全国人大常委等；现为中国杂技艺术家协会主席、中国文联副主席、中国国际文化交流中心常务理事、湖北省杂技家协会名誉主席，系国际杂技评委、国家有突出贡献的艺术家。

夏菊花 菊傲群芳夏若春

眼前的这位雍容慈祥的长者曾在中国杂技界创造了许多“异想天开”，一般人难以想象她孩提时期给人家当过“押子”（养女）。山西平顺县西沟村村支部副书记申纪兰连续出席过历届全国人大代表会议——众所周知；而自1964年参加第三届全国人大一次会议至今，夏菊花连续9届走进人民大会堂的神圣殿堂——少有人知。

有着“顶碗皇后”美誉的夏菊花6岁从艺，40多年前曾在莫斯科举行的第六届世界青年联欢节杂技比赛上荣获金奖。自1981年担任中国杂技艺术家协会主席以来，她亲眼见证了中国杂技艺术的繁荣昌盛。同样，作为第三至十届全国人大代表（第四、五届全国人大常委），40多年一次次步入红色殿堂论国是，何止仅是个人的一种政治荣誉，分明是共和国人大制度建设、发展的一个见证。

◎ “代表亚军”见证中国民主法制建设的进程

40多年岁月更迭，夏菊花这位全国人大代表出席次数的“亚军”掰着指头如数家珍：先后参加了7位全国人大委员长、6位国家主席、5位国务院总理的选举，多次代表人民投下庄严的一票；亲历讨论决定对越自卫反击战，国家设立硕士、博士学位制度等国家大事；参与《宪法》、《婚姻法》等多部法律的修改，等等。看到国家的不断发展、进步，民主进程的不断推进，法制建设的不断完善，夏菊花感到由衷的欣慰。

1964年，夏菊花以全票通过当选为第三届全国人民代表大会代表。一谈起当年首次当选为全国人大代表，在旧社会的苦水里泡大的夏菊花仍透着自豪：“当时湖北省有7个候选人是全票当选的，我就是其中之一。”她还清晰地记得当时与她同时全票当选的湖北省省长张体学的一句话，“夏菊花是个苦孩子，她当上了人大代表是会永远跟着党走的”。这次当选全国人大代表，是夏菊花从艺术舞台走向政治舞台的第一步，也成了激励她攀登艺术高峰的巨大精神动力。

1964年12月20日，夏菊花首次走进人民大会堂，见到了毛泽东主席等党和国家领导人，她感到万分激动。当天的情景至今仍历历在目：“当听到周总理宣布，在毛主席的领导下，全国人民克服困难，战胜了三年自然灾害，我国已成为既无外债、又无内债的国家时，全场掌声雷动，欢欣鼓舞。”至今，她还珍藏着开幕那天周恩来总理所作的工作报告。夏菊花说，就是在这次会议上，周恩来总理代表党中央、国务院第一次向全国人民提出了“四个现代化”的宏伟目标。

◆◆ 毛泽东与夏菊花握手（1965年1月）

夏菊花永远不会忘记1965年的1月4日。那一天下午，大会闭幕前，毛泽东主席等党和国家领导人在人民大会堂接见全体人大代表。当时，夏菊花站在第二排位子上，努力地挤上前去和主席握手。“当时，毛主席他们一出现，整个会场沸腾了。只见毛主席与第一排的主席团成员一一握手，我激动得也顾不了那么多，见毛主席走过来了，就立即向他伸出右手，还真握上了……”

党和国家领导人接见全体人大代表结束后，代表们先后走出大厅，往上海厅走去，以稍事休息而好出席大会闭幕式。这时，张体学把夏菊花等几位代表介绍给了毛泽东主席。

毛主席听说是夏菊花，就说：“我看过你演的《顶碗》，很精彩嘛！”夏菊花激动得不知说什么好。毛主席说：“湖北、湖南是个个老乡嘛！老乡见老乡，两眼泪汪汪呀……我们一起照张相吧。”

此时，刘少奇主席和周恩来总理也走了过来，他们和夏菊花及张体学等5位湖北代表一起照了相，夏菊花就站在毛主席和刘少奇主席的中间。“这是我一生中最幸福的时刻”，谈笑间，夏菊花似乎又回到了40多年前那个激动人心的日子。

“当选人大代表后，强烈的使命感和责任感不容我有丝毫懈怠。不论是在出国演出途中，还是每年的人代会期间，我都从未间断过练功，我要求自己不断创新，努力以最好的作品回报人民。”她将《顶碗》由倒立型顶碗发展到脚面夹碗，突破了杂技历来将碗固定于头部的传统，国外媒体称之为“顶碗皇后”。她多次率团赴法国、意大利、瑞士等40多个国家和地区进行友好访问和演出，1995年9月，苏丹共和国总统授予她苏丹艺术、文学与科学荣誉勋章。她被誉为“杂技外交家”。

1965年，中国和法国建交一周年。夏菊花作为中国人民的友好使者，到法国访问演出。当法国朋友得悉演员中有一位“国会议员”时，感到十分惊诧，法国警察列队向她敬礼，一种敬意溢于言表。这件事给她很大震动，也更增强了她作为一个人大代表的自豪感和使命感。

40多年的人大代表生涯，夏菊花深有感触地说：“过去，代表们对政府工作报告是学习多、受教育多，提建议少。现在代表们的主人意识责任意识逐年加强，国家大事的决策更加民主，代表们对很多问题都能畅所欲言，充分发表意见。各级政府部门能积极采纳代表的建议，对我国的各项事业都产生了深远的影响。可以说，随着改革开放和现代化建设进程的加快，随着政治文明建设的顺利推进，代表们经历了从‘荣誉型’到‘责任型’的转变，代表们的议案建议逐年增多，政府部门对议案建议的办理也更加规范。”

身为中国文联副主席，第三届人代会上周恩来总理的嘱托夏菊花一直牵挂在心。周总理说，当一个好演员要过好“五关”，包括“家庭关、社会关、劳动关、荣誉关、生活关”。她除了自己过好“五关”，还在人代会上多次提出，文艺工作者要增强使命感和责任感，创造出更多适应青少年心理特点、健康向上的文艺作品，正确引导青少年。文艺工作者不仅要塑造出良好的艺术形象，更要塑造好自身形象。在全国人大九届五次会议上，她对有些文艺工作者提出了忠告。她说，严重脱离劳动人民群众，自以为“老子天下第一”，给观众尤其是盲从的青少年起到很不好的作用。她呼吁，文艺工作者一定要戒骄戒躁，既要创作优秀的作品教育人、鼓舞人，自己也要起到良好的道德示范作用。“我们要给社会、给后人多留下美好，不给社会带来精神污染，首先要净化自己。”

在人代会上，夏菊花呼吁最多最强烈的是教育问题：“我们要提倡一种大教育的观念——履行教育义务的不只是学校，还包括家庭、社会。”她对诚信问题也十分关注，认为应该将其列入教育的范畴，通过启蒙与教化，通过法制建设，来提高人们的诚信意识，在全社会营造出一个诚实守信的良好氛围。“教育一定要从小抓起，从细微处抓起。待人接物、言谈举止，无一不是教育的反映。”现在独生子女多，使夏菊花更感提倡大教育观念的紧迫性。她说，不要把孩子当成自己的私有财产，不要把孩子培养成唯我独尊的“娇宝贝”。孩子都要长大，都要成为社会的人，只有将他们培养成体魄强健、心理健康、遵纪守法、讲文明懂礼貌、有团结协作精神、有吃苦创新精神的人，我们国家的未来才有希望。

夏菊花清晰地记得，1992年4月3日下午3点20分，《长江三峡工程决议》正式提交全国七届人大五次会议投票表决，当会议主持人、全国人大常委会委员长万里宣布“赞成票超过半数，《长江三峡工程决议》通过”时，会场上响起了雷鸣般的掌声，许多人情不自禁地流下了激动的热泪。堪称世界之最的水利枢纽工程从此进入了实施阶段。

1964年她第一次当选全国人大代表走进人民大会堂的神圣殿堂时，夏菊花还是一个朝气蓬勃的女青年，光阴荏苒，如今已步入古稀之年的夏菊花见证了共和国的日益富强，也见证了社会主义民主政治建设的艰辛历程。40多年的风雨历程，夏菊花高兴地看到，我们的国家更加富强，人民的法律意识在逐步提高，民主法制建设一步步深化、完善，进程不断加快。

◎ 姓氏的一字之差背后饱含童年的无尽辛酸

1957年的一次盛大演出前，李先念在接见杂技演员时，杂技团团长指着夏菊花向他介绍说：“这就是在世界青年联欢节上获得金奖的夏菊花同志。”李先念边握着她的手，边含笑点头：“夏菊花，好！”随后，又不解地问：“嗳！？夏天是不开菊花的，你这个菊花怎么会夏天开呢！？”

一下子，夏菊花年轻的心震颤了，苦涩酸辣一齐涌上心头。其实，她名字的“季节错位”，有着一段辛酸的往事。夏菊花本姓徐，祖辈世世代代生活在安徽省潜山境内。今天，你若有机会去往那里，潜山县的乡亲们便会告诉你：潜山县有“三宝”——一座山、一条水、一朵花。山，就是闻名天下的天柱山；水，就是潜山籍的著名作家张恨水；花，便是著名杂技表演艺术家夏菊花。

夏菊花的曾祖父徐继康是独子，打了大半辈子光棍，一直熬到30多岁，才娶了个穷家女成了亲。第二年，徐继康的妻子为他生了个儿子，取名叫徐又财。在徐又财还不到3岁的那一年，徐继康便一病不起，没几天就咽了气。从此，只剩下孤儿寡母，生活无着，其艰难可想而知。此时，徐继康的姐妹伸出了援助之手，主动承担了抚养徐又财的重任。

徐又财在姑母的疼爱下渐渐长大成人，在他20多岁的时候，姑母为他娶了一位姓胡的妻子。胡氏过门以后为徐又财生了两女一男，不幸两个女儿都先后夭折，只存活下一个男孩，夫妻俩给男孩取名叫徐造钱——小名徐造生，这便是夏菊花的生父。

徐造钱长到十三四岁的时候，徐又财听说浙江省长兴大山里砍柴烧木炭能赚钱，便带着儿子徐造钱去了那里。

父子俩在前往长兴县的路上，路过一个名叫洗脸卡的木桥时，徐又财不慎掉入山泉奔涌的水流中，儿子想拉父亲一把，结果也落入到了冰冷刺骨的河水里。正在这千钧一发之际，一位姓吴的木匠路过此处，见状立即奋力抢救，徐又财父子方才转危为安。从此，徐又财父子对吴木匠感激不尽，把他当成救命恩人，并且在吴木匠的指点下打柴烧炭，开始了一种新的生活。

吴木匠的大女儿吴巧云16岁时，她的父母在议论女儿婚事时，不约而同地相中了忠厚勤劳的徐家独子徐造钱。于是，徐吴两家联了姻。徐造钱与吴巧云结成了夫妻。次年的农历九月，一名女婴呱呱坠地，当了外婆的吴妻见外孙女是秋天生的，就乐呵呵地给她取名叫“菊花”。

快3岁那年，小菊花由爷爷和父母带着，经过长途跋涉，由浙江长兴回到了安徽潜山老家。

1941年秋天，因为躲壮丁徐造钱离家出走。在一个小镇上进了一个姓夏的马戏班，被雇用去喂马，跟着马戏班过着飘泊江湖的日子。这个马戏班的班主叫夏群，由于婚后生了两个孩子都没留住，算命先生告诉他只要能收一个养女做“押子”，就会改变无后的状况。徐造钱得知了这一情况后动开了脑子。他思女心切，把小菊花带在身边既可以减轻家里的负担，父女二人也有个照应。于是，等夏家班子来到潜山县柳岭镇演出时，徐造钱请假回到家中。不久就把小菊花带来了，同意菊花给夏家当“押子”，还同意她改姓夏，但留住菊花这个名字，以纪念给她取名的浙江外婆……从此，他们同在一个杂技班子，却不再以父女相称。也就是从这时候开始，夏群夫妇将夏菊花带进了杂技的世界。

接受采访时，夏菊花感慨地说：“我的名字是外婆给取的，出生在那年阴历九月，菊花开的时候，就取名为菊花。5岁那年，父母为生活所迫，含泪将我送给了马戏班的夏老板做女儿。夏老板见我人长得水灵，身子骨特别灵活，认准我是赚钱的好工具。”

1年后，夏菊花成为夏家马戏团里一个耍杂技的小艺人。那时的马戏艺人，像戏子一样被人看不起，过着闯荡江湖、疲于奔命的生活。小小夏菊花，由此饱尝了世间的沧桑与人情冷暖。

从演“摸爬滚打”之类的简单节目，到风驰电掣般的马术、爬上二十几尺高的竹竿顶端表演动作的登梯子，特别是空中吊辫子，在毫无保险措施的情况下，夏菊花的辫子被吊在高空，整个身体飞速旋转，头发扯得她眼冒金星。从舞台上下来，夏菊花还要给马戏团老板一家洗衣服、看孩子，稍有懈怠，就会遭来打骂。夏菊花的童年是在劳累、惊吓、悲苦和孤独中走过来的。

回望身后的足迹，夏菊花饱含深情地说：“旧社会，摆地摊演杂耍尝尽艰难，只有在新中国，艺术工作者才有自己的地位，得到党和人民的认可。我从一个不懂事的孩子，到拥有今天的荣誉，最大的体会是没有共产党就没有新中国，没有新中国，就没有我夏菊花。”

◎ 心底难以释怀的学习情结与无法割舍的亲情

解放前夕，在衡阳安营扎寨的夏家班子要散伙了。徐造钱只有自谋生路，告别爱女菊花去了福建。临行前他到当地照相馆要到了夏家全家福的照片，一直留在身边。

解放后，夏群夫妇重操旧业，带着他们的马戏班子来到了长江畔的重镇武汉。为了适应新社会的要求，夏群觉得再叫“夏家班子”有点不合潮流了，于是将班子改称马戏团，并给马戏团起名为“群艺”。不久，“群艺”马戏团开进了当时汉口最著名的综合性娱乐场所——民众乐园。那段时间，为适应新社会观众口味的变化，夏菊花演出的主要节目已经作了不少改变。节目经过加工出新以后，夏菊花娴熟的技艺、稳健的台风、端庄秀丽的扮相、娇巧灵活的身段，都受到了武汉观众的好评。

后来，马戏团实行公私合营，在军管会的领导下，一边进行改人、改戏、改制的社会主义改造，一边鼓励艺人学习文化知识。于是，从未进过一天学堂、连自己的名字都不会写的夏菊花，开始在民众乐园的识字班里学起了文化。

1983年9月，江汉大学校园内传开了一条新闻，该校文秘专业班，破格招收了一位不同寻常的新生——46岁的中国杂协主席、武汉市文化局副局长兼党委副书记夏菊花。于是，好多家长对自己的孩子说：“人家夏菊花名气那么大、地位那么高、技艺那么超群，还上学深造，你凭什么不好好读书？你要好好向人家学习！”

或许有人会说，夏菊花上大学是为了镀金什么的。其实，夏菊花并不需要镀什么金，她拥有数不清的金牌、奖牌，早已金光闪闪！谈起自己这次上大学的出发点，夏菊花不免有些感慨：“我从小生在穷苦人家，后来给人家当‘押子’，完全失去了上学的机会。我的文化知识是解放后在民从乐园扫盲班开始学的。正像俄国大文豪高尔基所说的那样，‘我的大学是社会’。在日常工作中，我虽然学到了不少文化知识，但都是零零碎碎、断断续续的，从来没有好好坐下来静心静意地学过一段时间。很高兴，后来实现了集中一段时间认真学习的愿望。”

为了支持并保证夏菊花专心致志地完成大学学业，武汉市文化局下发了红头文件——通知武汉及全国所有的有关单位，在夏菊花脱产学习期间，任何事情都不得干扰她，让她一门心思学习。

当时，文秘班设有27门课程，对于已46岁而从未进过正规学校的夏菊花来说，攻下这一道道难关，并不是轻而易举的事情。她像当年练习《顶碗》一样，一步一个脚印朝着既定的目标走去。终于在第3年顺利拿到了江汉大学的毕业证书。

再说，夏菊花自5岁就离开母亲，寒来暑往，母亲在哪里、是什么样子，能否在某一天找到失去联系的亲人，一直是夏菊花心中的隐痛与渴求。其实，武汉杂技团党组织始终在做这方面的联络工作，一封封调查信早已寄出，可是一直没有好消息。

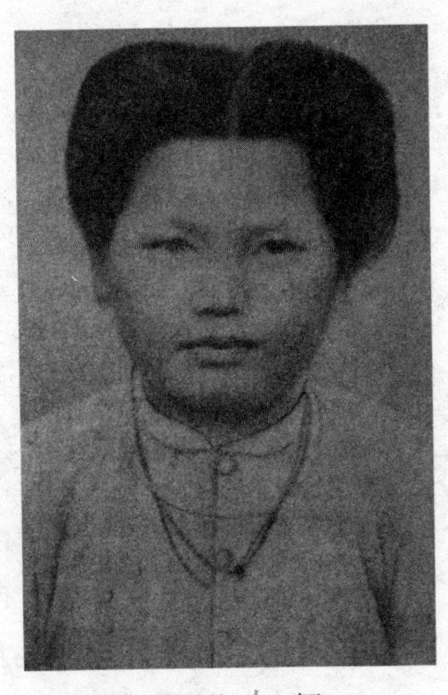
◆◆ 8岁时的夏菊花（1945年）

1959年的一天，夏菊花的母亲吴巧云接到武汉方面的来信，终于启程从安徽老家赶到武汉探望女儿。面对眼前的这位中年妇女，夏菊花似乎一点印象也没有。一晃16年过去了，尽管女大十八变，但是知女莫如母，做母亲的很快就认出了眼前站着的这个如花似玉的姑娘就是自己的亲生女儿。

此情此景，似梦非梦！顿时，夏菊花的泪水像断了线的珠子，她轻轻喊了声“妈妈”后，扑到了吴巧云的怀里。吴巧云紧紧地抱住女儿，生怕被别人再夺走似的，不住地喊：“女儿呀……16年了，妈想你快想疯了哇……”

母女俩整夜叙说着别离后各自的种种遭遇。母亲告诉女儿，自打菊花随父亲徐造钱离家后，家里更是穷得揭不开锅，小妹给人当了童养媳，奶奶病饿而死。徐造钱又杳无音信，无奈之下，吴巧云只有改嫁了一个姓雷的男人，为雷家生育了两个女儿……夏菊花为母亲的苦难命运而痛心。听说母亲患眼病已经多年，夏菊花赶忙带母亲去医院诊治，结果被诊断为白内障。夏菊花拿出了所有积蓄为其治病，以此尽自己当女儿的一片孝心。

两年后，她的生母刚满45岁便离开了人世，给夏菊花留下了无法弥补的人生遗憾。

1962年在福州演出时，经组织多方帮助，夏菊花见到失散12年仍在杂技界从业的生父徐造钱。当时，夏菊花已是杂技界的名人，仍在杂技界从业的徐造钱应该知道夏菊花的一些情况，他完全可以从福建来湖北看看自己的亲生女儿。也许，一生忠厚老实的徐造钱不想给女儿添麻烦，希望她一心一意去搞艺术……这次见面，父亲告诉夏菊花：“那次分手后，我一路乞讨，到过武汉，闯过广东，走过江西，1956年才到了福州……”夏菊花边流泪边聆听父亲的讲述。这次，夏菊花尊重父亲的选择，没有接父亲来武汉。于是，重逢又变成了一次别离。

“文革”期间，夏菊花被打成“反对革命的急先锋”。这时，远在福州的父亲十分牵挂女儿，整天坐立不安，为女儿的处境担忧，于是不顾一切地赶到了武汉，给女儿巨大的勇气和力量。

在夏菊花被临时关押的那间昏暗的小屋内，徐造钱见到了自己的女儿。夏菊花虽然已身陷困境之中，但她实在不愿意可怜的老父亲为自己担惊受怕，她装作若无其事地对父亲说：“爸爸，您干嘛这么老远来看我呀？我没受什么苦，大伙儿对我挺好的，您就别为女儿担心，您回福州去吧，形势稳定一点后，我到福州去看您……”

父女俩谈话刚刚开始，几个造反派的看守便将他俩拆散了，老实巴交的徐造钱整天只能围着武汉杂技团的大门转悠……

一次批斗会后，夏菊花被押送回杂技团，在门口盼望已久的徐造钱终于冲了上去，当着许多人的面大声说：“菊花呀，你不要怕！我们是穷苦人出身，解放前解放后，我们都没有干什么对不起党、对不起人民的事！你要挺住呀，要相信群众相信党，相信毛主席一定会为我们做主的……”

夏菊花听了父亲发自肺腑的话，顿时感到了一股热流流遍全身，坚定地说：“爸爸，您这样想，女儿就放心了！女儿不会倒下的……”

父女俩就是这样互相呵护着、互相牵挂着、互相鼓励着，虽不是手牵着手，但却是心贴着心地度过了人生中又一段艰难的岁月。

1981年11月，是全国杂技工作者的节日。近3000年中国杂技史上第一个中国杂技艺术家协会成立了，已是不惑之年的夏菊花被选为中国杂协主席，也是中国文联下属的11个协会的唯一一位女主席。这是中国杂技界的骄傲。

夏菊花的父亲徐造钱当时是福建杂技团的教师，在这次盛会上，夏菊花还有一个异常欣喜的事是她的父亲作为福建省的特邀代表来到了北京出席会议，这是父女俩自“文革”中在武汉相会后的又一次相逢。夏菊花见到父亲的第一面时，感觉父亲苍老多了，毕竟是岁月不饶人呀！

徐造钱一见到夏菊花，满脸的皱纹都笑开了花，他牵着女儿的手大声说：“菊花呀，做父亲的做梦也没有想到中国杂协的主席是我的亲女儿呀！你真的有出息了！我也高兴啊！”老人抹着眼泪感慨万端……

◎ 陈毅副总理看后连呼“绝了”

小时候，夏菊花最期盼的就是能吃一大碗饭。那时的她，真饿。因为家里穷，她经常吃不饱肚子。有一年，小菊花的父亲向一个远房婶奶奶借了100元钱，年终却无力还债，婶奶奶二话没说，便将小菊花家里所有能用的东西——连做饭的锅都全部拿走了。贫穷，甚至让小菊花全家丧失了说“穷得揭不开锅”的资格。于是，装着米饭的碗，经常在小菊花的梦中出现。

为了让女儿告别饥寒交迫的生活，能有一碗饭吃，5岁那年，小菊花被父亲送给夏家马戏团班主夏群做“押子”。然而，温饱的“碗”虽然有了着落，夏菊花却不得不为此付出代价。

解放后，夏菊花告别旧时艺人的生活，成为一名受人尊敬的杂技演员。就在这时，另一个“碗”进入了她的生活。

1952年，武汉艺人踊跃报名参加赴朝慰问志愿军的义演，夏菊花也毛遂自荐，然而在名单送审时，她却被刷下来了，理由是她没有“独立演出的看家节目”。菊花委屈得流下了眼泪，从此，她暗下决心：一定要练成一门绝技。练什么呢？经过再三考虑，她选择了“顶碗”。

“顶碗”是杂技艺术的一个传统项目。但千百年来，顶碗的演出是男人的专利，而且动作简单，除了顶，便是跑，十分单调。夏菊花想，女演员练顶碗，如果能在“柔”字上下功夫，练出一些优美的造型，那不是推陈出新吗？于是，她开始了新中国女子顶碗第一人的大胆尝试。

于是，夏菊花一个人暗暗地开始了顶碗的艰苦训练。她首先跑到土产日杂店里买来了各式各样的瓷碗，然后闭门不出。她先用砖头代替瓷碗顶在头上，坐着顶，站着也顶，连吃饭时头上都顶着砖，时间一长，头上压砖的地方压出了一个“门子”。后来，她又将瓷碗放在“门子”上，从一个、两个碗开始，一直加到十几个瓷碗。她顶着碗走碎步、跑圆场、搬腿、探海、拿顶……渐渐增加难度，身体向前、向后、向左、向右，不断创造新的姿式。

那段时间，夏菊花练顶碗简直到了痴迷的程度，她忘了吃，忘了喝，经常晚上睡觉想起了一个什么动作，便爬起来尝试、探索。有几次碗摔破了，她又去日杂店买新碗，有时候练得从头到腰浑身疼痛。经过了3个多月的苦练和探索，夏菊花终于顶着碗完成了一套崭新的动作。

《顶碗》后来终于被安排正式演出，夏菊花赢得了观众的掌声、喝彩声、啧啧的赞扬声！夏菊花的名字也因此传遍了武汉三镇的大街小巷，连小学生都晓得夏菊花的大名。

夏菊花兴奋极了，她不仅第一次尝到了成功的喜悦，而且这次成功使她悟出了一个道理：作为一名演员，非得有自己独特的节目才能在舞台上站立起来，而要达到这个目的，不但要苦练，而且要勇于探索创新！

1956年底，夏菊花等全国优秀杂技演员组成中国杂技团，出访法国、英国、意大利等欧洲8国。当时，国际形势处在复杂的动乱中。中国杂技团到法国巴黎的第二天，就出现了满大街的游行。杂技团党支部立即召开紧急会议，指出：不管怎么乱，我们的演出都不能中断。相信中国人的杂技艺术和友好热情，一定能吸引法国朋友的。

为了安全，支部决定，凡走上大街，两名男演员必须一左一右保护好一名女演员。一连20多天，中国杂技团天天演出。夏菊花的《顶碗》场场必演，赢得了越来越多的观众，出现了老华侨送来名牌头巾和香水，金发碧眼的小伙儿送来玫瑰花等场景。

在英国伦敦演出时，夏菊花参观了几个博物馆，发现里面展出了许多中国文物。杂技团长告诉她："旧中国落后才受帝国主义欺负，被割地赔款，文物也被抢。"团长还说："菊花，你是从贫穷中走过来的苦孩子，应该知道国运衰，民众苦。我们希望你在杂技艺术界竖起一面旗帜来，为中国杂技争光！"

一天，夏菊花拽着团长来到杂技团驻地附近的一个公园里说："团长，我想向党支部汇报我的一些想法。"团长说："好呀，就像在家里对父母说话，不要有顾虑。""我哪有家啊？"夏菊花声音颤抖起来，"我5岁没了家，父亲不知去了哪儿，母亲也不知叫什么名字。团长，杂技团就是我的家，毛主席、共产党就是我的父母啊！我今天请你来就是想说，我要求加入中国共产党。"团长也激动地说："菊花同志，支部议论过这件事，认为你是一棵好苗子。现在，你身处这西方世界仍积极要求入党，这是真诚的。我愿意当你的入党介绍人。"

夏菊花在英国递交了入党申请书后，不但认真演出，使外国观众好评如潮，而且不摆名角的架子，主动承担搬道具、管服装的工作。

这次欧洲之行经历了80多天，回国后不久，武汉市江汉区委组织部部长找到夏菊花说："中国杂技团国外支部把通过你入党的材料转给了我们，区委正式批准，从1957年4月11日起，你是一名中国共产党预备党员了。"

1957年，在莫斯科举行的第六届世界青年联欢节上，夏菊花的《顶碗》以其娴静练达、端庄典雅的表演，技压群芳，一举获得世界青年联欢节的金奖！这是夏菊花获得的第一枚世界金奖，也是我国杂技艺术在国际上第一次获得的最高荣誉。此后，这一节目被拍成艺术片《春燕展翅》。夏菊花由此声名远播，被誉为“顶碗皇后”。

获得国际荣誉之后，她没有把桂冠当成自己艺术生命的终点，而是当成了起点。1960年，年过23岁的夏菊花，竟向自己提出了新的难题——让头顶上的碗塔离开头部！“艺术创新就得从敢想开始！杂技艺术的发展，就应该敢于向生理极限挑战！”经过3年的艰难甚至是痛苦的磨练，夏菊花终于将这个被人称为“异想天开”的新动作搬上了舞台。1963年，在民众乐园的舞台上，夏菊花第一次将“脚面夹碗”的高难动作奉献给了武汉观众。当时的国务院副总理陈毅看后连说：“绝了！绝了！”

夏菊花练柔术是从1953年开始的。当时，苏联国家马戏团来华演出，其中有个节目叫《咬花》，夏菊花被演员的精彩表演深深地吸引了。看完演出，仍久久不肯离去。夏菊花说，我当时就想，既然外国人能表演，我们怎么不能表演呢?

夏菊花将自己的想法告诉了团长，团长听了非常高兴。当时只有15岁的夏菊花一遍又一遍地操练。流血、流汗、流眼泪，终于创造出了让观众叫绝的艺术——整个身体卷成一个包菜的形状咬花，节目取名为《柔术咬花》。1954年，北京电影制片厂拍摄了建国后第一部纪录片——《中国杂技艺术表演》，她的《柔术咬花》也在其中。

时值1954年，江水猛涨，居高不下，江汉两岸，防汛大军日夜固守堤坝，夏菊花参加了防汛慰问团。有一次，为了慰问防汛大军，夏菊花赶到河边。摆渡的小木船已经挤满了人，船夫劝她不要上船，她说：“我开会已经迟到了，不能因为我一个人影响慰问演出呀。”话音未落，夏菊花一个箭步跳上船去，在大浪冲击中，夏菊花坐着这艘不断摇摆波动的小木船，朝着防汛大军所在地赶去……

1954年，夏菊花随杂技团赴朝鲜演出，慰问抗美援朝的志愿军。杂技团在露天广场演出，那天正刮着大风，不凑巧的是，她感冒了，团长出于对她的关心，临时决定取消《柔术咬花》这个节目。夏菊花知道后，说：“不行，不行，我来就是要演出的，怎么能因这点小困难而退却呢？”与此同时，看演出的志愿军听说因风大怕影响表演效果而临时取消了《柔术咬花》，都觉得特别遗憾，一致要求看咬花表演。

演出快结束时，风微微小了，夏菊花的《柔术咬花》亮相了，表演顺利地进行着。老天也真会捉弄人，演到最后一个关键动作——咬花时，风势突然变猛。她只得重新演这个动作，台下的志愿军战士不停地欢呼，说特别喜欢这个节目。

1960年，夏菊花把柔术与顶碗结合起来，第一次用脚顶碗。1963年她表演的双腿抬过后背，双脚夹住顶在头顶的碗向前伸出的动作震惊了观众。20年后，1983年12月，在摩纳哥第九届国际马戏比赛中，来自中国武汉杂技团的青年演员、夏菊花的弟子李莉萍仰卧在圆台桌上，随着悠扬的乐曲，左脚托举起一摞彩绘瓷碗，轻抬臀部，连续做着旋转360度的滚翻动作，在旋转速度极快、弧度极大的高难动作中，那一摞瓷碗却仿佛贴在她的脚掌一样，使物我一体，令四座惊起。她荣获"金小丑奖"，揭开了中国杂技在蒙特卡洛赛场取得胜利的第一页。李莉萍是第四代顶碗演员，她所表演的这个动作在中国戏曲、古典舞中被称为"乌龙绞柱"，高难技艺与传统舞艺结合，又经过几代人的努力，这是中国杂技日新月异的原因，这也是夏菊花所欣慰的。

◎ 一枝独秀的"红花"在非常岁月被诬蔑为"黑花"

1958年的"大跃进"，给中国的经济发展带来了困难，加上当时三年自然灾害，更使整个神州大地雪上加霜，粮食短缺，物资匮乏。尽管如此，党和政府也没有忘记对夏菊花这样的艺术工作者给予特殊的照顾。

作为一名体力消耗大、演出负担重、又正值年轻需要营养的杂技女演员，夏菊花也确实需要一份特殊的食品供应。但是，夏菊花自己却不这么认为，她目睹周围的群众、平时和自己一起练功的同事，都吃着"三合粉"、喝着稀饭充饥时，心中实在不安。于是，她每次都把发给她个人的物资拎到食堂管理人员那里，对他们说："这些白米、

◆◆ 夏菊花拍电影《春燕展翅》剧照（1963年）

油和肉就放在这里给大伙吃。”不管食堂管理人员怎么拒绝，她还是坚持这样做。

在那些困难的岁月里，夏菊花将自己的营养品分给大家，但依然坚持天天练功，有时练到浑身乏力，头晕眼花，还是不中断。她说：“一天不练功，自己知道；两天不练功，对手知道；三天不练功，观众知道。”她对艺术追求的执著，感动和激励了很多人。

让夏菊花最难熬的岁月，是1966年开始的“文化大革命”。进入艺术发展最佳时期的夏菊花，与祖国一起经受了一场前所未有的严峻考验。当年，湖北省委书记王任重为夏菊花撰写的那篇轰动一时的《一朵红花——夏菊花》的文章，顷刻之间也变了颜色——夏菊花被诬蔑为“一朵黑花”！那段日子，夏菊花被打倒、批斗，经受了许多磨难，但她始终坚信，这一切会改变的。在巨大的痛苦中，她感到有许多正直的人们在呵护自己，她从心灵深处感到了人世间的无价真情！

批斗会上，在一声声高呼“打倒夏菊花”的口号声中，竟然有几个不信邪的群众为她送上一杯水，递上一包药；在一次残暴的批斗中，夏菊花被击伤了腰部，也是群众挺身而出将她“押”走，抢救了她垂危的生命；在武汉国棉二厂的批斗台上，有些居心叵测的人在木板上通了电，他们想用如此卑劣的手段结束夏菊花的生命，可就是在这样的关键时刻，一位军人冲上前去，关掉了电闸，将夏菊花的生命从死神手中夺回来；在“集训班”昏暗的小屋内，身心疲惫的夏菊花感到孤独无援的时刻，总有一些好心的杂技团演员，偷偷地看望她，有一位叫张桃秀的女演员还给她送去鸡汤，他们用目光向夏菊花暗示：“菊花呀，我们和你在一起，你一定要顶住呀……”

这一桩桩、一件件的事实，这一声声、一句句的呼唤，使夏菊花更坚定了“相信群众相信党”的信念，她感受到了狂风恶浪下面涌动着的那股暖流，正是这股暖流支撑了她的生命，支持着她在困难的岁月里坚定不移地往前走。后来，在毛泽东主席和周恩来总理的亲自过问下，夏菊花被保护起来，并重新登上了舞台。

可是，她的腰被砸伤了，无法承受难度较大的演出，后来在组织的安排下住进了医院。医院专门为夏菊花成立了专家治疗小组，在夏菊花的强烈要求下，他们经过多次研究，采取了超常规的治疗手段——用电流进行物理治疗。夏菊花以惊人的意志力忍受了常人难以忍受的痛苦，半年后，她出院了。

为照顾她的身体，出院后的她，被安排的主要工作是带徒弟。可是，性格倔强的夏菊花，却瞒着大家偷偷练功。恢复《顶碗》是她必须要完成的重要使命，而且，她还给自己定下目标，一定要完成在“文革”前就想冲击的艺术高点——“单层单飞燕拐子顶脚面夹碗”。就在1971年北京电影制片厂来给她拍新闻纪录片的时候，她在所有人的惊讶目光中，完成了这个高难动作。这不仅仅是夏菊花艺术上的成功，更是意志和毅力的胜利。倔强的夏菊花重新站了起来！

◎ 极富戏剧性的姻缘

夏菊花的先生名叫余开润，早年是中国人民解放军某军校的一名教官。和夏菊花同岁，说起两个人的结合，夏菊花说，有点像是天方夜谭似的。

余开润的父亲余宏杞曾是三轮车工人，在上世纪70年代初，这位武汉市特等劳动模范参加了“活学活用毛主席著作代表大会”，当时夏菊花以学“毛著”积极分子的身份也参加了这次会议。在一起开会时，余宏杞就跟夏菊花唠起了家常，说他的儿子也和夏菊花同岁，在重庆当兵，夏菊花听了，也没在意，夏菊花是个大名人，余宏杞也没敢把自己的儿子跟夏菊花往一起扯。

一天，余开润从驻地重庆回汉探亲，父母盼子成婚都有些急了，余宏杞问儿子：“开润呀，你年岁也不小了，该考虑考虑自己的婚事了。回武汉吧，娶个媳妇过日子！”余开润见父母逼得紧，就随口道：“湖北的姑娘都那么厉害，我才不娶呢，要娶，我就娶夏菊花！”

◆◆ 1964年，著名的杂技表演艺术家夏菊花在空军基地表演“双飞燕”

儿子的意思，是要给老父亲出一个难题，让老父亲知难而退，就别劝他回湖北了。没想到，这余宏杞还真和儿子较上了劲儿，请了一个识文断字的亲戚，给夏菊花写了一封信，说了儿子的情况，替儿子向夏菊花求婚。

夏菊花看完信后不知所措，她想起在学“毛

著”积极分子会上，余宏杞的一番谈话，她才明白了其中缘由。夏菊花立即将信交给了杂技团的军代表。军代表和杂技团的其他领导本来就为菊花的婚事操心，一看此信，如获至宝，当即派人前往重庆“外调”，“外调”的结论是：余开润表现不错，完全可靠！就这样夏菊花和余开润的婚事初步确定下来了。

就这么着，1971年两人认识，1972年，“顶碗皇后”夏菊花与青年军官余开润喜结良缘，他俩在武汉杂技团的一间十来平方米的小屋里举行了简朴而热闹的婚礼。由于新郎新娘婚前身处重庆武汉两地，远隔千里，互相不可能有太多的接触和了解，也只能先结婚后恋爱了。

采访时，夏菊花想起自己的姻缘也不免有些好笑，说：“跟闹着玩似的就成了。那个年代，都是组织介绍，还得组织批准。要说原因，我对军人一直都有好感，1954年，我曾到朝鲜去慰问演出，那些最可爱的人给我留下了深刻的印象，认为军人都是英雄，是最可靠的。就这么着，两个人走到一起，走过了几十年的风雨历程。”

1972年的一天，一个重要的喜讯从北京传来，打乱了夏菊花婚后的宁静。这一年文化部决定8月份在北京举行全国杂技调演。这是杂技界多年未遇的一次盛会，也是夏菊花艺术人生再攀高峰的一次难得的机遇！夏菊花踌躇满志，可一想到怀了孩子，她又陷入了矛盾之中！这可是她过了35岁才怀上的第一胎呀！如果打掉第一胎，她还能再怀上孩子吗？把艺术视为第二生命的夏菊花思考再三，还是决定打掉第一胎，前去参加北京举行的全国杂技调演。开始，她没有把这一想法透露给在武汉的公公、婆婆，而是先征求她丈夫余开润的意见。她想，丈夫是军人，应该理解和支持她为事业而作出的个人牺牲。于是夏菊花特意写信给丈夫征求意见，没想到她的丈夫余开润极为支待她，并且回信让妻子尽快去做人工流产。

这年8月的一天，北京二七剧场门口被挤得水泄不通，许多熟悉关爱夏菊花的观众看到海报都赶到了这里，他们争相目睹武汉杂技团演出的《庆丰收》。那时候，提倡集体主义，已经不允许报幕，更不允许提个人的名字了。可是，一出场，观众还是从那熟悉的动作中认出了术后不久的夏菊花，全场观众报以热烈的掌声，表演非常成功，演出结束，观众席上再次爆发出经久不息的掌声。

夏菊花的成功演出感动了所有的观众，唯独没有打动这次调演最有实权的那位文化部官员。这名“四人帮”在文艺界的帮凶，看完了夏菊花的演出后，冷冰冰地说了一句话：“夏菊花只剩半个腰了，不要演了！”

这一句话，让夏菊花离开了她热爱的杂技舞台。夏菊花说，那次演出，我终生难忘。看着徐徐合上的大幕，我的泪水夺眶而出。

但是，离开舞台的夏菊花并没有远离杂技。1981年10月，中国杂技艺术家协会成立，夏菊花担任杂协主席至今，成为名副其实的中国杂技领军人物。在这个岗位上，夏菊花为中国杂技事业可谓鞠躬尽瘁。在她的带领下，中国杂技频频出访国外，声誉日隆，大奖不断。远在欧洲的摩纳哥为她树立了《顶碗》塑像，许多国际杂技大赛邀请她去做评委。

夏菊花后来有了两个女儿——大女儿叫余央，小女儿叫余非。这两个女儿都是夏菊花35岁打了第一胎后，因生育年龄过大而剖腹生产的。可是夏菊花却不能将全部的母爱给予自己的亲生骨肉。大女儿余央出生100天，夏菊花便去了法国；小女儿余非出生没多久，夏菊花又上北京出席第四届全国“人大”去了……夏菊花一走，两个幼儿的生活——从端屎端尿到喂食喂奶全部落在了丈夫余开润的身上。

余开润是为了照顾这个家才从外地调回武汉的，为了支持夏菊花的事业，这位年轻的教官又当爹又当妈，还要努力完成自己的本职工作。夏菊花每当想起这些，心中便感到十分内疚。最让夏菊花揪心的是，在一次出国访问时，她竟收到了女儿歪歪扭扭写来的一封信，信上只有简简单单六个字——“妈妈，我们想你！”捧着信如同捧着女儿可爱的脸庞，她忍不住流泪了……

对亲生骨肉的思念是那么痛苦，而对她们不能尽到母亲的责任更造成了夏菊花终身的缺憾。夏菊花何曾不想将自己的女儿——起码是将其中一个，培养成接她班的杂技演员呢？两个女儿两三岁时，夏菊花都有意地试过她们的腰，凭她的经验，她的女儿只要精心培养，也是极有可能成为优秀杂技新苗的。可工作一忙起来，夏菊花便无暇顾及了。等她再想起此事，女儿已经过了练功的最佳时期……小女儿余非3岁那年，著名钢琴教育家汪培华便发现了她的音乐天赋，汪培华建议让余非在音乐上发展，并保证竭尽全力将余非培养成一名出色的音乐人才。当时夏菊花听了非常高兴，并下决心买了一架钢琴给女儿。可是后来，工作一忙，夏菊花又将这件事忘掉了。

她的老伴余开润1998年从武汉市统计局退休，两个女儿——一个在银行做会计，一个地税务局工作，都跟杂技不搭边。她说：“一切顺其自然吧，传人也不一定要在家里出。”

◎ 一生挥之不去的遗憾与最看重的荣光

有一种说法："到了武汉，没有看夏菊花的"顶碗"和"柔术"，等于是白来了的！"可见夏菊花的节目影响之大，夏菊花的名声流传之广。夏菊花的一生都和武汉连在一起，她舍不得武汉人民，武汉人民也舍不得她。她曾有两次机会离开武汉到北京工作，可是浓重的"武汉情结"让她始终未能成行。

1987年，中国文联调她到北京工作，有关领导找她谈了话，中宣部干部局的负责同志也亲自到武汉，商量调夏菊花进京的事儿。当时的武汉市委书记正因病住院，听说了这件事儿，就把夏菊花叫到医院里，对她说："不是我们不放你走，你走了，我们怎么向武汉人民交待？武汉人民又会怎么说我们？"重情重义的夏菊花什么也没说，留了下来。

1999年，北京方面又要调夏菊花，这回，她还是没有走。喝长江水长大的夏菊花，对武汉有着一份特殊的感情。她说："武汉人民待我不薄，如果武汉人民需要夏菊花这个人当成一块牌子为武汉做点事儿，那我就一辈子立在武汉。"

由于工作关系，夏菊花每年都要到北京来好多次，但是每次经过保利大厦时她心底里都十分难受，但还是一次次回头多看几眼。夏菊花说，我这一生有一个遗憾，就是没有把国家大马戏院建成，其实，保利剧院那个地方曾是国家大马戏院的规划用地。

1981年，夏菊花当选中国杂技艺术家协会主席。在其位，谋其政。夏菊花多次出国访问演出，一些国家特别是俄罗斯的国家大马戏院给她留下了深刻的印象，我们应该建一个自己的国家大马戏院，让中国的杂技团有一个能够经常演出的专业演出场所，繁荣中国的杂技事业。夏菊花的想法取得了杂协领导班子的一致同意。

◆◆ 1972年，夏菊花夫妇与公公、婆婆及父亲徐造钱（前排中）留影

光有想法不行，还得有人去跑。这个重任责无旁贷地落在了夏菊花的头上。她一次又一次地来北京，找当时分管的副总理姚依林批钱，批了1600

◆◆ 1996年，夏菊花（右）与著名电影表演艺术家张瑞芳（左）在一起

万，又去找财政部长王丙乾安排钱到位，找后来成为大名人的北京市市长批地，找文化部的领导落实项目。跑的路不计其数，好话也说了不止十萝筐，由于夏菊花的名气，也由于这个项目的合理性，各方面都很支持，一切都弄妥了，可是，此时的夏菊花还担任着武汉市文化局长职务，在武汉还有好多事情在等着她处理，不能长期在北京看着事情一件件地落实，把要交待的事情交待好之后，她又回了武汉。

在家里等着"眼望捷旌旗，耳听好消息"的夏菊花，哪知道北京这边眼看煮熟的鸭子却飞了。由于种种原因，文化部没有把这个项目送到国家计委立项。

所有的努力都白费了，夏菊花欲哭无泪。因此，她每次来北京，都会对着保利剧院张望，那里依稀有一个国家大马戏院的影子，看几眼，回忆起当年的一片梦想，心头掠过一丝惆怅。

"这些年来，杂技是走出国门最多，也是赢得国际荣誉最多的艺术门类。"夏菊花尽管是中国文联副主席、中国杂协主席，身上笼罩着副部级领导干部的光环，可是交往起来好似就是邻家大姐。夏菊花在接受记者采访时谈及中国杂技的现状，自豪之情溢于言表。

中国杂技有3000多年历史，夏菊花对记者说，中国杂技造型优美，表达细腻，刚柔相济，不仅给人一种美的享受，更传达出一种积极向上、顽强拼搏的精神，有外国友人说，看了中国杂技，感到中国人没有克服不了的困难。这正是中国杂技艺术魅力经久不衰的奥秘所在。"近20年来，我们中国杂技获得的国际金奖就有100多个，几乎每一项国际性的重要赛事都少不了中国人的身影。"

尽管杂技在中国有悠久的历史，却并不为中国所特有，特别是在竞争激烈的市场经济条件下，中国杂技界何以能显示出日益强盛的生命力呢？夏菊花感慨道：“杂技一定要体现民族的风格和气派，也就是‘中国精神’，否则就没有生命力。”

谈到杂技的创新，夏菊花说，现在杂技最大的特点是综合舞美、灯光、服装、音乐、舞蹈、戏曲、芭蕾等手段同时运用到杂技当中来，这就是最新的东西、最新的走向。她特别赞赏广州军区战士杂技团编排的杂技芭蕾舞剧《天鹅湖》，“用杂技的形式来诠释经典的舞剧，这是杂技界了不起的创举，也是对今后杂技发展有启发性的新气象”。

但杂技创新，千变万变都离不开扎实的基本功。“杂技如果一味惊险，让人看着捏一把汗，那不是目的。杂技有它的特长，是形体上超出常人能够做到的、向极限挑战的，因此基本功深厚是最根本的。杂技之所以在国际市场上这么被看好，就是因为它在扎实的表现技巧基础上求新求变。市场是检验艺术的最好手段。”

作为老一辈杂技艺术家，夏菊花有3个舞台，一个是国际舞台，一个是国内剧场舞台，还有一个是在工厂、农村、部队的舞台。在她的眼中，人民群众是杂技艺术的阳光与土地，离开了他们，杂技艺术便脱离了赖以生存的根基。夏菊花期望着通过杂技界以及社会各界的共同努力，完善国内的演出市场，让杂技艺术深植到喜爱它的人民群众中去。

鉴于公认的艺术成就，夏菊花多次应邀担任国际杂技大赛的评委。坐在评委席上的夏菊花，恪守公平、公正、公开的原则，对于各种跑关系拉分的做法深恶痛绝。在1983年的一次国际杂技大赛上，由于评分不公，本应获银奖的罗马尼亚的参赛节目“顶杆上梯子”被评为铜奖，夏菊花认为不公正，在罗马尼亚没有评委参加的情况下，据理力争，终于说服了评委团，将银奖颁发给罗马尼亚选手。当罗马尼亚代表团向夏菊花表示感谢时，她淡淡一笑：“应该的，做评委，就要一碗水端平。”正是这种“端平一碗水”的风格，不仅让夏菊花在世界杂技界受到广泛的尊敬，也让她连续8届当选为全国人大代表。

夏菊花这一辈子获过大量奖项和荣誉，2004年，被授予“人民艺术家”称号，她说这是党和人民对她从艺60余年的最高奖。

人生◎手记

40多年岁月更迭，夏菊花这位全国人大代表出席次数的“亚军”掰着指头如数家珍：先后参加了7位全国人大委员长、6位国家主席、5位国务院总理的选举，多次代表人民投下庄严的一票；亲历讨论决定对越自卫反击战、国家设立硕士、博士学位制度等国家大事；参与修改《宪法》、《婚姻法》等多部法律的修改，等等。看到国家的不断发展、进步，民主进程的不断推进，法制建设的不断完善，夏菊花感到由衷的欣慰。

尽管杂技在中国有悠久的历史，却并不为中国所特有，特别是在竞争激烈的市场经济条件下，中国杂技界何以能显示出日益强盛的生命力呢？夏菊花感慨道：“杂技一定要体现民族的风格和气派，也就是‘中国精神’，否则就没有生命力。”她认为，杂技之所以在国际市场上这么被看好，就是因为它在扎实的表现技巧基础上求新求变。

跋

春天的约会

三月，光秃秃的树上开始抽出嫩绿色的新芽，迎春花开始绽放美丽的花瓣。

三月，中国北京，人民大会堂，全国“两会”的大幕隆重开启。“两会”期间，世界瞩目中国，神州情牵北京。

“两会”是人大代表和政协委员履职的舞台，也是亿万群众论政的平台。期间，数千位全国人大代表、全国政协委员带上民意，带上嘱托，带上真知灼见，带上期冀，走进人民大会堂，走进公众视野。一年一度的盛会，成了代表委员汇民智、抒民意、议民生、商国是的最佳场所，也是各大媒体记者追逐新闻人物、聚焦新闻热点的好去处。

凝智聚力参决策，民意民生总关情。早在“两会”开幕之前，相关话题已成社会热点。公众对全国“两会”的关注，源于两会议题紧扣民生，人们期待从“两会”找到破解民生难题的答案；也源于对美好未来的信心，这份信心既体现在对党驾驭经济社会发展大局和解决复杂问题的能力充满信心，更体现在对中国特色社会主义发展道路光明前景充满信心。民有所呼，“会”有所应。正是出于对民意的尊重，才使得人民大会堂里的每一项表决，都凝聚着亿万群众的热情和智慧。新闻记者从这里可以挖掘到丰富的新闻“富矿”，乐此不疲地采集到新鲜、一手、滚烫的新闻素材。

人大全心为民表情意，政协锐意参政促和谐。做足功课、有备而来的代表委员说实话、说真话，反映真实情况，探寻症结所在，提出务实之策。他们尽心尽智尽力履好职、发好言，把百姓的愿望带到“两会”上，把群众的关切转化为治国理政的具体思路，将他们的期待上升为国家的意志。

转方式、调结构、稳物价、增就业、保民生、缩差距……建睿智之言，献务实之策。作为央媒记者，我们有幸一次次走进人民大会堂，有机会与这些全国人大代表、全国政协委员面对面，有机会聆听国家领导人与代表委员的对话，有机会以更宽广的视野关注火热的社会政治生活，有机会真切感受共和国心脏在中国特色社会主义民主政治发展进程中的脉动。百姓的期盼和诉求，既是代表委员参政议政的出发点，也是他们破解现实难题、推进科学发展的着力点，更是国家未来方针政策的落脚点。我们以新闻记者这一特别的身份见证着一年一度的全国“两会”盛况，捎上中国民众的期盼，寻访代表委员最真切的声音，还原代表委员推进国家和社会进步的一个个片面，直击大会本质，记录中国走在特色道路的前进足音。

每年的“两会”，是代表委员议事论政的窗口，是中国发展改革的年检，是思想智慧的汇集，是社情民意的涌流。“两会”是代表委员履职的“考场”，也是新闻记者“履职”的新考场。业界把记者采访“两会”称之为“跑两会”。在全国“两会”这场没有硝烟的新闻大战中，许多同行与我们一样马不停蹄，“日以继夜”，跑会场、抢新闻，我们为自已、为自己的同行跑新闻的劲头感动，的确“两会”报道是“七分跑、两分采、一分写”。

代表履职，委员参政，不只是写好议案或提案，建言献策，而且也包括与媒体合作，让更多的人了解代表委员这些“民意代言人”的工作，接受新闻舆论的监督。在全国“两会”的采访期间，我们努力打消个别代表委员对记者的戒备心理，尽可能避免报道后的负面影响，争取代表委员接受专访，满足公众知情权。他们的人生传奇、上会心得、履职故事……都成为我们访问的核心内容。他们牢记使命，访民苦、察民意、集民智的细节给我们留下深刻印象，他们为民生事业改善上下奔走、为百姓幸福献策献智的赤诚让我们感动。我们奔走在各驻地、各会议中心、各记者会现场，进出人民大会堂这建言献策的最高殿堂，为的就是见证代表委员履职的细节，见证中国民主政治的真实，见证中国社会的进步，努力揭示一个个重要国策出台的幕后。一定意义上讲，我们新闻人同样是在履职、在为人民“代言”，惟有沉下身子访问，才能写就许多富含“泥土味”的佳作，给力新时期的和谐中国。

《见证履职》丛书《参政的艺术》（全国人大代表卷）、《议政的智慧》（全国政协委员卷）是我们近年全国“两会”采访的收获，不敢说是代表委员的手边书或新闻记者的枕边书，也不敢说是中国百姓的民意读本，只企望能破解中国民主政治进步的一个侧影。

一年之计在于春。代表委员们将再一次聚首红色殿堂，共议国是、代言民生、把话未来，播下希望的种子。“跑在路上”，是新闻人的职业常态，愿与代表委员们共赴“春天的约会”！

余坤　吴志菲